한　　　기
문학평론집

구텐베르크 수사들

구텐베르크 수사들

한 기

도서출판 역락

덮히게 된다. 이것을 팔자라고 할 것인가. 글쓰기가, 문학이, 별 볼일 없이 되었다는 것은 이제 누구라도 아는 사실이지만, 그러니 이제, 그렇기 때문에, 더욱 정진할 필요가 이로부터 주어진다고 할 수 있지 않을까. 지금 내가 한 권, 또 한 권의 저서를 상자하고자 하는 이유, 혹은 그 욕망이라는 것도 이로 보면 별 것이 아니리라. 다만 그럼에도 불구하고, 이 이외에 다른 어떤 가능성도 주어질 수 없다면 차라리 나는 묵묵히 정진하는 편이 낫지 않을까.

　책 제목을 '구텐베르크 수사들'이라 짓게 된 연유가 위와 같은 내 생각의 흐름 속에서 주어졌다고 보아주면 좋겠다. 이러한 생각이 물론 마셜 맥루한의 인식 같은 것에 배경을 두고 이루어졌으리라는 것은 말할 나위가 없으며, 다만 그와 같은 인쇄 문명, 활자 문명의 시대에 문학, 혹은 글쓰기의 개념을 일종의 '수행'과 같은 개념으로 본다는 점에 나의 의식, 그리고 시각의 한 편모가 깃들어 있다고 볼 수 있는 것이다. 말하자면 이 경우 '수사(들)'라고 할 때, 수사(修士)란 수행하는 자, 즉 'Monk'의 의미를 지닌다고 할 수 있으며, 물론 또 다른 한편으로 '수사'를 수사(修辭), 즉 레토릭(rhetoric)의 의미로 이해한다고 해도 마찬가지다. '말을 다듬는다', 즉 말을 '꾸민다'가 아니고, '다듬는다'고 인식하는 것이야말로 최근의 내가 '수사학'에 대해서 깨닫게 된 결정적인 인식 전환의 한 단면이라고 할 수 있으며, 이런 뜻에서 감히 나는 '구텐베르크 수사들'이란 제목으로 나의 한 시기 글쓰기를 정리해보고자 한 것이다. 그렇다면 그 동안 나의 글쓰기란 무엇이었는가.

극적이고 약한 성격에 더욱 '칩거'라거나, '은둔'이라는 등의 실존 양식에 집착하는 개념을 가지게 되었던 것이 이러한 개인적 체험, 의식을 반영하는, 지나온 세월의 편모라고 할 수 있다. 그리고 이제 다시 2005년! 2000년대도 중반기를 지난 시점에서 나는 무언가 새로운 의식의 전환을 도모하지 않으면 안되는 것이다. 나는 어떤 의식으로 글을 쓰고, 세상에 응대해야 할까.

내 글쓰기가 그리 중대한 문제일 수 없다는 것은 글을 쓰던 초입 무렵부터 늘상 내 머리를 지배해 오던 생각이었지만, 근래 '선(禪)'이라거나, '수행'의 개념에 집착하는 생각을 해 오면서 더욱 굳어지게 되었다. 물론 뭐 그렇다고 심각한 수행을 도모한다는 뜻은 전혀 아니다. 오히려 본래 게으른 자가 더욱 게을러질 수 있는 핑계거리를 얻은 데 불과한 것일 수 있지만, 글쓰기에 대한 더욱 소극적인 생각을 품어 가지게 된 데 불과하다고 말할 수도 있는 것이다. '묵언정진'이 불가의 최대 수행 방법 중 하나인 것처럼 말 안하고, 즉 침묵하면서 생을 사는 것은 어떨까. "말 할 수 없는 것에 대해서는 침묵해야 한다"는 비트겐슈타인의 유명한 명제도 있는 것이지만, 궁극적으로 글쓰기를 버리고 사는 것은 어떨까 하는 생각도 자주 해보게 되었다. 그래, 글을 포기하는 것이야. 글쓰기를 포기한다면 이 모든 소란스러움으로부터, 그리고 육체적 압박의 굴레로부터 내 몸을 벗어나게 할 수 있지 않을까.

하지만 호락호락 그리될 수 없다는 것도 지금 내 스스로가 선명히 깨닫는 바이다. 묵언 수행의 한계도 한계려니와, 글쓰기가 아니면 또 달리 무엇으로 내 자신을 실현하고 실천할 것인가의 자문에 금방 부부하기는 어려울 것이라는 점을 나는 무의식적으로, 혹은 소극적으로나마 인정하지 않을 수 없다고 생각했었던 것 같다. 물론 그렇다고 나는 이 점을 의식적으로 전면화하여 제기해 보았거나, 또는 이론상으로 그 점을 적극적으로 모색하여 본 적도 없다. 오히려 90년대 후반 들면서 나는 보다 의식화되고 이념적인 문예 현상에 더욱 관심을 가지고 대들게 되었다고 할 수도 있는데, 당시 소설 작단을 휩쓸다시피 역류하며 등장한 '페미니즘' 문학 현상, 즉 여성문학 현상에 대한 필자의 한편 호기심 가득하고, 한편 또 그러면서도 전혀 눈에 안 띄게 진행해 갈 수밖에 없었던 '여성문학비평'의 글쓰기 노력이 바로 그와 같은 것이었다고 할 수 있다.

세월이 흘러 새로운 밀레니엄, 즉 21세기의 현실에 직면하게 됐을 때, 나는 또 그렇게 숨가쁘게 '여성소설' 현상이란 것이 종말을 고하게 될지는 미처 예상치 못하였다. 세상, 즉 세상의 앞날이란 이렇게도 한치 앞을 내다보기가 어려운 것이다. 2000년대의 현실을 맞이하면서 필자는 참으로 여러 면에서 '인생의 위기'라는 것을 체험하지 않을 수 없었다. 그것들은 우선 '죽음'과 '병'의 형태로 왔다. 할머니가 죽고, 숙부들이 죽고, 급기야 아버지의 죽음이 찾아왔다. '죽음'이란 늘상 우리 가까이 있는 것 같지만, 실상 가장 가까운 사람의 죽음을 통해서만 그 실감을 확인할 수 있는 것이다. 또한 '병'의 체험을 통해서 나는 심각한 육체적 실존의 문제를 체득, 체감할 수 있었다. 그리고 무엇보다 사회적 실존의 위협 문제가 있었다. 어쨌거나 이름으로 사는 자가 치명적인 오명의 사태에 직면해서는 사회적 운신의 폭을 조절하고, 그 행동 반경을 다시 재조정하지 않을 수 없었다. 소

　책 제목을 '구텐베르크 수사들'로 삼아 보았다. 이 제목을 떠올리게 된 것은 황순원에 대한 글, '구텐베르크 시대의 수행자'로부터였다고 할 수 있지만, 비단 그것으로부터만은 아니다. 오래 전 책을 내고, 글쓰기를 시작하던 때, 즉 첫 평론집 『전환기의 사회와 문학』을 상자하던, 이른바 '1987년 체제'의 성립, 그 직후의 무렵부터가 아니었는가 싶다. 이를 일단 '문명론적 시각'이라고 말해두어도 좋으리라.

　이제와서의 고백도 아니고, 일찍이 스스로 자책하여 오던 바의 사실이지만, 이 땅 민주화에 별로 기여한 바 없는 필자로서는 '1987년 체제'가 도래하고, 문학이 점차 사회의 주변부로 내몰리게 되는 현실에 직면하여 '문학의 위기'라는 것을 점점 강하게 의식하지 않을 수 없었다. 아마도 새로 글쓰기에 입문하는 자의 비장한 자의식 같은 것이 곁들여 그리 됐는지도 모를 일이다. 어쨌거나 그 어수선하던 1990년대 초의 현실에 직면하면서 나는 점점 더 '문학의 위기, 위기의 문학'이라는 것을 일종 화두로 내걸어 사유하지 않을 수 없게 되었다. 문학의 위상이 격하되고, 문학의 자리가 축소되는 것을 불가피한 문명적 현실로 받아들여야 한다고 생각할 때, 이런 세계, 현실에 문필인들, 작가들은 어찌 대응, 대처해야 할까.

　어줍잖은 생각으로 그리하여 90년대의 한국 문학을 바라보는 나의 시각 조정은 겨우, 이제, '상업주의가 불가피한 것 아닌가' 하는 정도의 형태로 주어지지 않았던가 싶다. 숫기 적은 생각으로 물론, 후안무치한 '대중문학' 현상에까지 그 옹호와 변호의 변을 날리기는 어렵다고 생각했었던 것 같지만, 그렇다고 이제 '자본주의'의 전일적 지배 메커니즘이 작동, 관류하는 현실에서 상업주의의 속성 자체를 거

글을 정리하면서 다시 실감하였지만, 그 동안의 나의 글쓰기가 주로 소설 비평과 소설 연구 쪽에 경사되어 있었다는 것은 새삼스럽게 확인하는 바이다. 실로 오랜 세월 동안 나는 소설 연구와 그 비평에 골몰해온 것이다. '한국 현대소설사의 도정(道程)'이라는 제목 아래 묶은 1부의 글들이 표나게 그 점을 다시 증거해 주거니와, 작가론, 혹은 작품론의 글들로 묶은 현장 비평 성격의 글들 또한 그러하다. 실상 '비평'을 전공하느라고 해왔지만, 시 비평보다는 월등히 그 동안 소설 비평 쪽에서 작업해왔음을 말해주는 것이다. 사실, 이상(李箱)론과 서정주론, 그리고 정현종론 등 몇편을 빼면 여기에 실린 글 대부분은 소설론이거나 작가론 성격의 글에 해당한다. 애초에 근대 소설 연구와 소설 현장 비평의 글들만을 따로 모아 한 권의 책을 구성해보자는 기획 의도는 바로 이 사태에서 출발하였고, 그럼에도 순수한 소설론 외의 글들까지 모아 책을 구축하게 된 까닭은 무엇인가.

다시 정리하기로 하면, 책의 제목 『구텐베르크 수사들』에 어울리는 글들을 찾아가다가 결과적으로 이러한 모양새가 되었다고 할 수 있다. 그러니까 또 부연하면 이제 소설가들만이 아니라, 시인들까지도 나에겐 구텐베르크 시대의 한 수행자들로 보인다. 물론 그 장르적 성격에서 시 양식이 소설보다 훨씬 종교적 수행의 성격을 깊이 간직하는 것임은 말할 나위가 없다. 다만 저 이상의 놀이의 시학, 혹은 난센스의 시학까지도 이제 나에겐 한 수행의 자취로 읽힌다는 점이 중요하며, 미당 서정주의 부고에 즈음하여 쓰여진 약소한 미당론의 관점도 이에서 크게 벗어나지 않는다. '미의 사도'로서 헌신했던 그 탐미적, 유미적 자취마저도 일종의 승려적 수행의 자취로 읽혔다는 점이 말하자면 최근의 내가 형성하게 된 일종의 정신적 자장을 투영하는 바라 할 수 있는 것이다. 선적 언어에 대한 경사의 태도가 물씬 묻어나는 것으로 읽히는 근래 정현종 시에 대한 내 독후감의 편린 또한 그러한 정신적 자장에서 멀찍이 벗어나 있지 않다.

그 집필의 본래적 성격으로 말미암아 보다 집중적이고 지속적인 수행의 성격을 반영한다고 할 수 있는 소설 장르와 관련하여 내가 좋아한 근대문학의 작가들, 혹은 현대 작가들이 어느 모로든 그 나름의 독특한 수행자의 면모를 띠고 있다는 것은 내가 이번에 새삼스럽게 발견하고 확인하게 되는 바이다. 식민지 한국 근대의 현실을 침중한 어조로 증언하고 있는 염상섭의 리얼리즘 작풍이 우선 그러하다고 본다면, 채만식, 최인훈 등 중요한 비판적 리얼리즘 계열의 작가들이 보인 언어적 정련의 솜씨, 태도가 또한 그러하였다고 볼 수 있다. 일제 말기를 장식한 한국 순수문학의 정수, 황순원의 초기 소설이 한편 앞서 언급한 바대로 '수행' 개념에 방불한 문학적 정진의 자세 속에 쓰여졌음은 말할 나위가 없는데, 이러한 작가, 소설 세계의 미학들에 대한 개괄적 논의와 함께 전후소설의 두 대표 작가인 선우휘, 장용학의 소설 세계에 대한 계보학적 조명, 그리고 '서울 문학'의 창틀을 통한 박완서 소설 세계의 개략적 논급이 대개 이 책 제1부의 글들을 이루었다. 충남 보령 출신의 작가들인 이문구, 김종광의 소설 세계를 그 문체적 특질을 중심으로 파악하여 조명한 글은 원래 신예 작가 김종광에 주안하여 쓰여진 글이기 때문에 2부에 편성하여 내보이는 것이 타당할 수도 있겠으나, 이문구의 위치를 감안하여 우선 1부에 배치하게 되었다.

2부를 이룬, 대개 1990년대 소산의 작가들에 대한 일련의 논평 속에서 우선 눈에 띄는 점은 이들 중 벌써 타계하여 우리와 계(界)를 달리한 작가들이 주어지고 있다는 점이다. 2부의 가장 앞선 자리를 나는 최근 『나는 아주 오래 살 것이다』라는 제목 아래 소설과 존재에 대한 비관적 전망의 글을 쏟아낸 바 있는 이승우 소설에 바치고 있지만, 1990년대 소설의 우울한 몰락 기운은 실상 벌써 그 이름이 가물가물해지고 있는 김소진, 채영주의 부음 사실들에서 예고되고 예감되었던 것 아닌가 생각한다. '죽음'이라는 뜻밖의 사태에 즈음하여 많이는 흥분된 상태 속에서 쓰여졌다는 것을 지금에 와서 느낄 수 있으나, 어쨌든 이 글들 역시 불혹의 시기를 전후하여 오늘의 나, 오늘 나의 의식을 형성하는 데 중요한 계기의 일부를 이루었다는 것을 부인할 수 없다.

모아놓고 보니 의외로 많은 글들이 '해설'이라는 기능과 밀접한 관계 속에서 쓰여진 글들임을 알 수 있다. 이인화 소설의 맹점에 대한 질타의 글 등, 한때 혈기방장하여 맹렬하게 독설을 뿜어내곤 하였던 저 비판적 정열의 30대 시기 논평의 글들이 전혀 눈에 띄지 않는 것도 아니지만, 의외로 그 동안, 내가 생각해도 깜짝 놀랄 만큼, 대상 작가의 소설 세계에 대한 차분한 어조의 설명투 글들이 많이 쓰여지고 있었다는 것은 내 자신도 미처 의식하지 못한 바의 비평적 사실이다. 덕분에 생래의 험인 흥분된 기질이 많이는 완화되었다는 것을 느낄 수 있으며, 나로선 이 정도만 해도 상당한 수행의 득실이라 하지 않을 수 없다. 비판의 날이 많이 무디어진 한편에, 인생을 관조하려는 자의 여유가 좀더 넉넉하게 묻어날 수 있다면, 현재의 나로선 더 이상 바랄 것이 없다. 누가 뭐래든 모름지기 수행의 자세로 묵묵히 나아갈 수 있다면 언젠가는 나의 업도 작으나마 결실을 이루는 날이 오지 않을까 기대해 본다. 무엇을 이루든 못 이루든, 글쓰기 자체가 하나의 수행으로 좀더 나은 문장을 쓸 수 있다면 그것으로 족할 터인 것이다. 언젠가, 언젠가, 청사에 남을 만한 글을 꼭 한번 쓰고 싶다.

오랫만에 책을 내는 감회로 말이 매우 길어지고 말았지만, 이번 책의 발간은 순전히 역락 출판사 이대현 사장의 호의에 빚진 바 크다. 오랫동안, 책은 내서 뭐 하겠나, 라는 생각을 해 왔지만, 애비의 무덤 앞에 서고 보니 또 내가 책 내고 글 쓰는 일 외에 무얼 하겠나, 하는 생각에 사로잡히게 되었다. 하지만 그러고도 적절한 출판사를 찾지 못해 마냥 부지하세월처럼 속만 끓이게 되더니 이번 이 사장의 호의에 힘입어 이렇듯 그럴 듯한 의장을 갖추어 입게 된 것이다. 물론 책이 되어 나오기까지 물심양면 필자를 도와준 사람은 여기서 그 면면을 다 일일이 밝힐 수 없을 정도로 많기만 하다. 언젠가 혼자 남은 에미를 위해 바칠 책이 주어질지 모르지만, 내 피붙이, 형제들이 이제 나로 하여금 글쓰기에 전념할 수 있도록 여건을 마련해 주고 있다는 점은 나에게 무엇보다 기쁘고 감사한 일이 아닐 수 없다. 일찍이 자식의 길에 대해 염려와 불안이 많았지만, 생전에 마지막으로 글쓰기의 의미를 스스로 실천해 감득케 해준 지하의 선친께는 여기서 또 뭐라 다시 밝힐 말이 없다. 내 학생들 모두 나에게 격려와 고무 아끼지 않았지만, 특별히 곽상인 군과 지강현 군이 이번 저서 발

간의 처음부터 끝까지 수고와 노고를 아끼지 않고 작업해 주었다. 이
자리를 통해 깊이 사의를 표하는 바이다. 책을 만드는 편집부 여러분
의 수고는 언제나 수행 자체의 공덕이 무엇인지를 스스로 산화하여
보여준다. 그대 수좌여, 고장난명(孤掌難鳴)이여! 어느 때에 길이 하늘
에 이르겠는가? 할!

2005년 7월
장마 후의 서초 우거에서

‖ 차례 ‖

제1부

한국 현대소설사의 도정(道程)

한국 근대소설로의 길

염상섭 소설의 행로

1. 대표작과 개작 작업

염상섭의 소설은 한국 근대소설사가 낳은 황금광의 하나이다. 그의 문학의 대표작으로는 흔히 「표본실의 청개구리」, 「만세전」, 「삼대」 등이 꼽힌다. 이 세 주요 역을 통과하는 것은 그러므로 염상섭 문학에 이르는 고속전철이자, 한국문학 최고의 황금노선에 이르는 길이 아닐 수 없다. 역사의 보편 이념이자 한국사의 내재적 목표인 근대성을 향하여 이 길은 나 있다. 근대소설이 무엇이고, 근대적인 예술가의 길이 어떤 것이고, 또 근대의 세계에서 각인이 어떻게 살아야 할 것인가의 문제를 염상섭처럼 고민한 작가도 우리 문학사에서 달리 찾아보기 어렵다. 한 작가의 문학세계는 그 작품들의 총체로 규정되는 것이지만, 시간이 지나면서 남게 되는 것은 아무래도 그의 대표작이다. 대표작만이 살아남아 오래도록 시간 속의 향기를 내뿜는 것이다. 한 작가의 문학세계 중에서도 유독 본질적인 세계라 함은 이런 작품들의 세계를 두고 말함이다. 때로 작가의 의지와 상관없이 질적인 작품들은 살아 남게 되지만, 영민한 작가라면 자신의 문학적 운명이 무엇으로 가름될지 잘 예감한다. 스스로 반복해서 자신의 작품에 절차탁마의 손길을 입히고, 보다 오래도록 시간의 횡포에 저항하도록 마감질해 두는 것은 그 표징이다. 반복된 개작작업을 통해 가능하면 영원무궁토록 자신의 작품이 살아남기를 작가는 은밀히 꿈꾸는 것이다. 염상섭의 대표작은 바로 그런 시간 속의 수난이 또 한 대표 실례이다. 판본의 문제가 제기되는 것은 이 때문이다.

2. 판본 문제

염상섭 문학에서 판본의 문제가 간단치 않은 것은 개작에 대한 작가의 열정이 남달랐기 때문만이 아니라, 발표 당시 검열의 상황을 포함한 여러 가지 문자 상황이 여의치 못했기 때문이기도 하다. 염상섭이 초기 소설을 발표하던 1920년대 전반기로 말하면 한국 근대소설의 초창기라 해도 좋을 정도의 시기이며, 이 시기에 한글 문체의 정립이 아직 요원한 상태에 있었다는 것은 주지하는 바이다. 더구나 총독부의 검열체제가 실제 발표 원고를 손상시킨 면도 있고, 또 작가로선 그런 검열의 상황을 자꾸 의식하다 보니 마음껏 쓰지 못했다는 아쉬움과 미련의 심리상태에 놓일 수도 있었다. 「만세전」이 세 번씩이나 다시 씌어지게 된 이유에는 저간의 위와 같은 사정이 깊이 개입된 탓이라 할 수 있다. 그러니까 1922년 최초로 ≪신생활≫지에 연재를 실시하던 도중, 3회를 마감으로 중도 하차하게 된 것은 당시 검열 당국의 과잉된 반응으로 말미암아 잡지 자체가 폐간에 이르게 된 연유라 할 수 있고, 이에 작가가 상당한 자의식의 손상을 입었던 것은 충분히 짐작되는 바이다. 다행히 작품은 1924년 ≪시대일보≫로 옮겨 연재 완결에 이를 수 있었거니와, 바로 간략한 손질을 거친 끝에 같은 해 '고려공사'에서 출판된 단행본 판본을 검토해 보면 오늘날 독자들이 접근하기에는 매우 힘든 소위 국한 혼용 문체가 구사되어 있음을 한눈에 알 수 있다. 해방 후 1948년에 와서 '수선사'본이 다시 출판될 때, 그런 저런 아쉬움과 미흡함으로 이 작품이 대폭 손질을 입게 된 것은 1920년대 상황과 해방 후 상황의 저러한 총체적인 문자적 상황변동에 연유된 바라고 할 수 있다. 이로써 오늘날 우리는 적어도 「만세전」에 관한 한 4개의 판본을 가진 형편에 놓여 있게 되었거니와, 일반 독자를 위해서라면 오늘날 대개 1948년 '수선사'본을 제공하는 것은 타당한 일로 보인다. 근대소설 초창기의 문체를 오늘날 독자에게 강요하는 것은 무리하고도 무모한 일로 판단되기 때문이다.

「삼대」의 경우라면 이와 같은 텍스트 담금질이 어떻게 이해될 수 있을까. 「삼대」의 경우에도 최소한 두 가지의 판본이 나란히 놓여 있어 주의 깊은 검토가 수반되지 않으면 안 된다. 연재 당시의 신문 게재본과 여기에 상당한 수준의 개작 손길이 입혀진 단행본 발간본이 그것인데, 이 중 하나를 선택하는 일은 보다 주의 깊은 검토를 요하는 문제라 할 수 있다. 결론부터 말하자면 「삼대」의 경우에는 단행본 판본보다 연재본 쪽으로 가야한다는 것이 최근 연구가들의 대체적인 견해라고 할 수 있다. 연재본 자체가 엄연한 한글 문체를 구사한 것이기에 문체상의 까다로움이 있을 수 없고, 어차피 일제하에서 고쳐진 것이기에 이데올로기적인 상위도 그리 커다란 것이라고 말할 수 없기 때문이다. 그렇다면 워낙 장편인 탓에 작품 내부적인 합리화를 위해 이리저리 손을 댔다고 하는 구석이 오히려 덧칠로 말미암아 개악의 느낌을 주는 곳도 없지 않고 하니, 차라리 연재본 원형으로 돌아가는 것이 보다 타당한 선택이라 할 수 있다는 결론이 나오는 것이다.

3. 염상섭 소설의 문학사적 의의

연구자가 아닌 일반 독자의 입장에서라도 염상섭 소설이 차지하는 문학사적 의의에 대해서 미리 간단한 선이해를 가져 둘 필요가 있겠다. 흔히 한국소설사에서 근대소설을 본격적으로 출발시킨 공덕은 「무정」의 업적으로 기려지거니와, 「무정」이 끼친 소설사적 음덕을 충분히 존중한다 하더라도 모든 공적이 또한 「무정」에만 집중되어 있는 것으로 인식한다면 이는 위험한 일이라 하지 않을 수 없다. 도대체 모든 역사가 하루 아침에 시작되고 끝나는 것일 수 없는 마당에 역사의 중첩과 누적이라는 원리는 소설사의 경우에도 전적으로 예외일 수 없는 것이다. 출발 주자의 공적이 있었다 하면, 계승 주자의 공적이 있는 것이고, 만약 모든 역사가 또 부정과 지양, 계승과 단절의 변증법적 과정에 의해 전개되는 것이라 함을 전제한다면 이광수의 소설을 부정하면서 이어받고, 지양하면서 단절시킨 후대의 소설사적 공적역시 그만큼은 높이 평가될 만한 것이다. 예컨대 이인직 없는 이광수를 상정할 수 없다면, 또 그만큼 「무정」이 노정시킨 소설사적 한계에 대하여 그것을 극복하고자 후대의 노력들 역시 주의 깊은 평가와 비판의 시선 아래서 조명되었을 때, 역사에 대한 보다 구체적이고 전체적인 인식이 심화되는 것이라 할 수 있는 터이다. 그렇다면 1920년대 초기에 계몽주의를 넘어서 근대적 소설 형식의 자율성을 확립한 공적이 누구에게 돌아가야 하느냐의 문제가 남는데, 이 점과 관련한 문맥에서 크게 두 사람의 작가, 즉 김동인과 염상섭의 공적이 부각되는 것임은 주지하는 사실이다. 이 중 어떤 사람의 손을 들어 주는 것이 보다 타당한 역사적 선택이 될 것인가. 대개 단편소설 중심과 장편소설 중심이라는 장르적 갈림길의 문제가 이 선택 속에 놓여 있어서 논자마다 판단이 다를 수는 있지만, 만약 작품 하나만을 꼽으라면 근래 많은 논자들이 「만세전」 쪽으로 기우는 것은 하나의 대세랄 수 있다. 그만큼 단일한 작품으로 「만세전」을 능가할 만한 작품이 적어도 이 시기의 작품 중에서는 찾아지기 어렵기 때문이다. 아니 식민지시대 전 기간에 걸쳐서 식민지적 현실과 봉건적 현실의 중첩 모순을 잘 묘파한 소설도 달리 찾아보기 어렵다는 것이 「만세전」 주창자들의 의견이다. 물론 「만세전」 한 편만으로 염상섭 문학의 전 공적이 수습되고 마는 것이라면 그러한 문학사적 가치부여의 논법 역시 풍부한 설득력을 갖추기 어려우리라. 그렇지 않고, 「표본실의 청개구리」, 「삼대」 등을 위시한 여러 작품들이 「만세전」 주변을 위요하고 있기에 염상섭 문학에 대한 저러한 고평이 마침내 설득력을 갖추는 것이다.

4. 염상섭의 이력과 소설 성과

염상섭의 이력 중 가장 눈에 띄는 점은 초창기의 한국 작가 중 일본에서의 근대교육 수학기간이 가장 길고, 또 십대와 이십대를 포함한 소년기와 청년기의 편력이 유난히 왕성한 양상을 띠고 있다는 점이다. 그가 조선조 말 대한제국 원년의 1897년에 선친이 군수를 지낸 중산층 가정의 넷째로 태어난 것은 잘 알려진 사실인데, 일찍이 대가족 속의 조부 아래서 한문을 수학하고, 관립사범보통학교와 보성

중학을 거쳐 중학 2년 과정에 일본 유학으로 나아간 것은 16세 되던 1912년이었다. 이로부터 일본 마포중학과 성학원을 거쳐 교토 부립 제2중학교를 졸업하고 경응대 문과 예과에 입학, 겨우 한 학기만에 중퇴함으로써 수업시대를 마치게 되는 것이 22세 되던 1918년이었다. 이 정도의 학력이란 지금으로 봐선 아무것도 아니지만, 신문학 초창기의 학력으로선 가장 지속적이고, 동시에 내면의 드라마를 심각하게 간직한 것이라 할 수 있었다. 가령 신소설 작가를 대표하는 이인직이 잠깐 동안의 신문사 견습에 불과한 유학 경력을 가지고 있다거나, 합해서 약 5~6년의 유학기간을 가지고 있다 해도 이광수의 그것이 1, 2차로 분절되어 있었던 것, 김동인의 그것이 또한 정규 학제의 과정에는 전혀 미치지 못하고 근대예술에 대한 견문의 시절을 조금 가진 정도에 불과하다는 것에 비하면 근대에 대한 염상섭의 수학과정이 훨씬 지속적이고, 동시에 여러 학교를 옮겨 다님으로 말미암아 내면의 드라마를 깊이 형성한 자죽의 과정이었음을 알 수 있는 것이다.

청년기의 편력이라는 각도에서 보더라도 깊은 내면적 체험을 각인할 기회가 많았음을 염상섭의 생애는 보여준다. 수업시대를 마치면서 바로 기자 아르바이트생활과 ≪삼광≫ 동인회에의 가담 등으로 문필업에 접근한 염상섭이 오사카 체류 중 국내의 3·1운동 소식을 듣고 독립선언을 모의하다가 피체당한 것은 유명한 사건이다. 이 사건으로 그는 삼 개월 금고 처분에 처하게 되었거니와, 계속된 편력생활 중 인쇄소 직공 노릇을 전전하면서 나름으로는 습작기를 형성하였던 것으로 보인다. 결국 그의 평생의 의형인 진학문의 천거에 의해 창간 ≪동아일보≫의 정경부 기자가 되어 귀국하는 것이 1920년, 그의 나이 24세 때이거니와, 이 해에 '폐허'를 결성, 신문학운동에 본격 가담을 선언하게 되는 것이 그의 문학적 입문과정의 중요한 행적이라 할 수 있다.

　이것으로 물론 그의 청년기 편력생활의 종지부가 찍힌 것은 아니었다. 동아일보 퇴사와 함께, 잠시 오산학교 교원생활을 거친 뒤, 1921년 《개벽》에 「표본실의 청개구리」를 발표함으로써 작가로서의 입신을 알린 그는 이제 작가 노릇과 기자 노릇의 병행이라는 시기에 접어든다. 《동명》의 학예면 기자로 활동하면서도 《개벽》에 「개성과 예술」 등의 평론들을 발표하는 한편 《신생활》에 「묘지(만세전)」를 연재하게 되는 것이 그 다음해 1922년이었던 것이다. 「묘지」의 연재는 그러나 3회 만에 일단 막을 내리고, '조선문인회' 등의 결성 작업에 참여하는 한편 최초의 창작집 『견우화』를 발간하게 되는 것이 또 그 다음해 1923년의 양상이다. 이어서 다음해 개제된 작품 「만세전」을 《시대일보》에 연재 완료함으로써 만천하에 작가의 탄생을 알린 셈이 되거니와, 이 해에 단행본 『만세전』(고려공사)까지를 출간함으로써 바야흐로 염상섭의 시대 개막은 문학사에 지울 수 없는 자취로 남게 된다. 이후 「진주는 주었으나」, 「윤전기」 등을 발표한 뒤, 2차 도일로 다시 나아가, 자신의 문필 반경을 좀더 확대하려는 의욕에 젖어들게 되는데, 약 2년간의 체류 끝에 별 성과 없이 돌아오게 되는 이 2차 도일기까지도 그의 전 생애의 과정으로 보면 청년기 편력기의 일부라고 할 수 있다.

　일본으로 옮겨갔다 해서 작가생활을 중단한 게 아니라 오히려 「사랑과 죄」, 「이심」 등의 장편 연재를 시도함으로써 이 시기부터 그는 전업작가로서의 확실한 면모를 견지하게 되거니와, 돌아온 후 결혼제도에 입적함으로써 청년기 편력생활을 마감하게 된다. 이후 조선일보에 입사하고, 「광분」, 「삼대」, 「무화과」, 「백구」 등의 연재에 집중, 신문소설 작가로서의 그의 본격 행보가 열리게 되는데, 이에 회의를 느낀 탓인지, 1936년 만선일보 편집국장으로 자리를 옮겨감으로써 그의 전반기 작가생활의 종지에 나아가게 되는 것이 식민지시대 공간 안에서의 염상섭의 대략적인 문필 행적이라 할 수 있다. 이처럼 약 15년 전후되는 기간에 한국 근대문학 성립기의 문단 궤적을 중심에서 행위 해 나간 작가가 염상섭이랄 수 있으며, 무엇보다 「만세전」과 「삼대」를 위시한 일상적 현실의 묘사 장편들을 산출함으로써 부르주아시대 서사시로서의 소설의 장르적 성격을 분명히 한 공적이 이 작가에게 배당될 수 있다. 이 일상적 현실감각은 크게 말하여 소년기의 수업시대, 청년기의 편력시대, 그리고 작가 노릇과 기자 노릇을 겸임하던 자본주의시대 문필 파수꾼의 온갖 체험, 이력이 총집성하여 이루어진 것인 셈인데, 당대의 시대를 눈 부릅뜨고 지켜보고자 한 상황감시, 현실폭로의 끈질긴 의지가 저러한 다대한 분량의 소설 성과를 가능케 했다고도 거칠게나마 요약할 수 있을 것이다.

5. 「표본실의 청개구리」

「표본실의 청개구리」가 한국문학전집의 한 자리를 차지할 수 있는 것은 그것이 단순히 염상섭다운 창작방법의 원형이 놓여 있고, 또 그 고백체에 의거된 문면에 당대 의식 있는 젊은이들의 한 편모가 잘 나타나 있기 때문이다. 이 작품이 비록 ≪개벽≫ 1921년 8~10월호에 분재된 작품이긴 해도 당시 '폐허'파의 내면 풍경을 그대로 옮겨 놓은 작품이라 함은 잘 알려진 사실이다. 자의식이 강한 염상섭은 김동인처럼 섣불리 자신의 데뷔 작품을 동인지에 싣는 무모한 행동은 하지 않았는데, 대신 염상섭은 자신의 동인지에 소설 작품이 아닌 수필 「저수하에서」를 실어 놓고 있다. 이때까지 염상섭 자신이 아무런 창작품을 소유하고 있지 않았기 때문이라고 할 수는 없다. 작가에 의하면 초기 3부작 중 하나인 「암야」의 초고가 이미 1919년 단계에서 씌어져 있었음을 알 수 있기 때문이다(김윤식, 「염상섭연구」, 제1부 6장 11절 참조). 스스로 소설가가 되고자 하는 강한 의욕을 피력하고 있음에도 불구하고(「저수하에서」), 동인지에 소설 작품의 게재를 망설인 것은 그다운 사려깊음의 표시라 할 만하다. 이미 평론에 손을 대어, 김환의 소설을 혹평하고, 김동인과 격렬한 논쟁을 벌인 바도 있는 염상섭이 함부로 미완의 소설 작품을 내놓을 수 없었음도 물론이다. 대신 신중한 모색 끝에 창조파를 깜짝 놀라게 할만한 역작을 발표하리라 그는 꿈꾸었는데, 오산학교 교원 노릇을 하면서 상당한 공력을 들인 끝에 완성한 작품이 결국 「표본실의 청개구리」(이하 「표본실……」)인 것이다. 과연 김동인은 '새로운 햄릿의 출현'이라고 깜짝 놀라는 반응을 현출하였으며, 이 작품이 우리 근대소설 초기에 녹록지 않은 음영을 드리우게 된 것도 신문학 초창기 멤버들간의 저와 같은 보이지 않는 경쟁의식에 촉매의 메커니즘이 들어 있었기 때문이라고 할 수 있다.

이 「표본실……」이 징후적인 것은 그다운 창작방법이 이미 이 작품에서 어느 정도 정련의 모습을 보인다는 점에 있으며, 동시에 그 창작정신까지가 비록 간접화법의 형태를 빌려서나마 뚜렷한 정체를 발하고 있다는 점에 있다. 이 작품의 제8장 Y의 편지 중 '현실폭로의 비애'라는 어구가 그 창작정신을 대변하는 구절인 것인데, 여기서 이미 염상섭 특유의 자연주의적 태도가 깊이 의식되고 있었음을 확인할 수 있다. 말하자면 부르주아시대의 서사시라는 일상성의 묘사정신에서 한걸음 더 나아가 부조리한 현실폭로의 정신에 그의 산문정신이 육박하고 있었음을 이는 시사하는 것인데, 이 자연주의의 소설정신이 졸라 원천의 불란서적의 문맥을 넘어 일본으로 이입되면서 제도적 현실에 대한 저항의 정신으로 확대되어 예술가 일반의 보편적 태도로서 수용되기에 이르렀음은 잘 알려진 사실이다. 소설이냐, 삶이냐의 대립항보다도 예술이냐, 존재냐의 보다 근원적인 일반항으로서 이 자연주의적 정신이 사유되기에 이르렀음은 그런 일본적 자연주의의 풍토를 반영하는 것이라 할 수 있다. 소설 이전에 예술이며, 예술 이전에 사상이며, 사상 이전에 죽음이냐 삶이냐의 문제가 보다 원초적인 문제로서 의식되었던 것은 이러한 사유방식 정신풍토에 말미암은 것이라 할 수 있다.

자주 간과되고 있는 사실이지만, 「표본실……」의 표면적 주제가 죽음과의 대결의식이라는 형국을 취하고 있음은 이 사실을 증거하는 바라고 할 수 있다. 여기서 죽음과의 대결의식이란 곧 자살충동과의 대결의식이라는 형태를 빚고 있는데, 그것을 상징의 형태로 제시해 놓고 있는 것이 곧 이 작품의 제목으로 되고 있는 '표본실의 청개구리' 풍경이라고 할 수 있다. 여기서 문화적 영향의 기묘한 굴절관계를 짐작할 수 있는데, 졸라가 강조했던 실험, 해부의 자연주의 문학 정신이 삽화적인 표상의 형태로 또 다른 문맥 속에 굴절되어 원용되고 있는 것이 이러한 '표본실의 청개구리' 형상이라 할 수 있는 것이다. 그 원천의 문맥이야 어찌 되었든, 염상섭이 이러한 삽화 장면을 끌어들여 말하고자 하는 바는 신경증과 강박관념의 형태로 포로잡힌 바 되어 있는 화자—주인공 X의 과민한 죽음의식, 그 원초적 생명의식이라 할 수 있는 터이다. 이 신경증의 주인공이 폐허파의 동인들과 어울려 저 남포까지 내려가 광인 김창억을 만나는 것으로 이야기는 구성되어 있는데, 의식의 죽음과 등가된 이 광기의 상태가 무엇을 의미하고 그 연유가 어찌 되었는가를 밝히는 데 작품의 상당 부분이 할애되어 있다. 이 광기의 정신적 원인이 가족관계의 파탄으로 파악되어 있음은 나중 「삼대」로 개화하게 될 염상섭 특유의 가족주의적 면모가 이미 이 시기에 싹을 보이고 있었음으로 주목될 수 있거니와, 염상섭의 세계관적 특질이 합리적, 중성적, 일상적 세계관의 그것으로 변별될 수 있음은 이처럼 상식적인 가족주의적 인륜의식에 그의 세계관의 기초가 마련되어 있음을 통해 확인할 수도 있다. 죽음과 광기라는 근대적 자아의 인식소를 설파하면서도 기실 그의 세계관이 일상적 합리주의의 세계에 깊이 뿌리를 드리운 것임은 수필 「저수하에서」를 통해서도 직설적 언어의 방식으로 토로되고 있다.

「표본실……」가 중요한 것은 염상섭 문학의 여러 원형적 요소들이 잘 다듬어지지 않은 채 맨얼굴을 드러내고 있음으로 살펴질 수 있다. 전기적으로 그것은 동아일보 사직 후 오산학교 교원으로 옮아가기까지 심경 고백을 담고 있으며, 죽음과 광기의 충동을 넘어서 허언(虛言)의 형식인 소설이 인생에 참답게 기여하는 방식이 무엇인가를 묻고 있다. 몽환의 세계를 추구하고 있다는 점에서 그것은 도스토예프스키적인 소설세계의 영향을 또한 짙게 반영하고 있는 것이긴 하나, 김창억의 전기적 생애가 아직 채 유기적인 소설 언어의 육화를 입지 못하고 생경하게 삽입된 형태를 취하고 있다는 점에서 진정한 작가의 탄생을 위한 전 단계의 마련에 그것은 임하고 있는 것으로 평가될 수 있다. 풍부한 작가적 소양을 간직한 채, 단지 습작기의 부족으로 구체적인 소설 언어의 운영에 서투름을 노정하였을 뿐인 이 단계의 작가는 바로 데뷔작의 한정된 성공을 발판으로 다음해 바로 문학사의 기념비적 작품에 도전하게 된다. 3·1운동을 전후한 시기의 조선 사회의 현실에 자연주의라는 가열한 '현실폭로의 비애' 정신으로 무장하여 도전하게 되는 「묘지」, 곧 「만세전」의 이야기가 그것이다.

6. 「만세전」

「만세전」이 왜 중요한가를 따지는 일은 물론 간단치 않다. 이것이 학(學)의 이름으로만 따져질 성질의 것이 아님도 분명하다. 대학에서 설정된 인문학의 일종으로서 '문학'이 많은 것을 해명하는 듯하지만, 실제로 아무것도 해명하지 못하는 실정에 있음은 문학 연구자라면 누구나 아는 사실이다. 문학(학)의 분야에 크게 문학이론 분야와 문학 사 분야, 그리고 문학비평의 분야가 따로이 설정될 수밖에 없는 이유 도 여기에 있다. 작가론과 작품론의 분야를 대개 문학비평의 개념으 로 인지할 수밖에 없는 이유는 그것이 결국 객관적인 '학'의 이름으 로서 보다 주관적 성격을 면하기 힘든 '비평'의 이름으로 재단될 수밖 에 없다는 것을 이 사실은 뜻하는 것이다. 그러므로 어떤 사람은 「무 정」이 더 낫다고 하고, 또 어떤 사람은 「삼대」가 낫다고 하고, 또 어 떤 사람은 「고향」이 낫다고 하는 식으로, 의견이 갈리게 마련이다. 그럼에도 불구하고 대학에서의 문학의 학은 문학사에 존재하는 모든 작품들에 위계질서를 마련하기를 회피해서는 안 된다는 것, 그것을 이론적으로 정립하지 않으면 안 된다는 것, 여기에 문학이론 분야와 문학사 분야, 그리고 문학비평 분야가 서로 얽혀 뒤엉키지 않으면 안 될 문학(학)의 필연적인 어려움이 있는 것이며, 그 점에서 「만세전」에 대한 논의는 좋은 하나의 시금석이 될 수 있다. 왜 「만세전」이 한국 근대소설사에서 뚜렷한 한 위치를 가질 수밖에 없는가.

「만세전」의 위상을 따져 보기 위해서라면 간략히라도 우선 「만세 전」 이전의 소설사를 점검해 보지 않으면 안 된다. 요컨대 「무정」이 놓인 위치를 정확히 판별해 내는 문제이다. 이것이 우리 근대소설의 여명을 알린 작품이라 함을 부정하기는 어렵다. 그것은 그만큼 이전

단계의 신소설을 훨씬 능가한 것이 틀림없고, 그렇다고 「무정」 바로 앞단계에서 ≪매일신보≫ 지면을 수놓았던 소위 번안류의 소설들과 그것의 문학사적 가치가 동렬에서 논해지기란 것도 시각의 경천동지 할 전환이 없고서는 망발이 되기 쉽다. 이처럼 「무정」의 문학사적 가치라는 것도 선행의 작품들과 견주어지는 자리에서만 그 상대적인 비중이 가름될 수 있는 것이다. 그렇다면 신소설과 비견된 자리에서의 하한가와 이후 소설과의 대비를 통해서 매겨질 수 있는 「무정」의 상한가의 높이는 어느 만큼일까.

김동인이 「조선근대소설고」와 「춘원연구」를 통해서 반복하여 강조한 바 있듯이, 이광수 소설이 근대소설로서는 또한 많은 약점을 안은 작품임은 여러 사람들에 의해 지적된 바 있다. 우선 그것이 계몽주의의 소산이라는 점이 그렇고, 최초 '박영채전'의 성격으로 구상되었다는 점에서 서사 구조상에 여러 불합리의 요소를 갖추고 있다는 점이 그렇다. 또한 문체의 측면에서도 구소설의 테를 완전히는 탈각지 못한 양상을 보이기에 근대성 미달의 측면이 지적될 수 있다. 이러한 점으로 「무정」이 1917년의 시점에서 ≪매일신보≫ 지상에 발표된 소설이라는 점만큼 이 소설의 한계를 뚜렷이 객관화하는 사실은 달리 없다. 그것이 아무리 민족적 계몽주의의 정열에 의해서 씌어진 작품이라 하더라도 3·1운동 이전단계에서 총독부 기관지상에 버젓이 연재될 수 있었다는 것은 이것의 내재적 가치 한계를 함축적으로 시사하는 바가 아닐 수 없는 것이다. 따라서 민족사의 분수령인 3·1운동을 넘긴 마당에 1920년대의 시점에서 또 다른 획시기의 작품이 출현할 것을 문단 내외가 기대해 마지않았던 것은 역사의 당연한 요청에서 비롯되었다. 그것은 그런만큼 이제 허가받은 이데올로기의 소산으로서가 아니라 총독부의 검열 당국과 격렬하게 부딪치는 성숙한 민족적 자의식의 소산이어야만 했다. 바로 이러한 요건을 갖춘 작품으로 문학사는 「만세전」을 가질 수 있었던 것이니, 이광수의 「무정」의 자리와 뚜렷이 대비되는 자리로서 「만세전」의 문학사적 위치란 우선 하한가와의 비교 척도에서 분명히 설정될 수 있다.

「만세전」이 왜 좋은 작품인가에 대한 설명이 한편 작품 내재적 가치의 인증 차원에서 보완되어야 할 것은 물론이다. 「만세전」이 좋은 작품이라 함은 곧 구조적 견고함의 성격으로 바꿔 말해질 수 있는데, 이 구조적 견고함의 한 예증으로 우리는 다수 판본의 존재 사실을 다시 한번 환기해 낼 수도 있다. 여러 번 개작했기 때문에 단단하다는 뜻에서가 아니라 여러 번 고쳐졌음에도 불구하고 그 원형이 전혀 손상되지 않을 수 있다는 점이야말로 그 원형 자체의 구조적 견고함을 입증하는 바에 다름 아니라고 할 수 있기 때문이다. 이 작품이 최초 연재 당시에 총독부 당국의 무차별한 검열로 전면 삭제되기에 이르렀음은 앞서도 지적한 바 있거니와, 그 후 ≪시대일보≫ 연재본, 단행본 고려공사 판본, 그리고 해방 후 수선사본에 이르기까지 누적된 가필에도 불구하고 작품의 골격은 전혀 손상을 입지 않았음이 여러 논자들에 의해 동의되고 있는 바이다. 예컨대 1924년본과 해방 후 수선사본 사이에 꼼꼼한 본문 대조를 시행한 바 있는 이재선에 의하면(「일제의 검열과 '만세전'의 개작」, ≪문학사상≫, 1979. 11) 문면의 심각한 상위가 일어난 곳이 십수 개 부분에 달한다고 지적되고 있으나, 의미구조의 심각한 변동이 일어나고 있다는 증거는 어느 곳에도 없다. 문면의 변개 사실만을 주목한다면 판본의 변천과 함께 구조적인 변동까지가 일어나고 있다는 지적은 일단 대두할 법하나, 우리가 만약 작품 구조라는 커다란 틀의 차원에서 조감한다고 할 때, 개작 효과는 상대적으로 미미했다는 것을 판정할 수밖에 없기 때문이다. 이 점을 확인하는 데는 구조주의라는 문학이론의 도움이 조금 필요할 듯하다.

구조주의 이론에서 작품을 이루는 세 가지 층위는 대개 서술 구조, 서사 구조, 의미 구조라는 층위들로 나누어진다. 「만세전」의 출중함은 이 세 가지 구조 층위가 어느 한 자락 부족함이 없이 합리적 구조화를 이루고 있다는 점에서 찾아질 수 있는데, 우선 서술 구조의 층위에서 보아 그렇다. 앞에서 「표본실……」 역시 일종의 고백체 형식을 띠고 있음을 지적한 바 있거니와, 문체의 측면에서 근대소설의 한 전형으로 일컬어지는 고백체의 형식이 「만세전」에서 한국적 모범의 양상을 구유하고 있다는 점은 단순한 사실이 아니다. 왜 고백체가 근대적 소설 문체의 전형인가. 이에 대해서 자세히 설명할 여유는 없지만, 간단히 시점의 문제로 생각해 보면 소위 전지적 시점의 소설보다 이 일인칭의 고백체 형식이 훨씬 합리적 형식을 이룰 수 있다 함은 여러 문학이론가들, 특히 사르트르와 같은 논자에 구구히 설명된 바 있다. 간단히 말해서 마치 신의 관점에서 소설 세계에 대한 인지를 행사하고 있는 듯한 전지적 시점의 소설 방식이란 신이 거세된 세계에서 신적 자의성에 의존한 지적 횡포의 소설 방식으로 이해될 수 있다는 것이다. 작가 역시 작중인물들과 마찬가지로 인간적 한계 안에서 지적 인지능력을 행사할 수 있음에 불과한 것을 인정한다면 인물의 내면을 투시할 수 있는 인지 가능성은 현저히 좁아진다. 이 때문에 현대소설은 보다 직접적인 내면 토로의 가능성을 가진 일인칭 소설에 의존하는 경향이 증가하게 되며, 삼인칭이라 하더라도 전지적 시점이 아닌 한 사람의 초점 화자에 시점을 고정하는 방식이 일반화하게 된다. 바로 이러한 맥락에서 소설 형식이 합리화를 향한 진보의 도정에서 고백체의 형식이 근대소설의 유력한 전형으로 되며, 따라서 「만세전」의 문학사적 가치 내재성 역시 이와 같은 고백체 형식의 확립이라는 의미와 무관하게 논해질 수 없는 것이다. 근대성의 또 한 척도가 되는 내면성의 증가라는 각도에서도 고백체의 도입이 그것을 비약적으로 증가시킨 결정적 요인임은 자주 지적되는 바이다(김윤식, 『염상섭 연구』 제1부 4장 참조). 「무정」과 비교한다고 할 때, 「무정」에도 또한 내면 묘사의 양상이 등장하지 않는 것은 아니지만, 「무정」보다 훨씬 넓고 깊은 내면적 고민, 내면적 사변의 현실이 여기에는 투영되어 있다.

그렇지만 고백체라고 해서 무슨 대단한 서술 기법을 가진 것이라고 할 수는 없다. 최초의 원본에 "조선에 만세가 일어나던 전해 겨울이었다. 그때에 나는 반쯤이나 보던 연종시험을, 중도에 내어던지고 급작스레 귀국하지 않으면 아니 될 일이 있었다"로 시작하는 간단한 문장의 도입 사실이 의미하는 바가 그것인데, 그렇지만 이 간단한 회상 시점의 도입에 이 소설의 서술 구조를 관통하는 미적 형식화의 요체가 숨어 있는 것이다. 이 도입 문장이 수선사본에 가서는 "조선에 '만세'가 일어나던 전해 겨울이다. 세계대전이 막 끝나고 휴전조약이 성립되어서 세상은 떠들썩한 때이다. 일본은 참전국이라 하여도 이번 전쟁 덕에 단단히 한밑천 잡아서, 소위 나라킨(成金), 나라킨 하고 졸부가 된 터이라, 전쟁이 끝났다고 별로 어깻바람이 날 일도 없지마는, 그래도 또 한몫 보겠다고 발버둥질을 치는 판이다. 동경 W대학 문과에 재학중인 나는 때마침 반쯤이나 보던 연종시험을 중도에 내던지고 급작스레 귀국하지 않으면 안될 일이 생겼다"(「만세전」, 『삼대 外』(동아출판사, 1995), 541쪽)로 문면 확장이 되고 있는데, 이런 식의 문면 확장이 십여 군데에 걸쳐 발생하고 있다 한들 구조적 차원에서 서술 구조의 변동이 일어나고 있다고까지 말할 수 없는 이유는 여기에 있다. 발표 시점, 당대의 상황에서 멀어짐으로 말미암아 상황에 대한 좀더 자세한 주석이 가해지고 있다고 할 수 있을 뿐, 고백체가 부여하는 서술 기조의 톤 자체는 전혀 변개되지 않고 있다는 것을 확인할 수 있기 때문이다.

짐', 즉 중세적 신 관념의 실종이 '숨은 신'으로서 상실된 가치(진실) 의식의 실종 사태를 대변, 표상한 것이라면, 그에 준하는 역사적 '진보' 의식의 실종 사태, 그와 같은 시대적 현실을 두고 그는 역설적으로 '태평천하'라 명명했다고 할 수 있고, 이와 같이 이중화된 인식이자 동시에 현실과 진실을 동시에 구원하려는 그의 비극적 세계관이 『태평천하』, 혹은 「치숙」같은 풍자적 계열의 작품들을 낳았다고 설명될 수 있겠기 때문이다. 이처럼 '몰락하는 중산(농)층'에 토대의 계급적 뿌리를 두었으면서, 하나의 지적 그룹으로서 마르크스주의에 동정하는 '동반자 그룹'을 이루었던 문학 지식인. 그리하여 자신과 당대의 역사적 현실에 대해 뚜렷한 전망을 갖지 못하고서, 단지 풍자적이고 비극적인 담화의 문학 양식으로서 세계를 인식하고 전하고자 했던 작가의 문학을 일러 우리는 '비극적 세계관'의 문학이라 이름 짓지 않으면 무엇이라 규정할 수 있을 것인가. 본질적으로 그것은 비극적 서사의 이야기 형식 속에 몰락의 주지(主旨)를 담고자 한 것이었으며, 그런 뜻에서 『태평천하』의 마지막 장이 '몰락'의 주지를 내포한 이야기(15장 – 망진자(亡秦者)는 호야(胡也)나라)로 구성되었다는 사실은 다시금 음미될 만한 것이다.

4. 해방 전 문학의 편모
– 「치숙」, 「쑥국새」, 그리고 「당랑의 전설」

민중 세계와 지주 세계의 폭로라는 대칭적 양극화 현실의 묘사 의미로서 『탁류』, 『태평천하』가 주어졌다고 하면, 그와 짝을 이루는 작품 세계로서 「치숙」(1938. 3. 7~14)과 「쑥국새」(1938. 7)가 이 시기에 연속적으로 주어졌다는 점 역시 이 맥락에서 우리가 음미할 만한 문학 사적 사실의 하나가 된다. 사회주의 활동으로 감옥에 갔다 온 진보적 지식인의 행적을 일상인(경제인)의 시야에서 묘사한 것이 우선 「치숙」의 주된 경개라고 하면, 이는 당시 '내선일체'라는 구호로 회자된 총 독부의 통치 자체를 역설적으로 풍자한 것이라고도 볼 수 있지만, 거 꾸로는 또 자본주의적 경제인의 시각에서 이념적(진보적) 지식인의 허 상 자체를 폭로한 것이라고도 볼 수 있을 것이다. 그렇다고 하여 또 이 작품을 단지 지식인 풍자의 소설로만 간주하고 말 것인가. 오히려 풍자하는 주체로 하여금 스스로 자기 폭로가 될 수 있도록 언어를 주도면밀하게 배치하고, 그리하여 전도된 현실이 스스로 말하게끔 역 전된 풍자적 수법을 발하는 것, 여기에 이 작품의 묘미가 있고, 곧 그것이 진실과 현실 사이의 알 수 없는 배리적 간극을 추구하는 비 극적 세계관의 절묘한 세계 인식과 등가의 양상이라고 할 때, 『태평 천하』와 함께 그 집필 시기를 같이 하는 이 작품으로써 역설, 혹은 반어를 본질로 하는 비극적 세계관의 한 면모가 이 시기에 달성되었 다고 하는 것은 어느 정도 설명의 설득력을 얻는 것이다.

이처럼 「치숙」과 『태평천하』를 동궤의 작품 계열이라고 보면, 「쑥 국새」는 『탁류』와 궤를 같이 하는 소설이라 할 것이다. 「쑥국새」는 그 동안 문학 연구자들에 의해서 특별한 주목의 가치를 인정받지 못해온 작품이라고 할 수 있지만, 이면적으로 '여성 비극'의 면모를 간직하고 있다는 점에서 일단 『탁류』의 계열로 치부될 만한 것이다. 여성지(≪女 性≫)에 발표된다는 지면의 요인도 고려하여 그리 됐겠지만, 채만식은 앞서도 말한 것처럼 여성적 비극의 세계에 깊은 공감과 연민의 감정 을 품고 있었다. 이 작품이 『탁류』의 집필 종료와 거의 동시에 발표되 었다는 점을 그런 점에서 새삼스럽게 주목할 수 있거니와, 그것이 또 『태평천하』, 「치숙」과 거의 이웃한 시점에서 쓰여졌다는 점에서 역설을 본질로 하는 풍자적 세계관의 몸체가 한편 비극 자체의 생산 구조와 한몸을 이루고 있었다는 점이 이 맥락에서 입증되는 것이다.

읽어보면 누구나 알 수 있지만, 전체적으로 어긋난 사랑의 비극적 테마를 안은 것이 단편 「쑥국새」의 주요 윤곽이라고 할 수 있겠다. 납순이 사랑을 따로 두어 이룰 수 없는 그 사랑의 열정 때문에 죽고, 한편 그 죽은 아내를 못 잊어 사랑의 열병 속에 자신의 존재를 가두는 것이 미럭쇠의 비극이라고 할 수 있고, 미럭쇠의 이 표면적인 비극보다도 더 압도적인 사랑의 비극으로 나타나고 있는 것이 납순의 저 죽음을 불사한 이면적 사랑의 행각이라고 할 것이다. 이런 점에서 일종의 연애 비극(비련) 작품이라고 할 이 소설이 한편 문체 양상으로는 부유하는 희극적 문체 양상을 껴안고 있음을 우리는 주목할 수 있고, 이런 맥락에서 비극과 희극, 그리고 풍자와 비극의 관계가 그다지 먼 상극의 관계로 설정될 수 없음을 확인하게 된다. 어쨌거나 비련의 사랑 얘기로 요약될 수 있는 단편 「쑥국새」가 앞으로는 채만식 문학 세계의 특질을 요약하는 또 하나의 작품으로 충분히 주목될 만한 가치를 지닌다고 하겠다.

이밖에도 채만식 문학의 비극적 색채를 증언하는 작품들은 많다. 그 중에도 가장 유력하게 꼽힐 만한 작품의 하나가 희곡 「당랑의 전설」(1940. 10)임은 연구자들에 의해서 또 두루 인정되는 바이다. '당랑의 전설', 곧 '당랑(螳螂)'이란 무엇인가. '버마재비(사마귀) 이야기'를 의미하는 이 희곡의 내용과 성격을 이해하기 위해서 먼저 작가의 육성에 의한 주석을 참조해 둘 필요가 있겠다.

반드시 희곡을 쓰고 싶었다느니보다는 제재가 마침 소설로는 불편한 점이 있기로 전험(前驗)에 따라 역시 이 형식을 빌린 것이다.
    ◐ <작가부기>, 「당랑의 전설」, 앞의 책, 328쪽

　반드시 희곡을 쓰고 싶었던 것은 아니나, 제재가 소설로 불편하여 '전험(前驗)에 따라' 희곡의 형식을 빌렸다고 하는 이 설명, 여기서 우리는 그가 희곡에도 상당히 익숙하여 희극, 혹은 비극의 창작에 유경험자였다는 것을 알 수 있다. 희곡에 대한 이러한 이해력을 바탕으로, 자신의 가계 체험을 바탕으로 한 일종의 경제 드라마를 구상했다고 할 수 있는데, 이 구상의 와중에서 그는 버마재비의 '당랑(螳螂)'이 제나라 장공의 수레를 가로막았다는 '당랑거철(螳螂拒轍)'의 고사를 떠올리게 되었다고 할 수 있는 것이다. 채만식이 한편으로 한학에도 능통했음을 시사해 주는 이 고사 차용의 제목을 그가 끌어오게 된 연유는 분명하다. 자본주의 체제에 아무리 저항하려고 해봐야 수레에 저항하는 미얀마재비의 꼴밖에 되지 않는다는 뜻이 아니겠는가. 이처럼 그는 '자작영농을 겸한 소지주'로 설정된 박진사(朴進士) 집안의 몰락사를 통해서 자본제 하에서 몰락의 불가피성 속에 내몰리는 소자본가 계급의 역사적 필연성, 혹은 식민지 자본주의라는 권력적 현실 속에서 가엽게 저항하는 박진사의 시대착오적 행각을 '당랑거철'의 이야기에 빗대 풍자하고, 묘사하고자 했던 것이다.

　비극적 세계관이 이처럼 사회적 몰락의 현실로부터 주어지는 역사적 세계관의 일종임을 상기한다면, 체호프의 『벚꽃동산』과 흡사한 양상으로 주어지고 있는 이 작품의 몰락 모티브와 비극적 세계관이 구체적으로 어떤 의식적 상관관계 속에 맺어지는 것인가를 우리는 감지할 수 있을 것이다. 이 희곡「당랑의 전설」속에서 3남 1녀의 형제 관계로 묘사되고 있는 가족 구조는 어떤 점에서 5남 1녀였던 채만식 자신의 형제 관계를 그대로, 압축적으로 재현해 놓은 것이라 할 수도 있고, 따라서 박진사의 여러 자제 중 셋째인 '정석(貞錫)'이야말로 채만식 자신의 성격을 그대로 투영해 놓은 인물이라고도 할 수 있는 것이다. 실제로 채만식의 가형들은 '미두', 혹은 '금광 개발' 등의 투기에 나섬으로써 집안의 몰락을 재촉했다고 알려지며, 채만식은 이 가족적 경험들을 바탕으로 「당랑의 전설」만이 아니라, 「금(金)의 정열(情熱)」 같은 소설까지도 집필하게 되었던 것으로 설명된다. 채만식이 비극(혹은 희곡)의 양식에 관심 갖게 된 계기의 하나도 이처럼 몰락의 현실을 문학화하려는 동기에서 주어졌다고 볼 수 있고, 이런 맥락에서 사회적, 역사적 현실을 극 양식으로 형상화하는 것이 문학적으로 유력한 방법의 하나임을 그는 자의식적으로 체득한 상태에 있었다고 말할 수 있다.

기실 채만식이 희곡 양식을 가까이 하게 된 것은 잡지 『별건곤』을 편집하면서 주어진 촌극 집필의 필요성 때문이었지만, 이로부터 희곡 양식을 익혀 이후 채만식은 수많은 촌극 작품들을 양산한 끝에 본격적인 희곡 대작으로서 「심봉사」와 「제향날」 등 한국 근대의 희곡사에 남는 작품들을 쓰고, 그 최후의 본격 리얼리즘 희곡으로서 「당랑의 전설」이라는 명편을 남기게 되었던 것이다. 리얼리즘 성격이 진한 「당랑의 전설」에 비해, 모더니즘의 환상성을 가미해 쓴 「제향날」을 높이 평가하는 일부 희곡 전문가도 있는 셈이지만, 3대의 가족사를 통해 한국 근대사의 주요 결절점들을 투영하고자 한 「제향날」이 그 표현주의적 특성으로 인해 일부 어설픈 느낌을 주는 리얼리즘적 약점을 초래하고 있는 반면, 그 지나친 리얼리즘적 강박 성향으로 인해 상대적으로 딱딱하고 지루한 느낌을 줄 수 있는 「당랑의 전설」 쪽이 구조적인 면에서는 훨씬 단단한 강미를 풍긴다고 평가할 수 있다. 채만식의 희곡 중에서 역시 「당랑의 전설」을 가장 대표작으로 밀지 않을 수 없는 이유가 이러한 맥락에서 해명된다.

5. 일제 말기의 행적과 부역 작가의 고백 -「민족의 죄인」

일제 강점의 말기까지 붓을 놓지 않았던 채만식도 드디어는 '도둑
처럼 찾아온' 해방을 맞게 된다. 그가 일제 말기까지 붓을 놓지 않음
으로써 어떤 추한 행적을 남기게 되었는가는 여기서 더 자세히 말하
지 않기로 한다. 다만 해방 후의 작품 세계에 대해서만 조금 더 자세
히 살피기로 하는데, 이런 이유로 또 우리는 일제 말기 채만식의 행
적을 주마간산 격으로나마 슬며시 살피지 않을 수 없다. 해방 후 그
가 쓴 첫 번째 문제작이자 중후한 중편급의 자전적 명작(名作)「민족
의 죄인」(1948. 10~1949. 1)을 우선 살펴두지 않을 수 없기 때문이다.
발표 시기는 48년 말로 되었지만, 이 작품 말미에 집필 시기가 46년
으로 기록되어 있음으로 보아 해방 후 가장 먼저 쓴 작품의 하나인
것을 알 수 있다. 우선 일제 말기란 어떤 시대였는가.

「민족의 죄인」에서 화자(작가)가 최초로 경험한 친일에의 압력 계
기를 37년도의 '독서회' 사건으로 설명하고 있듯이, 일제 말기란 본
질적으로 체제 구속적인 상황의 의미에서 1937년 '중·일 전쟁'으로
개시되는 시대적 상황을 뜻한다고 할 수 있다. 전쟁의 상황, 즉 일제
의 군국주의화로부터 비롯되는 전시의 분위기는 물론 1931년 '만주
사변'으로부터 비롯되는 것으로 설명되지만, 이 또한 더 거슬러 올라
가면 그 계기가 20년대 말, 혹은 30년대 초의 세계적인 대공황의 위
기로부터 촉발된 것으로 설명된다. 이 대공황의 경제 위기감으로부터
군부와 재벌 중심의 만주경영전략이 대두되었고, '만주국' 건설의 성
공적(?) 판도 확대 정책이 '중·일 전쟁'을 낳음으로써, 급기야 대동아
전쟁, 태평양 전쟁으로 연이어 확대되는 일본발 전아시아 판도의 제
국주의 침탈기를 맞게 되는 것이다.

채만식의 소위 친일 행위, 친일 행각이라는 것이 이 전쟁기의 서막 단계에서 이루어졌음을 우리는 우선 주목할 수 있다. 그러니까 우리가 '반민족행위'라고 말하는 그의 친일 부역 행위가 일종의 전시 행위로서 주어졌던 것을 우리는 확인할 수 있다. 실제로 중·일 전쟁에 돌입하면서 일제는 강력한 군국주의적 통제 정책을 실시하게 되었는데, 이때(1936년) 부임한 육군대장 출신 미나미 지로(南次郎) 총독이 이른바 '내선일체'를 표방하면서 황국신민화 정책과 군국주의적 정책이 혼효되는 일제 말기의 문화적 암흑기가 서서히 개시되었던 것이다. 모든 발간물에 '황국신민서사'라는 것이 게재되고, '국어상용'이라는 조선어 금압 정책이 시행되었으며, 이밖에도 궁성요배, 창씨개명 등의 수많은 강압적 정책들이 펼쳐졌다. 『태평천하』나 「치숙」 등에서 볼 수 있는 채만식 일류의 풍자가 이 시기를 배경으로 펼쳐졌다는 것을 우리는 상기할 수 있는데, 그렇지만 벌써 다음 시기의 작품 「패배자의 무덤」(1939. 4)이나 「냉동어」(1940. 4~5) 등에 이르면 이미 친일로 넘어가는 경각의 단계에 이 작가가 위치해 있었던 것을 우리는 감지할 수 있다. 그리하여 구체적인 친일문학, 전시문학의 창작까지를 강요당하게 되는 것은 조선어 문자 매체가 모두 폐간되고, 오직 총독부의 기관지인 ≪매일신보≫만이 살아남게 되는 1941년도 태평양 전쟁으로의 확대 시기로부터라고 할 수 있는데, 이 시기에 이르러 모든 작가, 문인들은 절필하거나, 아니면 살아남기 위해 일본어 창작을 수용하는 반민족행위, 혹은 조선어를 통해서나마 내용적으로 체제에 협력하는 전시 부역 행위, 혹은 최소한의 매문 행위 같은 것을 감당하지 않으면 안 되었다. 오늘날 증거로 제시되는 채만식의 친일, 부역의 글들이 모두 이 시기의 소산일 것임은 말할 나위가 없다. 그렇다면 이 시기에 그 친일, 부역에의 문자 행위 이외에 다른 선택의 길은 전혀 주어지지 않았던가.

만약 「해방 전후」라는 작품 속에서 작가 이태준(현)이 밝히고 있는 대로 깊은 산골로 들어가 낚싯군의 강태공 노릇을 할 수 있었다면, 채만식도 저 부끄러운 '민족의 죄인' 신세는 되지 않을 수 있었는지 모른다. 그러나 작가 자신의 변명대로 채만식은 낙향하거나 시골에 은둔하는 식으로 시대의 압력을 뿌리칠 재간, 혹은 여유가 넉넉하게 주어지지 못했다는 것이고, 이 때문에 그는 마치 '수렁'에 빠져들 듯 '대일협력'이라는 늪 속에 빠져들게 되었다고 변명한다. "하루아침 잠이 깨어" "대일협력자라는 수렁" 속에 빠져들어 있음을 자각했을 때는 이미 차후 고향으로의 도피행을 감행한다 하더라도 지울 수 없는 죄인의 낙인이 찍힌 상태가 되어 버렸다고 하는 설명인 것이다. 이러한 변명과 해명을 우리는 어떻게 받아들여야 할까.

독자 각자가 받아들여야 할 문제이지만, 여기서 필자는 「민족의 죄인」이라는 작품의 문체적 양상이 매우 유려하다는 점을 들어 우선 말하고 싶다. "그 동안까지는 단순히 나는 하여간에 죄인이거니 하여 면목 없는 마음 반성하는 마음이 골똘할 뿐이더니(…)"하고 작품의 허두(虛頭)는 시작하고 있거니와, 작품의 전체를 통해서 시종일관 작가의 문체, 문채가 매우 유려한 양상을 내뿜고 있음을 주목할 필요가 있다고 필자에게는 우선 생각된다. 이 점보다 채만식이 작가라는 점을 달리 증언하는 바가 따로 있을 수 있을까. 작가란 바로 글을 쓰는 자라는 것, 글 쓰는 자, 산문 쓰는 자의 자격은 무엇보다 문체의 유려함으로부터 온다는 것, 이 점보다 더 확실히 작가임을 명시하는 바로미터가 있을 수 있을까. 물론 작가 중엔 결코 더러운 글이란 쓰지 않는 순문학 작가가 있을 수도 있고, 통속소설을 일삼는 대중작가도 있을 수 있으며, 또한 민족의 교사이거나, 사회의 등불 같은 존재도 얼마든지 있을 수는 있다. 그렇지만 그 각기의 차이에도 불구하고, 작가란 무엇보다 글을 쓰는 존재라는 것, 따라서 그가 쓰는 도구, 즉 언어이거나 문자라는 도구에 대해서 능란하지 않으면 안 되고, 이 능란함이란 곧 쉼 없는 연마(鍊磨) 속에서 주어질 수 있는 것이라는 것. 따라서 채만식이 작가이고, 그가 계속해서 작가일 수 있었던 것은 다름 아닌 붓을 쉬지 않음에서, 붓을 꺾지 않음으로부터 가능했다고 할 때, 결과적으로 채만식은 '민족의 죄인'이 됨으로써 계속 작가일 수 있었다는 명제가 성립될 수 없을까. 그 문체의 유려함으로 볼 때, 채만식이 「민족의 죄인」을 썼다는 것도 결국은 한갓 작가임을 실천한 바에 지나지 않는다고 볼 여지는 없는 것일까. 그렇게 본다고 할 때, 그 화자(작가)를 통렬하게 비난하고 매도하는 자로서의 신문기자 '윤(尹)'이란 어떤 사람으로 이해되어야 할까. 기자란 또 무엇이고, 누구인가.

'기자(記者)'란 말 그대로 '기록자'임을 뜻한다고 볼 때, '대일협력'의 훼절을 피해 일찌감치 고향으로 하방(下放)해 내려갔다는 전직 기자 윤(尹)이 말의 바른 의미에서 '기자'일 수 있겠는가라는 질문에 상도(想到)해 볼 필요도 있다고 우리는 생각할 수 있다. 기자 노릇을 그만 둔다면 기자로선 파직(罷職)이라는 사태가 그로부터 주어질 수 있다. 하지만 해방의 상황이 다시 주어지고 이 때에 그는 다시 기자로 복귀한다. 결국 기자로서는 그가 계속 글을 써 나갔거나 그러지 않았거나 그 직분의 이동에 별반 본질적인 차등이 주어지지 않았다고 설명될 수도 있다. 바로 이 점이 기자와 작가의 본질적인 차이, 차등을 의미하게 되는 것은 아닐까. 평상적인, 일반적인 뜻에서 '기자' 역시 직업적으로 글을 쓰는 자를 의미하는 것이지만, 쉼 없는 연마를 통해서 기자 노릇을 수행하는 바는 아니라는 것. 이런 점에 비추어 작가 노릇이란 다시 어떠한가.

결국 '글쓰기'의 원초적 의미로 환원되어 질문될 수밖에 없는 문제이지만, 작가 자신 고백하고 있는 대로 '민족의 죄인'이 됨으로써 작가 노릇의 지속성을 확보한 것이 채만식의 일제 말기 행적이라고 볼 여지는 없는 것일까. 물론 이런 시야에서 대부분의 작가, 유력한 문인들치고 대일협력의 부역죄를 저지르지 않은 경우란 별로 없었고, 한편 채만식은 이 작품 「민족의 죄인」 한 편으로 그 죄값을 충분히 치른 경우에 해당한다고 보는 문학사의 일반적 인식을 쉽사리 무시하고자 하는 것은 아니다. 다만 죄가 있다면 모든 이에게 죄가 있고, 또 면죄부가 주어져야 한다면, 특정의 누구에게만 주어질 이유는 없다는 점에서 필자는 다른 변명의 논리를 찾아보고자 했던 것이라고 할 수도 있다. 다만 이런 논지에서라도 작가 채만식이 해방 이후에 별다른 문학적 업적을 남기지 못했다면 저와 같은 변명의 논리란 한갓 무용지물이 될 것이다.

작가란 결국 영속성과 지속성의 차원에서 그 사회적 과업과 문화적 책무가 주어진다고 할 수 있고, 어떤 시대 상황에서든 작가는 문필, 필업으로 자기의 사명을 다한다고 할 수 있다. 그렇다면 채만식이 일제 말기에 보인 그 부끄러운 친일의 훼절 행각을 대가로 해방 후에 남긴 문학적 보상, 민족문학사적 보상의 업적이란 무엇일까. 만약 그것이 시시하고 부실한 것이라면 일제 말기의 저 부끄러운 행각, 그리고 해방이 되어서도 철면피처럼(?) 자신의 과거 죄상 고백을 빌미로 다시 붓잡기를 추구했던, 그 끈질긴 관성의 '작가' 회복 노력을 마냥 가상하게만 보아줄 수는 없을 것이다. 채만식 그는 어떻게 해방 공간을 가로질러 작가적 사업을 도모했던가. 이제 우리 앞엔 마지막 질문 하나가 놓여 있을 뿐이다.

6. 해방후의 세태 풍자 그리고 비극적 현실 인식

「민족의 죄인」 이후 채만식은 결국 작가로만 살기를 다시금 결의,

결심한다. 아마도 다른 여느 작가, 문인들과 달랐던 점이 바로 이점일 것이다(얼마나 많은 작가들이 이 시기 정치적 운동, 혹은 문화 운동에 휩쓸렸던가). 그리고 그 결의대로 그는 문학, 소설 창작에 전념하였다. 그리하여 수많은 작품들을 낳은 중에 「논 이야기」, 「미스터 방」, 「낙조」등이 이 시기의 대표작들로 꼽힐 만한 소설들일 것이다. 이 작품들은 모두 채만식이 남한 단독 정부 수립(1948년 8월) 후, 스스로 선정하여 출판한 작품집 『잘난 사람들』 소재의 작품들이 되었거니와, 시기적으로 1946~48년 사이의 기간에 집중적으로 산출된, 이 걸출한 단편들의 세계를 중심으로 채만식 후기의 문학적 생애가 되는 해방 후 시기를 간략히 정리해 보기로 하겠다. 해방 후 가장 일찍이 쓰인 풍자적 소설의 하나로 우리는 먼저 「논 이야기」를 들 수 있다. '논 이야기'란 무엇인가. 제목 그대로, 논에 관한 이야기이며, 그래서 땅 이야기가 되며, 이런 이유로 일제 강점기 이래 '토지'의 변동 문제를 얘기하는 일종의 사회경제사 주제의 작품이 된다. 작품 전체로 그다지 분량이 많다거나, 경제사적 변동을 폭넓은 시야에서 면밀히 추적했다거나 하는 등의 의의까지는 확보하기 어려운 작품이어서 보기에 따라 소품에 불과한 작품으로 치부될 수도 있을 터인데, 여기에 국가 주권, 사적 소유권 등의 복잡한 법적 문제가 얽혀 있어 해방 후 대두한 사회경제적 핵심 과제가 무엇이었는지에 대해서는 유력한 참조의 구실을 수행할 수 있는 작품의 하나가 된다고 볼 수 있는 것이다. 여기서 작품 내 논란의 핵심 쟁처가 되고 있는 것은 무엇인가.

'땅' 문제라고 할 때, 그 핵심 쟁처가 점유권과 소유권의 문제로 대별된다는 것은 굳이 법 상식을 동원하지 않더라도 누구나 알 수 있는 바이겠다. 문제는 해방이 되고 난 후의 일제하 시기 토지 소유권의 문제를 어떻게 처리할 것이냐에 있다. 만약 오늘날 국사학계가 쓰는 용어처럼, 단지 '강점기'에 불과한 시대였다고 본다면, 일제하에서의 소유권 이동은 별 의미를 갖지 못하는 것으로 해석될 수도 있다. 따라서 이 작품의 주인공 한생원이 주장하는 것처럼, 이제 일인들이 쫓겨갔으니 일인 소유주에게 넘어가기 전 원 소유자였던 자기에게 토지 소유권이 넘겨져야 하지 않느냐는 주장은 충분히 타당성을 가질 수 있다. 하지만 그런 식으로 처리될 경우 일제하에서 조선인들 사이에 행해졌던 계약 체결을 어찌할 것이냐의 문제가 남게 되며, 이것이 현실적인 법처리의 어려움을 낳게 하는 요인이 되는 것이다(가령 앞으로 북한의 토지를 처리해야 하는 상황이 도래한다고 할 때, 북한의 현 체제가 들어서기 전 원 토지 소유자들의 권리를 어떻게 할 것이냐의 법적인 분쟁의 문제가 현재 상태에서도 야기될 수 있다).

이 현실적 처리, 역사적 처리의 결과가 어떠했는지는 작품이 말해 주는 바와 같다. 한생원의 기대와 달리, 한생원이 일제 시대에 일본인(吉川)에게 팔아먹은 땅들은 다시 돌아올 줄을 모르고, 벌써 그 일본인으로부터 권리를 양도받고 불하받았다고 하는 사람들에 의해 한생원의 옛 땅은 당당히 편취되는 사태가 빚어진다. 아마도 미 점령하에서의 법적 처리 결과일 것이다. 결국 일제가 나라를 강탈, 강점했다는 추상적 의론과 달리 '땅-토지'의 문제는 고스란히 근대화 이래 소유권의 변동을 인정하는 역사주의적 입장이 취해졌다고 할 수 있는 것이다. 따라서 이와 같은 법적 현실, 법 운용의 원리를 모르고 함부로 날뛴 한생원만이 우스운 꼴이 되었다고 할 수 있거니와, 하지만 이와 같이 처리된 토지 소유, 혹은 점유의 문제 현실을 두고 그것이 조만간 파국적인 사회경제적 현실을 초래할 수 있으리라는 예감 같은 것을 일찍이 이 시기에 채만식은 육감으로 직감한 상태에 있었다고 할 수 있다. 결국 이 문제의식에서 해방 후 한국 사회가 내부적인 분단의 현실과 같은 것으로 전개되어 가리라는 것을 일찍이 예감했을 것이다.

해방 후 이처럼 곧바로 풍자정신을 회복하게 된 채만식은 연속해서 풍자소설의 창작에 전심하게 된다. 「맹순사」나 「미스터 방」, 그리고 그 2년 뒤 5 · 10 선거의 타락상을 고발하기 위한 의도에서 쓴 「도야지」 같은 작품이 이 계열에 속한다고 볼 수 있거니와, 이 중 현재의 시간에 이르기까지 그 의미가 퇴색되지 않고 있는 작품이라 할 「미스터 방」을 통해서 당시 채만식이 취했던 문학적 태도, 그 작가적 입지의 문제를 조금 살펴볼 수 있다.

해방 다음해에 쓰인, 비교적 이른 시기의 작품군 중 하나인 「미스터 방」(1946. 7)은 그 제목만으로 벌써 알 수 있듯이, 해방이 되어서 급작스럽게 대두한 '친미파'의 인물들, 즉 일제 총독부가 물러간 자리를 미 군정이 메우게 됨으로써 득세하게 된 '친미파'의 군상들을 풍자한 작품이라고 하겠다. 해방된 지 채 일 년도 되지 않아서 이러한 기록적 증언의 작품이 산출된 것으로 보아, 당시 현실이 얼마나 빠르게 진척되었거나, 또 혹은 시대 추이를 읽는 채만식의 눈길이 얼마나 빠른 것이었는가를 우리는 알 수 있다. 일제하에서의 친일파 군상들과도 달리 새로 대두한 친미파의 수족들은 일테면 슈사인 보이(구두닦이)와 같은 직업적 경력을 가져서 조각난 영어나마 겨우 할 수 있는 정도의 지적 무지로 무장하고 있었다는 점이 작가에게는 더욱 위험스러운 일로 비쳤던 것인지 모른다. 어쨌거나 이 작품의 결말 역시 한갓 풍자의 마침에 불과한 것이어서 시대를 전망하는 작가의 시선, 그 시선에 어린 역사의식 같은 것을 자세히 헤아리기는 어려우나, 명색 나라를 찾고 해방이 되었다고 하는 그 시절에도 외국 점령군, 진주군에 빌붙어 이처럼 '호가호위'하는 세력의 득세 현실은 참으로 위험하고도 안타깝게 비쳤던 것이 사실이라고 하겠다.

해방 후에 "일본놈 잊지말고, 미국놈 믿지말고, 소련놈에 속지말자"는 민중적 계언이 시정을 파고들었다고 하거니와, 당대 현실을 바라보는 작가의 시선이 밝지 않고 그렇다고 울 수만도 없는 사정이었던 것을 우리는 짐작해 볼 수 있을 것이다. 「민족의 죄인」이 보여주는 것처럼, 역사의 죄인이라는 자각 하에서 그는 서울을 떠나 고향 부근의 이리(익산)에 둥지를 틀고 들어앉아 있는 상태였고, 따라서 그는 글—소설을 쓰는 이외에 현실에 관여할 길이 전혀 없었다. 생화(생활비)를 벌기 위해서라도 그는 창작에만 전심하지 않고서는 배길 수 없는 상태에 있었다고 하는 설명인 것이다. 따라서 벌써 병질(폐결핵)이 몸을 갉아먹는 상태에서도 그는 결코 붓만은 놓을 수 없었다. 5·10 선거를 앞둔 지방사회의 풍속도를 그가 그리게 된 것(「도야지」, 1948. 10)도 같은 맥락에서 그 사정이 짐작될 수 있거니와, 이제 그의 의식과 시선은 다시 일제 말기처럼 점차 침울해지고 어두운 색채를 더해 가게 되었다.

이 시기에 그가 가장 공들여 해내고 싶었던 작업이 조선조 말 이래의 한국 근대사 해설 작업, 즉 역사 강담류의 집필 작업이었다고 할 수 있는데, 이는 민족사의 위기 상황을 다시 직감하게 됨으로써 그 타개를 위한 미력의 힘이나마 보태고자 한 의도에서였을 것이라고 짐작할 수 있다. 이 시기에 쓰인 「역로」(1946. 6)라거나 「아시아의 운명」, 「역사」(1948. 12), 「늙은 극동선수」(1949. 2~3) 등의 단편, 잡문들이 모두 그와 같은 의도에서 쓰이고, 비록 구 딱지본류의 대중소설 양식에 기댔으나마 장편 『옥랑사』 등을 통해 그가 피력해보고자 한 시대감각 또한 그러한 민족적 위기 감각에 다름 아니었을 것이다. 하지만 그가 어떻게 역사의 첩첩산중을 뚫고 나가 험로를 개척할 만한 다부진 용기를 가질 수 있었겠는가. 다만 암담한 미래, 민족 현실에 대해서 비관적 전망, 예언적 설화를 소설 양식을 통해 토해놓을 수 있을 따름이었다. 결국 그는 이 시기 소설에 전념하면서, 그 본래의 비극적 세계관 자리에 어느덧 돌아와 서 있는 상태가 되었던 것이다. 그리고 원고료 한푼도 기대하는 바가 없이, 1948년 8월 15일 남한 단독정부가 수립되리라는 역사적 예고 앞에서 혼신의 정열을 다해「낙조」라는 중편을 쓰고, 이 작품을 중심으로 해방 후에 쓴 풍자적 단편, 그리고 일제 시기의「치숙」등을 수습한 작품집『잘난 사람들』(1948)을 상재하게 된다.

중편「낙조」에 작가가 특별한 애착과 관심을 기울였다고 하는 것은 그 작품 말미에 기록되어 있는 "1948. 8. 15, 정부수립일에"라는 한 구절로 쉽게 어림잡을 수 있거니와, '제주도 4·3 사건' 이래 역사의 격동을 거쳐온 사건들, 가령 5·10선거라든지, 제헌의회의 성립, 그리고 마침내 남한 단독정부 수립에 이르렀던 과정이 차후 어떤 역사적 사태를 초래하게 되는가를 우리가 염두에 두고 생각해 볼 때, 이 남한 단독정부 수립이라는 분단의 현실화 앞에서 그가 어떤 내적인 위기의식을 느꼈을지는 묻지 않아도 어렵지 않게 알 수 있다. 그 자괴감과 비분, 울분으로, 그러나 떨칠 수 없이 현실을 수긍하지 않을 수 없다는 현실주의적 감각으로, 그렇지만 이렇게 수긍되는 현실이 조만간 엄청난 비극으로 우리 앞에 몰려들리라는 심각한 위기의식의 감각으로 그는 민족 현실을 내다보고 있었다. 다음 작중 인물이 내뱉는 언술 앞에 그러한 예감이 이미 구체적으로, 충분히 피로되고 있었다는 것을 우리는 확인할 수 있다.

남조선이 승릴 하면, 남조선 정부의 호령이 압록강 두만강까지 미칠테구, 실팰하는 날이면, 북조선 정권이 제주도까지 미치구 할테죠. … 남북 사이에 전단이 이는 날이면 그날루 三八선이란 건 아무튼지 없어지구서, (…) 이번의 남북통일전쟁두, 둘 중에 하나가 결정적으루 쓰러지구 마는 그날까지 계속이 될 것이지, 그래서 남조선이 없어지거나, 북조선이 없어지거나 하구서, 단지 조선이 남구 말 것이지(…)
　　　　　　　　　　　　　　　　　　🔴「낙조」, 앞의 책, 237쪽

실제의 역사 전개와 비교해도, 거의 틀림없는 미래 예측, 미래 전망이 여기서 제시되고 있다는 것을 부인할 도리는 없다. 어떤 식으로든 '남북 통일 전쟁' 형태의 전쟁이 일어나리라는 것을 예감하면서 화자인 '나'와 그 대화 상대자인 국군 장교 '영춘'의 차이가 대화 문맥 속에서 조금 대비되고 있을 따름인데, 열렬한 민족주의자이자 이승만 지지자인 '영춘'이 어느 한쪽의 승리(남한의 승리)에 패를 걸고 논단을 전개하는 쪽이라면, 화자인 '나' 역시 그 전쟁의 불가피성을 예감하면서도 그것이 가져올 비극적 참화에 대해 우려하는 쪽에 서 있다. 여기서 어느 편의 입장과 판단이 옳고 그르다고 말하기는 어렵다고 할 수 있을지 몰라도 화자와 같은 시선일 작가 편에서 일종의 중도적 입장을 취하고 있고, 그것이 결과적으로 비극적 전망을 내포한 쪽으로 기울고 있음은 우리가 충분히 감지할 수 있다고 하겠다. 이런 면모를 두고 우리가 '비극적 세계관'의 소유자라고 명명하지 않을 수 있을까.

이 작품의 제목이 '낙조(落照)'이고, 그 육필 원고의 말미에 "1948. 8. 15. 이리 가심에서(一九四八. 八. 一五. 裡里 假審에서)"라고 주기되어 있음도 우리는 이런 맥락에서 다시금 상기할 필요가 있겠다. "마정스런 까마귀가 까욱까욱, 지붕위로 울고 지나 간다. 시드른 월게 꽃에는, 낙조(落照)가 마주막 가물거리고."의 문장으로 작품의 마지막 단락은 채워지고 있는데, 여기에서 우리는 세계에 대한 '낙조'의 전망, 즉 이제 태양이 사라지려 하는 시점의 비극적 몰락의 세계관인 것을 알 수 있다. 이러한 작품들을 쓰고, 그는 몸을 갉아먹는 병질의 우환 속에서, 그리고 글 쓸 원고지의 마련조차도 쉽지 않은 적빈 속에서, 그리고 세상 일을 다 저희들 손으로 움켜쥐고 좌지우지하는 듯한 '서울'을 멀찍이 내다보면서, 하릴없이 쓸쓸히 운명의 임종을 맞이하지 않으면 안 되었다. 병중에 차도가 있어 조금 기력이 회복되었을 때 그는 마지막으로 혼신의 힘을 다해 (그래도) 「소년은 자란다」는 제목의 소설을 썼지만, 이조차도 그는 생전에 발표하지 못하고 눈을 감게 되고 말았다. 6·25의 포성이 울려 퍼지기 전 딱 일주일 여전쯤의 1950년 6월 중순경이다. 그리고 문학사 속에서 그는 다시 살아남았다.

(한국문학전집 4 『레디메이드 인생』 해설, 문학과지성사, 2004)

구텐베르크 시대의 수행자, 혹은 한국 순수문학의 정수

초기 황순원의 문학

1. 어두운 시대 생명의 불씨와 글쓰기

> 무어 그렇게 훌륭한 것들도, 자랑할 만한 것들도 못될 것 같습니다.
> 그저 나더러 꽤 아끼고 사랑해 오는 작품들이기는 합니다. 그것은 내
> 가 이것들과 같이 어두운 한 시기를 살아온 탓인지도 모르겠습니다.
> (…) 그것은 내 생명이 그렇게 하는 어찌할 수 없는 일이었습니다.
> ◎ 『황순원전집 1』(문학과지성사, 1980), 211쪽

작품집 『기러기』의 <책 머리에>에서 작가는 이렇게 기록하고 있
다. 겸양의 이 표현 속에 그러나 어떤 자부심의 근거, 어느만한 자부
심의 근거가 깃들어 있는 것인지 독자는 아는가. '어두운 한 시기'의
문학사적 공백, 한국 소설사의 공백이 이로써 메워졌다. 여기서 작가
는, "그것은 내 생명이 그렇게 하는 어찌할 수 없는 일"이었다고 말
한다. 그의 생명이 시킨 일이었다고 하는 것, 이 문학사적 명제 수습
을 위해서는 그의 다음 말을 마저 새겨두지 않으면 안 된다.

해방 전 한 이태 동안을 나는 시골(본고향) 가서 산 일이 있습니다. 그때 고향에서는 예전과 마찬가지로 가을철에서 겨울에 걸쳐 타작마 당질 끝에는 으레 모닥불을 피우는 것이었습니다. 나는 이 모닥불 곁 에서, 고향사람들이 다 스러진 듯한 재를 뒤치어 그 속에서 새로운 불 씨를 일궈놓는 것을 마치 처음 보는 일이나처럼 취해 바라보곤 한 적 이 있습니다. 그리고 밤에는 마을을 가, 질화로의 다 꺼진 재를 내 스 스로 소나무 판대기 부손으로 돋우고 헤집어가며, 그 속에 그냥 반짝 이는 불씨를 발견하고 시간 가는 줄을 모른 적도 있습니다. 말하자면 이 모닥불과 질화로의 반짝이는 불씨같다고나 할까, 그렇게 명멸하는 내 생명의 불씨가 그 어두운 시기에 이런 글들을 적지 아니치 못하게 했다고 보는 게 옳을 것 같습니다.

◐ 앞의 책, 211~212쪽

명멸하는 '생명의 불씨'가 그 어두웠던 한 시기, 작품들을 적지 아 니치 못하게 했다고 작가는 적고 있다. 이런 문학을 무엇이라고 이름 불러야 할까. '민족문학'이라고도 하고, '순수문학'이라고도 하지만, 작가는 후자의 이름에 마음이 동하였던 것 같다. 아니, 작가는 더 순 수하게 그저, '문학'이면 좋다고 생각하였던 것인지 모른다. '작품'이 라는 말을 그는 좋아하였다. 대신, '잡문'이라고 하는 것을 그는 극도 로 혐오하였다. 그는 예술가였던 것이다. 예술가란 극도의 '자유'의 존재이다. 동시에 '순수'의 존재이기도 하다. 하지만 자유롭고, 순수 한 존재이고자 했던 그도 뿌리칠 수 없는 조건이 있었다. 바로 '발표' 의 조건이다. 발표의 조건이 마련되지 않는다면, 아마 어떤 예술가도 '도로' 혹은 '수포'로 돌아가고 말 자신의 힘겨운 노동을 감수하고자 하지 않을 것이다. 우리 문학사에 바로 그런 시절, 상황이 있었다. '암흑기'라고 불리는 해방 직전 몇 년간의 일제말 상황이 그러하다. 이때의 조선어 문자 활동은 불가능하였을 뿐만 아니라, 불온한 것으 로조차 인식되었다. '불령선인(不逞鮮人)'이라는 말은 그런 경우, 그런 사람을 지칭하기 위해 준비된 말이었던 것이다. 황순원은 몰래 그런 불온한 행동을 하였다. 그것이 없었다면 우리 민족문학, 한국문학은 어찌 되었을까.

생각만 해도 끔찍하다는 투의 말버릇은 버리기로 하자. 황순원을 본받고자 한다면, 이런 과장법의 어투부터 고쳐야 할 일이다. 실상 그것이 없었더라도 우리 민족문학, 한국문학이 달라질 이유는 전혀 없을 것이다. 다만 그것이 얼마나 어려운 일이었을 지는 여기서 조금 생각해 둘 필요가 있다. 당시 이름깨나 알린 문인이었다고 한다면, 실상 '친일'의 오점을 남기지 않기만도 그리 쉬운 일이 아니었다. 수 많은 문인들의 평생 족쇄로 작용한 것은 그 '발표'의 문자 행위이다. 경계는 언제나 금 하나 차이이다. 조선어 문자 행위가 금지된 상황에 서 언어를 바꾼 일본어 문자 행위가 그것이다. 우리가 아는 한 황순 원은 다행히 이런 문자 바꾸기의 행적을 남기지 않았다. 그가 일본 문자를 모르기 때문도 아니었고, 또 이름없는 무명의 문인 상태에 있 었기 때문도 아니었다. 일찍이 일본 유학생의 신분으로 시집 『방가(放 歌)』(1934)와 『골동품』(1936)을 상재하고 '동경학생예술좌'와 '삼사문학' 에도 관여하여 어느 정도 이름을 알린 상태에 있었던 황순원은 「거 리의 부사(副詞)」(≪창작≫, 1937. 7)와 「돼지계」(≪작품≫, 1938. 10)로 소설 가로 전신, 작품집 『황순원 단편집』(한성도서, 1940)을 간행하고, 「별」 (≪인문평론≫, 1941. 2)과 「그늘」(≪춘추≫, 1942. 3)의 두 편을 이 시기에 발표한다. 그리고는 해방을 맞기까지, 더 이상의 행적이 없다. 다행이 다. 그를 위해서가 아니라, 우리 민족문학을 위해서 다행이었던 것이 다. 하지만 이 정도라면 우리가 그를 기릴 이유도 없다. 이태준처럼 낚시꾼으로 위장하여 그 어두운 한 시기의 혐의를 모면한 문인들은 많았던 것이다. 억울하게 요절한 시인들이 있어 우리는 그들을 기린 다. 하지만 살아 남은 문인이라면? 그 어두운 시기에 무얼 했느냐는 심문, 역사의 취조가 당연히 따라붙는다. 물론 해방이 되고나서다. 해방이 되기 전에는 역사가 그렇게 될지 알지 못했습니다는 변명은 역사의 법정에서 통하지 않는다. 해방 후에 많은 사람들이 자아 비판을 하고 공개 비난 행위를 했다. 그러나 일제말 그 어두운 시기에 나는 글을 쓰고 있었다고 공개 발언한 사람은 아무도 없었다. 자랑거리도 아니고, 그것을 묻는 사람도, 실상 그렇게 행동한 사람도 거의 없었던 셈이다. 황순원도 이 사실을 자랑하지 않았다. 다만 작품들을 발표하고, 작품집으로 묶어내는 과정에서 이 사실을 자연스레 밝혔을 뿐이다. 그리고 언제부턴가 황순원은 자기 작품의 말미에 집필 시점을 기록하는 버릇을 들이고 있었다. 일제 말기, 암흑기 집필의 그 작품들 때문이었다. 자기 확인을 위함 때문이었을까. 여기서 우리는 작가의 '염결성'의 태도를 엿볼 수 있다. 「별」을 발표하는 자리의 ≪인문평론≫지 <편집후기>에는 또 작가에 대한 이런 소개의 언사가 주기되어 있다.

> 黃順元氏는 平壤에 숨어있으나 일지기 그 短篇集을 通하여 獨特한 作風을 注目받아 오든 新人이다.
>
> ◎ ≪인문평론≫(1941. 2), 224쪽

당초부터 그가 '숨어 있'는 작가였음이 이 구절에서 확인된다. 그러나 이 구절만으로 그가 그 어두운 시기, 엄혹한 시기에 어떻게 작품을 쓰고 깁고 다듬고 보듬고 나올 수 있었던가를 확인하기는 어려울 것이다. 아니 그 전망 부재의 시대에 왜, 어떻게, 글을 쓰고 앉아 있을 수 있었던가를 우리는 헤아리기 어렵다. 문학이라는 물음, 황순원에게 있어서 문학이란 무엇이었던가의 물음이 여기서 중요해질 것이다. 먼저 시 한편을 인용해 두기로 한다. 시집 간행 시 서시 격의 시편을 통해 한 시인은 다음처럼 읊은 바 있다.

詩를 썼으면
그걸 그냥 땅에 묻어두거나
하늘에 묻어둘 일이거늘
부랴부랴 발표라고 하고 있으니
불쌍하도다 나여
숨어도 가난한 옷자락 보이도다

◎ 정현종, 「불쌍하도다」, 『나는 별아저씨』(문학과지성사, 1978), 11쪽

2. 도닦음의 문학, 혹은 장인의 소설

문학에 있어서 '발표'라고 하는 차원, 장이 얼마나 근본적인 조건을 이루는가를 윗시는 깨우치고 있다고 할 수 있다. 모든 문학, 예술은 실로 발표되기 위해서 만들어진다. 인쇄되기 위해서 글은 쓰여지는 것이다. 구텐베르크의 금속활자 발명 이전에도 이 조건은 본원적인 조건을 이루었다고 할 수 있지만, 인쇄 문화의 성립 이후 이 조건은 더욱 결정적인 전제의 조건이 되었다. 우리가 '원고', '초고'라고 부르는 것과 인쇄된 것으로서의 '판본'의 차이가 여기에서 주어진다. 만약 이 조건을 넘어서기로 한다면?

시와 소설의 차이, 운문과 산문의 양식적 차이에 대한 인식이 이로부터 주어질 수 있을 것이다. 『문학이란 무엇인가』에서 사르트르가 행한 시와 소설의 차이에 대한 인식도 이로부터 주어진 것이다. 산문은 세계에 참섭하기 위해 쓰여진다. 그러나 시는 그렇지 않다. 아니, 그렇지 않을 수 있다. 이런 차이 인식으로부터 본질적으로 자족적인 것, 혹은 유희적인 것과 세계를 향한 목적 지향적인 것으로서의 시와 산문의 장르적 차이가 인식된 것이다. 굳이 이상의 시나, 윤

동주의 시 등을 들지 않더라도, 발표를 전제하지 않은 시의 사례들이 드물게나마 발견되는 경우가 있는 것은 시의 이와 같은 양식적 특성에 말미암는 바로 볼 수 있다. 그렇다면 소설, 산문의 경우는 어떤가. 소설, 산문 양식의 경우에도 발표를 전제하지 않은 문학적 사례가 있는가.

우리가 아는 세계문학의 한 사례로 카프카가 떠올려질 수 있다. 죽음에 이르러 자기 작품을 모두 불태워버리라고 유언했다는 카프카의 경우가 이에 속할 수 있는 것이다. 이런 문학이란 동양적인 언어로 '도(道)의 문학'이라 할 것이다. '문이재도(文以載道)'의 언설도 이 경우에 근사할 수 있지만, 말 그대로 수도(修道)를 위한, 고독한 '도닦음의 문학'이 이 경우에 더욱 근사한 말이 될 수 있다. 마치 중세의 수도사들이 벌인 고독한 필사의 학습과 같이 언어와의 고투는 바로 '도의 닦음' 그것이었다고 할 수 있다. 예술가에 이르는 과정으로서는 흔히 '습작기'라 불려지는 '수련'의 과정이 한편 이 행렬에 비근한 것으로 볼 수 있다.

황순원의 초기 소설쓰기의 경우라면 두 경우의 한 중간적 성격으로 수행되었던 것으로 볼 수 있지 않을까. 자족적인 것이면서 동시에 자기 수련의 의미로 주어졌다는 것. 그도 역시 처음부터 발표를 전제하지 않은 문인은 아니었지만, 본래 시 양식으로 출발한 문인이었고, 초기 소설의 경우도 대개 서정소설 성격의 단편적 양상을 띠었다는 점이 이 경우 이해 충족의 한 단서 사항으로 주어질 수 있다. 사실 그의 초기 시 작업은 그리 만족할 만한 것이 아니었음이 분명하다. 누구보다 이 점을 잘 감득하고 있었던 사람이 다름 아닌 그 자신이었으리라. 시적 천분, 자질의 부족에 대한 그 자신의 감심이 그로 하여금 소설 양식으로 전신하도록 추동한 것은 아니었을까. 그렇지만 시에서 소설로 전신하게 되는 문인들의 경우가 대개 그렇듯 소설 양식의 실험을 통해서도 그는 선뜻 자신감을 확인하기 어려웠으리라. 자신감이란 본래 외부적으로 주어지는 성질의 것이기 때문이다. 문장에 대한 그의 남다른 집착, 장인적 태도는 이런 경위의 탓도 없지 않았다고 할 수 있다. 자의든 타의든 일제하의 전 기간이 이렇게 해서 그에게는 일종의 자기 수련기, 연습기로 주어질 수 있었다. 이에 대한 증거가 없지 않다. 후대에 쓰여진 작품의 한 대목을 통해 그는 다음과 같이 기록하고 있는 것이다.

> 그날도 나는 지난날의 원고뭉치를 꺼내어 펴놓고 이것저것 뒤적여보고 있었다. 언제 햇빛을 보게 되는지조차 알 길 없는 원고들. 그 중에는 잉크 빛이 부옇게 바랜 것도 적지 않았다. 남에게 있어서는 한갓 휴지에 지나지 않을지도 모르는 이것들이 그러나 내게는 다시없이 소중한 것이었다. 어둡고 메마른 세월과 함께 자꾸만 위축해 들어가는 내 생활의 명맥을 그런 대로 이어주는 한 가닥 삶의 보람은 역시 벽장 구석에서 먼지를 뒤집어쓰고 있는 이 원고뭉치가 아닐 수 없었다.
> ❂ 「내 고향 사람들」, 『황순원전집 4』(문학과지성사, 1980), 178쪽

'한 가닥 삶의 보람'으로서의 원고뭉치! 이 원고뭉치를 그는 틈날 때마다 '꺼내어 펴놓고 이것저것 뒤적여보고 있었다'. 참으로 중세 수행자와 같은, 수도승과 같은 편린의 문학적 수련기의 모습이 아닐 수 없다. 자기 정련의 의미로서 그는 '언제 햇빛을 보게 되는지조차 알 길 없는 원고들'을 매만지고 있었던 것이다. 이러한 상황의 한 방증 작품으로 또한 「독짓는 늙은이」(1944 가을)가 있다. 깨어져 나간 독들 앞에서 단정히 무릎꿇은 자로서의 '독짓는 늙은이'의 모습이 다름 아닌 수도승, 수행자의 모습에 방불한 것이다. 보자.

> 그러나 송영감은 다시 일어나 가마 안쪽으로 기기 시작했다. 무언가 지금의 온기로써는 부족이라도 한 듯이. 곧 예삿 사람으로는 더 견

딜 수 없는 뜨거운 데까지 이르렀다. 그런데도 송영감은 기기를 멈추지 않았다. 그렇다고 그냥 덮어놓고 기는 것은 아니었다. 지금 마지막으로 남은 생명이 발산하는 듯 어둑한 속에서도 이상스레 빛나는 송영감의 눈은 무엇을 찾고 있는 것이었다. 그러다가 열어젖힌 곁창으로 새어들어오는 늦가을 맑은 햇빛 속에서 송영감은 기던 걸음을 멈추었다. 자기가 찾던 것이 예 있다는 듯이. 거기에는 터져나간 송영감 자신의 독 조각들이 흩어져 있었다.

　송영감은 조용히 몸을 일으켜 단정히, 아주 단정히 무릎을 꿇고 앉았다. 이렇게 해서 그 자신이 터져 나간 자기의 독 대신이라도 하려는 것처럼.

◑ 「독짓는 늙은이」, 『황순원전집 1』, 377쪽

　터져 나간 자기의 독 대신에 무릎 꿇은 자기를 세우는, 아니 그 이전에 파편의 자기 작품들을 위해 얼마든지 무릎기기를 할 수 있는, 이러한 견결함의 자세는 곧 황순원 문학의 자세가 아닐 수 없다. 서정주가 자신의 동인지에 '시인 부락'이라 이름붙였던 것처럼(천민들의 거주지가 '부락'으로 불렸다), 한갓 '독짓는 늙은이'에 비유할 수 있었던 이러한 예술가적 정열의 자세가 곧 당시 '순수문학'의 정열이었다고 할 수 있고, 그것은 예술적 자기 정련의 문학이자, 염결의 미학이며, 동시에 자기를 살려 명멸하는 생명의 불씨를 일구고자 한 자기 정화의 수행 행위가 아닐 수 없었다. '언제 햇빛을 보게 될는지조차 알 길 없는 원고들'을 붙들고 저 캄캄한 어둠의 세월을 견뎌 씨름할 수 있는 힘이 거기에서 주어졌다. 그러기에 그것은 처음부터 남다른, 독자적인 수행의 글쓰기였던 것이다. 소설로 사유하고 시처럼 썼다고나 할까. 한국 순수문학 중에서도 가장 순수하고 염결스런 정채의 것으로서 황순원 문학이 꼽힐 수 있는 이유가 이 글쓰기 방식의 독특함에서 주어졌다. "무어 그렇게 훌륭한 것들도, 자랑할 만한 것들도 못" 되노라고 스스로 겸양의 언사를 피로하였지만, 이로써 한국 순수문

학, 나아가 우리 민족문학의 한 자부심의 근거가 마련되었음은 물론
이다.

3. 미적 실존의 길

'순수문학'이란 무엇인가. 자주 되뇌어지는 질문이지만, 공통된 합
의를 끌어내기는 어렵다. '순수문학'에 속하는 여러 문인들 중 누구
에 초점을 맞추느냐에 따라 사뭇 대답이 달라질 수 있기 때문이다.
그러나 황순원에 초점을 맞춘다면, 아니 일반론적으로도, 이것이 심
미주의에 기반한 문필 활동의 성격이었음은 어렵지 않게 드러날 수
있다. 그렇다면 '심미주의'란 또 무엇인가.
칸트의 정언 한 구절을 빌려 말한다면, '무목적성의 목적성'이라
할 만하다. 사회적 목적없는 상태라는 것, 그러나 그 자체로 하나의
목적성을 이룬다는 것, 이것이 근대적 인식의 소산임은 말할 나위가
없다. 미학(aesthetics) 자체가 하나의 근대적 인식의 소산인 것이다. '미
학'이라는 용어 자체가 근대에 들어와서 성립된 용어임은 이 사실을
뜻한다. 한국 근대 문학이 이 점을 명징히 이해하게 된 것은 1930년
대에 들어와서이다. 황순원의 「별」만큼 이 점을 명료히 인식하여 형
상화한 작품은 달리 없으며, 이 점에 있어서도 역시 황순원 문학은
순수문학적 의식, 혹은 인식 표현의 진수 부분을 이루는 것이다. 그
러나 이 작품이 독특한 만큼 그 내적인 의미 구조의 파악을 위해서
는 약간의 배경 설명과 주석이 요구된다고 할 수 있으며, 어느 모로
그것은 철학적, 존재론적 이해의 범위에 상응하는 바라고 할 수 있
다. 먼저 키에르케고르를 들어 말해보자면 이렇다.

우리의 존재를 단계적인 '실존'의 개념으로 파악한다면, 가장 저급한 단계에 '미적 실존'의 단계가 위치한다고 키에르케고르는 말했다. (표재명, 『키에르케고어 연구』(지성의 샘, 1995), 1부 4장 참조) 향락 추구의 직관적 존재 방식이기 때문이다. 이에 대응하는 실존 단계로 '윤리적 실존'과 '종교적 실존'의 단계를 상정할 수 있으며, 이는 우리의 지향이 된다. 하지만 가장 저급한 것으로서의 미적 실존이 현대적 삶의 일반 양상을 이룬다는 것, 여기에 현대적 존재의 딜레마가 있다. 일상에 빠진 현대적 존재란 무의미의 상궤에 도달하고, 이로써 허무 의지의 향락 추구에 길들여진다고 보는 것이다. 실상 감각적 쾌락의 추구를 제외하면 다른 아무 의미도 찾을 수 없다는 데 현대인들은 도달해 있는 셈이다. 감각적 욕망 추구를 향한 이 같은 미적 삶의 대표자 지위에 현대의 예술가들이 놓여 있다.

미적 취향이란 이런 뜻에서 본질적으로 직감적인, 직관적인 것임을 이미 칸트는 말했던 것이지만, 이는 달리 말하면 맹목적, 충동적 의지의 존재 현실에 다름 아니다. 이 점을 가장 잘 드러낸 소설이 도스토예프스키의 「까라마조프가의 형제들」이다. 이 까라마조프 가의 형제들 중 '미적 실존'의 존재 양식을 가장 잘 드러낸 인물이 큰 아들 '드미트리'이다. 이반과 알료샤로 구현된 성격 중에서 가장 맹목적이고 충동적인 성격의 이 인물이 그러나 가장 일반성을 구유한 현대적 존재의 성격인 것이며, 이 때문에 그는 어느 평론가의 갈파대로 '20세기적 전형'을 예고한 인물로 상찬될 수 있었던 것이다. 정념의 인간, 곧 애욕의 인간이다. 그렇다면 정녕 아름다운 미적 실존의 길이란 불가능한 것일까.

초기 황순원의 소설은 위와 같은 키에르케고르적, 혹은 도스토예프스키적 사유의 반경 안에서 산출되었던 것으로 보인다. 배냇신자에 다름없이 일찍부터 기독교에 입문하고, 또 망국민의 예술가로서 민족적 현존의 운명을 불각하지도 않았지만, 일찍부터 문학에 눈뜬 예술가 의식의 소유자답게 애욕과 정념으로서의 삶의 주박이 얼마나 강렬한 것인가를 인식하고 있었다. 뻔히 파멸을 눈앞에 그리면서도 애욕과 정념의 충족을 위해 치달려가는 인물들을 그의 초기작들은 그렸던 것이다. 그의 최초 작품집의 표제작처럼 된 「늪」에서 그려지는 현실이 바로 그렇다. 가정교사로서 어린 여학생을 맡아 가르치는 '태섭'이 비몽사몽의 와중에 끝없이 시달리는 바도 이 애욕과 정념의 갈망 때문이거니와, 소박맞은 '어머니'의 쓸쓸한 인생을 눈앞에 보면서도 애욕의 충족을 향해 치달려가는 어린 '소녀'의 비극적 운명에 대한 예고가 작품 전체의 주지를 이룬다고 할 수 있는 것이다. 정념과 애욕 사이에서 파탄의 운명을 면치 못하는 성격의 인물들이 황순원 최초의 작품집 『늪』을 형성하는 주요 인물 군상을 이룬다고 할 수 있다.

　단편 「별」은 이같은 심미 취향의 본성적 성격을 어린아이의 인물에 투영시켜 그 이념형의 극단을 추구해 본 작품이라 할 수 있다. 십대에도 이르지 못한 어린 '산애'의 인물이 심미 취향의 본성적 의지를 가졌을 때, 그것이 어떤 인륜적 현실을 낳을 수 있는가를 극단적으로 추구해 본 작품이라 할 수 있는 것이다. 어머니에 대한 그리움으로서의 미적 의지와 누이에 대한 인륜적 감정, 의지가 충돌하였을 때, 어떤 의식적 현실이 낳아질 수 있는가를 탐색해 본 작품이라 할 수 있다. 이런 점에서 '윤리'와 '심미적 의지' 사이의 길항 관계를 이 작품만큼 강렬하게, 극적으로 부조해 보인 소설은 달리 없다고 할 수 있으며, 그런 점에서 '순수문학'의 '심미취향'이 이 작품만큼 강렬하게 드러난 사례는 달리 없다고 할 수 있는 것이다. 흡사 '망국'의 상태를 암유하는 것 같은 죽은 어머니에 대한 그리움의 정열이란 당초 누이에 대한 인륜적 감정과 동일시되어야 할 것이지만, 이를 구분함으로써 보편적 미의지와 현실적 인륜 관계를 대립, 병치의 관계로 설정했다는 데 이 작품의 특유한 미학적 장치가 놓여 있다고 할 수 있는 셈이다. 상상계, 상징계, 실재계로 나누어 파악하는 라캉의 트라이앵글 도식처럼 직관적 심미 의지를 본성으로 내재한 이 아이의 내면은 최초 이렇게 구현되어 있다.

동리 애들과 노는 산애를 동리 과수노파가 보고 가치 저자라도 보려 가는 듯한 젊은 여인에게 무심코 쟈 동복 뉘가 꼭 죽은 쟈 어머니 닮었지 왜 한 말을 얼김에 듣자 산애는 동무들과 놀든 것도 잊어버리고 이러섰다. 그리고 산애는 얼핏 누이의 얼굴을 생각해 내려 하였으나 아무래도 떠오르지 않었다. 산애는 곧 집으로 뛰면서 저도 모르게 어머니 어머니 수없이 부르짖었다. 집 뜰에서 이복 동생을 업고있는 누이를 찾어 내자 달려가 누이의 얼굴을 드려다 보았다. 넘우나 엷은 입술이 지냐치게 큰데 거기에 비겨 눈이 짭짭하니 적고 그 눈이 또 늘 몽롱히 흐려 있는 누이의 얼굴. 아홉 살 난 산애의 눈은 벌서 누이의 그런 얼굴 속에서 기억에는 없으나 맘속으로 그려오던 없은 어머니의 모습을 더듬으며 떨리는 속으로 찬찬히 누이를 바라보고 있었다. 참으로 어머니는 이 누이의 얼굴과 같았을가. 그러자 제법 어른처럼 갓난 이복동생을 업고있든 열 한 살 난 누이는 전에 없이 별나게 자세히 바라보는 동복 오랍 동생에게 마츰 어머니다운 애정이 끓어오르기나 한 듯이 미소를 지여 보였을 때 산애는 누이의 문득 지나치게 큰 입술 새로 들어난 검은 잇몸을 발견하면서 산애의 누이에게서 죽은 어머니를 찾든 마음은 온전히 사라지고 없은 어머니가 누이처럼 미워서는 않된다고 머리를 옆으로 저었다. 우리어머니는 지금 눈 앞에 있는 누이로서는 흉내도 못 내게스리 무척 이뻤으리라. 그냥 산애동생이 귀엽다는 듯이 미소를 짓고있는 누이에게 산애는 처음으로 눈을 부릅떠 빨아 무서운 상을 해 보여 미운 누이의 얼굴이 놀래여 한칭 밉게 찌그라지게 하고 말았다.

◑「별」, 《인문평론》(1941. 2), 146~147쪽

　어머니에 대한 그리움을 좇는 이 어린 아이의 내면은 이렇게 하여 심미적 의지만이 가득찬 상태를 빚게 된다. 누이가 죽은 어머니를 닮았다고 말한 과수노파를 쫓아가서 "아니 우리 어머니하구 우리 뉘하구 같이 생겼단 말은 거짓말이죠?"하고 열심히 주장하기도 하고, 누이가 만들어준 예쁜 인형을 땅 속에 파묻어버리기도 하고, 당나귀를 타다가 떨어진 자신을 붙잡으러 드는 누이의 손길을 매정하게 뿌리쳐버리기도 하고, 땅따먹기를 하다가 뒷집계집애와 싸우는 누이를 모르는 체 냉정히 지나쳐버리기도 하면서 누이에 대한 정을 끊기에 애를 쓰는 것이다. 열네 살 소년이 된 아이는 한 예쁜 소녀를 알게 되지만, 입술을 부비며 애욕을 갈구하는 소녀의 음산스런 눈길에서 이 소녀도 역시 어머니는 아니라는 생각에 언덕길을 뛰어내려오고 만다. 결국 애욕의 욕망만으로는 참된 아름다움의 존재가 이루어질 수 없다는 점을 소년은 깨닫게 되는 셈이다.

　「별」의 후반부 이야기는 이처럼 맹목적 심미 의지의 추종자 모습을 보였던 아이가 얼마쯤 인륜적 관계의 소중함을 깨우쳐 내면적 성숙을 기해 가는, 일종 성장소설적 양상을 띠게 된다. 물론 그렇다고 미적 존재를 향한 자아 의지를 쉽사리 포기하는 자로서의 성숙의 모습을 아이가 금방 보여주게 되는 것은 아니다. 다만 미적 실존의 바깥에 윤리적 실존의 현실이 놓여있다는 것을 감득하는 정도에 머무를 따름이다. 동무의 오빠와 연사를 벌이게 된 누이를 혼내주려 하다가 "사실 나 혼자였드문 벌써 죽구 말았어"하는 소리에 움찔 놀라기도 하지만, 곧바로 '추한 누이'에 대한 자신의 악마적 의지를 기어이 실천해가는 모습을 보이며, 시내 어떤 실업가의 막내아들에게 시집갔다가 결국 '부고'로 돌아오고 마는 누이의 슬픈 운명 앞에서도 또 소년은 일순 망연자실, 자신의 내부에 숨어 있는 정의 눈물을 확인하게도 되지만, 역시 마지막 순간에는 소년 특유의 심미적 의지를 포기하지 않는 자의 모습으로 돌아오게 되는 것이다. 황순원 특유의 상징주의가 난만한 작품 끝마무리의 처리 양상을 보이면 다음과 같다.

> (그러나) 산애의 눈에는 이제야 눈물이 고였다. 어느새 어두워지는 하늘에 별이 돋아났다가 고인 산애의 두 눈에 나려왔다. 산애는 문득 자기의 오른켠 눈에 나려온 별이 죽은 어머니라고 느끼면서 그럼 또 왼켠 눈에 나려온 별은 죽은 누이가 어머니처럼 나려온게 아니냐는 생각에 미치자 아무래도 누이는 어머니와 같은 아름다운 별이 되여서는 안된다고 머리를 옆으로 저으며 눈을 감아 눈의 별을 내몰았다.
> ○ 「별」, 앞의 책, 154쪽

이처럼 미적 삶의 본질이 무엇인지, 그 한계가 무엇인지 잘 알면서도, 예술가로서 미적 실천에 헌신하겠다는 결연한 자세가 이 작품의 마무리를 통해 투영되고 있는 것으로 우리는 해석할 수 있다. 현대 세계는 미적 실존의 세계이며, 그것의 한계와 병폐, 모순이 무엇인지도 잘 알지만, 예술가로서의 심미적 의지 구현의 길을 포기할 수는 없다는 결연한 자세가 이 작품 속에는 표명되어 있는 것으로 볼 수 있는 것이다. 이로써 '美의 사제', 수도승 같은 문학 수행자의 의식이 비로소 확립되었다고 할 수 있다. 하지만 앞서 살핀 것처럼 그의 앞에 놓인 시국의 상황은 완강히 문을 닫아 걸고, 그로 하여금 편력에의 길이 아니라 전통 속으로 귀향하는 길을 걷게 했다고 볼 수 있다. 대신 장인적 미학의 정신, 태도가 깊어졌다. 위 「별」의 문장을 통해서도 알 수 있는 것처럼, 아직 채 다듬어지지 않은 것이긴 하나, 구어체의 언어와 시적, 상징적 언어, 그리고 소설적 묘사문의 언어들을 교묘히 결합시키고 병치시키는, 군더더기 없는 구성의 이 작가 특유의 문체 미학의 솜씨는 이미 이 시기에 이르러 어느 정도 달인의 경지를 보여주는 단계로 접어들고 있었다고 볼 수 있다. 다만 시국의 악화와 함께 사회적 인정의 계기를 얻지 못했을 따름이다. 이로써 그의 울분과 절망은 깊어져 갔다. 초기 문학의 병적 미의식 지향의 양상은 이와 같은 절망의 정신 상태와 무관하지 않은 것이었다고 할수 있다. 소극적으로 그는 미적 저항을 꿈꾸었을 뿐이다. 한편 그럴수록 문체에 대한 그의 세공의 의식은 더욱 치열해져 갔다. 실상 그의 미적 저항이란 문체적 저항에 다름 아니었던 것이다. 그러나 결코 손끝 기술에만 그치지 않는, '장인'이라는 말을 그가 혐오하면서 거두어들였던만치 손끝의 장인정신에 머물지 않는, 유종호가 뛰어나게 규정한 바, '겨레의 기억'(『황순원전집 2』, <해설> 참조)의 전수자로서의 길에 그는 헌신하고자 했던 것이다. 이처럼 황순원 특유의 문체 미학이나 심미주의, 혹은 전통적 설화 재현의 소설 세계란 기껏해야 소극적인 미적 저항에의 의지를 간직한 것일 뿐이었다. 그러나 그것이 없었다면, 한국 현대 문학의 문양은 굵은 마디 하나를 잃은 꼴이 되었으리라고 단언해도 좋으리만큼 한국 소설의 심미성 확대와 심화에 크게 기여했다는 것을 부인할 수 없겠다.

4. 초기 황순원 문학의 경위와 배경

내친 김에, 초기 황순원 문학의 경위와 배경에 대해 좀더 살펴보고, 그것이 함축하는 문화사적 성격에 대해서도 조금 생각을 더해보기로 하자. 이 문제는 다시금 한국 '순수문학'에 대한 이해의 문제와 깊이 맞물려있다.

만약 역사학적인 시야 속에서 한국 순수문학의 연원에 대해 살펴보기로 한다면, 그것이 우선 '경향문학'이라는 전사의 존재와 깊이 연루된 것임을 우리는 알 수 있다. '경향문학'에 대한 반동의 성격으로 대두된 것이 1930년대 한국 순수문학의 역사적 성격임을 살필 수 있기 때문이다. '경향문학', 즉 '프로 문학'이란 다시 칸트 식으로 표현하자면 사회적 '목적의 왕국'으로 문학을 이끌어 간 흐름, 세력이었다고 할 수 있으며, 이에 1930년대 중, 후반부터 새롭게 대두한 문학사적 세력은 사회적 목적 의식으로부터 탈피, 보다 순수한 문예미의 표현 세계를 구축하고자 하는 경향, 문학적 태도를 형성하였다고 볼 수 있다. 이를 비평적으로 대변한 사람이 당시의 '신세대' 중에서 맹장 김동리였다고 할 수 있거니와, 이에 비하면 황순원은 그저 묵묵히 자기 류의 문학적 실천에만 정진하는 태도 속에서 자신의 초기 문학을 일구어 왔다고 할 수 있다. 앞서 살핀 것처럼 그는 처음 시집을 내거나, 최초의 단편집을 상재하던 시기에도, 당시 기성세대 문인들이 '신세대' 문학 행태의 한 표적으로 삼은, 즉 지나치게 인정욕구에 사로잡힌 문학 행태가 아니냐는 비판에 대해서도 전혀 혐의가 주어질 수 없는 문학적 자세 속에 홀로 수도승처럼 정진하는 모습을 보였었고, 그 고독한 자기 정련의 성과가 오늘날 『황순원전집』 1권을 이루는 「늪」과 「기러기」 소재의 단편 성과들로 나타났던 것이다. 이러한 고독한 자기 정진, 정련의 성과에 대해서 그러니 어떤 본격적인 비평적 반응 양상도 당시로서는 기대하기 어려웠고, 앞서 살핀 것처럼, "黃順元氏는 平壤에 숨어있으나 일지기 그 短篇集을 通하여 獨特한 作風을 注目받아 오든 新人이다" 정도의 언설만을 겨우 그 흔적으로 발견할 수 있을 따름이다. 초기 황순원 문학이 얼마나 무서운 고독 속에서 수행된 것인가를 여기서 다시금 확인할 수 있는 사실이다.

그렇게 무서운 고독 속에서 '언제 햇빛을 보게 될는지조차 알 길 없는 원고들'을 붙들고 씨름하며, 흡사 유배당한 수도승과 같이 '명멸하는 (내) 생명의 불씨'를 건사해 오던 작가는 해방을 맞아 일시 좀

더 적극적인 현실 참여의 문학적 기투 자세로 전환하는 모습을 보인
다. 사멸의 위기에 처한 조선어와 그 전통 문화를 지키며, 모국어의
세련과 그 소설적 정련을 위해서만 묵묵히 정진하던 그 소극적 미적
저항의 태도에서 일시 탈피, 보다 적극적인 현실 참여의 문학적 태
도, 경향으로 자신을 바꿔나오는 시기가 그에게도 주어지는 것이다.
해방 후 최초로 쓰여진 작품 「술」을 비롯하여 이후 단편집 『목넘이
마을의 개』를 구성한 작품들, 그리고 나중에 장편으로 개작된 연작
소설 『별과 같이 살다』, 그리고 6 · 25 전쟁 기간에 쓰여진 작품들을
모은 단편집 『곡예사』, 그리고 이후의 장편 「카인의 후예」에까지 이
른 작품 경향은 대체로 일제 시기, 혹은 전후기의 어떤 작품들에 비
해서도 자신과 민족의 삶이 놓여 있는 현실적 정황에 깊은 관심을
가지고 그 형상화에 몰두한 작품 세계라 할 수 있는 것이다. 물론 그
렇다고 이로써 그의 본질적인 자유주의, 낭만주의 색채의 세계 이해
의 관점, 태도까지가 전적으로 몰수되고 방기될 수는 없었다. 평양에
터전을 두어 해방 직후 한때 평양 거점의 자유주의 색채 문화, 예술
인들이 결성하였던 평양예술문화협회에 등록하기도 했지만(권영민, 『해
방 직후의 민족문학 운동 연구』(서울대출판부, 1986), 30쪽 참조), 이후 가족과
식솔들을 데불고 월남을 감행(1946. 5), 조선청년문학가협회가 주장하
는 '순수문학' 쪽에 서서 교사로서의 직분 수행과 함께 작가로서의
본분 이행에 사명을 다하게 된다. 해방 직후의 격랑 속에서 김동리가
보였던 뛰어난 활약상에 비하면 그는 역시 남는 시간을 그가 좋아하
는 술집에서 보내며, 작품 쓰기에 매진, 정진하였던 것을 알 수 있다.
일제말 시기의 작품들을 엮어 낸 단편집 『기러기』가 아니더래도 그
가 이 시기에 어떤 작가에 비해서도 활발한 창작집 간행과 작품 발
표의 행적을 보여줄 수 있었던 것은 실로 '작가'로서의 본분을 망각
하지 않은, 말 그대로의 순수문학적 자세 실천의 이유에 있었다고 할

수 있다. '순수문학' 대변의 활발한 양의 문인이 존재했었다고 하면, 그의 한 소설 제목의 어사처럼, '그늘'에서 묵묵히, 혹은 고결하게 실천한 그 문학적 자세가 한편으로 전후 '순수문학' 확대의 주요한 동력의 하나로 작용, 자리하게 됐음을 부인할 수 없는 것이다. 그 세대, '순수문학' 진영의 대부분 문인들이 그랬듯이 그도 후진의 양성을 위해서는 열과 성의를 다하여 김동리와 더불어 전후 순수 작단 형성의 양대 대들보 중 하나로 인정되었음이 전후 문단사, 문학사를 통하여 확인된다. 전후에 주어진 여러 영예의 사건들은 그 사회적 인정의 흔적들이라 할 수 있는 것이다. 하지만 그 인정 여부와 상관없이 그는 언제나 고독 속에서 홀로, 마치 여물을 반추하는 소와 같이 그 좋아하는 술과 함께 작품에 대한 구상을 반추하는 작업을 게을리하지 않았던 것이며, 그가 하나의 작품을 쓰기 위해 얼마나 주도 면밀한 자료 수집과 가필, 퇴고의 작업을 반복해 왔던가는 잘 알려진 사실이다. 자기를 드러낼 수 있는 어떤 잡문의 집필도 거부한 채, 오로지 '작품', '문학'의 정련을 위해서만 고집스럽게 매진해 온 것이 작가로서의 그의 남다름이자, 독자성의 면모였다고 할 수 있다. 마치 수도승과 같이 한국 순수문학의 모범적 실천 작가이자, 그 이념의 정수 표현자였다는 평가가 이로써 주어질 수 있었다. '문학'이 아니라면 그에게는 다른 어떤 것도 곁가지에 불과했던 것이다.

5. 순수문학의 수행자

앞에서 자세히 살피지 못했지만, 낭만적 심미주의를 근간으로 한 초기 황순원의 문예 정신이 '실존'에 대한 원초적인 미적 인식이라는 개념적 단계에서 키에르케고르가 말하는 바, '윤리적 실존', 혹은 '종교적 실존' 등의 개념 단계로 어떻게 확산, 고양되는지를 살펴보는 것이 앞으로 황순원 문학 연구의 한 과제로 주어진다고 여겨진다. 「카인의 후예」에서 「신들의 주사위」로 이어지는 그의 장편 세계에 대한 해명, 인간적 실존 전반의 문제를 문학 속에 투영시키고자 한 그의 후기 문학의 유동에 대한 해명이 이로부터 가능해질 수 있으리라고 보기 때문이다. 다만 이런 시야 속에서도 그가 원초적으로 '아름다운 삶'이라는 미적 존재 방식에 대한 추구의 자세를 처음부터 견지하고, 이로써 '미적 존재'의 실현이라는 일원론적인, 혹은 그런 점에서 '무목적성의 합목적성'이라는 존재의 미적 이념을 종국에까지 달성하려 한 문인이었다는 점은 어느 때라도 망각되어서는 안될 사실이라고 보겠다. 윤리적 삶과 종교적 삶을 향한 자세, 의지까지도 그는 '미', '아름다움'의 개념으로 파악하기를 불사하지 않았던 것이다. 증거가 없지 않다. 해방 직후에 쓰여진 작품의 하나인 「아버지」 중 '남강 선생'의 묘사 대목과 '아버지'에 대한 기술 대목이 그 증좌라 할 수 있다. 보라.

> 그때 이미 선생은 현직 교장으로는 안 계셨는데도 하루 걸러끔은 꼭꼭 학교에 오셨다. 언제나 한복을 입으신 자그마한 키, 새하얗게 센 머리와 수염. (…) 참 예쁘다고 할 정도의 신수시었다. 그때 나는 남자라는 것은 저렇게 늙을수록 아름다와질 수도 있는 것이로구나 하는 걸 한두 번 느낀 것이 아니었다.
> ◐ 『황순원전집 2』(문학과지성사, 1980), 156~157쪽

> 이렇게 말씀하시는 아버지에게 나는 잠깐 내가 물을 말도 잊고, 반백이 다 되신 머리를 바라보며 아버지도 늙으실수록 아름다와지는 유의 남자임을 안 것 같았다.
> ◐ 앞의 책, 162쪽

이처럼 윤리적 삶에 충실한 인물들을 두고 작가는 흡사 '댄디즘'

의식의 소유자나 되는 것처럼, '예쁘다'와 '아름다와'의 언어를 빌려 묘사하고 있다. 윤리적 삶과 종교적 삶의 영역까지도 '아름다움'의 미적 개념으로 파악하려 하고, 그리하여 마침내 '아름다움'을 최고의 일원적 가치로 표상하려 한 작가의 사상, 의지가 이 대목에서 극적으로, 무의식적으로 표명되었다고 할 수 있는 것이다. 초기 대표작 「별」은 그러한 탐미주의적 의지, 관념을 집중적으로 표현한 작품이라고 할 수 있거니와, '원초성' 혹은 '순진성'의 아이들 세계를 빌린 형태로나마 「별」, 그리고 「소나기」 등이 황순원 문학 세계의 본질을 구유한 작품들로 평가될 수밖에 없는 까닭도 이런 맥락에서 주어진다고 하겠다. 전쟁이라는 실존의 가장 궁벽한 상황을 체험하는 마당에서도 ―이는 작품 「곡예사」로 형상화되어 있다― 가장 순수한 인간들의 '미적 실존'에 대한 형상화 방식을 통해 전쟁이라는 비인간적 현실을 역으로 고발하고자 했던 「소나기」, 혹은 「학」 등이 지닌 저러한 시대 반역성의 성격을 두고 우리는 다시 한번 소극적이나마 그 '미적 저항'의 성질을 간취해 볼 수 있거니와, 우리의 존재 현실을 '미'와 '윤리', '종교'의 문제까지를 포함한 사유 영역으로 끌어올려 '문예'의 '미학'으로 통합, 구축해내고자 한 데 황순원 문학 정신의 본령, 원질이 놓여 있었다고 할 수 있는 셈이다. 이런 점에서 그는 처음부터 한국 순수문학 이념의 온 몸의 실천자이면서, 동시에 묵묵한 실천자였던 것이다.

그렇다면 오늘의 상황에서 한국 순수문학 초기의 이와 같은 묵묵한 글쓰기의 실천, '도의 수행'과 같은 글쓰기의 실천이 과연 가능한 일이라고 할 수 있을까. 황순원 당대에도 그처럼 수도승 같았던 고독한 수행의 글쓰기 사례는 별로 없었던 것을 앞서 살핀 셈이거니와, 그것은 전체적으로 구텐베르크 시대, 고독한 수행자의 모습이었다고 할 수 있다. 인쇄 문화의 초기 단계에서 가능했던 글쓰기를 통한 고

독한 자기 수행, 자기 정련의 문학적 구도 행각이 초기 황순원 문학
으로 빚어져 나왔다고 할 수 있거니와, 어느 시대에나 시류를 찾아
헤매는 탁발승은 많아도 암자와 같은 선실에 자기를 은폐하고 자아
와 세계의 구원을 위해 진정으로 자기 몰입의 수행에 나서는 수도승
들은 그리 많지 않다고 할 수 있는 것이다. 하지만 또 어찌 알겠는
가. 황순원의 그 구도 행각을 당시 아무도 알지 못했던 것처럼 지금
에도 역시 때 지난 구텐베르크 문화의 위엄을 회복시키기 위해, 되살
리기 위해 '명멸하는 생명의 불꽃'을 태우고 있는 수도승의 문학자가
또 어느 곳에 숨어 있는지! 역사는 지나가 봐야 안다지만, 역사 속에
서 또 모든 것은 판명되기 마련이다.

(≪문예중앙≫, 2001년 가을)

전후세대 휴머니즘의 진폭
선우휘 문학의 경우

1. 이데올로기로서의 휴머니즘

이데올로기가 한 문학의 특질을 결정하는 수가 있다. 선우휘 문학이 그런 경우이다. 선우휘 문학은 현대 한국 보수주의 문학의 한 전형처럼 되어 있다. 그러나 그가 활동하던 시절에 그의 보수주의, 곧 반공주의의 이념이란 굳이 새삼스럽게 인식될 필요조차 없었던, 당연한 인식의 지평이었다. 살육의 전쟁 끝에 살아남고 허여(許與)된 이념이 그것뿐이었기 때문이다. 전쟁이 끝났다고 해봐야 목숨 건 인정투쟁의 장이 완전히 막을 내린 건 아니었다. 바야흐로 이데올로기의 내면화의 투쟁 계절이 전개되었는데, 무엇보다 인간성의 회복과 수습을 위한 시절에 피폐한 피난민의 정서에 호소했던 이념은 '휴머니즘'이었다. 기실 반공주의의 딴 이름이 이 휴머니즘이었음은 누구나 아는 사실이다. 인도주의라는 이름의 가치 속에서 그들은 반공주의를 호흡했다. 행동적 휴머니즘, 또는 실존적 휴머니즘, 혹은 저항적 휴머니즘, 혹은 비판적 휴머니즘 등이라고 해봐야 본질은 마찬가지다. 다만 가지치기를 해나갔을 뿐이다. 어느 것이나 개인을 기초로 해서 전후 인간성의 상실, 혹은 복구의 문제를 자유주의적 민주주의의 체제 안에서 해결하려는 체제 이념적 태도를 가졌던 것은 마찬가지다. 만약 보다 온건한 정치적 태도 아래서 전후 인간성의 상실을 노래한 경향이 실존적 휴머니즘이었다면, 이 소설 경향의 선두에 조용히 나서고 있었던 것이 손창섭 문학이었고, 그 바른편 선두에서보다 철저한 정치적 신념 아래 무장하고 일련의 문학적 조류를 형성했던 것이 선우휘 문학이었다. '행동적 휴머니즘'의 정체가 바로 이와 같은 것이었고, 전쟁이라는 거친 투쟁의 장소를 거친 마당에 문단에 활력소를 제공한 이념적 쟁소의 하나는 이것이었다. 세대적 요인에 앞서서 상황적 요인이 문학사를 규정한 원천 요인으로 작용하였음을 이로써 알 수 있다.

50년대 문학사에 선우휘가 마치 혜성처럼, 신데렐라처럼 등장한 배경에는 전후라는 시대의 특수조건이 가로놓여 있었다. 전후라는 공간의 시대 의장을 벗고나서도, 그 단일화된 폐쇄 이데올로기의 내면화된 체제이념은 당분간 불변이었다. 4·19로 빚어진 잠깐 동안의 이데올로기 해방 국면을 빼면, 녹색군부의 세월 동안 누구도 그렇게 만만히 체제에 도전할 수 없었다. 휴머니즘의 누추하고 범박한 이름의 옷이 오랜 기간 이 땅의 문학적 패션으로 군림해 온 이유가 여기에 있다. 새로운 이데올로기의 지평이 보일락말락하게 열리기 시작하던 60년대의 기간을 걸쳐서 이 패션의 이름은 퇴색하지 않았다. 그리하여 단순히 휴머니즘의 시대라고 할 때, 그 속에서 경험이 풍부하거나, 혹은 인간성이 풍부한 면모의 작가에 의해서 소설의 주도 국면이 이룩되었을 것은 쉽게 짐작할 수 있다. 모든 것이 파괴된 폐허의 자리에서 진술될 가치가 있는 것은 극적인 싸움의 기록이거나, 아니면 인간성의 재생의욕이면 족한 것이었을 따름이기 때문이다.

이 휴머니즘, 특히 행동적 휴머니즘의 이름을 걸고 치장된 전후문학의 한 세계를 지금 우리는 본다. 거센 세월의 침식과 함께 이 이름의 의장 또한 낡은 것이 되었음을 우리는 안다. 파괴와 살육의 경험현장으로부터 점점 멀어지고, 새로운 세대의 문화적 감수성이 역사속에 머리를 디밀기 시작하면서, 좁은 휴머니즘의 감수성이란 이미퇴색된 것이 되었음을 우리는 안다. 근대화 속도의 빠른 전개와 함께, 60년대, 70년대, 후속 세대의 빠른 등장은 여러 지점에서 세대간감수성의 분열을 야기 시켜 조만간 전후적 감수성의 퇴조라는 현실이 벌어지게 되었는데, 60년대 말 이후 점차 이 세대의 문화적 주체성이 수세에 몰리게 되면서 한결같이 주춤거리거나, 어쩔 수 없이 보수의 자리로 후퇴하는 양상을 보였던 것은 역사의 피할 수 없는 운명법칙을 반영한 것이라 할 수 있다.

70년대로 넘어오면서 이 세대의 사회적 위상은 이미 중진의 자리에 도달하게 되었거니와, 그때까지만 해도 그러나 이 세대의 진보적몫이 여전히 시효를 다한 것은 아니었다. 자유민주주의의 세례를 입은 최초의 세대였던 만치 적어도 정치적 독재에의 항거 몫이 중요하게 남아 있었고, 일인 독재가 지속되는 한 그것은 그러하였다. 한편으로 개발 독재의 과실에 편승하면서 내부적으로 거기에 저항하는, 비판적 자유주의의 세력이 여기에 마련되고 있었던 셈인데, 70년대의 종막과 함께 이 상황 역시 변전하였다. 식민지 세대가 완전 퇴조하게 되면서 전후세대는 그야말로 우리 사회의 최후 보루세력으로남게 되었거니와, 70년대 이후 급속하게 전개된 산업화의 속도감각은 이 보수화의 감각을 더욱 날카롭게 하였다. 이데올로기의 개방속도를 의미하게 마련인 이 산업화의 속도감각에서 그들은 일종의 위기의식조차 느끼지 않을 수 없었던 것이다. 이데올로기의 개방현실은궁극적으로 전쟁에의 기억을 무화시켰고, 그것은 궁극적으로 냉전이념의 붕괴를 의미하는 것이 아닐 수 없었다. 산업화의 추세 속에 이미 냉전체제의 붕괴 메커니즘이 깃들여 있었음을 이는 뜻하거니와, 80년대 중반까지 이어진 선우휘의 시대 안에 이러한 역사적 변전 운명이 고스란히 암시되고 있었다. 그는 냉전체제의 붕괴라는 그 끝을 보지는 못하고 타계했지만, 그가 오늘의 현실을 목도하였다면 어떻게 반응하였을지 궁금하다. 냉전시대의 역사감각에 그만큼 충실한 작가도 드물었기에, 지나간 역사에 대한 탐색의 자세로 그를 접근하게 되는 것은 필수적이다.

역사는 이처럼 변전하며, 그 속에서 삶과 문학의 운명 역시 변전한다. 한때의 전위가 보수로 낙오하는 일은 역사 속에서 흔히 보는 일이다. 선우휘의 경우, 그가 5공의 정치적 혹한기에 한 신문사를 대표하는 논객의 위치에서 어떤 이데올로기적 역할을 수행하였던가를 우리 모두는 잘 안다. 오늘날 젊은 세대 일반의 그에 대한 폄하 분위기는 이와 관계 있다. 선명한 이데올로기적 태도에 기반하여 이루어진 문학이었으므로 이와 같은 문학사적 부침의 운명 역시 불가피한 것인지 모른다. 문학 자체가 이데올로기적 기능과 멀찍이 떨어져 움직일 수 없는 것이라 한다면 이 현상 자체는 당연한 것이라 할지도 모른다. 어떤 탈이데올로기적 문학 경향이 대두한다 하더라도 거기에는 또다른 성격의 모종의 이데올로기가 관여되어 있음을 혹자는 주장한다. 문학에 있어서 이데올로기의 배제, 추방이란 궁극적으로 불가능하다는 것이다. 선우휘 문학에 대한 평가의 문제가 어려운 것은 요컨대 이 문제와 관련된다. 왜 한때 행동주의 문학의 기수로까지 추앙되었던 사람의 문학이 이제 와서 역사의 왜곡이나 되는 것처럼 백안시되어야 하는가, 가치중립적 비평태도란 근본적으로 불가능한 것인가.

변전의 운명이 만약 역사의 불가피한 법칙이라면, 변전의 운명을 받아들이는 것이야말로 역사주의의 올바른 태도일 수 있다. 말년의 행적이 어떻다 해서 초년의 행적까지 소거시킬 수 없다는 것은 엄정한 사초들의 태도였다. 모든 역사를 현재의 관점에서만 재단하려 들 때, 역사 자체가 사라지거나, 비쩍 마른 빈곤의 내용만이 남게 된다는 것은 역사적 서술 사례를 통해서 우리가 자주 확인하는 바이다. 말년의 헤겔이 어쨌다 해서 죽은 개 취급을 하지 말것을 권고한 것은 마르크스였다. 행동주의 작가 앙드레 말로가 말년에 드골 정권의 문화장관을 지냈다 해서 말로의 문학이 없어지지 않는 것도 같은 이치 위에 있다. 세계관은 반동적이었지만, 그렇기 때문에 오히려 리얼리즘의 승리를 구가했다고 발자크 문학을 높이 평가했던 것은 엥겔스의 변증법적 시각이었다. 문학사에 있어서 세계관과 작품으로서 성과 사이의 불일치 현상은 우리가 자주 보는 바이다. 이데올로기만이 문학의 전부라고 보는 것은 문학을 보는 좁은 태도이다. 역사 속에서 모든 유물은 다 그 나름대로의 가치를 가지고 있다. 전후 문학사 속에서 선우휘의 위치 또한 그렇게 볼 수는 없을까. 당대의 지평 안에서 선우휘 문학이 수행했던 역할이 있다면, 그것은 그것대로 평가하며, 그 영향 관계를 통해서 문학사의 전체적인 의미망을 조감해 보는 것은 필요하고도 의미있는 일이 아닐까. 행동주의적 체질이 유난히도 약한 이 나라 풍토에서 그 한 사례의 검증은 이 나라 문학의 폭을 넓히는 데 기여할 수 있을 것이며, 무엇보다 문학 이전에 그 인간의, 삶의 행적을 점검해보려는 태도도 이와 관계 있다. 행동주의 문학이란 다름 아닌 문학에 앞서서 삶을 전제하는, 실천적 문학태도의 일종이기 때문이다. 한 우익적 이데올로그의 생애라 해도 그 전형성이 우리를 흥미롭게 한다.

2. 선우휘 문학의 경로: 군인 – 기자로서의 작가

약력에 의하면 1922년 평북 정주 태생인 선우휘가 경성 사범학교를 졸업하고 그 사회경력을 출발시킨 자리는 일제말기 교원의 자리였다고 한다. 사범학교가 당시 가난한 수재들이 모인 관급학교로서, 교원 양성의 설립목표를 가진 학교였음은 누구나 아는 사실이다. 관급교원의 자리란 체제보수의 기능과 뗄 수 없는 자리였을 것인데, 북녘 오지의 마을에서 보통학교 훈도 노릇에 머물렀던 그는 해방과 함께 바로 월남한 상태에 놓이게 된다. 그의 계층의식의 바로미터가 되는 서북출신 실향민의 처지가 이로써 마련되었으며, 이후 그는 곧 기자생활에 뛰어들게 된다. 해방 정국의 혼란상을 가장 가까운 거리에서 취재하는 사회부 초년기자가 그의 직분이었던 셈이다. 그의 생애의 업이 된 기자 감각이 이에서 마련되었거니와, 그렇지만 어찌 된 탓인지, 기자 생활에 만족하지 못하게 된 그는 사직서를 내던지고 다시 전직하는 상태에 놓이게 된다. 자설로는 이 무렵 미국유학의 길을 꿈꾸었던 참이라고 하는데, 여의치 못해 주저앉게 된 그는 일선 학교 교사로 몸담게 된다. 그리고 그의 인생의 한 획기적 전환점이 마련된다.

6 · 25를 앞둔 시점에서 어떤 혼란의 현실이 벌어졌던가를 우리 모두는 알거니와, 5 · 10선거에서 8 · 15 정부수립으로 이어지는 일련의 내전적 현실 전개과정에서 그는 4 · 3사건과 그에 이어지는 여순사건 등을 목도하고 군인의 길을 자원한다. 이 시절의 심경을 작가는 작품 「오리와 계급장」(≪지성≫, 1958. 가을)에 간략히 피력하고 있거니와, 그처럼 피나는 내전의 계절에 앉아 죽거나 전장에 나가 싸워 죽거나 매일반이라는 심정에서 일종의 도피행각을 벌였던 것이라고 스스로는 말하고 있다. 정훈장교를 지원한 그는 6 · 25 중간 잠시 특수부대

요원으로 근무하기도 했다고 하나, 대개의 군생활을 정훈 병과 주변에서 맴돌았던 것으로 보이는데, 이 점은 그의 이데올로기적 면모와 관련하여 주목할 만하다. 정훈 병과란 곧 병영내에서 이데올로기적 사무를 관장하는 기구이기 때문이다. 그가 문단에 나온 것 역시 이 정훈관으로서의 현역 복무 시절이었는데, 군인−작가로서의 이 시절 선우휘의 면모는 우리 문학사로서도 유니크한 삽화적 대목이 아닐 수 없다. 직업군인이면서 작가인 최초의 선례가 이에서 마련되었기 때문이다. − 이후 최인훈이 비슷한 상태에 놓이게 된다 − 1957년 대령으로 예편 후, 그는 다시 신문사에 몸담아 논설위원, 편집국장, 주필, 논설고문 등의 직책을 전전하며, 전후 세대의 대표작가이면서 동시에 한국 언론계의 거목으로 성장하게 된다.

　그의 후반기 생을 장식한 작가 − 언론인으로서의 생활이 어떠하였는지 자세히 말할 필요는 없을 것이다. 기자로서의 정상적인 궤도를 밟지 않았음에도 그가 언론인으로서 빠른 성장가도를 달렸다는 점만은 분명한데, 특별히 3공화국의 민정이양 초기에 그는 편집국장 직위에 있으면서 일종의 필화사건을 겪어 구속되는 화를 입게 된다. 이 사건의 여파가 그의 작가생활에도 상당한 영향을 미쳤을 것으로 짐작되는데, 그런 풍파를 겪은 뒤에도 다시 언론계의 정상에 복귀한 그는 70년대에 주로 주필과 논설고문의 위치에서 신문사의 논조를 결정하는 중책을 맡았다. 작품활동이 뜸해짐과 함께 '유신'치하에서 어려운 논설가로서의 위치를 지켜나갔던 그는 1973년에 다시 한 번 필화의 화를 입게 된다. 논설로서 한 정치적 사건에 관여한 탓이었다. 이러한 역정은 그의 언론인으로서의 충실도를 반증해주는 자취들이라 할 것이다. 그가 다시 작가로서의 재충전을 도모하게 되는 시기는 70년대 후반기에 이르러서의 일인데, 그의 최대 장편이면서 대표작인 「노다지」(≪주간조선≫, 1979. 2∼1981. 8)가 바로 이 시기의 정점에서

씌어졌던 것이며, 1986년 타계하기까기도 그는 한국의 대표적 보수
언론인으로서의 위치를 잃지 않고 있었다. 5공화국 시절 매주 고정
칼럼을 통하여 영향력 있는 필봉을 휘둘렀던 것인데, 오늘날 언론인
으로서 그를 기억하는 독자들은 바로 이 모습을 기억하고 있다. 자신
의 문필생활에 심각한 위협이 초래될 정도로 한때 험악한 사회적 물
의를 겪기도 했던 그는 그 신념인의 모습 그대로 유명을 달리하게
된다. 죽기까지 필봉을 놓지 않았으므로 그는 참으로 엄청난 양의 논
설을 개진한 셈이며, 작품을 통한 문학적 집필량 역시 녹록치 않다.

30여 년 작가생활 동안 장편 10편, 중편 7편, 단편 64편 등 총 81
편의 작품기록을 남겨놓음으로써 어느 전업작가에 비해서도 부족하
지 않은 문필 총량을 기록하고 있기 때문이다. 작가로나, 언론인으로
나 어느 한편으로만 평가하기 어려운 그의 복합적 면모가 여기에 있
는 것인데, 삶과 글쓰기를 등위화시켰던 바르트다운 '문사'의 개념에
흡사한 면모가 그 아니었던가 볼 수 있다.

굳이 구분한다면 작가와 논객, 작가와 칼럼니스트의 입장 중 그는
어느 한쪽을 더 선호하였던 것일까. '2～3년 먹을 것을 대주는 독지
가'만 나타난다면 편집국장직을 포기하고 작가 노릇에 충실하리라는
엄살을 그가 한때 내비친 적이 있다 하지만, 사회적 반향이 즉각적인
대신문사의 논객 위치와 아무런 제도적 장치의 배경이 없는 작가의
위치를 쉽게 바꿀 수 없었을 것임은 물론이다. 그렇다고 해서 한 세
대를 대표하는 작가로서의 자부심이 그로 하여금 소설가의 위치 또
한 쉽게 버릴 수 없도록 하였을 것임은 당연한데, 그런 만큼 작가와
논객의 위치를 겸임하는 자리에서 소설적 언어와 논설 언어의 상호
수렴 현상이 빚어졌던 것 아닌가 생각해 볼 수 있다. 그의 문필의 한
특징이 여기에 있는 셈인데, 행동주의 작가로 시발했던 작가의 원질
적 요소의 측면이 이를 가능케 한 요소의 하나로 작용했던 것이다.

행동주의 문학 강령이란 문학적 실천과 함께 사회적 실천을 강조하는 문학적 실천주의의 또 다른 윤리적 형태이기 때문이다. 한국적 행동주의 문학이 겨우 기자 직업으로 시종하는 양상을 보였다는 것은 우리 문학의 폭과 깊이를 시사하는 한 바로미터가 아닐 수 없거니와, 이 한국적 협소함의 범위를 감안하면서, 한국 전후문학의 바운더리를 이해하는 데는 선우휘 문학의 구체적 자장에 대한 검토가 필수적이지 않을 수 없다.

이 자장의 원점으로서 「불꽃」(≪문학예술≫, 1957. 7)에 대한 검토가 또한 필수적인 것인데, 세월이 지나가도 선우휘 문학의 원점이자, 전후문학의 한 단서로서 「불꽃」의 자리는 여전히 불변이기 때문이다. 한국 행동주의 문학의 반경을 그리는 자리에서라도 이것이 일으킨 파문과 반향의 자리를 우리의 문학사는 영원히 잊을 수 없다.

3. 사상으로서의 세대 - 「불꽃」

선우휘가 드물게 직업군인 이력의 소유자라는 사실은 「불꽃」 등장의 문학사적 배경 이해를 위해서도 다시 한 번 강조되어야 하겠다. 전후 행동주의 문학의 강렬함이 대망되던 시절에 육군 대령의 계급장처럼 확실한 신분은 달리 있을 수 없었기 때문이다. 제2회 동인문학상의 수상식장에 육군 정복의 복장을 하고 나타난 그를 두고 당대 문인들은 이채로운 기억을 가지지 않을 수 없었거니와, 군대 근처에도 가보지 못한 당시 대부분의 문인들에게 있어서 이 점은 충분히 콤플렉스를 자극할 만한 사실이 아닐 수 없었다. 작품보다 앞서 행동주의 작가로서의 자격이 이로써 주어질 수 있었는데, 행동주의 문학의 뉘앙스란 곧 전쟁문학의 범위를 넘는 어떤 것일 수 없었기 때문이다. 실제로 그의 초기작들이 어떤 식으로든 강한 행동주의적 분위기를 풍기고 있었음도 부인할 수 없다. 데뷔작 「성(聲)」(≪신세계≫, 1955) - 데뷔작의 명칭이 「귀신」으로 알려져 있으나, 발표 당시 제목은 「성(聲)」이었다 - 을 차치하고 보면, 초기작들인 「One Way」(≪신태양≫, 1956), 「테러리스트」(≪사상계≫, 1956. 12), 「불꽃」(≪문학예술≫, 1957. 7) 등이 모두 행동주의적 모티프에 기반한 것임을 인정할 수 있다. 비록 휴전상태에 접어든 지 상당한 시간이 지난 시점이라 하더라도 이 시기까지 여전히 전쟁의 포연은 가시지 않고 있던 때다. 따라서 문단인들이 비록 우리 문학사에는 낯선 감각이긴 하나, 어떤 행동적 문학의 절실한 개화를 예기케 된 것은 당연한 일이었다. 인간의 극적 체험치고 전쟁 이상 가는 것이 있을 수 없음을 전쟁의 경험 세대라면 생득적으로 감득하고 있었기 때문이다. 동인문학상의 수상소감에서 밝힌 선우휘의 다음 언명은 그래서 문학적 겸손이자, 동시에 실천적 자랑스러움의 내밀한 고백일 수 있었다. 아마추어 작가의 입장을 내세운 것이긴 하나, 아마추어리즘의 표백이야말로 바로 「불꽃」 산출의 문학사적 필연성을 역설적으로 피력한 바에 다름아니었기 때문이다.

<공산주의>라는 것이 오랫동안 머리를 괴롭혀서 그것을 극복하기에 무엇을 창조해 본다는 마음의 여유가 없었다.

역사적 상황 속에서 나는 어떠한 자세로 어떻게 이 사회에 참가하여야 하는가의 당면한 과제를 놓고 생각할 때 공산주의의 문제는 몹시 나를 괴롭혔다.

그후 인천중학에서 교원을 지내던 나는 여순 반란 사건에 충격을 느끼고 육군으로 들어갔던 것이다.

6·25를 통한 전쟁의 경험에서 가끔 나는 무엇인가를 쓰고 싶은 충동을 느꼈지만, 문학과 군무는 병행시킬 수 없는 성질의 것이라는 생각에서 작품을 만들 생각을 하지 않고 있었던 것인데, (……)

「불꽃」은 나 자신을 포함한 같은 연대의 개아와 역사의식의 문제를 그려보고자 한 것 (……)

◐ ≪사상계≫(1957. 9), 74쪽

이처럼 작가 자신을 포함함 같은 연대의 개아와 역사의식의 문제를 그려보고자 한 것이라는 점에서 「불꽃」은 현저히 세대론적이었다. 이처럼 세대론적인 것이었기에 그것은 필연적이며 동시에 우발적이었는데, 여기서 우발적이라 함은 전후세대가 아직 역사적 현실성을 띠며 나타나기 이전 단계에 그것이 놓여 있었음을 뜻한다. 그럼에도 불구하고 전후세대 등장의 문화사적 조건은 무르익어 있었던 것인데, 「불꽃」 등장에 대한 반향의 놀라움과 충격 속에서도 그것이 당연한 것으로 받아들여졌던 것은 이를 뜻하고 있다. 동인문학상 발표 다음 호의 독자 투고란에서 우리는 '불꽃은 위대한 작품'이라는 투의 벅찬 감개가 표시되어 있음을 볼 수 있거니와, 그것이 당대 독자의 실감이었던 것으로 확인할 수 있다. 심사위원들의 반응 역시 대개 이런 감개무량함의 표정에서 벗어나지 않는다. 이 작품에 대한 문인들의 반향이 얼마나 압권의 것이었던지는, 다른 후보추천작들이 겨우 1표씩을 얻고 있음에 반하여 이 작품만은 추천위원 절대 다수 지지를 뜻하는 7표를 얻고 있음에서 확인할 수 있다. 김팔봉, 백철, 박영준, 손우성 등으로 구성된 심사위원들의 지지 분위기는 더욱 심하였다. 그중 가장 열광적이었다고 할 만한 박영준은 해방 이후 최대걸작이라는 표현이 아깝지 않다는 발언에 이르며, 행동적 휴머니즘의 지지자들이었던 백철, 손우성들이야 더 말할 것이 없다. 백철은 나중 동인문학상 회고의 자리에서 이 작품이 일으킨 반향의 측면을 오히려 형식적인 각도에서 '중편 소설 붐' 현상으로 설명하고도 있거니와(『동인문학상의 전통』, 박영사, 박영문고 188), 이처럼 넌지시 건네는 설명법이란 그다운 문학사적 설명법이 아닐 수 없다. 심하게 좌익 콤플렉스의 상태에 놓여 있었던 카프 전력의 문인들 의식을 감안하더라도 「불꽃」
에 대한 이와 같은 범문단적 지지 분위기는 특기할 만한 사실을 내포
하고 있다. 굳이 비교하자면 60년대 김승옥이 일으킨 '감수성의 혁명'
열기에 대한 지지 분위기와 이것이 비견한다고나 할까. 오늘날의 감
각으로 본다면 한갓 중편에도 미달하는, 거친 하드 보일드의 행동적
문체에 대해서 이처럼 범문단적 우호 분위기가 가해진 이유란 무엇
일까. 이를 재는 일은 「불꽃」과 현재적 감수성 사이의 거리를 재는
일에 다름아니거니와, 이를 자세히 검증하기 위해서는 전후적 감수성
에 대한 사심 없는 이해, 관찰이 수반되지 않으면 안 된다.

4. 행동주의와 휴머니즘 사이에서

　　오늘의 눈으로 보아 전후문학이 대단치 않게 보이는 것은 물론 그
럴 수 있다. 이는 다시 말하면 그 동안 40년 세월의 한국문학의 발전
을 반증하는 것이기도 하다. 특유하게 감수성의 문제를 의미하는 것
이라면 이 또한 그럴 수 있다. 전후적 감수성으로부터의 그 동안 이
탈의 세월을 그것은 의미할 것이기 때문이다. 여기에는 구한말 세대,
3·1운동 세대, 6·25세대의 3대의 역사가 중첩되어 있으며, 그 시간
감각은 오늘의 감각으로 볼 때 지나간 먼 역사의 감각으로 퇴색된
것일 수도 있다. 그렇지만 이 퇴색된 시간의 감각 속에 역사의 진실
이 있으며, 이제 묻혀버린 시간 속의 현실이라 하더라도 거기에 당대
인들의 역사감각이 살아 숨쉬고 있었던 것을 무시할 수 없다. 「불꽃」
이 당시 평자들로부터 각별한 주목을 얻게 된 요인에는 중편 분량의
확장된 작품공간 안에서 우리 근대사의 역사의식을 깨우친 점이 몰

각될 수 없거니와, 지금으로 봐선 소략하기 짝없는 그 역사의식의 감각이 당시에 그만큼 신선하게 보였다는 것은 그 시절 역사감각의 불모 상태를 의미하는 바가 아닐 수 없는 것이다. 따라서 오늘날의 확장된 역사감각으로 당대의 시선을 막바로 잰다는 것은 바로 역사감각 자체의 횡포가 아닐 수 없다.

단순히 전후적인 실존감각만을 두고 볼 때도 그렇다. 전쟁의 포성은 사라졌지만, 어떻게든 문학을 통해서나마 생과 사의 감각을 되살려야 한다는 게 당대 전후문학인들의 문학적 강박관념이었다. 이 강박관념은 그러나 대단히 불우한 처지에 놓여 있었다. 해방과 함께, 분단과 함께 축소된 문학사의 지평, 문단적 환경 속에서 그들은 작업하지 않으면 안 되었다. 일제 말기까지 우리 문학사를 수놓았던 장편 소설사의 감각은 사라지고, 손바닥만한 단편의 양식 한계내에서 그들은 작업하지 않으면 안 되었다. 일제 말기 세대를 대표하는 저 김동리, 황순원류의 토속적, 혹은 서정적, 혹은 사변적 인물들의 형상화 감각이 그들을 지배하는 문학적 원류였다. 변변한 문예잡지 하나 제대로 발간되지 못하는 상황에서 그들은 '전선문학'류의 잡지에 의존하거나, 아니면 이데올로기 색채가 강한 '자유세계'류의 잡지에서 새로운 문학적 텃밭을 일구어야만 했다. 이런 점에서 전후 세대의 기수로 등장한 한 소장 비평가가 "우리는 화전민이다!"(이어령)라고 외친 것은 과연 과장이 아니었는데, 이같은 전후의 불모상황을 딛고 간신히 문예잡지의 재건시대를 이룩한 것이 50년대 중반기이다. ≪사상계≫사가 '동인문학상'을 창설한 것이 또한 1956년도였던 것인데, 1회 수상작으로 결정된 김성한의 「바비도」가 지금으로서는 금석지감의 느낌을 주는 것이 솔직한 감상이다. 요컨대 이러한 시대였던 것이다. 이와 같은 시대 배경하에서 행동주의 문학에 대한 기대 지평만이 조금 뚜렷하였던 편인데, 그 염원의 기대 지평에 불을 당긴 작품이

「불꽃」이었던 셈이며, 바야흐로 무엇인지 모르는 커다란 실감의 실체에 그들은 압도당할 준비가 되어 있었다. 「불꽃」 등장의 문학사적 필연성, 그리고 우발성이란 이러한 배경 상황을 두고 말함이다.

그렇다고는 하나, 「불꽃」으로 예광탄을 쏘아올린 선우휘 문학 역시 더 이상의 진경으로 나아가지는 못했음을 우리는 아쉬운 대목으로 지적하지 않을 수 없다. 말하자면 그의 문학 역시 예광탄으로만 수놓아진 문학을 연출했을 뿐이고, 말년에 불쑥 「노다지」(≪주간조선≫, 1979)의 거편을 이룩하기까지 그의 문학은 계속 예고편의 상태에 놓여 있었던 것을 우선 전반적인 한계의 대목으로 지적하지 않을 수 없는 것이다. 그가 여러 편의 짭잘한 중·단편의 세계를 쉬지 않고 발표해 나간 형편이라 하더라도 우리의 판단 내용은 달라지지 않는다. 이것은 물론 당대의 문단 형편과 작가의 개인적인 사정과도 관련되는 바이지만, 초기에 자신의 문학을 결정적으로 비약시킬 만한 작품을 「불꽃」 이후 그는 더 이상 내놓지 못하고 말았기 때문이다. 이러한 한계는 기실 「불꽃」 자체에서부터 내포된 한계의 성격이 크다는 것으로 여러 평자들의 의견은 합치되며, 「불꽃」이 가진 이데올로기적 한계로서보다 행동주의적 한계로서 그 점이 드러난다고 우리는 볼 수 있다. 「불꽃」의 주인공 '고현' 자체가 벌써 웅혼(雄渾)한 행동적 영혼의 소유자는 아니었던 것으로 드러나기 때문이다. 한국 문학의 체질적인 반행동적 한계가 이미 여기에 드러났다고 볼 수 있는데, 따라서 우리의 논의는 이 문학사적 한계의 지점에서 다시 출발할 수 있다.

선우휘 문학에 대한 기대가 결국은 행동주의 문학에 대한 기대로 수렴되는 것이었다면, 이 기대 지평을 멀찍이 넘어서 활짝 달려나가지 못한 이유란 무엇일까. 휴머니즘의 논변에 매달린 이유를 그 기본적인 이유로 지적할 수 있다. 1부와 2부를 나눠놓고 볼 때, 1부에 비교하여 2부가 상대적으로 소략한 것임은 당시의 심사과정에서도 지적된 바이거니와, 1부가 주인공 고현의 성장 과정을 중심으로 한 방관주의자의 논변 개진에 주력한 양상이라면, 전체주의적 폭력의 비인간화된 현실에 대한 행동적 항거의 부분은 극히 단편적으로만 묘사되어 있다. 그것은 말하자면 행동의 불가피성에 대한 설유에 해당하는 양상이지, 작품 전체로 보아서는 오히려 방관자의 사상과 논리가 더 많이 피력되어 있는 양상인 것이다. 바로 이와 같은 논변적 양상은 그것이 전체주의적 사회 통제 이념에 대항하여 개인적 휴머니즘의 논리를 구축한 성격의 것이지 행동주의 자체를 선양한 문학적 성격의 것일 수 없음을 뜻하고 있다. 작가가 동인문학상의 수상 소감에서 밝힌 바 그대로 그의 문학적 관심은 공산주의와의 싸움, 즉 반공주의의 논리 구축에 주력된 것이지, 행동주의적 세계관과 문학적 실천에 순수한 관심을 둔 것일 수 없음을 그것은 뜻하는 것이다. 선우휘 초기 단편에 속하는 「성(귀신)」이나, 「One Way」, 「테러리스트」 등 또한 대개 이런 성격에 머무는 것이지, 행동주의의 강렬한, 순수한 이념에 포섭된 것이 아님을 보여주고 있다. 그것들의 열기는 공산주의자와의 싸움에 대한 회고의 열기이며, 지금 불우한 처지에 대한 인간적 연민의 열기이지 행동가적 열정은 아니다. 가령 가장 행동적이라 할 수 있는 「테러리스트」에서 이 점을 살펴볼 수 있는데, 술집 안에서 시비가 붙어 갑자기 뛰쳐나간 '길주'가 "주먹에 간장을 쓱 바르고 둘을 건너다보며 싱긋 웃"는 것으로 가장 인상적인 행동가적 면모가 부각되어 있지만, 이러한 장면이란 전형적인 활극을 통해서 인상깊게 엿볼 수 있는 것이지, 행동주의적 문학 양태라 하기는 어렵다. 작품 전편이 일종의 회고적 문투로 구성되어 있음에서 이 작품의 기본성격을 알 수 있는 것이다.

「불꽃」 이후의 작품들을 통해서도 사정은 별로 달라지지 않는다.

오히려 그나마 있던 초기의 행동적 열정이 사라지고, 휴머니즘적인 페이소스에 집착하는 모습을 보여주는데, 소품에 가까운 초기 단편들의 세계가 대개 그렇다. 발표순으로 다섯 번째가 되는 「똥개」(≪사상계≫, 1957. 8)는 그 윤곽이 실향민의 애환을 그린 성격이 됨으로 말미암아 어느덧 감상적 색조조차 드러내는 양상을 보이며, 여섯 번째 「거울」(≪문학예술≫, 1957. 9)에 가서는 바야흐로 행동을 취해야 할 시점에 이르러 자기 연민에 빠지게 되는, 그럼으로써 선우휘적인 행동적 휴머니즘의 면모가 실상 어떤 것인가를 잘 보여준다. 「거울」은 한 이발사(면도사)가 먼 옛적 일제 시대에 자기를 고문한 바 있는 형사 전력의 손님을 맞아 복수 충동과 자기 연민의 감상 사이에서 고민하게 되는 얘기를 그린 작품인데, 결국 어떤 이유로든 행동의 요청에 직면하여 자기 연민의 휴머니즘적 감상에 빠지게 되는 것을 합리화하는 얘기가 이것이다. 행동주의보다는 휴머니즘 쪽에 선우휘다운 본질이 놓여 있었다는 것을 다시 한 번 증거하는 작품이라고 할 수 있다.

여러 가지 징후적 성격으로 말미암아 초기 선우휘 문학의 한 대표 작쯤으로 여겨지는 일곱 번째 작품 「화재(火災)」(≪사상계≫, 1958. 1)를 보아서도 선우휘 문학의 행동적 한계는 여실히 드러난다. 마치 정의의 사도가 저지른 어떤 불가피한 범죄의 현장을 추적해가는 것처럼 진격해나가던 이 소설은 행동주의로서는 참으로 어설픈 결과를 보여주는 것으로 끝난다. 자기 연민을 벗지 못하는 어느 회의주의자의 내면 풍경을 보여주는 것으로 이야기의 종국은 귀착되고 말기 때문이다. 일제 말과 해방 그리고 전쟁의 혼란을 겪으면서 타락할 대로 타락한 아버지의 현실에 맞서서 아직 병들지 않은 아들 세대의 연결성을 그리고자 한 것에 이 작품의 주지가 있는 셈인데, 불의를 참지 못하고 아버지 세대를 고발하고자 일어선 아들 세대의 행동이라는 것이 겨우 의지적 방화도 못 되고, 실화 혹은 교묘한 방화 방조에 그친 것으로 이루어진다는 것이 이 작품의 대체적인 이야기이다. 왜 이처럼 기껏 행동적 기치를 표방해 놓고도 다만 지불 불능의 상태로서 그의 작품 행동은 끝날 수밖에 없었을까. 내면적 지식인의 심리주의와 추리소설적 기법을 실험하는 의미로서 이 작품이 제작되었다고 보기에는 그 행동적 지불 불능의 상태가 너무 허망하게 보이는 것이다. 그렇다면 행동주의가 아니라 (행동적) 휴머니즘의 범주에 맴도는 그의 작품세계의 특질이란 무엇인가.

스스로 가장 애착이 가는 작품이라고 쳤던 「오리와 계급장」(≪지성≫, 1958), 그리고 「단독 강화」(≪신태양≫, 1959)를 통해서 우리는 선우휘의 초기적 열정의 면모가 무엇인지 잘 알 수 있다. 말하자면 공산주의와의 싸움의 기록이며, 동시에 인간적인, 인간다움의 앙양이다. 자전적 성격을 그대로 투영한 초점 화자가 등장하고 있고, 또 그 주변의 인물들 역시 과거 화려한 행동적 경력을 가진 인물들이라는 점에서 빼놓을 수 없는 「오리와 계급장」은 상대적으로 행동적 특성이 두드러지는 작품이긴 하다. 그렇지만 이 인물들의 행동적 전력에 대한 후일담 역시 기본적으로는 회고적이며, 따라서 그 인물들의 오늘의 형세는 모두가 날개 꺾인 인물들로 되어 있다. 행동적이라기보다는 휴머니즘의 반경 안에서 이 작품을 섭취할 수 있는 이유가 여기에 있다. 이 점에서 국방군과 인민군, 두 우연한 동반자의 동시 죽음으로 작품을 귀결시키는 소품 「단독 강화」가 훨씬 행동적이라 해도 좋으리라. 다만 그것이 소품이기 때문에 극적인 드라마의 성격을 갖추지는 못하고 있다는 점을 지적할 수 있으며, 비극적이긴 하되 동포애의 주체로서 인민군 병사가 너무 어린 나이로 설정되어 있기 때문에 여기에 무슨 이데올로기적인 논리가 침입할 틈이 없었다는 점을 지적할 수 있다. 그렇긴 하되 동족상잔의 분단 비극을 그다운 동굴의 무대배경 하에서 그리고 있다는 점으로, 그리고 본능적 인간의 행동적 모습이

가차없이 그려지고 있다는 점으로 이 작품은 선우휘의 작품 중에서
도 예외적으로 기억될 만하다. 전장의 휴머니티를 다룬 작품을 우리
의 전후문학사는 이만한 작품도 흔하게 갖지 못한 형편에 있기 때문
이다.

　그렇다면 단편 소품이 아닌 중편의 작품들을 통한 양상은 어떠한
가. 그의 초기 중편들로서는 가장 이른 「깃발 없는 기수」(≪새벽≫, 1959.
12)와 함께 「추억의 피날레」(≪신세계≫, 1961. 12), 「싸릿골의 신화」(≪신
세계≫, 1962. 8~9)등이 꼽힐 수 있는데, 이중 그의 행동적 특성을 반영
하는 작품으로는 「깃발 없는 기수」가 많이 거론된다. 이에 맞서 그다
운 휴머니즘이 잘 부각된 작품으로는 「싸릿골의 신화」가 주목할 만한
데, 간첩 소재를 다룬 작품인 「추억의 피날레」는 아무래도 어색한 느
낌을 지울 수 없기 때문이다. 「깃발 없는 기수」와 「싸릿골의 신화」
로서 그의 초기 중편 세계가 대별될 수 있다.

　「깃발 없는 기수」가 그의 초기 한 대표작쯤으로 간주되는 이유는
어렵지 않게 이해될 수 있다. 이는 행동의 시대라 할 수 있는 해방기
를 무대로 선택 앞에 직면한 젊은이들의 세계를 다룬 작품이자, 그런
만큼 리얼리즘적인 품격과 행동적 풍모를 담고 있는 작품이기도 하
다. 주인공 격이자, 초점 화자인 '윤'은 신문기자이다. 그 옆에 회의
주의자인 '형운'이 놓여 있고, 그 왼편에 좌익인 '순익'이 놓여 있다.
그밖에도 그 시대에 존재했을 법한 다수의 인물유형이 존재하며, 해
방 공간의 처연한 풍경이 선하게 잡힐 정도로 그것은 다양한 현실묘
사의 장면들을 담고 있음이 사실이기도 하다. 그럼에도 불구하고 이
작품에 대해 선뜻 높은 점수를 주기 어려운 이유는 무엇일까. 극을
이끌어가는 주동적 인물이 '윤'의 행동거지가 석연치 않은 데서 극적
추진력이 약화되고 있는 것을 우선 지적할 수 있다.

　행동적인 열정에 들떠 있으며, 좌익과 미국 세력에 대해서 생리적

인 거부감을 표시하는 것도 좋으며, 또 남자로서의 육적인 감각을 발산하고 있는 것도 좋지만, 결말을 향해 이끌고 나아가는 주인공의 행동목표가 불분명하게 설정되어 있음에서 극의 추진력이 반감되는 느낌을 받는 것이다. 선우휘로서는 드물게 행동주의적 윤리강령을 문학적으로 실천해 본 작품이라 하겠으나, 좌익계 지도자와 그 정부의 불륜의 현장을 덮친다는 것으로 그의 최종목표가 설정되어 있음은 아무래도 객관적인 설득력이 약하다. 어정쩡한 상태에서 작품이 서둘러 결말을 짓고 있다는 느낌도 이와 무관치 않을 것이다. 기자라는 직업의 인물이 행동적 주인공으로는 박약한 느낌을 주거니와, 주인공의 행동계기를 설명하는 이유로써 어린 인물들을 끌어들여 오히려 감상적 색조를 드리우고 있는 점도 이 작품의 취약한 이유 중의 하나라 할 수 있는 것이다.

이에 비하면 「싸릿골의 신화」는 행동적이라기보다 극히 휴머니스틱한 모티프에 기조하여 씌어진 소설이라 할 수 있다. 스토리 골격 자체는 간단하다. 6·25 초기 인민군의 진공으로 낙오하게 된 국방군 패잔병들이 산간오지에 남아 마을 사람들과 함께 애환을 겪는 얘기이다. 개연성의 측면을 배제해 놓고 생각하면 충분히 하나의 얘깃감이 되는 이 작품은 그러나 전체적으로 부자연스런 여러 느낌을 지울 수 없다. 그럼에도 불구하고 하나의 공간으로 폐쇄되고 있는 점, 거기에 여러 가지 인물유형의 성격들이 뛰놀고 있는 점 등으로 완결된 하나의 작품이라는 느낌을 주는데, 흡사 카뮈의 「페스트」와 같은 작품 상황을 연출하고 있는 것이 이 작품의 대체적인 방법적 요체라고 할 수 있다. 이 점에서 「깃발 없는 기수」가 말로의 소설풍을 닮았다고 한다면, 「싸릿골의 신화」가 현저하게 실존주의적 풍모를 띠고 있는 것과 상관되는 요소라고 할 수 있다. 전통적 세계에 밀어닥친 전화의 체험 현실을 다루고 있다는 점에서 리얼리즘적 가치와도 전혀 무관할 수 없고, 무엇보다 백의민족의 전통적 가치관을 잘 투영하고 있다는 점으로 드문 소설적 매력을 발산하고 있다고도 할 수 있다. 만약 「깃발 없는 기수」와 「싸릿골의 신화」 중 하나를 선택하라고 한다면 어찌할 것인가. 이 문제는 요컨대 독자로서의 취향문제를 가르는 문제일 뿐만 아니라, 선우휘 작품세계의 본질이 무엇인가를 묻는 문제와 분리될 수 없는 문제임이 살펴질 수 있다. 결국 행동주의와 휴머니즘 사이에서 진동했던 것이 선우휘 초기의 작품양상이기 때문이다.

5. 다시 사상으로서의 역사, 그리고 실존

이처럼 행동주의와 휴머니즘 사이에서 진동하던 선우휘 문학은 60년대 중반기에 이르러 변화의 모습을 보이는 것으로 지적된다(배경열, 「선우휘 소설 연구」, 서울대 대학원, 1992). 크게 보면 이 변화는 결국 한국 전후문학의 전후성 탈각 과정과 맥을 같이하는 것이라 할 수 있는데, 선우휘 개인사로서는 단지 작가로서만이 아니라 언론인으로서 사회적 역할의 확대가 이루어지는 지점이 이 지점이며, 그 때문에 한때 옥고의 고초조차 치러야 했던 것이 작가의 개인사적 변화 계기들이라고 할 수 있다. 이러한 계기들로 말미암아 이제 그의 문학은 그나마 가지고 있던 행동적 열정을 잃어버리고 더욱 내면성의 강화 양상으로 옮아간다고 할 수 있는데, 이때부터 70년대 초, 중반기 약 4~5년간 작품활동의 중단 시기를 갖게 되는 시점까지 우리는 그의 문학의 2기로 설정할 수가 있으며, 이 시기 그의 대표작으로는 「십자가 없는 골고다」(≪신동아≫, 1965. 6), 「망향」(≪사상계≫, 1965. 8). 「사도

행전」(≪신동아≫, 1966. 1~6. 미완), 「묵시」(≪현대문학≫, 1971. 2) 등을 꼽을 수 있다. 그의 문학세계 전반으로는 작가적 시야의 확대가 이루어지는 단계라고 할 수 있으며, 주조의 측면에서는 대개 휴머니즘 독자의 기간, 더 자세히 규정하자면 내면적 휴머니즘의 특징적 기간으로 이 시기를 설명할 수 있다.

이 시기의 단초를 이루는 작품으로 「십자가 없는 골고다」가 우선 주목되는 것은 그 내면성의 특질 양상 때문이라 할 만하다. 여기의 주인공 K. 김은 작가의 실존적 행적을 대개 반영하는 인물이라는 점에서도 주목할 만하다. 그 인물이 미쳐서 정신 병원에 감금되어 있다는 게 이 작품의 발단 동기인데, 그 계기는 술자리에서 우연히 토설한 비분강개의 논설이 한 젊은이를 움직여 그를 죽음에까지 몰고 가게 되었다는 사건에서 연유하고 있다. 한 젊은이의 죽음이 결과된 이상 그 죽음에 대한 도덕적 책임감을 K. 김은 면할 길 없다. 주인공의 내면적 번민의 이유는 여기에서 파생한다. 십자가를 허락지 않는 교묘한 권력의 책동이 한 죽음의 사건까지도 철저히 통제하고 있다는 사회인식은 그 번민의 내적 이유를 강화한다. 이럴 수도 저럴 수도 없는 이른바 비극적 교착상태가 그의 미쳐감의 내적 구조를 형성하는 셈인데, 어떤 해결도 있을 수 없는 도저한 자아 분열의 상태에서 작품이 종결되고 있음으로 말미암아 작품은 전형적인 내면 비극의 형태를 취하고 있다. 이는 이 시기 작가의 내면 풍경이 어떤 상태에 있었는지 능히 엿보게 하는 작품 사실이기도 하거니와, 권력적 현실에 대한 회의와 환멸의 눈길이 이런 내면적 경향의 소설작품을 낳은 것으로 추측할 수 있다. 선우휘 문학의 초기와 중기를 구분하는 단초로서 이 작품이 주목되어야 하는 이유가 여기에 있다.

이런 내면화의 경향이 실향의식과 어울려 독특한 귀향의지의 소설을 파생시킨 것으로 이 시기 주목될 만한 작품이 또한 「망향」이다.

실향의식에서 헤어나지 못하는 한 친구의 아버지를 주인공으로 한 이 작품에서 고향 산천의 풍경, 나아가 그 집안의 쥐 소리까지가 편집적인 망향의지의 모티프들로 설정되어 있음은 그로테스크한 느낌을 넘어 끔찍함까지 안겨줄 정도이다. 「똥개」, 「오리와 계급장」 등으로 이어진 그의 독특한 망향 주지의 소설 세계가 이로써 한 정점을 이룩한 셈이거니와, 이 망향의지가 유년시절에 대한 회고의 의지로 환치되어 작가 자신의 실존적 편력을 그대로 한 편의 장편소설화해 보려는 노력으로써 발동된 작품이 그의 중기의 역작 「사도행전」이랄 수 있다. 이 작품은 그러나 불행히도 해방 후로 넘어오는 단계에서 집필 중단되어 미완성 교향곡의 상태를 빚게 되고 말았거니와, 이런 자전의 의욕 역시 이 시기 그의 문학의 전반적인 내면화 경향과 분리되어 생각될 수 없을 것이다. 그의 문학세계의 특질 중 하나로 기독교적 모티프를 자주 끌어온다는 점이 이 문맥에서 유의미하게 지적될 만하거니와, 종교의 세계에 깊이 침잠된 관심 자체가 벌써 내면화의 자세와 분리되어 생각될 수 없는 것임은 말할 나위없이 분명한 사실이다. 이처럼 행동주의의 문학적 자세가 역진되었을 때 그의 소설은 강한 내면성의 모습을 드러낸다.

70년대 초반 마침내 문학적 침묵기로 들어서는 마지막 굴절의 지대에서 빚어낸 작품 「묵시」는 그 내면화 과정의 한 정점을 표상하고 있다. 한 세대를 대표하는 작가로서의 역할이 있었던만치 그에게도 작가의 역사적 처신에 관한 문제가 자연 의식되지 않을 수 없었는데, 그런 역사 의식적 바탕 위에서 행동가적 처신과 내면적 인간의 존재방식 사이에서 깊이 고뇌한 흔적이 이 작품에는 배어있다. 춘원 이광수의 일제 말 행적이 그 친구 되는 시인 '서낭'이라는 사람의 벙어리 행각에 비교되고 있는 이 작품에서 작품의 초점이 '서낭'이라는 인물에 맞춰지고 있음은 그의 이후의 문학적 침묵과 관련하여 여러 모로 음미될 만하다.

작품이 쓰인 당시 시점은 바야흐로 유신으로 나아가는 길목의 심난한 정치적 계절이었으니, 정치환경을 지키는 언론인의 신분으로서나 한 작가의 위치로서나 말꾼의 처지가 매우 위태로운 지경이었을 것임은 어렵지 않게 짐작될 수 있다. 이런 스산한 시국의 계절에 차라리 벙어리 흉내를 내고 살았던 일제 말 식의 한 무명의 우국시인을 동경하게 되었다는 것은 그 말꾼으로서의 처지에 깊은 연민조차 느끼게 하는 지점이 아닐 수 없다. 이 시기 선우휘로서는 그야말로 '묵시'의 비극적 세계관에 매료되었고, 행동으로서 그것을 실천할 마음자세까지도 갖추고 있었던 것이니, 이후의 문학적 침묵이 바로 그 점을 증거하는 바이다.

6. 휴머니즘의 끝 – 일상적 현실 감각

「묵시」 이후 70년대 강권 정치 시대의 본격 개막과 함께, 5년 이상 완강히 침묵을 지켜나가던 그의 비언표적 문학활동은 70년대 중반을 넘어서는 1976년경에 이르러서야 띄엄띄엄 겨우 언어 회복의 조짐을 드러낸다. 70년대 전기간에 걸쳐 그의 언론인으로서의 위치는 논설주필 자리에 고정되었던 것인데, 그 정치적 삭풍의 세월에 시국에 대응하는 일만으로도 그의 필봉잡기는 벅찬 노릇이었는지 모른다. 그 막중한 책임의 자리에서 놓여나면서 그는 이제 그의 필생의 역작 「노다지」에 달려들게 되는데, 이제 3기, 그러니까 70년대 후반 문단 재복귀 이래 타계하기까지 그의 생애 말기의 과정은 문학적으로 일종의 결산의 시기라 해도 좋겠다. 말하자면 그 동안 쓰고 싶었던 글을 마음껏 쓰며 세월을 갈무리하던 시절이 이때가 아니었던가 볼 수 있는데, 이 시기 그의 음미할 만한 중·단편으로는 중편 「쓸쓸한 사람」(≪문예중앙≫, 1997. 겨울)과 「희극배우」(≪한국문학≫, 1978)를 꼽을 수 있다. 그의 생애의 주제라 할 만한 내용을 다루고 있는 작품이 전자인 셈이며, 재담가로서 그의 소탈한 면모가 잘 드러난 작품이 후자이다. 작가의 휴머니스틱한 면모가 어떤 것인지를 알려준다는 점에서도 두 작품은 인상적이다.

「쓸쓸한 사람」이 그의 생애의 주제를 담고 있다고 하는 것은 이 작품 속에 신념인의 사회적 변전 운명에 대한 숙고가 인간적 연민과 함께 잘 그려져 있다는 뜻이다. 여기서 신념인의 모습이란 한 종교적 인간의 강한 행동적 면모에 다름아닌데, 교회가 처한 절체절명의 위기 앞에서 스스로를 희생시킴으로써 위기를 구한 일제 말기 목회자의 행동이 바로 그것이다.

이와 같은 인간상은 그의 미완의 역작 「사도행전」에서도 뚜렷하게 음각된 바 있거니와, 일제 말기 신사참배의 강요에 맞서 싸우다가 교회의 파산지경에까지 이르는 위기에 처해 스스로를 굴복자로 내세움으로써 교회를 구한 희생인의 면모로 묘사된다. 다만 문제는 그것이 단독자의 결단 형태로 수행됨으로써 이후 목회자들의 오해와 박해에 직면, 오히려 교회인들로부터 추방되는 사회적 불운에 처하게 되는데, 기자의 입장에서 이 사회적 부조리의 운명을 추적하는 형식으로 되어 있는 이 작품은 작가의 내면 투사의 형식으로 말하면 곧 행동 지향성과 내면 지향성 사이의 이율배반적 길항 관계에 대한 스스로의 존재탐구의 방식이 아닐 수 없다. 이같은 배반의 운명 형식으로 말미암아 그것은 김은국의 「순교자」와 흡사하게 인간성의 깊은 존재의 비밀이 어디에 있는가를 묻는 양상으로 나타나고 있는 것인데, 이와 같은 국면에 있어서 기자의 존재란 결국 외면적 행동과 내면적 비밀 사이의 경계영역을 밝히는 존재로서 드러나고 있어 한편 흥미로운 것이다. 역사 속에서 인간의 변전 운명을 추적하고 있다는 점에서 또한 선우휘다운 것이라 할 수 있는 이 작품은 바로 그 전형성의 면모에서 선우휘 생애의 주제를 간직한 것이라 할 수 있으며, 이 점에서 그것은 은밀히 그의 문학적 원점인 「불꽃」과 내통하는 작품이라 할 수 있기도 하다. 말하자면 내면적 인간에서 행동적 인간으로 탈각하여 나오는 인간성의 작품이 「불꽃」이라 하면, 그 반대로 가장 행동적 인간에서 내면적 인간으로 역진하게 된 한 인간성의 보편 회귀 과정을 다룬 작품이 이 작품이라 할 수 있기 때문이다.

행동의 인간이란 결국 강한 신념이 수반되지 않고서는 견지될 수 없는 것이기에 그 행동적 외화의 측면이 내면성으로 투사될 때, 신념인의 고독한 모습이란 곧 내면적 인간의 그것이 아닐 수 없고, 이런 신념과 행동, 행동과 내면 사이의 변증법적 상호 관련 문제를 다루고 있다는 점에서 선우휘다운 경험적 사유가 여기에서 다시 한 번 정리의 형식을 얻은 것이라 하지 않을 수 없다. 이런 맥락에서 기실 처음부터 선우휘 소설이 행동주의 문학의 깊은 자장 속으로 빨려들어가지 못하고 대개 주춤거리다가 그 입구 주변을 맴도는 양상으로 그치곤 했던 것은 그 본래의 내면적 성향을 어쩌지 못하는 데서 온 이유라고도 볼 수 있을지 모른다.

「희극배우」는 이런 점에서 별다른 내면적 번민의 이유없이 작자의 소탈한 인간성의 면모가 그대로 드러난 작품이다. 월남한 희극배우와 그의 대본을 써주며 살아온 죽마고우, 대본작가의 이인삼각 운명을 제목에 걸맞게 희극적인 톤으로 그린 작품이 이 소설인데, 사회적인 자리를 떠나서 매우 해학적이었다고 하는 그의 인간성의 면모가 이 작품에서 유감없이 드러난다고 볼 수 있다. 작자의 인간성이 간단치 않은 면모였음을 이를 통해서 알 수 있거니와, 이처럼 속도감 있는 대화 문체에 희극적인 톤을 얹는다는 것은 확실히 전후작가로서 흔한 면모는 아니다.

물론 여기에서도 사회적이고, 역사적이고, 정치적이며, 인간과 애환의 삶에 대한 연민의 정서 등, 그다운 휴머니즘의 정취는 깊게 느껴진다. 무엇보다 공산주의와의 갈등이라는 그다운 세대적 주제가 이 작품에서도 여실히 반영되어 있는 것은 누구나 금방 느낄 수 있는 사실인데, 그렇긴 하나 이데올로기와의 투쟁이라는 맹목적 열정에만 사로잡히지 않은 넉넉한 인간성의 풍모를 또한 우리는 이 작품에서 느낄 수 있는 것이다.

그의 문학 전체를 '휴머니즘'이라는 포괄적 개념으로 묶을 수 있는 것도 요컨대는 이런 다양한 작품군의 존재 사실에서 말미암은 것이며, 이만한 작품들의 꾸러미를 하나의 책자로 묶어낼 수 있는 것만 해도 한 작가의 생애로서 그것은 실패하지 않은 것이란 인상을 던져줄 만하다.

이데올로기로서는 퇴색한 이름이라 해도, 휴머니즘의 사상적 힘이 문학적으로는 여전히 살아있는 어떤 것이라는 확신을 여기서 우리는 가질 법도 하다. 전후세대의 문학이 지나간 세대의 유적 같은 것만은 아니고, 우리 모두가 즐길 수 있는 어떤 것이라는 실감을 안겨주었다면 그것은 세대간 교통의 공적으로서는 새롭게 의미가 부여될 만한 것이기도 하다. 이런 작품들의 기저음을 통해서 전후세대는 또 전후세대대로 자기 세대의 운명의식을 표출해 온 것이니, 문학이란 또 세대적 운명법칙을 벗어나서 성립될 수 없다는 것도 여기서 우리는 잘 확인받을 수 있다.

(오늘의 작가 총서 3 『불꽃』 해설, 민음사, 1995)

관념형 전후소설의 내용과 특질
장용학 소설의 계보학적 위상

1. 계보학적 접근

장용학이 한국 전후문학의 대표 작가 중 한 사람이라는 것을 모르는 사람은 별로 없을 것이다. 중요한 것은 그러나 그가 대표 작가 중 한 사람이라는 사실 자체에 있지 않고, 그가 어떻게 한국 전후문학을 대표하는 작가의 반열에 오를 수 있었느냐는 점에 모아질 수 있다. 이 경우 그의 문학이 우수하기 때문이라고 말하는 것은 오히려 문외한의 발언일 수 있다. 그만한 수준의 작품을 써낸 작가들은 적지 않으며, 현대 독자의 눈으로 볼 때 오히려 그의 작품들은 미학적인 결점을 많이 안은 것으로 평가될 수 있다. 그럼에도 불구하고 그의 소설이 전후 소설의 유력한 성취로 인정받게 되는 이유는 무엇인가.

문학사적 가치의 문제가 이런 문맥에서 우선 음미될 수 있다. 한 작가, 혹은 작품이 가지는 문학사적 가치라는 것이 요컨대는 당대에 대한 증언의 가치에서 벗어날 수 없는 것 아닐까. 흔히 역사는, 현재와 과거 사이의 대화라고 인식되지만, 그리하여 현재적 관점의 변동에 따라 과거의 역사적 사실이 얼마든지 다르게 보일 수 있고, 그 구성 내용조차 달라질 수 있다고 하지만, 한편 역사가 근본적으로 과거의 역사적 사실들을 떠나서 성립할 수 없다는 것도 당연하다. 역사라고 하는 것이 단지 관념의 구성일 수 없고, 실체의 연속일 수밖에 없는 한계가 여기서 드러난다.

역사가 실체의 연속이라고 하면, 문학사 역시 실체의 연속인 점에서 다를 바 없을 것이다. 문학사가 실체라고 하는 뜻은 단지 그것이 작품 실재로서 구성된다는 사실만을 가리키지 않는다. 작품에 대한 당대적 반응과 평가 역시 문학사의 실체적 사실에 속하는 중요한 구성 요소의 하나이다. 당대의 독자와 평가(評家)들이 어떤 작품에 열광적인 반응을 표시했을 때, 문학사가가 그것을 막무가내로 부인하기는 어렵다. 차라리 문학사가는 그 사실에서, 그 사실로부터 필연적인 역사적 이유를 발견하여 설명해내야 한다. 한 작품의, 혹은 한 작가의 문학사적 가치란 그런 뜻에서 실체적 역사 구성에 의한 한 총화적 인식에 다름아니다.

말할 나위없이 전후소설은 '전후(戰後)'라는 당대 시공간의 특수한 역사성 속에서 바라다 보여질 때 그 문학의 음영이 좀더 구체적이고 실감 있게 지각될 수 있다. 장용학 소설이 당대의 독자들로부터 왜 열광적인 찬사와 강렬한 거부를 동시에 불러일으키지 않으면 안되었던가 하는 반응의 의미 맥락도 이런 구체적인 실감의 바탕 위에서 재음미되지 않으면 안 된다. 간단히 상기하자면 장용학 소설은, 오늘날 전후소설의 가장 대표적이고 전형적인 것으로 치부되는 손창섭 소설에 비교해서도 더 많은 논란과 의혹을 불러일으켰던 것으로 기억될 수 있다. 논란거리가 될 수밖에 없었던 필연적 이유란 무엇이었을까. 단지 관념적이고, 한자(漢字)를 많이 쓴다는 등의 피상적 이유 때문이었을까. 아니면 단지 전후 현실을 과격하게 드러낸 그 문체적 사실 때문이었을까. 혹시 여기에 문학사를 바라보는 뿌리 깊은 편견의 이유 같은 것이 작용한 여지는 없었을까.

문학사를 바라보는 계보학적 시선의 도입 필요성이 이런 문맥에서 제기된다고 할 수 있다. 말하자면 한 작가와 문학을 문학사적 계보의 시각 위에서 고찰하는 것이다. 이것은 하나의 문학을 그 시대공간의 닫혀진 지평 안에서만 고찰하는 것과는 조금 다른 시각이다. 우리가 역사를 하나의 맥락 속에서 파악함으로써 역사의식을 갖듯이, 특정한 시공간 속의 역사적 인간들도 바로 그와 같은 역사 인식, 역사 의식의 작용 아래서 당대의 현실과 역사를 이해했으리라고 가정할 수 있다. 우리가 장용학 소설을 하나의 계보학적 인식으로 파악한다는 뜻은 그리하여 이상과 최명익, 장용학, 그리고 최인훈으로 이어지는 한국 관념소설의 계보 선상에서, 그리고 심리적이고 감각적인 내면 투사를 위주로 했던 모더니즘 소설의 맥락 속에서 그 가치를 인식한다는 의미를 내포하게 된다. 한발 더 질러 말하면 이것은, 한국 현대소설의 주류 전통을 일단 리얼리즘 소설의 계보로 이해하고, 이 주류 전통에 전위적으로 맞서면서 혹은 기존 소설에 대한 해체의 태도를 견지하면서 소설을 써 나갔던 일련의 소설 경향, 그 문학사적 자장 속에 장용학 소설을 집어넣고 이를 통시적인 유동의 형태로서 파악해 본다는 방법론적 고찰의 성격을 의미한다. 이와 같은 통시적 비교의 시각을 통해서 장용학 소설의 역사적 성격이 보다 분명히, 구체적으로 드러나리라고 기대할 수 있는데, 이는 달리 말하면 장용학 소설의 특질적인 면모가 그 문학사적 앞뒤의 자리에 위치하는 동 계보, 계열 작가들과의 낙차 비교를 통해서 더 선명히 드러날 수 있으리라는 인식론적 함유를 의미한다. 특질론의 계보학적인 위상 검토를 위해서는 그러나 먼저 장용학 소설 자체 속에서의 특질 추출의 작업이 선행되지 않으면 안 된다. 장용학 소설의 읽기를 위한 길잡이가 되어

야 한다는 뜻에서도 본고의 작업이 일차 장용학 소설의 특질론을 확
립하는 데 두어져야 할 것은 당연하다.

2. 장용학 소설의 특질

한 작가의 문학 세계는 초기에서 후기로 나아가면서 상당한 변화
의 폭을 보이는 발전적인 양상으로 포착될 수도 있고, 반대로 전후기
의 전개 양상이 본질적으로 발전이라기보단 동일한 경향의 심화, 확
대로 포착될 수 있는 경우도 있다. 장용학 문학은 그런 점에서 후자
적인 양상이 두드러져 보이는 문학사적 보기의 경우가 아닌가 싶은
데, 그것은 그의 문학의 활동 시기가 시간적으로 짧아서라기보다 처
음부터 강렬한 자기 색깔을 가지고 나왔기 때문이라고 할 수 있다.
장용학 문학 자체의 변화 동태를 무시하지 않으면서도 초기부터 가
졌던 그 강렬한 문학적 색채를 주목한다고 할 때, 정신분석적인 태
도, 그로테스크 취향, 제도론적인 시각, 실존주의적인 경향, 형태 파
괴적인 충동, 반휴머니즘의 태도 등등은 이미 원질적인 성격을 가진
것이었다고 할 수 있다. 작품의 제작 순서를 염두에 두면서 그 특질
들의 발현 양상을 대개 순서를 좇아서 살펴보기로 하자.

1) 정신분석가적 태도 - 「육수(肉囚)」

장용학을 그냥 전후 작가로 분류하고 말지만, 엄밀한 의미에서 그
를 전후세대 작가로만 이해하고 말면 오해가 생길 수도 있다. 그가

1921년생이고, 태평양 전쟁기에 일본 早稻田大學을 다니다가 학병으로 참전, 해방이 되자 귀국하여 월남하고, 이후 전쟁 전후기에 걸쳐 고고교사로 근무했던 경력 등을 감안하면, 그의 사회적 연령이 전적으로 전후세대에만 귀속되고 말 성질의 것은 아님을 알 수 있다. 그의 문단 데뷔 역시 실질적으로 전쟁 이전에 이루어졌으며(1949년, 단편 희화(戲畵)), 그의 실질적인 처녀작으로 알려져 있는 단편「육수(肉囚)」(≪사상계≫, 55, 4)가 탈고된 것은 1948년으로 기록되고 있다. 단지 50년대 이후의 전후적인 문학 현상으로만 그의 작품들을 이해하고 말 수 없는 이유가 여기에 있다.

전쟁의 경험과 상관없이 원초적으로 발단된 장용학 문학의 내성적 경향을 정신분석적 태도 경향으로 규정할 수 있는 것도 이러한 시기적인 문제와 연관돼 있다. 전쟁 후에 발표되었지만 48년에 제작되어 전쟁의 흔적이 전혀 없는「肉囚」에서 살펴볼 수 있는 양상이 바로 그 정신분석가적 태도 양상이다. 화자 주인공은 여기서 '언청이'라는 육체적 결락 조건의 인물이다. 이 결락의 조건이 주인공의 자의식을 병적인 것으로 만드는 요인이 되는데, '언청이 아니면 일색'이라는 속담이 있듯이 단순하면서도 결정적인 이 결락의 조건 마련이 인간의 자의식 문제를 살피는 데 적절한 상황을 조성한다. 특히 미적 자의식 문제를 살피는 데는 이만한 조건을 이루는 것이 따로 있을 수 없을 정도로 그것은 유력하다. '얼굴'이라는 인간의 육체적 미적 자질을 이루는 데 그것이 치명적인 조건이 될 수 있기 때문이다. 이 언청이의 결락 조건이 의미심장한 것은 그것이 자신의 삶 동안 형성되는 후행의 결락 조건이 아니라, 유전적인 요인에 의해서 형성되는 선천적인 조건의 경우가 대부분이기 때문이다. 이 선천성 때문에 유아기 때부터, 그러니까 인간의 자의식이 생성되는 바로 그 순간부터 병적인 천형의 의식이 형성될 수 있으며, 이 때문에 자의식의 내면 현실을 탐구하는

데 언청이의 조건은 유력한 심리적 조건으로 삼아질 수 있었다.

작품은 이처럼 육체적 결락의 조건이 초래할 수 있는 정신의 병적 현실, 그러니까 자학과 자비의 현실을 최대한 파헤치면서, 이를 극복하여 내면적 자아의 승리, 인간적 성숙으로 나아가는 의식의 성장 과정으로 주인공의 자기 고백을 도모함으로써 주제에 접근하고 있다. 이 과정에서 꿈과 회상, 환각 등의 온갖 의식적인 언어들이 소설 세계를 수놓게 되며 여기에 외적 풍경의 언어들까지 주인공의 의식 상태를 묘사하는 데 간접적으로 바쳐짐으로써 전반적으로 침울한 그의 의식 언어의 성격은 독특한 자기 면모를 구현하게 된다. 주목해야 할 것은 이와 같이 내면적이고 미적인 의식 언어의 특징에 걸맞게 자아의 실존적 존재 성향이 미술가(화가)로서의 자아정체감으로 연결되고 있다는 것인데, 이 때문에 아름다운 여자의 육체를 그리고자 하는 미적, 예술적 욕구는 자신의 추한 얼굴에 대한 자의식을 깊게 하는 요인이 된다. 이처럼 분열의 극단적인 상태로까지 치닫기에 충분히 족한, 자아 구성의 두 요건으로서의 육체와 정신의 부조화라는 조건을 최대한 활용함으로써 인간의 심리 분석과 그 묘사에 탁월한 내면 작가로서의 원초적 자질을 장용학은 시초부터 구비할 수 있었던 셈이다.

특유의 이와 같은 정신분석가적 자질이 비단 「肉囚」한 작품에 머무르지 않고, 이후 작품 세계에 일관되게 나타남으로써 그가 나중 관념 작가로 평판을 얻는 자산의 한 요인이 되었다고 할 수 있으며, 이와 같은 원초적 재능으로 말미암아 이상과 최명익 이후 한국 심리주의 문학의 새로운 경지를 개척하는 데 장용학이 중요한 일익을 담당할 수 있었다. 관념 소설이란 기실 20세기 모더니즘 소설이 개척한 심리주의적 기법 위에 관념적 언어의 가공물을 조금 덧붙인 데 지나지 않은 것이었기 때문이다.

2) 그로테스크 취향 - 「미련소묘(未練素描)」

정신분석가적 태도에 접맥되는 그의 미학적 취향의 한편 성격을 우리는 그로테스크 취향이라 지목할 수 있겠고, 이 점을 살펴보는 데는 그의 추천완료 작품이자 드물게 짧은 단편 소품 「미련소묘(未練素描)」(≪문예≫, 52. 1)가 유력할 수 있겠다. 그러자면 우선 그로테스크 미의식의 성격이 간단히 규명될 필요가 있다. 그로테스크란 무엇인가.

축자적으로 번역할 때는 흔히 '괴기주의'로 번역되는 이 그로테스크 풍이란 원래 미술사의 용어로 정립된 것으로, 고대 로마의 지하에 매몰된 동굴의 벽화에서 추출된 양식 개념으로 알려져 있다. 거기 동굴의 벽화에서 여러가지 괴기한 이미지들의 조합된 양식이 발견되었기 때문인데, 이 괴기한 이미지들의 본질 성격이 무엇인가에 대해서 조금 유념해둘 필요가 있다.

김현에 의하면 이 벽화들을 산출한 동굴의 처소가 원래 무덤의 기능을 수행하던 곳이라고 하며, 이때문에 그로테스크풍의 본질적 성격이란, 회칠한 무덤의 자기 표현적 기능, 곧 '죽음 충동'으로 요약될 수 있는 자기부정적, 혹은 자기파괴적 미학 충동의 근본 성격으로 요약된다. 이 그로테스크 미학 충동이 장용학의 「未練素描」를 위시한 소설에 구체적으로 나타나고 있는 양상은 어떠한가.

「未練素描」만을 우선 들여다보기로 하면, 중심 제재가 되는 '두꺼비'의 성격에 대해서 우선 주목할 수 있다. 민간 신앙에서 두꺼비는 흔히 복을 가져다주는 길조의 동물로 인식되지만 이 두꺼비의 형상 자체가 대단히 불유쾌한 형용으로 되어 있음은 공지의 사실이다. 개구리에 흡사한 양서류에 속하면서도 그 형용이 추한 미물의 대명사로 되어 있고, 그 습속 또한 비가 내리거나 음습한 저녁의 풍경 속에

서 지렁이, 파리, 모기 등의 기분 나쁜 생물들만을 주로 잡아먹는 독
액분비 동물의 하나로 알려져 있다. 이처럼 불쾌의 여러 조건을 구비
한 미물이기에 민간 신앙은 역설적으로 이 생물 앞에 '복두꺼비'라는
식의 자기 위안적 역설의 형용어를 갖다 붙이게 된 것은 아닐까.

우리의 이런 관념들을 반영하기라도 하는 것처럼 작품의 주된 화
제는 무명의 가난한 모더니스트 소설가가 그의 어머니와 함께 살면
서 (복)두꺼비의 출현에 언짢아하면서도 한편 반가워하는 이중 심리
의 내면 풍경을 그린 것으로 되어 있다. 작가의 자전적 사실을 대개
반영하고 있는 듯한 이 작품은, 바로 작가 자신의 전기적 사실이 그
랬던 것처럼, 현실적으로 유용한 학력을 가지고서도 작가가 되겠다는
일념에 몰풍경한 현실을 감내해야 하는 소설가의 내면 풍경을 그리
고 있는데, 여기서 우리가 주목해야 할 점은 추하고 더럽다는 느낌을
지울 수 없는 그 미물의 두꺼비에 대해서 역설적인 희망을 부여하고,
그 이미지를 끝까지 추적하여 묘파하는 작가의 집요한 묘사 자세에
있다고 할 수 있다. 이처럼 불쾌한 미물의 대상에 대해서 집요한 묘
사의 자세를 보여준 것 역시 한국 심리주의 소설의 대가인 최명익을
제외하고 그의 오른편에 나설 작가는 별로 없는 것이다. 두꺼비의 이
처럼 흉물스런, 그러니까 괴기한 이미지를 붙들고서 한편의 작품을
써낼 수 있다는 반미학의 미적 자세야말로 장용학다운 것이며, 이 점
은 그 축자적인 의미에서 그로테스크 미의식의 성격이라 칭하여 부
족함이 없는 것이다.

장용학의 그로테스크 충동이란 그러나 한갓 그 주된 이미지의 괴
기스런 형용 양상에 그치지 않는다. 대단히 파괴적이고 부정적인 에
너지를 지닌 것으로서 그 미적 충동은 궁극적으로 죽음을 향한 존재
부정의 극한에까지 치닫고 있는 양상이기 때문이다. 「未練素描」의 경
우 그 죽음 충동의 단초적 양상은 작품의 결미에서 두꺼비를 내동댕

이치는 동작으로(그러나 살상을 도모하는 파괴적 행동으로까지 전개되지는 않고 있다.) 나타나고 있지만, 「요한 시집(詩集)」의 단계에 이르면 그 죽음 충동은 철조망에 몸을 걸치는 누혜의 자살 행동으로, 그리고 인간 실존의 극한 상황에서 생존 본능을 버리지 않는 누혜 어머니를 보며 동호가 일으키는 살해 충동의 양상으로 비화하고 있다. 그렇지만 그의 작품이 보이는 이런 도저한 비관주의의 면모는 보다 세계관의 차원에서 그의 세계 인식의 특질을 규정한 인식론적 요인이 작용했다고 생각하며, 그 인식론적 요인의 한 가지로는 제도론적 시각을 들 수 있다.

3) 제도적 구속의 현실에서 실존적 자유의 길로
-「요한 시집(詩集)」

제도론적 인식 시각이란 무엇인가. 미셸 푸코의 저작들이 소개되면서 상식적으로 풍미되고 있는 제도론적 인식 시각이 오늘날 인간의 현실을 이해하는 데는 빼놓은 수 없는 사회이론적 관점으로 되고 있음은 주지의 사실이다. 사회적 삶이 인간적 주체성에 의해 구성되고, 좌우된다기보다 이미 영속적으로 구축되어 있는 사회의 여러 제도적 장치들에 의해 지배된다고 보는 이 제도론적 시각이 그렇다고 푸코만의 독창적 시각에 의해서 새롭게 창안된 것이라고 하기는 어렵다. 푸코는 단지 이 제도론적 관점에서 특정 제도의 역사를 체계적이고 구체적으로 논술해 보여준 것일 따름이며, 이 제도론적 관점에서의 현실 해석이 푸코 이전이라고 해서 전적으로 부재했었다고 말할 수는 없기 때문이다. 50년대에 이미 장용학이 보여주고 있는 이런 각도에서의 현실 이해의 시각은 그것이 반드시 누구의 창안이라기보다는 보편적 인식의 한 형태로서 일찍이 존재해오던 것임을 간접적으로 말해주는 사실이라 할 수 있으며, 이점에서 장용학의 세계 인식은 현실의 구체상에 깊이 뿌리박은 것이면서 한갓 외래적인 이론의 도입에 의해서 형성된 것이 아님을 말해주고 있다.

그렇다면 왜 그 당시 장용학 세대에 의해서 이 제도적인 현실의 모순상이 두드러지게 눈에 포착될 수 있었던 것일까. 세대론적 시각에서 이 점만은 좀더 주의 깊게 짚고 넘어갈 필요가 있겠는데, 이는 당시 전후세대가, 어떤 점에서는, 해방의 현실을 구체적으로 체험한 최초의 세대라는 점에서 찾아질 수 있겠다. 현실의 모순 소재가 어디에 있느냐를 생각할 때 식민지 세대와 달리 이들 세대는 단지 이민족의 지배에 의한 민족 모순만이 아니라 사회의 여러 제도적인 장치들이 파생시키는 억압의 구조에도 원인이 있다는 것을 살피고, 그 제도적인 장치의 여러 현실에 눈을 돌리게끔 상대적으로 구체화된 시각을 갖출 수 있었던 것이다. 상대를 나와서 비록 일본군 속에서나마 군생활도 체험하고, 또 오래 학교라는 교육제도의 일선에서 교사로서 현실을 비판적으로 체험한 장용학은 특히 이와 같은 제도 비판의 인식론을 마치 몸으로 체득한 경험적 지각처럼 익숙하게 형성할 수 있었다고 볼 수 있다. 「요한 詩集」은 흔히 실존주의적 자유의 관념을 설파한 외래 관념 이입의 작품으로 이해되고 있지만, 오히려 전편을 통해서 서술의 일관된 관점을 제시하고 있는 것은 제도론적 시각의 인식 형태로 되어 있기 때문이다. 작품의 의미 윤곽을 알레고리 형태로 제시하고 있는 토끼 우화의 첫 단락에서부터 그 점이 드러난다.

한옛날 깊고 깊은 산 속에 굴이 하나 있었습니다. 토끼 한 마리 살고 있는 그것은 일곱 가지 색으로 꾸며진 꽃 같은 집이었습니다. 토끼는 그 벽이 흰 대리석이라는 것을 모르고 살았습니다. (…) 도무지 볼

행이라는 것을 모르고 자랐습니다. 일곱 가지의 고운 무지개색밖에 거기엔 없었으니까요.

그러던 그가 그 일곱 가지 고운 빛이, 실은 천장 가까이에 있는 창문같은 데로 흘러드는 것이라는 것을 겨우 깨닫기는, 자기도 모르게 어딘지 몸이 간지러워지는 것 같으면서 그저 까닭 모르게 무엇이 그립고 아쉬워만지는 시절에 들어서였습니다. 말하자면 이 깊은 땅 속에도 思春期는 찾아온 것이었고, 밖으로 향했던 그의 마음이 내면으로 돌이켜진 것입니다. (…) 이를테면 그것은 하나의 開眼이라고 할까, 革命이었습니다.

○ 「요한 詩集」, 『장용학 대표작품선집』(책세상, 1995), 82쪽

'이렇게 고운 빛을 흘러들게 하는 저 바깥 세계는 얼마나 아름다운 곳일까……'고 탄식하는 토끼의 의식 행태를 상징적으로 보여주고 있는 이 문장은 그냥 들여다본다면 그저 한 우화의 개진에 불과한 얘기라고 할지도 모른다. 하지만 유심히 들여다보면 여기에 제도론적인 인식형의 요체가 들어있음을 알 수 있다. 안과 밖의 사상이 그것인데, 우리의 인식까지가 기실 본질적으로는 제도적인 틀을 벗지 못한다는 사유의 한 요체가 여기에 뚜렷이 각인되어 있는 터이다. 다시 말하여 우리의 인식조차도 제도적인 틀 안에서 형성된다고 할 때, 그 틀을 벗어날 경우 인식의 혼란과 형벌까지가 주어진다는 불가피한 제도 구속의 현실을 이 토끼 우화는 뚜렷이 전하고 있는 것이다. 이러한 해석이 과장된 것이라고 느껴진다면 이 작품의 메시지가 사실적인 언어로 집중화되어 나타나고 있는 누혜의 '유서(遺書)' 부분을 예의 주시하여 살펴보면 확인될 수 있다. 이 유서의 전체가 인간 존재의 제도론적인 현실을 설파하고 있는 것에 다름 아니지만, 그 초두부터가 제도론적 인식론의 강력한 논변으로 가득 차 있음을 알 수 있다.

遺書

나는 한 살 때에 났다.

나자마자 한 살이고, 이름이 지어진 것은 닷새 후였으니 이 며칠 동안이 나의 오직 하나인 故鄕인지도 모른다. 世界는 '이름'으로 이루어진 것이니, 가령 이 며칠 사이에 죽었더라면 나는 이 세상에 존재하지 않았던 것으로 되었을 것이다.

이름이 지어지자 곧 戶籍에 올랐다. 이로써 나는 두꺼운 호적부의 한 칸에 갇힌 몸이 된 대신, 死亡屆라는 법적 수속을 밟지 않고는 소멸될 수 없다는 엄연한 존재가 된 것이다.

네 살 적에 젖을 버리고 쌀을 먹기를 비롯했다. 이것이 連帶責任을 지게 되는 契約이 되는 것인 줄을 몰랐고, 또한 말을 외기 시작하였으니 '類化' 作用을 본격화한 셈이다.

아홉 살이 됨에 소학교에 들어갔다. 이렇게 公民社會의 한 分子가 되는 과정을 나는 나도 모르게 착착 밟아간 것이다. 학교는 罪의 집이었다. 罰에서 罪를 배웠다.

◎ 「요한 詩集」, 앞의 책, 108쪽

'제복의 현실'이라는 상징적 어사로 대표되고 있는 그의 제도론적 인식 지평에서 볼 때, 이와 같은 인식 양상이란 설령 푸코로 대변되는 오늘날 제도론의 인식 수준에 비겨서 보더라도 전혀 손색이 없는 것이다. 주로 법과 언어의 관점에서 재단되고 있지만, 그것이 곧 인간적 현실 구성의 요목 요소로 간주되는 것임도 모두가 인정하는 사실이다. 아동이 학교에 취학하는 것 자체가 법적인 제도에 의해서 구속되는 현실이며, 그 속에서 인간의 의식을 구속하는 것은 곧 언어적 현실이기 때문이다. '벌에서 죄를 배웠다.'라는 문장이 이 점에서 매우 시사적이라 할 수 있는데, '죄(罪)'란 인간의 의식, 혹은 양심이라는 자율적인 이성 기제에 의해서 형성되는 것이 아니라, 법과 형벌이라는 사회적 강제의 기제에 의해서 타율적으로 형성되는 것임을 말하고 있고, 그리하여 제도관리사회의 근본 요체가 무엇인지를 간명하게 시사하는 뛰어난 아포리즘이 여기에 축약되어 있음을 우리는 확인할 수 있다.

그렇다면 누혜의 자유 관념은 이 제도론적 현실 인식과 어떤 상관관계에 있는 것일까. 흔히 사르트르 류의 실존 관념을 맹목적으로 수용한 결과로 이 '자유'의 관념이 파생된 것으로 이해되고 있지만 이 제도론의 도망에서 보면 누혜의 자유 관념이 한갓 외래 관념의 수용으로만 형성된 것이 아님을 알 수 있다. 요컨대 제도적으로 구속된 인간의 현실이기에 이 구속의 현실로부터 벗어나기 위해서는 의식의 자유가 선취되지 않으면 안 되고, 그 의식의 자유 확보를 위해서는 제도적 현실로부터의 유일한 탈출 가능성인 자살의 행동이 모색되지 않으면 안 된다고 누혜는 사유하는 것이다. 그의 사유의 이유는 다음과 같이 논변된다.

> 언제면 矮人의 섬에 표류한 걸리버의 迷夢에서 깨어날 것인가. 脫出할 수 있을 것인가……. 破壞해야 할 것은 바스티유의 監獄이 아니라, 이 섬을 둘러싼 海岸線이다.
> 나는 다시 기다릴 수 없다. 즉시 나는 나를 보아야 한다. 마지막 權利를 가지고 내 눈으로 나는 나를 보아야 할 것을 요구한다! 나를 둘러싼 모든 視線에서 해방되었을 때, 그 視線이 얽혀서 비친 幻燈의 그림자를 떠낸 輪廓에 지나지 않았던 나는 비로소 나를 볼 수 있고, 나를 脫出할 수 있고, 안개 속으로 나타나는 世界를 볼 수 있는 것이다.
> 自殺은 하나의 試圖요, 나의 마지막 期待이다.(…)
> ◯ 「요한 詩集」, 앞의 책, 113쪽

그렇지만 이 자유(自由)에의 자살 시도가 궁극적인 문제 해결의 길일 수 없음도 너무나 명백한 사실이다. 까뮈가 『시지프스의 신화』에서 언명했던 것처럼, 자살(自殺)은 의식적인 인간이 대면해야 될 최고

최대의 실존적 명제이긴 하지만, 고찰의 결과 자살의 길은 문제 해결
이 아니라, 단지 문제로부터 도피의 길밖에 되지 않음이 명백하게 추
론된다. 세계의 부조리로 말미암아 고뇌하게 되는 인간 존재의 근원
적 조건은 인간이 의식적 존재라는 사실로부터 연원하는 것인데, 자
살의 길이란 결국 세계의 부조리를 해소하는 것이 아니라, 단지 의식
의 멸절만을 초래하여 세계로부터 물러서는 길밖에 되지 않음이 명
백하게 추론되기 때문이다. 가장 의식적인 인간인 누혜가 스스로 자
살의 길을 선택하는 것에 반하여, 이 작품의 중심 화자인 동호의 길
을 구속하지 않고, 오히려 그로 하여금 진정한 실존의 길을 걷도록
유도하는 것은 이 때문이라고 할 수 있다. 작가 자신에 의해서 누차
해설된 바 있듯이, 자유에의 길이란 이처럼 인간 존재의 매개항일 뿐
이지, 그것이 실존의 문제를 해결하는 궁극적인 존재의 장일 수는 없
다는 점에서 이 작품의 제목은 예수의 선행자일 뿐임을 뜻하는 '요
한'의 이름을 빌려온 것이며, 따라서 이 작품의 총괄 의미는 제도적
인 구속의 현실에 매여 있는 인간이 어떻게 의식적인 자유의 길을
추구할 수 있는가에 모아진다. 실존주의라는 철학적 사조의 한 문맥
에서 이 작품이 해석되어도 좋을 이유가 여기에 있다.

덧붙여 이 작품의 창작 동기는 흔히 사르트르의『구토』등에 자극
받아 이루어진 것으로만 알려지고 있지만, 현실에 대한 포괄적 부정
의 의미망을 머금고 있다는 점에서 이 작품은 한편 전쟁으로 일그러
진 남북한의 양 체제를 동시에 비판하기 위한 의도에서도 씌어있다
는 점을 무시해서는 안 되겠다. 자유의 실존적 의미를 부정하는 논리
들에서 우리는 그 점을 엿볼 수 있는 것인데, 평등을 추구한다는 북
한 체제의 이데올로기에 맞서서 '자유'를 제공하겠다는 남한 체제의
이데올로기 역시 얼마쯤은 허구의 가공 논리 위에 구축된 것이라 함
이 이 문맥에서 통렬하게 고발되고 있음을 우리는 알지 않으면 안

되는 것이다. 자유의 부여가 곧 인간 실존의 궁극적 해결 방식일 수 없다는 전언이 이와 관계되어 있는 것인데, 이렇게 체제 현실에 대한 비판적 논리 구성이라는 비판적 리얼리즘의 관점에서 바라볼 때, 이 작품, 즉 「요한 詩集」이 장용학의 본질적 작품의 하나로서 나중 그의 문학 세계에 대한 전체적 대변의 작품으로서 남북 분단 현실에 대한 총체적 비판을 시도하는 장편 「원형(圓形)의 전설(傳說)」(≪사상계≫, 1962. 3~1963. 9)과의 내적 연계가 뚜렷이 드러난다. 「요한 詩集」이 장용학 문학 세계의 대표 단편이자, 전후세대의 의식을 대변하는, 당대의 현실과 체제에 대한 근본적 비판의 언설 중 하나로 기록되는 소이가 여기에 있다.

4) 소설 해체의 경향과 전위적 기법 – 「사화산(死火山)」

이처럼 장용학 소설은 도저한 부정성의 강렬한 전위적 사상과 태도를 특질로 한 것이었다. 이 부정의 사상과 태도는 단지 현실에 대한 국면으로서만 나타난 것이 아니라, 소설 자체에 대한 것, 즉 형식으로서의 소설 양식 자체와 그 기법, 문체에 대한 전위적 태도의 국면으로서도 나타났다는 점에서 그 과격성을 짙게 해주었다. 단편으로서는 조금 긴 편인 「사화산(死火山)」(≪문학예술≫, 1955. 10)은 장용학의 이같은 전위적 형식 실험의 태도가 잘 나타나 있다는 점에서 음미할 만하다.

우선 문체상으로 두드러지게 눈에 띄는 점은 기술적(記述的)인 일관성 문제를 심각하게 고려하지 않고 있다는 점을 지적할 수 있다. 이 점을 적극적으로 말하면 '횡성수설'이 그의 문체상의 특징이라고까지 할 수 있을 정도다. 일견해서는 문면상에 논리적 일관성이 눈에 잘 띄지 않는 이 점은 뒤집어보면 기왕의 소설 문법에 대한 그의 강한 해체적 태도 경향이 반영된 것으로 볼 수 있다. 그렇다면 이 횡설수설의 해체적 소설 기술학이 논리적 정당성을 부여받을 수 있는 문맥은 다시 어떤 것일까.

한마디로 하여 그의 소설 문법은 의식의 학(意識의 學)을 지향한 성격의 것임을 이 대목에서 지적할 수 있다. 앞서 그의 소설이 시초부터 정신분석, 심리분석적 경향을 내재한 것임을 지적하였거니와, 실존주의를 지향한 그의 사상적 태도와 관련해서도 의식의 학을 지향한 그의 소설 문법의 태도는 한갓 우발적인 것이 아니라, 일련의 논리적, 사상적 일관성의 토대 위에 구축된 것임을 알 수 있다. 우리가 흔히 현상학이라고 부르는 의식의 (현상)학이야말로 실존주의의 이론적 기초, 철학적 기초를 제공한 것이며, 20세기 유럽 학문에 있어서 현상학의 기류는 또한 심리학의 범람 조류 속에서 잉태된 것, 따라서 큰 문맥으로 말하면 인간의 내면적 현실에 대한 점증하는 관심이 19세기 후반 들어 심리학도 낳고, 정신분석학도 낳고, 나아가 현상학까지를 낳고, 급기야 실존주의라는 한 문예사조를 낳은 것으로 볼 수 있기 때문이다. 그렇다면 의식의 학이 어찌하여 횡설수설의 문체를 낳고, 또 그것을 정당화하기까지 할 수 있단 말인가.

정신분석학자들에게는 이미 상식화되어 있는 것이지만, 인간의 의식 현실, 그 현상이 근본적으로는 논리를 결하고 있다는 것이 이 경우의 인식에 전제될 필요가 있겠다. 우리의 이성은 합목적적으로, 합리적으로 사유한다고 착각되기 쉽지만, 우리의 의식 현실은 실제로는 그렇지 못한 것이다. 더구나 「死火山」의 주인공은 맹인이기조차 하다. 온전한 시각을 갖춘 인간이라면 그 시각 작용에 의해서 일련의 연관된 현실이 베풀어지기도 하고, 펼쳐 보여질 수도 있겠지만, 맹인이기에 그가 보고 의식하는 현실이란 오로지 내면 속의 현실일 수밖에 없는 것이다. 더구나 그는 처음부터 맹인인 것도 아니었고, 교사의 경력을 가진 사람으로서 전쟁 중에 참전하였다가 뜻밖에 실명하여 시력을 잃어버린 인간이다. 그러니 그의 의식 속에서 그가 시력을 잃기 전 눈으로 보았고 경험하였던 현실이, 지금 맹인으로서 살아가는 현재—이곳의 현실과 맞물려 단속적인 펼쳐짐의 양상을 보일 것은 당연하며, 그러기에 그의 의식 현실을 기술하는 문체 자체가 과거와 현재를 건너뛰며, 마치 혼란된 정신병자의 의식 현상을 기술하듯이 일견 횡설수설의 문체를 야기한 것은 지극히 온당한 일로 여겨지는 것이다. 그러니 과거 자신의 제자 학생이었던 리나(梨那)라는 여자를 향하여 주로 발설하는 양태로, 그렇지만 전체적으로 논리적 일관성을 결여한 듯한, 그러니까 형태 파괴적 소설 문체를 이룩한 것은 그 나름으로 합리성의 미학적 기반 위에 구축된 것임을 뜻하는 것이다.

장용학 소설에 대한 격렬한 찬반의 논란이 대개 이 지점에서 분출되었던 것처럼 작가의 격렬한 현실 부정적, 세계 부정적 태도는 차라리 소설 자체를 향해서도 표출되었던 것으로 보아야 한다. 마치 이상이 그랬던 것처럼 이 세계 속에 구속된 문학, 소설, 예술의 현실을 향해서도 작가는 냉소적이고 부정적인 태도를 멈추지 않았던 것이다. 세계 자체가 깨어지고 해체된 마당에 소설을 쓰는 일 따위가 무슨 의미를 가질 수 있으리란 말인가. 이처럼 과격한 부정의지의 경지, 해체된 관념의 경지에 도달하다 보면 소설 자체를 향한 부정, 냉소의 시각까지가 노출되기 마련이었던 것인데, 그러다 보니 소설을 통해서 소설 자체를 희화화하는 해체 예술의 권위적 경지, 풍경에 도달하게도 되었던 것이다. 구태여 소설 기술상의 논리적 일관성, 혹은 합목적성을 배제하고자 한 작가의 의식적 태도 속에서 오히려 우리는 이처럼 세계 그 자체의 모습에 도달하고자한 예술가의 성실한 자기 부정의 태도까지를 엿볼 수 있다.

그렇다고는 하나 작가의 소설 기술상의 전위적 태도가 전적으로 과격한 자기 부정적 태도로만 치달았다고는 할 수 없다. 무의미에 시달리는 예술의 혼이 강한 자기 파괴적 충동으로 치달을 때는 해체의 예술적 태도를 강화하지만, 때로 자기 정화에 이르러서는 예술 작업을 통해 세계의 의미에 대한 총체적 구원을 시도하는 것도 우리가 자주 볼 수 있는 현상이기 때문이다.

그의 기법적 특질 중 하나인 알레고리 기법은 이런 맥락에서 소산된 것으로 보아야 한다. 그의 알레고리 기법은 작품 「요한 詩集」에서 토끼 우화를 통하여 전형적으로 표출된 바 있거니와, 알레고리 기법이란 세계의 의미를 간명하게 포착하고 제시하는 경제성의 예술 방법 중 전형적인 것이라 할 만하기 때문이다. 이상의 문학에도 그런 흔적이 나타나 있지만, 문학 전체가 하나의 알레고리인 카프카 소설에서 우리는 알레고리 기법의 뛰어난 예술적 사례를 볼 수 있다. 이상, 최명익으로 이어지는 한국 모더니즘 문학의 계보는 30년대 말을 거쳐 전후에 이르면서 카프카적 수법을 수용하는 양상으로까지 전진했던 것이며, 적어도 전후의 시기에 있어서 장용학은 그러한 전위적 문예 기법을 첨단에서 수용한 선두의 작가로 자신의 위치를 공고히 할 수 있었다.

5) 반휴머니즘 문학의 탄생 - 「비인탄생(非人誕生)」

이후 장용학은 반휴머니즘의 문학이라는 한국문학사에 독특한 사상적 경지를 표출한다. 물론 이 말은 그 뉘앙스가 오직 역설적인 의미 문맥에서 받아들여질 때만 그 참다운 뜻이 전달될 수 있다. 이후 말 그대로의 반휴머니즘을 그가 지향했던 것은 아니기 때문이다. 오히려 그가 특별히 휴머니즘에 집착한 작가였기 때문에 표출될 수 있었던 사상적 경지였을 텐데, 다만 당대의 참담한 사회적 상황과 개인적 실존의 현실을 응시하다 보니 급기야 '반휴머니즘'의 문학을 외치는 지경에까지 나아가게 됐을 것이다. 「비인탄생(非人誕生)」(≪사상계≫, 1956. 10~1957. 1)이라는 유니크한 제목은 이러한 문맥에서 탄생되었을 것이며, 작품의 내용이 일종의 가상된 현실 체험을 이루는 양상으로 되었던 것 역시 이러한 문맥에서 태동했다고 할 수 있다.

「非人誕生」이 주목되는 것은 그러나 한편 그 사상적 독특함, 과격함의 이유에서만은 아니다. 여기에는 장용학 문학이 가지고 있을 법한 온갖 요소들이 집성의 양상을 이루고 있다. 처음부터 '아홉시병'이라는 우화적인 이야기로 시작하는 그 알레고리적인 기법의 양상이 그렇고, 횡설수설하는 듯한 요설의 문체 양상이 그렇고, 제도적인 현실의 일부를 이루는 학교에서 쫓겨남으로써 실업자가 되었던 '지호'의 반제도적인 의식의 현실이 또한 그렇고, 궁핍의 삶에 부대끼다 결국 제도적인 폭력의 희생물이 되어 삶을 하직하고 마는 어머니의 이야기가 나와서 지호의 내면 속에 끊임없이 갈등의 심리적 현실을 야기하는, 그러니까 이를테면 인물의 내면 심리를 묘사하는 작가의 정신분석적 태도가 이 작품에 잘 나타나고 있다는 점에서 그렇고, 그리고 마침내 도회의 삶을 떠나 마치 차라투스트라가 은거하였던 그 득도의 동굴을 찾아떠나는 것과 같이 비인(非人)의 삶을 찾아 동굴의 삶을 모색하는 니체적인 반휴머니즘의 태도가 이 작품에 선명하게 나타나 있다는 점에서 포괄적으로 그러한 것이다. 그가 냉랭한 심리분석가적 태도를 도스토예프스키에서 배웠다고 하면, 전후의 피폐한 도회 현실을 떠나 자유로 비상하기 위한 사상적 은거지로서 이제 니체는 그의 사상적 배후로서의 역할을 수행하는 것이다.

장용학이 관념 작가라는 영예를 안은 것이 이로 보면 결코 우연이 아님을 알 수 있다. 심리소설의 대가인 도스토예프스키에서 실존적 의식 묘사의 대가인 사르트르를 거쳐 마침내 문명에 대한 총체적 비판자의 수립자로서 니체 사상에 이르기까지 자신의 문학 사상을 확대하고 심화시킨 노력의 흔적이 그의 초기 문학의 도정에서 벌써 뚜렷이 나타나는 것이다. 30년대의 관념 작가이자, 심리소설의 일가를 이루었던 이상, 최명익 등에 비겨서도 그의 문학이 일보 더 나아간 관념 형성의 성운을 이루었던 것은 이처럼 30년대 소설의 보편적인 자장을 이루었던 도스토예프스키 소설의 경계를 넘어 사르트르와 니체 사상에까지 그 사상의 영역을 넓힌 점에 있다고도 할 수 있으며, 현대의 휴머니즘 사상을 새롭게 구축하고자 했던 사르트르와, 그 선명한 반휴머니즘 사상의 기치로부터 새롭게 인류 문명이 직면하고 있었던 반인간의 현실을 고발하고자 했던 니체 사상이 한 작가의 내면 속에서 이처럼 뒤섞여 혼잡의 양상을 연출하고 있었다는 점에서 그의 문학의 무궤도한 관념적 현실이 설명될 수도 있다. 존재론적으로 형이상학적 본질에 선행하는 현존재의 실존적 사실성에 주목했다는 점에서 사르트르류의 실존주의, 혹은 그 원류의 현상학적 인간 존재 해석이 일정하게 니체 사상과 궤를 같이해간 측면도 분명히 있지만, 근본적으로 어떤 체계, 이론 구성에도 저항하였던 니체 사상의 저류가 장용학 문학의 근저에 자리잡게 되면서, 그의 관념적 문학의 현실은 일종의 파탄을 면할 수 없었다고 보는 것이 일응 타당한 해석이기도 할 것이다.

3. 관념형 장편소설의 성취와 정신적 망명 작가의 자세
   -「원형의 전설(圓形의 傳說)」

장용학은 전쟁의 포연이 채 가시기도 전인 1950년대 중반기와 그

후반기에 걸쳐서 일련의 중·단편 소설들을 집중적으로 발표하고, 60
년대를 넘어서부터는 주로 장편소설의 영역으로 집필의 무대를 옮겼
다가 70년대 넘어와서는 전후세대 작가의 일반적인 행로와 마찬가지
로 문학사의 전면에서 후퇴하는 양상을 보인다. 작가로서의 그의 문
학사적 역할은 따라서 전쟁 이후 60년대 초반까지로 한정된다고 볼
수 있는데, 60년대를 전후한 시기 그의 대표 장편으로는 「원형의 전
설(圓形의 傳說)」(≪사상계≫, 1962. 3~1963. 9)을 빼놓을 수 없다. 이 작품
으로 그는 그때까지 자신의 문학적 역량을 총투여하여 남북 분단의
현실을 보는 그 자신의 세계관, 역사관 같은 것을 총집성하는 의욕적
인 시도를 감행해놓고 있기 때문이다.

　의미심장한 제목의 언어로써 그 작품의 사상적 윤곽을 이미 효과
적으로 표출해놓고 있다고 할 수 있는 이 작품은 이를테면 아주 오
랜 시간이 지난 뒤 하나의 전설의 시대로 기록될 수밖에 없는 분단
의 시대, 이른바 남북조(南北朝)시대의 역사에 대한 통렬한 풍자와 비
판의 소설적 형상화를 시도한 것이라 할 수 있다. 사생아의 운명을
타고난 주인공 '이장'이 전쟁을 전후한 여러 역사적 질곡의 사건들을
겪으면서, 남북한의 현실을 두루 체험하다가 급기야는 남파 간첩의
신분으로 남한의 현실에 잠입하여 자신의 사생아 운명을 낳았던 아
버지를 복수하고, 스스로가 부여한 근친상간의 운명을 실현하는 것으
로 끝맺고 있다. 이와 같은 스토리의 제시 자체만으로도 「圓形의 傳
說」은 당대 사회에 대한 통렬한 풍자의 작업을 감행한 것이 아닐 수
없다. 민족적인 분단의 현실, 혹은 통일의 과제를 사생아와 근친상간
의 운명으로 형상화하고 있다고 할 수 있는 이와 같은 스토리 구조
는 그 자체로 부조리한 역사 현실과 인간사의 운명을 통렬히 고발하
는 것이라 할 수 있으며, 이러한 가열한 현실 부정성의 태도야말로
순전히 망명인의 태도로서 전쟁의 참상을 겪었고, 또 전후의 피폐한

초토의 현실을 이겨내야 했던 전후세대로서는 충분히 이해 가능한 역사 반응이라고 할지 모른다. 전후세대의 가장 후열에 섰던 작가로서 장용학과 같이 함북의 오지 마을에서 태어나 유년기에 식민지 현실을 겪고, 또 분단과 전쟁의 현실을 겪었던 관념작가 최인훈이 장용학의 이러한 태도를 이어받아 평생 망명작가로서의 태도를 견지했던 것은 이런 점에서 단지 문학사적 계보의 사실을 의미할 뿐만 아니라, 전후세대적인 관념의 한 운명을 시사하는 것으로 생각해볼 수도 있다. 한 시대를 대표하는 작가와 예술가의 운명이라는 것은 한 사회를 전체적으로 보면서도 또 그 밑바닥 삶의 애환까지를 동시에 맛볼 수 있는 가장 주변인다운 존재, 이를테면 망명인과 같은 처지로서 그 사회적 소명을 다할 수도 있다는 것이 이러한 문맥에서 다시 한 번 확인될 수도 있겠다. 중산층 백부를 양부로 두고, 하층 계급의 삶에 그 실부모, 가족의 뿌리를 두었던 이상이 30년대 근대사회의 일종의 정신적 망명자였음은 주목할 만한 사실이며, 평양에 뿌리를 두고 당시 조선사회의 중심인 서울과 경향 각지, 동경, 만주까지를 배경으로 자유인다운 삶의 행적을 형상화하였던 최명익이 각기 자기 시대의 정신적 이단아, 망명자 노릇을 수행하였음도 우리가 문학사의 공간 안에서 뚜렷이 확인할 수 있는 사실이다. 이처럼 관념작가들로서 특징지어지는 한국 모더니즘 계보의 특유한 내향형 작가들은 제도사회의 바깥에 위치하면서 관념의 무기를 동원하여 현실을 전체적으로 지각하고, 여기에 기존 소설문법의 해체라는 적극적 예술정신을 살찌우는 데 주력하여 도입함으로써 한국문학사 전개의 중요한 원동력으로 기능했음을 평가할 수 있다.

4. 그로테스크 리얼리즘

정신적 망명작가의 자세로 그 자신의 의식의 삶을 살찌웠던 작가
는 그러나 60년대 이후로 넘어오면서 신문사 논설위원으로서의 사회
적 삶을 주로 꾸리게 된다. 아마도 작가로서의 자세에 변화의 조짐이
나타난다면 이러한 사회적 계기가 큰 역할을 하였을 것으로 짐작할
수 있다. 물론 60년대 이후 이 작가가 보인 문학적 유전의 모습에는
전후세대가 일반적으로 직면할 수밖에 없었던 문제, 곧 한국사회 자
체가 전후 시대로부터 이탈하여 급속한 산업화의 행진을 전개해나가
는 동안에, 전후세대가 노정할 수밖에 없었던 사회적 부적응의 문제
가 원천 요인으로 놓여져 있었을 것을 감안할 수는 있다. (정치적 상황
에 대한 대응의 문제도 놓여져 있었을 것이다.) 그렇다고는 하나 이 세대가
사회적, 문화사적 문면으로부터 전면적으로 후퇴한 것은 아니었고,
여기서 볼 수 있는 것처럼 비록 간헐적인 것일망정 자기 세대 나름으
로 바라보는 그때그때의 시대 인식과 판단을 적출해놓는 노력까지를
게을리하지는 않았다. 중편 「오늘의 풍물고(風物考)」(≪현대문학≫, 1985)
와 「하여가행(何如歌行)」(≪현대문학≫, 1987)은 이처럼 그때그때 전후세
대의 세상 감각과 시대 판단이 표출된 이 세대 후기의 대표적인 작품
들이라 하겠다.

주목할 것은 그러나 이 세대의 후반기, 말년의 생애에 이르러서도
삶에 대한, 혹은 세상에 대한 근본적 판단이랄까, 미적, 윤리적 자세
같은 것은 전혀 변하지 않고 지속의 항해를 계속해왔다는 사실이다.
세상에 대한 비관의 자세, 인생에 대한 근본적 회의 자세 같은 것이
말하자면 인생관 세계관에 있어서 그 뿌리에 해당하는 근본태도의
측면이라 할 수 있는데, 미학적으로 말하면 죽음에의 충동을 껴안고

있는 그로테스크 리얼리즘의 자세가 이 작가 후기의 전형적 자세로
되었음을 확인할 수 있다. 「오늘의 풍물고」는 이를테면 한 집안의 몰
락으로부터 집단 자살이 낳아지게 되는 끔찍한 내면 정경의 모습을
집요하게 추적한 작품이랄 수 있는데, 이런 지경으로까지 나아가면
삶에 대한 역설적 긍정이라는 초기의 자세가 오히려 무색해질 정도
로 그 비감의 정도가 심해졌다는 느낌조차 받을 수도 있다. 성격이
조금 다르긴 하나, 윤리 의식의 훼절이라는 현실 고발을 통하여, 궁
극적으로 생(生)의 가치 부재라는 비관주의적 세계 인식을 토로하고
있는 듯한 「何如歌行」을 보면 이 작가의 세계에 대한 부정적 태도와
인식이라는 것이 그토록 깊은 뿌리를 내리고 있었던 것인가 다시 한
번 실감케 할 만큼 그 도저함에 문득 몸서리치게 되는 정도다. 한국
소설사에 이토록 깊은 비관주의와 냉소주의의 장대한 풍자, 독설의
문학을 남겨놓고 있다는 점에서 그는 한편 채만식의 후계라 할만큼
유니크한 문학적 면모를 지닌 작가였음이 이 후기 작품들을 통해서
새삼스럽게 확인되기도 한다. 한국소설의 계보학을 위한 여러 각도의
인지적 맥락에서 장용학 소설이 반복해서 음미되고 고찰되어야 하는
이유의 한가지도 기실은 다름 아닌 이 도저한 비관주의의 뿌리에서
찾아볼 수 있겠다.

(살아있는 한국문학 9 『장용학 대표작품선집』 해설, 책세상, 1995)

자의식의 탐구와 현실 비판

최인훈의 볼만한 단편세계

    (*최인훈 소설의 가치에 대해서 무지한 문학 전공자는 별로 없을 것이다. 특히 그의 장편 소설 세계가 지니는 가치에 관한 한 그렇다. 소위 5대 장편이라고 일컬어지는 소설들, 그러니까 「광장」, 「회색인」, 「서유기」, 「소설가 구보 씨의 일일」, 「태풍」으로 이어진 장편 소설 세계에 대해서 무지한 문학 전공자는 별로 없다. 그렇다면 최인훈의 그밖의 소설 세계에 대한 인식, 평가는 어떨까.

    모르긴 해도 최인훈의 여타의 소설들, 가령 예를 들어, 「구운몽」이라든가, 「가면고」라든가 하는 중편소설들에 대해 인식하는 논자들은 꽤 있을 수 있지만, 그밖의 나머지 소설들에 대해서까지 깊은 관심을 기울인 논자들은 별로 많지 못할 듯하다. 가령 또 예를 들어, 「크리스마스 캐럴」 연작이라든가, 「총독의 소리」, 「주석의 소리」 등 일련의 연작 소설들에 대해 인식하는 논자들은 꽤 있을 수 있지만, 그의 수준 높은, 그러니까 '주옥같다'라고나 할 여러 단편소설들에까지 인식의 촉수를 예민하게 들이대고 있는 독자들은 그리 많지 못하리라고 생각된다. 그러한 인식 형편에 비추어 최인훈의 특유한 단편 소설 세계에 대해서만 안테나를 내밀어 그 문학적 지형도를 그려보고자 한 것이 아래 글의 의도라고 할 수 있거니와, 가히 '단편 서사시에의 길'이라고 일컬어 손색없는 손금의 지형을 이루고 있는 것이 그의 가편(佳篇)

단편소설들의 세계라고 할 수 있다. 여기에는 그의 등단작이자 최인훈 소설의 모든 진수, 징후적 요소들이 한꺼번에 산포되어 있는 작품 「그레이구락부 전말기」가 우선 포함되지 않으면 안되려니와, 초기 단편들 중 자전적 요소를 짙게 껴안고 있는 수작 「우상의 집」, 그리고 마치 담채화처럼 진한 색채의 여운을 남기는 고독한 인상화, 「국도의 끝」, 「7월의 아이들」 등이 포함되지 않으면 안되겠다. 같은 뜻에서 작가에게 동인문학상(1965)을 안긴, 실험적 요소 짙은 「웃음소리」이거나, 그의 유니크한 연작 형식의 작품들 중 대표 소설들, 그리고 그의 전기(前期) 글쓰기 중 거의 마지막을 이룬 중편 「하늘의 다리」 등이 이러한 작품 군 속에서 소개되지 않으면 안되겠다. 요컨대 가장 짧은 시간의 독서 편력 속에서 현대 소설의 여러 예각 단편들을 만나고 싶다면, 우리는 현대 한국 소설의 대표적인 명가(名家) 중 하나인 최인훈 단편소설의 세계를 열어보일 수 있을 것이다.)

1. 명가(名家)의 솜씨와 장인의 수법

좋은 소설은, 한번 읽어서 흥미있고, 또 여러 번 되풀이해 읽어도 감흥이 쇠퇴하지 않는, 그런 신나는 소설일 것이다. 아마 소설만이 아니고 다른 예술품의 경우에도 사정은 마찬가지일 것이다. 예컨대 좋은 음악은 아무리 자주 들어도 싫증나지 않아야 한다. 좋은 시의 경우에도 그렇다. 좋은 시는 읽을 때마다 새록새록 새로운 감흥이 돋아야 한다. 좋은 예술품이 시간과의 싸움을 수행하는 방식은 이런 것이다. 오랜 세월이 지난 후에도 그때마다 새로운 감흥을 안겨줄 수 없다면, 그 예술품은 끝내 시간과의 싸움을 이겨낼 수 없을 것이다.
　그런데 소설양식의 경우 이러한 시간과의 싸움, 그리고 그 싸움에서 승리는 좀체로 힘든 편이다. 말하자면 이같은 의미에서 소설은 일회적인 양식이라 할 수 있다. 그것은 서사양식으로서의 특징 때문이다. 서사양식이란 무엇보다 하나의 이야기의 형태로 주어지는 것, 이야기란 본디 하나의 끝, 즉 목적점을 가진 계기적 과정의 형태로 나타나기 마련인데, 따라서 끝을 알고난 후의 이야기 듣기 혹은 읽기란, 마치 훤히 비친 옷을 입은 여자의 육체 감상하기와 같은 것이라서, 절로 과정적 흥미가 반감되기 마련이라는 것, 스코어를 알고 보는 운동경기의 녹화 중계방송이나, 또는 거품 빠진 오래된 맥주를 마시는 일이 되기 쉬운 것이다. 이 난점을 돌파해서 오래도록 남을 수 있는 소설 예술의 방법적 승리의 묘책을 우리는 어떻게 고안할 수 있을까. 최인훈의 단편세계는 이 점에서 훌륭한 탐구의 보기, 모델세계랄 수 있다.

2. 시간과의 싸움에서 이기기

최인훈 소설은 이제 암시한 것처럼 시간과의 싸움에서 이기는 여러 훌륭한 비법들을 간직하고 있다. 이 점은 그의 소설들이 우선 언제나 단순한 스토리 텔링의 방식에서는 벗어나 있음으로 나타난다. 곧 그의 소설은 언제나 하나의 단일한 선적(線的) 이야기 구조만을 갖지는 않은 것으로 특정지워진다. 되풀이해 읽어도 탕진되지 않는 그의 소설의 고유한 매력은 우선 이렇게 부정적으로 설명될 수 있다. 그것을 긍정적으로 설명할라치면 그 매력은 여러 겹으로 둘러싸여 있어서 한마디로 설명하기는 어려우나, 일단은 새겨 읽게 만드는 어떤 힘이라고 불러서 좋을 것이다. 곧 특유하게 되새기게 하는 힘인데, 이 힘은 언어가 획득할 수 있는 예술적 장력을 한껏 늘인 데서,

혹은 응축한 데서 오는 어떤 것으로 일단 주석할 수 있을 것이다. 그러나 그 모양, 곧 소설의 언어가 독자를 끌어당겨서 그 언어 위에 놀게 하고 춤추게 하고 또 서성거리게 하는 모양은 작품마다 각기 다르다. 그만큼 그의 소설 언어의 무늬들은 다채롭고 그리하여 그가 이끄는 춤의 형식 또한 그만큼이나 다채로운 편이다. 그것은, 작품 한편 한편이 각기 다른 춤의 형식을 가진 것으로 나타나 보일 수도 있고, 또 어떻게 보면 한편의 작품 안에서 여러가지 리듬형식들이 다양한 변주의 형태로 나타나는 모양이라고 여겨질 수도 있다. 어떻든 그의 소설 세계는 각기의 작품들이 결코 동일한 형식을 반복하지는 않으면서, 그러면서도 탁월한 미학적 세계를 구축하고 있다고 말할 때, 그것은 물론 각 개별 작품들에 대한 엄밀한 분석을 통해서만 납득될 수 있는 일이다. 그러나 시간이 너무 짧고, 또 제한된 지면 안에서나마 여기서 반드시 도모되어야 할 일의 한 가지는 최인훈 문학에 대한 포괄적 이해의 일이다. 그 포괄적 이해와 개별 작품들에 대한 소략한 설명의 작업이 어떻게 조화될 수 있을까. 중구난방이 되더라도 어떻든 순서대로 좇아가 보기로 하자.

3. 「그레이구락부 전말기」 – '창'의 문학론

발표 순서로 보아 최인훈 문학의 가장 앞서는 자리에 「그레이구락부 전말기」가 놓여 있음은 잘 알려진 사실이다. 소위 데뷔작이다. 그는 이 작품으로서 당시 ≪자유문학≫지에 추천, 등재의 기회를 얻었고, 이로써 문단의 문을 두드렸던 것이다. 그러니만큼 여기서는 신인작가의 만만한 패기와, 또 그런만큼 최인훈 문학의 전체 성과로 보면 그다운 어떤 징후와 함께 성숙도로서는 아직 채 익지 않은 서투른 작가의 치기만만한 과잉의욕 같은 것이 한꺼번에 잘 포착된다. 그러나 여기서 우리가 보다 더 의미심장하게 포착할 수 있는 사실은 그의 소설론이 잘 반영되어 있다는 사실이다. 그의 소설론은 한마디로 간명하게 '창의 문학'론으로 요약된다. 현실을 바라보는 '창'의 장치, 즉 현실과는 유리된 어떤 '집'의 형태가 있고, 그것은 그 나름으로 자족성을 구가하기도 하지만, 그러나 그것이 창밖의 현실로부터 궁극적으로 차단된, 곧 순수한 현실 증류의 탈현실이나 초현실의 공간으로 안주가 획책되고 또 그렇게 마냥 방치되는 공간으로 주어지지는 않는다는 것, 사랑조차도 공동체의 윤리공간으로부터 완전히 초탈된 그러한 순수 몰입 행위로서 주어질 수는 없다는 것, 이처럼 실존주의적 참획 논리 구조에 다분히 의거해있고 그리하여 지금으로 보면 전혀 과격하지 않고 오히려 지극히 당연한 문학론의 입장 개진이었던 것으로 보이나, 당시 순수 계열 일색의 표피적 무당파주의가 전횡하고 있던 문단 상황 속에서는 어떤 폭약의 장전을 예고하는 것이기도 하였던, 이 소설론의 개진이 단지 골조의 관념 언어로서만 드러나 있는 것이 아니라 그다운 사변형 인물의 제시와 구체적 공간(구락부) 축조의 방식으로 나름의 소설적 육체 획득의 성과까지 이루어내고 있다는 사실은 과시 청년작가의 데뷔작치고는 놀라운 문학적 가능성을 보증하는 것이 아닐 수 없었다. 물론 그 이후에 달성된 최인훈 문학의 높다란 다락의 기준에서 보면 신인다운 자기현시의 의욕과잉이 예술품의 적절한 균제의 미학을 이룩해내는 데 적잖게 부적응의 약점을 노출한 셈으로도 되어, 전체적으로 절제된 인상을 남기지 못함을 흠이라면 흠으로 지적할 수는 있다. 신인작가에게 주어질 수 있는 지면 제한의 조건, 즉 주어진 화폭이 크기에 비하여 작가의 붓끝이 너무 재게 놀려진 탓이리라. 그러나 지적된 것처럼 최인훈 문학의 예

후를 제공하고 있다는 점에서는 빼놓을 수 없는 작품이며, 이만한 정
도의 성취나마 전후 50년대를 결산하는 『한국 전후문제 소설집』(신구
문화사 간)에 당당히 수록될 만큼 간택의 자격을 누리었음을 추기할
수 있다. 당대의 사정을 실감있게 전해주는 리얼리즘의 척도에서라기
보다는, 예술과 현실 사이를 오가는 그 관념 희롱의 소설적 언어의
풍미가 당시 독자들의 감각에도 퍽 이채로웠던 모양이다.

4. 「우상의 집」 - 최인훈 문학의 원형

최인훈 문학의 원형을 살피는 데는 또한 「우상의 집」이 유력하다.
초기 단편 중 하나인 이 작품은 예의 「그레이구락부 전말기」가 그렇
듯이, 구성의 형식으로는 일종의 반전 구성법, 곧 소위 '의외의 결
말'(surprise ending) 방식을 취하고 있어서, 그 비법을 알고나면 읽는 재미
자체는 조금 덜하게 되는 것이 사실이나, 그렇다고 하더라도 여기에는
정신분석학적인 원형 심리학의 어떤 흔적이 흥미롭게 배어 있어서, 최
인훈 문학의 원형질 중 하나가 어떤 것인지를 아는 데는 매우 유효하
다. 이 작가의 대표작중 하나인 「회색인」에도 잘 나타나 있는 셈이지
만, 원산에서의 성장기 체험과 그에 이은 1·4 후퇴 당시의 피난 체험
은 이 작가의 소설적 구체상을 열어놓는 기저 체험 중인 것이어서, 그
것을 슬쩍 변형된 형태로 옮겨놓으면서 또 그것을 다시 한 편집광적
인물의 허구적 창작의 소산인 것처럼 진술해 놓고 있음을 보는 것은
그 자체로 최인훈 문학의 생성 비밀을 엿보는 것이면서 창작심리학의
어떤 원형적 흔적을 보는 듯한 흥미로움을 일깨운다. 소설가의 욕망이
란 곧 진술에의 욕망이 아니겠는가. 진술에의 욕망이란 곧 삶에 대한

안타까움의 표현일진대, 과거의 것이 돼버려 이제 어찌할 수 없는 사라진 것들에 대한, 부재에 대한 그리움, 혹은 현실적으로 충족될 수 없는 기대-배반의 감정 등이 대개 그 진술에의 욕망을 충동하는 기저 욕망의 형태가 될 터이다. 작가 최인훈에게 있어서 그 글쓰기의 원초적 기제는 어떤 모양이었겠는가. 그 진상을 정확하게 붙잡아내기는 어렵지만, 뛰어난 작가일수록 교묘하게 덧쓰기 마련인 그 가면의 얼굴들을 한꺼풀 한꺼풀 벗겨나가 보면 노련한 독자는 혹 맨얼굴을 짐작해볼 수도 있을 것이다. 작가와 독자 사이에 벌어지는 이러한 가면 놀음, 그 게임의 규칙에 익숙한 독자일수록 이와 같은 원형적 테마의 작품은 흥미로운 책읽기의 공간을 마련해줄 수 있다. 최인훈 문학 탐구자에 있어서 「우상의 집」이 다른 어떤 자료보다 중요한 일등 일차자료의 역할을 수행할 수 있는 것은 이 때문이다.

5. 소총 조준 연습-「구월의 다알리아」, 「칠월의 아이들」 기타

최인훈 문학의 전체 성과에 비하면 그의 단편소설적 성과들은 사실 그리 대단한 것이 아니다. 어느 대담의 자리에서 그는 자신의 단편 작업에 대해 가벼운 '소총 조준 연습'과 같은 것이었다고 표현한 적이 있다.(≪문학정신≫, 1991. 12), 이것을 단지 겸사의 언어로만 받아들일 필요는 없겠다. 그는 확실히 관념이 큰 작가였기 때문에, 문학적 무기 또한 상대적으로 큰 무기를 애용할 수밖에 없었으며, 이래서 나타난 그의 대표적인 소설 작업들은 그 초기서부터 우리가 흔히 중편 혹은 장편이라 부르는 「광장」, 「구운몽」, 「회색인」, 「서유기」 등의 이름으로 나타났다. 물론 그밖에도 초기에 쓰인 작품들로서 중편 분량의 수작들은 많다. 데뷔 다음해인 1960년에 발표된 작품으로서 평론가 김병익이 추천하는 「가면고」가 있으며, 그 다음 다음해 쯤에 쓰여진 작품으로서 「구운몽」과 더불어 풍자적 성격을 본질로 하는 최인훈 특유의 패러디적 발상법이 실험될 「열하일기」가 있다. 지금 와서 읽어보면 이 시기 최인훈의 정신적 움직임을 엿볼 수 있는 중요한 해석학적 관심 자료의 하나일 수 있는데, 말하자면 그 장전 폭약이 너무 큰 탓으로 쉽게 읽히기 어려운 난점들을 이 중·장편들이 지니고 있는 반면에, 대개의 단편 작업들은 그때그때 소총 조준연습과 같은 가벼운 행보로 쓰여졌기 때문에 때로 실험성이 강하거나 주로 예술성 위주의 작업을 벌인 결과들로서 나타났다고 볼 수 있다. 「그레이구락부 전말기」와 더불어 그 입신 초기의 작가적 자세를 실험함으로써 데뷔작이나 진배없는 성격을 갖추고 있는 「라울전」, 그리고 「우상의 집」을 제외하면, 초기 단편에 속하는 「구월의 다알리아」, 「수(四)」, 「칠월의 아이들」, 「금오신화」 등의 작품들이 대개 이런 성격들로서 나타난 작품들이라고 할 수 있으며, 여기서 예술성 위주라 함은 어떤 상징적 이미지에의 강한 사로잡힘을 묘출한 경우로서 대개 받아들이면 되겠다. 가령 「구월의 다알리아」 같은 경우가 그 대표적인 보기인 셈인데, 말하자면 구월, 늦은 한여름에 핀 한 무더기의 다알리아와 같은 것, 그것은 전쟁의 잔인함과 무상함을 표상하기 위한 이미지로서 별반 아무런 설명없이 이미지 자체로서만 순수하게 제시되고 있다. 「칠월의 아이들」에 동원되고 있는 그 방법적 미학의 성격도 이와 크게 다르지 않다. 칠월의 뜨거운 태양이 한순간 소나기를 몰고 오기까지, 가난한 두 어린 소학생들이 맞는 운명은 참으로 끔찍하기만 한데, 그 칠월의 아이들이 왜 그렇게 참담한 운명을 감수해야 하는지 별도의 아무런 설명없이 주어지는 그 도저한 비극의 현실 자취는 마치 불란서 영화의 한 토막을 보는 것처럼이나 격한 환각을 불러일으킨다. 태양의 빛이 너무 뜨거워서 방아쇠를 당기고 말았다는 뫼르소의 말처럼이나 칠월, 자연의 인상이 너무 강렬해서 불러일으켜진 환각이거나, 아니면 가난한 후진국 백성의 삶이 너무 어처구니없도록 초라해서 낳아진 현실 이미지인지 모른다. 우리는 이러한 작품을 통해서 최인훈 문학이 단지 60년대식 비판 문학, 현실 참여 문학의 새로운 기수였을 뿐만 아니라, 50년대식 실존주의 문학의 충실한 적자였음도 발견하게 된다.

6. 「웃음소리」와 「국도의 끝」―심리주의 혹은 이미지의 승리

최인훈 단편 소설 중 가장 널리 알려진 작품으로는 「웃음소리」를 꼽을 수 있다. 이 작품은, 유명한 동인문학상 수상 작품으로서 더 많이 알려져 있고, 그래서 다른 어떤 작품에 비해서도 기억의 효과가 큰 편이다. 그러나 상의 공신력이 작품의 우수성을 보증할 수 있는가. 상이란 결국 작가에게 주어지는 것이 아니겠는가. 말하자면 작가가 먼저 결정되고, 그 다음에 작품이 결정되는 수도 흔한 법이다. 그래서 상의 유명세에 너무 구애받을 필요는 없다고 보면, 이 작품이 반드시 최인훈 문학전체의 성과를 질적으로 대표하는 작품으로서 여겨질 필요는 없다고 본다. 동인 문학상이란 것이 그 해의 우수 단편을 대상으로 한 상이라 함을 감안할 때 단편 작품으로 최인훈 문학이 대표될 수도 없고, 더구나 최인훈의 단편 작품 중에서도 이 작품은 그다지 썩 빛나는 작품으로 여겨지지 않기 때문이다. 예대로 최인훈 문학의 강한 실험성이 돋보이기는 한다. 요컨대 심리주의의 기법을 최대한 실험해 본 것. 사유가 분명하지 않으나, 죽음에의 유혹에 이끌린 한 여인이 이른바 자살 여행의 도정을 떠나고, 그 과정에서 삶의 허망함 혹은 죽음 행위 자체의 무상성을 확인하게 된 것, 삶 혹은 죽음의 무게가 한갓 웃음소리보다도 덜하지도 더하지도 않는 부피의 것이라는 투, 이 도저한 허무주의에의 침강이 당대의 문학적 감수성들에게는 예민하게 받아들여졌던 것일까. 김승옥의 그 유려한 문체와 화사한 감수성 속에 쌓인 허무에의 늪, 그리고 마침내 그 늪에 빠져 실종해버린 전혜린의 실존적 행적에 비추어 보면, 당대 사람들의 그같은 감수성에 대한 편향된 열광 분위기는 전혀 우연만이 아니었음을 짐작해 볼 수 있는 터. 그렇다고 우리 역시 그 사람들의 실존적 감각, 그 미적 판단의 감수성을 그대로 수긍해야만 하는 것일까, 혹 작가도 그렇게 판단하는 것일까. 이처럼 한 시대의 문학적 감수성에 대한 역사적 판단거리를 제공한다는 점에서는 이 작품 역시 유의미한 반추 거리가 된다. 물론 작품 자체가 수준 미달이어서는 전혀 아무런 문제거리도 될 수 없다. 그러기에 우리의 이 발언은 기술 수준 자체를 문제삼는 것은 아니다. 말하자면 의미망을 문제삼는 것인데, 기술 수준으로만 보면 이 작품은 한국적 심리주의 소설의 한 전형적 보기로서 손색이 없다. 여성적 심리주의의 섬세함에 대한 방기는 소위 남근주의, 남성적 편협함의 발로인가.

그리하여 차라리 「웃음소리」 뒤에서 우리는 한 알려지지 않은 가작을 만난다. 「국도의 끝」. 이 작품은 최인훈 단편 문학 행정(行程)의 후기에 속하면서 동시에 완숙을 보여주는 작품이다. 그것은 최인훈 문학의 짙은 예술적 취향을 돋보이면서 '문학 활동은 현실비판이다'라는 그의 고전적 명제까지 (비록 단편의 한계 안에서나마) 훌륭하게 뒷받침하는 소설이다. 식민지적 현실이라는 것, 이 점을 떠나서는 사실 다른 어떤 인식도 당대－곧 오늘 우리－현실의 전체적 이해에 도달할 수 없다. 그러나 서툰 소설가가 아니기에 그는 이 점을 결코 직접적으로 언술하려 하지 않는다. 다만 한 풍경을 보여줄 뿐이다. 이 풍경 속에 절묘하게도 60년대 현실 국면의 한 전형적 단면이 담긴다. 요컨대 국도라는 것, 70년대 고속도로, 80년대 지하철이라는 식으로 생각해보면, 국도야말로 얼마나 60년대적인 교통수단인가를 알 수 있다. 그 국도의 위에 근대화의 초기 공간들을 연결하는 버스가 놓여 있으며, 그리하여 국도 위를 달리는 버스 공간이란 60년대 소설의 한 전형적 상징 공간이 된다. 서정인의 「강」이 여기에 막바로 이어져 있음에서 60년대 소설의 일상화한 국도의 현실감각을 확인할 수 있으며, 이 국도의 공간을 포착한 작가의 리얼리즘적 현실 감각은 그러므로 그 자체로 특별한 것은 아니다. 문제는 그 일상적 교통 공간 속에 현실의 본질국면을 붙잡아매는 전형화의 솜씨다. 국도의 이쪽 끝에 반계엄의 군사적 현실이 있고, 저쪽 끝에는 미국 점령의 식민지적 현실이 놓여 있다. 그 사이에 장삼이사 필부들의 현실이 있고, 그리고 양공주의 비극이 있다. 최후에는 소년이 놓인다. 참혹한 현실을 견디지 못한 누나는 마침내 버스에서 내려버리고, 누나를 기다리는 소년은 기약할 수 없는 어둠에 묻힌다. 물론 설명은 없다. 그러나 60년대적 현실 인식의 참모습이란 바로 이러한 풍경 자체가 아니었을까. 의식적이든 무의식적이든 소설은 현실을 반영하고, 예민한 작가는 그 현실의 전형적 국면을 포착한다. 소설을 통해서 우리가 역사의 구체상을 아는 것도 바로 이러한 법칙에 의거해서이다.

7. 단편 연작의 소설사적 성과

한편 최인훈 문학이 남긴 뚜렷한 소설사적 기여 중 하나로 우리는 단편 연작의 양식화를 꼽지 않을 수 없다. 이 역시 최인훈 문학의 초기 단계에서부터 시작된 것으로, 그 뿌리가 매우 깊은 것을 알 수 있다. 1963년에 '크리스마스 캐럴' 연작 I이 시작되므로 그는 군문을 나서기 이전부터서 (문단데뷔 이전인 1957년부터 초기 대표작들을 발표하는 1963년까지 약 7년동안 최인훈은 군문에 몸담고 있었다.) 이러한 연작 작업을 구상하고 있었던 셈이다. 이것은 최인훈 문학의 독창성과 아울러 장기적 호흡을 의미하는 사실이며, 적어도 최인훈 문학 이전에 이러한 단편 연작 작업이 견고한 양식화로서 한국문학사에 깊은 족적을 드리웠던 예는 아직 찾아지지 않는다. 역사의 진보란 언제나 상황 제약성을 조금씩 타개해나가는 것으로 주어지는 것, 산업화 초기 단계인 1960년대의 시점에서 이 작가가 발표 지면의 제약을 탈각하고 좀 더 긴 호흡의 연속적 소설 작업을 양식화하는 길은, 이제 살필 대로, 단편 연작을 양식화하는 길로 모색되었던 듯하다. 그래서 1963~1966년 사이에 다섯 편의 「크리스마스 캐럴」 연작을 시험한 그는 1967년 이후 「총독의 소리」와 「주석의 소리」 계열 연작으로 넘어가고, 1969년과 1972년 사이에는 총 15편에 이르는 「소설가 구보씨의 일일」 연작을 집중적으로 발표함으로써 연작 작업의 한 완성을 기하기에 이른다. 이렇게 해서 그는 세 가지 연작 작업을 10년여에 걸쳐 꾸준히 추구해온 셈이 된다. 이 세 가지 연작 작업의 성격은 물론 각기 판이하게 다른 모양을 취해서, 그것들이 노리고 있는 주제화의 국면 역시 각기 다른 의미 결절점을 노정한다. 풍속의 문제를 추구한 것도 있고, 역사적 상황 속에서 한 예술가의 실존자취를 진지하게 추적한 작업의 성격도 있다. 어찌됐든 그것들은 각기의 틀안에서 당대 한국 사회의 변동을 집요하게 추적한 작업의 성과물로서 공통적이다. 요컨대 10년의 세월이다. 한 예술가가 자신의 작업 계획을 10년 넘게 집요하게 밀고 나아갔다는 사실, 이 사실은 정말 예사로운 일이 아니다.

물론 그 사이에 작가는 중·장·단편의 글들을 쉼없이 써내어 발표했으며, 그 뜸뜸이 말하자면 연작 형식의 작업을 지속적으로 벌여온 셈이다. 혹은 그 반대일 수도 있다. 연작 작업의 와중에서 뜸뜸이 한 편 한편씩의 작업을 벌여온 것인지도 모른다. 그 선후, 혹은 우열 관계는 문학사에서 판단될 일이지만, 그러나 아무래도 정답은 그 사이에 있을 공산이 크다. 지속적(연작)작업과 그때그때의 완결 작업을 동시적으로 벌여온 것, 최인훈의 문학적 도정에 있어서 계속된 긴장 유지의 비법 중의 하나는 바로 이와 같은 창작 원칙상의 이중성 견지의 사실에서 주어졌던 것인지도 모르기 때문이다.

8. 「크리스마스 캐럴」-풍속과 이념의 괴리 비판

'크리스마스 캐럴'이란 무엇인가. 찰스 디킨즈의 동명 작품이 있다 함은 두루 아는 사실이려니와, 예의 패러디적 발상법으로 제목 자체는 그에서 따왔음직한 이 연작 소설은, 그러나 디킨즈의 그 작품과는 전혀 비슷도 아니한 딴 소설이다. 왜 크리스마스 캐럴인가. 어쨌든 크리스마스가 문제되는 것은 틀림없다. 왜 크리스마스인가. 크리스마스가 서양 사람들의 최고 명절임을 상기할 필요가 있다. 아니 서양 사람들의 그것이라기보다는 기독교도들의 최고 명절이다. 예수 탄생일이기 때문이다. 이 종교적 송축일이 풍속으로 굳어져 서양 사람들에게는 이날이 최고 명절로 군림해왔다. 그런데 언제부턴가 이 서양 사람들의 종교적 행사, 송축 기념의 풍속이 우리에게도 전파되어 명절의 분위기를 띠우기 시작했다. 그것도 종교적 열정과는 아무 상관없이 순전한 축제일의 성격으로 크리스마스는 우리에게도 한 풍속의 의미를 가지게 된 것이다. 그러나 이처럼 그 본래적 이념과는 아무 상관없이 단순히 즐기기 위한 풍속의 한 행사로서만 벌어지는 축제, 그 공허한 풍속, 기원과의 괴리, 이 괴리를 표현하자면 '이념과 풍속의 괴리'라 할 만하다. 작가에게는 이 현상이 대단히 흥미롭게 비췄던 모양이다. 단순한 흥미거리가 아니라 진지한 문화사적 반성, 탐구의 거리로서 그것은 소설쓰기의 핵심적 주제가 될만하다고 본 것이다. 왜냐하면 소설양식 자체가 이념과 풍속 사이에 걸쳐있는 문화적 양식이기 때문이다. 그에 따르면 행복한 사회란 이념과 풍속 사이의 긴장, 괴리가 없는 사회이다. 말하자면 종교적 열정 그대로 하나의 송축일이 그 전통적 이념을 보존하면서 기념되는 사회를 말한다. 우리의 사람사는 모습이란 그런 점에서는 전통적 이념의 풍속들이 속속 붕괴되고, 대신 풍문만의 외래 이념 풍속들이 들어와 사회적 균형, 문화적 균형을 파괴시켜가고 있는 처지의 상태가 아닌지. 그렇다면 서양 사람들의 모습은 어떨 것인가. 거기에도 혹시 이념과 풍속 사이의 괴리 현상은 없을 것인가. 여기까지 나아간 질문의 방식이 '크리스마스 캐럴' 연작 IV를 이룬다. 일견 부조리극과도 같이, 궤변적인 대화 언어의 뜻없는 행진과도 같아 보였던 전편들에 비하면, 이 작품은 사뭇 그 진술의 어의가 명확한 편인데, 그럼에도 불구하고 엎어치고 돌려치는 해석적 언어의 난무 속에 어지간히 숙련된 독자 아니라면 그 조리정연한 의미 체계의 붙잡음이 여전히 난감하게 여겨질 수도 있는 그런 최인훈 문학 특유의 난해성의 한 편린을 보여주는 작품이기도 하다. 이와 같은 작품 사례에서 우리는 최인훈 소설 읽기의 한 비범한 흥미의 국면이 마치 헝클어진 실타래를 풀듯이 난해하게 얽혀있는 의미 구조의 소설을 정확하게 풀어나가는 성실한 암호 해독사의 독법과 같은 것으로 주어질 수 있다함을 발견할 수 있다. 물론 열심히 해독해나가다 보면 그 난해성의 성곽은 마침내 환한 출입구를 열어놓으리라 함을 보증할 수 있다. 왜냐하면 우리의 지력이 못따라 가서 그렇지 작가의 사유 자체는 대단히 명석하게 이루어지는 것이 틀림없겠기 때문이다.

9. 「소설가 구보씨의 일일」 – 소설가의 삶과 역사 현실

이 글을 쓰는 필자로서는 최인훈 소설 중 『소설가 구보씨의 일일』 연작을 읽는 것이 가장 마음 편안하고, 또 읽고 나서의 울림도 오래 갔던 것을 기억한다. 편안한 인상은 지금에 이르러서도 크게 다르지 않다. 다만 읽고 나서의 울림이 처음 읽던 때보다는 조금 덜한 것이 사실이다. 이것은 다시 읽기 때문이라기보다는 아마 상황 감각, 혹은 시대 감각의 차이 때문이 아닌가 한다. 말하자면 분단 모순에 대한 인식의 절실함이 그때 작품을 처음 읽던 당시보다 훨씬 덜한 것이다. 반드시 분단 상황에 대한 의식을 날카롭게 하고 읽을 필요는 없다 하더라도 그러나 이 연작 작업의 배경이 되었던 역사적 상황 자체가 분단 상황에 대한 모종의 의식화, 최소한 냉전적 의식에 대한 벽허물기 요청의 감각과 무관하게는 이해될 수 없는 상황적 표지들을 담고 있기에 그 감각을 무디게 하고 작품을 읽어나가게 될 때는 아무래도 감동조차도 조금 덜하게 되는 것이 아닌가 하는 자기분석쯤 하게 되는 것이다. 그만큼 분단 상황 자체가 변모하였음을 의식하게 된다는 뜻인데, 이 연작 작업이 분단 상황의 인식과 불가분의 관계에 있다는 것은 여기에 실린 작품만 두고 보더라도 제1편 「느릅나무가 있는 풍경」의 경우, 바로 이북에 두고 온 고향 원산을 떠올리는 작가의 내면 풍경 그리기로 되어 있고, 제5편 「홍콩 부기우기」 경우는 <미, 한국

을 극동의 '홍콩'화 구상>이라는 당시의 신문기사 제목을 작품의 주
요 모티브로 삼고 있으며, 제 13편 「남북조 시대 어느 예술 노동자의
초상」은 작가와 동향의 화가인 불우천재 이중섭의 그림 감상의 얘기
를 주로 담고 있으며, 마지막 15편 「난세를 사는 마음 석가씨를 꿈에
보네」의 경우는 바로 '난세'의 상황 인식이 분단 현실 영구화의 조짐
인식으로 대치되어 나타나고 있음으로 해서 확인할 수 있는 것이다.
왜 이처럼 작가는 끝없이 고향에 대한 향수의 언저리를 맴도는 것일
까. 아마도 정말 잃어버린 실존의 거소 자체를 그리워하는 뜻일까. 아
마도 그렇게만 설명될 수는 없을 것이다. 여기서 고향 상실이란 하이
데거 식으로 말하면 현대인의 근원적인 본향 상실성을 의미하는 것으
로 볼 수 있음도 자명하다. 소설적인 구체성을 상징 공간으로서 작가
는 다만 자신의 고향 '원산'에 대한 기억을 끊임없이 반추하고 있을 뿐
이다. 결코 틀리다고 할 수 없는 이런 탈역사적 문맥의 해석적 관점 역
시 그러나 전자와 같은 역사적 문맥의 상황지시적 언어 형상화를 입어
비로소 힘을 얻게 되는 것임은 두말할 나위 없는 사실이다. '전후 최대
의 작가'는 이렇게 해서 '분단시대 최대의 작가'로 확정되고 『광장』 그
리고 『소설가 구보씨의 일일』을 위시한 최인훈의 일련의 소설들은 분
단 시대 최대의 증언 작품들로서 그 문학사적 의미가 확정된다. 그리
고 마는가. 이 역사성, 곧 시대에의 충실성, 또는 상황에의 충실성은 그
처럼 곧바로 시대적 한계표지를 의미하는 것으로 되고 말일인가.

10. 「하늘의 다리」 – 현실과 환상의 다리로서의 소설

「하늘의 다리」에서 그러나 우리는 다시 한번 최인훈 문학의 의미

망이 시대적 한계라는 좁은 폐쇄성의 역사 지평안에만 머물러 있지 않음을 확인한다. 여기서 그는 다시금 예술의 본질적 기능, 그 사회적 자리를 묻고 있기 때문이다. 본질에 대한 물음은 곧 보편성에 대한 물음을 뜻하는 것이고, 그리하여 그가 예술 행위에 대해 던지는 보편적 인식 환기의 물음은 초시대적 동시성의 공간을 향한 것이 아닐 수 없다. 예술 행위란 결국 하나의 환각행위가 아닐 것인가. 환각을 보는 것, 그것은 곧 현실의 다른 이름을 보는 것에 다름 아니며, 이 행위를 통해서 현실은 제모습을 확인한다. 환각을 그린다고 해서 잃어버린 현실이 획득될 리 없고, 그래서 예술가란 현실적으로 대단히 무력한 존재일 수밖에 없지만, 그러나 예술이 없다면 현실은 어디가서 자신의 적나라한 모습을 확인할 것인가. 어린 소녀가 술집의 여급이 되고, 여급 출신 여자가 난데없이 새벽 강변에서 총맞아 죽고, 사람사는 아파트가 갑자기 와르르 무너지고 …… 이런 비현실적인 일들이 매일처럼 현실로서 일어나는데, 그렇다면 그 현실의 본모습을 사람들은 어디가서 확인할 것인가. 빗대볼 것이 없으면 상은 보이지 않는다. 현실이 비추어지기 위해서는 그 현실을 빗대어보는 환각 작용, 즉 예술 행위가 있어야만 하는 것이다. 예술 행위는 이렇게 해서 대단히 위대한 행동은 못 된다 할지라도 현실 속에서의 기능적 공간, 어떤 유용성의 자리를 확보한다. 우리가 소설을 쓰고 읽는 이유의 한가지는 이것일 것이다. 극히 뛰어난 예술은 현실의 본모습을 보여주고 삶의 제자리를 가리켜준다. 그렇게 해서 마침내 참다운 예술은 시대적 한계 지평을 뛰어넘게 된다. 지나간 일이 바로 오늘 일처럼 보여지는 효과가 발휘되기 때문이다. 지금에도 역시 '성희'처럼 어린 소녀들은 술집의 여급으로 술시중, 몸시중을 들기 위해 집을 나서고 있지 않은가.

11. 성실한 삶, 성실한 예술

아마 이밖에도 더 많이 있을 것이다. 최인훈 소설이 흥미로운 이유, 또 우리에게 감동을 주는 이유. 지금 다시 읽어도 머리가 맑아지는 이유. 한 마디로 말하면 그것은 통찰의 힘이 아니겠는가. 세상의 이치를 들려줌으로써 거의 소설은 우리에게 언제 다시 읽어도 본전 생각나지 않게 하는 예술적 힘을 발휘하는 것이다. 찬찬히 읽을수록 그것은 더욱 그렇다. 스토리 라인만을 따라가서 읽고 쉽게 내팽개쳐 버릴 수 있는 소설이 아니기에, 그의 소설 읽기는 우리에게 언제나 긴시간의 밑천을 들이고서도 결코 손해보았다는 느낌을 주지 않는 매력을 발휘하는 것이다. 그런 점에서 최인훈 문학이 처음부터 숙성했다기보다는 갈수록 원숙해져갔다는 점은 여기서 특기할 만하다. 물론 초기 소설들은 초기 소설들대로 책읽기의 매력들을 갖추고 있는데, 반복되는 반전 구성법이라든지, 명징한 현실 이미지의 절제있는 구사를 통한 세상 뜯어 읽기의 방법을 제시해 준다든지 하는 것들은 확실히 여느 소설들이 갖는 매력 그 이상의 것이었다. 그러나 최인훈의 후기 소설은 이에서 더 나아간다. 그것은 세상과 생, 예술 행위 전반에 대한 통찰의 차원으로 나아갔다. 우리가 최인훈 소설을 읽고 머리가 환해지는 느낌을 받는 것은 이 때문이다. 아마도 장편소설들과 희곡작품들까지 포함하여 그의 문학세계 전체를 맛들여 읽는다면 그 세계가 얼마나 깊고 풍부한 세계인지 누구라도 감득하게 될 것이다. 최인훈 문학의 최후의 매력은 마침내 여기에 있다. 매우 다양한 세계를 구축하면서도 또 결코 태작을 내지 않았다는 것, 이것은 그가 매우 성실한 예술가였음을 뜻하는 바에 다름 아니다. 성실한 예술은 우리들의 삶까지도 성실케 할 수 있다.

(최인훈 자선 대표작품집 『남들의 지붕 밑에서』 해설, 청아출판사, 1992)

서울 현대의 삶과 박완서 소설[1)]
「나목」, 「도시의 흉년」, 「휘청거리는 오후」, 「서울사람들」을 중심으로

1. 전기적 행적으로 본 작가의식의 윤곽
-'서울사람', 혹은 그 본능적 타자의식의 정체

작가 박완서가 쓴 소설책과 그 책 어딘가에 붙어 있었을 <작가 연보>의 사실을 한번이라도 유심히 읽어본 사람이라면, 이 작가의 경험적 사실들과 그 문학 세계가 그다지 유리된 것은 아니라는 점을 대번에 눈치챌 수 있을 것이다. 실상 이 작가만이 아니라 모든 작가

---

1) 이 글은 박완서 소설을 '현대 서울에서의 삶'의 반영이라는 각도에서 살핀 것이다. 아는 것처럼 박완서는 (비록 서울 태생의 작가는 아니고), 경기도 개풍에서 나서 초등학교 저학년 시절에 서울로 이주, 이래 서울에서의 삶을 지속한 작가이지만, 누구보다 현대 서울에서의 삶을 몸으로 겪고 문학으로 증언한 작가라고 할 수 있다. 여성 작가 특유의 일상적 감각으로 일제말 이후 변화하는 서울 현대의 세태를 날카로운 풍자의 감각으로 묘파한 작가가 바로 이 작가라고 할 수 있다. 이 글에서 '서울학' 혹은, '서울 문학'이라고 하는 것은 서울의 역사, 문화, 지리에 대한 학문적 연구, 혹은 지식 개념으로서 '서울학', 또는 '서울 현대의 삶을 그리고 투영한 문학'으로서 '서울 문학'이라고 할 수 있다. 문예학적 개념으로서는 아직 생소한 상태에 있다고 할 수 있겠지만, '도시 문학'의 개별화된 형태, 범주 개념으로서 '서울 문학' 개념이 성립할 수 있다고 보면 좋겠다.

에게 있어서 상상력의 세계란 작가의 경험 세계에 젖줄을 대고 있다는 것을 우리는 일반론적으로 말할 수도 있을 것이다. 박완서의 경우역시 이 점에서 전혀 예외가 아니고, 그녀의 소설 세계가 대체로 현대 서울살이의 역사적 풍모를 반영하는 양상으로 이루어져있다는 것은 이런 점에서도 확인 가능한 사실로 추단되는 것이다.

　박완서는, 어린 시절 성장기 이후로 거의 '서울'이라는 곳을 벗어나 산 적이 별로 없는 작가라고 해도 좋을 정도이며, 이런 뜻에서 그의 이력 상 면모는 거의 '서울내기'에 값한다. 그녀가 태어난 시기와장소는 연보 상으로 "1931년 10월 20일 경기도 개풍군 청교면 묵송리 박적골에서 출생"으로 밝혀지고 있지만, 일찍이 아버지를 여의고어머니가 오빠를 데리고 서울로 이주한 후 1938년의 연보에는 (그녀역시) "서울로 와서 살게 됨. 매동국민학교 입학"이라고 기록되어 있으며, 이후로 그녀가 서울을 어느 정도라도 떠나서 살았던 시기는 고등학교에 다니던 태평양 전쟁의 말기, 1945년에 잠시 "소개령(疏開令)이 내려져 개성으로 이사"했던 한 학기 정도의 시간에 불과함이 <작가연보>[2)]의 기술 내용으로 보아 확인되는 것이다. 그럼에도 불구하고왜 이 작가는 '서울사람', '서울내기'의 인물들을 마치 엉덩이에 뿔을가진 존재들로나 바라보듯이 먼 발치로, 이른바 '타자의식'으로 바라보는 것을 자신의 생래적 태도로 가꿔오게 된 것일까. 이것이, 유년기 체험의 강렬함과 자아의 윤리 의식이 확립된 뒤 형성하게 된 서울 사람들에 대한 역사적 부정 의식이 묘하게 결합된 탓이라고 보면,일단의 설명은 될 수 있겠지만, 이로써 사안의 본질이 해명되었다고

---

2) 여기서 <작가 연보>는 출판사 '문학동네'판, 『박완서 단편문학 전집』에서 인용하는 것이지만, <작가 연보>에 대한 자세한 사항은 《작가세계》, 91년 봄호의 <박완서 특집> 중 '문학적 연대기'와 『박완서 문학 앨범』(웅진출판사, 1992) 중 '연대기'(호원숙의 글)이 비교적 자세하다.

본다면 망발이 될 것이다. 요컨대 이러한 이중성의 의식이란 의식 자체의 운동성에 의해 불가분 주어지는 것이며, 특별히 '콤플렉스'의 의식 요소를 짙게 간직한 사람에게라면 그 주체의 내면 공간은 더욱 복합적으로 이와 같은 이중성의 진동폭을 더욱 크게 가져갔을 공산이 크다는 점을 말할 수 있다. 그렇다면 그녀에게 원초적 콤플렉스의 요소란 무엇이었을까.

'서울내기'들에 대한 대항 의식 이전에 그녀에겐 남성 콤플렉스의 요소가 먼저였다고 할 수 있다. 일찍이 주어진 '아버지 부재'의 조건이 이 콤플렉스 형성의 원초적 조건이었을 것은 물론이었으려니와, '오빠' 또한 그녀에겐 끊임없이 모순된 양가 감정을 불러일으키는 불가사의한 존재였을 것이 분명하다. 오빠는 오빠이기 이전에 남성이며, '父'의 대리인이며, 동시에 끊임없이 적대 감정을 불러일으키는 경쟁자이기도 했을 것이다. 오빠에 대한 이와 같은 미묘한 양가 감정의 기억들이 그녀로 하여금 끊임없이 '오빠'의 이야기를 쓰도록 강박했을 것이어니와, 전체적으로 그것은 '남성' 일반에 대한 콤플렉스의 감정을 조장하면서 여성으로서 자신의 정체성을 끊임없이 위협, 혹은 혼돈의 상태로 몰아가는 강박적 작용을 수행하여, 그녀의 내면 의식 전반을 '혐오감'으로 충만한 부정적 자기 의식의 면모로 진작시켜 갔을 것이다. 물론 여기서 '혐오감으로 충만한 부정적 자기 의식의 면모'라 해서 그것이 온전히 '부정적 의식' 일색으로만 이루어진 단순 형질의 내면상을 의미하는 것으로 받아들여져서는 안될 것이다. 프로이드가 갈파하고 있듯이, 근원적으로 죽이고자 하는 욕망은 살고자 하는 욕망과 결합되어 있으며, 열등감과 우월감의 결합 작용으로 보는 '콤플렉스'의 기초 개념 역시 바로 이 신진대사의 원리에 기반해서 주어진 것이다. 의식의 숨박꼭질, 혹은 청개구리의 행태는 이로부터 탄생한다. 자기애를 본질로 한 이 이중성의 특유한 양가 감정(J. C.

네마이어, 『정신병리학의 기초』(유범희 옮김, 민음사, 1992) 제11장 <자기애> 참조)의 생래적 기질이 바로 이러한 구조로부터 탄생했다고 볼 수 있다. 그러니까, 서울내기인가 하면, 풋풋한 시골 출신이며, 촌스런 시골뜨기인가 하면 어느새 세련된 서울여자의 감수성이 이 여성 작가의 태도 속엔 생리처럼 자리잡고 있다고 할 수 있는 것이다. 이 원질의 이중적 생리, 감수성이 그녀의 문학 형성이라는 차원에서는 또 어떻게 작용했다고 볼 것인가.

매우 넓은 뜻으로 하는 말이지만, 그녀의 소설을 전체적으로 '세태소설'이라 규정하는 것은 큰 무리가 아닐 듯 싶다. 세태소설이란, 내성소설과 대조되는 뜻에서 회자된 말이긴 하지만, 말 그대로 세태를 폭넓게 취급하는 문학이라는 뜻에서 우리는 '세태문학'이라는 용어를 사용할 수 있을 것이고, 박완서 문학의 윤곽이 대개 이런 쪽에서 그려질 수 있으리라는 점에 아마도 대부분의 논자들은 별달리 이의를 제기하지 않으리라고 여겨지는 것이다. 그렇다면 그저 세태를 그림 그리듯 막연히 그려 놓는다고 해서 세태소설은 이루어질 것인가.

'세태소설'이란 용어를 한국 문학 비평사에 각인시킨 임화의 경우, 당시 신선하게 영화적 수법으로 세태를 포착한 박태원의 「천변풍경」도 주목하였었지만, 한편 풍자적 수법으로 이루어진 채만식의 「태평천하」에 대해서도 범상치 않은 관심을 표했던 것(임화, 「세태소설론」(『문학의 논리』, 학예사, 1940) 참조)을 여기서 상기해 둘 필요가 있겠다. 세태소설이란 이를테면 세태를 그저 눈에 보이는 대로 그린다고 해서 이룩될 수 있는 것이 아니라, 모종의 기교, 혹은 수법을 동반할 때에야 그 미학적 효과가 거두어질 수 있다는 점을 여기서 상기할 수 있고, 한 걸음 더 나아가 세태소설의 가장 유력한 방법의 하나가 풍자적 방법일 수 있다는 사실을 여기서 우리는 상기할 수 있는 터이다. 그렇다면 '풍자'란 또 무엇인가. '웃음+현실 비판'으로 흔히 이해되는 이 풍자적 정신, 혹은 방법의 요체, 요결은 무엇인가.

세계 문학사 상 가장 대표적인 풍자 문학의 사례로는 조나단 스위프트의 「걸리버 여행기」 같은 작품이 지목된다는 것을 여기서 상기할 수 있거니와, 풍자 정신의 근저에 기실 매우 비극적인 성격의 세계관이 잠복되어 있다는 사실은 여러모로 우리에게 시사점을 제공한다고 말할 수 있다. 비극적 세계관이란 현실과 진실 사이에서 꼼짝달싹 못하는 딜레마의 처지로 또한 설명될 수 있거니와, 요설의 수다와 풍자적 어조를 기조로 하는 박완서 소설의 세계관이 전체적으로 살지 않으면 안된다는 실존의 현실적 감각과 동시에, 더 우아하고 고상한 존재를 꿈꾸지 않으면 안된다는 이상주의자의 존재 감각 사이에서 끊임없이 동요하고 간단없이 방황하는 양가론자의 이중성의 양태로 모습을 드러내는 것은 범박한 의미에서 그녀의 소설이 '비극적 세계관' 위에 기초하여 이루어진 것임을 드러내주는 바라 할 수 있는 것이다. 현실을 강력하게 부정하고 부인할 수 있을 만큼 전적으로 이상주의자인 것도 아니고, 그렇다고 모든 현실을 천연덕스럽게, 뻔뻔스레 받아들일 수 있을 만큼 현실주의자도 못 되는 탓에 그녀의 소설은 이상과 현실 사이에서 끊임없이 동요하고 갈등하는 비극적 세계관의 소유자, 혹은 풍자적 어조, 시선의 소유자로서 자신의 모습을 드러낸다고 할 수 있는 터이다.

이처럼 갈등하고 방황하는 자로서의 작가 내면의 폭과 품위가 그녀의 경험 세계의 폭으로서 '서울 사람들'의 일상적 세계 경험과 만나 끊임없이 불화를 일으켰던 기억, 혹은 작가와 그 가족, 또는 더 넓혀서 그 주변의 사람들이 걸어온 삶의 행적에 대한 연민의 기억들을 모아 써낸 기록의 자죽이 전체적으로 박완서의 문학 세계를 이루어왔다고 할 수 있겠다. 작가 박완서가 겪어 온 삶의 기억의 자장이 '서울'과 그녀의 원적지인 '개풍군'의 범위를 넘지 않는다는 점에서 그녀의 소설 세계는 한편 전체적으로(「미망」과 「그해 겨울은 따뜻했네」 정도를 제외하면) '서울사람들'의 삶의 족적과 그 기억의 범위를 넘지 않는다고 말할 수 있는 것이다. 그녀의 문학은 전체적으로 '서울 문학'의 일환으로 간주될 수 있고, 그것도 여성 작가가 쓴, 서울 현대의 여성적 삶의 변모를 가장 충실히 그려낸 리얼리즘계 세태소설의 대표적인 성과를 온축하고 있다는 점에서 현대 서울 문학의 역사를 살피는 자리에서라면 결코 빼놓을 수 없는 문학적 성취의 하나로 자리매김될 수 있는 것이다.

그렇다고 그녀의 소설 세계 전반을 무작정 긍정적으로만 평가할 수 없다는 것도 당연하다. 앞서 이 작가의 생존 감각, 혹은 그 본능적 감각의 측면을 강조했거니와, 작가로서의 위치가 확고해지기 전, 혹은 어느 정도 문명이 확립된 뒤에도, 그녀의 소설 전체를 안심하고 문학사에 등재할 수 있으리만큼 안정되고 깊이 있는 사유, 그리고 그 문학적 기량의 솜씨에 의해 쓰여진 소설은 오히려 별로 많지 않다고 할 수 있으리만큼 범작의 부류도 이 작가는 많이 생산해 낸 셈이라고 할 수 있겠기 때문이다. 문단에서 태작을 내지 않는 작가로도 이 작가는 평판을 얻었던 셈이지만, 그만큼 또 "이거다!"라는 정도의 자타가 공인하는 질적인 작품들, 그러니까 제1급의 수준급의 작품들을 그 동안 실속있게 쌓지는 못한 실정이라는 것도 우리는 아프게 인정하지 않으면 안될 사실로 미리 말해둘 필요가 있다고 여겨지는 것이다. 물론 여기에는 문학사를 장식할 만한 대개의 리얼리즘계 장편 소설들을 그녀가 신문소설의 일환으로 썼다는 악조건도 있었을 터이고, 또 그녀의 호칭 앞에 늘상 붙어다니는 '주부작가'라는 이름이 말해주듯, 문학에만 전념하기 어려운 생활상의 불리한 여건도 함께 작용했을 터이다. 물론 또 이와 같은 평가가 남성 비평가들이 가지는 특유의 성적 편견에서 비롯된 것일 수도 있고, 그녀의 문학에 대한 역사적 평가가 이제 겨우 시초의 단계에 머물러있는 탓도 있을 수 있다. 문학사적 평가도 근본적으로는 상대적 평가의 성격을 머금으며, 따라서 한 시대의 역사와 문학사에 대한 총정리의 작업이 어느 정도 진척된 단계에서만 개별 작가에 대한 문학사적 평가라는 것도 그 나름의 객관적 타당성을 보증받을 수 있으리라는 점이 설득력있게 주장될 수 있는 것이다. 결국 우리의 작업도 이와 같은 역사적, 시대적 한계 속에서 진행되고 제시되는 것일 수밖에는 없다. 노파심으로 말해두지만 이 작업은 결코 페미니즘의 시야와 관심 같은 것으로 진행되는 것일 수는 없고, 단지 '서울학'의 관심과 시야 속에서 행해지고 또 행해지지 않으면 안되는 것이다. 그녀의 어떤 소설들을 견본으로 삼을까. 나는 그녀의 데뷔작 「나목」과 문예지 연재의 형식으로 발표했던 그녀의 최대 규모 작 「도시의 흉년」, 그리고 옴니버스 형식의 비교적 작은 장편 소설 「서울 사람들」을 '서울학'의 관심 시야에서 집중적으로 논해 볼 만하다고 생각한다. 이 작품들이 왜 논의될 만한 성질의 작품인 것인지 이제부터 구체적으로 작품을 분석해 가면서 살펴보기로 하자.

2. 박완서 소설이 포착한 서울 현대의 삶

1) 전쟁의 기억, 혹은 스산했던 전후적 삶의 이미지 -「나목」

「나목」은 알려져 있다시피 박완서의 데뷔작이자, 소설과 그림, 즉 문학과 미술을 연결시킨 문화 의식의 소산으로서 매우 예외적인, 그런 뜻에서 현대 문화사에 있어서 기념비적인 한 위치를 차지하는 작품으로 기록될 수 있다. 다만 한 여성지의 공모에 입상하기 위해 쓰여진, 결과적으로 작가의 문단 등용작이라는 사실이 말해주듯이, 작가의 소설적 기량, 솜씨가 썩 무르익지 못해서 하나의 읽을거리로선 그다지 집중력 있게 독자를 끌어당기지 못한다는 점이 약점으로 지적될 수 있고, 이 점으로 말미암아 내내 이 작품의 문학사적 평가가 불안정한 상태에 머무를 수밖에 없다고 할 수 있는 것이다. 그럼에도 불구하고 박완서 문학과 관련된 자리에서 이 작품이 끊임없이 호명되고, 나아가 문화사적인 의미를 머금은 작품으로까지 자주 되새겨지는 이유는 무엇일까. 그것은 역시 언급한 대로 박완서 문학의 내면적 발출의 성격을 집중적으로 담고 있기 때문이며, 또한 우리 현대 회화사에 빛나는 박수근의 그림, 즉 '나목'으로 표상되는 전후 미술사의 한 유니크한 화가의 존재 흔적과 이 작품이 맞닿아 있기 때문이다. 그렇지만 또 이 모든 것이 6·25 전쟁과 그 전후의 신산스러웠던 민족 전체의 존재 기억, 상처와 맞닿아있지 않다면, 그렇게까지 요란하게 이 작품의 존재를 떠벌이고자 하는 비평가들의 입심이 작동할 이유가 있었을까. 결국 박완서 문학의 모든 의미도, 또 이제 와서 화가 박수근의 그림을 최고가의 작품으로 기리고자 하는 화랑가의 움직임도 6·25 전쟁이라는 아픈 상처의 기억과, 전후기의 몰풍정하고 스산했던 삶의 기억, 존재의 기억과 결코 무관한 바일 수 없다고 단언할 수 있다. 문학, 그리고 모든 문화, 예술의 감각이 역사적 경험의 사실과 결코 무관한 바일 수 없다고 하는 인식이 이런 사례들로서 또한 풍부하게 증명되는 것임은 물론이다.

「나목」은 최초에 어떻게 발상되었던 것일까. 작가 자신의 회고에 의하면 애초에는 《신동아》 잡지의 '논픽션' 공모에 응모할 요량으로 글을 써 나갔던 것이라고 한다.(박완서, 「나에게 소설은 무엇인가」(『박완서 문학앨범』, 웅진, 1992) 참조) 그렇게 시동된 논픽션의 글쓰기가 자꾸 픽션으로 치닫게 되어 결국은 소설 공모에 응하게 됐던 것이라고 작가는 회고하고 있는 것인데, 여기에는 상황 변전의 이유가 없지 않았던 것을 고려할 수 있을 것이다. 즉 애초에는 없던 ≪여성동아≫ 잡지의 장편소설 공모제도가 70년도 이 해부터 새로이 제정, 공모에 들어가게 됨으로써 ≪신동아≫의 '논픽션' 공모에 응모하려던 작가는 방향을 틀어 ≪여성동아≫ 쪽의 소설 공모에 응모하게 됐던 것이라고 추정할 수 있는 것이다. 어쨌거나 논픽션의 글쓰기에서 소설쓰기로 전환하게 됐다는 이 작품 태동의 일화는 이 작품이 그 근저, 골조에 있어서 가지는 기록물로서의 성격, 즉 흔히 논픽션, 혹은 다큐멘터리라 칭해지는 역사적 기록물들의 어떤 사실적 충실성으로부터 이 작품이 기원했음을 말해준다고 할 수 있는 것이다. 결코 허무맹랑한 공상이나, 환상과 같은 것으로부터 이 작품이 비롯된 것은 아니라는 점의 확실한 증거가 여기에서 주어진다고 할 수 있다. 그렇다면 「나목」이 바탕하고 있는 역사적 사실, 경험적 사실이란 대체 무엇인가.

간단히 말하면, 6·25 전쟁기, 그 중에서도 1951년도의 시점에 '박완서'라는 스무 살 젊은 처녀가 명동의 (지금 신세계 백화점의 건물로 사용되고 있는) 미군 PX '초상화부'에서 사무원으로 일했었고, 이때 화가 박수근 역시 그곳 초상화부에서 미군들의 초상화를 그리는 한 환쟁이로 일한 적이 있다는 사실이다. 객관적으로 확인될 수 있는 사실은 단지 이 사실밖에 없다. 소설 속에 등장하는 화자 '나'와 화가 옥희도 (그러니까 박수근을 모델로 한 인물이다) 사이에 어떤 춘정이 오갔던 것인지에 대해서는 우리로서는 확인할 도리도 없고, 또 그것이 중요한 것도 아니다. 다만 당시 최고학부의 문리대 국문학과 1학년에 입학하고 일주일도 안돼서 전쟁을 맞았고, 이후 전쟁기와 전후기의 삶을 거의 가장의 위치에서 꾸려나가지 않으면 안되었던 앳된 스무살 처녀의 화자가 화가에게 바치는 그런 사랑의 환상마저도 없었다면 그 생은 영위되고 지탱되기 어려웠을 것이라는 점이 소설 속에서 반복하여 투영 되고 있다는 점을 우리는 주목해서 바라볼 필요가 있을 것이다. 결국 문학, 예술이 역사와 갈라지는 지점도 이런 점이 아닐까. 문학, 예술 은 결국 환상을 먹고 자라는 것이다. 우리가 이상이라고 부르는 것도 마찬가지다. 생을 부둥켜안을 수 있도록 하는 환상적 힘으로서의 이 상이 아니라면, 생에 있어서 '이상'이란 또 무슨 소용이 있을 것인가. 현실 속에서의 생존과 이상이 결국은 같은 차원에서의 위상의 차이만 을 의미하는 것임을 이 소설은 뚜렷이 각인시켜 보여주는 것이다.

화가 박수근이 만약 역사 속에 사라진, 또는 실종된 익명의, 혹은 무명의 화가였을 뿐이라면 이 환상은 주조되지 않았을지 모른다. 스 무살 어린 처녀가 겪기에는 그 전쟁 속의 생존이 너무 잔인하고 각 박하여서 무엇인가 환상을 주조하지 않고서는 생을 견뎌내기 어려웠 을 터이지만, 그러나 그 환상 주조의 대상이 왜 하필이면 옥희도, 즉 현실 속의 박수근이었는가에 대해서는 조금 보충 설명이 필요할 것이 다. 박수근이 타계한 것은 1965년이었다. 누구나 그러했겠듯이, 전 쟁과 전후기의 아슬아슬한, 피곤한 이승의 생을 마치고, 영면한 것이 전쟁으로부터 겨우 십수년의 세월이 경과한 시점 밖에 되지 않았던 것이다. 이런 시기에 누가 그림을 거들떠보기나 했겠는가 묻는다면 이는 당연한 물음이 된다. 그렇게 박수근 역시 쓸쓸하게 돌아갔던 것 이다. 그런데 불행한 급서 뒤에 갑자기 이중섭이 유명하게 되었듯이, 박수근 역시 유명을 달리하고 나자 갑자기 유명하게 되고 그림 값이 비싸지게 되었다. 초기에 그의 그림을 사준 사람은 다른 사람이 아니 라 미군 PX를 드나들던 미군 고위간부(들)였다고 한다. 이 그림들이 현해탄을 오가며 값이 매겨지면서 박수근의 그림이 갑자기 고가로 평가되고, '박수근' 역시 갑자기 유명인사의 이름이 되었다. 화랑에서 박수근 유작전과 회고전이 열리게 되고, 이제 중년 주부가 된 박완서가 그의 얘기를 가지고 '넌픽션' 이야기를 써보자고 작심하게 됐던 시기도 그러니까 바로 이 직후의 시절이었던 것이다. 「나목」 가운데서 화자는 화가의 회고전을 바라보는 심정을 이렇게 그려놓고 있다.

> 나는 홀연히 옥희도 씨가 바로 저 나목이었음을 안다. 그가 불우했던 시절, 온 민족이 암담했던 시절, 그 시절을 그는 바로 저 김장철의 나목처럼 살았음을 나는 알고 있다.
> 나는 또한 내가 그 나목 곁을 잠깐 스쳐간 여인이었을 뿐임을, 부질없이 피곤한 심신을 달랠 녹음을 기대하며 그 옆을 서성댄 철없는 여인이었을 뿐임을 깨닫는다.
> <나무와 여인> 그 그림은 벌써 한 외국인의 소장으로 돼 있었다.
> ❍ 『나목』(세계사, 1995), 285쪽

"나목 곁을 잠깐 스쳐간 여인이었을 뿐임을" "그 옆을 서성댄 철없는 여인이었을 뿐임을" "깨닫는다"는 위 인용 대목의 마지막 구절에서 우리는 두 사람 간 관계의 실상을 짐작해 볼 수도 있으리라. 하지만 여기서 정작 중요한 점은 두 사람 간 관계의 실상이 아니고, 저 화가의 존재가 '예술'의 존재와 환치될 수도 있는, 우리 생에 있어서 그런 잉여적 존재의 하나가 결국 예술의 존재라고 하는 사실의 뼈아픈 환기이어야 하지 않을까. 예술과 예술가에 대해서 흔히 동정과 연민을 표해 버릇하지만, 우리 생이 다시 한번 각박한 상황에 놓여지게 된다면, 우리는 또 다시 저 예술가에 대한 값싼 동정마저도 사치스런 향유로 여겨 우리의 생활 밖으로 예술을 내몰게 될 것이다. 「나목」의 기록이란 바로 그런 기억들의 여실한 추체험이 아닐까. '추억'이라는 이름으로 지나간 시절은 모두 아름다웠다고 말하는 것은 한갓 추억하는 자리의 여유로움의 의미 그 이상일 수 없을 수도 있는 터이다. 그러니까 '나목'처럼 헐벗었던 전쟁기, 전후기의 시절을 지나, 1970년의 시점에서 박완서는 겨우 추억하는 자리의 생의 여유로움을 확

보, 혹은 만끽할 수 있었다고 할 수 있다. 전쟁기, 혹은 전후기의 삶
이란 그럼 작가에게 다시 무엇이었던가.

전쟁기와 전후기의 의식 현실을 '실존주의'라는 말이 집약적으로
대변하거니와, 이와 같은 의식 현실이란 달리 말하면 '생존'이란 말
로 대표되는 그것이 현실이 아닐 수 없다. 여성들에게 있어서 그 각
박함의 존재 현실은 '양갈보'라는 말로도 표상되었던 것이며, 미군
PX 초상화부의 사무원이거나, 혹은 그곳에서 초상화를 그리는 화가
였거나 간에 오십보 백보의 의식 현실 속에 놓여있었을 것은 불문가
지이다. 하지만 그렇게라도 하지 않고서는 살 수 없었다는 점에서 생
존 윤리의 당위성이 주어졌던 것이다. 그러나 모든 것을 이처럼 '생
존'이라는 절대절명의 명제 아래 두던 의식의 논법은 그 각박함의 실
존 현실에서 조금씩 벗어나게 됨에 따라 변형을 겪게 된다. 여기에
'미(美)'와 '윤리'의 차원이 도입되기에 이르는 것이다. 「나목」이란 이
처럼 전쟁기와 전후기의 삶을 돌아보는 시선에 '미'적 차원의 의식이
개입되기에 이르렀음을 말해주는 바의 작품이다. 그렇다면 전후적 삶
을 바라보는 우리의 시선에 윤리적 차원의 의식이 개입, 발로되기에
이르렀음을 말해주는 바의 작품이란 무엇일까. 이 점의 설명과 확인
을 위해서 「도시의 흉년」(≪문학사상≫, 1975)은 매우 긴요한 작품이라
고 여겨진다. 절을 바꿔서 이 설명에로 나아가 보기로 하자.

2) 서울 중산층의 스노비즘 비판
-「도시의 흉년」, 그리고 「휘청거리는 오후」

박완서는 1976년의 시점에서 장편 「휘청거리는 오후」(≪동아일보≫
연재)와 「도시의 흉년」(≪문학사상≫ 연재)을 동시에 발표하는 문학적

모험을 감행한다. 문단 데뷔로부터 5년여가 경과한 시점에서 당대 일급 신문사의 신문소설 연재와 월간 문예지의 연재를 동시에 수행하는 모험을 감행했던 것이다. 필업의 연륜이 꽤 많은 작가에게도 쉽지 않은 모험으로 여겨지는 이와 같은 동시 연재가 가능했던 것은 물론 박완서 문학에 대한 당시 문단 안팎의 평판이 꽤 높은 상태에 있었던 것을 말해준다. 어쨌든 신문연재소설로 발표된 「휘청거리는 오후」는 그것이 당대 여성 현실의 축도를 보여준다는 그 문제성으로 말미암아 오래도록 화젯거리를 낳고 논란을 불러일으켰던 셈이지만, 「도시의 흉년」 역시 그만은 못해도 연재 당시 꽤 화제를 불러일으켰던 작품으로 기억된다.(호원숙, 「행복한 예술가의 초상」(박완서 연대기), 『박완서 문학앨범』, 53쪽 참조) 하지만 연재 이후 이 작품은 곧 박완서 문학 세계 내의 좌표 중 주변부의 자리로 밀려나고 만 느낌이다. 대중들로부터 널리 사랑받지는 못하고 쉽게 그 관심권의 외곽에 머물게 되었다고 할 수 있는 것이다. 물론 이러한 사태가 대개 작품 외적 여건들로 말미암아 주어졌다고 보면 크게 틀림은 없겠다. 만인의 시선에 노출되어 입에 오르내리기도 쉬운 것이 신문소설의 속성이라 하면, 문예월간지에 발표되는 소설이란 대체로 그것이 아무리 훌륭한 문학적 가치를 내장한 것이라 하더라도 연재 종료와 함께 그 즉시 대중의 기억 속에서 가물가물하게 사라져버리는 경향이 있다. 여기에 그 동안 한국 문학 비평의 맹점이 가로놓여 있었던 것이다. 중, 단편 소설들이란 발표되고 나서도 '월평'의 관행을 통해 계속 걸러지고, 또 각종 문학상의 심사 과정을 통해서도 반복적으로 걸러지는 과정이 수반되지만, 오히려 작가가 의욕적으로 덤빈 문예지 연재의 장편소설들의 경우란 신문소설과도 달리 쉽사리 잊혀지고 마는 경향이 주어져 온 것이다. 물론 이 때문에 문학 연구의 장과 연구자들의 존재 이유가 주어지는 것 아니겠냐고 말한다면 더 이상 왈가왈부할 이유는 없다. 사실 당대 비평이 놓친 자리에서 훨씬 폼 넓고 촘촘한 그물망을 짜 올려 문학사적 평가를 바로잡는 일이 가능하다면, 이것이야말로 '죽은 문학'을 해부하는 일로도 폄하되는 문학사 연구 작업에 생기를 불어넣는 일이 아닐 수 없는 것이다.

이런 점에서 지금도 그 제목이 선명하게 기억되는 「휘청거리는 오후」에 대해 잠시 살펴보기로 하면, 이 작품은 그 실상보다 고평가된 느낌을 지우기 어렵다. "신문연재의 자리 즉 작가가 다른 어느 곳에서보다 더 광범한 독자대중과 만나는 자리를 소비적 오락의 장소로부터 진실한 문학의 창조의 터전으로 바꿀 수 있는 가능성의 한 실례"(김경연, 「문학의 연대기: 개성 1931−서울 1991」(≪작가세계, 1991년 봄호), 32쪽)를 제공했다고 평가된 바 있지만, 결코 '신문소설'이라는 제약의 틀을 멀찍이 벗어나서 이루어진 소설이라고는 볼 수 없다는 것이 필자의 판단이기 때문이다. 박완서의 문명을 끌어올리는 데 결정적으로 기여한 작품이기는 하지만, 수많은 익명의 독자들을 상대로 하여 매일매일 승부를 보게된다는 식의 '신문소설'이라는 제약이 엄존했던 이상, 질적으로 고품격의 작품을 쓴다는 것은 작가에게도 애시당초 기대난망이었다고 할 수 있을지 모른다. 일찍이 박완서의 문학에 대해 관심과 애정을 가지고 지켜보아왔던 권영민도 이 작품에 대해서는 후한 평가를 유보하면서 오히려 혹평에 가까운 어조로 다음과 같이 해설해 놓고 있다.

소설 「도시의 흉년」이 제기하고 있는 현실 사회의 물질만능주의의 세태와 속물주의적 근성은 비슷한 시기에 집필된 소설 「휘청거리는 오후」에서도 거듭 비판된다. 「휘청거리는 오후」는 「도시의 흉년」에서 볼 수 있는 가족 윤리의 변화에 대한 역사적 관점은 거의 찾아보기 어렵다. 오히려 타락한 현실에 대한 비판과 야유가 서사적 어조를 지탱하고 있다. (…) 전직은 학교 교감으로 이제는 조그만 공장을 운영하고 있는 남편 허성 씨와 그의 아내 민 여사, 그리고 세 딸 초희, 우희, 말희가 핵심적인 등장 인물이다. 이야기의 골격은 세딸의 결혼 과정에 얽혀 있기 때문에, 구성이 단조롭고 평면적이며, 어떤 면에서는 통속적인 흥미에 치중하고 있는 듯한 느낌을 주기도 한다.

◎ 권영민, 「박완서와 도덕적 리얼리즘의 성과」, 『박완서 문학앨범』(웅진, 1992), 108쪽

"구성이 단조롭고 평면적이며", "통속적인 흥미에 치중하고 있는 듯한 느낌을 주"는 것은 이 작품이 신문소설로 발표된 소설임을 생각하면 지극히 당연한 결과라고 해도 좋은 것이다. 그럼에도 불구하고 '주부작가'라는 상품성에다, '여성 현실'을 다루고 있다는 문제성의 파급력, 그리고 제목 어휘의 절묘한 수사 조직력이 발휘하는 흡입력 등에 힘입어 이 작품 「휘청거리는 오후」는 마치 박완서의 대표 소설이나 되는 듯, 명성을 쌓게 되었고, 이 같은 과대평가는 또 거꾸로 일부의 독자들로 하여금 박완서 문학에 대한 신뢰를 철회하게 하는 계기로도 작용하여 오히려 박완서 문학 과소평가의 한 계기적 요인으로도 작용하게 되었다고 볼 수 있는 것이다. 이 작품에 대한 부정적 평가를 의식하면서 권영민은 또 다음과 같은 해설을 덧붙이고 있다.

「휘청거리는 오후」의 소설적 성패 여부를 묻기 전에, 관심을 두어야 할 것은 전체적인 이야기의 성격을 규정하고 있는 중산층 소시민들의 물질주의적 욕구와 그 허위성이다. 이 소설의 내용의 주축을 이루고 있는 허성 씨의 가족들은 모두 이러한 시대 풍조에 물들어 있는 병든 인간들이다. 순박한 소시민으로서 자기 만족의 삶을 살아가고 있는 것처럼 보이는 허성 씨는 그 성격의 우유부단으로 말미암아 비리의 현실을 뚫고 나가지 못하고 자멸한다. (…) 결국 이 작품은 허성 씨의 자살, 세 딸의 실패를 통해 물질적 욕망과 허영심으로 인해 훼손되고 파괴되는 인간 삶의 모습을 비판적으로 보여주고 있다.

◎ 앞의 책, 108~109쪽

「휘청거리는 오후」의 내용과 성격이 어떤 것인지는 이로써 대개 짐작될 수 있을 것이다. '허성'이라는 한 가족의 가장이 자살 충동에 이르기까지의 그 내면적 과정을 그린다는 점에서는 아서 밀러의 「세일즈맨의 죽음」을 연상시키는 한편, 세 딸의 결혼 이야기가 혼사 주지의 낯익은 화소들로 제시된다는 점에서는 영국 작가 제인 오스틴의 「오만과 편견」의 주제 제시 방식과 흡사한 양상을 이룬다고 할 수 있는 것이다. 신문소설로 발표된 작품이었던 만큼 '단조롭고 평면적인' 구성 양상에 '통속적인 흥미' 위주의 서술 효과를 노린 듯한 약점이 눈에 띈다는 것은 앞서 지적한 바와 같다. 이와 같은 약점에도 불구하고, 초희, 우희, 말희라는 세 딸의 인물 구현을 통해 비록 도식적인 형태로나마 당대 여성 현실의 편모를 드러내고 있다는 점에서 당대 대중적 독서의 각광의 자리에 놓일 수 있었던 요인이 설명될 수 있는 것이다.

대중적 인기를 한 몸에 누렸지만, 그 질적 성취라는 점에서는 보잘 것이 없는 위 「휘청거리는 오후」에 비하면 「도시의 흉년」은 단연 그 소설적 밀도의 성취에 있어서 압권의 품위를 자랑한다. 상, 하권의 두 권으로 나뉘어진 이 작품의 출판 양상을 좀더 세분해 살펴볼 때, 적어도 상권의 품위는 이와 같은 평가를 배반하지 않는다. '서울학'의 인식 관심, 곧 전후 서울을 배경으로 이루어진 중산계층의 역사적 삶이 어떻게 이루어졌던가를 살피고자 한다는 뚜렷한 역사학적 인식 관심의 시야에서 바라볼 때, 작품에 대한 저러한 품평은 결코 허장성세의 과찬으로 폄하될 수 없는 것이다. 무엇보다 현대 도시에서의 삶에 대한 도시학적 인식 관심의 면모를 보여준다는 점에서 이 소설의 제목으로 붙여진 '도시의 흉년'이란 어사부터가 우선 고도의 상징성을 내포한 수사로서 다가올 수 있다. '도시의 흉년'의 상징성이란 무슨 뜻일까.

작품의 의미 구조 해석으로부터 거꾸로 작명해 본다면, '불임의 도시', 혹은 '불모의 도시'라는 제명이 이 작품에는 더욱 어울리는 제목이 되지 않을까 생각해 본다. 물론 이것은 설명의 한 방편으로 시도해보는 생각에 불과한 것이지만, 실상 이러한 제목 붙이기가 박완서 문학 전체의 지형도와 관련해서도 그리 부적절한 수사의 시도가 될 수 없다는 것은 먼저 '불임(不姙)'의 말로서 해명될 수가 있다. 여성 작가 일반의 상상적 특질이 생산, 즉 임신(姙娠)의 면모로 드러난다는 것은 굳이 페미니즘의 이론을 빌리지 않더라도 상식적으로 이해될 수 있거니와, 박완서의 데뷔작 「나목」의 경우에도, 풍요롭고 왕성한 생명력에 대한 갈구와 동시에 인간 관계의 근원적 고독이라는 원초적 조건에 대한 인식은 이 여성 작가의 문학을 이루는 본질적인 세계관적 요소의 하나라는 점을 드러내고 있다. "내가 지난날, 어두운 단칸방에서 본 한발 속의 고목(枯木), 그러나 지금의 나에겐 웬일인지 그게 고목이 아니라 나목(裸木)이었다"(『나목』, 284–285쪽)는 문장을 중심으로 해석될 수 있는 작품 「나목」의 표제 의미가 이런 문맥에서 살펴질 수 있거니와, 박완서 문학의 뿌리를 이해하기 위한 관심 시야에서 「나목」이 되풀이 문제시되어야 하는 이유도 다름 아닌 여기에 있다. 「나목」의 종결부를 다시 확인해 두기로 하자.

> 나는 충동적으로 그의 이마의 주름진 곳에 그런 키스를 퍼부었다.
> 그가 낯선 게 견딜 수 없어서였다. 그가 아주 타인처럼 낯선 게 견딜 수 없어서였다.
> 나무들의 그림자가 길어지고 우수수 바람이 온다.
> 이미 낙엽을 끝낸 분수가의 어린 나무들이 벌거숭이 몸을 애처롭게 떨며 서로의 가지를 비빈다.
> 그러나 그뿐, 어린 나무들은 서로의 거리를 조금도 좁히지 못한 채 바람이 간 후에도 마냥 떨고 있었다.
> ◐ 『나목』, 286쪽

　박완서 문학의 뿌리가 왕성한 생산, 생명력에 대한 갈구와 동시에 인간 실존의 고독이라는 근원적 조건의 인식에 있다는 것을 이처럼 확인하고 보면, '도시의 흉년'이란 농촌의 삶에 빗대어진 이 현대 도시에서의 삶의 내면적으로 빈곤한, 불모의 현실을 풍자, 시사하기 위한 의도로 지어진 제목임을 알 수 있고, 이와 같은 뜻의 상징적 지시 언설이라면 '불임의 도시', 혹은 보다 일반적인 표현 수사로서 '불모의 도시'라는 제명이 보다 어울릴 수도 있었으리라는 점을 생각해 보게 되는 것이다. 그렇다면 흉년의, 불모의 현실을 낳게 되는 도시적 삶의 이유, 또는 하나의 역사적 개별태로서의 '현대 서울'의 삶의 조건이란 무엇일까. 이러한 물음을 머금고 작품을 전체적으로 뒤적여볼 때에 그 물음의 해답은 부르주아적 삶이 야기하는 윤리적 파탄의 문제와 직결되어 있으며, 「도시의 흉년」을 끌어가는 서사적 동력의 핵심이 바로 이와 같은 의미에서 전후 중산층의 '스노비즘' 비판을 위한 주제적 모티프의 양상으로 꾸려지고 있음을 알 수 있다. 박완서 문학의 기저 동력의 하나가 '세태 윤리의 고발'이라는 측면에서 이해될 수 있는 이유가 또한 이러한 맥락에서 해명되는 것이다. 작품의 경개를 설명해 가면서 작품 주지의 저러한 양상을 확인해 보도록 하자.

　앞서 인용한 권영민의 지적처럼, 역사성을 결여한 채 도시 중산층의 결혼 풍속도를 제시하기 위한 의도에서 평면적인 옴니버스식 인물 병렬의 양식을 취했던 것이 「휘청거리는 오후」였다면, 역사적 리얼리즘의 방법으로 전후 서울 중산층의 한 전형적 일가가 경제적 상승을 이루고 다시 몰락에 이르기까지 그 과정을 추적하는 낯익은 '가족소설'의 방법을 취하고 있는 것은 「도시의 흉년」이다. 6·25 전쟁을 전후하여 갑자기 경제적 부를 누리게 된 '김복실' 여사 일가의 삶을 이 집안의 쌍둥이 자녀 중 하나인 '수연'을 초점 화자로 등장시켜 가족 드라마를 진술케 하고 있다는 점에서 이 작품은 형식적 측면에서 전형적인 가족 소설이자, 내용적 측면에서 보자면 한 가족의 부침사(浮沈史)를 그 속물적 과시의 스노비즘 행태를 중심으로 날카롭게 고발하는 풍속적 증언의 양상을 취하고 있다는 점에서 현대 서울 중산층의 역사를 대상으로 한 전후 비판적 리얼리즘의 괄목할 만한, 예외적 성취의 한 작품으로 기록될 만한 소설의 하나인 것이다. 이처럼 외적으로는 풍성한 물화의 현실을 이루었으나 내면적으로는 빈곤한 부르주아적 불모의 도시적 삶을 드러내기 위한 의도에서 이 작품은 처음부터 '도시의 흉년'이란 제목을 입게 되었다고 할 수 있지만, 이 집안을 이끌어나가는 실질적 가장이자, 서사적 주동의 인물로서 김복실 여사의 성격적 특질 또한 수태 불능의, 즉 불임(不姙)의 여자로서 조건지워져 있다는 점에서 이 작품의 제목 뉘앙스는 다시 한번 우리의 눈길을 붙잡아 앉힐 만한 상징적 내포의 양상으로 나타난다. 여성성의 거세, 혹은 결핍의 조건을 통해 거꾸로 남성성의 주동적 성격을 획득해가는 이와 같은 인물 설정의 흥미로움 속에서 박완서 문학이 지닌 특유의 여성문학적, 혹은 경험적[3] 형질이 벌써 모습을 드러내는 형국이라 할 수 있다.

　김복실 여사가 처음부터 자식을 낳지 못하는, 불임의 여자로 운명지워졌던 것은 아니다. 갓 시집왔을 때의 새색시 김복실은 오히려 여성으로서 왕성한 생산력만을 지녀 위로 딸 하나를 낳고 이어서 연년생으로 쌍둥이 남매를 두었었다. 그리고 바로 전쟁, 곧 6·25 전쟁이

---

3) 박완서의 딸인 호원숙의 기록에 의하면, 「도시의 흉년」은 많은 점에서 박완서의 유일한 피붙이였던 죽은 오빠의 남겨진 가족, 즉 올케 일가의 삶에서 모델을 빌린 흔적이 많다면서 다음처럼 지적하고 있다. "「도시의 흉년」은 많은 설정들이 허구지만 광장시장에서 일하는 김복실 여사의 모습과 군대에 입대하는 세태 등은 외숙모와 오빠들의 그 당시 상황에서 많이 따 왔다."(『박완서 작가 앨범』, 52쪽) 박완서 자신의 가족 구성을 떠올리게 하는 「휘청거리는 오후」와 이점 대조적인 양상이 아닐 수 없다.

찾아오는 것이다. 여느 해방 세대와 마찬가지로 그녀의 남편은 '애국', '애족'을 입에 달고 다닐 뿐, 아무런 실속이 없는 허풍선이의 무능한 남편이었다. 전쟁을 그는 국민방위군으로 끌려가 치룬다. 그리하여 가장이 떠난 빈자리를 세상 경험이라곤 없는 김복실은 메꾸지 않으면 안될 형편에 처하게 된다. 전쟁 동안 우연치 않게 도둑질을 배우게 된 그녀는 미군이 주둔하는 용산 근처에서 양색시 포주 노릇을 함으로써 엄청난 달러를 벌어들일 줄 알게 된다. 그리고 돈은 돈을 낳는다. 고상하지 못한 포주 노릇을 떨쳐버리고 집장사를 해서 이문을 남길 줄 알게 된 그녀는 동대문으로 진출하여 드디어 여러 채의 가게를 거느린 포목장사 대모가 된다. '여사'라는 호칭이 그녀에게 따라붙게 되는 것이다. 돈이야 포대자루로 주워담을 만큼 그녀의 집안엔 흔한 것이 된다. 그리고 이제부터 작품의 참 주제가 시작된다. 돈을 욕심껏 번 여자, 그 일가의 삶이 풍속적으로, 혹은 문화적, 정신적으로 어떻게 전개되느냐 하는 문제인 셈이다.

학력 경쟁이 시작된다. 아들, 딸을 경기고, 경기여고에 보내는 경쟁이 벌어지는 것이다. 작가는 이를 거의 서울 사람, 나아가 한국 사회 전체의 전형적인 속물 근성의 발로 양상이라 보는 듯하다. 방법이야 뭐 뻔하게 드러난다. 치맛바람을 일으키고, 육성회 자모회장으로 학교 이곳저곳을 들쑤시고 다니고, 고액 과외교사를 불러들인다. 그러고도 재수의 기간들을 덧붙여 아들은 기어이 소위 'KS'마크의 학력을 획득하게 되며, 그 아들의 쌍둥이 동생 '나', '수연'이는 오빠와 상피 붙을까봐 겁을 내는 식구들의 갖은 구박과 냉대에도 불구하고 무사히 일류 중, 고등학교를 졸업, 또 명문의 여대에 무사히 안착하게 된다. 그러나 이것으로도 얘기는 끝난 것이 아니다. 한 가족의 정신적 타락사와 몰락사는 기실 이제부터가 또 시작의 전환점을 이룬다.

허수아비, 피에로처럼 되어 있는 형식만의 무능한 애비에게 난데없이 '절름발이 여자' 첩이 등장하고, 그 여자와 또 군인 간 화자의 오빠 '수빈'의 애인이 정릉 산골짜기에 사는 먼 친지간의 딸, 가난한 여대생이라는 것이 밝혀짐으로써 이제 서울 속의 '가난'의 현실이 무엇인지를 이 작품의 초점 화자, '수연'은 발견하게 된다. 상권 6장의 제목대로 이제 서울의 현실은 '빛과 그늘'의 공존 현실로서 복합적 현실의 면모를 드러내는 것이다. 화자인 젊은 여대생의 내면 속에서는 이로부터 '화려한 신열'의 고통이 시작되고, 그녀에게 데모꾼 대학생 '구주현'은 구세주처럼 나타난다. 그리고 '축제의 밤', 기다리던 애인은 나타나지 않고, 충동적으로 화자는 법관 연수 중의 미래 형부, 언니의 약혼자와 깜짝 정사를 벌이는 엽기적 행각에 빠져든다. 뱃속의 핏덩이를 지워내는 수술을 화자는 벌이지 않을 수 없게 되고 (상권 9장, '어떤 무화(無化)'), 애인 구주현은 구금의 신세가 되어 마침내 '꺾인 깃발'이 됨으로써 이 작품의 하권은 또 중대한 전환점에 돌입하게 된다. 여기서부터 이 집안의 몰락의 역사가 구체적으로 시작되는 것이다.

　「도시의 흉년」 하권은 그렇게 하여 상권의 이야기들이 예정하고 있는 대로 몰락에의 운명을 재촉한다. 그 주요 계기들은 집안의 모든 식구들이 가난의 현실과 접촉하는 양상으로 주어진다. 결정적으로 남매 쌍둥이가 '상피붙는다'는 저주어린 예언은 의외의 사태로 그 실현의 결과를 빚게 된다. 허위와 가식으로 뒤덮인 집안에서 탈출하려는 쌍둥이 오빠 '수빈'과 동생 '나(수연)'가 어느날 엉겁결에 발가벗고 달라붙어 있는 모습으로 식구들에게 발견되는 일이 벌어지는 것이다. 그러나 이 또한 한 시작의 계기였을 뿐이다. 엄마, 김복실 여사가 그동안 운전기사 최씨와 엽색 행각을 벌였던 것이 밝혀지고, 이제 감춰지고 있었던 애비, 지대풍 씨의 외도 행각 또한 차례로 밝혀진다. 집안의 실질적인 가장이었던 '김복실' 여사가 쓰러지면서 집안 전체가 마침내 붕괴의 음향을 내뿜게 된다. 하지만 작품은 여기서 마침표를 찍지 않는다. '우리들의 귀향'이라는 제목으로 출감한 애인 구주현과 작중 화자인 '나'가 구주현의 고향을 찾아 새로운 삶의 터전을 일구는 것. 이로써 장장 2권에 걸친, 한 집안의 영고성쇠에 관한 이야기는 대단원의 막을 내리게 된다. 도시 속에 생존의 거소를 두고 살아온 작가이지만, 그 상상력의 모티프는 의연히 전원의 삶 가운데 뿌리를 내린 작가임을 이 끝맺음의 양상은 보여준다. 왜 이 작품의 제목이 '도시의 흉년'일 수밖에 없는가의 해명도 이러한 끝맺음의 양상 가운데서 밝혀지고 있는 셈이다. 이처럼 작가가 바라보고 묘파하는 삶의 현실 대부분은 오늘의 도시적 삶, 즉 서울 현대의 삶임에도 불구하고 그 도시적 삶의 불모성, 흉년의 삶을 대신할 수 있는 삶은 의연히 농촌의, 전원적 삶의 양상이라 할 수 있다. 이러한 전망 제시, 세계관 구현의 양상에 대해서 우리는 어떻게 이해하고 평가하는 것이 마땅할까?

결론을 짓기 전에 도시적 삶, 즉 오늘의 서울의 삶에 대한 과도한 부정적 인식이 저와 같은 결말의 양상을 유도했음을 확인해 둘 필요는 있겠다. 그렇다고 작가 자신이 서울의 삶 속에서 그렇게 소외되었거나, 또는 작품 속 결말과 같이 이 서울이라는 도시를 떠나기로 하는 실천적 결단자로서 자신의 삶을 가져간 것 같지도 않다. 다만 현대 서울의 일부 중산계층이 전후의 삶 속에서 보인 역사적 행태와 그 스노비즘적인 윤리적 타락의 현실에 대해서 고발하고자 하는 의욕이 앞선 나머지 지나치게 극적이고 엽기적인 모습의 극적 형상화를 추구하게 됐고, 또 이 형상적 추구의 결과로 작품의 종결부조차 전면적으로 오늘 이 서울, 현대 도시에서의 삶을 부정하고 떠나는 양상으로 마무리짓게 되지 않았는가, 이해될 수 있다. 여기서 현대 도시 속에서의 부르주아지의 삶, 전후 중산층의 역사적 삶을 관찰하는 작가의식의 면모는 그 단호함과 격렬함의 성질로 말미암아 일순 풍자 작가의 그것에서 도덕가[4]의 그것으로 비화되는 양상을 노출하는 것이다. 그것이 단지 일부 타락한 계층에 대한 염오의 포오즈라 해도 작품의 의미 구조 전체를 도시적 삶을 부정하고 전원의 삶으로 그것을 대치하는 양상으로까지 끌고 간다는 것은 이 작가의 도시적 삶에 대한 부정성의 원질, 혹은 그 강렬성의 정도가 무엇인가 뿌리깊은 윤리적 가치관, 혹은 세계관의 형질로 주어진 것임을 확인시켜 준다. 이 문제를 좀더 구체적으로, 자세히 살피기 위해서는 우선 다음 작품에 대한 검토의 작업을 개입시키는 것이 좋을 듯하다.

3) 개발 연대 서울 중산층의 허위 의식 비판-「서울 사람들」

위 「도시의 흉년」과 「휘청거리는 오후」 두 작품 이외에도 박완서는 70년 데뷔 이후 80년대 중반기에 이르기까지 기왕에 왕성히 작업해 나왔던 중, 단편 소설쓰기에 더하여 장편 분량의 소설 작업들도 활발히 펼치게 된다. 여기서 그 작품 연보를 다 헤아려 살필 수는 없지만, 장편에 해당하는 작업들만을 살피자면, 1972년 ≪여성동아≫에 연재된 「한발기(旱魃期)」를 1978년 『목마른 계절』로 개명하여 펴낸 작업에서부터, 1978년 다시 ≪여성동아≫ 지면에서의 「욕망의 응달」 연재, 그리고 또 그에 뒤이은 1979년 ≪동아일보≫ 지상에서의 「살아있는 날의 시작」의 연재, 그리고 1980년 월간지 ≪한국문학≫에서의 「오만과 몽상」 연재, 그리고 1982년 ≪한국일보≫ 지상에서의 「그

---

4) 「도시의 흉년」과 「휘청거리는 오후」 등이 보여주는 이러한 윤리 비판적 형질을 주목하여 권영민은 박완서 문학의 특질을 '도덕적 리얼리즘'이라는 독특한 명법아래 조명하고 있다. 권영민, 「박완서와 도덕적 리얼리즘의 성과」(『박완서 문학앨범』(웅진, 1992) 소재) 참조.

해 겨울은 따뜻했네」 연재, 1984년 ≪주부생활≫ 지면에서의 「떠도
는 결혼」(후일 「서 있는 여자」로 개명 출판), 그리고 마침내 1985년 ≪문
학사상≫ 지면에서의 「미망」 연재에 이르기까지 이 작가는 거의 매
년 되풀이되다시피 하는 장편 소설의 연재와 거기에 또 부가되는 수
많은 중, 단편 소설들의 발표 작업에 가히 초인적이라 할, 적어도 한
국 여성 작가로서는 그 유례를 찾아보기 힘든 정도의 창작 역량 과
시와 투여에 그 늦바람의 정열을 기울여 왔다고 볼 수 있다. 이중 많
은 것, 예를 들면 ≪여성동아≫ 지면에 연재된 「욕망의 응달」과 ≪동
아일보≫ 지상에서의 「살아있는 날의 시작」, 그리고 ≪한국문학≫에
서의 「오만과 몽상」, 그리고 ≪주부생활≫에서의 「떠도는 결혼」 등
이 대체로 여성적 주제를 다룬 것이라 한다면, 그녀가 시도한 최초의
장편 격 소설로서 『목마른 계절』, 그리고 80년대 초에 ≪한국일보≫
에 연재된 「그해 겨울은 따뜻했네」 등은 대체로 분단소설 형 작품이
라 할 수 있고, 80년대 중반에 그녀가 의욕적으로 붓을 들어 쓴 역사
소설 「미망」은 구한말 개성 지방을 배경으로 급격한 부침의 역사를
살았던 한 집안의 내력을 그리려 한 작품으로 이해된다. 이와 같은
개략적 설명을 통해 보건대 박완서가 그녀 문학의 가장 왕성한 생산
기에 쓴 장편의 작품들 가운데 현대 서울사람의 생활사, 혹은 의식
사, 혹은 또 풍속사를 집중적으로 그리려 한 의도의 작품은 마땅히
눈에 띄지 않고, 따라서 그녀가 그 동안 숱하게 발표해 온 중, 단편
의 소설들 중에서 우리의 탐구 대상을 찾는 일이 순서가 되겠지만,
여기서는 그녀가 1984년도에 풍자소설집 『서울사람들』(글수레)이라는
이름으로 발표한 작품을 중심으로 조금 논의를 덧붙여두기로 한다.
≪2000년≫이라는 잡지에 처음 연재, 발표되었던 이 작품집은 당초
옴니버스 형식을 추구하여 써보려 했던 것으로 이해되지만, 집필 과
정에서 그 의도가 무너져버린 탓인지, 옴니버스 형식 특유의 미감의

효과도 살려지지 못하고 따라서 작품의 미학적 성취도 전반이 오히려 박완서의 여타 작품에 비해서도 떨어지는 느낌을 준다. 다만 여기서 우리들 인식 관심의 성격이 주로 '서울학'의 일환으로 주어지는 것인만치, 개발 연대 서울 중산층의 내면 풍정을 그런대로 풍자적으로 간취하고 있는 이 작품에 대해서 일절의 논구를 부가하는 것이 그래도 조금은 유익한 의미를 획득할 수 있지 않을까 기대해 보는 것이다.

제목만으로 보면 제임스 조이스의 『더블린 사람들』을 떠올리게 하는 이 작품은 그러나 내용적으로도, 혹은 형식적으로도 『더블린 사람들』과는 전혀 비슷도 하지 않은 딴판의 인상을 준다. 옴니버스 식 연작의 형식을 취하고 있지만, 전체적으로 일편의 단일 작품이라 해도 좋을 정도로 외면적으로 연속적인 하나의 이야기를 이루고 있는 것이 이 작품이며, 그리하여 그것은 흔히 '아파트 투기'로 상징되는 바, 1970~80년대 서울 중산층이 보여준 경제적 추구 일색의 부박한 삶과 그 속의 텅빈 내면적 공허의 현실을 아울러 보여주려 한 점에서 역시 「휘청거리는 오후」, 혹은 「도시의 흉년」 계열의 풍자적 세태소설 류에 속하는 작품이라 할 수 있다. 외면적으로 부황하고, 그리하여 내면적으로 빈곤했던 개발 연대기 서울의 삶을 다루고 있다는 점에서 이 작품 역시 결국은 그러했던 서울살이의 풍정과 한 치의 오차도 없는 미학적 성취의 양상으로 자신을 드러내고 있는 작품이라 할 수 있는 셈이다. 이처럼 현대 서울살이의 면모를 무섭도록 똑같이 반영해 내고 있다는 점에서 이 작품이야말로 차라리 말 그대로의 '리얼리즘'에 값하는 소설이라 할까.

앞서 「도시의 흉년」과 「휘청거리는 오후」를 통해서도 확인할 수 있었지만, 서울살이에 대한 이 작가의 인식은 부정성을 기조로 하고 있다. 특유의 풍자적 어조는 그 부정성 반영의 언술적 양상인 것이다.

이와 같은 부정성의 어조가 발현된 배경에는 물론 전체적인 시대 판단에 관여한 중핵의 요인 중 하나로서 당대 정치 상황의 요인을 빼놓을 수 없다. 비록 작품 속에서 대놓고 정치 상황을 욕하고 풍자할 수는 없었지만, 글쓰고 글 깨나 읽은 지식인치고 군사 독재 하의 당대 정치 상황을 긍정적으로 인식한 사람은 별로 없었던 것을 우리는 알고 있다. 전체적으로 사회적 삶을 바라보고 판단하는 작가의 인식 역시 이러한 시각과 의식의 연장선상에 있었다고 할 수 있는 것이다. 그러니까 박정희 개발 독재기의 후반기에 쓰여진 것이 「도시의 흉년」이고 「휘청거리는 오후」였다면, 전두환 집권의 소위 5공 정권이 한참 발톱을 곧추 세우고 있었던 시절이 바로 「서울사람들」이 쓰여지던 시점이었다고 할 수 있다. 서울사람들이 판자촌을 벗어나 아파트로 이주해 간 시절이란 바로 이런 개발 독재기의 시정이었던 것이다. 당시 서울의 외곽에 진을 치면서 눈치 빠르게 몸을 굴렸던 중산층 여자들이 이 시절 '투기'의 행렬에 가담하여 상당한 부를 축적했던 것을 우리는 알고 있지만(이들을 우리는 '복부인'이라 불렀다) 전후기를 배경으로 안정을 구가하고 나름대로 전통적 가치의 세계에 정신을 빼앗겼던 사람들은 대체로 이런 투기의 행렬에서 밀려나 상대적으로 박탈감과 소외감에 시달리는 처지에 빠지게 되었던 것도 우리는 알고 있다. 가진 사람이든, 혹은 못 가진 사람이든, 이렇게 해서 개발 연대기, 혹은 고도 성장기 저 경제개발 시대에 '아파트'는 서울 사람, 나아가 한국 사람 전체의 생존을 위한 실존적 화두가 되었던 것이다.

　「서울사람들」이라는 작품은 바로 이 모티프를 시작의 계기로 삼고 있다. 산동네에 겨우 뿌리를 내릴둥말둥 살던 여자가 아파트로 이사 가게 되면서 갑자기 별천지의 부의 현실을 맛보게 된다는 첫 번째 이야기의 내용이 바로 그것이다. 그러나 애초부터 그녀가 전혀 빈털털이의 무일푼, 그러니까 전혀 근거없는 따라지의 서울 세민 처지는 아니었던 것이 두 번째 이야기의 내용에서 바로 밝혀진다. 꽤 경제력 있는 부모를 둔 덕분에 오히려 낭만적 사랑의 모험 행각을 벌인 것이 가난한 남자와의 결혼으로 이어져, 어쩔 수 없이 그것이 또 가난한 산동네 주민의 처지라는 신세로 내몰게 되었던 것을 다음 이야기는 들려주는 것이다.

이 지점에서부터 흡사 영화 촬영의 '패닝(Panning)' 방식으로 대상 세계 묘출의 확대를 노리게 되는 이 작품은 주인공을 좇아 이리저리 그 주변 인물들로 앵글을 돌려댐으로써 옴니버스 식 소설 양상을 빚게 된다. 초점 화자의 주인공 다음으로 작품에 얼굴을 들이미는 사람은 그리하여 회사의 만년 과장인 그녀의 남편이 된다. '동창회'라는 이름으로 만난 한 떼의 중년 남자들이 술타령의 저녁 회식을 가진 뒤, 어떻게 쓸쓸하고 무의미하게 하루의 생을 마감하게 되는지, 마치 제임스 조이스의 「율리시즈」가 그러하듯 내면독백과 같은 수법으로 도시적 삶의 공허함을 조사하는 것이다. 그렇게 초점 화자의 남편에서 처가(妻家)로 카메라의 앵글을 이동시킨 작품은 이제 더 이상 새로운 소재, 인물의 발굴이 불가능하다고 여긴 탓인지 작품의 후반부에 이르러서는 「휘청거리는 오후」와 흡사한 방식으로 초점화자의 막내 동생 '혜숙'에 초점을 맞춰 다시 전형적인 혼사주지의 화소적 양상으로 이야기를 이끌게 된다. 중매장이가 등장하고 결혼식을 위한 가든 파티가 묘사되고, 그렇게 전형적인 통속극 구조로 이야기를 전개시킨 작품은 급기야 의사의 남편을 얻기 위해서 몇 개의 열쇠가 필요하다는 등의, 그 흔한 텔레비전 드라마에서 귀가 아프도록 들었던 이야기들로 장면을 전환시킨다. 대개의 통속극들이 이러한 장면으로 마지막 파국을 예비하듯이 이 작품 역시 이로써 소설의 종착역에 다가서고 있다는 신호가 극중 인물의 단말마적 외침 같은 것으로 제시되는 것이다. 이처럼 물건이 팔리듯 거래되는 결혼 풍속도 속에서 신랑, 신부의 물물교환에 개입하는 그 중매장이, 거간꾼을 박완서가 최초로 '마담 뚜'라는 이름으로 부르기 시작했다고 지적되거니와(호원숙, 「행복한 예술가의 초상」(박완서 연대기), 『박완서 문학앨범』(웅진, 1992), 54쪽 참조), 서울 중산층의 삶의 허실을 바라보는 작가의 시선은 의연히 이러한 것임을 이 작품의 종말부 역시 도연히 확인시켜 주는 양상이라 할 수 있다. 「오만과 편견」을 쓴 영국 작가 제인 오스틴의 시선이 그러한 것이었듯, 결혼이란 인륜지대사의 풍속을 중심으로 서울 중산층의 삶의 허실 역시 영국 부르주아 계급의 그것과 전혀 한치의 오차도 없이 전개되고 조건지워진 것임을 적나라하게 고발하고 있는 양상이라 하지 않을 수 없다. 그 속(俗)됨의 적나라함만큼 이러한 작품을 통해서 우리가 깊은 감동과 울림을 맛보기는 어렵다 함을 이미 말했었다. 다만 여기서 우리가 확인할 수 있는 사회학적 사실은 '결혼'이라고 하는 인생 최대의 사건이 결코 낭만적 사랑이나 감상의 처분으로 엮어질 수 없고, 오히려 '계산적 이성'이라고 하는 부르주아적 합리성의 어떤 극치의 조합으로 이루어지며, 또 그럴 수밖에 없다는 냉엄한 현실적 사태의 확인인 것이다. 자본주의 속의 계급적, 혹은 계층적 현실이란 바로 이러한 사태를 두고 말함이거니와, 이러한 냉정한 현실적 질서의 사회학적 확인 속에서 우리 독자들이 가질 수 있는 느낌은 씁쓸함이거나, 우울함의 정서일 수밖에 없다는 사실도 여기서 더 자세히 확인해 둘 필요는 없다. 이처럼 정밀하고 철저한 현실적 질서 원리로 짜인 부르주아적 세계 속에서 '문학'이라는 이름의 낭만적 색채 짙은 오연함의 세계가 점점 더, 혹은 더 이상 입지의 여지없는 군더더기의 세계로 전락되고 있음도 이러한 원리로 보면 실상 자명한 사태라고 할 수 있다. 주부작가 박완서는 이러한 맥락에서 보면, 서울이라는 이 도시 공간을 배경으로 이루어지는 현대적 부르주아지들의 세계가 문학, 혹은 예술과 같은 낭만적 세계와는 전혀 담을 같이 하지도 않고 있고, 설사 그러한 의식의 지향태가 미립자로나마 존재하고 있다면 그것은 조만간 가차없이 '허위의식'이라는 이름으로 탄핵될 수밖에 없는 가혹한 도시적 현실 속에 우리가 놓여 있다는 것을 끊임없이 환기시키고 폭로한 작가에 다름아니라는 사실을 여기서 확인할 수 있다. 「휘청거리는 오후」의 세 딸이 결국 길다란 사정권의 시야 속에서는 한 길을 걸어간 자매들로 인식될 수밖에 없는 것이듯, 「서울사람들」의 두 대표 단수 격인 큰딸과 막내딸의 서로 다른 운명 시발점이 그 종착 지점에서는 결국 한 방향으로 짝지워진 두 평행선의 기착지로 합류해 나타나고 있다는 점으로 박완서의 저러한 리얼리스트다운 면모는 다시 한번 엄숙히 확인되었다고 할 수 있다. 통속극의 구조 속에서 통속적 현실의 진실과 허위를 입증해 간 통속적 리얼리스트, 혹은 통속적 세태 작가의 면모야말로 주부작가다운 박완서의 본질적 면모였던 것을 이러한 맥락에서 확인할 수 있다고 하겠다.

3. 박완서 문학의 자기 모순, 혹은 현대 서울살이의 우울

　박완서 문학 전체를 검토하지는 못했지만, 잠정적이나마 매듭을 짓지 않으면 안되겠다. 서울 현대의 여성 현실을 그린 작품들을 대체로 빼놓게 된 데 대해서 우선 아쉬움을 가지지 않을 수 없다. 박완서 자신이 일제말기 이래 서울에 뿌리내린 신여성 계층에 속할 수 있느니만치 사실 그녀의 삶 자체가 현대 여성사의 일부로서 상징적 단수의 면모를 지닌다고 할 수도 있겠다. 그런 점에서 비록 많은 소설 작품들, 가령 「엄마의 말뚝」 같은 작품들 속에서 반복 제시된 바 있지만, 유년기부터 전쟁 직후까지의 그녀 삶의 역정을 자전적으로 피력한 「그 많던 싱아는 누가 다 먹었을까」와 「그 산이 정말 거기에 있었을까」는 현대적 기록 문학의 중요한 일부로서 서울 현대의 삶, 그 중에서도 현대 서울 여성의 역사적 궤적을 살피는 데 커다란 사료적 가치의 의의를 지닌 기록문학의 하나로 간주될 수 있지 않을까 여겨진다. 물론 그것은 단순히 펜의 무기를 지닌 한 문인, 작가의 파란만장한 삶의 기록이라는 의미로서만은 아닐 것이다. 한 사람의 여성으로서, 혹은 일개의 경험적 자아로서 최대치의 감각 기능과 기억 기능을 가지고서 실존적 삶을 살았던 한 역사적 자아의 체험 기록이라는 의미에서 그것은 독특한 기록문학의 자리를 차지할 수 있는 터이다. 해방과 분단, 그리고 전쟁의 참화와 전후 복구기라는 우리 현대사의 가장 극적인 체험 시간들을 서울이라는 이 도시 공간을 근거지로 하여 통과해 나왔던 한 역사적 자아, 실존적 자아의 행적 기록이라는 의미에서 그것은 우리 현대 문학사의 차원에서도 독특한 가치 내장의 의의를 획득한다고 볼 수 있는 셈이다.

끝으로 우리는 또 한가지 박완서 문학에 대한 아쉬움의 한 소회를 피력해 두기로 한다. 그것은 이땅 서울에서의 삶에 대한 객관적 전망과 관련된 문제로서이다. 말하자면 그것은 오늘 우리가 살고 있는 이 땅 서울에서의 삶을 어떻게 적극적으로 인식하고 바람직하게 변화시킬 것인가의 과제와 직결된 문제가 된다. 이 점에서 박완서 소설은 전혀 합리적이고 발전적인 전망을 내놓지 못했던 것 아닌가. 그의 「휘청거리는 오후」, 혹은 「도시의 흉년」 등의 작품에서 보듯, 그리고 「서울사람들」을 통해서 볼 수 있었듯, 이곳 서울에서의 삶을 바라보는 작가의 인식, 세계관은 대체로 비극적인 성격을 머금은 것이었고, 그것은 현실적 삶에 대한 대안 제시와는 전혀 거리가 먼 급진적 부정의 성질을 안은 것이었음을 우리는 확인해 보았던 셈이다. 「휘청거리는 오후」의 주인공 허성 씨가 자살을 암시하고 예고하는 방식으로 작품이 끝나거나, 또는 「도시의 흉년」의 '수연'과 '구주현'이 서울의 이 도시 공간을 떠나, 농촌에 안착하는 것으로 작품이 끝맺어지는 양상 등은 도시적 삶에 대한 이 작가의 본질적인, 혹은 근본적인 부정의 태도를 말해준다고 할 수 있는 것이다. 작가의 자전적 소설 제목인 '그 많던 싱아는 누가 다 먹었을까'나, '그 산이 정말 거기에 있었을까' 등의 제목들, 전원 혹은 자연 공간에서의 삶에 대한 동경의 뉘앙스를 풍기는 제목들은 이 작가의 도연한 도시 부정의 태도를 다시금 여실히 드러낸 것이라고 할 수 있다. 작가의 이러한 세계관적 지향 양상을 우리는 과연 한갓 취향이거나, 문학적 꾸밈을 위한 수사적 장치와 같은 것으로 인식하여 아무렇지 않게 취급하고 말 수 있을까.

작가의 개인적 삶을 여기서 관여시켜, 작가의 실존적 삶이 생애를 통해 거의 서울이라는 공간 내에서 이루어졌던 것을 상기하면 이러한 도시(서울) 부정의 태도는 심각한 자기 모순 속에 잉태된 태도라 하지 않을 수 없다. 말하자면 도시에 살면서 이 도시적 삶을 부정하는 태도라 할 수 있는 것이다. 많은 모더니스트 시인, 작가들이 도시적 삶에 대한 이러한 이율배반적 자기 모순의 태도를 시현했던 것을 우리는 알지만, 도시에 살면서 도시적 삶을 부정하는 이러한 예술적 태도란 하나의 생활인의 감각으로서는 무책임한 태도라 하지 않을 수 없다. 말하자면 여기에 우리 모두의 '우울'의 이유가 있다고 할 수 있는 것이다. 이 도시적 삶이 빈천하고, 타락하고, 속기(俗氣)에 가득 쌓여 있으며, 기만과 퇴폐와 온갖 우울의 요인들을 가득 안고 있다는 것을 알면서도, 어떤 점에서 생존을 위해, 삶을 버릴 수 없어서 이 더럽고 추악한 도시 공간을 떠날 수 없다는 것을 감심치 않을 수 없는 것이다. 그렇다고, 그럼 문학이 도시계획의 백서를 제공해야 할 어떤 의무라도 지고 있단 말인가 물으면, 우리로서는 별로 할 말이 없는 것도 당연하다. 문학의 기능은 과연 사회학의 그것과 같은 것으로 주어질 수는 없는 노릇일 터이기 때문이다. 그렇다면 오늘 우리의 삶, 서울의 삶에 대해서 문학은 어떤 태도를 취할 수 있을 것인가.

사회학의 합리적 이성의 태도도 아니고, 급진적 부정의 예술가적 태도도 아니라면, 우리가 선택할 수 있는 선택지는 의외로 좁다는 것을 또한 자인하지 않을 수 없다. 이런 점에서 여성적 모성의 본능을 지닌 작가로서 '자연성'의 회복을 갈구하는 박완서 문학의 저류의 외침이야말로 우리가 택할 수 있는 최선의 선택지 중 하나, 어쩌면 남아 있는 유일한 선택지일지도 모른다는 점을 우리는 인정해야 할지 모른다. 근래 구가되고 있는 '에코 페미니즘'의 관점이란 근본적으로 이런 성격인 것을 우리는 모르지 않는 것이다. 다만 이 경우 도시적 현실과 에코 페미니즘의 관점이란 또 다시 근본적 상처의 위상에 서 있는 것, 따라서 도저히 화합되기 어려운 어떤 이상과 현실 사이의 배리적 관계에 서 있는 것으로 다시 정위화될지 모른다는 점이 우리를 우울케 하는 바로서 지적되지 않을 수 없다. 비판과 부정이 결코 멀리 있는 것이 아니라, 동일 지점의 위상에 불과할 수도 있다는 점이 이런 점에서 판명하게 드러날 수도 있는 것이다. 그렇다고 이 도시적 현실을 긍정하고 순응할 수밖에 없다고 볼 것인가. 그렇게만 말하기는 어려우리라는 점에서 박완서 문학의 성과와 한계치를 동일 위상으로 말하고자 하는 우리의 인식적 노력은 끊임없이 쳇바퀴를 돌아야 할 처지에 빠지는 것일지 모르고, 이런 점에서 우리의 인식과 실존적 현실은 여전히 동일 지점의 '우울'속에 갇혀 있는 것이 되리라. 이야말로 그렇다면 다시 비극적 운명의 쳇바퀴가 아닌가. 부정해야 한다고 생각하면서도 결국 부정할 수 없는 우리의 이 도시적 삶, 현실, 그리고 문학, 또 인식······.

(《인문문학》 제9집, 서울시립대학교 인문과학 연구소, 2002)

해학적 입심의 문학
이문구, 그리고 김종광의 소설

1. 문학적 지방성과 그 재인식

아, 그날이 언제였던가. 글쓰기를 염원하면서, 한편 모든 것을 부정
적으로만 생각해 버릇하던 시절(지금이라고 물론 그 시절에서 멀찍이 벗어
나 있는 것이라고 생각되지는 않는다. 다만 이제 '비판자'의 몫은 내 몫이 아니
지 않겠는가. 쫓아오는 양자강의 뒷 강물에 자리를 내줌은 삼라만상 운행의 자
연스러움인가, 아닌가), 평판의 이문구 소설들에 대해 그닥 호감을 갖고
대하지는 못했던 일들이 이제 후회스럽게 생각난다. 왜 그랬을까. 아
마도 지나치게 범속한 풍속사적 재현 범주에 빠져있다는 느낌, 그런
감상 때문이 아니었을까. '문학'이라면 자고로 생활사 저 너머, 민족
의 정신사, 혹은 이념사, 또는 최소한 의식사의 수준에서는 얘기해야
되는 어떤 것이 아닐까. 이런 턱없이 높은 정신주의적 지향 자세를
가진 때문이 아니었을까. 그 또한 치기만만한 패기의 열정 같은 것에
지나지 않는 것이 아닐 수 없었겠으나, 돌아보면 한편 그것이 또한
한갓 배움의 소산에 불과하였던 것임을 전혀 짐작도 하지 못하는 불

각, 부지의 상태에 있었던 것이다. 그리하여, <문학이란 무엇인가>를 설명하는 자리에서 유종호 선생이, 이문구 작 동시 한편을 예로 들어 설명하는 모양새를 취하였을 때도 나는 또 그것이 못내 탐탁치 못하여 불평하는 마음을 버리지 못하였었다. 어떻게 이렇게 단순, 소박한 것을 문학의 한 범례로서 들 수 있는 것일까, 하면서.

> 산너머 저쪽엔
> 별똥이 많겠지
> 밤마다 서너 개씩
> 떨어졌으니.
>
> 산너머 저쪽엔
> 바다가 있겠지
> 여름내 은하수가
> 흘러갔으니.
>
> ◐ 「산너머 저쪽」, 『개구쟁이 산복이』(창작과비평사, 1988)

이런 시를 문학의 범례로 삼는다는 것은 이를테면 설명자의 문학 개념이 낭만주의 전기의 '소박 미학' 개념에 접근한다는 것을 뜻할 것이다. 교언영색(巧言令色)은 인(仁)과 거리가 멀고, 질박하고 어눌한 쪽이 오히려 인(仁)과 가까우리라는 공자의 견해와 그것은 상통하는 것이라고도 말할 수 있다. 인생을 알고 지혜에 눈뜨기 전 젊은 혈기의 문학자가 그러나 어떻게 이런 성인의 견지에 도달하겠는가. 임우기 씨가 그의 '살림의 문학'론을 전개하면서 이문구의 문학을 하나의 전범으로 치켜세웠을 때도 그리하여 나는 속으로 코웃음치기마다 하지 않았을 것이다. 어쩌면 여기에 뿌리깊은 연고의 지역적 친화감의 요인 같은 것이 작용하고 있는 것은 아닌가, 의심까지 해 가면서.

편견을 형성하는 데는 단지 일회적 계기로도 충분한 것이지만, 따지고 보면 이문구 문학에 대한 내 젊은 날 하대의 이유에는 여러 가지 요인의 중첩 까닭이 있었다. 요컨대 근대적 표준어 이데올로기에 뼛속 깊이 사로잡혀 있었던 것. 달리 말하면 충청도 방언에 익숙치 못해서 그 해학의 문학적 맛깔스러움을 깊이 음미하기도 어려웠으려니와, 한갓 방언이나 풍속적 언어 차원의 생활 문화 재현 따위로 고도의 문학적 가치 구현의 의미가 거두어들여질 수는 없다는 것, 이런 신념 아닌 신념을 견지하고자 한 데 있었다. 이미 작고한 후배의 작가 김소진이 「열린 사회와 그 적들」을 들고 문단에 나왔을 때, 사회적 주변 계층의 군상들에 대한 애정 어린 인식의 태도에는 깊이 공감하면서도, 한편 「장석조네 사람들」 같은 작품에서 보이듯, 이미 사어화된 어휘, 이미 지워진 어휘 사전의 소설적 재등재에 지나치게 편집하는 모양새를 보였을 때는 감연히 경계하고자 하는 마음이 일게 되었던 것도 같은 내력의 탓이었다고 할 수 있다. 소설의 가치가 한갓 매개의 언어 차원에서 매겨질 수는 없다고 본 것이다.

도구로서의 언어관이라고 할까. 문학이 언어를 떠나서 이루어질 수 없는 것인 이상, 존재를 실어 나르는 언어 자체가 바로 존재의 의미에 값한다는 하이데거의 언어존재론을 금과옥조로 섬김이 당연할 법도 하였지만, 하이데거의 그런 후기 언어중심주의적 사유야말로 그의 철학적 퇴행의 징후가 아니겠느냐는 나름대로 패기에 찬 신념을 지금까지도 나는 어느 정도는 견지하기 위해 발버둥쳐 왔다고 할 수 있는 것이다. 서툰 자가 언제나 연장을 탓한다고 했던가. 스스로 연장을 다루는 솜씨가 몹시도 서툴다는 것을 잘 알기에 괜스레 연장을 탐하는 문예학적 태도에 대해 저항하는 마음이 부지불식중 일게 되었던 것인지도 모를 일이다.

그렇다면 문학 너머, 언어의 저편에는 무엇이 있을까. 손쉽게 사회와 역사가 있다는 생각을 자주 해오기도 했지만, 실상 사회적 변혁,

역사적 실천을 위한 과업에 전혀 충실한 복무자의 노릇을 감당해 오지 못한 것도 분명한 사실이라 할 것이다. 사회적 실천을 위한 감투의 자세로만 본다면 실상 '실천문학'의 기치를 높이 쳐들고 그것을 종래 감싸고 이끌어 오다시피 한 작가 이문구의 행적만큼 투철한 것이 따로 있을까. 아마 거기에 흔연히 동참해 오지 못했다는 데서 오는 불편한 자괴의 감정 또한 그 동안 못지 않게 크게 품어온 것이 사실일 것이다. 지나치게 '미기'의 측면을 강조해 온 것, 이것이 '감투'의 문인들에 대한 저간의 나의 불편했던 심사와 전혀 무관하다고만 할 수 있는 처사였던가. 어찌됐든 강단 비평의 한계 안에 스스로를 굳게 구속시켜 왔던 것. 그러다 보니 다만 배운 대로 문예 이론을 조금 살펴 문학에 있어서 '인식'의 문제가 어떻게 갱신되고 또 기술의 방식을 통해 감응 효과를 발휘하게 되는 것인지 가능한 대로 설명할 수 있기에 골몰했다. 러시아 형식주의, 혹은 기호학 류의 이론에 조금 흥미를 가지고 관심을 가졌던 것. 빅토르 쉬클로프스키의 '낯설게하기' 개념은 그런 점에서 좋은 이론적 참조 사항이 된다고 생각했다. 본질적으로 같은 것일 수밖에 없는 것을 다르게 하는 기능이야말로 기법의 본질이고, 그것이 '낯설게하기'라는 것. 그렇다면 문학에 있어서 본질적 새로움이란 영원히 불가능하다는 것인가.

이런 문제점을 감안하고 여기에 한편 수용의 차원, 감응의 차원까지를 더하여 하나의 도식으로까지 문예학적 가치 평가의 문제를 제출한 기호학자 유리 로트만 쪽은 그런 점에서 더욱 흥미롭게 보였고, 물리학의 열역학 계산식을 원용한 그의 기호학적 산정 방식은 그리하여 나에게 구원이 되었다. 비평적 오류의 정정 가능성까지를 함축하여 그의 이론은 보여주었기 때문이다. 여기서 그의 도식 전부를 예시하여 보여줄 여유는 없지만, 요점만을 제시하자면 같은 수용자에 의해서라도 수용자의 위치, 수용 상황의 변화에 따라 동일한 문학 작품의 평가가 달라질 수 있다는 것을 그의 이론은 설득력있게 예시하여 보여준다. 가령 널리 알려진 푸쉬킨의 시 한편을 들어 말해보기로 한다면, "삶이 그대를 속일지라도/슬퍼하거나 노여워하지 말라/(…)"의 경우, 시에 대한 수용 상황의 변이에 따라 얼마든지 그 시에 대한 평가는 달라질 수 있다고 하는 것이다. 이를테면, 어린 어떤 소년이 한가하고 무료한 가운데에서 자신의 순서를 기다리면서나 이발소 그림 한 귀퉁이에서 맨 처음 발견하게 되었을 그 시. 그 따분함의 정적을 이기고자 해서 겨우 입 속으로 웅얼거려 보았을 것이 이 시에 대한 독자의 첫 수용 경험이었다고 한다면, 그 소년이 훗날 자라 인생의 한 패배자, 낙오자가 되어 도시의 뒷골목을 헤매일 때에 라디오의 교양 프로 같은 데에서 문득 이 시를 다시 듣게 되었다면, 아름다운 울림의 이 시적 전언이 발하는 효과란 무엇일까. 요컨대 시적 전언 속의 경험적 진술이란 그것의 현실적 경험이라는 경험적 공감대의 유무가 감응의 차이를 가져오는 결정적인 요인이 될 수도 있다는 점을 저 기호학적 도식 속의 이론적 함축은 분명히 시사해 주는 바라고 할 수 있는 것이다.

이처럼 동일한 문학 세계, 곧 같은 작가의 작품 세계라 하더라도 수용자의 위치에 따라 다르게 수용될 수 있다는 가능성의 시사는 혀 짧은 나에게는 한 가닥 가능성의 빛줄기처럼 보였다. 과거의 오류를 시정하지 않으면 안된다는 압력 속에서 실로 나는 모순의 고통을 감내하지 않으면 안되었기 때문이다. 그것은 다른 것이 아니라, 김종광 소설을 읽고 나는 그것이 좋다는 독후감을 이미 발설해 버린 상태에 놓이게 됐기 때문이다. 모순은 여기에서 발생했다. 김종광 소설이 좋다고 한다면, 어떻게 그 선조의 이문구 소설에 대해서 나쁘다고 말할 수 있는가. 단지 같은 향리의 출신 작가들이라고 하는 이유에서만이 아니라, 그 문학적 형질 자체가 동일하다고 하니 말이다. 요컨대 이

문구 소설의 문학적 적자가 김종광 소설이라고 하는 전문을 나는 들었던 것이다. 그렇다면 적자 확인을 해야 하는 걸까. 적자 확인을 위해서라면 그 선조에 대해서 먼저 확인해 두지 않으면 안될 것이었기에, 나는 이문구 소설을 다시 읽었다. 그리고 참으로 때깔 고운, 감칠맛 나는 일류의 한국 소설 중 하나가 이문구 소설임을 나는 새삼스럽게 확인하였다. 무엇보다 그의 「암소」를 보고서다. 그렇다면 「암소」의 적자가 김종광 소설임을 우리는 어떻게 확인하여야 할까.

2. 보령 문학의 앞뒤
– 이문구의 「암소」와 김종광의 「모종하는 사람들」

김종광 소설과 이문구 소설이 같은 계통의 소설임을 알려준 사람들은 물론 따로 있었다. 형안의 이 땅 문학 기자들이다. 물론 그들은 증명하지 않았다. 입증이란 어렵고, 복잡하고, 골치 아픈 작업이기에, 짧은 지면에서 가능할 일도 아니다. 그렇다면 판정의 절차와 방식을 어떻게 가져가야 할까. 고향이 같다고 유전자가 같을 수는 없다. 문학적 유전자란 무엇일까. 문체일까. 혹은 기법일까. 혹은 태도일까. 혹은 소재일까. 주제일까. 가능한 대로 우리가 할 수 있는 문학적 유전자 감식 방안은 우선 문면을 맞추어보는 도리 밖에는 없다. 문면이 얼마나 같고, 다른가. 문면 전부를 대어 볼 수는 없기에 우선 도입 부분만을 나란히 놓고 대어 보자. 과연 얼마나 같고, 틀리는가. 한 자락은 이문구의 「암소」이며, 또 한 자락은 김종광의 「모종하는 사람들」이다.

더 영글 눈발이 소나기지면서 잠 쎗은 밤이 이우는 섣달이라 기댈 건 화로하고 다시 없으련만, 또 무슨 추위던가 횃대 밑에서 벌써 닝닝한 화로 냄새가 돈다. 고주배기 등걸불이 청솔가지 쪄다 땐 재보다 쉬 자는 건 알지만 여태껏 부손이 달창나게 쑤석거려 댄 탓일 터였다. 공식(孔植)이 녀석은 그토록 숟갈 놓고부터 고구마를 구워 먹고도 여직 양이 덜 갔는지 남은 불씨마저 화로 귓전에다 돈다.

「저녀리 자슥은……구구매(고구마)두 처먹어쌌더라. 자그매 구워, 화루 식는개비다. 화루 쥑이면 콩너물시루 은단 말여」

「잠이 안 오니께 입만 굴품허잖유」

「업쎄, 니까징 것이사 뭣 때미 잼이 안 오네? 주먹만헌 게 싹바가지 읍는 소리만 더럭더럭 헌단 말여」

「아버지넌 워째서 잠이 안 오유」

하며 공식이가 벌렁 자빠져 이불에 몸을 묻자 황구만(黃九滿)씨는 먹다 웃묵에 밀어둔 동치미 국물 한 모금에 목을 추기는데, 고랏댁도 말 섭단추 호던 바늘을 낭자에 찌르고 일어서며 한마디 보탠다.

「좨 공슉이가 똑 슨츌이 말허득기 허너면그려, 쯧쯧쯧」

그녀는 요강을 타고 앉았다. 공식이 눈치 본다고 지릴 뻔해 가며 참아와 급했던 것이다.

⊙ 이문구, 「암소」, 《월간중앙》(1970, 10월호), 364쪽

점심은 대개, 동사무소 휴게실에서 먹었다. 제각기 싸온 도시락을 펼쳐놓으면 소풍 분위기였다. 김치를 주종으로 해서, 고추장에 찍어먹는 마른 멸치에서부터 계란 두른 소시지까지 다양한 반찬에, '벤또' 시대 누르 황 직사각형 양은 그릇에서부터 요새 여고생들의 까다로움을 대변하는 패션 그릇까지 총집합이었다. "날고 뛰어봐야 노가다 아닌가베유. 점심 안 주는 노가다가 세상 천지에 어딨대유?" 따따부따하던 사람들도 사흘 지나서부터는 군말 없이 도시락을 싸 가지고 다녔다. 그런데 오늘은 "악조건에서 특별 작업 허신다"고 동사무소 총무계장이 식당 밥을 먹여주는 거였다.

가짓수가 많아 흡족한 반찬 등속이 먼저 나오고, 우렁된장찌개와 김치찌개가 놓였다. 남들은 국물부터 한 수저 떠먹어보는데, 준칠(63

세)은 꼴찌로 온 소주병부터 잡았다. "젊은 사람은 많이 마셔야 뎌." 동해(28세)에게 물 비운 컵 찰랑찰랑하게 따라주며 하는 소리였다. 동해는 술이라면 우선 마시고 보는 성격이었으므로 군소리 없이 받았다. "간이 안 좋아서 얼마 못 혀요." 술맛 떨어지는 소리를 하는 시현(57세)에게는 반 잔만 따라주었다. "요샌 아줌씨들이 술 더 잘 마시던디, 한잔들 하셔야지?" 술하고는 태평양을 사이에 두고 살아온 말숙(56세)은 준칠이 내미는 소주병을 숫제 외면했고, 옥자(42세)는 짧은 망설임 끝에 "맥주라면 자신 있는디" 해보았지만 아무도 호응해주지 않아 그냥 해본 말로 묻혀버렸다. "그럼 나머진 다 내거여." 준칠이 선언했다.

　　◐ 김종광, 「모종하는 사람들」, 『경찰서여, 안녕』(문학동네, 2000), 123~124쪽

　　위와 같은 양상을 두고 다르다고 볼 것인가, 같다고 할 것인가. 나는 일단 다르다는 쪽에 패를 걸겠다. 우선 눈에 띄는 것은 문장 호흡의 길이가 확연히 다르다는 것이다. 선현의 문체 쪽이 현저하게 유장한 만연체적 호흡, 길이의 양상이라고 한다면, 아래 신진기예의 쪽은 또 현저하게 간결체 문체의 호흡 양상을 띠고 있다. "점심은 대개, 동사무소 휴게실에서 먹었다. 제각기 싸온 도시락을 펼쳐놓으면 소풍 분위기였다"처럼 작가 서술의 문장만이 짧아진 것이 아니라, 작중 인물들의 대사까지도 현저하게 짧아진 호흡 양상을 뒷 세대의 문학은 연출하고 있는 것이다. 충청도 사람들의 호흡 자체가 일반적으로 짧아진 것일까. 아마도 그러하기 십상일 것이다. 시대의 호흡이 가빠졌는데, 충청도 사람들만이 언제까지나 느리게 살아가도록만 마련될 이유는 없을 터인 것이다. 그 가빠진 시대 호흡의 양상이 더욱 급박해진 모습, 느낌으로 다가오는 것은, (의도적인 처리인지는 모르겠으나) 행가름을 하지 않고 구사되는 대사 처리의 방식 때문이다. 이처럼 호흡이 짧고 가쁘다는 것은 문학적 유전자의 염기 배열 속에 속하는 것일까, 아닐까. 실제로 이 작가는 숨 가쁘게 하기, 속도 내지르기가 문학적 진검승부의 요처라도 되는 것모양 전력질주의 대사 처리 양상

을 보이고 있다. 위 인용 대문에 이어진 단락을 보자.

　　"그 새끼는 북한놈들 줄 소 있으면 나한티나 주지, 뭐 하는 짓거린
지 모르겄어.""요새 사료값이 금값이라는디 키울 수는 있으시대유?"
"아따, 못 키우면 잡아먹으면 되지 뭐가 걱정여.""쓰고 써도 다 못 쓰
고 죽는대요.""내가 스산 농장께서 살아봤는디 굉장하드만. 간 약한
사람은 떨어질 지경여. 이건 완전히 나라여, 정주앵이 나라.""대통령
헌다구 나온 적두 있었잖어유?""나 그때 돈 고물 좀 떨어질라나 허구
그 사람 찍었는디.""반 종필이 여기 있었구만요.""그류, 난 종필이라
면 이가 갈류.""그 소 갖다 줘서 이쪽 소값이나 올라갔으면 좋겠네
유.""소값이 그런다구 오르간디요." 여럿이 얼려 먹으니 말 반찬이 없
을 수 없었다. 이러저러한 화제가 출몰했는데 황소떼 몰고 북한 간 노인
은 몇 마디로는 정리가 안되는 인물이었던지, 좀 오래 머물러 있었다.
　　　　　　　　　　　　　　　　　　　◎ 김종광, 앞의 책, 124쪽

　　물론 대사 처리의 방식 바꿈이 문학 전체의 형질 변화에 얼마만큼
이나 영향을 끼칠 수 있을지에 대해서 또 얼마든지 의심이 가해질
수 있는 여지는 있다. 말이 좀 빨라졌다고 해서 호서 지방 사람들 특
유의 능청과 의뭉스러움까지가 탈색되었다고 보기 어렵다는 것은 그
한 반문의 주장일 수 있다. 실제로 이 후학의 젊은 작가는 동향 출신
의 대 선배이자 아버지 뻘의 작가로부터 소설을 배웠다는 사실을 굳
이 숨기고자 하지 않는다. 아니 선선히 드러내고 있다. 소설집 『경찰
서여, 안녕』의 마지막 작품으로 수록된 「짚가리, 비릇다」는 그 자백
의 증거 작품이다. 그 소재나 소설적 구성 방식 등에 있어서 여러모
로 선배의 작품 「암소」를 떠올리게 하는 이 작품 「짚가리, 비릇다」를
통해서 김종광은 매우 대범하게도 작가로서의 수업 시절 동안의 자
기 초상과 자기 가족의 초상을 거의 맨 얼굴로 드러내 보이고 있다.
그 중의 한 대목, 짠한 모습의 작가 지망생 아들을 바라보는 아버지

시점의 기술, 묘사 대목을 통해 김종광은 필시 작가 '이문구'를 뜻함이 분명한 기호 '○○○'를 내세워, 아버지와 국민학교 동기 동창 간이 된다고 하는 이 동향의 선배 작가와 자기 문학 사이의 근친 관계를 시사적으로 밝히고 있는 터이다. "아들은 ○○○를 몹시 우러러보는 모양이었다. 그렇게 우러르면서도 먼발치서라도 뵌 적은 없다는데, 말하는 것을 들어보니, ○○○, 그 사람 소설을 어지간히 끼고 다닌 모양이었다"(김종광, 「짚가리, 비릇다」, 『경찰서여, 안녕』(문학동네, 2000), 327쪽) 이만하면 다 고백한 셈이 되는 것 아닌가. 그의 문학이 누구의 문학으로부터 배태되었다고 하는 것. "그 사람 소설을 어지간히 끼고 다닌"(김종광, 앞의 책, 327쪽) 관계로서의 이 배움의 관계란 곧 '사숙'의 관계가 되는 셈인데, 사숙이든 사사든 배움의 관계를 통해서 사람이 모방되고 흡사해질 수 있는 정도란 어느 정도나 되는 것일까.

다시 유종호 선생의 말을 빌려 '스승이 반팔자'라는 고담의 정언을 깊이 새긴다면, 김종광의 문학은 그러니까 사숙으로 말미암아 반팔자는 정해져버린 꼴이 된다고 할 수 있다. 그렇다고 그가 배우고 사숙한 문학이 반드시 이문구 소설만에 한정된 것이었다고 할 수 있을까. 모르긴 해도 그가 사숙의 대상으로 섬긴 문학이 꼭 이문구 소설에 한정된 것만은 아니었을 것이다. 희극 문학의 계보로만 쳐도 이 한국 소설사에 채만식도 있었고, 서정인도 있고, 또 방법적 실험의 한 예로 최인훈 소설의 경우 또한 빼놓을 수 없을 터이며, 그밖에도 또 얼마든지 많은 희극 작가 계보의 리스트를 작성할 수 있다. 그 가장 최근의 작가로 우리가 잊어버릴 수 없는 이름이 한편 성석제인 셈인데, 왜 그럼에도 사람들은 자꾸 김종광의 소설 앞에서 이문구의 이름자만을 떠올리게 되는 것일까.

3. 사제 관계 인식의 풍문, 혹은 그 굴레

원하든 원하지 않든 간에, 이 글쓰기의, 문학적 사제 관계의 연은 끊을 수 없는 것이 되었다. 암소가 멍에를 벗기 위해 발버둥치듯, 조만간 '아버지 죽이기'로 나아가는 어린 소의 암중모색, 그 뜨거운 내적 열기의 투쟁을 우리는 목도하게도 되겠지만, 그렇다고 인연의 질긴 끈이, 멍에가 쉽사리 벗어던져질 수 있는 것은 아니다. 출신을 바꿀 수도 없고, 호적을 지울 수도 없고, 딱지붙이기 좋아하는 저 호사가들의 입을 막기란 더욱 더 어려운 일이 될 것이기에. 선배의 작가가 걸어나온 길이 그렇게 험난하였듯, 이제 운명처럼 덧씌어진 멍에를 벗어던지기란 마찬가지로 그렇게 험난한 행로로 주어질 수밖에 없으리라고 여겨지는 것이다. 그렇다면 이제 그가 취할 수 있는 문학적 전도, 전략에 대해서 우리는 어떤 식의 전망을 예비할 수 있을 것인가.

또 한 사람의 선배 작가이자 비슷한 형질의 작가로서 이미 당대적인 유력한 전범의 하나로 떠오른 성석제 문학의 경우를 상기해 보는 것은 이런 문맥에서 도움이 될지 모른다. 그에게도 면류관의 형벌은 덧씌어진 바 있었던 것이다. 바로 친구이자 라이벌 관계의 기형도의 관을 벗지 않으면 안되었던 것. 처음엔 그에게도 시의 길이 운명처럼 의식되었던 것으로 보이나, 굴레로부터 벗어나기 위해 그는 과감히 장르까지도 바꾸어가는 모험을 마다하지 않았다. 그리고는 전례의 시범을 찾아 중국 고전을 뒤지는, 멀리 남미 문학으로까지 날아가 뒤적이는 수고로움을 또 아끼지 않았다. 참으로 유니크한 한국 산문 문학의 한 영역은 이렇게 해서 개척될 수 있었던 것이다. 이를 두고 현대의 한 유행 용어로 '개그(gag)의 문학', 혹은 전통의 용어를 빌려서는 '만담의 문학'이라고 불러본 바 있거니와, 그 첫 출발의 모습은 과연 문학이라고 할 수 있을까 라는 의심을 안겨줄 만큼 위태롭게조차 인식되었던 것이 사실이다. 이제 막 발걸음을 옮겨놓기 시작한 신예의 젊은 작가, 어린 소의 작가에게 이와 같은 전험의 사례 들먹임은 지나치게 가파르고 험한 길의 예시가 될 것인가.

말할 나위 없는 바이지만, 우리의 충고는 언제나 기대를 발판으로 이루어진다. 기대가 없다면 말할 이유도, 근거도 없는 것이다. 합리적 기대 가능성이란 또 구체적인 목표 기대치와 함께 주어지는 것이 아니면 안될 터이며, 성취 동기라는 개념의 중요성은 이러한 맥락에서 주어지는 것일 테다. 김종광 문학의 성취 동기란 그렇다면 당초 어떤 수준에서 부여, 형성될 수 있었던 것일까. 다시 한 번 작품 「짚가리, 비릇다」를 뒤져, 그 초기 성취 동기 형성의 배경, 저변을 더듬을 수 있다. 작가 지망생 '준남'이라는 인물의 성취 동기 형성의 배경을 그는 다음과 같이 기술해 놓고 있는 것이다.

> 사표도 내지 않고 회사를 그만둔 뒤에, 신춘문예에 투고할 소설을 썼다. 결과는 참패였다. 이십대를 바쳐 소설쓰기에 헌신해왔다는 자부심이 있었다. 예심 통과도 못 한 결과는 그 자부심이 실력, 혹은 수준과는 무관한 것이며, 어쩌면 착각이라는 것을 증명해주었다.
>
> (……)
>
> 준남은 아직도 착각 속을 헤매는지도 몰랐다. 소설을 써서 먹고 사는 사람이 되고 싶었다. 소설쓰기를 직업으로 하고 싶었다. 신춘문예 예심도 못 통과한 실력이지만 일 년만, 아니 여섯 달만, 목숨을 걸고 한다면 뭐가 돼도 될 것이라 믿었다.
>
> 준남은 자신에게 소설쓰기말고는 어떠한 전망도 없다고 생각했다. 대학교 때 학원강사 생활과 지난 일 년간의 서울에서의 회사생활은 준남을 (소설쓰기를 제외한) 거의 모든 일에 두려움을 갖는 겁쟁이로 만들어놓았다.
>
> ◎ 김종광, 「짚가리, 비릇다」, 앞의 책, 307쪽

이 작가에게 기대를 갖게 하는 것은 이를테면 위와 같은 자전적 기술 내용 때문이다. 소설쓰기 말고는 어떠한 전망도 없다고 생각하는 것, 생에 대한 지극한 좌절이자 동시에 글쓰기에 대한 강렬한 소원의 표현인 위 언술은 문자 그대로 작가 자신의 내면적 고백에 해당하는 구절인 듯하며, 작가의 글쓰기에 대한 믿음과 신뢰는 이와 같이 소처럼이나 우직하게 소설만을 향해 걸어나온 듯한 그 저돌성의 맹목적인 용기로부터 주어진다고 할 수 있는 것이다. 그러나 그것으로 다일까. 이처럼 소박한 꿈과 의지만으로도 소설은 충분히 잘 쓰여지고 풍요로운 목초의 세계를 이룰 수 있는 것일까.

신예 작가에게 씌우는 지나치게 큰 멍에의 언설이 될지 모르나, 그동안 사숙의 대상으로 삼은 그 모든 선배 제현의 작가들을 넘어서서 자기 류의 세계, 다락같이 높다랗고 바다처럼 널푸른 세계를 구현할 수 있는 그런 야무진 문학에의 꿈도 꾸어봐 달라는 뜻에서 우리의 비평적 담론은 조금 더 야멸차고 야박해 보이기를 불사할 필요도 있는 것이다. 그가 무엇이기를 묻기 전에 당부와 격려의 말이 앞서게 되는 것도 같은 이유이다. 매스컴을 통해 지나치게 많은 상찬의 언사가 주어졌다는 것도 우리는 잘 기억하며, 그렇지만 이제 입신과 입명을 이룬 만큼 보다 가혹한 채찍질의 언사도 가해질 필요가 있다고 여겨지는 것이다. 아마도 각고의 노력 끝에 얻어진 소설적 성취이겠지만, 이 입문의 소설집 한권으로 추상같이 매운 문학사 비판의 칼날을 견뎌내기는 연목구어의 꿈이 되리라는 점에서도 바로 그렇다. 독자들에게 편안한 웃음을 안기는 재주도 역시 쉬운 것은 아니며, 그런 점에서 비상(非常)에 값하는 바라고 할 수 있지만, 웃음을 통한 감동의 방식이란 역시 또 그렇게 시간을 오래 끌기 어렵고, 그것이 상투와 식상함으로 굳어지는 순간, 언제든 독자는 또 새로운 웃음의 원천을 찾아 배반의 길을 떠나게 되리라는 점에서 또한 그렇다. 희극 문학 역시 문학사적 지속의 생명력을 갖기 위해서는 웃음의 미적 장치 계발과 함께 어떻게든 새로운 문학사적 의미 구축의 노력 역시 병행되지 않으면 안되리라는 점에서 우리의 당부는 더욱 매몰차질 수 있다. 한바탕 낄낄대게 하지만, 읽고 나서 분명한 주제 의식이 손에 잡히지 않는다고 한다면 이를 두고 바람직한 사태라고만 할 수는 없지 않겠는가. 이런 뜻에서 모든 성취는 성취의 순간과 동시에 성취가 아닌 것으로 되는 것이다. 그래서 김수영은 "생각해 보면 아직도 나는 진정한 처녀작을 한 편도 쓰지 못한 것 같다"고 말하고, 그래서 또 "시인은 영원한 배반자다"라고 말하고, 또 "온몸으로 동시에 밀고 나가는 것"이 시작(詩作)이라고 했던 것인가. 소설을 말하는 자리에서 시를 말함이 뜬금없는 것 같지만, 생각해 보면 또 시를 씀이나 소설을 씀이나, 또 혹은 어떤 글을 씀이나 간에 글쓰기에 무슨 차이가 있을까 라는 점에서 김수영의 언명은 지금 우리에게도 여전히 귀감이 될 만하다고 여겨지는 것이다.

4. 홀로서기의 길

돌이켜 보니, 아 또 지나치게 많은 야박한 말들을 늘어놓았다. 언젠가도 인용한 바 있지만, 이 작가 김종광 일류의 문예 감각은 역시 서해안 지역 방언에 실린, 이 지역 민중들의 걸쭉하고 탁발한 입심 재현의 능력에서 찾아지는 것이다. 다시 한 번 보자.

"음마, 또 무식이라구 혔슈? 내가 무식이 찾지 말라구 혔쥬? 영감은 뭐 배운 거 있슈? 초등학교 울타리 한평생 고쳤다구 그걸 배웠다구 유세 떠는 규? 그런 규?"

　　아내, 열 받았다.

　　　　　　　　　　◎ 김종광, 「편한 밤이 오기 전에」, 앞의 책, 158쪽

　속도감이 매우 빠른 점에서 성석제를 연상시키는, 그러나 충청도 방언의 묘미를 일백프로 되살리고 있다는 점에서는 또 이문구를 연상시키는, 이와 같은 작가적 기량과 언어 조탁의 연마 솜씨가 정히 오늘 군계일학의 신예 작가로 떠오른 김종광 다운 모습이라 할 수 있는 것이다. 여기에서 더 무엇을 얘기할까.

　이미 숱한 사람들이 지적한 대로 민중적 방언의 세계를 더듬고 있다는 것이 현재로선 김종광 문학의 주요 색채로 나타나고 있는 것이며, 한편 신세대 작가로서 그의 현실 인식과 관찰의 시선을 한발짝 더 나아가 특징으로 지적한다면 '제도관리사회'로서의 오늘날 사회적 현실의 모순과 그로 인해 나뉘어지는 중심—주변 이원화의 가속화 경향을 주로 주변부 존재의 시점에서 희화적으로 묘사, 고발하는 양상을 띠고 있다고 말할 수 있다. 선배 작가의 이문구 경우가 그러했듯 그의 경우에도 그러나 적어도 문학적 양상으로는 심각하게 전투적이거나 혁명적인 자세를 견지하고 있다고 말하기는 어려워서 전체적으로 입심 좋은 요설의, 혹은 현대적인 만담의 문학 경향에 포괄될 수 있는 인상을 준다는 것은 이미 앞에서 말한 바와 같다. 특별히 풍자적이라 하기도 어려우리만큼 오히려 편안한 웃음을 선사하는 쪽의 해학 문학에 가까운 것이다. 이문구의 「암소」가 대립하는 두 계층 사이의 이해 관계를 확대 재생산하는 쪽으로 작품을 몰아가는 것이 아니라, 비록 이야기의 결말 자체는 파탄의 양상일망정 궁극적으로 화해를 지향하는 쪽으로 작품을 끌고 갔듯이, 이와 같이 이해 관계로 얽히고 설켜 순간 순간 긴장과 대립의 형세로 굴러가는 것이 인간세

의 어쩔 수 없는 현실적 몰골이라 할지라도 궁극적으로는 분기탱천
이 아니라, 존명안심의 화해로운 목가적 세계로 이끌어보자는 것이
세계관으로서의 그의 두드러진 문학적 해지의 면모라고 할 수 있는
것이다. 다만 민중(좀더 자세히는 농민)의 아들로서의 시선, 시야를 잃지
는 말자는 것이 그의 문학적 다짐인 듯하며, 그와 함께, 아니 그보다
도 더, 소설가─작가로서의 삶을 영원히(좀더 정확히는 죽는 날까지) 잃
지 않았으면 좋겠다는 것이 그의 꿈이자, 소망인 듯하다. 소설집 『경
찰서여, 안녕』의 <작가 후기>에 비치는 사설은 그러한 다짐과 꿈,
소망의 피력인 것으로 읽을 수 있다.

> "나는 문인이 아니고 작가다. 나는 예술하지 않고 노동한다." 이렇
> 게 주절거리며 저녁녘에 갯벌 도로를 달렸었는데, 다시 시작해야 하겠
> 습니다. 정당한 노동에 대하여, 정당한 대가가 구현되는, 소설계의 민
> 주 되기를 염원하며.
>
> ◐ 김종광, <작가 후기>, 앞의 책

아마도 보령, 대천에 가 본 사람이면 알 것이다. 그 속에 농촌도
있고, 도시도 있고, 또 바다도 있다는 것을. 비록 농사짓고 소 키우는
부모 밑에서 자랐을 망정, 이 젊은 신예 작가의 문학 세계 속에 얼마
든지 다채롭고 다종다기한 인물 세계가 잠겨들 수 있다는 것을 작가
의 출신 지역, 또 작가의 현재 작업터이기도 한 그곳 시의 지역 면모
가 잘 웅변해주고 있는 것 아닐까. 바라기는, 선배들의 그늘로부터
벗어나 더욱 크고 높이 용동, 용비하는 문학 세계를 이루기를. 암소
의 안심과 같이 풍덩하게 우리를 안심시키는 문학이 되기를 모쪼록
바란다. 건필!

(≪문예중앙≫, 2001년 봄)

소설은 아주 오래 살 것이다, 혹은 존재 역설의 비의

이승우의 『나는 아주 오래 살 것이다』를 읽고

1. 구텐베르크 은하계 – 맥루한의 관점

마샬 맥루한의 『구텐베르크 은하계』가 지난 해 번역되었다. 원 저작이 출간된 지 40년 만에 이 저술이 한국 독자들에게 읽혀질 수 있게 된 것이다. 맥루한의 의도를 여기서 간단히 말하기는 어렵지만, '활자 인간의 형성'이라는 부제를 가진 이 책 속에서 저자가 지적하고 있는 바는 결코 책의 인간, 활자 인간이 인류의 보편적 속성일 수는 없다는 점이다. 인류의 긴 역사로 보면, 문자의 역사, 책의 역사가 기껏 기천년은 넘지 못하는 것이지만, 오늘의 시대에도 아프리카, 혹은 저 오지의 인간들은 소위 문명의 유럽인들과 다른 문화, 다른 사고 유형의 존재 방식을 구가하고 있다는 점을 캐러더스라는 정신의학자의 언설을 빌려 말하고 있다.

> 아프리카 인들에게 있어서 그들의 유아기, 유년기, 그리고 생활 전
> 반에 걸친 교육의 영향은 그들 스스로를 독립적이고 자립적인 존재가

아니라 보다 큰 유기체 – 가족이나 일족의 별 의미 없는 한 부분으로 간주하게 만든다. 개인의 자발성과 야망은 허용되지 않는다. 정서적인 차원에서는 거대한 자유가 허용된다. 그리고 인간은 '여기 지금'의 삶을 살고 고도로 외향적이며 자신의 느낌을 자유롭게 표현할 것이 요구된다.

> ◎ 마샬 맥루한, 『구텐베르크 은하계』(임상원 역, 커뮤니케이션북스, 2001),
> 44쪽에서 재인용

이에 비하면 서구의 아이들은 매우 시각적이고 조직적인 사고의 훈련을 받는다. 활자 인간의 특성이 이런 식으로 발휘되고 있다고 할 수 있는 것이다.

> 서양의 어린이들은 어려서부터 블록 쌓기나 자물통의 열쇠 혹은 수도꼭지, 그리고 사물과 사건들의 복합성을 접하게 되며, 이는 그들이 시간과 공간 관계 속에서, 그리고 기계적 인과 관계 속에서 사고하게끔 인도한다. 이와 반대로 아프리카 어린이들은 전적으로 말에 의존한 교육, 그리고 상대적으로 드라마와 감성이 고도로 충만한 교육을 받는다.
> ◎ 앞의 책, 45쪽

레비–스트로스의 가르침을 받아들인다면, 활자(literacy) 인간의 서구인, 서구문화와 구어(orality) 인간의 아프리카인, 아프리카 문화 사이에 질적인 차이가 존재한다고 말할 이유는 없다. 책과 문자의 세례를 받고, 오늘의 문명인, 근대인들은 여기에 적응해 왔을 뿐이다. 이천년 가까이 책 문화의 세례를 받고, 여기에 적응, 동화해 온 것은 비단 서양인들만이 아니라, 우리가 속한 동양인들이기도 하지만, 엄밀한 의미에서 오늘날처럼 안경을 쓴 근시안의 활자 인간이 출현한 것은 (서양의 경우) 구텐베르크 이후로 본다. 마치 은하계와 같이 빽빽한 활자의 숲에 인간이 시각적으로 적응하게 된 것이 금속활자의 발명으로 인한 인쇄 매체의 비약적인 확대, 발전의 결과로 보기 때문이다.

신문과 잡지가 발간되고, 근대 소설이 이 와중에서 바야흐로 문화의 왕좌 자리에 군림하게 됐음은 물론이다. 해진 뒤의 밤의 시간을 독서의 시간으로 활용함으로써 불면증의 인간을 양산하게 된 것도 이 무렵부터이다. 전기가 등장하면서 밤과 낮의 구별은 희미해졌고, 근대 문명의 노도와 같은 발전이 이러한 조건들 속에서 비약적으로 확대되었음은 물론이다. 그리고 문명은 다시 한번 진로를 바꿔 이제 책의 인간, 활자 인간을 추방하는 단계에 이르렀다. 맥루한의『구텐베르크 은하계』란 한편으로 책의 시대, 활자 인간의 종언을 알리기 위해 쓰여진 책이기도 한 것이다. 그 징후를 맥루한이 텔레비전의 등장에서 발견하였음은 잘 알려진 사실이다. 여전히 시각적인 인간이긴 하되, 책과는 근본적으로 성질이 다른 매체적 활성화의 가능성을 맥루한은 텔레비전에서 본 것이다. 맥루한의 저서가 발간된 한참 뒤까지도 사람들은 맥루한의 그 조급한 예언을 코웃음치며 무시하고자 했지만, 그로부터 많은 세월이 지나지 않아 이 예언은 현실로 나타났다. 영화에 비하면 비교할 수 없는 문화적 영향, 충격이 이로부터 주어지기 시작했던 것이다. 단적으로 오늘 어린 아이들의 우상이 누구인가를 생각해 보라. 연예인이든, 스포츠 스타이든, 오늘 어린이들의 우상은 하나같이 브라운관 속의 영웅들인 것이다. 책의 운명, 소설의 운명은 이제 어디로 갈 것인가.

　인류의 대표 기구에서 새삼스럽게 '책의 날'을 정하고 있을 정도로 이제 '책'은 심각한 소외의 대상이 되고 있는 것이 사실이다. 소설의 운명이 책의 운명과 달리 갈 수 없다면, 소설의 갈 길 역시 명백한 것이다. 문명의 예언자로 자처했던 맥루한조차도 컴퓨터와 인터넷의 등장을 예측하지는 못했던 듯하고, 우리나라에서 인터넷의 보급과 문학의 몰락 시기가 우연히도 겹친 양상으로 나타난 것은 우리의 정치가 오랜 동안 닫힌 시대의 상황을 연출하고 있었던 데 기인했을 뿐이다. 텔레비전이 등장하던 초기, 그것을 '바보상자'로 취급, 박대한 효과로 인하여 텔레비전의 문화적 영향력이 조금은 지체 현상을 빚게 되었다는 것도 이유라면 이유로 지적할 수 있을 것이다. 오히려 '안방 극장'으로서의 텔레비전의 편의적 접근 가능성이 강조됨으로써 한때 영화와 극장의 위기가 심각히 의식되었다는 것도 우리가 기억할 수 있는 일의 하나이다. 하지만 칼라 텔레비전의 총천연색 시각 문화에 중독된 인간들은 '영화'가 그들의 적대 문화가 아니라 근친 문화라는 것을 재빨리, 곧바로 인식하게 됐고, 오늘날 소위 '감각 있는' 인간들이란 모두 '충무로'를 기웃거리며, 그곳을 바라보며 살고 있다. 오늘날 한국 영화의 승승장구는 결코 우연적인 문화적 사실이 아닌 것이다. 한국 방송에 칼라 텔레비전이 도입된 역사와 오늘날 영화 산업의 승승장구가 정확히 일치하는 사실이라고 할 수 있다. 그리고 세계에서 미국 다음으로 가장 활성화되어 있다고 할 수 있는 프로 스포츠 산업, 인터넷 게임, 온갖 사행성의 문화, 향락 산업, 교육의 부실……

활자 인간과 텔레비전 인간의 차이가 무엇인가 하면, 두 인간 모두가 시각적 인간을 특징으로 지니고 있다고 하더라도, '생각하는 인간'과 '생각하지 않는 인간'의 근본적 차이점을 지닌다고 할 수 있다. 우리가 알다시피 '책'이란 단지 눈으로 문자들을 읽어가는 것이 아니라, 사고 행위가 동반되지 않으면 도저히 수용될 수 없는 매체적 성질을 지니는 것이다. 활자로 이루어진 책이 얼마나 미세하고 복잡한 세계를 다루는 것인가는 앞서 맥루한의 저서에서 인용한 바와 같다. 이에 비교할 때 오늘의 인간들이 얼마나 감성적이고 정서적 인간의 특질을 지니는 것인가는 더 이상 구태여 설명할 필요가 없다. 같은 대중음악이라 하더라도 단순히 귀로 듣고 눈으로 보기보다, 몸을 흔들고 절규할 수 있는 음악들이 오늘의 젊은 세대들에게 더욱 열광적으로 받아들여진다는 것도 우리 모두가 아는 바이다. 미국에서의 사건들이지만, 신문이 파헤친 '워터게이트 사건'이 유죄로 판결되고, '텔레비전'이 중계한 'O. J. 심프슨' 사건이 무죄로 판결된 양상 같은 것도 이와 같은 매체적 차이를 극명히 보여주는 문화적 사례들이라고 할 수 있다. '인터넷'을 마치 미래 지식기반사회의 총아이자, 필수 매체로 섬기는 정책 당국자들이 있지만, 실제로 그것이 어떤 문화적 결과를 낳을지는 좀더 두고봐야 하지 않을까. 오히려 인간은 조금씩 조금씩 더 '바보'로 되어가고 있는 것 아닐까. '인터넷'이란 본질적으로 '반성없는' 기제로 인식되거니와, 반성할 줄 모르고, 생각할 줄 모르는 인간이란 근대적 인간관의 개념인 저 생각하는 인간, '이성적 인간'의 시야에서 점점 더 바보로 되어 간다고 할 수밖에 없지 않을까. '미디어는 맛사지다'라는 명제로 갈파한 맥루한의 저 매체적 인간 개념이 바야흐로 저 '바보들의 행진', 바보들의 시대를 예언하고 있다고 봄은 실언일까, 과언일까. 인간은 과연 더 똑똑해지고 있는 걸까.

　학생들을 교육하는 자리에 서 있는 자라면 누구나 경험하는 바이지만, 오늘의 학생들이 책읽기를 '고역'으로 인식하고 있다는 것은 한마디로 저 문명 소외의 오지 인간들로 퇴행하는 과정이라 보지 않을 수 없겠다. 지식과 정보의 차이가 무엇이냐고 묻는 사람들이 있지만, 지식이란 본래 구성적이고, 정보란 아직 구성되고 조직되지 않은 단자적 상태를 말함이라 볼 수 있다. 이렇게 본다면 오늘의 학생, 오늘의 인간들은 단자적 정보에 익숙할망정, 결코 조직화되고 체계화된 지식의 세계에 접근할 능력은 갖추지 못하고 있다고 할 수 있는 것이다. 무엇보다 어휘가 빈곤하고 사고 훈련에 서툴다보니 빽빽한 활자의 숲을 통과하기가 점점 더 지극한 고역으로 여겨지고 있는 것이다. 과거에는 으레껏 책을 '본다'고 표현하여 문제가 없었지만, 이제

‘책’이란 명사는 언제나 ‘읽다’라는 동사와 결부된다는 것도 이와 같
은 변화를 일러주는 언어적 사실이라고 할 수 있다. 과거 지식인들에
게는 어떤 ‘책’이라도 그저 쉽사리 ‘볼’ 수 있는 것이었지만, 오늘의
세대에게 ‘읽다’라는 동사는 ‘공부하다’라는 동사가 불러일으키는 만
큼의 고역스러움을 함께 동반하여 연상시키는 예외적 행위의 동사가
되고 있는 것이다. 맥루한의 표현을 빌린다면 이제 ‘책을 읽다’는 ‘고
통스러운 맛사지’가 되고 있는 것이다. 오늘의 문학 위기, 혹은 몰락
에의 경향이 결코 이러한 문명적, 문화적 변전의 제 사실과 무관한
관계에 있다고 할 수 있을까.

　근대 문화 속에서 ‘소설’이 차지했던 왕자적 지위가 한편 저 인쇄
매체 시대의 문화적 향유 메커니즘과 궤를 같이한 사실이었던 것은
또 두말할 나위가 없다. 인쇄문화의 전성기, 즉 모더니즘 문화 융성
의 시대에 그 어렵다는 제임스 조이스의 「율리시즈」 같은 것을 대학
의 수위 신분인 사람이 낄낄거리며 읽어내더라는 얘기를 필자는 언
젠가 전해들은 바 있다. 하기야 오늘 문학 전문가들조차 읽어내기 어
려운 도스토예프스키의 소설들을 당대의 러시아 민중들은 잡지 연재
의 형태로 읽어내었던 것이다. 소설을 흥미있게 하기 위해 도스토
예프스키는 즐겨 추리소설의 방법을 동원하였지만, 그렇다고 그의 소
설의 난해한 사변적 흔적이 지워지고 거세되었던 것은 아니다. 미로
와 같은 인간 심리의 탐색자가 그이기도 했지만, 성채 같은 관념의
구축자가 또한 그이기도 했으며, 이 성곽들의 관념 구축이 그의 유명
한 다성적 형식으로 표출되었음은 물론이다. 그의 소설들에 비하면
오늘의 소설의 관념상은 얼마나 비쩍마르고 왜소한 것인가. 한국 현
대소설 중 그나마 관념적인 편이라 할 수 있는 이청준의 『당신들의
천국』조차도 ‘비쩍마른 유토피아’로 평가되는 형편인 것이다. 그나마
도 오늘의 문학도들(그러니까 소위 소설 지망의 학도들)에게는 이청준 소

설이 먼 나라의 이야기로 경외(?)되고 있다 하니 앞으로의 우리 젊은 작단이 어떤 경향을 노출할 지는 묻지 않아도 명백한 터이다. 독자의 수준과 창작의 수준이란 언제나 오십보 백보의 차이 속에 존재할 따름이기 때문이다. 우리의 문학과 소설, 독서계에 대한 우울한 현주 증언의 하나가 아닐 수 없다. 우울한 증언은 또 있다. 한국 문단의 중견 작가 이승우가 최근 펴낸 소설집『나는 오래 살 것이다』에서도 우리 소설계의 이러한 우울한 현주 상황은 되풀이 반복 증언되고 있는 것이다. 오늘의 우리 소설계가 과연 어느 만큼의 가속도로 몰락의 활주로를 질주하고 있다는 것인가. 이에 대한 확인 겸 이승우의 최근 저작집이 보여주는 여러 성취의 높이를 지렛대 삼아 우리 문학의 오늘과 내일의 명운을 점쳐보기로 한다.

2. 소설의 명운 - 소설은 오래 살 것이다?

몰락의 활주로를 질주하는 느낌이라고 했지만, 과연 그 질주의 속도가 어느 만큼인지, 남은 활주로의 길이가 어느 만큼이나 되는지, 우리로서는 실증적으로 분간할 자료를 가지고 있지 못하다. 소설 작품을 읽거나 읽지 않는 것이 결코 국가적 대사일 수 없다면, 이에 대한 변변한 자료 하나, 혹은 신뢰할 만한 정보를 일러주는 어떤 통계치도 우리에게는 부재하다는 것이 전혀 이상한 일은 아니다. 다만 이 사정과 정황을 피부로, 몸으로 느끼고 있을 사람들이 다름 아닌 소설가들일 것이라는 점에서, 우리로서는 소설 자료를 일등 자료로 치지 않을 수 없다. 다분한 엄살기가 그들의 소설적 각색 안에 깃들어 있을 것을 감안한다 하더라도, 결과적으로 객관화된 형식, 공적 자료로

서의 성질을 지닐 그들 작품을 무시하고 배격하기란 더욱 못할 짓이
다. 믿을 만한 작가의 작품 속 증언이라면 그 진실 가치의 비중은 더
욱 가볍지 않은 것이다. 「육화(肉化)의 과정」이라는 작품 속에서 자칭
'소설가'의 인물은 다음처럼 말하고 있다.

> 한때 소설 써서 먹고 살 만하던 시절이 있긴 했던 것 같아요. 서점
> 에서 집계하는 베스트셀러 목록의 대부분이 소설이었던 시절이 아주
> 오래된 옛날은 아닌 것 같거든요. (…) 그런데 지금은 사정이 아주 많
> 이 달라졌어요. 우선 소설을 읽는 독자 수가 현저하게 줄어들었고, 그
> 나마도 인기 있는 몇몇 작가들의 한두 작품에 편중되면서 출판사들은
> 신중해졌고, 대부분의 작가들은 책을 내기도 어렵게 되어버렸단 말입
> 니다.

> ◎ 이승우, 『나는 오래 살 것이다』(문이당, 2002), 132쪽

"대부분의 작가들은 책을 내기도 어렵게 되어버렸"다는 진술, 현
사실성을 발하고 있는 의미있는 증언의 요체는 바로 이 대목에 집중
되어 있다고 할 수 있다. 물론 그에 앞서서 진술되고 있는 "한때 소
설 써서 먹고 살 만하던 시절"이라고 하는 것이 어떤 역사적 시점을
가리켜 말하는 것인지는 불분명하게 표현되어 있지만, 나중 진술의
효과를 강조하기 위해 덧붙여진 언설일시 분명하다. 굳이 시점을 짚
자면, 아마도 80년대 후반이나 90년대 전반기의 시절을 앞 진술은
말하고 있는 것일까. 우리가 기억하기에도 대형 베스트셀러의 소설들
이 한때 유행처럼 터져나오던 시절이 있었다고 하기 때문이다. 하지
만 바로 이어서 말하고 있는 것처럼, '한때 소설 써서 먹고 살 만하
던' 그 시절은 곧바로 '인기 있는 몇몇 작가들의 한두 작품'에 독자
들의 구매가 집중되고, 그것도 품격 없는 통속적 읽을거리에 대중 독
자들의 감수성이 반응한다는 것을 알게 되면서, 소위 순수 소설, 본
격 소설의 몰락은 불가피한, 어쩔 수 없는 추세로 자리잡아갔다. 소

설계가 그럼 왜 이렇게 갑작스런 전락에의 길을 걷게 되었을까. 이에 대한 진단과 분석이 없을 수 없다. 소설가는 말한다.

> 문제가 어디에 있냐 하면, 그저 환경이 바뀐 거예요. 소설 밖에서 지식욕을 채울 수 있는 채널들이 좀 많아졌어요? 눈과 귀와 머리를 즐겁게 해주는 자극적인 오락거리들은 또 어떻고요. 소위 멀티미디어라고 부르는 것들요. 거기다가 지난 시대에 금기로 묶여 있던 것들이 와르르 풀려났단 말입니다. 억압된 욕망이란 이제 존재하지 않지요. 욕망을 억압하는 것, 그것이, 그것만이 악이라고 규정되고 선전되는 시대가 이 시대지요. 소설이 아무리 황당하고 기가 막힌 이야기를 들려주어도 영화나 게임이나 포르노가 주는 것 이상의 재미를 줄 수는 없거든요.
> ❂ 「육화의 과정」, 앞의 책, 133쪽

요컨대 소설계의 이와 같은 몰락 현실을 독자의 탓으로만, 곧 독자의 수준 탓으로만 돌릴 수 없다는 점을 저 '소설가'의 인물은 강조하고 있다. 소설의 수용 여부가 결코 문화 수준의 질적 여부와는 무관한 문제일 수 있다는 점을 소설가는 애써 강조하고 있는 것이다. 그렇다면 무엇이 문제인가. 역시 문화 전체의 환경적 조건이 중요한 변인일 수 있다는 점을 '소설가'는 강조하고 있다.

> 지난 시대의 독자들이 상대적으로 수준이 높았다는 것도 진실이 아니에요. 불행했는지는 몰라도 수준이 높았다는 것은 근거 없는 소리예요. 다만 그들은 소설 말고, 혹은 소설보다 더 재미있는 다른 즐길 거리가 없는 시대를 살았던 것뿐이지요. 그런 뜻에서 불행했던 것뿐이지요.
> ❂ 「육화의 과정」, 앞의 책, 133쪽

이처럼 '독자'에게 면죄부를 던져놓고 보면, 남은 시각의 요체는 문화사적 이해의 시각일 수밖에 없다. 돌아보면 실로 소설 양식이 근대 문화의 총아 자리에 군림하기 시작했던 것도 그리 오래된 일은 아니었던 것이다. 서양 중세의 경우에도 그러했을 것이지만, 우리의 조선 사대부 문화 속에서 소설이 차지했던 위치가 어떠했던가는 긴 말 하지 않아도 능히 짐작할 수 있는 일이다. 그러니까 한국 문화사 속에서 소설이 이나마의 지위와 위상을 차지하기에 이른 것도 기껏해야 20세기 이후의 일, 그러니 잘해야 이제 100년도 채 되지 않는 세월의 역사 동안일 뿐이라고 할 수 있는 것이다. 이것이 근대적 인쇄 혁명, 즉 서양사에 있어서 구텐베르크 혁명과 밀접한 관계 아래 진행된 일이라 함은 앞서 지적한 바 대로이다. 고전 소설이 있었지 않느냐고 할지 모르지만, 중세의 그 소설이라고 하는 것이 공식 문화로부터 한참 비켜난 자리에서, 한갓 여가를 위한, 또는 기껏해야 신흥 계층의 이데올로기 투영을 위한 주변 문화의 일환으로서 기능했을 뿐임을 우리는 부정할 수 없다. 공식적인 사대부 문화 속에서라면 언제나 시가, 그것도 한시(漢詩)의 양식이 우뚝 자리했었을 것을 우리는 모른 체 할 수 없는 것이다.

　인류사의 도도한 흐름으로 보면 이처럼 그리 긴 연원을 가졌다고 할 수도 없는 소설 문학의 오늘과 같은 몰락 처지에 대해 그렇다면 깊이 상심할 이유도 없고, 애통해 할 이유도 없다고 할 것인가. 대개 몰락과 상실의 아픔이란 그가 누렸던 영화의 크기에 비례한다고 할 때, 지금까지 과연 누가 영화를 누렸고 또 그만큼의 아픔을 찢어지게 겪고 있다고 할 것인가. 확실히 오늘 빈사, 혹은 병사의 지경에 이른 우리 소설 문학의 참담한 지경에 대해서 어떤 이의 곡성도, 어떤 류의 사회적 관심도 거기에 합당하게 주어지지 않고 있는 것을 보면 실상 이에 대해서 고뇌하는 사람들은 소설가 자신들 외에는 없는 것 같다. 그렇다면 또 왜 그들은 고뇌하고 고통할 수밖에 없는 것일까. 거꾸로 말하자면 전직 능력을 그들이 갖고 있지 않기 때문일 것이다. 대개 직업적 소명 의식이 투철하거나 장인적 기술을 가진 자들은 전직하기 어렵다. 대부분의 소설가들은 소설을 통해 무슨 영화를 누렸다거나 영예를 누려서 소설에 집착하고 있는 것이 아닌 터이다. 말하자면 그들은 그것 밖에 할 줄 모른다. 배운 것이 도적질이라는 말도 있지만, 대개 고도의 기능적 직능이 부여되는 업의 경우 그 업에 한번 발들인 사람은 그 업보를 벗어던지기 어렵다. 더 쉽게 말하면 이것은 소설쓰기의 어려움이라는 조건과 깊이 연루된 사실이다. 지적 조작이라고 하더라도 고도의 지적 조작이며, 감수성이라고 할 때 아주 세련되고 예민한 감수성이며, 단순히 언변이라고 하더라도 유창한 언변 능력으로써의 이야기꾼, 글쟁이로서의 자질을 그것은 요구한다. 여기에 의식과 이념의 형질이 개입한다. 언어로 작업하다 보면, 어느덧 특정의 언어들이 모여 형성하는 장력, 응집력에 사로잡혀 도저히 장삼이사의 세속적 인간들과는 함께 하기 어려운, 이를테면 고고하고 고상한 인간 유형의 자질을 만들어내기 십상인 것이다. 우리가 오늘 대상으로 삼은 작가 역시 그 점을 토로한다. 소설을 써서 세상으로부터 보상받은 바 거의 없다고 할 수 있지만, 여전히 그 형극의 길을 걷기를 포기하지 않겠다고 그의 소설집의 서문은 선언하며 각오를 다지고 있는 것이다. 다음 <작가의 말>을 보라.

> 소설은 세상을 향한 내 가난한 소통의 수단이다. 나는 절필하지 않을 것이다.
>
> ◐ <작가의 말>, 앞의 책

다시 한번 소설집을 낸 작가의 실제 삶이 어떠한지는 알 수 없어도, 소설 「육화(肉化)의 과정」에 육화된 소설가의 모습은 참으로 비참의 극을 걷고 있는 소설가의 모습이 아닐 수 없다. 그 모습과 형편이 어떤가를 알기 위해 스토리의 대강을 조금 소개해 두자면 이렇다.

지상 5층쯤의 건물이 있고, 그 지하에 술집이 있다. 이 술집의 마담 앞에 자칭 소설가라고 하는 작자가 등장하여 이미 만취 상태인 듯 횡설수설, 독백조의 이야기를 늘어놓는 것이 작품의 대강 시작이다. 다짜고짜 술집 마담 앞에 나타난 그가 우선 자신을 '소설가'라고 소개하고, 그 이어선 또 "사실은 살인자예요"라고 말하는 식이다. "전에는 소설가였지만 지금은 살인자가 맞아요"라고 말하고, 그 다음엔 또 "사실대로 말하지요. 아직은 아니에요. 아직은 아니지만 곧 살인자가 될 거예요. 곧 살인자가 될 거니까"라고 말한다. 이처럼 술에 취한 듯 횡설수설, 온갖 독백을 늘어놓는 중에 앞서 살핀 것처럼 오늘 소설가, 소설이 처한 일반 정황이 논란되고, 또 그 자신의 고단한 인생살이가 피로된 다음, 드디어 자신의 영혼과 몸까지를 고리대금업자에게 팔아치우게 된 상황에서 이제 더 이상의 모욕과 치욕을 견딜 수는 없는 일이기에 살인을 결심하고 그 살인을 집행하기 위해 결연히 이 술집 건물의 5층으로 올라가겠노라고 호언하고 작자는 술집을 떠나가는 것이다. 술집 마담은 처음부터 이 횡설수설하는 작자를 한갓 주정뱅이쯤으로 대우하여 상대해 주려 하지도 않았던 것이지만, 하도 그 눈빛이 진지하고 또 살인을 저지를 것이라는 엄청난 사태의 예고에 끌리는 바가 있어 자기도 모르게 작자의 뒤를 밟아 건물 5층의 한 사무실에 따라 들어가 보게 된다. 그리고 작품의 말미에서 그녀가 확인하는 것은 다음과 같은 장면이다.

> 내가 본 것은 벌거벗은 한 남자와 한 여자였다. 여자는 뚱뚱했고 키가 기형적으로 작았다. 여자는 남자 아래서 그 뚱뚱한 몸을 격렬하게 흔들며 소리를 내지르고 있었고, 남자는 여자의 몸 위에서 여자의 흔들림에 따라 같이 흔들리며 무슨 책인가를 읽고 있었다. 신음 사이사이 계속해, 계속해……하고 내지르는 여자의 거친 목소리를 들을 수 있었다. 책을 읽는 남자의 목소리는, 그렇게 생각해서 그런지 꼭 우는 것처럼 들렸다.
> ◐ 「육화의 과정」, 앞의 책, 156~157쪽

'소설가 소설', 즉 일본식의 '사소설'이 보여주는 자전적 양상과는 사뭇 달리, 풍자성이 강한 상징적 우화의 이야기로 이 작품을 읽어야 할 것은 당연한 것이로되, 이 풍자가 자기 풍자의 성격을 머금고 있다는 점에서 우리는 이 작품의 독해에 예민한 시선을 모을 필요가 있는 것이다. 얘긴즉슨 생활고를 이기다 못한 '소설가'가 어느날 신문 한 귀퉁이에서 '급전 대출'의 광고를 읽고 무심결에 끌려가다 보니 저 『죄와 벌』의 주인공 전당포 노파와 같은 뚱뚱한 여자를 만나 그 여자에게서 돈을 얻는 대신, 벌거벗은 채 자신의 소설을 읽어주지 않으면 안되는, 계약 노예의 처지로 전락하게 되었다는 내용의 이야기인 것이다. 타락한 자산 계급의 변태 성욕을 풍자하는 것인지 소설을 읽어주는 소설가의 목소리에 몸을 떨고 또 상대의 육체를 애무하면서 쾌락을 얻는 듯한 이 늙은 여자는 계속해서 "계속해. 계속해"라고 소리치며, 한편 "계속해. 계속해. 당신은 소설로 돈을 사고 나는 돈으로 소설을 산 거야……"라고 흥분해서 외치지만, 육체와 함께 자신의 영혼까지도 함께 판다는 자의식에 몸을 떠는 이 소설가는 드디어 이 고리대금업자 노파를 죽이고 정신의 자존을 되찾지 않으면 안된다는 단말마적 결단의 요구에 사로잡히게 되는 것이다. 오늘날 정신과 함께 몸을, 혹은 몸과 함께 정신까지도 더불어 팔지 않으면 생존을 영위해 나갈 수 없다고 외치는 이 슬픈 소설가의 처참한 내면적 고투의 양상은 다음과 같이 흥분된, 그리하여 크레셴도처럼 열기의 강도를 더해 높여가는 극적 언술의 개진 속에서 그 집중된 표현의 상을 내보이고 있다고 할 수 있다.

이제 가야겠어요. 더 지체하면 안 될 것 같아요. 더 지체하면 기회를 놓칠지 몰라요. 나를 보내 줘요. (…) 쉬워요. 오래 걸리지 않을 거예요. 더 이상 내 육체들, 아니 소설을 유린하지 못하게 할 거예요. 오늘은 내 생애 최초의 살인의 날, 오늘 이후 더 이상의 치욕은 없어요.

> 그는 죽고 나는 살 거예요. 오늘 이후 나는 살인자예요. 기꺼이 살인
> 자가 될 거예요.
>
> ◉ 「육화의 과정」, 앞의 책, 153~154쪽

　이 단말마의 외침이 어떤 존재의 상황을 반영하는 것인지는 여기
서 더 자세히 설명하지 않아도 미루어 짐작할 수 있을 것이다. 절망
에 빠진 자만이 살인을 결심할 수 있듯이, 이 소설가의 '살인'에 대
한 갈구와 갈망이란 절망의 표현에 다름 아닌 것이다. 괴테의 『파우
스트』를 연상하여 흔히 소설가들이 자신의 작품을 파는 행위를 영혼
의 판매 행위에 비견하거니와, 오늘날 소설가들의 몸을 파는 행위란
'포르노'의 제작 행위를 빗대어 말하는 것이 아닌가 싶다. 그와 같은
소설 행위가 자신의 영혼을 갉아먹는 행위인 것을 번연히 알면서도
이 절망적 상황 속에서 빠져나갈 수 있는 탈출구란 달리 있을 수 없
다는 것을 또한 알기 때문에 고리대금업자의 그 검은 혓바닥 속으로
기꺼이 굴러 떨어지는 운명을, 그 체념을, 이와 같은 상징적 자기 풍
자의 작품을 통해 작가는 연민으로, 혹은 통분의 심정으로 그려내었
다고 할 수 있는 것이다. 작품 속의 이 소설가, 자칭 미래의 살인자
는 그러나 아무런 적극적 행위도 보여주지 못한 채 작품의 막은 내
려지고 만다. 아직 소설가의 행동이 개시되지 않은 상태를 의미하는
것인지, 혹은 단지 소설가의 언설이란 말뿐이라는 것을 보여주고자
하는 의도에서였던 것인지, 혹은 제3의 다른 의도와 해석이 개입하여
이와 같은 결말이 맺어지고 있는 것인지에 대해서는 아마 독자 여러
분들의 상상과 그 여분의 책임에 맡겨도 좋을 것이다. 하지만 역시
가장 그럴 듯한 해석의 가능성은 소설가들이란 결국 언제나 말뿐의
존재임을 시사하는 면에서 주어질 수 있는 것 아닐까.

　이 소설의 제목 「육화(肉化)의 과정」은 이런 맥락에서 여러모로 풍
부한 상징적 어의를 발산하는 면모라 할 것이다. 도스토예프스키의 『죄와

벌』이 잘 보여주듯이 인간의 행동, 특히 범죄적 행동이란 애초 형이하학적 동기로 시작되었다가 나중에는 필연코 형이상학적 동기로 전환되고 변질된다. 하지만 이 소설의 제목, '육화(肉化)의 과정'은 거꾸로 형이상학적 동기가 형이하학적 동기로 격하될 수 있음을 보여주며, 그것은 소설 자체의 본래적인 장르적 성격과 오늘 소설 양식이 처한 상황을 동시적으로 잘 함축하여 보여주는 제목인 것으로 여겨지는 것이다. 형이상학적 성격의 주제적 동기 구상에서 필수적으로 작품의 육체성 구현으로 나아가지 않으면 안되는 과정을 소설 창작상의 개념으로 흔히 '육화(肉化)의 과정'으로 부르거니와, 마땅히 형이상학적 주제 구현의 동기와 의지를 갖지 않으면 소설 양식이 오늘날 매우 비애스럽게도 '육화(肉化)'된 소설들, 즉 포르노 소설과 같은 것으로 전락하고 있는 현실을 이 작품의 제목 언어는 한편 풍자하고 있는 것이라 여겨지며, 이와 함께 오늘날 소설가들의 실존 조건이 자기 몸을 팔아서 연명을 구하지 않으면 안되는 정도로까지 극한적인 상황, 즉 막다른 골목으로 내몰리고 있다는 것을 이 작품의 제목 언어는 구체적 정황을 빌어 상징적으로 드러내고 있는 양상이라 여겨지는 것이다. 이처럼 처연하기 짝이 없고, 기박한 처지의 소설 상황에도 불구하고, 언어만을 가진 소설가들은 정작 아무런 대책이 없고, 대응력이 없다. 즉 행동하지 못하고, 상상력에만 의지하여 기껏 '육화(肉化)의 과정'에 모든 것을 걸 수 있을 뿐인 소설가들의 무기력한 처지를 또한 이 작품은 통렬하게 자기 풍자하고 있는 것이 아닌가. 그렇다면 이승우의 소설이 형성하고 내뿜는 현실적 환기력의 정체는 바로 이와 같은 통렬한 자기 풍자, 자기 응시의 힘에서 응축되고 발산되는 것이 아니겠는가. 누구나 알다시피 자기 풍자와 자기 응시의 힘이란 깊은 내면적 자기 성찰의 힘에서 응축되고 비축되는 것이 아닐 수 없기 때문이다. 우리들의 존재, 즉 사회적 존재로서의 실존이란 물질적, 환경적 조건으로부터 대개 규정될 수 있는 것이 아닐 수 없다. 이러한 물질적, 환경적 조건을 일러 우리는 '현실'이라 부르는 것이다. 그렇다면 이 작품집에 해설을 붙인 박철화의 「빈자리와 와해, 그리고 언어」속에서 지적되고 있듯이, 이승우 문학의 특질이면서 동시에 환기력 뛰어난 반성적 힘의 요체로서의 '현실 속의 형이상학'이란 우리 현실의 이와 같은 물질적, 환경적 조건을 아우르며 관류하는 그만의 깊이 있는, 혹은 품 넓은 사색적 결정으로서의 문학적 성찰의 힘을 지시하는 바가 아닐 수 없다. 무엇보다 '존재 망각'으로 특징지워지는 오늘의 실존적 삶의 정황 속에서 소설은 무엇을 하고, 또 우리는 어떻게 삶을 꾸려나가야 할 것인가를 묻는 이승우 문학의 일관된, 혹은 집요한 존재 성찰의 결과가 이와 같이 풍자적이면서도 또 동시에 그리 가볍지 않은, 형이상적 깊이의 사색의 노작들을 결실하게 된 것이라 볼 수 있다. 때로는 풍자적 시선으로 현실을 아우르고 눙치면서, 근본적으로는 인간 존재의 깊은 심연 속에 놓인 허무의 그림자를 놓치지 않아, 그의 소설 속에서는 언제나 형극과 고난에의 행렬에 기꺼이 동참하고자 하는 구도자들 특유의 정신의 향내가 은은히 주위를 밝혀주는 것이다. 지나친 내성이 때로 비의로 흐르고, 악마적 본성에 대한 과격한 리얼리즘적 추구가 때로 그로테스크의 분위기를 자아내, 독자를 일순 혼란에 빠트리거나, 엽기 체험의 불쾌감 속으로 우리를 밀어넣는, 그다운 가학 취미의 발동 양상이 발견되는 경우가 전혀 없지도 않으나, 진혼곡이면 진혼곡인 대로, 비가면 비가인 대로, 둔중하게 비장미의 문학 세계를 조성하는 그의 세련된 언어 연출의 솜씨는 천박함의 인식을 가벼움의 감각과 그 미학이라는 것으로 위장, 대체하는 오늘 우리 문학의 주류 경향으로 볼 때, 하나의 이단이며, 득의의 독자적 세계의 개척이 아닐 수 없다. 세상이 아무리 그렇게 흘러가고 변한다한들 소설까지 그렇게 한 묶음으로 떨이방매 되어서야 되겠느냐고 믿는 소수파 문학 애호가들에게라면 한가닥 위안의 복음이자 경하할 축복의 사건으로 이 저작집 출간이 기념될 이유가 여기에 있다. 소설계의 처연한 형편을 알리고 있다는 점에서는 한편 우울한 소식이지만, 이 불모의 땅을 딛고 다시 일어설 용기를 고무하고 있다는 점에서는 회소식의 작은 선물더미가 아닐 수 없는 것이다. 그러니 부쳐온 소포 책자를 좀더 차근히 풀어보는 것도 우리의 예의일 것이다.

3. 책의 명운 – 「도살장의 책」, 「책과 함께 자다」

총 8편의 작품이 실려 있는 이승우의 이번 저작집 속에서 특별히 '책'과 관련된 제목 어휘를 달고 있어 우리의 눈길을 끄는 작품으로는 앞서의 작품 외에도 「도살장의 책」과 「책과 함께 자다」가 있다. 책의 운명에 대한 비관적 예시, 우화의 이야기를 담고 있어 우리의 우울한 인문학적 전망을 더욱 어둡게하는 쪽은 그 중에서도 「책과 함께 자다」이다. "책들은 웅성거리지 않는다. 책들은 이미 죽어 있다"로 시작하는 「도살장의 책」 제목이 더욱 엽기적이어서 그로테스크한 느낌을 줄 수 있지만, 책배달조합의 마지막 조합원의 얘기라는 「책과 함께 자다」 쪽이 그 우화적 성격의 이야기와 함께 비교적 현실성의 정보적 사실들을 함께 담고 있어 우리의 비판적 논의를 위해서는 보다 요긴하고 유익한 내용을 전달해 주는 작품이라 할 수 있는 셈이다. 우연히 세 들어 살게 된 집의 전 주인이 책배달조합의 마지막 회원이었다는 이유로 난데없이 책배달꾼의 방문을 받게 된 화자에게 방문자는 우선 다음과 같은 넋두리를 들려주어 우리의 불편한 마음을 더욱 암담케 한다.

> 말 그대로예요. 성목경님 말고는 더 이상 책을 원하는 사람이 없습
> 니다. 책은 이제 유물이 되어 가고 있습니다.
>
> 　　　　　　　　　　　　　　　❍ 「책과 함께 자다」, 앞의 책, 251쪽

　이런 넋두리 끝에 내뱉어지는 그의 본격적 주사 속에서 말하자면
이 작품의 주제가 암시되고 있다.

> 죄송합니다. 술을 좀 마셨습니다. (…) 마시지 않았다면 여기 오지
> 도 않았을 겁니다. 왜냐하면, 왜냐하면, 너무너무 외로웠기 때문입니
> 다. 왜냐하면, 왜냐하면, 왜냐하면 그러지 않으면 안 될 것 같았기 때
> 문입니다. 왜냐하면, 왜냐하면, 왜냐하면 슬픔이 너무 커서 내 안에 담
> 고 있을 수가 없었기 때문입니다. 왜냐하면, 왜냐하면, 왜냐하면…….
>
> 　　　　　　　　　　　　　　　❍ 「책과 함께 자다」, 앞의 책, 252쪽

　'왜냐하면, 왜냐하면, 왜냐하면'을 이처럼 수없이 반복해서 어눌하
게 조금씩 뱉어내는 그의 이야기들 속에서 말하자면 이 작가의 소설
적인 진실이 배어난다고 할 수 있다. 물론 전례와 다름없이 이 작품
또한 우화적 상황 구축으로 세계의 어두움을 전달하고자 하는 의도
를 지니고 있다. 여기서의 세계의 어두움이란 또 말할 나위 없이,
'책'의 종말, 즉 '독자의 상실'이라는 이 시대의 문화적, 문명적 환경
조건의 변화를 말하는 바에 다름 아니며, 이 현실이 작중 인물들에게
절망적 현실로 닥쳐드는 것은 다시 한번 이들이 다른 삶의 길을 알
지 못하기 때문이다. 책배달꾼은 가업을 계승해왔던 것이다. 그 가업
이 중단될 위기에 처하는 순간, 그가 택할 수 있는 길은 단지 하나의
길일 뿐임을 그는 의식한다.

오대째예요. (…) 우리 아버지와 우리 아버지의 아버지와 우리 아버지의 아버지의 아버지와 우리 아버지의 아버지의 아버지의 아버지가 똑 같은 일을 하셨지요. 우리 아버지의 아버지의 아버지와 우리 아버지의 아버지의 아버지의 아버지는 손수 책을 베껴 쓰는 일을 했어요. (…) 아버지는 권력이 백성을 우민화시키는 세상에 살면서 비밀리에 금서를 보급했어요. (…) 혹자는 책장수라고 비하하기도 했지만, 세상을 움직이는 것은 책이고, 우리는 그 책을 지키고 보급한다는 믿음과 자부심으로 살았어요.

◑ 「책과 함께 자다」, 앞의 책, 253쪽

이 책배달꾼에게 전해지는 세태, 그가 목숨을 부지한다면 함께 살아내야 될 현재 세태의 인간들은 그럼 어떤 인간들인가. 이에 대한 주석이 없을 수 없다. 다시 살 만한 세상인가, 그렇지 않은가의 판단이 이로부터 선택의 답안을 얻을 수 있을 것이기 때문이다.

김갑인, 사십일 세, 케이 양 비디오 또는 시디. 최혜숙, 삼십육 세, 슬픈 것, 안 졸리는 것. 최동열, 이십팔 세, 화끈한 걸로, 책이든 뭐든 상관없음. 황민, 오십일 세, 재미있는 것, 무협지 또는 포르노. 윤정식, 십칠 세, 몰카, 일본 것. 이정석, 삼십 세, 일본 성인 만화, 그룹 섹스나 동성애…… 이게 뭔지 알아요? 뭐 같아요? 요새 내가 받은 주문들이에요. 요새 사람들이 원하는 것들이에요.

◑ 「책과 함께 자다」, 앞의 책, 254~255쪽

결국 우리가 사는 오늘의 세상은 이처럼 버젓이 말초적 쾌락을 팔고, 그것을 떳떳하게 주문하고 배달하는 세계가 아닐 수 없다. '책'의 소외, '활자'의 소외는 바로 이와 같은 문명적 환경 조건 속에서 주어지고 있는 것이다. '문화'라고 할 것도 없이 '문명'의 부산물에 지나지 않는 쾌락문화, 소비문화의 양태들인 것이다. 이제 인간은 다시 짐승으로 돌아가는가. 혹은 로봇으로 비약하는가. 이런 물음에 대한 해답을 작가는 주지 않는다. 다만 절망적 감정만이, 지극한 외로움만이, 작중 인물들을 거쳐 우리에게 전파되고 오염되도록 작가는 무진 애를 쓰고 있는 것이다. 하기야 소설이 우리에게 이 문명과 문화의 미래를 관측하고 예진하는 힘까지를 전달해 주어야 할 이유는 없다. 어떤 점에서 작가는 종말론의 세계 인식을 보여주고 있는 셈이다. 그러니 여기에는 절망과 종말만이 존재한다. 다만 같은 죽음이라도 그 죽음의 방식이 우리의 눈길을 잡아챌 수는 있다. 물 한 모금도 마시지 않은 상태에서 20일을 버티다 죽음에 이른 것 같다는 이런 죽음. 이러한 양상, 방식을 보여주는 이야기 문학이기 때문에 우리가 항용 '소설'이라고 부르는 것이지만, 이와 같은 엽기적 죽음의 방식은 다시 한번 그 죽음의 외로움과 절망, 그리고 무서운 극기의 자세를 한꺼번에 보여주는 것이다. 그리고 책배달조합의 마지막 독자로 남은, 우리네와 같은 범상한 한 인간은, 아무도 거둬가지 않는, 죽은 자들이 남긴 유물의 책들을 방안 가득히 쌓아두고 그 '책들의 무덤' 속에서 조용히 잠에 빠져든다. 그리고 "책들과 함께 잠든 첫날 밤에 나는 내가 들어있는 건물이 폭격당하는 꿈을 다시 꾸"는 것이다. 그리고 또 단 한 사람 마지막 남은 책배달조합의 조합원을 위해 그는 죽은 사람에게 보내는 책배달 행위를 집행한다. "책 배달꾼에게 사로잡혔다는 느낌이 생각보다 끈질겨서 털어 낼 수 없었"기 때문이다. 비록 단 한 사람의 독자만이 남더라도 그 마지막 독자를 향한 글쓰기와 책보내기의 사업을 작가는 결코 중단하지 않으리라는 결의를 이런 식으로 표현하는 것일까.

이해하기 쉽지 않은 요령부득의 내용을 담고 있지만, 이 작품집의 첫 번째 소설인 「도살장의 책」 역시 그 의미구조는 비슷하다고 할 것이다. 다만 조금 다른 점이라면 지식인 성격의 인물이 아닌 막노동자 성격의 충동적 인물이 이미 죽어버린 책의 부장과 그 부장소로서의 도서관에 기생하며 살고 있는 여자 사서의 순결을 짓밟는 모독 행위를 폭력적으로 집행함으로써 책 문화의 실질적 종언 현실이 이제 제도화의 단계에 이르러 있음을 상징적으로, 우화적으로 드러내는 점에 있다고 할 수 있다. 가축을 도축하는 도살장에 시립의 도서관이 세워졌다는 가정을 제시하고 있는 것만으로도 책의 종말을 바라보는 작가의 가학적, 혹은 자괴적 심사가 어떠한지를 알 수 있거니와, 허울좋게도 문화와 정보의 산실임을 내세우는 이곳 도서관의 책자라는 것들이 기실 각 가정의 어느 귀퉁이에서인지 모르게 먼지를 뒤집어쓰고 있다가 마치 폐지 처분의 기분으로 '기증'받아 모아진 도서들임을 작중의 인물은 모르지 않는 것이다. 이렇게 모아진 책들이 날로 부패의 향기를 더함으로써 '책들의 쓰레기장' 아니면 '책들의 무덤' 현실을 이루고 있다는 작가의 지적은 참으로 우리의 도서관 현실에 대한 통렬한 고발과 풍자가 아닐 수 없다. 이처럼 부패한 향기를 뿌리는 도살장의 책들에 자극받아 성욕을 발동하게 된 주인공은 그곳 무덤의 도서관을 지키는 파리한 혈색의 여자(사서)를 자신이 일하는 도살장에 끌고 가 여지없이 겁탈, 강간함으로써 도서관에 대한 모독에의 의미 행위를 집행하거니와, 마치 가축들이 도축당하기 전 잠시 머물다 가는 '계류장'처럼 이처럼 부패한 책들을 모셔놓고 '문화'를 장려하고 선양한다는 위정자들의 허울 좋은 도서관 정책에 대한 반발의 의식이 보란듯이 여자의 순결에 대한 겁탈을 감행하는 이 모독의 행위 속에 깃들어 있을 것은 말할 나위가 없다. 부패한 세계에서의 가장된, 혹은 위장된 순결의 모랄이란 급진적 의식의 소유자에게 때로 모멸과 역거움의 대상으로 비칠 수 있다는 점을 이 작품은 보여주는 듯하다. 모독을 위한 겁탈의 행위를 집행한 끝에 "그는 도서관의 부패한 책들에서 나는 큼큼하고 퀴퀴한 냄새를 맡았다"는 한 귀절이 이 작품의 대미를 장식하는 것은 부패와 순결 사이의 이와 같은 의식적 변증법을 표상하는 발언인 것으로 보인다. 살인의 동기란 언제나 절망의 의식과 맞닿아 있다고 했듯이, 이와 같이 파괴적이고 충동적인 행위의 긴박한 묘사는 다시 한번 역으로 이 작가가 세상을 보는 절망적 인식을 투영하는 바라 할 수 있는 터이다. 요컨대 자살이든, 타살이든, 혹은 가학이든, 피학이든, 이 모든 행위 동기들은 그 내면에 무시무시한 심리적 드라마의 과정을 담고 있기 마련이어서 「도살장의 책」이라는 작품을 통해서 작가는 현실에 대한 그 절망적 인식, 탈출구가 없다는 종말론적 인식을 가학적 행위 동기의 면모로 표현해 본 셈이라 할 수 있다. 그의 작품이 때로 엽기적 양상을 띤다는 것은 인간적 본성의 이와 같은 가학적, 악마적 충동의 본질이 그 내면에 있어서는 기실 절망감의 인식과 맞닿아 있다는 점을 보여주려 하는 데서 나타나는 양세라고 할 수 있거니와, 오늘날 책과 책 문화의 부장 현실이 가축 도축의 과정과 닮아 있다는 작가의 통렬한 지적은 오늘의 인문주의적 문화 위기의 현실이 얼마나 참담한 지경, 참담한 상황의 국면에로까지 진척해 있는가를 역설적으로 아프게 증언해 주는 바라 할 수 있다. 도서관은 이제 '계류장'이다.

4. 묵시록적 비의의 존재경영

책의 몰락과 소설의 위기를 말하고 있는 위 몇몇의 작품말고도 작가는 이번 작품집 속에서 전체적으로 비관적 세계 인식을 특질로 하면서, 비의와 수수께끼로 가득찬, 묵시록적 성격의 여러 작품들을 함께 선보이고 있다. 정통의 기독교 신학을 공부한 이력의 소유자답게 이 작가가 그 동안 추구해온 문학 세계의 본류는 실상 오늘의 현실 속에서 삶의 의미를 묻고, 궁극적으로 존재의 구원이란 가능한가의 종교적이고 형이상적 탐색 위주의 작품 세계로 나타나 왔다는 것을 알 만한 사람들은 다 알고 있다고 할 수 있다. 이번 작품집 속에서도 그리하여 그 지칠 줄 모르는 형이상적 탐구열을 기반으로 현대적 삶의 일반 정황을 묻는 작품들이 오히려 작품 세계의 주류를 형성하고 있다고도 볼 수 있는데, 작품집 해설의 글(박철화, 「빈자리와 와해, 그리고 언어」) 속에서도 지적되고 있듯이, 그의 형이상적, 혹은 존재론적 탐색 열기의 작품 세계란 기본적으로 이 세속 세계의 현실로부터 멀찍이 떠나서 소재가 구해지고 주제가 얻어지는 양상이 아니라, 바로 이 현실 사회 속의 일상적 경험, 마치 장삼이사의 필부들이 겪어내는 매일 같은 삶의 무상성 속에서 취택되는, 그러한 일상적 경험의 보편성 속에 뿌리박은 존재 탐색의 성격을 구유하고, 구현하고 있는 것이기에 우리 세속세계의 독자들로 보아서도 그다지 생경한 형질의 문학 세계에 입문하고 있다는 느낌까지를 받을 필요는 없는 것이다. 다만 이 작가의 형이상적 탐구에의 의욕과 정열이 그러한 만치 갑자기 세속적 일상 세계에 대한 담론 개진으로부터 상징적, 우화적 세계의 이야기로 건너뛰어가버려, 독자를 당혹케 하는 대목이 없지 않아 발견되는 것인데, 작품 속의 비의나 우화적 구조라고 하는 것이 기실 일상적 리얼리즘의 담론과 크게 다를 바 없고, 어떤 점에서 우리가 흔히 '리얼리즘'이라고 부르는 현실 세계에 대한 구체적 지시성의 담론 또한 근본적으로, 혹은 본질적으로는 비의와 우화의 성질을 지닌 것임을 이해한다면 저와 같은 이질적 형질의 난관 돌파하기, 문학 해독법이라고 하는 것도 그다지 고난도의 독서 기예를 요구하는 것이라고 볼 필요는 없다. 우리 문학이 지나치게 '리얼리즘'의 개념에만 익숙하고 여기에 빠져온 탓인지, 가령 기독교의 성경 같은 경전 문학이나 모든 신화적 문학들 속에 우화와 비의의 전통은 오히려 더욱 오랜 역사와 굳건한 뿌리를 자랑하고 있는 형편인 것이다. 세계의 현대 문학사 속에서 가령 카프카 문학 같은 것은 본질적으로 비의와 우화의 알레고리적 형질을 바탕으로 한 문학임을 우리는 생각할 수 있다. 오히려 우화 속에 담긴 알레고리적 비의의 성질을 이해하기 까다롭다고 본다면, 모든 훌륭한 문학이 지닌 저 묵시록적 성격의 담담한 진술체형 문학으로 우리는 그 문학을 받아들여도 좋을 것이며, 그래서 결국 수명이 길고 좋은 문학이란 알레고리와 묵시록의 연합체 성격으로 존재한다고 보아도 좋은 것이다. 이승우 문학의 이와 같은 특질을 조금 미리 맛보기 위한 의도에서 이 작품집 중 가장 단편에 속하는 작품 「관청에 가다」를 먼저 검토해보기로 한다. 카프카의 단편 「법 앞에서」를 떠올리게 할만큼 흡사한 알레고리, 혹은 묵시록적 성격의 작품이 이 단편인 터이다.

카프카의 「법 앞에서」가 맹목적으로 법 앞으로 나아가기 위해 기다리는 사람의 이야기이듯이, 「관청에 가다」 역시 억울함을 호소하기 위해 관청에까지 나아갔다가 결국엔 그 무용함을 깨닫고 다시 돌아오는 이야기로 되어 있다. K가 관청에 가는 것은 그의 아버지가 강도를 만나 억울한 피해를 당했기 때문이었는데, 먼 길을 걸어 도착한 관청에는 이미 수많은 사람들이 줄을 늘인 채 서 있었고, 저마다의 사연을 간직하고 그들은 언제 올 줄 모르는 자기 차례를 기다려 하염없이 서 있는 것이다. 결국 관청에의 호소와 그 처리를 기다리는 과정에서 사람들은 이미 늙고, 죽고, 그리하여 호소는 이미 이 세상 사람들에게 쓸모없는 시간이 되어서야 판결로 둔갑해 나오지만, 그것이 사건을 해결하는 데 무슨 도움이 되는 것도 아니다. 그래서 관청 앞에 줄을 서 있는 사람들은 늘 "화가 난 것 같기도 하고 아무 것도 기대하지 않는 것 같기도 하"지만, 그러나 또 어떻게 보면 "그것말고 다른 어떤 수단을 알지 못하기 때문에 줄을 서 있는 것처럼 보이기도 한다." 요컨대 우리의 삶이란 것이 매양 이런 것, 이런 식 아니겠는가. 저 「고도를 기다리며」처럼, 희망이 무엇인지도 모르고, 그 희망이 성취될 가능성을 알지 못하면서도 "그것말고 다른 어떤 수단을 알지 못하기 때문에" 우리는 늘 '관청' 앞에 줄을 서듯 존재의 줄을 늘이고 서 있는 것이 아닐까. 이러한 글, 작품이 단순한 착상에 의해 쓰여진 것이라 하더라도 그것은 '존재와 세계의 무상성'이라는 이 작가의 특유한, 혹은 본질적인 세계관을 투영한 것이라 할 수 있다. 비의적이거나 우화적 성격이 강한 알레고리 위주의 형질을 이승우 문학이 지녔다는 것은 이런 면모를 두고 말하는 것이다.

표제작인 「나는 아주 오래 살 것이다」의 경우, 그런 비의적 톤이 좀더 잦아든 대신, 우리의 현실적 삶을 좀더 구체적으로 재현하는 리얼리즘적 강도를 높임으로써 사실주의와 우화성의 절묘한 균형 감각으로 작품을 묘출한 경우라 하겠다. 카프카 문학이 일반적으로 그렇고, 또 앞서도 지적한 바 있듯이, 실상 리얼리즘과 알레고리란 반드시 대척적 관계에 서야만 하는 문학적 방법 개념은 아닌 것이고, 따라서 여기서 그는 우리의 현실적 삶과 잠, 그리고 죽음이 그리 멀찍이 떨어져 있는 관계적 존재 양상이 아니라는 점을 밝힘으로써 리얼리즘과 알레고리의 절묘한 균형 감각으로 이룩된, 빼어난 존재론의 작품 하나를 연출하고 있는 것이다. 기업의 경영자 지위에서 하루 아침에 부도를 맞아 현실적 몰락을 경험하게 된 화자―주인공이 매일 불면의 밤을 지새우며 폐인처럼 날을 보내다가, 어느 날 산행 중 동굴 속에 들어가 오랜만에 꿀처럼 달고 깊은 수면의 잠을 경험한다. 어린 시절 그는 벽장 속에서, 혹은 그 벽장의 뒤주 속에서 깊이 잠드는 버릇이 있었던 것. 악덕 기업주로 몰려 노조원들 앞에서 무릎꿇림까지 당한 수모의 깊은 상처가 이로써 치료의 계기를 발견하는 것이다. 그리고 그는 목수 학교에 입학, 마치 자신의 죽음을 예비한 널을 만들 듯, 뒤주처럼 짜 만든 그 널 속에 들어가 매일매일 깊은 수면 속으로 빠져든다. 그리고 그는 "나는 오래 살 것이다"라는 확신의 주문을 외우며, "세상은 확실한 것을 용납하지 않"고, "가능한 확실한 장담은 사람은 언젠가 죽는다는" 확신만을 의식한다. 그의 가족들이 보기에 그는 이미 반쯤 죽은 듯한 삶을 살고 있는 것으로 보이지만, 자신이 짜 만든 널 속에서야 그는 편안함을 느끼고 이제 "나는 오래 살 것이다"라는 주문을 확신처럼, 기도처럼 외우는 것이다.

　인간의 삶과 죽음의 경계란 어디이고 무엇인가. 삶에 집착할 때, 그는 잠을 자지 못했고, 죽음을 받아들였을 때 그는 꿀처럼 달고 깊은 잠에 빠져, 오히려 거꾸로 "나는 오래 살 것이다"는 확신을 외칠 수 있었던 것이다. 이와 같은 역설 역시 하나의 비의에 속하리라는 점에서 리얼리즘과 알레고리 사이를 오가는 그의 문학적 비밀이란 기실 좀더 순도 높은 문학을 쓰기 위한 방법에 지나지 않는다는 것을 우리는 알 수 있다.

　「검은 나무」라는 작품 역시 이처럼 이색적인 형질을 띠고 있다는 점에서는 예외가 아니라고 할 수 있다. 이 작품 역시도 도입부의 다소 비의적 언설과 전체적으로 다양한 화소들의 복합적 구성을 보아서는 그 의미 구조의 파악이 쉽지 않다는 느낌을 줄 수 있지만, 작품을 끈기 있게 읽어 내려가다 보면, 작가가 말하고자 하는 바가 무엇인지 어렴풋이나마 짐작할 수 있게 된다. 치매에 걸린 어머니와 그 어머니를 지키며 살고 있는 아들의 삶이 있는 것이다. 자꾸 집을 나가서 옷을 까뒤집고는 오줌누는 자세를 취한다는 것이 치매에 걸린 늙은 어머니의 기행이지만, 이 기행의 연유를 그는 알지 못한다. 사람들의 삶의 원리가 욕망의 원리라는 것을 그는 러브 호텔을 감시하는 쌍안경 보기의 취미로 잘 감득하게도 되지만, 그리고 결혼 직전에까지 갔다가 파경에 이르고 만 그의 옛 여인과의 일로도 그는 세상을 짐작할 수 있게 되지만, 정작 어머니의 깊은 무의식을 그는 전혀 이해하지 못하고 짐작조차 하지 못하는 것이다. 그리고 어느날 편지가 날라든다. 그 동안 절연하고 살았던 의붓아버지의 용서를 비는 편지. 의붓애비가 딸, 그의 누나를 겁탈하려던 밤에 누나는 불에 타 죽어갔던 것이다. 그가 꿈에서 보곤 하는 검은 나무도 다름 아닌 그 옛날 불탄 집의 감나무였던 것이고, 이제 그는 어머니의 무의식을 이해하게 된다. 모든 것이 욕망 때문이었고, 그리고 어머니의 행위는 죽은 딸에 대한 기억 때문이었던 셈이다. 모두가 죽은 딸에 대한 죄책감으로 살아왔던 셈이다. 누구나 기억으로부터 자유롭지 못하다는 점을 작가는 강조하고 있는 셈인데, 그리하여 인간에게 기억이 남아 있는 한 영원히 이야기는 끝나지 않을 것이라고 그는 믿는 듯하다. 이 작품의 마지막 문장이 "그의 이야기는 영원히 끝나지 않을 것 같았다"가 의미심장하게 들리는 것은 이런 문맥 때문인 것이다. 그렇지만 묵시록적이고, 비의적이라 했던 이승우 문학의 바로 그 특성 때문에 작가는 더 이상의 자세한 주석을 여기에 달고 있지 않으며, 그 모든 해석의 몫은 결국 독자에게 주어질 뿐이다. 결국 삶은 부질없는 욕망 때문이고, 그 욕망들이 불러일으키는 비극 때문에, 그리고 그 비극적 사건들이 끝까지 각인하여 남기는 기억 때문에, 인간은 살고, 또 소설은 이어지는 것인가. 모든 것이 비극으로 이어지는 원환의 궤도라면 우리의 작가가 비극 작가일 수밖에 없다는 것 또한 숙명적 사실이라고 우리는 말할 수밖에 없을 터이다.

한편, 다시 한번 비의적 색채를 강화하여 쓰여진 작품이 작은 소품으로서 「길을 잃다」라고 할 수 있다면, 현대적 실존의 정황을 사실주의적으로 투영하면서도 궁극적으로는 알레고리의 성격으로 이야기를 끝맺고 있는 작품이 이 작품집 속에서 가장 긴 편의 소설 「부재증명」이랄 수 있다. 내용으로만 보면 「길을 잃다」는 아주 단순하다.

어머니가 죽고 지금껏 그 존재조차 알지 못했던 삼촌으로부터 그는
어떤 유토피아 같은 섬으로의 초대 편지를 받는 것이다. 그렇지만 삼
촌이 보내준 약도를 들고 찾아간 그 여행에서 주인공—화자는 결코
목적지를 찾지 못한다. '우연과 배회의 회로'만을 헤매고 다닐 뿐, 누
구도 그 목적지를 알거나 알려주지 못하는 것이다. 마치 카프카의
「성」 같다. 「길을 잃다」라는 제목 자체가 표상하고 있는 것처럼, 약도
란 그 곳에 사는 사람만이 이해하고 알 수 있을 뿐, 이방인이 그것을
들고 목적지를 찾아갈 수는 도저히 없는 일이다. 우리가 일상적으로
경험하는 사실도 그렇지만, 철학적, 존재론적으로도 그렇다는 것을
역시 하나의 알레고리로써 작가는 우리에게 깨우치고 있는 것이 아
닐까. 누군가 여기 유토피아가 있다,고 외칠 수 있지만, 그곳을 찾아
간 자에게 그곳이 참말로 그런 곳일 수 있을까도 의문이 아닐 수 없
다. 결국 우리의 삶이란 처마 밑의 파랑새를 찾아 온 세상을 찾아 헤
매는 자의 그런 이야기와 같다고 보는 것일까. 작가는 아무 설명이
없이 단지 '우연과 배회의 회로'만을 반복해서 지시하고 보여줄 뿐이
다. "마음은 회로 밖을 꿈꾸지만, 그러나 회로 바깥에 있는 것은 더
튼튼한 회로, 더 튼튼한 우연과 배회의 회로"일 뿐이라는 것을 작가
는 작품의 말미에서 다시 한번 강조한다. 그리고 그는 "넝마처럼 닳
고 해진 약도를 호주머니에서 꺼내 길 위에 버"린다. 결국 길은 우리
스스로 찾아낼 수밖에 없다는 뜻인가. 아니면 길, 구원이란 어디에도
결코 있을 수 없음을 말해주는 궁극적인 종말론의 사상을 말해주는
바인가.

　일상적 리얼리즘 속에서 건져 올려지는 위트와 페이소스의, 자잘
한 소설 재미에 빠져들게 하다가 어느덧 추리소설 같은 미궁 속을
헤매이게 하고, 급기야는 다시 카프카의 「심판」 같은, 탈출구 없는
실존의 원죄적 공포 상황을 그리고 있는 작품이 「부재 증명」이라 할

수 있다. 이 작품을 끌고 가는 핵심적 법적 개념의 하나는 작품의 제목이 말하는 바, 이른바 '알리바이'이다. 주인공 신분의 특이점은 컴퓨터 통신의 동호회를 찾아다니며 여기저기 글을 써 먹고 사는 사이버 필자라는 점인데, 이 때문에 그는 여러가지 이름의 'ID'를 수시로 사용해, 그가 결국 범죄 용의자로서 경찰에 잡히는 신세가 되어서도 자신의 알리바이를 입증하기 어려운 난처한 처지에 빠지고 만다. 복수 'ID'의 난무와 진정한 자기 증명의 불가능이라는 조건 속에서 오늘의 현대인, 그 현대적 실존의 일반 정황이 펼쳐지고 있음을 작가는 작품의 말미에서 다음과 같은 언설로 결론짓고 있다. 요컨대 정체성 상실을 넘어 자기 증명 불능의 시대를 살고 있는 것이 현대적 실존의 일반 정황임을 강력히 암시하는 바가 아닐 수 없다. 존재론적이며 동시에 현대적 실존의 참상을 일깨우기 위한 리얼리즘과 알레고리의 교묘한 절충의 방법이 이승우 문학의 근본 속성임을 다시 한번 알려주는 바라 할 수 있다.

> 하지만 정말로 내가 누구인지 알 수 없는 상태라면, 내가 인식하는 나를 빼놓고 구성된 나를 제외할 경우 존재의 기틀을 놓는 것 자체가 불가능한 상황이라면, 나의 존재를 어떻게 증명할 수 있겠는가? 내가 나의 존재를 증명할 수 없다면 타인들이 증명하는, 내가 인식하지 못하는 나를 어떻게 부정할 수 있겠는가. 나를 빼놓고 구성된, 내가 인식하지 못하는 나에 대한 확실하고 완벽한 부재 증명을 통해서만 겨우 성공할 수 있는 나의 불안정한 존재 증명. 이 무슨 가혹한 운명인지. 나는 당신들의 부재 증명을 통해서만 가까스로 존재하게 된다. 그러니까 이 글은 당신들 속의 나의 알리바이를 증명해 줄 사람을 찾는다는 공고문과도 같은 것이다.
> ◎ 「부재 증명」, 앞의 책, 225~226쪽

5. 소설과 삶의 현실

이승우가 최근에 펴낸 소설집『나는 아주 오래 살 것이다』를 몇 편에 집중하여, 몇 편은 주마간산 격으로 살펴보았다. 책의 몰락, 소설의 위기 현실을 고발하는 작품들에 주목하여 살펴보았지만, 이승우의 이번 소설집이 그런 현실 고발성, 자기 폭로성의 작품들로만 의미 있는 것은 물론 아니다. 소설에 대한 위기 감각, 책 문화의 몰락 현실에 대한 위기 인식은 오늘날 대부분의 인문주의자들이 공유하고 공감하는 바이지만, 이와 같은 위기 의식과 감각이 자신의 글쓰기와 결부되었을 때, 어떤 대처 방법과 또 앞으로 이 문제에 대한 전망을 가질 수 있느냐에 우리의 관심이 집중될 필요가 있고, 이와 같은 인식 관심에 관련되는 한 이승우의 이번 소설집은 충분히 하나의 답안을 제시하고 있다고 본다. 간단히 말하면 일종의 신념 상태를 그의 이번 소설집은 보여주고 있는 것이다. 비록 자기 풍자와 모멸, 비관적 인식이 가득한 대로 결코 소설쓰기를 포기하지는 않으리라는 각오와 신념이 작품집 서두의 <작가의 말> 속에서 뿐만이 아니라, 작품 곳곳에서 배어나오고 있다고 할 수 있다. <작가의 말>을 여기서 조금 더 인용해 보자면 이렇다.

> 한 시인이 꿈 이야기를 해주었다. (……) 얼마 후에 나도 꿈을 꾸었다. 내 꿈 속에서도 남자는 진흙탕과 시멘트 벽 사이 좁은 틈으로 아슬아슬하게 걸어갔다. 나는 그가 진흙탕에 몸 더럽히지 않고 시멘트 벽에도 상처 입지 않고, 이쪽에서 저쪽으로 걸어간 줄 알았다. (…) 그런데 그렇지 않았다. 문득 그의 몸이 보였다. 그의 몸은 흙투성이였고 상처가 나지 않은 곳이 없었다. 온몸이 흙이었고 상처였다. 흙과 상처의 육체였다. (…) 나는 부끄러움을 느꼈다.

소설은 세상을 향한 내 가난한 소통의 수단이다. 나는 절필하지 않겠다.

◎ <작가의 말>, 앞의 책

이러한 신념의 상태가 소설의 재흥을 위해 어떤 도움을 줄 것인지는 알 수 없다. 그가 쓰는 존재론적이고, 리얼리즘과 알레고리의 교묘한, 혹은 어려운 절충의 방법이 오늘의 독자들에게 어떻게 읽힐 수 있을지에 대해서도 우리는 장담하기 어렵다. 다만 그가 '나는 아주 오래 살 것이다'고 외치는 그 단말마적 음성만이 우리의 뇌리를 강하게 때리고, 스쳐서, 우리는 결코 그 기억으로부터 자유로울 수 없으리라는 점을 여기서 확인하게 될 따름이다. 충천하는 듯 살아있는 듯이 보이지만 결코 살아있는 것이 아니고, 죽은 듯 누워있지만 결코 죽은 것이 아니라는 그의 전언을 우리는 또 기억한다. 비극이 존재하는 한, 그리고 존재의 모순이 존재하는 한, 기억 또한 살아있을 수밖에 없고, 기억이 사는 한 소설, 이야기 역시 영원히 끝나지 않으리라는 그의 믿음은 우리에게 위안을 주고 또 적잖게 안심을 주는 것도 사실이다. 아무도 '도살장의 책'들에 애통해 하지 않고, 마지막 독자의 사멸을 위문하지 않더라도, 지상에 남은 마지막 독자의 주소를 향해 책을 우송하겠다는 '책배달꾼'의 이야기는 우리에게 위안을 준다. 그렇지만 마지막 독자가 사라진 다음의 그런 영혼 배례 의식이 현실적으로는 과연 무슨 의미를 지닐까. 책을 읽지 않고 소설을 읽지 않는 것은 독자의 책임이 아니라, 환경 탓일 뿐이라고 소설가는 힘주어 강조하고 있지만, 과연 독자가 사라진 자리에서도 문학은 존립할 수 있을까. 그러고 보니 아, 생각이 난다. 글을 쓰는 것은 독자를 위해서가 아니라, 자기 자신을 위해서 쓰는 것이라던 저 카프카의 말. 그는 자신의 모든 저술을 파묻고 불질러버리라고 유언하지 않았던가. 그렇다면 이승우의 저 각오와 결의의 발언도 현실적 유효성을 가진 것으로 인정할 수 있겠다. 비록 책 내주는 사람이 없더라도 글은 존재할 수 있을 것 아닌가. '절필하지 않을 것'이라는 그의 선언, 그리고 '나는(소설은) 아주 오래 살 것이다'고 역설적으로 외치는 그의 선언, 이 모두를 우리는 현실적 유효성을 가진 발언으로 인정할 수 있다. 사건과 기억, 그리고 존재가 지속되는 한, 소설은 아주 오래 살 것이라고 작가는 예언하고 있지 않은가.

(≪문예중앙≫, 2002년 여름)

모더니즘적 · 나르시소스적 소설 정신의 원형질
윤후명의 「별을 사랑하는 마음으로」

1. 모더니즘 혹은 자기 초상화의 방법

　윤후명의 소설이란 무엇인가. 이런 물음은 자주 되물어질 법하다. 그의 소설은 이제 누가 뭐래도 한국소설의 수준을 대표하는, 가장 질적인 소설이면서 또한 정통적인 계보에 속하는 것이기 때문이다. 그러나 이에 대한 인식은 그동안 깊지 못해왔다. 말할 나위 없이 그동안 한국문단을 지배해온 리얼리즘에의 편향된 인식 때문이었다. 근대소설치고 리얼리즘 아닌 것이 있겠는가만, 이 리얼리즘의 이름 아래 그동안 편향된 이념, 편향된 형식이 강조되어왔다. 이에서 벗어나는 소설 경향은 '모더니즘'이라거나, 혹은 '예술소설'이라거나 하는, 어딘지 궁색해 뵈는 이름을 패용처럼 차야 했으며, 윤후명 같은 작가가 바로 그러해야 했다. 그는 말하자면 80년대의 그 어지러운 세상 속에서 회개하지 않는 작가의 일원이었다. 아니 정치적으로만이 아니라 예술적으로도 그는 회개하지 않는 작가의 대명사였으니, 그의 소설이 초기부터 지금까지 변치 않는 형태로 유지되어오는 것은 그의 예술가적 고집, 혹은 소설가로서의 무지를 적나라하게 드러내는 것이다. 요컨대 그의 소설은 모든 것이 한결같다! 이제 그의 소설의 이 한결같음의 의미에 대하여 따져봐야겠다.

리얼리즘이 아니면 모더니즘이라는 투로 말한다면, 그러나 모더니즘에 대해서 이제 우리는 적극적으로 말할 수 있어야 한다. 요컨대 모더니즘이란 우선 나쁜 것이 아니다. 그것을 나쁜 것으로 말해왔던 것은 괜한 정치적 선입견의 작용 탓이었다. 실제로 모더니스트들이 정치적으로 반동적이라는 증거는 어디에도 없으며, 오히려 이 예술상의 진보·전위주의자들이 정치적으로도 진보적인 입장에 섰던 예는 얼마든지 많이 있다. 물론 그것들은 대체로 자본주의 체제를 둘러싼 견해의 차이인 것이 대부분이었다. 다 알다시피 이제 그 추상적이고, 거시적인, 불가항력적인 체제와의 관념적인 싸움이란 별 의미가 없어졌다. 그 싸움을 관념적으로 생각할 줄 몰라서가 아니라, 이제 예술가가 그 여전한 싸움에만 몰입하는 것은 시효를 잃게 되었다는 뜻이다. 이제 세기적인, 그리고 세계적인 체제 내기가 이미 판을 걷어버린 상태에 와 있기 때문이다. 그렇다면 예술가는 무엇을 하는가. 아마도 각자의 자리에서 자기 해오던 일을 여전히 해나가야 할 것이다. 소설을 쓰던 사람은 소설을 쓰고, 시를 쓰던 사람은 시를 쓴다. 그렇다면 또 리얼리즘과 모더니즘의 관계는 어찌 되는가.

'포스트모더니즘'이라는 또다른 타자가 나와서 좀더 분명해진 바이지만, 리얼리즘과 모더니즘이란 맹목적으로 배치적인 관계일 필요만은 없다는 것이 그동안 드러났다. 모더니즘 편에서 좀더 적극적으로 말한다면 예술사상의 어떤 피할 수 없는 발전경로를 표시하는 것, 그 경로를 쫓아가다보면 근대의 초입부에 가 걸치고, 그 경로의 다음 단계에서 이른바 후기 모더니즘의 문제와 겹친다. 다만 모든 현상이 그렇듯이 같은 모더니즘이라 하더라도 그 내부에는 복잡한 차등이 많은 것. 예컨대 세계 모더니즘 소설의 세 사람 거목으로 조이스·프루스트·카프카 등을 꼽는다 하더라도 이들 사이에 등차가 전혀 없다고는 할 수 없는 것. 유럽의 사정이 그럴진대 한국의 작가에게 만약 모더니즘의 딱지를 붙인다 하더라도 그 양상이 균일할 이치는 없다. 다만 이 자리에서 우리는 윤후명 소설의 한결같음에 대하여 말하고자 할 뿐이며, 그것을 일단 '모더니즘'이라는 이름으로 불러볼 수는 없을까.

하나의 증거가 있다. 대체적인 방법의 면에서 윤후명 소설이 프루스트의 소설의 그것과 많이 닮아있다고 하면 작가부터가 우선 크게 손을 내저을 일일지 모르지만, 그러나 소설의 운명스런 모습에서 둘 사이의 공통성을 느끼는 것은 그리 잘못된 일이 아니다. 이것을 모더니즘 소설의 결정적인 증거라고 말하기는 뭣하지만, 그 유력한 방증의 하나라는 점은 널리 지적되고 있다. 윤후명 소설의 독자가 얼마쯤인지 아직까지 제대로 조사된 바는 없지만, 그가 대중적인 인기작가가 아닌 것만은 분명한 듯하다. 이 사실은 불운인가. 그러나 그것이 참으로 불운인지 어떤지는 더 많은 시간이 지나가봐야 안다. 여기서 그의 소설이 왜 대중들로부터 널리 이해받지 못하는지 자세히 따질 필요는 없으리라. 그의 소설에 극적인 사건의 전개가 부족하다거나, 그 문체의 미묘한 확산, 변주를 따라가기 어렵다거나, 어쨌든 난해함의 이유에 그 이유의 대체가 있는 것이다. 이것으로 다인가. 작가의 세계관 자체는 근본적으로 이 근대의 세계를 싫어하는 것, 혐오하는 것, 최소한 거기에 적극적으로 동화하는 자의 그것은 아니지 않는가. 이러한 반론은 별로 쓸모없다. 실상 모더니즘 예술, 소설의 대표자들 치고 이 근대·현대의 세계를 가장 세련된 방식으로 표현한 것이 그들 모더니즘 예술의 운명이었고, 따라서 그것들은 근본적으로 현대의 세계들로부터 버림받은 것이었다. 이 버림받은 예술들을 다시 불러내

구원해내는 것이 미학·예술학상의 '모더니즘' 개념이었고, 이 모더
니즘 예술개념은 다시금 버림받을 위기에 몰려왔다. 그러나, 어찌 알
겠는가. 누가 궁극적인 승리자가 될 것인지……. 어쨌든 우리는 한국
적인 모더니즘 소설의 대표형 앞에 앉아 있다. 그 하나의 작품으로서
의 증거가 곧 최근작 「별을 사랑하는 마음으로」이다.

2. 자기 반조의 정신 병동 또는 자기 미학화의 예술정신

'한 권의 책'을 말하고 실천한 사람은 프루스트였지만, 거의 한 권
의 책에 값하는 소설쓰기의 양상을 연출하고 있는 게 말하자면 윤후
명 문학의 한 특질이라고 할 수 있다. '한 권의 책'의 작가란 곧 자
신의 삶을 텍스트로 하는 작가라는 뜻이며, 이처럼 스스로의 경험세
계를 벗어나서는 한 줄의 글도 써낼 수 없는 작가 유형을 우리는 나
르시소스적 작가유형이라고 말할 수 있다. 말을 바꾸면 이런 유의 작
가란 자신의 문학 전체가 하나의 자전적 체계를 이루는 것이며, 본질
적으로 자신의 삶을 진술하는 이외의 다른 목적성을 그가 갖지 않음
을 뜻한다―여기서 작품에 언표된 내용과 실제 삶에서의 경험 내용
이 어느 만큼 엄밀하게 일치하느냐의 여부 문제는 요컨대 본질적인
문제가 아닐 것이다. 중요한 것은 구조적인 상관관계이지 개별 사실
들의 진위 여부가 아닐 것이기 때문이다. 예컨대 죽은 작가인 프루스
트의 경우에도 작품의 진술 내용과 실제 경험 내용과의 일치 여부는
밝히기 어려운 것으로 되어 있다.(『프루스트 읽기』(가에탕 피콩 지음, 남수
인 옮김, 문학과지성사, 1992) 1장 참조) 그러므로 이런 작가에게 있어서
삶을 사는 것이란 작품을 쓰기 위한 일차적인 행위, 곧 그런 의미에

서 작품을 쓰는 행위 자체일 수 있으며, 따라서 '살기'와 '쓰기' 사이의 매개적 존재행위란 오로지 '기억'과 그것의 언어적 재배치행위, 즉 주제화작업이 있을 뿐이라고도 말할 수 있다. 윤후명 소설이 한결같이 동일한 방법적 형태를 가지고 있다는 것은 이런 발생구조 때문이기도 한데, 이 생―쓰기의 일원적 발생구조 때문에 그것은 더디지만, 그러나 하나의 경험 발생 이후에는 반드시 또 하나의 소설작품을 산출한다는 엄밀한 생산원칙이 지켜지고야 마는 것이다. 이 작가가 자주 새로운 작품 생산의 남는 시간을 이용하여 기발표된 작품의 수정작업을 행하거나, 때로 두어 개의 소품, 단편을 모아 두툼한 중편을 만들어내는, 말하자면 일종의 작품 키우기 작업을 벌여왔다는 것은 잘 알려진 사실인데, 언제라도 그런 재생산, 확대 재생산의 작업이 가능한 것 역시 본질적으로 그의 작품들 사이의 원료가 질적으로 동질적임을 말해주고 있다. 요컨대 그의 전작품세계는 단지 한 권의 책으로 엮여지고 있지 않다 할 뿐이지, 일종의 연속적인 자서전 쓰기와 같은 원환의 순환구조를 가진 것으로조차 볼 수 있는 것이다. 그의 소설을 만약 형식적·문체적 특질로 말한다면, 저 '일인칭 화자 고백체'라는 현대소설의 전형적인 것으로 말할 수 있는데, 이런 형식적 특질 역시 작가와 화자, 그리고 작품의 주인공 사이에 구조적인 기능적 단층이 전혀 발생하지 않는, 곧 에세이 소설과 같은 것으로 이해될 수 있다. 이런 소설쓰기 방식의 일관된 양상이란 그가 작가로서 글쓰기 형식 선택에의 무심, 혹은 무력증을 반영한다라기보다, 근본적으로 문학적 형식화 작업에 선행하는 작가의 삶―고백 의욕이 앞서고, 또 거기에 스스로 충만해 있기 때문이라고 말할 수 있다. 물론 이처럼 철두철미한 자기고백적·자기진술적 형식에의 고집이란 예술 실천의 차원에서 한편으로 위험스러움을 내재한 것이 틀림없고, 따라서 작가 자신을 스스로 세상 속으로 내던지는 생의 치열한 경험

전략, 혹은 모험에의 의욕이 수반되지 않고서는 유지되기 어려우며, 또 한편 글쓰기 차원에서 그 경험 내용들을 동일한 방법적 형식으로 구현하고자 할 때, 형식화의 매너리즘을 극복하는 또다른 차원의 예술가적 장인정신, 곧 치밀한 언어적 조탁에의 자세가 투여되지 않고서는 소설적 긴장, 혹은 밀도를 그때마다 확보케 하기 쉽지 않으리라. 때로 윤후명 소설이 긴장을 잃고 매너리즘을 답습하고 있다는 인상을 주는 것은 이런 점에서 피할 수 없는 자기함정이라고도 할 수 있겠는데, 그럼에도 불구하고 그가 끝까지 자기 혼을 연소시키는 정열의 소진상태에 빠지지 않고 끊임없이 새로운 불꽃을 일으켜 나오는 것은 그의 예술적 천품, 정열의 에너지 자체가 순도 높은 질량을 유지하고 있는 탓으로 볼 수 있다. 물론 여기에는 무절제, 혹은 예술적인 자기관리가 철저한 탓이라고도 보겠는데, 이와 같은 자기미학화의 정신이 과연 모더니즘의 속성과 어떤 관계에 있는지는 다음 대목에서 좀더 자세히 살피기로 하고, 먼저 그의 문체적 실현의 실제 속으로 들어가 보기로 한다. 「별을 사랑하는 마음으로」의 서두, 도입부분이다. 소설을 구체적으로 실현시키는 것은 바로 문체라는 점에서 문체의 전개, 즉 문체를 이끌어가는 기저 동력에 대해서 보다 유심히 살펴둘 필요가 있다.

그날 오후에 나는 자작나무에 관한 시를 읽고 있었다. 오후라고는 해도 아직은 일렀다. 해가 기울자면 아직 이르다는 것보다 약속시간까지는 시간이 얼마 더 남아 있었다는 뜻이다. 사실 나는 망설이고 있었다. 약속시간이라는 것 자체가, 아니 시간은 그만두고 약속이라는 것 자체가 근거를 의심할만했다. 약속이란 서로가 합의해야만 성립하는 것이다. 그러나 이 경우 그녀의 말에 나는 희미하게 웃었을 뿐이었다. 아마 고개를 약간 끄덕거리기야 했겠지만 그것도 희미했으리라.
그런 나에 맞받아 그녀도 희미한 웃음을 띠었다고 받아들여졌다.

일찍이, 20대에, 이른바 <고졸한 웃음>이라는 것에 대하여 들은 바 있었다. (…) 그러니까 이 경우 그녀의 웃음이 주위의 풍경처럼 떠오르고 그녀의 모습이 그 안에 놓여져 있는, 동일한 대상이 겹쳐 있는 형국이 될 것이다. 이것부터가 하나의 그림이련만 이 그림 속의 그녀가 또 그림을 그리고 있다. (…)

그러나 내가 그녀를 생각하며 떠올리고 있는 이 모습은 실은 환영(幻影)이다. 따라서 그녀와 연관되어 있는 모든 기억이 환영일지 모른다고, 나는 퍼뜩 놀란다. 하지만 모든 기억이 환영일 수는 없다. 그녀는 몇 개월 전 그곳에서 분명히 그림그리기에 열중하곤 했었다. 크레파스로 그려서 내게 준 내 초상화는 (…) 어렸을 적 언젠가는 하얀 벽의 병실에서 환자복을 입고 파리한 얼굴로 삶에 대하여 무슨 사념엔가 잠겨 있는 사람에 대해 동경을 품었던 일도 있었다. 그럴 때면 나는 어김없이 「아아.」하고 내 처지를 한탄하곤 했던 것이다. 「아아, 사는 거란…….」

사는 게 어쨌다는 건지 지금의 나로서는 당시의 그 감정을 알 수 없어서 다소 안달조차 느낀다. 그런데도 나는 「아아.」하던 그 순간들이 감미로웠다고 기억한다. 그것이 오후의 망설임의 시간 속에서 되살아나서 나는 망연할 수밖에 없었다. (…)

◉ 《현대문학》(1993, 12), 206~208쪽

조금 길어졌지만, 이와 같은 소설 도입부의 양상을 통해서도 그 문체의 기저 동력이 대상지향적이라기보다 화자 자신의 내부 투사적 성격임을 알 수 있다. '그녀'라는 미지의 여자, 미지의 타자에 대한 회억(回憶)이 앞세워지고 있는 듯하지만, 문체 전개의 사이사이에 끊임없이 개입되고 있는 것은 화자 자신의 생에 대한 기억의 영상들인 것이다. 이처럼 자기반조적인 성격을 본질로 하고 있는 것이기에 그것을 우리는 나르시시즘적 자기 초상의 문체라 할 수 있는데, 이러한 관계 속에서 타자란 자기 비춰보기의 반사 거울에 다름 아님이 드러나는 것이다. 심하게 말하여 그의 소설에 등장하는 타자란 단지 한 빌미일 뿐 기실은 화자 자신을 얘기하고자 하는 것이며, 그 때문에 그의 소설에 숱하게 등장하는 타자들은 대체로 이성으로서의 타자, 곧 에로스적 정열에 의해 묶일 수 있는, 그런 순수정열의 대상화된 타자이긴 해도, 결코 주체 자신을 압도하거나, 혹은 지배함으로써 주체의 의식까지를 무화시켜 버릴 수도 있는 그런 위험한, 거대한 타자로서 존립하는 경우는 거의 없는 것이다. 그러나 역으로 타자없는 소설이라 하면 그 소설은 또 얼마나 단선적이며, 무미건조한 것으로 되고 말 것인가. 이 때문에 또 타자 설정하기란 윤후명 소설쓰기의 원초적인 방법론이기도 한데, 이처럼 서사의 빌미이자, 동시에 자기반조의 거울이며, 또 의사소통의 합리적 회로 역할을 한다는 점에서 윤후명 소설의 화자—주체와 그녀—타자의 관계 설정이란 소설쓰기의 최초 교두보이기도 한 셈이다.

이 소설 도입부의 양상이 똑 그와 같다. 그녀와의 희미한(?) 약속, 곧 언젠가의 전시회에 와달라는 한 불안한 (화가)정신과의 해우 약속을 떠올림으로써 소설 문장은 시작되는 것인데, 이러한 도입부의 양상이란 기실 화자 자신의 체험 진술을 위한 한 빌미이고, 가탁이라 할 수 있다. 그처럼 소설 구상 전체가 결국은 화자 자신의 체험 진술을 위한 한 방편이라고 할 때, 그 문체 전개의 방식이란 전체적으로 '상기(想起)'의 한 형식에 의존해 있으며, 그 상기 형식의 구체화란 작가의 뇌리 속에서 끊임없이 샘솟는 생애 기억들의 추체험과 그것의 재해석, 재의미화 작업과 같은 것임을 알 수 있다. 이러한 문체적 양상이란 대체로 말해서 '에세이 소설', 즉 작가—주체의 직접적 해소 양식이라 불려질 수 있는 현대소설 특유의 문체적 형식을 구현하는 것이라 할 수 있으며, 그것을 달리 만약 '예술소설'이라 지칭한다면 그것은 요컨대 소설작가의 자기미학화 정신을 의미하는 것이라 할 수 있다. 현대소설이 점차 이러한 문체적·방법적 특질을 구유하는 쪽으로 움직인다는 것은 널리 동의되는 바인데, 가령 사르트르가 지적하는 것처럼 인간, 즉 작가가 신의 위치로 올라가는 전세기적 과대망상의 소설미학의 깊이를 적극적인 내면 탐사의 방향 쪽으로 취해 가려 하는 것은 가장 근대적인 양식으로서의 소설미학의 합리적 정향성을 반영하는 것이라 할 수 있다.

이렇게 해서 소설미학의 테두리 내에서 모더니즘적 정향성, 혹은 나르시시즘적 정향성의 소설화 방향이란 근대적 합리적 정향성과 일치하는 방향을 취하게 된다. 따라서 소설양식 내부에서 이러한 정향성이란 곧 미적 합리성, 미학적 합리성의 성격을 띠게 되는데, 회화에 견주어서 흔히 '원근법'이 근대적 합리성의 기초기제로서 알려져 있지만, 이보다 더 근원적인 근대미술의 충동으로서 현대적인 화자들에 일반적으로 나타나는 '자화상' 그리기의 충동, 즉 주체의 자기미학화 충동이 이에 상사한 것임을 알 수 있다. 특히 자의식이 민감한 화가일수록 쉼없는 자화상 그리기의 갱신작업을 통해서 자기미학화의 정신을 추구, 실현함을 볼 수 있는데, 이로써 근대정신의 특질인 주체의 자기의식화가 곧 예술적으로는 주체의 자기미학화 정신으로 나타남을 알 수 있다.

이 경우 자기미학화의 정신, 충동이란 것이 곧 상식적인, 상투적인 의미에서의 자기미화, 곧 대상화된 주체 스스로의 화려한 분식(粉飾)을 의미하는 것으로 받아들여져서는 곤란할 것이다. 자의식이 예민하고 자기미학화의 정신이 투철한 화가일수록 스스로의 초상을—굳이 스스로 추해지려고 하는 것은 아니라도—정직한 자기응시가 되도록 표현하려는 것은 당연한 일이다. 문학이라면 이런 경우 어떻게 될까. 아마도 보다 위악적인 양상으로 드러나게 되지 않을까. 자화상의 화면에 일치시키기 위해 스스로의 귀를 잘라냈다고 하는 고흐의 일화가 전해지는 것처럼 자의식 예민한 정신의 자기응시란 때로 자학처럼, 자기 치부까지도 드러내는 자세로 왜소한 자기 모습을 그려내게 되는 것 아닐까. 혹은 파탄된 모습으로, 혹은 파렴치한 모습으로, '나는 이 세상의 벌거지다!'고 외치는 그런 가열한 자기학대의 모습으로까지 마침내 나르시소스적 정신은 자기자신을 연출하게 되는 것 아닐까.

「별을 사랑하는 마음으로」의 화자 태도란 바로 그와 같은 것으로 견주어 볼 수 있다. 앞에서 '그녀-타자'의 끌어들임이란 단지 소설 쓰기를 위한 한 빌미일 수 있다고 말했듯이 도입부 이후 본장 부분에서 주로 진술되는 것은 정신병동·폐쇄병동에까지 이르게 된 생체험의 한 전락에 관한 것이고, 그 체험의 담담한 진술이란 곧 자기고발에 다름 아니다. 그는 우선 폐쇄병동에 대한 공간적 묘사로부터 시작하는데, 충분히 상상할 수 있듯이 이런 폐쇄병동의 풍경이란 푸코가 날카롭게 탄핵했고, 또 저 영화 「뻐꾸기 둥지 위로 날아간 새」가 실감나게 보여줬듯이, 감옥 그 자체의 원형적 형태에 흡사한 것이다. 실상 감옥보다도 그것이 더 아득한 느낌을 줄 수 있는 것은 비록 감옥의 체제가 엄격한 양형제도에 의해서 움직이는 것에 비하면 정신병동의 수용이란 의학체계가 만들어내는 자의적인 진단체제에 그것이 결정적으로 지배될 수 있기 때문이다. 그것의 허구성을 고발하는 일이란 또 그리 어려운 일이 아니다. 말하자면 체험 그 자체를 적나라하게 진술하는 일만으로도 그것은 한 임의적 체계의 맹신성을 고발할 수 있는 터이다. 화자의 고백적 문체 역시 이 부분의 고발과 비판에 상당 부분 역점이 두어진다. 그렇긴 하나 또 이런 사회적 실정성의 고발에만 주안점이 두어지는 것은 작가의 생리에 들어맞는 일이 아니리라. 가학적인, 그러니까 공격적인 언어로 세상에 응대하기보다는 스스로 학대받는 이미지를 연출함으로써 세상의 잔인한 모습을 투영시키고자 한다. 요컨대 정신이 묶여진 하나의 포로상태에 그는 진배없었다는 것이고, 그것도 육체가 다 날아가버린, 뼈만 남은 정신의 상태로 그는 가엾게도 물살을 휘젓는 기분이었다는 것이다. 뭇 작가들처럼 너절하게, 자기 존재의 상태를 온갖 설명적인 언어로 그려내려고 하는 작가의 태도와 그가 질적으로 얼마나 다른 작가인가, 하는 것은 그러므로 다음과 같은 찰나적인 이미지의 불러냄으로 상황을 조사해내는 그의 시적·감각적 언어의 무의로서 잘 드러난다. 소위 '심리검사'라는, 정신병동 특유의 누추한 프로그램 앞에서 자신의 참담해져버린 정신상태를 화자는 다음과 같은 언어로써 유비해내는 것이다.

> 몇 개의 그림을 그리고 생각을 말하고 하는 동안 나는 마치 산채로 회를 떠 살이 다 발라내지고 앙상한 뼈만 남은 생선 꼴이 되었다는 느낌이었다. 언젠가 거제도에 갔을 때 낚시꾼 사내가 갓 잡은 물고기를 회를 치는 것을 본 적이 있었다. 살은 말끔히 발라내고 머리와 꼬리와 뼈만 남은 것을 사내는 바위 밑 바닷물에 휙 던져 버렸다. (…) 그 뼈만 남은 물고기가 꼬리지느러미만을 부지런히 양옆으로 움직여 저쪽 물 가운데로 도망쳐가는 것이었다. 그제서야 낚시꾼 사내도 어 저놈 봐라 하면서, 허허허 없는 웃음을 내게로 날렸다. 나는 마지못해 따라 웃기는 했던 것 같다. 그러나 그것은 기어코 내가 못 볼 것을 보았구나 하고 낙담하고 있는 모습을 그에게 보이기 싫어서 웃어준 웃음이었다.
> 그 뒤로 나는 전혀 관계없는 장면에서도 종종 그 물고기의 몰골이 떠오르곤 했다. 그림들과 씨름하며 심리 검사를 마치고 나오면서도 나는 어느결에 그 물고기의 몰골을 머리에 떠올리고 있는 나를 발견하고 여간 쓸쓸하지 않았다.
>
> ◐ 《현대문학》(1993, 12), 225쪽

윤후명다운 문체가 어떤 것인가는 이런 대목에서 다시 한번 그 정체를 여실히 드러낸다. 말하자면 그의 언어중추기능이 숨어있는 뇌리란 이미지들을 불러냄으로써 그의 소설쓰기의 여백들은 충충히 채워지는 것이다. 처음에는 단지 한 느낌으로 들어가서, 포착된 이미지에 대한 구체적 서술, 추상으로 나아가고, 그 추상 속의 자기 의식 유동분석, 그리고 마침내 그런 추상 속의 자기연민 확인으로까지 나아가는, 이런 다층적 자기 의식 투사의 문체란, 그것이 특별히 온갖 이미지의 무늬들로 가득 채워진 것이라는 점에서, 한국소설사의 여러 자의식 과인의 문체 중에서도 유니크한 빛을 발하기에 틀림없다는 것이다.

물론 그의 소설문체를 전적으로 묘사와 자의식 과잉의 흔적으로만 파악하는 것은 옳지 않을 것이다. 그의 소설 역시 방법적으로 타자의 불러냄 없이 성립하지는 않는다는 점으로 여느 소설과 다를 바 없음을 앞에서 지적한 바 있으며, 그처럼 그의 소설 전개는 타자와의 어려운 소통 실현과정으로 서사적 과정을 이끈다. 그의 소설이 대체로 미묘한 심리소설적 양상을 내보이는 것은 그 이어질 듯 말 듯한 타자와의 유대의 끈을 그야말로 섬세한 감정 흐름의 포착으로 드러내기 때문인데, 그것은 또 많은 경우 이성간의 감정 교환이라는 원초적 성적 친연성을 바탕으로 전개되는 양상을 내보인다. 여기서 일순 화자는 타자에 대한 내밀한 관찰자라는 아니마적 정열의 순수상태로 내몰리고, 바야흐로 소설은 연애소설의 순수한 원형상태로 잠시 들어선다. 물론 이 경우 화자의 아니마적 정열이란 또 뭇 정열들처럼 자기 몸을 태우는, 혹은 대상을 파괴하는, 그런 자기파괴적 정념의 치솟음으로 예기된다면 크게 오산이리라. 많은 독자들에게 만약 그의 소설이 별로 재미없는 것으로 읽힌다면 그것은 윤후명 소설의 이와 같은 특징과도 관계된 사실일지 모르는데, 그러나 당연하게 예정할 수 있듯이 자의식 강한 정신의 아니마적 정열이란 실상 이런 수준을 벗어날 수 없는 것이다. 그것은 말하자면 은근히 타오르며, 몸으로보

다는 상상력으로 접근하며, 따라서 시속적으로는 싱겁기 짝이 없는
사랑이다. 결국 이 사랑은 외로움의 영혼이 바치는, 단지 소통을 위
한, 소통 그 자체의 확인을 위한, 끝내 자기애적 사랑의 한 몸짓에
불과한 것임을 드러내는 것이며, 그의 소설이 근본적으로 나르시소스
적 정열의 소산이라 파악됨은 이런 때문이기도 하다. 요컨대 남성
적·아니마적 정열이라 하더라도 그것은 결국 자기 삶의 순화를 위
한, 자기회복을 위한, 자기 의식의 고양을 위한 대타적 존재 계기로
서 필요한 것이지, 자기망각적 삶에의 순수 탕진의욕일 수가 없는 것
이다. 나르시소스적 정열이란 근본적으로 예술가적 정열이며, 이 예
술가로서의 자기 삶에의 의욕을 작가-화자는 어느 때라도 버릴 수
없기 때문이다. 소통의 순간이 마침내 마련된 찰나, 다음과 같이 이
어지는 화자의 반성적 언어는 그 아니마적 정열의 본질 귀환성이 어
떤 것인가를 잘 드러내준다. 이곳에 왜 들어왔느냐는 그녀의 물음에
화자는 다음과 같이 말하고 상념에 젖는 것이다.

> 「응……뭐라고 할까……난 이 기회에 새사람이 되고 싶은 거야. 과
> 거와의 단절을 시도하고 있다면 알아들을까……밖에서는 그 계기를
> 만들기가 불가능했어요……난 새로 태어나고 싶은 거야……」
> 내 인생에서 몇 마디 말을 하는데 그토록 어려운 적은 여지껏 없었
> 다. 그것은 의사에게도 설득력있게 말하기 힘들었던 것이었다. 진땀이
> 났다. 나는 그제서야 자전거 위에서 내려왔다. 내가 애꿎게 그 위에
> 올라앉아 있었던 것은 그녀와 자연스러운 대화를 나누는 데 도움이
> 될까 해서였다. 나는 더이상 자연스럽게 대화를 나눌 자신이 없었다.
> 내가 그다지도 어렵게 내 상황을 설명한 것과는 달리 그녀는 내 말에
> 쉽고 가볍게 고개를 끄덕여 주었다. 오랜 세월 동안 나는 늘 새롭게
> 살아야 하리라는 명제에 괴로워해왔었다. 언제부터인가 한번 잘못 끼
> 워진 단추는 자꾸만 다른 것들도 잘못 끼워지게끔 되게 하고 있음을
> 나는 절실히 느끼고 있었다. 술은 위안이 아니라 도피였다. 모두들 열

심히 잘 살고 있건만 내 인생은 변두리로만 흘러가고 있었다. 게다가
돈벌이도 가정도 엉망이었다. 그러나 어찌해야 한단 말인가. 그리고
막연하게 새로운 삶을 꿈꾼다고는 해도 도대체 그것의 실상이 어떠한
것인지조차 가늠할 수 없었다. 의미있는 새로운 삶은 어디에도 없었
다. 몇날 며칠을 바닷가 마을에서 술에 빠져 있다가 드디어 정신을 잃
고 쓰러졌던 사내, 막상 새로운 삶의 계기를 만들기 위해 병동에 떠밀
리다시피 들어왔으나 막막한 심정은 더해가기만 할 뿐이었다.

　　　　　　　　　　　　　　　◎ 《현대문학》(1993, 12), 247~248쪽

　여기까지에 이르면 소설의 나머지는 사족에 불과한 것이라 해도
좋을 것이다. 윤후명 소설이란 결국 한 자아 찾기, 자아 회복의 과정
이며, 이 과정에서 화자는 타인과의 만남이라는 실존적 체험과정을
이루나, 그 타자와의 해후라는 계기 역시 결국엔 언제나 그렇듯이 다
시금 새로운 자아 찾기, 혹은 자아의 고양, 또는 자아의 순화 계기로
서 의미지어지고야 마는 것이다. 하나의 경험과정이 마치 닫혀진 세
계에의 입사-성숙-귀환의 과정을 밟는, 소위 통과제의의 형식, 혹
은 시공간적으로 하나의 여로과정을 밟듯이 '여행' 형식을 취하기 마
련이라는 점에서, 그의 소설은 문학의 고전적·원형적 구성형식을
취하고 있다고 말할 수 있으며, 이러한 고전적 정석 수순의 소설형식
을 취함으로 말미암아 그의 소설은 오늘날 소설 지망생들의 한 모범
답안처럼 사숙되고 있음이 사실이기도 하다. 그러나 이러한 형식 산
출로의 귀결이 단지 기술적인, 기계적인 기법 적용의 결과라고만 볼
수 있을까. 그보다 이러한 형식 산출이란 곧 목마른 예술혼들이 언제
나 내재하기 마련인, 곧 샘솟는 자아 탐구에의 열정으로 말미암아 불
가불 귀착하게 되는, 그러한 고전적 예술정신의 소산이라 볼 수는 없
을까. 바로 '부족의 창조되지 않은 양심'을 그리기 위해 떠난다고 하
는, 예술가·소설가들 특유의 의식지향성으로 말미암아 저 윤후명다

운 고전의 소설형식, 또 그것을 사숙하는 젊은 소설가들 특유의 소설
형식이 산출되어 나오는 것은 아닐까. 모더니즘이라 하더라도, 적어
도 미학상의 모더니즘이란, 사회적 합리성의 추구 개념과는 차원이
다르게, 본질적으로 전위적 예술혼의 근원을 쫓아가는 것, 즉 자아
실현이라는 인간성의 원형을 쫓아가는 것이기에 그것이 고전적 예술
혼의 정신과 다시 결합하는 양상을 취한다고 해도 그것은 전혀 이상
한 일이 아니다. 차라리 가장 전위적인 것이 고전적인 것과 통한다는
이 예술사의 불가해한 법칙을 일깨우는 것으로 그것은 이해될 필요
가 있다. 자기미학화의 정신을 추구해 나가는 윤후명의 저 가장 전위
적인 소설정신은 그래서 예술혼의 가장 원형적인 나르시소스적 정신
과 하나가 되는 것이다.

(≪현대문학≫, 1994년 4월)

2

가장 콤플렉스의 잔영, 글쓰기에의 순사
김소진의 삶과 문학을 추억하며

1.

김소진을 땅에 묻고 온 지도 어언 한달이 다 지났다. 망연자실(茫然
自失), 유구무언(有口無言).

30대 중반, 젊은 나이 문인의 죽음에 대해서 우리는 뭐라 할 것인
가. 여리디 여린 젊은 새의 날아감에 대하여 우리는 뭐라 손짓할 것
인가.

그저 할 말이 없고, 남은 자들은 마냥 살 뿐이다. 그러나 어떻게
사는가. 문인으로 산다는 것은 글을 써서 사는 일이며, 이 참담한 죽
음의 사건에 대하여 말문을 닫는다면 우리는 더 이상 할 일이 없다.
살기 위해 우리는 말해야 한다. 이것을 포기한다면 적어도 문인으로
서는 죽음이다. 그러니 죽지 않기 위해 우리는 글을 쓰며, 그 글이
생명력을 갖도록 하기 위해 죽음을 재료로 말하며, 마침내 죽을 힘을
다해 글을 쓴다. 살기 위해 사선에서 죽음의 글을 썼던 사나이.

2.

　인색함으로 누구에게 정을 준 바 별로 없지만, 김소진을 두고 동생같은 느낌을 가졌다. 반드시 가까워서가 아니다. 나에게 그런 동생이 있고, 그런 처지에서 '同生'의 느낌을 받았다 하면 과언일까. 누구나 죽을 힘을 다해 산다. 남보기에 쉬운 것 같지만, 어떤 사람에게 그의 삶은 그 삶의 최대치다. 역사가 그런 것처럼. 다시 살아도 삶은 그 모양, 그 결과일 수 있다.

　그가 최대한 살았다는 것은 의심의 여지가 없다. 자세히 몰랐지만 먼 눈으로 보아서도 그는 참으로 열심히 살았다. 최대한 살았다는 것은 그의 환경적 조건을 통해 볼 때 그렇다는 것이다. 그 말로가 그것을 증거한다. 그는 위대한 작가일까? 불후의 작품을 남겼는가? 우리는 이에 대해서 아직 말할 수 없고, 그것은 지금 우리의 관심사가 아니다. 아마 먼 훗날의 역사가 그것을 말해줄 것이다. 지금 우리에겐 열심히 살아야 한다는 명제가 있으며, 최대한 살기 위한 삶의 전략과 글쓰기의 전략이 있다. 나는 한 낙오자의 삶에 대해 먼저 얘기한다. 그는 왜 낙오할 수밖에 없었는가.

　그를 처음 만난 기억부터 얘기하기로 하자. 그의 글을 처음 만난 것은 「열린사회와 그 적들」 때문이었다. 그러니까 제목 때문이었다. 이 괴상한 제목의 소설을 귀띔받고, 그것이 하나의 물건이 되리라는 예감을 받았다. 물건이 되는 것은 작품이기도 하고, 사람이 되기도 한다. 실상 칼 포퍼의 동명 논저와는 아무런 상관도 없는 이 소설을 나는 오해했다. 그것을 반어와 역설의 관념으로서 파악한 것이다. 관념이 전혀 없는 이 소설을 관념으로서 파악한 것은 나의 실수였다. 어쨌든 그것은 '먹물'들을 비하하고 조소하는 직설적인 언어의 민중의식의 소산이었다. 그러기에 그것은 제도 바깥에 있었다. 열린 사회의 밖에 있었던 것이다. 이 '밖에 있음'이야말로 의미 자체다. 사회를 열어가는 것이야말로 진보적 의미의 핵자이기 때문이다. 그러나 그것을 관찰하는 자의 시선, 자의식이 거기에 있었고, 그것은 기자의 시선이었다. 그것은 먹물(성)인가, 아닌가. 이를 따져보기 전에 나는 관찰자의 시선이 거기에 있음으로, 나는 안정감 혹은 균형 감각 혹은 현장 감각 등을 살필 수 있었고, 그것이 물건으로서의 가능성을 높여주는 것이리라 판단했다. 그 뒤로 오랫동안 나는 그와 적조했다. 이것은 순전히 나의 게으름 때문이다. 그는 많은 글을 썼지만, 그것들을 일일이 찾아볼 기회, 계기는 나에게 주어지지 않았다. 아마도 그럴 듯한 제목의 소설이 없었기 때문인지도 몰랐다. 그렇게 우리는 무연하여졌다. 그러나 그가 언젠가 물건이 되리라는 기대만은 변치 않았다.

언젠가 그와 같이 라디오 방송에 출연하던 생각이 난다. 갑작스런 주선으로 나는 그 자리에 나선 꼴이었다. 그의 첫 창작집 『열린 사회와 그 적들』(솔, 1993)이 발간되고, 그 감회와 독후감의 언저리를 둘러보기 위한 자리였다. 메아리로 흩어진 그날의 언설들이 어떤 내용을 담고 있었는지 나는 지금 기억에 없다. 아마 좋은 소리는 못했을 것이다. 신참인 주제에 신참의 소설에 대해 말하는 것은 위험부담이다. 두루뭉수리로 나는 그의 작가적 출발을 말했을 것이고, 기억나는 것은 아나운서가 작가와의 사적인 인연에 관련하여 말했다는 사실이다. 즉 선배가 되니 작품을 대개 호의적으로 보게 되는 것 아니냐는 뜻의 말을 했던 듯하고, 나는 그 물음에 선배이기 때문에 오히려 엄격하게 보게 된다고 말하였던 듯하다. 그는 대체로 쭈뼛쭈뼛하였다. 나도 매일반이지만, 그는 아마 그런 자리가 처음이었을 것이다. 그가 무슨 말을 했던 지는 별로 기억에 없다.

기억나는 것은 방송 끝나고의 일이다. 녹음을 마치고 방송국 앞을 걸어나오면서, 나는 식사나 하고 가자고 말하였다. 그가 생물학적 실존의 상상력을 가진 작가인만큼 나도 먹는 것을 중요시한다. 먹기 위해, 또 먹어야 사는 것 아닌가. 그런데도 그는 점심 한끼 챙길 겨를이 없이 회사로 돌아가봐야 한다고 하였다. 그가 기자 노릇을 하던 임시다. 나는 기자 노릇이 바쁜 줄은 알지만, 그래도 이해할 수 없었다. 끼니때가 되면 끼니를 해결해야 한다는 것이 나의 사고 방식이기 때문이다. 한사코 붙잡는 나를 그는 한사코 뿌리쳤다. 그의 고집을 알겠고, 그러나 나는 속으로 그가 한심하다고 생각했다. 저래 가지고서야 어찌 소설가가 되겠나. 성실성으로보다는 심약함으로 보려 하는 것이 우리의 사태 판단의 버릇이다. 또 저렇게 회삿일에 쫓겨서는 어찌 소설을 쓰겠나. 겸업하는 작가들보다는 전업작가에 후한 점수를 주게 마련인 우리의 인식 관념도 거기에 한몫했을 것이다. 쯧쯧 소설 쓰기 어렵겠군. 좌우당간 어느 한쪽을 선택해야 하지 않겠어. 소설을 쓰든지, 말든지. 그렇게 나는 편한 생각들을 했다. 당시 그의 최선은 직장 생활을 유지하는 것이었겠지만, 그러고도 소설쓰기를 병행하기 위해 편집국 내의 '교열부'라는 한직에 머물러 있는 상태로 알고 있었지만, 그가 두 일을 최대한 병행하기 위해 끼니까지도 거르며 살았던 것을 그때의 나로서는 도저히 이해할 수 없었다. 문화부 기자 시절에도 한 번 만났던 듯한 기억이 있지만, 뚜렷한 기억이 없는 것을 보면 그때도 그는 무척 바빴던 듯하다. 내가 외국에 체류하던 시기에 그는 소설가 부부의 연을 맺었고, 이로써 그가 소설가 의식의 자기 정체성을 가진 자임은 확실해졌다. 그가 기자 직을 내던지게 된 사유까지를 확연히 들은 바는 없으나, 2년여 전 그가 전업작가의 길을 선택했다는 소식을 듣고는 막연히 그가 어리석은 선택을 한 것 아닌가 생각하였다. 고민을 털어놓았던 사부 격의 분에게서 그러면 작가이기를 포기하는 쪽이 좋으리라는 충고 아닌 충고(?)조차 들었다고 나는 들었으나, 그는 이제 막다른 선택이었다. 문학에의 외곬 선택으로 그는 결국 수년을 지탱하지 못했다.

3.

모든 사람이 작가가 될 필요는 없을 것이다. 하지만 어떤 사람에게 문학에의 선택은 필연적이다. 그리고 그 필연성을 만들어내는 것은 역시 주체(의 의지)이다. 주체를 잘 살필 수 있는 것은 역시 또 그의 글이겠지만, 행동적 면모로서 그의 한 측면을 엿본 적이 있다. 문학에 대한 절치부심이랄까, 결의같은 것.

그러니까 몇 년 전 어떤 우연한 저녁 자리에서였다. 막 군문에서 나온 평론가 이광호가 있었고, 신경숙도 있었고, 모 출판사의 주간 나리도 함께 있었던 것 같다. 그는 우연히 합석하게 된 것으로 기억되지만, 그 자리의 분위기를 그가 주도하게 될 것은 예상치 못하였다. 술잔을 빨리 비워나가던 그가 마침내 대취하여 평소의 불만을 털어놓게 되는 사태를 맞이하게 되었다. 그런데 이건 불만 토로 정도가 아니라, 숫제 공박이며, 타격이었다. 문인으로 살다보면 억하심정 가질 일이야 왜 없겠는가. 자세한 토로의 내용은 알 수 없었지만, 아마 글을 퇴짜맞았거나, 그 비슷한 일이 있었음직 했다. 요컨대 인정투쟁의 한 상처 토로일 것이었다. 그 분풀이가 출판의 유력자에게 향해졌던 셈인데, 엉뚱하게 화살은 이리저리 비산하였다. 험구를 듣고 당장에야 기분좋을 일일 수 없었겠지만, 그러나 그 일로 나는 그를 다시 보게 되었다. 어쨌든 뚝심, 꿍심이 있다는 것을 보여주는 바 아니겠는가. 그가 사표를 내던진 것은 아마 그 일이 있고서의 얼마 뒤가 아닌가 싶다. 문업에 생애를 건다는 것이 아마 그에게는 그렇게도 힘든 결정이었던 모양이다. 왜 그랬을까를 짐작, 어림잡아 보는 일은 지금에서야 가능하다. 생계와 예술 양쪽의 두 마리 토끼 잡기가 그에겐 절대절명의 과제였던 것.

지난 겨울 이런 문제로 그와 한바탕 토론을 벌인 일이 생각난다. 그러니까 그가 전업작가로서만 벌써 2년 가까운 세월을 거친 다음의 일이다. 이때의 토론이 그를 불편케 하여 혹시 명을 단축시킨 한 계기가 되었지 않았나 착잡해지는 기억이지만, 나는 여기에서 털어놓지 않을 수 없다. 빌미는 당시 장정일 사태 때문이었다. 그 사태의 배후에 예술가로서 생화(生貨), 생활의 문제도 일응 끼어있는 것을 혐의두고 있었던 나는 그 문제를 우리 작단의 일반 문제로서 확장, 논설하였다. 실상 전년의 구효서론 「규모의 상상력, 형이상학의 어설픈 모험, 구조적 실패」(≪문예중앙≫, 1996, 11)에서 내가 가졌던 문제의식도 그에 진배 아니었고, 따라서 우리 문학계를 다년간 관찰한 바 내 지론의 일부였고, 또한 예술과 생활론의 보편 쟁처이기도 했다. 그러면서 나는 일본 작가 미시마 유끼오의 예를 들었다. 그 작가가 말하기를, 예술만이 그에게는 전부였으며, 생활이란 한갓 제스처에 불과했을 뿐이라는 설이다. 물론 우리에게도 그런 작가의 유가 전혀 없지 않다. 바로 이상이 그러했던 것이다. 목숨을 바쳐서 그가 미의 사도이기를 추구했다면 그가 진정한 예술가 아니겠느냐는 말을 그래서 나는 덧붙여 했다. 이제 돌아보면 얼척이 없는 얘기다. 예술과는 먼 편한 삶을 누리면서 생활과 예술을 어떻게든 결합시키고자 하는, 양립시키고자 하는 성실성의 작가에게 나는 이 따위 철딱서니 없는 발언을 스스럼없이 했던 것이다. 물론 그 당시 나는 장정일 사태로 흥분한 상태에 있었고, 베스트셀러만이 행세하는 이 문화계 풍토에 역겨움을 느끼고 있던 터다. 그렇지만 이 양심의 작가에게 불편했을 논법을 함부로 전개한 것은 사려 깊지 못한 행실이었고, 아무소리 없이 그저 듣기만 했던 그가 당시 어떤 생각을 했을 지를 지금 돌아보면 내 스스로 가소롭기만 하다. 평론의 언설이란 이렇게 주책없고 무책임하기만 한 것이다. 예술과는 가장 먼 자리에 있으면서. 그러니 그가, 팔자 좋은 소리하고 있네! 그렇게만 살 수 있으면 누가 그렇게 살지 않을까! 이런 소리를 했더라도 정녕 나는 할 말이 없다. 그러나 그는 끝까지 자리에 곧추 앉아서 표정없이 듣기만 했다.

물론 예술과 생활의 문제가 어제 오늘 제기되는 문제인 것은 아닐 것이다. 「소설가 구보 씨의 하루」에서 주인석이 말하듯이 "이야기를 좋아하면 가난하게 산단다"의 속설은 그 뿌리의 깊음을 말해준다. 물론 유독 작가들만이 오늘날 이 문제에 부딪혀 있는 것만도 아니다. 고비용, 높은 물가고의 문제는 거의 전 국민이 부딪혀 있는 문제이기 때문이다. 그럼에도 소설가들에게 이 문제가 구체적인 실천적 사항으로 다가오는 것은 소설 장르의 속성과 관련되어 있다. 생활과 예술의 경계선상에 있는, 그래서 생활의 문제가 이를 통하여 해결될 수도 있는 아슬아슬한 '반(半)예술'로서의 속성이 다름 아닌 소설 장르 속에 깃들어 있기 때문이다. 이것은 비단 베스트셀러 작가 국면의 경우에만 해당되는 얘기는 아니다. 원고료에만 의지하는 대부분 작가 군단의 경우에도 그렇다. 그러니까 반드시 상업소설에 내몰지 않더라도 일반적으로 소설 노동에 종사하는 작가들은 생활의 문제를 글쓰기에만 의지하여 해결할 수 있다는 믿음을 갖는다. 실제 이 땅의 수많은 전업작가들의 존재가 그 점을 증거, 증명하는 것이다. 그렇지만 글쓰기에만 의지하여 생활의 문제를 해결한다는 일이 얼마나 고달픈 일인가. 원고료의 고달픈 명세가 또한 이 사실을 증거하는 것이다. 그러니 작가들의 생활과 의식이 불안할 수밖에 없고, 이를 타개하기 위한 무리의 현실 양상이 빚어질 수밖에 없는 것이다. 그저 편안히 글만 쓰고 살 수 있었으면 좋겠다고 작가들은 입버릇처럼 외치지만, 이 땅의 전업문인이란 그래서 불안하고 딱한 존재들이 아닐 수 없다. 그러니 이 딱한 존재에의 숙명을 왜 너는 그리 어리석게도 선택했더란 말이냐. 몇년도 못버팅길 운명일 것을.

그토록 너는 어리석었다. 시인의 저주받은 운명이여.

4.

최고 학부에서도 최고 인기 학과인 영문학과를 나와서 그가 작가의 길을 선택할 때는 어떤 말못할 곡절들이 있었을 것인지 짐작하기가 어렵지 않다. 우리가 인식하듯 실상 소설가에의 선택 자체가 정신적으로 깊은 상흔의 매개없이는 이루어지지 않는다. 정신분석학적으로 말하면 상처의 배설 욕구가 언어적인 표현 욕망으로 나타나는 것이다. 정신적인 상처란 감정의 울분으로 주어지고, 울분은 토로를 통한 해소의 방식이 아니고서는 치유되지 않는다. 그러니 토로하지 않으면 안될 이야기의 배설 욕구를 가졌다는 것 자체가 이미 하나의 원형이며, 천형이 아닐 수 없다. 유달리 유년기의 기억 속으로 달려가길 좋아했던, 그렇게 달려가 토로해내지 않으면 안되었던 이 작가의 기억의 화소가 따라서 이 작가의 문학적 원형질이자 그 글쓰기의 모태가 아닐 수 없는 것이다. 그 상처를 규정한 태반의 삶은 무엇이었던가.

거칠음을 무릅쓰고 환경적인 테두리를 정한다면 그 태반의 삶은 실로 '가난'으로 규정될 수 있다. 누군들 가난하지 않았느냐고 하면 모

태의 상황 성격은 다시 불명확해질 수도 있지만, 서울 미아리의 달동
네촌이야말로 그 상황의 원천 요인일 수 있다. 만약 그 달동네에 주
질러 앉아 살면서 남미 사람들, 혹은 열대의 토인들 모양 주어진 환
경적 조건을 숙명으로 받아들이는 사람들이라면 '가난은 한낱 남루
(襤褸)에 지나지 않는다'는 달관이 가능할지도 모르나, 우리가 알다시
피 이 서울 달동네의 역사라는 것은 그리 뿌리깊은 것이 아니다. 해
방과 전후, 그리고 6, 70년대 경제 개발기의 사회적 혼란 속에서, 일
종 경제적 탈루자들이 집단적 빈민 서식처의 공간으로서 형성해갔던
곳이 소위 달동네의 양상으로 나타났던 것이라 할 수 있기 때문이다.
이 사실은 달동네의 공간이 태생부터 빈민들의 사육지로서 주어졌던
것은 아니라 함을 뜻하며, 말하자면 어찌할 수 없음에 일시적 근거지
의 공간으로서만 주어졌던 것을 뜻한다고 볼 수 있다. 이 공간이 '욕
망의 공간'이며, '활력의 공간'일 수 있는 것은 이 사실에 말미암는다
고 할 수 있다. 그러니까 모두가 처음부터 빈자들인 것은 아니었기에
여기에서 빈곤의 탈출을 위한 온갖 실존 욕망의 투기들이 벌어지고,
그로 말미암아 시장과 싸움터를 방불케 하는 생존의 전형적인 활력
의 몸짓들이 이 공간 속에서 소생하였다고 말할 수 있는 것이다. 『장
석조네 사람들』(고려원, 1995)은 아홉칸 기찻집의 달동네적 삶이 어떤
것인가를 여실한 경험적 공간으로 보여주는 소설이라고 할 수 있겠
거니와, 국민학교 입학 직전 편입된 그 공간에서 김소진네 가계는 끝
내 본때있게 빠져나오지를 못하고 공부 잘하는 자식이 출세하여 구
출해 주기만을 기다리는 가족적 상황이 연출되었다고 할 수 있다. 성
장기의 이러한 정신적 부채가 작가의 실존의 짐이었다고 한다면 그
이전에 작가의 원망 형성의 계기를 먼저 살필 필요도 있다. 유년기의
상처란 대개 가족 내적 정황에 의한 심리 구조의 투영으로 이해될
수 있는 성질의 것일 터이기 때문이다. 일반적으로 그 상황을 프로이

드 심리학은 오이디푸스 콤플렉스로 상정하거니와, 경제적 관련 측면에서 이 상황은 특별히 '무능한 가장'으로 설명될 수 있다. 무능한 가장, 혹은 가장의 무능이란 무엇인가.

자본주의 사회에서 빈곤한 가정은 곧 가장의 무능을 표징하는 것이다. 가장이 무능하지 않으면, 혹은 무책임하지 않으면, 가난할 이치가 있는가. 가장이 무능하다면 생활의 많은 부분을 책임져야 할 사람은 어머니로 되며, 그렇게 생활력 강한 어머니와 대비될 때, 아버지의 무능, 혹은 가장의 무능은 더욱 두드러진다. 아니 이제 가장의 지위는 어머니로 옮아가며, 아버지와 아들은 함께 종속적인 변수로 떨어진다. "이 씨를 말릴 함경도 종자들아"(「쥐잡기」)의 외침은 그래서 가난에 지친 어머니의 극도의 분노의 표현이지만, 이 표현이야말로 이 집안의 심리적 구조 관계가 어떤 것인지를 단적으로 시사하는 문단이 된다. 아들의 편에서 무능한 아버지에 대한 분노와 연민의 뒤섞인 감정, 곧 이중 감정이 이처럼 간접화된 양상으로 나타나고 있는 대목이라 할 수 있기 때문이다. 아들의 편에서 아버지-어머니를 잇는 욕망의 삼각형은 그러니까 이 상황에서 팽팽히 균형 잡혀 있다. 만약 일반적인 오이디푸스 상황이라면 아들의 아버지에 대한 감정 관계는 순전히 일방적인 거세에의 의지로 가득찬다고 할 것이지만, 무능에 대한 분노와 동시에 자아 연민의 성격을 함께 안고 있기에 그것은 복잡한 감정 구조를 동반하는 것이다. 화해와 용서에의 의지 역시 이러한 문맥에서 생성되며, 문학적인 의지는 그 결과로 확산된다. 분노의 토로를 넘어서 화해와 용서의 마음으로 나아감으로써 문학적인 의지는 완성된다고 할 수 있기 때문이다. 이러한 의지는 실제 그의 아버지의 무능이 밉지만 미워할 수만은 없는 사회, 역사적 요인에 의해 가감된 것을 감안할 때 더욱 굳어진다. 무능의 사회, 역사적 요인이란 무엇인가. 김소진 문학의 원형으로서 「쥐잡기」(1991년 ≪경향

신문≫ 신춘문예)는 이러한 각도에서 조금 자세히 분석될 필요가 있다.

'쥐잡기'란 이를테면 그 자체가 성적 무능의 표상. 용렬하고 무기력하기만 한 아버지, 그 아버지의 남성적 무능의 상황이 그러니까 쥐한 마리 잡지 못하고 쩔쩔매는 모습으로 그려져 있다. 하지만 아버지는 거대하고 극적인 사회, 역사적 존재로서의 인민군 포로 출신의 모습조차 함께 갖추고 있는데, 여기에서 그의 성격은 비극적인 희생자의 모습을 두드러지게 나타낸다. 실상 자기 의지와는 아무 상관없이 이쪽저쪽으로 휩쓸려 역사의 혼탁한 물줄기 속에 낙오한 자의 모습을 드러내고 있는 것. 엄격히 말하면 바로 이와 같은 성격이 그의 용렬함과 무력증을 드러내는 징표이겠거니와, 이와 관련해 작가는 연민과 이해의 시선으로 아버지에게 변명의 기회를 주고자 한다. 요컨대 아버지는 어찌할 수 없는 희생자였다는 것. 이 희생자의 자기 변명이야말로 따라서 무력증과 무능의 사회, 역사적 합리화에 다름 아니며, 이에 대한 동조는 곧 작가의 시선이 가족사의 뿌리를 넘어 사회, 역사의 차원으로 확대되어 있음을 말해준다. 아버지는 다음과 같이 말하는 것이다. "생각해보라우. 기때 내 나이 스물하구두 야들이었어. 고향산천 기리고 부모 처자식 모다 두고 이념에 피 떠블유(전쟁포로)로 나왔으니 을매나 엉이없고 속이 뒤집어지갔는지를."

이런 고백의 심리 상태를 두고, 정신적 불구의 상황이라 말해도 지나친 판단은 아닐 것이다. 변명의 언설을 곧이곧대로만 받아들인다면 아버지는 이미 스물 여덟의 나이에 정신적으로 거세된 상태에 있었던 것. 어쩌면 더 말못할 체제, 이데올로기적인 고립의 이유가 당시 세대의 정신적 불구의 상황 속에는 깃들어있을 것인지도 모를 일이나, 어쨌든 작가는 이처럼 무능한, 거세된 아버지의 모습을 「개흘레꾼」, 「고아떤 뺑덕어멈」, 「자전거 도둑」, 그리고 「장석조네 사람들」 중의 한 장에 이르기까지 줄기차게 반복, 제시한다. 그리고 그때마다 아버지의 형상 옆에는 역사의 거센 탁류, 급류의 물줄기가 함께 놓여 있다. 요컨대 아버지는 희생자인 것. 그러니 희생자의 무기력증을 두고 어찌 비난만 할 것인가. 이처럼 분노의 감정 뒤편에서 서서히 연민과 동정의 감정이 솟아나 그것이 주조를 이루면서 역사에 대한 의분조차가 생겨난다. 대학생이 되어 머리통이 커지면서 그것은 점차 역사 의식으로 확대되었으리라. 작가가 되어야 할 대의명분이 이렇게 해서 더하여 주어졌을 것이며, 그 감수성은 시대적 사조의 영향을 받았던만치 민중적 감수성으로 명명된다. 어머니의 걸쭉한 입심, 육두문자의 자재로운 구사력에서 그는 토속적 민중 언어의 활력을 내심 감탄하도록 자각하였으며("아아, 저 유려한 풍자", 「쥐잡기」), 그것은 그의 문학 언어 수련의 길잡이가 된다.

  결국 등단의 단계, 혹은 그의 가족적 뿌리에서 그의 문학적 운명의 모든 것이 주어졌음이다. 작가로 나섬이 이미 필연이었던 것이다. 최초 분노의 감정이 그의 지적 에네르기를 촉발시켰지만, 다른 저항의 길을 그는 찾을 수 없었다. 어머니를, 아버지를 절망시킬 수는 없었기 때문이다. '무능한 가장'에서 최초의 화두는 시작되었지만, 수행, 천착의 과정에서 민중 고발, 역사 증언의 대의명분 획득에 이르기까지 작가로서의 그의 의식적 입신 과정에 가족사의 흔적이 미치지 않은 구석이란 거의 없다. 어떤 문학에서나 결국 치장과 허위의식을 벗기고 나면 남는 것은 개인사, 가족사의 뿌리이리라. 희한하게도 김소진 문학에서는 그러나 벗겨낼 치장이나 허위의식 같은 것이 거의 없다. 아버지가 민중이고, 어머니가 곧 민중이었기 때문이다. 다만 작가가 되는 도정에서 그는 누구보다 의식의 치열한 싸움이 문제되었다. 바로 아버지와 어머니와 싸워야했기 때문이다. 누구에게나 아버지와 어머니와의 싸움처럼 힘든 싸움이 있을까. 다행히(?) 작가로 되기 이전, 대학생의 시절에 그는 아버지의 죽음을 맞이하였고, 그는 마음껏 아버지의 얘기를 함으로써 작가가 될 수 있었다. 그의 가장 콤플렉스, 혹은 아비 콤플렉스의 문학적 정체다. 그러나 문학적인 언어의 층위 너머 삶─실존의 차원에서 가장 콤플렉스가 그의 글쓰기 자체를 꼼짝 못하게 옭아매고 있는 것을 그는 미처 알지 못하였다. 혹은 그도 알고 있었던 것인지 모른다. 두 번째 소설집『고아떤 뺑덕어멈』(솔, 1995) 머리말에서 다음과 같이 말하고 있음을 볼 수 있기 때문이다. 그러나 운명의 젖줄은 그리 쉽게 떼어질 수 있는 것이 아니었다.

> 아버지한테 물려받은 유일한 자산인 가난과 상처가 지난 사 년 간 제 알량한 문학의 밑천이자 젖줄이었습니다. 당신을 숱하게 팔아먹어 온 그 문학적 젖줄을 이제는 떼어버릴 때가 된 것 같습니다. 한데 자신을 낳아준 애비에게 불경스럽게도 '개홀레꾼'이라는 상소리를 붙이고 난 다음에 제가 갈 길은 어디로 향할까 스스로도 궁금해집니다. 그리고 지금 저도 이렇게 위험한데, 저 아이는 또 훗날 제 아비인 저보고 무어라 명명할는지요.
>
> ❍ <머리말>, 『고아떤 뺑덕어멈』(솔, 1995)

5.

위험한 것은 그러니 문학 자체이며, 실존 자체다. 그러나 어느 때 문학은 삶의 도피처, 위안처일 수 있다. 이것은 그만큼 상대적으로 실존의 어려움을 반영하는 상황이다. 다시 한 번 돌아보자. 그의 어리석은 문학에의 선택은 언제, 어디서부터 시작되었던 것일까.

그의 실존의 공간으로 말하자면 아마 한평도 안되는 좁은 골방으로부터 시작되었을 것이다. 명민한 가난한 학생이 삶의 궁상스런 현장으로부터 도피하는 길은 문학으로 망명하는 길이다. 몸을 곧추 누일 수도 없는 좁은 방의 **빽빽한** 문학 서적들은 그 증거물일 테다. 혹은 지옥 같은 입시 관문을 통과하면서 그 문학적 망명에의 꿈은 영글었을지 모른다. 그는 대학에 입학한다. 영문과의 선택은 아마 한 타협으로 주어졌으리라. 생전에 그와 농담하는 자리에서 우리는 영문과 출신의 그가 놀랍게(?) 영어에 무지한 것을 조롱해마지 않았던 것이나, 대신 그의 자랑은 우리네 국문과 출신들이 도저히 알아먹을 수 없는 민중적 생활 언어에 익숙하다는 점이었다. 대학 4년 동안 그의 결산은 몇 권의 토속어 노트 정리에 있다 할 정도로 그는 거꾸로 살았다. 아마 그는 학생운동의 언저리에도 맴돌았을 것이다. 그리고 맴돌면서 확인한 것은 더욱 더 그의 갈 길이 문학, 글쓰기를 통한 민중(운동)에의 기여 방향이라는 믿음이었을 게다.

민중(문학)을 위한 그의 기여 열망은 그러나 쉽게 채워지지 않았다. 90년대 들어 민중문학의 개념 자체가 뿌리채 흔들리는 상황이 도래했기 때문이다. 그러나 그는 포기하지 않고 개인적인 작업을 묵묵히 해나갔다. 분수있게 작업해간 것은 그의 커다란 미덕이었다. 개나 소나 덤벼드는 장편쓰기의 붐에 그가 쉽사리 편승하지 않았다는 뜻이다. 장편 연재의 기회가 주어졌을 때도 릴레이 단편으로 응대한 것은 그의 신중함을 말해준다. 이제 와서 그의 완결된 한 세계를 보여주는 『장석조네 사람들』은 그 소산이었다. "한마당 흥겨운 언어의 잔치판을 벌여놓고 있"(이동하)는 이 연작 소설집에 대하여 마땅히 비평적 주목이 가해질 법한 일이었으나 그러지 못하였다. 우리(비평가들)가 게을렀던 탓이다. 그러나 그는 굴하지 않았다. 이어서 장편 「양파」(세계사, 1996)를 발표하였으며, 그러고도 수많은 중·단편, 그리고 이름모를 글들을 썼다. 데뷔 이후 6년여 동안 세 권의 창작집과 두 권의 장편, 그리고 그보다 더 많은 그의 이름의 책자들이 그의 억척스런 글쓰기의 작업량을 말해준다. 이 억척스런 노동, 글쓰기의 소진 의미는 무엇인가.

　실존의 차원에서 그의 강도높은 글쓰기의 노동 행군을 추동한 것
도 그러므로 다름 아닌 가장으로서의 책무 의식, 그 콤플렉스였다.
나는 이렇게 말할 수밖에 없다. 어느 기자와의 인터뷰에서 했다는
말, "나에게는 가장 노릇이 제일 중요해요."(≪동아일보≫ 1996. 5. 4)라
는 고백은 그 한 판단의 근거가 된다. 그는 글쓰기를 통하여 가장 노
릇을 했던 것이다. 여기에는 그 이상도, 그 이하의 의미 내포도 없다.
그저 사실일 뿐이다. 그는 글쓰기로 가장 노릇을 했고, 가장 노릇을
하기 위해 죽어라 글을 썼다. 어떤 대의명분도 가장으로서의 직무 유
기를 정당화, 합리화해줄 수는 없다는 명제를 사상으로, 이데올로기
로서, 그는 몸속에 체득하고 있었기 때문이다. 그것은 곧 비겁한 아
버지가 되어서는 안된다는 사상이다. 그는 아버지를 최대한 이해하고
용서하였지만, 그러나 아버지처럼 되어서 아버지의 길을 답습해서 된
다는 뜻은 아니었다. 아버지처럼 되지 않기 위해서는 어떤 글이라도
써야 했다. 그렇다고 그가 무지막지한 생산량과 주문량을 감당할 수
있었다는 뜻은 아니다. 그는 다만 최대한 썼다. 최대한 쓰기 위해 그
도 여느 작가들처럼 콩트까지 썼을 것이며, 그렇다고 무리한 작업 방
식을 쉽게 소화하리만큼 그의 양심은 편리하지 않았다. 지난해 모 출
판사의 주선으로 나는 그에게 전작 단행본 출간의 계약을 제의한 적
이 있지만, 그는 완곡히 그 제의를 뿌리쳤었다. 이유는 단 한가지 장
편 연재가 예약되어 있기 때문이라 했다. 그동안의 문단 관행으로 착
수금만 받아놓고 작품 기일은 한정없이 늦추는 기약 없는 입도선매
의 관행을 우리는 알고 있다. 얼마든지 많은 무책임한 작가들이 그렇
게 살고 있다. 그러나 그는 완곡히 뿌리쳤다. 더 이상 권할 수도 없
는 일이었다. 그 대신에 그는 소모적 노동이지만 정직한 콩트를 썼
다. 콩트쓰기. 그것이 얼마나 작가의 생명력을 갉아먹는 소모적인 노

동인지는 아마 써보지 않은 사람은 모른다고 할 것이다.

지금 나는 그다운 소설세계의 한 특징적 양상으로 중편 「자전거 도둑」(1995)을 본다. 중편이라 하지만 기실 단편에 가까운 분량이다. 그렇지만 그 글쓰기의 노동 강도가 어떠했을 지를 나는 이 작품의 구성 형식으로 보아 생각한다. 마치 즙을 짜내듯 하지 않았을까. 언젠가 마치 넋이 나간 것처럼이나 자기 몸을 흔들어대던 저 술집에서의 광란 상태처럼. 그러니까 「자전거 도둑」에는 적어도 4개 이상의 화소(話素)가 등장한다. 1) 현재의 자전거 도둑, 미혜와 나의 이야기, 그리고 이태리 영화 <자전거 도둑>을 보는 2) 비디오 이야기, 그리고 어린 시절 3) 나와 아버지와 혹부리 영감의 이야기, 또 간질병 환자 오빠를 굶겨 죽인 4) 미혜의 이야기 등. 이 일련의 이야기들은 일견 뚝뚝 떨어져서 서로 아무런 관련도 없는 것 같다. 그러니까 떨어트려 놓고 보면 그 하나씩의 이야기들은 각기 콩트에 해당한다. 콩트가 하나의 작품일 수 있는 것은 그것이 구성을 갖췄기 때문. 이런 콩트의 이야기들을 또 추려맞춰서 더 커다란 이야기를 만들자면 그 구조화의 작업이란 얼마나 더 힘든 일이었을까. 더구나 그 속에 다음과 같은, 상처 투성이의 고백같은 회한의 언술조차 저며넣으면서.

> 혹부리영감의 격려를 받은 아버지는 고개를 돌려 그에게 굽신거린 다음 또 한 차례 내 뺨을 기세좋게 올려붙였다. 그러나 이 지독한 연극을 지켜보면서 나는 아픔을 거의 느끼지 못했던 것 같다. 머릿속에서 뭔가가 맑아지는 느낌뿐이었다. 그리곤 투시해버리고 말았다. 어린 나이에도 아버지의 눈 속에 흐르지도 못하고 괴어있는 눈물을. 차라리 죽는 한이 있어도 애비라는 존재는 되지 말자. 아마도 나는 그때 그런 끔찍한 다짐을 했는지도 모른다.
>
> ◉ 「자전거 도둑」, 『자전거 도둑』(강, 1996), 112쪽

'차라리 죽는 한이 있어도 애비라는 존재는 되지 말자', 이런 다짐이 그러니까 그의 억척스런 글쓰기, 고강도의 문예 노동을 감당케 한 내면적 힘이었다. 애비되지 않기의 다짐에 천착하면서 그는 스스로 애비되기를 위한 강도있는 글쓰기의 노동을 수용해야 했던 셈이다. 그리고 그 각고의 노동 끝에 자유자재스런 글쓰기, 곧 글쓰기의 애비되기, 어른되기를 성취하고, 생활의 안정도 어느 정도 이룰만 하니 그는 갔다. 그는 실상 이 엄혹한 자본주의의 세계에서 글쓰기의 어른되기, 가장노릇 감당하기의 성실성을 위해 참으로 구린내나는 똥짓기의 노역, 고역조차 마다하지 않았던 것이다. 「자전거 도둑」의 복수담이 똥짓기로 끝나는 것 또한 그러하지만, 발표작으로는 마지막 작품이라 할 「눈사람 속의 검은 항아리」에서 마지막 똥짓기의 결말짓기는 그의 인고의 시련이 이제 막 한 고비를 넘어섰음을 말해준다. 복수담이 아니라 자기 회오와 반성의 궤적으로서 그것은 이제 또 다른 소설짓기를 위한 출발, 비상의 마지막 추억 여행이었던 것이다. 그러니까 떠나기 위해 마지막으로 돌아보러 갔던 것. 그런데 그는 주질러 앉고 말았다. 배설하고도 남는, 모자란 눈물 때문이었을까. 그 떠남의 자리에서도 그가 끝내 의식한 것은 가장으로서의 책무, '가장다움'이었던 것이다.

그런데 나는 왜 구린내가 진동하는 깨진 항아리 속에서 똥을 누는데 울고 싶어졌을까? 늙은 어머니와 아내, 그리고 이제 막 초콜릿 맛을 안 네 살배기 아이, 이렇게 세 사람의 식솔을 거느린 가장이 비록 속눈썹이나마 이렇게 주책없이 적셔서야 되겠는가, 아아.
◎ 「눈사람 속의 검은 항아리」, 『눈사람 속의 검은 항아리』(강, 1997), 32~33쪽

6.

　작년 연말부터 그를 부쩍 자주 만났다. 매주처럼도 봤다. 그때마다 그는 한 사진 속의 모습처럼 환한 웃음으로 맞았고, 병색의 징후란 전혀 찾을 수 없었다. 오히려 좋은 일만 있는 줄 알았다. 상금 한푼 없는 것이지만, 연말의 '오늘의 젊은 예술가 상' 시상식장에서도 그는 즐거워했고, 연초 그의 신도시 아파트에서 떡국을 먹을 때도 그랬다. 사실은 언제까지나 그럴 줄 알았다. 악성 종양, 혹은 악성 세포의 식물이 그의 몸 안에 자라나고 있는 것을 누구도 눈치챌 수 없었기 때문이다. 입원하기 바로 전주까지도 그랬다. 다만 그 전주 나는 부인이자 소설가인 함정임 씨를 만나서 그의 남편 건강 걱정하는 소리를 들었고, 그러나 나는 그저 몸이 약하다는 정도로만 알아들었다. 약골이라면 어디 그만일 뿐이겠는가. 우리네같이 엄살이 심한 족속들은 사실 매일같이 잔병치레를 하고 사는 것이다. 그러나 그는 그러지 않았던 모양이다. 참는 것도 가장되기의 한 훈련이었던 것인가. 아프면서도 아픈 체하지 않는 것이 아마 그의 주특기 중 하나였던 것 같기 때문이다.

　그러나 3월 초 입원하던 주간에 그가 몸을 드러냈을 때는 벌써 배를 움켜쥐고 있었다. 우리는 그때도 그저 가벼운 위염 정도로만 생각했다. 그저, 소시적에 위염 안 겪어 본 사람 있나, 위염하면 오히려 몸이 맑아져. 이런 정도의 가벼운 농담으로 우리는 그를 대했다. 시국이 급박했던 탓일까. 건강보다도 중요한 얼마든지 많은 토론거리를 가지고 우리는 신경을 빼앗길 수 있었던 것이다. 다만 병원에 들러봐야겠다는 그의 말을 듣고 나는 에스코트를 자청했지만, 그것도 괜찮다고 그는 뿌리쳤다. 어떤 일에도 누구에게도 폐 끼치는 일을 그는 싫어했던 것이다. 결국 그는 혼자 갔다. 그리고 우리 모두는 심드렁해져서 잊어버렸다. 다 제 살기에 바쁜 것이다. 원고다, 직장이다, 뭐다 해서 신경 쓸 일이 좀 많은가. 그렇게 잊어버렸다. 사태는 그러나 그 주말부터 심각하게 진행되었던 모양이다. 누구라도 설마했을 일이 누구도 몰래 진행되고 있었던 모양이다.

강의 일정을 마치고 겨우 금요일쯤 그의 병실을 찾았을 때는 벌써 병색이 완연하였다. 입원실조차 얻지 못해 그동안 응급실에서 지냈다고 말하는 부인의 눈에 눈물이 가득했지만, 그녀는 내색하지 않았다. 병인은 억지로 웃음을 지어 보였지만, 그조차도 복수가 차오르는 통증에 가눌 수가 없었던 모양이다. 나는 다만 악수를 교환하는 그의 손을 한동안 물끄러미 바라다봤다. 이게 병이라는 것인가, 하고. 그러나 곧 태연을 가장할 수 있었다. 어쨌든 내 몸이 아픈 것은 아닌 것이다. 주변의 소식을 조금 들려주었더니, 그는 노인들께 미안하다고 하였다. 벌써 소식이 퍼져나갔는지 문병하고자 하는 사람들이 많았던 모양인데, 그는 극구 사양하였다. 나도 더 오래 머무르는 것은 실례될 것만 같았다. 배웅하라는 손짓에 그의 부인이 따라 나왔지만, 별 얘기 나눌 수도 없었다. 돌아서 한 번 더 돌아보고 들어가는 부인의 자태를 보고, 나는 외로움을 느꼈다. 별 수가 없는 것이다. 다음에 한 번 더 나는 병실을 방문하였지만, 더 이상 눈을 뜨고 볼 수가 없었고, 두 번 다시 가지 않았다. 그는 죽어가고 있었던 것이다. 또 속없이 음악이나 들으라고 테이프를 사들고 갔지만, 그는 음악조차 들을 수 없었다. 죽어감이라. 나는 '죽어가다'가 진행형 동사인 줄 그때 처음 알았다. 우리 모두는 죽어간다. 두려운 일은 변변한 글 한편 남기지 못하고 죽어간다는 사실이다. 그날 빌미로 찾아들 술자리는 여기저기 넘쳐났었고, 그렇게 혼자 애비가 되어가는 자를 우리는 벌써 멀리서 잊기 위한 연습을 했다. 그의 소설집 머리말의 마지막 구절을 나는 읽었다.

아버지와 함께하던 구멍가게 시절 도매상에서 한 병 더 얹혀왔지만 그냥 모르는 척 진열대 위에 올려놓은 진로소주 잊지 않으셨죠? 요즘 술을 마시면 아버지, 당신이 너무 그립습니다. 형은 세상의 무게를 못 견디고 아버지 곁으로 갔지만 태형이가 태어났으니 이곳의 총수는 불변입니다. 부디 편안하세요.

❂ <작가의 말>, 『고아떤 뺑덕어멈』

그가 죽음으로써 이 곳의 총수는 한명 줄었다. 그러나 아무도 이 땅에서 종을 울리는 자는 없었다.

7.

결국 살기 위해 그는 글을 썼고, 그 글쓰기로 말미암아 그는 죽었다. 글쓰기로 말미암아 죽는 사람이 어디 한둘일까. 대범하게 문학사의 영역에서 우리는 이러한 질문을 할 수도 있다. 찾자면 김유정의 죽음이 그의 경우에 비견될 수 있으리라. 글쓰기로 인한 순사(殉死)의 의미를 지울 수 있는 것은 그 때문이다. 그러나 이것은 무엇을 위한 순사인가.

문학을 위한 순사라고 지금 말하기는 이를 것이다. 문학은 가치 평가를 의미하기 때문이다. 그러나 오늘의 문예 노동자들에게 문학보다 글쓰기의 의미가 훨씬 구체적일 것은 당연하며, 그것은 우리가 글쓰기로 살기 때문이다. 오늘날은 차라리 문학조차가 실종된 시대 아닌가. 개차반 소설들이 베스트셀러가 되고, 그것으로 일류 작가의 행세를 하는 이런 세상이라면, 그것은 문예미학으로서 문학과 아무런 상관도 없다. 그의 죽음이 많은 글쟁이들의 조상을 불러모은 것은 이와 무관치 않은 사실일 것이다. "하루 세끼를 짜장면으로 때울 수 있다던 너"의 박상우 조사는 그점에서 정곡을 찔렀다. 누구나 살기 위해 글을 쓰는 것이다. 자기 한몸을 위해서라면 하루 세끼를 자장면으로 때우면서도 그는 문학을 위해 순교할 수 있었을 것이다. 그러나 그는 가장되기를 위해 글쓰기로 순사했다. 그 문학이 어찌될 줄은 아무도 모른다. 이 家長 부재의 시대에, 이 家長 위기의 시대에 '家長되기'를 다룬 김소진 문학이야말로 우리 시대의 문학으로 추앙될지 모른다. 그것은 남은 자들의 몫이다. 살아서 기형도의 시는 별 것이 아니었지만, 죽어서 그의 문학은 우리 시대의 고전으로 남았다. 문학역시 그런 것이다. 누가 목숨을 담보하여 쓴 문학을 쉽사리 부정할 수 있을 것인가. 차라리 문학을 보증하는 것도 목숨인 것이다. 죽은 자의 문학은 순사한 자의 울림을 갖는다. 지금 읽어보라. 그가 어떻게 생존과 투쟁했는가를. 살기 위해서 살아야 할 문학을 위해서 그는 글쓰기로 투쟁했던 것이다. 애비와의 싸움은 그 시초 편이자, 완결 편이었다.

나는 이 글을 그의 추억과 문학 되살리기만을 위해 쓰는 것은 아니다. 한 순사의 죽음에 대해 공적으로 우리가 생각해 볼 점이 있다고 믿기 때문이다. 그것은 한국 문학 풍토의 취약성과 관련된다. 이를테면 혹사. 이처럼 작가들이 혹사해야만 하는 상황, 풍토에서 거대한 대작의 문학을 기대하기란 어렵다. 아마 강한 자만이 살아남을 것이다. 그것은 지치도록 지쳐 넘어질 때까지 내버려두는 구조이다. 그리고는 상업적 풍토에만 맡겨 둔다. 앞으로 문학이 어느 만큼 의미있게, 가치있게 살아남을 지는 몰라도, 만약 문학이 여전히 가치있고 의미있는 것이라면 여기에 정책적 배려가 가해지지 않으면 안된다. 무식한 위정자들이 문학이야 내 몰라라 하는 것과 우리의 태도, 입장은 다르다. 문학을 지켜가야 할 임무가 우리에게 또한 있는 것 아닌가.

어떻게라는 물음은 아마 나중 물음이어야 할 것이다. 다만 이런 구조를 내버려둬서는 유능한 작가들을 혹사시켜 조만간 내동댕이치는 악순환을 되풀이할 수밖에 없으리라는 경고로 우리는 김소진의 죽음을 받아들이고자 한다. 그는 최대한 살았을 뿐만 아니라 최선으로 살았기 때문이다. 그는 타협하지 않고 다만 정직한 글쓰기로 이 문화에, 이 민중의 삶에 기여하고자 했다. 이제 각고의 노력 끝에 물이 오른 기량은 그러나 한껏 피워보지도 못하고 저물었다. 쉴 수 없었기 때문이다. 휴식할 수 없었기 때문이다. 이 척박한 땅에서 부끄럼없는 가장이 되기 위해.

지금 많은 家長의 글쓰기를 하고 있는 이 땅의 문인들에게 그의 죽음은 그러므로 하나의 경종이며 위로이다. 아마 그는 쉬기 위해 하늘나라로 갔을 것이다. 그리고 잠시나마 휴식과 위안을 주기 위해 많은 문인들을 불러모았다. 그를 애도하는 문인들이 그렇게나 많이 모였다는 것은 그러므로 또 한 시사이며 상징이다. 그는 가족을 위해 살았지만 누구나 가족을 위해 살기 때문이다. 그 보편성이 문인들을 불러모았다. 그리고 앞으로 사람들을 불러모으리라. 나는 그의 가족과 함께 그의 명복을 빈다.

(≪문예중앙≫, 1997년 여름)

위험한 형이상학의 허구, 혹은 신화
이인화, 「인간의 길」, 그리고 박정희 시대에 대한 생각

1. 우리세대의 이름으로

시세에 따라 사람에 대한 평가가 달라진다는 것도 그럴 수는 있는 일일 것이다. 20년 가까이 나라를 지배했으니, 업적이 많기도 할 독재자의 생애에 대해서 이제 새삼스레 재조명의 필을 겨눈다는 것은 필요한 일이기도 하고, 오히려 때늦었다고 할 수도 있다. 미우나 고우나 우리 역사의 한 부분일 것이기 때문이다. 그렇지만 달라진 것은 우리이지 그가 아니다. 사실은 크게 달라지지 않은 것이다. 독재자에 대한 애증의 기억은 우리 모두가 가지고 있고, 충분히 우리는 알고 있다. 그 절대 권력의 울타리 안에서 우리는 두 연대를 살았던 것이다. 그 독재의 굴레 안에서 살아보지 않은 사람은 아마 그 굴레가 얼마나 불편했던 것인지 모를 것이다. 수많은 사람들이 여기에 저항했었고, 그들은 감옥에 갇혀졌다. 나머지 감옥 밖에 있었던 사람들은 평안했던가.

지금 평가의 중점은 나머지 감옥 밖의 사람들, 민중들이 과연 안녕과 번영을 누렸던가, 그렇지 않았던가의 문제로 모아지는 것 같다.

마치 감옥에 갇혔던 소수의 사람들은 지식인이라 하고, 그렇지 않았던 대다수 민중들은 복락을 누렸던 것처럼이나 말한다. 정말 그랬던가. 독재자 재위 18년 동안 기적적인 경제 성장이 이루어졌다고 하지만, 그 세월의 경제적 과실이 과연 충분한 것이었던가. 잃어버린 것은 무엇이었던가. 물론 그 공과를 따지는 일이 간단치는 않을 것이다. 아마 엄청난 분량의 서책을 요구할 지 모른다. 그러나 각설하고 '한강의 기적'과 '민주주의의 유린'으로 모든 것은 요약될 수 있다. 경제적 부흥과 민주주의 중 과연 어느 것이 더 소중할까.

만약 역사를 거시적으로 본다면 박정희 시대의 공과가 그 한 시대만으로 판별될 수 없는 문제임을 우리는 알 수 있을 것이다. 위임받은 권력을 손쉽게 영속화할 수 있는 체제를 구축한 독재 권력이 과연 후세 사람들의 말대로 호락호락 권력을 내놓을 수 있었을까를 생각해보는 것은 이 경우 문제 이해의 한 단서가 될 수 있다. 어떤 독재자도 스스로 권력을 내놓는 법이란 없는 것이지만, 바로 그처럼 내부 반란의 궁정 쿠데타에 의해서 그는 비극적으로 역사 속으로 사라졌고, 이 비정상적 정권 이월의 사태는 두고두고 우리 역사에 깊은 상처를 남겼다. 그 군부 후계들의 집권도모가 이루어지는 동안 파탄의 사태는 말할 것도 없고, 급기야 한 도시의 시민들(군)과 정규군 사이에 초유의 내전 상황이 벌어져 씻을 수 없는 역사적 수난이 빚어졌음은 우리가 다 아는 사실이다. 그러고도 민주주의를 회복하는 과정에서 수많은 희생과 고난이 더 치러져야만 했으며, 그 독재 시대의 정치적 유산인 3김시대는 아직도 끝날 줄을 모르고 이어지고 있다. 이 모두가 한국 현대사에 관한 상식적 지식들이고, 그 모두는 박정희 시대가 낳은 역사적 업보라고 하지 않을 수 없다. 장기 집권의 독재 폐해 역시 이처럼 간단치 않은 것이다. 하니, 저 '광주사태'의 치유 문제로 날을 지새웠던 80년대의 시점이었다면 지금 오늘과 같은 독재 재평가의 기운은 있을 수 없었을 테고, 따라서 우리는 지금 그만큼 민주주의적 여유와 역사 찾기의 여유와 경제적 위기 의식의 발로 속에 살고있다고 할 것이다. 지금 독재자에 대해 향수를 갖고 다시 부르는 것은 경제적 위기 감각의 표현 외에 다른 아무 것도 아닐 것이기 때문이다. 이러니 변한 것은 우리 역사와 우리 자신들이 아닐까.

현대사의 저런 과정을 되짚어 보면서, 만약 그가 경제적 번영만을 주도하고, 민주주의를 유린하지 않았으면 좋았으련만 생각하는 사람이 있다면, 그는 아마 역사적 백치이거나, 우민에 속할 것이다. 상호 분리될 수 없이 얽혀져 있는 것이 저런 역사의 상호 관계일 것이기 때문이다. 그의 경제적 업적에 대해서는 경제학자들이 따로 논할 일이지만, 개발 독재의 계획 경제식 성장 신화에 대해서 얼마든지 반박의 논리가 가능하다는 점 또한 이 시점에서 되새겨보아야 할 일인지 모른다. 주지하는 바, 시장경제와 계획경제로 대별되는 경제 운용의 틀, 방식에 대한 문제는 경제 정책 상의 끊임없는 논란을 불러일으키는 문제이지만, 경제 발전의 어느 단계에서 시장 경제로 옮아가야 한다는 것도 상식의 하나다. 계획 경제라 하면 단적으로 공산주의식 경제 운용이 대표적일 텐데, 한때 맹렬한 기세로 성장의 신화를 보여주었던 공산주의 경제가 이제 와서 모두 파탄의 상태에 이르러 있다는 것은 무얼 뜻하는가. 그 나름의 장점과 효율성을 갖추기 마련인 (일정한 단계에서의) 사회 체제에 대해 맹목적으로 부정하기만 하는 것이 옳지 않다면, 맹목적으로 긍정하기만 하는 것도 역시 옳지 않음을 이 간단한 반론이 확인시켜줄 수 있을지 모른다. 개발 독재가 한때 제3세계적 보편 현실의 하나로 자리잡았지만, 그 한계를 넘어 역사는 발전되어 나왔으며, 선진국, 선진 경제란 독재로서 도저히 이룰 수 없다는 것도 이 경우 한 반론의 문맥에서 새겨져야 할 사실인지 모른다.

우리 역사의 한 부분이기에 맹목적으로 버릴 수도 없지만, 그 전후 사정을 모두 따지고 볼 때, 결국 하나의 입장 선택을 요구한다면 독재에 대한 맹목적 긍정, 혹은 향수의 현상이란 심히 경계되어야 할 일이라고 하지 않을 수 없을 것이다. 적어도 지식인으로서 역사에 대한 전체적 이해의 입장에 선다고 할 때 더욱 그렇다. 누구든 자기 선 자리에서 판단하고 행동한다고 할 때, 그 주관적 입장의 자리에서 역시 또 그렇다. 그러니까 문학의 이름으로, 그리고 세대의 이름으로, 독재와 그 유산에 대한 긍정적인 평가에는 도저히 동의할 수 없는 것이 우리 입장인 것이다. 문학은 자유와 인권의 정신 속에 꽃피울 수 있다고 믿고, 그 통치 하에서 겪은 우리 청춘의 불행한 기억이 너무 또렷하게 남아 있기 때문이다. 이를 세대 의식이라 한다면, 저 불명예스런 이름의 '유신 세대'란 이와 같은 세대 의식의 반경 안에 있다. 그런데 이제 민주주의를 해나오는 과정에 경제가 조금 나빠졌다고 해서 다시 민주주의를 버리고 독재에 대한 향수로 나서다니. 어떻게 되찾은 민주주의인데 그렇게 헌신짝처럼 버릴 수 있는가.

통분할 일이라고도 여겨지지만, 물론 감정적으로 대처해서 될 일은 아닐 것이다. 민주주의가 우리의 살길이라고 믿고 경주해 온만치 우리의 실천 역시 민주적으로 되지 않으면 안된다. 민주적 관용이 파시즘의 맹동 앞에 얼마나 허약할 수 있는가도 우리는 잘 깨달아야 하지만, 그래도 민주적으로, 합리적으로 대처해 나가지 않으면 안된다. 냉소와 침묵만이 능사가 아님도 물론이다. 오늘 이만큼의 자유와 민주주의가 험난했던 투쟁과 희생의 밑받침 위에 이룩되었다고 믿는 것처럼, 이를 지키기 위한 우리의 노력도 민주적으로, 그러나 치열히 행사되지 않으면 안된다. 민주주의란 때로 너무 관대해서 자기를 위협하고 능멸하는 사상까지를 허용하지만, 그 허용이 빚어내는 결과가 어떤 무서운 결과를 야기하는지 역사를 통해서 우리는 똑똑히 인식하지 않으면 안된다. 합법을 가장한 나치즘이 발양된 것은 바로 가장 이상적으로 민주주의 체제를 가졌던 바이마르 체제 하에서였지만, 이에 소극적으로 대처한 결과 전 서방의 민주주의 체제 전체가 어떤 시련과 말살의 위협 앞에 직면하게 되었는지, 타산지석으로 우리는 교훈 삼지 않으면 안되는 것이다. 그러니 이 반동의 계절에 우린 어떻게 행동해야 하나. 이 역사의 재판정에서 어떻게 기소해야 하나.

비판 이외에는 다른 길이 없을 것이다. 그러나 최대한 비판해야하고, 최대한 분석하고 논박해서 신랄하게 위험 사상의 허구성과 맹점을 폭로해야 한다. 그리고 그 사상적 정체가 무엇인지 밝혀야 한다. 모험주의적 사상의 열정에 맞서기 위해서는 민주주의적 신앙 역시 그만한 비판적 열정과 신념으로 맞서지 않으면 안된다. 지금, 문제로 되어야 할 것은 이인화의 「인간의 길」이다.

2. 「인간의 길」의 자기 석명

먼저 이인화의 「인간의 길」이 왜 문제가 되어야 하는지 밝혀야 할 것이다. 단순히 박정희 쓰기를 자처하고 있다는 점만으로 오해되는 것은 불필요하다. 비판적인 쓰기라면 얼마든지 가능하고, 오히려 권장될 필요가 있다고 우리 역시 믿기 때문이다. 역사에 대한 순수한, 객관적인 관심이라면 지성으로서 당연하고, 설혹 그 기술의 자세가 조금 치우쳤다고 하더라도 그 정도의 불쾌감쯤 참아내지 못할 정도인 것은 아닌 것이다. 문제는 여기에 허구와 맹신의 신화(化)가 가득 담겨 있어서, 역사를 오도할 뿐 아니라, 위험한 악마적 사상을 적극 발효시켜 맹독조차 뿜어내는 양상이 될 수 있기 때문이다. 이 일천한 연륜의 작가가 어찌해서 그처럼 위험한 사상에 중독되게 되었는가를 밝히는 것이 따라서 이 글의 주목적이 되어야 하겠거니와, 그를 위한 예비 작업으로 우선 작가 자신의 석명을 따라 작품을 따라갈 필요가 있겠다. 집필 동기와 관련하여 작가는 다음과 같이 말하고 있다.

> 이 소설의 주인공 '허정훈'의 모델이 된 인물은 우리가 오랫동안 고통받은 군사독재의 원조로, 지금 그 이름이 대역죄(大逆罪)의 교수대 위에 걸려 있다. 아직도 많은 분들이 미워하는 이 인물의 이야기는 단지 인간의 운명에 관심이 있는 소수의 사람들만이 이해해 줄 것이다. 운명의 극한, 정열의 극한, 감정과 모험의 극한을 체험한 모든 인간은 바로 나라고 느끼는 그런 사람들만이 이 소설을 읽게 될 것이다.
> ✪ <작가의 말>, 『인간의 길』(살림, 1997), 6쪽

여기서 '군사독재의 원조'며, 그 이름이 '대역죄'의 교수대 위에 걸린 사람이 누구를 지칭하는 것인지는 자명할 것이다.[1] 이 소설의 주인공 '허정훈'은 실제로 여러 전기적 사실에서 전 대통령 박정희의 궤적을 그대로 따라가고 있는 바, 이를테면 생년의 시공간, 가족관계, 학력, 교사 약력, 군인으로서의 약력 등에서 동일한 행적을 밟고 있다. 그러니까 '허정훈'이란 이름만 바뀌어진 박정희의 대리 인물이랄 수 있는 것이다. 실소를 머금게 하는 일은 이 점인데(왜? 어떻게 소설 속의 허구적 인물과 역사 속의 실존 인물이 성과 이름이 바뀌어 동일할 수 있나?), 그럼에도 전혀 어색치 않게 당당히 '박정희'임을 주장하며, 또 그가 아님을 주장하기도 하는 것이 '허정훈'이란 이름의 인물 성격이다(이 점의 문제는 다음 장에서 집중적으로 따지기로 하겠다). 이 작품의 글쓰기, 소위 소설쓰기가 그 기본 동기에서 박정희 쓰기로부터 비롯했음은 이로 보아 분명한 것이다. 그렇다면 왜 작가는 스스로 밝히듯, "아직도 많은 분들이 미워하는" 이 인물의 얘기를 쓰고자 한 것일까.

---

1) 케이블 TV(YTN)에 출연하여 그는 소설이 잘 안풀릴 때마다 "각하, 이런 때는 어찌 하셨습니까"라고 자문하곤 한다고 증언한 바 있다.

독재자에 관해 쓸만하다고 보는 작가의 근본 관심, 혹은 역사 해석의
관점이란 무엇일까. 이에 관련하여 작가는 다음과 같은 주석을 덧붙
이고 있다. 요컨대 모반자(謀反者)의 운명이고, 의지의 인간이고, 그리
하여, "가난과 절망에 빠진 한 민족을 도저히 가능할 것 같지 않았던
번영으로 이끌었"기 때문이란다. 그 대목을 자세히 보아두자.

> 이 모반자의 삶은 시대의 한계를 거부하는 인간의 자유의지가 얼마
> 나 대단할 수 있는가를 입증하는 본보기였다. 그는 가장 어려웠던 시
> 대에 태어나 가장 고통스런 세월을 이겨내고 가난과 절망에 빠진 한
> 민족을 도저히 가능할 것 같지 않았던 번영으로 이끌었다. 죄와 배신
> 과 불의와 타락에 몸을 적시며 결단코 이상(理想)을 향해 매진했던 그
> 고독과 우수의 마키아벨리즘을 이해하면서 나는 비로소 인간이라는
> 존재에 전혀 있을 것 같지 않았던 힘과 용기를 발견했던 것이다.
>
> ✪ <작가의 말>, 앞의 책, 7쪽

그럴 듯 하지만, 위 자기 석명 가운데서 이미 어떤 류의 혼란이
개재되어 있음을 발견하기란 그리 어렵지 않은 일일 것이다. "가장
어려웠던 시대에 태어나 가장 고통스런 세월을 이겨내고"라며, 최고
급의 수식어를 두 번이나 반복하여 쓰는 표현이 어색한 것이지만,
"가난과 절망에 빠진 한 민족을 도저히 가능할 것 같지 않았던 번영
으로 이끌었다"는 사람을 두고 왜 그럼 작가는 앞서서 "우리가 오랫
동안 고통받은 군사독재의 원조"라고 미리 말했던 것일까. 그러니까
왜 '우리'는 민족을 번영으로 이끈 지도자에 대해서 이율배반적으로
또 '고통받'았다고 말하지 않으면 안되었던 것일까. 여기서의 '우리'
와 '민족'은 서로 다른 것인가. 다르면 어떻게 다른 것인가. 아마도
여기서의 '우리'는 소수 (비판적) 지식인 계급을 뜻하는 주체어로 보이
며, 그렇게 모순없이 설명하기로 한다면, 나중 '민족'은 지식인 계급
을 뺀 대다수 민중, 민족 집단을 의미할 것이다. 그렇지 않으면 작가

는 단지 '번영'이라는 말을 (실존의) '고통'과는 무관한 정치, 경제적 번영만을 뜻하는 것으로 쓰고 있는 것일까. 이와 같은 모순의 구절들만을 뽑아내어도 아마도 쉽게 한편의 글을 저작할 수 있을 것이다. 이것이 해체주의의 방법인 것이다. 하지만 지나친 해체주의는 우리를 무료하게 할 것이다. 그의 '모반의 사상'을 조금만 더 들어보기로 하자. 아마도 작가의 세계관의 한 편린이 여기에 들어있을 것이기 때문이다. 왜 모반자는 의미있는 자인가. 그의 '모반의 사상'을 글자 그대로 수긍한다고 하더라도 뿌리칠 수 없는 의문이 드는 것은, 단순한 모반자로 위대한 인물이 되는 것은 아닐 것이라 여겨지기 때문이다. 모반이 위대하다고 설명되기 위해서는 또 다른 요소가 덧붙여져야 한다. 이와 관련하여 작가는 천성적인 모반의 유전적인 혈통, 그리고 그 불가사의한 사후적 행동 양식까지를 상상을 가미하여 말하고("그는 천성적인 모반자(謀反者)였다. 아버지로부터 대를 이어 온 운명이 한 인간의 평생을 통해 불타 오르는 영원한 모반정신을 만들었다. 그의 영혼은 지금 지옥에 떨어져 있을지도 모르지만 그는 그 곳에서도 고통에 울부짖는 아귀들을 끌어모아 모반을 획책하고 있을 것이다"), 이어서 '평범한 반항'과의 의미 대조를 통해 모반의 위대함을 말한다.

> 모반은 혼자서 할 수 없다. 이것이 모반을 평범한 반항으로부터 구별한다. 모반은 처음부터 인간들의 연대를 전제하며, 그 인간들을 죽이지 않기 위해 반드시 승리하고자 몸부림친다. 그러나 설사 승리의 혜택이 사회의 모든 성원에게 돌아간다 해도 모반자는 결코 용서받을 수 없다. 그것은 그가 승리를 위해 수단과 방법을 가리지 않았기 때문이다. 바로 이것이 내 소설의 주인공이 걸어가게 될 운명이다.
> ➲ <작가의 말>, 앞의 책, 6쪽

쿠데타의 주모자를 위대한 인간으로 추켜세우는 논법치고는 참으로 기이하다고 여겨지지만, 그러나 아직까지도 우리는 '모반의 위대성'에 대해 충분한 부연 설명을 못들은 것 같다. 모반자만을 따지면 그 수는 많을 것이기 때문이다. 그렇다면 작품 2권의 마지막에 암시적으로 등장하는 정재규, 즉 박정희에 모반한 실존 인물 김재규와 박정희의 차이는 무엇인가. 무엇이 모반자를 최후로 의미있게 만드는가. 아마도 성공한 모반과 실패한 모반의 차이가 여기에 있을 것이다. 성공한 쿠데타는 기소될 수 없다고 말한 어느 검찰의 논법처럼, 성공한 모반, 성공한 모반자만이 역사 속에서 의미를 획득할 수 있다. 그렇다면 성공한 모반이 궁극적으로 가지게 될 것은 무엇인가. 친절하게도 작가는 이와 관련한 의미까지를 암시적으로 설명해주고 있다. 이는 아마도 작가의 감춰진 욕망을 드러내는 표현이 될 것이다. 다음처럼 박력있는 서술적 묘사를 통하여 그 욕망의 형체는 희미하게 모습을 드러내고 있다.

> 그는 따뜻한 인간의 마을들을 지나쳐버리며 고독에서 고독으로 걸어갔다. 다른 누구보다도 더 깊이 죄악 속으로, 야수의 발자국이 새겨진 미지의 길을 따라 점점 더 차갑고, 점점 더 결정적인 고독을 향해 나아갔다. 인륜(人倫)의 세계 안에 자신의 영혼을 쉬게 하는 대신 어떤 비극을 무릅쓰더라도 최후의 한순간에 전세계를 자신의 손에 거머쥐기를 열망했다.
>
> ◐ <작가의 말>, 앞의 책, 7쪽

이 대목의 마지막 구절, 그러니까 "어떤 비극을 무릅쓰더라도 최후의 한순간에 전세계를 자신의 손에 거머쥐기를 열망했다"의 구절이 이 대목에선 하나의 열쇠의 구절이 될 것이다. 최후의 한 순간에 전세계를 거머쥔다는 것, 이 욕망의 형체 속에 결국 모반자의 의지의 본질이 들어있다는 것이고, 그것은 작가의 욕망에 다름 아닐 것이다. 최후의 한 순간에 전세계를 거머쥐는 것이다. 이 권력의지, 이 지배에의 의지가 결국 이 작품을 이루는 근본 동기가 아닐까. 어떻게 거머쥐느냐 하는 것은 나중에 따지기로 하자. 결국 모반의 사상이라고 해봐야 권력의지의 사상 표현에 다름 아니었던 것이다. 역사를 진보시킨다는 것도 아니고, 인민에게 덕을 베푼다는 것도 아니다. 결국 자신의 욕망을 위하여 모반을 획책한다는 사실을 이 구절은 선명히, 뚜렷이 드러내고 있는 셈이다. 여기까지 일단 확인해 두고 넘어가기로 하자. 그리고 마지막으로 우리는 이 작품의 글쓰기 방법론과 관련된 자기 석명을 들어둬야 한다. 아마도 이 글쓰기의 아킬레스건이 있다면, 바로 여기에서 드러날 것이다. 태연히 작가는 다음과 같이 말한다. 요컨대 허구라는 것이다.

> 나는 이 악마적인 초인(超人)의 모습을 그리기 위해 많은 허구들을 동원했다. 이 소설에 나오는 인물들은 치밀한 역사적 사실 속에 배치되어 있으나 전적으로 허구의 인물들이다. 이것은 나관중의 『삼국지연의』에 나오는 조조(曹操)가 실제의 위무제(魏武帝)와 다르며, 로맹 롤랑의 『장 크리스토프』에 나오는 장 크리스토프가 실제의 베토벤과 다른 것과 같다. 나는 있는 그대로의 사실보다 사태의 본질을 드러내는 허구를 그리기 위해 노력했다.
> 이 소설은 사실이 아니라 어떤 가능성을 향해 열려 있다.
> ◎ <작가의 말>, 앞의 책, 7~8쪽

3. 소설의 문제

1) 실전소설의 문제

여기까지 <작가의 말>만을 듣고, 현명한 독자라면 책을 덮어버릴 수 있을 것이다. 적어도 역사에 대한 관심, 혹은 박 전 대통령 일생에 대한 향수의 애정어린 관심으로 책을 들었던 사람이라도 이에서 멈출 수 있을 것이다. 작가 스스로 허구임을 밝히고 있기 때문이다. 허구라고 함은 박정희 전기에 대한 사실적 관심을 충족시켜주지는 않겠다는 뜻의 선언인 것이다. 그런데 이상하다. 허구인데 그것이 어떻게 '사태의 본질을 드러내는 허구'일 수 있는가. 여기에 모종의 기만이 깃들어 있지 않은가. 사태의 본질을 드러내는 허구라니!

작가가 뭐라 변명하든지 간에 이 작품의 인물들이 전적으로 허구의 인물들이라는 선언은 자기 모순의 극치가 아닐 수 없다. '허구'와 '사실'은 근본적으로 양립할 수 없는 것이기 때문이다. 이것이 양립될 수 있다고 믿는다면 그야말로 착각도 유만부동의 착각이 아닐 수 없다. 참말과 거짓말이 어떻게 양립할 수 있는가. 참말을 하기 위해 거짓말도 좀 섞어넣을 수 있다고 믿는 것인지 모르지만, 그렇다면 이 책의 신뢰성은 무너진다. 그런데도 작가는 태연히, 뻔뻔히 사태의 본질을 드러내는 허구라고 말하는 것이다. 이 모순을 조금 더 자세히 들여다보자.

만약 작가가 실전의 박정희 전기를 쓰고자 했다면 허구의 소설 방식은 동원하지 말았어야 했을 것이다. 박정희 전기에서 우리가 원하는 것은 역사적 사실성이기 때문이다. 그렇지 않고 <작가의 말>대로 악마적 초인의 어떤 사상, 존재를 드러내고자 했다면 '박정희 전기'라는 투의 그런 안개 뿌리기는 감췄어야 했다. 소설 속의 주인공이 박정희의 그림자와 겹치면서 그가 아니라고 주장하는 것은 어불성설이기 때문이다. 어떻게 박정희의 행적을 그대로 좇아가는 인물이 '허정훈'이라는 다른 이름을 가질 수 있는가. '허정훈'은 그럼 박정희의 다른 이름일 뿐인가. 만약 허정훈이 곧 박정희라면, 왜 박정희의 전기적 사실과 어긋나게 때때로 허구적 행적들을 보여주는가. 그렇다면 허정훈은 또 박정희인가, 아닌가. 어떻게 박정희이기도 하고, 아니기도 한 사람이 역사의 시공간 안에 동시에 존재할 수 있는가. 지금 「홍길

동전」을 쓰고 있는가.

　독자로 하여금 끊임없이 혼란을 불러일으키게 하는 이 모순은 그
러니까 사실과 허구를 혼동한 작가의 간단한 착각에서 말미암았다.
그러나 이 착각이 가져온 결과는 의외로 크다. 합리적인 의식을 가진
독자라면 도저히 용납할 수 없는 난센스들이 작품 곳곳에서 빚어지
기 때문이다. 고대소설 같은 우연과 전기(傳奇)적 현실들이 작품 안에
서 벌어지기도 하고, 또 한편 허정훈은 박정희의 주박에 갇혀서 옴짝
달싹 못하는 소설적 상황이 계속해서 전개되는 것이다. 명색이 주인
공이고, 초인을 지향한다는 인물인 주제에 자기 서사의 공간을 제대
로 지배하지 못하는 소설적 양상은 이에서 말미암은 것이다. 이 모순
을 그러나 1부 '인간의 길'―작가는 3부작을 쓰리라 한다―에서는
그래도 어떻게 얼버무려 왔다고 하면, 앞으로 현대사의 가시적인 시
공간 안에 접어들수록 이 모순은 걷잡을 수 없이 확대돼 작품을 파
괴하게 될 것이다. 가령 이 작품이 5·16의 상황을 그릴 때가 되었을
때, 혁명공약을 읽는 사람은 박정희가 아니고, 허정훈이어야 하고, 마
침내 '대통령 박정희'가 아니라, '대통령 허정훈'이라는, 우리 현대사
의 새로운 대통령이 출현하는 판이 벌어져야 할 것이기 때문이다. 이
모순을 해결하는 길은 결국 두 가지만이 있을 수 있는 셈인데, 작품
자체를 폐기 처분하거나, 허정훈을 개명시키는 길 밖에는 달리 도리
가 없는 것이다.(그러나 이 경우 이미 성이 달라서 애비도 다르고 에미도 다
른 셈인데, 어떻게 타고난 조상까지를 갈아치울 수 있을까.)

　이 간단한 착오는 그러니까 포복절도할 일이 아닐 수 없다. 3부작
을 쓰리라는 작가의 강단을 믿을 수 없는 이유도 여기에 있고, 작품
의 의미 불능성도 여기에 있다. 삼척동자라도 웃을 이 간단한 사실을
그 영민하다는 작가가 왜 깨닫지 못했을까. 이처럼 나사못 하나만 빼
내면 와르르 무너질 소설을 쓰면서도 그것을 사실을 쓰는 양 착각하

고, "인물들은 치밀한 역사적 사실 속에 배치되어 있"—이 문장조차
가 사실은 틀렸다. '치밀한' 것은 '역사적 사실'이 아니라, '배치'이어
야 할 것이기 때문이다—다고 강변하고, 동시에 "전적으로 허구의 인
물들"이라고 말하고 있으니, 이 노릇을 어쩌할까. 혹시 내가 착각하
고 있는 것은 아닐까. 그러니까 허구 속에 들어와 팬스레, 엉뚱하게
사실의 문제를 제기하고 있는 것은 아닐까.

여기서 필자가 착각하고, 억지를 부리고 있다고 하자. 주인공 '허
정훈'은 그러니까 박정희를 연상시키기 위한 인물, 가명의 인물일 뿐
이라고 하고, 나머지 모든 인물들만 허구로 지어내어진 인물들이라고
하자. 그렇게 이해하더라도 그럼 이와 같은 착종된 글쓰기의 방법론
이 성립할 수 있을까. 노파심으로 말하자면 작가가 예를 들고 있는,
그러니까 「장 크리스토프」와 「삼국지연의」를 들어 자기 합리화를 꾀
하고 있는 대목이란 전혀 얼토당토않는 설명의 보기이고, 그 논법인
것이다. 우선 「장 크리스토프」란 무엇인가. '장 크리스토프'와 실제의
베토벤이 다르다고 말하고 있는데, 이것은 장 크리스토프와 베토벤이
전혀 다른 인물이기 때문에 다를 뿐인 것이다. 그러니까 「장 크리스
토프」의 '장 크리스토프'란 창작의 인물이어서 실존 인물 베토벤과
전혀 상관없는 것이며, 따라서 결코 베토벤을 살면서 '장 크리스토
프'를 사칭하는 것은 아니다. 다만 모델로서의 인물 성격을 조금 빌
어왔을 뿐인 것이다. 이에 관해 작가 로맹 롤랑의 설명을 들어두는
것이 유효할 것이다.

> 영웅에 대한 정의를 내릴 무렵, 내게는 물론 베토벤이라는 모델이
> 있었다. 왜냐하면 베토벤은 근대 세계에서, 그리고 서구 모든 국민 중
> 에서 오직 하나의 광대한 내면국(內面國)의 주인공이며, 창조적인 천
> 재력에다 심정의 천재력을 합친 이례적인 예술가 중의 한 사람이기
> 때문이다.

그러나 그렇다고 해서 장 크리스토프에게서 베토벤의 초상화를 보려고 해서는 안 된다. 크리스토프는 베토벤이 아니다. 그는 새로운 다른 베토벤이고, 베토벤 타입의 영웅이긴 하나 그가 살아 온 것과는 전혀 다른 세계, 즉 우리들 세계에 던져진 하나의 자립적인 존재이다. (……) 같은 점이 있다면 오직 제1권 <여명> 속에 크리스토프의 가정이 갖는 몇 개의 특징 뿐이다. (……) 그리하여 그 자신(장 크리스토프)은 작품을 통해 손색없는 우리들 현대인 중의 한 사람이다. 또 1870년부터 1914년에 이르는, 다시 말해 서구의 한 전쟁에서 다음 전쟁에 걸친 그 세대에 가장 위대한 대표자이기도 하다.

🔾 <장 크리스토프에 부치는 글>, 『장 크리스토프1』(일신서적출판사, 1990), 11~12쪽

「장 크리스토프」의 저자가 밝히고 있듯, 작중 주인공과 모델 인물 사이의 상관 관계는 '허정훈'과 '박정희' 사이의 그것과 전혀 다른 것임을 알 수 있다. 요컨대 장 크리스토프는 베토벤과 전적으로 시공을 달리하는 인물인 것이다. 「삼국지연의」에서의 '조조'와 비교하더라도 사정은 마찬가지가 된다. '조조'가 '위무제'가 아니라고 했지만, '위무제'의 이름이 '조조'인 것이다. 이것은 박정희를 그리면서 '허정훈'이라는 다른 이름을 쓰는 것과는 전혀 다른 차원의 문제인 것이다. 왜 이와 같은 근본적 차이의 문제를 몰각하고, 마치 필명쓰는 듯한 문제로 주인공 이름쓰는 문제를 처리하게 됐을까. 왜 그랬을까.

어쩌면 작가의 책임만이 아닌 문제인지 모른다. 여기에 한국적인 관념, 사유 관습의 문제가 있는 것이다. 작가가 즐겨 구사하는 논법을 감히 빌어 말하자면 여기에 이를테면 한국 근대화, 합리성의 미달, 미성숙 문제가 있는 것이다. 그러니까 작가 개인으로서의 사고방식 문제만이 아니라, 소설과 사실, 역사의 문제를 혼동하는 우리네 문학의 재래적인 사유 관습 문제가 여기에 있다고 할 수 있다. 소설을 써 놓고 리얼리즘이라 하고, 전기와 역사는 따로 문학이 아니라고 하는 투의 발상법이 그것이다. 서양 사람들 같으면 그러나 허구와 논

픽션의 구별은 절대적이다. 이 선을 넘나들 수는 없으며, 그 사이의 애매한 절충이나, 교묘한 줄타기란 있을 수 없는 것이다. 그러니까 소설이면 소설이고, 다큐멘터리면 논픽션이다. 로맹 롤랑이 「장 크리스토프」에서 베토벤을 그릴 이유가 없었던 것은 베토벤 전기를 그가 따로 썼기 때문이다. 다시 말하거니와, 따라서 이 작가 역시 처음부터 박정희를 그리고자 했다면 그 논픽션의 전기를 쓰거나, 그렇지 않고 소설을 쓰고자 했다면 박정희의 이름 같은 것을 들먹이지 말아야 했다. 전혀 다른 인물, 그러니까 시공을 달리하는 주인공 '허정훈'을 창출해야 했던 것이다. 그러나 그가 그럴 수 있었을까. 박정희라는 가정없이 이런 식의 글(소위 소설)쓰기를 그가 구상할 수 있었을까. 애초 접붙이기 형태의 모호한 글 관념이 작가의 머리 속에 있었던 셈이고, 그것은 그가 당초 소설가라기보다 비평가의 인격을 가진 사람이었기 때문이다. 이 모호한 접붙이기 글 양식 개념은 그러나 작가 사유의 미숙성 때문에만 빚어진 일이라 할 수 없고, 글에 대한 한국적인 관념의 미숙성 때문에 빚어진 일이라 할 수 있다. 사실판단과 가치판단을 구분해야 한다는 것은 칸트 철학의 기초 문제로도 알려져 있지만, 사실과 가치의 문제를 구분하는 것은 아직 우리에게 익숙하게 정립되어 있는 태도가 아니다. 어쩔 수 없이 우리 문화의 수준인 것이다. 그러니 독재자를 미화하고 합리화하겠다는 헛된 발상의 시도가 나오고, 그 시절이 좋았다며, 그저 마술의 언어만 구사하면 설득력이 배가되는 줄 아는 착각이 횡행한다. 우리 수준인 것이다. 다행히도 우리 독서계가 이만큼은 분별할 줄 아는 지성을 이제 가지게 되었기에, 이 작품의 호소력에 전혀 귀기울이지 않는 것이다. 그 엄청난 광고의 물량 공세에도 불구하고, 독자들이 이 책을 향해 달려들지 않는 것은 이를 뜻하는 사실이리라. 설득력이 없다고 본 것이다. 그러니 이쯤 해두기로 하자. 이 문제는 이만하고, 작가가 소설이라 주장하니, 이제 소설의 문제를 검토해보기로 하자. 그 주장대로 역사적 사실성과 상관없이 순전히 소설이라 할 때 그 가치 평가의 문제를 우리는 달리 논해볼 수 있는 것이다. 평가 기준이 달라져야 할 것은 물론이다. 결론적으로 순수히 소설이라 할 때도 이 작품은 실패했고, 왜 그렇게 평가할 수밖에 없는가를 이제 우리는 논해야 한다.

2) 소설의 구조적 취약성

순수한 소설 작품으로서의 문제를 우리는 구조적 차원에서 해명할 수 있다. '구조'는 추상적인 개념 아닌가 물을 것이다. 그렇지만 소설에 구조적인 차원이 있다는 것을 구조주의자들은 입증했고, 이것이 소설을 해부하는 가장 유력한 관점, 이론이라는 것을 이론사는 말해주고 있다. 그렇다고 구조적 차원이 무엇인가를 자세히 묻지는 말자. 간단히 '서사'라고 말해도 될 일이기 때문이다. 그러니까 이 작품, 아니 이인화 소설쓰기의 최대의 약점은 서사적 집중력과 일관성, 통일성이 약하다는 점으로 지적될 수 있다. 서사적 집중력, 일관성이 약하다는 것은 달리 말해서 이야기가 순차적으로 집중력있게 뻗어나지 못한다는 얘기다. 여러가지로 증명할 수 있지만, 이 작품이 한편으로 박정희 실전일 수밖에 없음은 이와 관련한 것으로 설명될 수 있다. 가령 이야기가 뚝뚝 떨어져 분장의 형식으로 전개될 수는 있을 것이다. 다만 그 경우에도 하나의 양식적 통일성은 필요하다. '일대기'라는 양식은 그런 점에서 가장 고전적이고, 소설의 원형을 이루는 서사 양식인 것이다. 하지만 이 점에서 「인간의 길」은 일대기라 보기 어려울만큼 '허정훈' 일생의 구성적 지배력이 약화되어 있고, '허정훈'은 그저 가끔가끔 나타날 뿐이다. 박정희의 일생이라는 가상의 전기가 배경에 밑그림처럼 펼쳐져 있지 않고서는, 그 서사의 동력을 이해할 수 없을 만큼 지리멸렬의, 자의적 형식화를 이룩하고 있는 양상인 것이다. 허정훈을 중심으로 그 구성적 양상을 조금만 들여다보면 그 사정을 알 수 있을 것이다.

만약 '허정훈'의 일대기를 그리고자 하는(박정희와 상관없이) 서사 목적이 이 작품 형식화의 주된 동력이라면, 이 작품은 그러니까 당연히 '정훈'의 성장 과정을 중심으로 쓰여져야 했을 것이다. 하지만 2권 분량의 책 전체를 펼쳐놓고 보아도 실제 '정훈'이 등장하고 있는 분량은 많이 봐줘서 전체의 반을 넘지 않는다. 서사 양식이 다르기 때문이라고 변명하더라도 이 점은 우선 짚어질 필요가 있다. 이 작품의 전반적인 구성 방식은 그러니까 일반적인 성장소설과 다르게 에피소드 구성 방식을 취하고 있는 것이다. 요컨대 삽화 연결식이다. 허나, 1, 2권 합하여 총 23개 장에 이르는 삽화들이 모두 '허정훈'의 성장 과정과 관련된 삽화들이라면 모르되, 그 대개의 삽화들이 허정훈 생애와 별 상관없이 분산, 파편화된 양상을 취하고 있다는 게 하나의 서사로서 이 작품의 결정적인 약점이다. 서사적 집중력과 통일성을 결여하고 있다는 것은 이 점의 지적에 다름 아닌 것이다. 산술적으로 말하여 정훈 생애를 직접적으로 묘사하는 부분은 많이 봐줘서 또 전체의 4분지 일도 안된다는 사실이 이 점을 뜻하고 있다. 그렇다면 그 나머지 부분을 작가는 어떻게 채우고 있는가.

우선 서반부에서 근대적인 의식의 성장소설 작가라면 전혀 불필요하게 여겼을 주인공 탄생 이전 가계의 이야기가 다섯 장에 걸쳐 이루어진다. 말하자면 선대, 가계의 이야기인 셈이다. 일종의 가문소설 양식을 취하고 있는 셈이다. 여기에 허무맹랑한 이야기들이 가득 들어 있는 것은 그렇다 치자. 근대소설로서 있을 수 없지만, 역사적 관심으로, 일종의 역사소설을 쓰는 의식으로 그렇게 썼다고 이해해두자는 것이다. 박정희를 미화하기 위하여 가문까지 미화할 필요가 있었는가 묻고 싶지만, 그렇게 이해해두고 넘어가자는 것이다. 주로 선친의 '동학혁명' 관련 서술이 나오는데, 박정희 실가와 이 대목의 관련 사실은 매우 의심스럽지만, 모반의 운명을 그리고자 했기에 그럴 수 있었다고 이해해두고 넘어가자는 것이다. 아무래도 염력의 신통력을 발휘할 수 있었다는 정훈 어머니 '여시'의 이야기가 근대적 합리적 의식으로 보아서는 전혀 일고의 가치도 없는 것이지만, 소설이니까 그럴 수 있다 치고 넘어가보는 것이다. 그런데 이 박약한 구성적 지배력의 허정훈은 낳고 나서도 별 종적이 없다. "1917년 경상북도 선산(善山)"하고, 태몽을 둘러싼 신비의 설화가 장황히 서술된 다음, 아이는 그저 순식간에 낳고, 다음 7장 <그믐밤>으로 넘어가서는 웬 일본군 훈련 장면부터 나오고, 정훈의 어린 시절 모습이 조금 그려진 다음에 문득 보통학교 6년의 허정훈과 그 또래의 얘기가 전개되는 것이다. 어린 시절 얘기는 별 할 얘기가 없어서 그럴 수밖에 없다고 치자. 그렇다면 사범학교를 다니는 정훈의 모습은 어떤가. 통째로 이 대목은 빠져 있고, <야유방황>이라는 제목으로 이상히 엽기적인 주변 인물들의 얘기가 펼쳐진다. 그리고 다음 장에서 또 문득 정훈은 문경보통학교 선생이다. 그리고 정훈의 영웅적인 성격이 삽화처럼 펼쳐지고(12장 <비애와 혐오>), 13장에서 문득 정훈은 만주로 쫓겨가는 것이다. 이런 식이다. 그리고 2권으로 넘어가는데, 2권의 주요 부분은 또 터무니없이 집중적인 것이다. 그러니까 2권 3장 <어두운 산하>에서 "만주국(滿洲國) 강덕(康德) 12년(1945년) 3월"이 지시된 다음 내리 6개장에 걸쳐서 관동군 산하에서의 허정훈 일당의 모반의 행적이 펼쳐지는 것이다. 이런 길쭉날쭉, 그것도 허정훈 중심의 서술이라기보다는 등장인물마다에 초점화자를 옮겨가는 이런 자의적 서술 양식이 과연 서사적 집중력을 가졌다고 할 수 있는가. 이런 식으로 소설이 될 수 있다면 과연 근대적 합리적 서사 양식으로서의 소설의 의미는 어디에서 찾을 수 있는가.

　그 서술 방식이 어떤 이론으로 합리화될 수 있든지 간에 소설을, 책을 읽는 독자로서는 전혀 서사적 집중력을 가질 수 없다. 다음 이야기가 어떻게 펼쳐질까를 기대하게 하는 것이 소설, 서사인 것인데, 뚝뚝 떨어져 제맘대로 돌출하는 초점 화자들의 이야기에 독자로서는 전혀 지속적인 흥미의 관심을 유지해 갈 수 없는 것이다. 이 작품 중에 가장 집중력있는 서술을 보여주는 2권 중간 부분이 그래도 읽을 만한 부분인 것은 이 때문이다. 아직 일본군이 패전 상태에 이르기도 전 허정훈 일당이 모반을 도모할 수 있었다고 하는 것이 전혀 믿기지 않는 이야기지만, 그건 그렇다치고, 하여튼 이 작품의 가장 소설다운, 그런 점에서 가장 극적인 서술의 묘사가 이 대목에서 펼쳐지는 것이다. 이 대목으로만 보면 애초 발전적 형식의 성격소설이 아니라, 일종의 드라마투르기에 가까운 극적 서사 진행법을 보여준다는 것이 보다 진상에 가까운 느낌이지만, 그래도 소설다운 형식화를 이룩하고 있는 대목이 이 대목이기에 좀더 자세히 보아둘 필요가 있을 것 같다. 여기에서 소설의 주인공은 누구인가, 이로써 '허정훈'의 서사적 위상, 구성적 지배력은 강화되었는가, 이런 질문을 우선 던져두고, 2권 5장 <드러나는 모반>을 중심으로 2권 3장부터 8장까지의 양상을 보자면 이렇다.

　적어도 이 대목만을 두고 본다면 소설의 주인공은 허정훈이 아니라, 가공의 인물 '유건희'라는 것이 드러난다. 8장 <유건희의 죽음>으로 이 에피소드가 결착지워지는 것이 그 사정을 뜻하는 것이다. 실상 '유건희'라는 인물은 1권에서도 주요한 인물로 등장했었고, 특별히 일본군 내에서의 모반을 획책하는 이 결정적인 에피소드의 대목에서 극중 주인공임을 드러내는 것이다. 이에 비하면 허정훈이란 한갓 하수의 인물임을 드러내고, 온갖 이데올로기의 교설도 '유건희'의 입을 통해 토설된다. <작가의 말>에서 석명한 바 "다른 누구보다도 더 깊이 죄악 속으로, 야수의 발자국이 새겨진 미지의 길을 따라 점점 더 차갑고, 점점 더 결정적인 고독을 향해 나아갔"던 인물이란 차라리 '유건희'가 더 가깝고, 아직 허정훈은 도덕적 선, 윤리의식의 미망에 사로잡혀 있는 인물인 것이다. 이 부분을 그려내기 위해 작가가 그토록 애썼을 것도 짐작이 간다. 만주에서의, 만주민들의 삶이 상당히 실감있게 그려지고 있는 편이며, 무엇보다 박정희의 대리 인물 허정훈의 실존적 정당성, 역사적 정당성을 구원하기 위해 애쓴 흔적도 가상하게 느껴진다. 비록 역사적 진실과는 아무 상관없는 대목이라 하더라도 작가가 말하고 싶었던 것이 이 대목을 통해 어느 정도 드러났다면 소설을 쓴 공력으로서는 전혀 헛 공력만은 아니었던 것으로 드러나는 셈이다. 하지만 리얼리즘적 가치 회복으로서는 여전히 미흡하며, 그것은 결정적으로 선 의지의 허정훈이 유건희에 의해 압도되고, 본래 악마적 성격의 유건희 조차가 자기 윤리에 배반되게 최후로 천사의 영웅으로 사라진다는 것이 작가 의지에 배반된 결과를 빚어낸 것으로 해석되는 셈이다.

이런 문제와 관련하여 작가의 구상은 원래 어땠을까. 책 뒷 표지의 발췌문과 소개문은 그 발상의 구상을 엿보게 해 준다. 그러니까 "나라가 없으면 자유도 없다. 참된 국가를 재건하려는 위대하고 결정적인 하나의 범죄로부터 더 이상 죄가 없는 세상이 도래할 것이다"의 사상이 허정훈의 것이라면 그에 대립된 노골적인 악마적 의지의 부르주아적 인간형 유건희는 "인간적인 자유란 내 손에 움켜쥔 돈이며 돈으로 구현된 나의 힘이다. 돈으로부터 구원이 찾아온다"의 '돈', '자본'의 사상을 대변하도록 배려했던 것 같고, 그 두 가지의 사상적 충돌은 "대한민국을 만든 '국가'와 '시민사회'의 갈등. 국가주의를 극한까지 추구하는 허정훈과 개인주의를 그 가능한 극한까지 살아가는 유건희. 두 악마적인 초인들의 3대에 걸친 80년을 추적한 파란만장의 대서사시"라는 소개문의 응축된 구조 양상으로 구현되도록 작품 전체를 개념적으로 축조하고 있었던 셈이다. 이 개념적 축조는 과연 소설적으로 어느 만큼 구상화되고 달성되었는가. 작가의 개념적 언어의 유려함만큼 그 소설적, 서사적 축조는 전혀 구상에 미달하게 달성되었다는 것이 필자의 판단이며, 이것은 근본적으로 작가의 서사 능력 미비에 원인이 있었다고 말하지 않을 수 없다.

구조적 차원, 그러니까 구성적 배치의 차원에서 전혀 합리적인, 합목적적인 구조화를 달성하지 못했고, 그것은 허정훈의 일대기에 집착하는 일방, 유건희의 악마적 성격을 뜻한만큼 구체화시키지 못한 때문이라 여겨지는 것이다. 결국 개념적으로 파악하는 만큼 악마적 성격 구현에도 이 작가는 그다지 능란하지 못했던 셈이다. 개념으로서가 아니라 실감으로, 체험으로, 도스토예프스키가 저 악마적 성격들을 두루 통찰하고 있었다고 한다면, 역사적 인물 사례에서 겨우 그 성격의 편린들을 빌어오고 있는 작가의 악마성 구현 능력이란 이처럼 허약한 한계를 드러낼 수밖에 없었던 셈이다. 이것은 그러니까 그런만큼 없는 역사적 사실을 만들어 박정희를 미화시키려는 허구적 노력이 한계에 부딪혔다는 뜻도 되고, 그리하여 지상에서 사라지고 말게 되는 안타고니스트 '유건희'의 운명, 그 부재는, 주동 인물로서의 허정훈의 극적 위치를 더욱 허약하게 만들 수 있다. 이 딜레마를 어떻게 극복할 것인가. 3부작이라는 「인간의 길」 후속 작업에 대해 못미덥고 불안한 마음을 갖게 되는 것은 이 때문이기도 하다. 유건희의 악마적 초인주의를 과연 누구에게 이월시킬 것인가. 2권 끝이 예비하는 대로 그 아들 유척기가 이어받을 것인가. 아니면 그 애송이의 역할 지위를 거두고 막바로 허정훈이 이어받게 할 것인가. 비록 믿을 수 없지만, 만약 그 후속편을 쓴다면 작가는 이러한 구성적 문제를 우선 해결하지 않으면 안될 것이다.

3) 서술의 문제 - 초점 화자의 문제

사상 문제의 검토로 넘어가기 전에 이인화 소설의 방법적 약점과 관련하여 조금 더 살펴보기로 하자. 최근 비평가 남진우는 이인화의 소설쓰기에 관해, "작가적 천품을 타고나지 못한 소설가 지망생의 안간힘과 간지…"(남진우, 「오르페우스의 귀환」(≪문학동네≫, 1997년 여름), 356쪽) 운운으로 촌평한 바 있는데, 이런 혹평과 독설이 지나치다고 여겨지지 않는 것은 실제 이인화의 소설이 근대 소설의 기본 원칙에 어긋나는 자의적 결함을 산견시키기 때문이다. 작가의 존재를 드러내는 빈번한 현학적 언술의 서술 태도가 그 한 예려니와, 무엇보다 시점의 분산, 초점 화자의 자의적인 무정견한 운영 양상은 근대적 형식으로서의 소설 미학을 심히 훼손시키는 양상인 것이다. 엄격한 시점 이론을 확립했던 헨리 제임스 같은 사람의 눈으로 보면 소설도 아니라고 할만큼 그 자의성의 정도는 심한 것이다. 그것이 또 작가가 즐겨 끌어들이는대로 포스트모더니즘의 이론으로 합리화될 수 있는 것일지는 모를지나, 근대소설의 일반문법으로 보면 제맘대로라 할만큼 도착적인 양상을 띠고 있는 것이다. 근대적인 형식 미달이라 할 것은 근본적으로 이 점 때문인데, 이는 사실 그 소설쓰기의 시초부터 두드러지게 나타난 문제점이었던 것이다.[2] 작품의 대목을 들어 구체적으로 말하자면 2권 9장 <백조귀소(百鳥歸巢)>의 양상을 전형적으로 들

---

[2] 이 작가의 떠들썩한 데뷔 소설이 된 『내가 누구인지 말할 수 있는 자는 누구인가』가 재심된다면, 그 부끄러운 문장 베끼기의 측면에서가 아니라, 오히려 형식 파탈의 측면에서 재검되어야 한다. 일인칭 화자의 '나'가 장마다에서 바뀔 수 있다고 하는 것은 형식 실험이 아니라, 형식 미달의 측면에서 재평가되어야 할 것이기 때문이다. 이를 두고 우리 문단의 원로, 중진 작가들이 "신인다운 솜씨" 운운하며, 선고 심사에 동의했다는 것은 문단 최대의 실책 중 하나로 기록되어야 할 것이다. 작가들이 오히려 엄격한 규준 미학의 견지에 둔감했다고 하는 이 사례는 단순한 아이러니를 넘어 우리 작단의 아픈 모습을 보여주는 바로 기억되어야 한다.

수 있을 것이다. 자세히 보자.

그 제목의 현학적인 어사에서 알 수 있듯이 이 장은 해방이 되어 집으로 돌아가는 사람들의 모습과 사회 풍경을 그리고자 하는 장이다. 그런데 엉뚱하게 이 장의 시작은 이미 작품 속에서의 역할이 끝난 듯 보였던 저 문경보통학교-대구사범을 마친 허정훈-박정희가 교사로서 초임 근무했던 곳-시절의 교감 가또가 갑자기 재등장하여, 일본인의 눈으로 본 해방 조선의 풍경이 우선 그려지는 것이다. 그렇게 몇 페이지가 이어지고는 단락이 나뉘어 2권에서 거의 얼굴을 디밀지 않았던 허상훈-정훈의 형. 박정희의 형으로 상당한 거물의 좌익 인사였다고 하는 '박상희'를 대리하는 인물이다-이 등장, 해방 직후 '건준' 주도의 현실이 혼란스러웠음을 말하는 것이다. 그리하여 그 어지러운 치안 현실에 대해 내부 비판을 제기한 끝에 허상훈은 유건희의 아들 '유척기'에 의해 엽기적인 테러를 당하는 것으로 얘기가 이어지고, 그리고 또 단락은 나뉘어, 아직 귀국하지도 않은 허정훈의 만주에서의 좌익 공산주의자들과의 대결 풍경이 펼쳐진다. 이처럼 하나의 장 안에서 세 번 이상의 초점 화자 이동 현상이 벌어지고, 그 현실들이 왜 그렇게 뒤엉켜 서술되어야 하는지에 설명은 명확히 이루어진다. 단지 현학적인 냄새의 제목 어사에서 독자는 작가의 의도를 짐작해내야 하는 것이다. 결국 해방의 현실을 그리고자 했다. 그런데 "센징(鮮人)들은 할 수 없어. 저질스런 짐승들이지. (……)"와 같은, 일본인 눈으로 본 우리 현실에 대한 자학적 서술이 이뤄진 다음, 그 뒷자리에서 또 허정훈 같은 지사적 인물의 "우리 조선인들은 이 세상에서 가장 약하고 가난한 민족이오. (……) 나는 우리 민족이 어떤 강대국에도 기대지 않고 한 덩어리로 뭉쳐 나라를 만들어가면 반드시 세상의 힘이 우리에게 온다고 생각하오."의 웅변을 들어야 하는지 독자로선 도저히 알 수 없어지는 것이다. 추측하자면 아마도 도스토예프스키식 '다성화'의 미학을 실험한 것일 게다. 그렇다고 이와 같은 분열, 분산의 방식이 다성화의 효과를 냈다고 할 수 있는가. 다성의 화음과 조화는커녕 작가의 분열된 의식과 그 현학이 빚어내는 갈라진 균열의 음을 독자는 들을 뿐이다. 왜 이런 균열의 양상이 그의 소설에 반복해서 나타나는 것일까.

앞서 그의 소설의 약점과 한계를 서사적 집중력의 결여로서 지목했거니와, 세계를 통어하는 시점의 결여, 혹은 분열의 의식이 이 작가의 내면적 본질이기 때문이다. 마음두지 못하는 정처없는 상태가 그의 내면적 본질이며, 따라서 그의 내면 상태 자체가 모반의 상태로 항질화되어 있는 것이다. 많은 독서와 언어의 섭렵이 그의 인식을 풍부하게 하고 있는 것은 틀림없다. 그러나 정제되지는 못한 것이다. 소설적인 집중된 묘사 능력의 결여와 이것은 대응을 이루는 면모이고, 이야기를 통일적으로 결집시키는 서사 능력의 결여도 이와 대응을 이루는 면모이다. 그런데도 어떻게 그러면 장편의 소설들을 작가는 써낼 수 있는가. 이 집중력의 결여를 메우는 것이 그러니까 그의 화자 분산의 방법이며, 이 분산을 통해서 알고 있는 가지각색의 지식을 그는 펼쳐 보인다. 일견 풍성해 보이고, 특히 현학적인 지식, 사유의 폭이 그의 소설 세계를 아름답게 치장하는 것처럼 보이는 것은 이 때문인 것이다. 그러나 이러한 것들이 소설의 본질과는 거리가 먼 것이고, 가장 훌륭한 소설, 즉 카프카의 소설같은 것은 빈약한 독일어의 묘사 언어로만 이루어졌다는 실례는 이 사실을 깨우친다. 남진우가 말하는 '소설가 지망생의 안간힘과 간지'란 이러한 측면을 말하는 것이다.

또 있다. 서사적 기대 지평, 즉 다음 이야기의 전개를 흥미롭게 예기하게 하는—서사의 본질을 말하는 이 점은 『아라비안 나이트』의 '세헤라자데' 이야기에 정확히 구현되어 있는 것으로 설명된다—기대 지평의 형성을 그의 소설은 충족시켜주지 못하는 대신에, 극적 강화, 묘사의 기술이 그 자리를 메우는 것이다. 「인간의 길」 전편을 통해서도 유독 <드러나는 모반>의 모반 장면이 집중적으로 서술되어 있는 것은 이 점의 특질을 드러낸다. 그러나 극적 강화, 묘사의 기술이란 무엇인가. 서사와 다르게 극이란 필연적으로 압축과 과장의 방법을 요구하는 것이다. 그의 소설들이 에피소드 구성법을 취하게 되는 것도 이와 관계되어 있으며, 그것은 정열의 성격을 드러낸다. 그러나 쉬이 식는 것이다. 마치 조루와 같이 오래 지속되지 못하며, 항상 새로운 것, 새로운 형태를 찾아나서지 않으면 안된다. 죽도 밥도 아닌 기묘한 형태의 소설 양태가 빚어지는 것은 이 때문이며, 적어도 지금까지 그의 소설들이 가설무대처럼 요란한 구상만을 펼쳐 보였지, 언제나 끝을 내지 못하는 양상으로 다시 새로운 작품으로 건너뛸 수밖에 없었음은 이와 관련된 자질 측면이라고 할 수 있다.[3]

결국 소설의 하위적인 양식 개념에 비춰봤을 때 근대소설의 어떤 양식 개념으로도 통일적인 설명이 불가능한 게 이 소설이다. 일반적인 성장—교양 소설이라 하기엔 시간성의 구조와 내면성의 구현 정도가 취약하고, 역사 소설이라 하기엔 민중적 삶으로의 확대 정도가

---

3) 예외가 있다면 대중적으로 크게 성공한 『영원한 제국』 정도였다고 할 수 있는데, 이 역시 풍부한 예술적 마감질이 이루어진 양상이라곤 볼 수 없으나, 그래도 그만큼의 짜임이라도 가능했던 것은 그것이 원 텍스트를 가진 작품이었기 때문이라고 할 수 있다. 알려진 대로 『장미의 이름』을 그대로 차용하고 있는 이 작품의 서사 방식은 여기에 정조의 죽음으로 이어지는 일련의 궁중비사를 조합만 해내면 되는 방식이었기에 그런대로의 끝 마감질이 가능했다고 할 수 있다. 하지만 추리소설 기법을 원용한 움베르토 에코의 원작 자체에 대해서 그다지 높은 예술적 평가를 매길 수 있는가에 대한 회의가 있느니만치 그 앙상한 형태의 아류작에 대해서 얼마만큼의 예술적 평점을 매길 수 있는가에 대해서는 대개 전문독자 일반의 회의가 비등했음이 사실이라고 하겠다. 그 소설이 가져온 대단한 판매부수의 기록을 역으로 계산한다면 아마도 그만큼의 질적 수준의 높이가 가늠될 수도 있을 것이다. 질적으로 높은 수준이라면 결코 그만한 판매부수의 기록은 불가능했을 것이기 때문이다.

낮다. 많은 인물들이 등장하긴 하지만, 본래 시간성의 구조를 가진만치 매개적 인물들 간의 유기적인 관계 축조와 이를 통한 역사 현실의 폭넓은 구체적 구현이라는 것이 애초 논외에 있었던 것이다. 영웅 소설적인 풍모를 강하게 띠고 있지만, 본래 근대적인 형식 개념이 아닌 것을 끌고 들어와 설명할 이유는 없다. 그렇다면 뭐라 규정지을까. 흥미로운 것은 많은 인물들 중 '문학'이라는 이름의 편력적 인물이 등장하는 것이다. 본래 문학도였던 그가 여러 편력의 과정을 거쳐서—그 중에는 동성애자로서의 편력도 있다—그가 의학도가 되고, 연극도가 된다는 사실은 이 문맥에서 흥미로운 하나의 시사점을 던져줄 수 있다. 요컨대 문학은 '문학'이라는 인물을 통해 간단없이 조롱되고 있는 것이다. 이것은 한갓 이야기의 소설을 작가가 쓰지 않았다는 뜻이 되고, 보다 원대한, 보다 심각한 무엇인가를 위해서 작가가 소설을 썼다는 뜻이 된다. 소설을 가탁하였을 뿐이라는 얘기다. 아마 그러했을 것이다. 소설이, 문학이 손쉽게 되지 않는데, 자신의 장기를 살려서 문학 밖의 보다 심오한 무엇을 추구했으리라는 것은 충분히 짐작이 되고도 남는다. 이것을 '형이상학'이라 할 수 없을까. 그가 '악마적 초인'이라 부른 그 존재의 사상, 마침내 「인간의 길」이라 부른 철학적 존재론의 사상, 이야말로 이 작품의 주제, 본질을 뜻하는 것이고, 작품에 대한 양식적 규정 역시 작가가 지향하는 이와 같은 담론 추구의 내면적 본성에 따라 규정해줄 밖에는 다른 도리가 없다. 말하자면 형이상학의 소설인 것이다. 순수한 형이상학적 소설이라 보기에는 이질적인 불화의 요소들이 너무 많이 뒤섞여 있지만, 그 주된 형질이 그러하기에 그렇게 밖에는 이해할 다른 도리가 없다. 사상 문제에 대한 검토로 넘어가지 않을 수 없는 이유가 여기에 있는 것이다.

4. 위험 사상의 정체

소설로서 어설픈, 혹은 허무맹랑한 것을 두고 신경을 곤두세워야 하는 이유도 결국은 이것이 품고 있는 사상적 맹독성에 있다. 그것을 구석구석 자세히 밝히자면 또 한편의 저작이 필요하리라. 어쨌든 형이상학의 외양을 띠고 있고, 동시에 세속적이다. 세속의 사상이면서 형이상학적이란 무슨 뜻일까. 그러니까 세속을 살아가는 범용의 사상을 한편 놀라운 형이상학으로 치장하고 있는 게 그의 소설-사상, 말하자면 사상소설의 윤곽인 것이다. 다분한 민족주의적 언설로 포장하고 있지만, 그 본질이 파시즘의 그것에 가깝다는 것은 식자라면 누구나 알 수 있다. 국가 지상주의의 신화가 그것이기 때문이다. "국가주의를 극한까지 추구하는 허정훈"(『인간의 길 1』 표지문)이라고 했을 때, 국가주의의 극한이 무엇인지는 자명하다. 극한의 국가(민족)주의, 즉 울트라 내셔널리즘이 어떤 경계를 넘어 사회적 폭력을 조직화하는 단계로 나아갔을 때 파시즘의 무서운 현실이 도래한다고 말할 수 있는 것이다. 사상인데 뭘 그렇게까지 위험하게 볼 필요가 있느냐 할지 모르지만, 모든 것은 사상으로부터 비롯되는 것이다. 사상의 위험함, 무서움이 여기에 있다. 그렇다면 유건희의 사상은 무엇인가. "개인주의를 그 가능한 극한까지 살아가는 유건희"(『인간의 길 1』 표지문)라고 말했다. 그리고 허정훈과 유건희의 이데올로기를 합쳐서 "대한민국을 만든 '국가'와 '시민사회'의 갈등"(『인간의 길 1』 표지문)이라고 했다. 여기서 '개인주의'의 그 가능한 극한이라는 것이 무차별한 자본주의적 추구 정신을 의미하는 것임도 어렵지 않게 이해할 수 있다. 그것을 작가는 '시민사회'라 말하고 있는 것이다. '시민사회'라고 하는 것이 무차별한 자본주의적 이익 추구 정신을 의미한다는 것이 도대체 위험스럽고 자기 류의 발상이라 여겨지지만, 어쨌든 작가는 그렇게 본다니까 이해해줘야 할 것이다. 이러한 것들이 모두 위험한 파시즘 사상의 형성 요소들이라는 것을 파시즘 공부를 해본 사람이라면 누구나 알 수 있다. 파시즘이란 달리 말해서 국가 자본주의의 사상, 체제이기도 하기 때문이다. 더 자세히 국가독점자본주의가 그것이다. 이러한 위험 사상의 요소들이 작품 전편에 미만해 있지만, 이 작가가 '파시즘'의 말을 거북해 하지 않는다는 것을, 오히려 그것을 적극적으로 선양한 바 있다는 것을 그의 지난 소설의 한 대목을 통해 확인할 수 있다. 소설 속의 화자를 빌었다고 하지만, "작가의 본질이 뼛속까지 파시스트"라고 하는 발언은 바로 그 자신의 내면적 의지를 암시, 시사하는 바가 아닐 수 없다.

작가의 본질은 뼛속까지 파시스트란 말이야. 실재니 환상이니, 대화니, 민주주의니, 뭐 그런 평론가들의 쓰레기 같은 소리에 귀 기울이지 마. 진정한 작가는 어떻게 하면 통속으로 매도당하지 않는 선에서 내 소설을 많이 팔아먹을 수 있을까 그 생각만 하는 사람이야. 대중에 대한 영향력의 극대화를 욕망하는 것, 그것이 작가란 말야.
　　　○ 『내가 누구인지 말할 수 있는 자는 누구인가』(세계사, 1992), 222쪽

그 앞 대목에선 또 다음과 같은 언설도 늘어놓고 있다.

제2의 다까끼 마사오(박정희의 일본군 중위 시절 이름)가 나타나야 해! EC도 통합되고 전세계에 다시 블록경제가 이루어져서 동북아에선 대동아공영권의 이상이 부활해야 하네. 그런 잔인한 악령 아래서만 지식인 사회가 다시 설 수 있고 문학도 살아남을 수 있단 말이야. 나는 즐거운 마음으로 환청을 듣고 있네. 통일로와 화랑로를 달려오는 쿠데타군의 탱크 소리를.
　　　○ 앞의 책, 219쪽

아무리 작중 화자의 입을 빈 말이라도 이런 발언이 우연히 나오지 않았다는 것을 바로 「인간의 길」이 증거하는 것이다. 박정희 쓰기의 구상, 혹은 그 발상이라도 최근 시세의 흐름에 따라 이루어진 것이 아님을 위 발언은 증거하고 있고, 그 욕망의, 내면적 충동의 본질이 파시즘을 부르고 있었다는 것을 저 발언의 전후 문맥이 증거하고 있는 것이다. 어떻게 이런 엄청난 소리들을 그다지도 쉽게 태연히 늘어놓을 수 있었더란 말인가. 아는 사람들은 알고 있었지만, 그래도 이런 발언이 두드러지게 눈에 띄지 않고 지나갈 수 있었던 것은 『내가 누구인지 말할 수 있는 자는 누구인가』의 방식이 워낙 운동권을 포함한 당시 젊은 세대 군상의 착종된 문학적 발언 현상을 이룩하고 있었기 때문이다. 그러니까 일견 극우와 극좌의 견해들이 뒤섞인 양상을 이룩하고 있었기에 설마 이런 파시즘의 발언이 그의 본질일까까지 생각지는 못했던 것이다. 그러나 그의 작품 행로의 경과, 즉 『영원한 제국』이라거나, 『초원의 향기』 등을 종합하여 「인간의 길」에 이른 도정을 볼 때, 그가 쇼비니즘의 민족적 자의식을 품고 있다는 것은 분명하게 입증되었다 할 수 있고, 그 사상적 경도의 정도가 마침내 『인간의 길』에 이르러 파시즘의 본질에 이르러 있다는 것을 작품 구석구석은 마각의 정체로 드러내 보여주고 있는 것이다. 아직도 소설에 가탁한 의사 사유 표출일 뿐이라고 말할 터인가. 그렇다면 작가 자신의 언어로 이룩된 다음의 사상적 태도는 어떤가. <작가의 말> 속에 그러니까 모든 것이 또한 암시되어 있다.

오늘날 인간에 대한 환상은 거의 사라졌다. 프로이트와 마르크스는 인간이란 대체로 다 비슷비슷하며, 같은 종류의 심리적, 경제적 멍에를 지고 울고 있다는 사실을 강조했다. 그래서 요즘 사람들은 시대가 인물을 낳는다고 하며 특별해 보이는 지도자들도 사실은 이미 정해져 있는 역사의 방향에 이름표를 달고 자기 역할을 수행할 뿐이라고 한다. 그러나 나는 이렇게 많은 사람들의 운명이 항상 이래도 좋고 저래도 좋은 사람들에 의해 좌우되어 왔다는 말을 도저히 믿을 수 없다. 세상에는 정말로 특별한 사람들이 있다.

인생은 짧고 우리는 정의(定義)를 내리기 위해 낭비할 시간이 없다. 우리는 보다 실질적이고 즉각적인 지침에 따라 살아간다. 그것은 우리가 진심으로 위대하다고 생각하는 인간을 보고 배우는 것이다. 그의 생각과 행동을 모방하는 것이다. 어쩌면 이것이 인간에게 있어서 진보의 유일한 요소인지도 모른다. 어떤 천재성을 지닌 개인이 길을 제시하고 모범을 보이면 다른 많은 사람들이 그 길을 선택하고 그 뒤를 따르는 것이다.

<작가의 말>, 앞의 책, 5~6쪽

현란하고 확신에 찬 듯한 위의 언술 속에서 모든 것을 다시 한 번 확인할 수 있다. 프로이트와 맑스를 다 섭렵했다는 듯, 그들은 범용의 사상가로 몰아쳐지고, 선양되고 있는 것은 결국 영웅주의다. 그중에서도 가장 주목할 점은 "사람들의 운명이 항상 이래도 좋고 저래도 좋은 사람들에 의해 좌우되어 왔다는 말을 도저히 믿을 수 없다"에 있을 것이다. 이것은 민중사관에 대한 부정이다. 그리고 "정말로 특별한 사람들이 있다"고 말한다. 이 특별한 사람들, 그러니까 영웅 혹은 초인들이야말로 역사의 유일한 인도자, "진보의 유일한 요소"라고 한다. 결국 이 구도 하에서 모든 것이 설명되는 것이다. 위대한 독재자, 모반자가 위대한 인간인 이유도 여기에 있고, 이에 비하면 나머지 인간들은 "이래도 좋고 저래도 좋은" 인간들이다. 그저 수동적인 인간들인 것이다. 그리하여 나머지 범용의 사상, 가치들은 쓰레기로 치부된다. 그래서 "실재니 환상이니, 대화니, 민주주의니 뭐 그런 평론가들의 쓰레기 같은 소리"라는 표현이 나오는 것이다. 결국 쓰레기다. 아니 쓰레기가 된다. 이 위대한 인간의 교시, 작가의 교시에 의하여, 독재자는 찬양되고, 나머지 모든 인간들은 쓰레기가 된다.

쓰레기같은 인간이 되지 않기 위해서는 모름지기 모반할 지어다. 이처럼 우리가 글을 쓰게 되는 것도 그러니까 벌써 그의 사상에 영향받아 모반의 인간이 되기 위한 작은 몸짓에 불과하다.

5. 사상과 욕망, 변설

사상의 문제를 이 이상 더 자세히 논할 이유는 없을 듯하다. 굳이 파시스트임을 증명할 이유도 없고, 증명되지 않는다고 해서 사정이 달라지는 것도 아니다. 용감한 작가는 스스로 자신의 분명한 사상적 입장을 천명할지 모르고, 또 혹은 다시 한번 그 마술의 언어들을 놀려 자기 입장을 정당화할지 모른다. 파시스트임을 자처한다고 해서 구금할 법적 근거가 있는 것도 아닌 이상, 이 위험 사상의 정체를 우리로선 그냥 내버려두는 수밖엔 없다. 언제나 그렇듯이 내버려두어 돌보지 않는 것이 최선인데, 위험한 것은 또 언제나 이목을 끌게 되어 있는 것이 이 자본주의, 현대 사회의 이치다. 그러니까 이목을 끌기 위해 위험을 자초하는 것이다. 이 상관관계 속에서 모든 것이 다시 한 번 새롭게 설명될 수도 있으리라. 결국 이목을 끌고 싶고, 그로써 세상을 지배하고 싶다는 것. 그것을 작가는 "진정한 작가는 어떻게 하면 통속으로 매도당하지 않는 선에서 내 소설을 많이 팔아먹을 수 있을까 그 생각만 하는 사람"으로 말했고, "덧붙여 대중에 대한 영향력의 극대화를 욕망하는 것, 그것이 작가"라고 말했다. 이처럼 위대한 사상의 배후에 한편 지극히 세속적인, 현실적인 욕망의 동기가 깔려있는 것이다. 노파심에서 사상과 현실의 관련 문맥에 대해 조금만 더 따져보기로 하겠다.

우선 파시즘이 왜 그렇게 위험하다는 것인가의 반문으로 논의를 제기할 수도 있으리라. 파시즘이 초국가주의의 외양을 띠는 것처럼 민족주의와 초인의 사상으로 치장된 파시즘은 전혀 나쁘지 않고 오히려 민족적 구원의 사상, 복음의 사상으로 읽힐 수 있는 소지까지가 있기 때문이다. 패전 후 전후 복구와 배상에 지친 독일 국민에게 나치스의 '위대한 독일' 재건의 기치가 청량제이고 정신적 공복감을 덜어주고 미래의 국민적 전도에 대한 벅찬 희망까지를 불어넣어주는 감성적 구호의 역할을 할 수 있었던 사정이 이 문맥에서 환기될 수 있는 것이다. 민족주의란 뿌리칠 수 없는 유혹이고 욕망이어서 특히 역사적 자굴지심에 갇힌 민족에게 크나큰 호소력을 발휘하는 게 그 사상적 매력이자 흡인력의 요체라고 할 수 있다. 오죽하면 하이데거같은 지성이 여기에 속아넘어 갔을까를 생각하면 이 사상의 마력이란 간단히 극복될 수 없는 것임이 드러나는 것이다. 이인화 역시 그와 똑같은 감성적 언어와 역사적 결단 촉구의 언어들로 현실의 독자에게 호소함을 볼 수 있는데, 지치고 무력감에 사로잡혀 있는 현실의 독자에게 자기 책을 사 읽어달라는 촉구의 변치고는 당당하기 이를 데 없음을 볼 수 있다. 그러니까 이 소설이 허구임을 전제하면서, 이 소설은 사실이 아니라 어떤 가능성을 향해 열려있다고 강변하는 대목이 그러하다.

> 이 소설은 사실이 아니라 어떤 가능성을 향해 열려 있다. 보라. 이토록 처참했던 시대에도 우리는 이렇게 자신의 운명을 밟고 일어섰다. 하면 된다. 이렇게 한 번이 가능했다. 지금은 훨씬 더 선하고 훨씬 더 다행한 방식으로 다시 한 번 할 수 있을 것이다. 나라 전체가 나락에 떨어져 무력감에 사로잡혀 있는 지금 나는 이 소설을 바쳐 이 말을 하고 싶었는지도 모른다.
> ◐ <작가의 말>, 앞의 책, 8쪽

이처럼 민족적 결단을 촉구하는 이 사상적 요청(하이데거는 존재론적 결단, 실존적 결단을 강조하는 자기 사상의 체계로 말미암아 민족적 결단을 촉구하는 나찌의 사상을 쉽사리 거부할 수 없었던 것이라 이해할 수도 있다) 자체가 파시즘적인 징후로 볼 수 있거니와, 독재 정부 하에서 이데올로그 노릇을 했던 지식인들은 모두 이 민족적 결단 촉구의 유혹에 쉽사리 넘어갔던 것으로 볼 수 있다. 결국 민족과 자아를 동일시함으로써 자아를 민족적 자아로만 묶어두는 이데올로기적 주술 효과가 빚어지는 것이다. 박정희는 파시즘이란 말을 한 번도 쓴 적이 없지만, '유신'과 '국민교육헌장'의 언어로 그 이데올로기적 정체를 백일하에 드러내었음을 이 문맥에서 상기할 수도 있다. "우리는 민족 중흥의 역사적 사명을 띠고 이 땅에 태어났다. 조상의 빛난 얼을 오늘에 되살려 안으로 자주 독립의 자세를 확립하고, 밖으로 인류 공영에 이바지할 때다. (……)" 여기에 나쁜 말은 하나도 없는 것이다. 하지만 과도한 민족주의가 민족의 자존만을 앞세울 때 인류 공영에 이바지하기 어렵고, 개인적 삶의 밀실 공간이란 있을 수 없이 사라지는 것이다. 나찌의 민족주의가 유태인들을 표적으로 삼아 대학살을 저지르고, 마침내 대 전쟁으로 나아갔다는 것은 그 이데올로기적 구조를 볼 때 필연적이었다고 할 수 있는 것이다.

그럼에도, 이처럼 위험한 타자 박멸의 악마적 의지를 지녔음에도 그 변설의 언어는 전혀 나무랄 데 없이 극히 아름다운 언어들로 치장되어 있기 마련이라는 게 이 위험 사상의 또한 속성인 것이다. 그리고 세속적 의지와 형이상학까지를 교묘하게 연결시킨다. 이 자본주의 사회에서 생존하기 위하여 생업에 충실하는 사람들까지를 자본주의의 이기적 충동에 매몰된 사람들로 여겨, '돈'의 사상을 절대화시키는 것이다. 작품 속에서 유건희로 대표되고 또 그에 의해 피력되는 다음과 같은 '돈'의 사상이 그것이다. "인간적인 자유란 내 손에 움켜쥔 돈이며 돈으로 구현된 나의 힘이다. 돈으로부터 구원이 찾아온다". 결국 자본주의 사회에서 성공한 자들의 이데올로기를 대변하는 것이다. 그리고 이 자본주의의 초법적이고 탈법적인 비윤리적 이윤 추구의 동기까지를 정당화시키는 것이다. 일견 보통 사람들의 세계관과 정서를 대변하는 듯하면서 그것을 자기 합리화의 무한 의지로 돌변시키는 데 이 파시즘 사상의 위력적인 현실 흡인력의 정체가 있는 것이다. 좌파 노동 계급의 이데올로기에 맞서서 우파 중산층의 자기 변호 논리로서 출발했다는 이 사상의 역사적 성격이 본래 이 사상의 자본주의 체제와의 상관성을 설명해준다.(이렇게 볼 때 '국가'와 '시민사회'란 본래 둘이 아니고, 하나일 수밖에 없는 셈이다. '유건희'와 '허정훈'이 마지막에 하나로 만날 수밖에 없었던 사정이 이와 같은 문맥에서 설명될 수 있다.)

이와 같이 보면 파시즘이 무엇인지를 정확히 꿰뚫고 있는 것이 이 작가의 사상적 능력, 자질이라고 말할 수 있다. 여기에 더구나 니체의 초인주의 사상까지를 입히고 있는 것이다. 니체는 전혀 그런 의도가 없었지만, 나찌가 니체 사상을 도용했다는 것도 천하가 다 아는 사실이다. 사실 니체 사상 속에 위험 사상이 내포되어 있는 것이다. 기독교적 관점이 아니더라도 기독교 비판에서 세속의 초인 사상으로 넘어가는 과정에 '권력의지' 같은 개념의 지나친 강조는 그 사상의 현실적 타락을 불러올 수 있는 위험성의 여지를 충분히 내포하고 있었음이 사실이다. 다만 니체의 경우 사상과 개념을 비판적인 의지로서만 창안했던 것이다. 그의 초인 사상이 악마주의로 염색되어 '악마적 초인'의 사상으로 변질될 것을 그는 상상치 못했을 것이며, 항차 파시즘의 원조가 될 줄을 그는 꿈에도 상상치 못하였을 것이다. 그는 참으로 선한 의도로 문화적 활기의 부족을 질타하였으며, 여기에 힘을 불어넣기 위하여 힘에의 의지를 강조했던 것이다. 그의 그런 개념 의지가 '권력의지'로 탈바꿈되어 번역되면서 현실의 권력적 인간들을 합리화하는 데, 정당화하는 데 쓰이게 될 줄은 미처 상상할 수 없었을 게다. 사상과 현실의 비극적 관계가 이처럼 아이러니컬하게 역사 속에 투영되는 것은 달리 없을 터인데, 지금 동양의 한 작가가 그를 다시금 오용하고 있는 것이다. 박정희 세대가 과연 바그너 음악을 여유있게 즐길 수 있었는지 의문이지만, 바그너를 즐기는 유건희의 모습이 그 한 증좌일 것이다. 그러나 니체는 끝내 세속적인 의지의 바그너 곁을 떠나게 되고 말지 않았던가. 천박한 세속적 사상이란 니체와 도저히 어울릴 수 없었던 것이다. 그런 그를 이제 천박한 세속적 사상의 원조로, 세속적 형이상학의 원조로 끌어온다?

6. 맺음말 – 신화를 넘어 소설로

할 말이 많지만 이제 끝내지 않으면 안된다. 우리는 상대적인 세계 속에 사는 것이다. 상대적인 세계란 이처럼 절대를 불허하는 것이며, 주어진 조건 안에서 한계 내에서 산다는 것을 의미할 것이다. 절대주의란 이처럼 평범한 상식의 세계를 뒤엎고 '극한'의 무한 사상을 주장하는 것으로 설명될 수 있다. 사상의 자기 정립 요구가 본래 과격한 절대주의를 요구하게 되어 있더라도 현실의 공간에서 이 절대 논리를 실험하고자 할 때는 그것은 끝내 파탄을 맞이하게 되어 있다. 이 뛰어난 언술 능력의 작가가 절대주의의 미망에 사로잡혀서 어떻게 자기 소진의 무모한 독무를 추고 있는가 하는 것도 결국은 이 절대주의적 사유 체계의 현실적 한계와 관련된 측면일 것이다. 비판은 이래서 필요하며, 비록 그가 무시하고 경멸하는 대상이지만 중인(衆人)들의 비판을 겸허하고 반성적으로 받아들일 때, 그는 아마 거듭 날 수 있을 것이다. 그렇지 않고 미망에 사로잡힌 위험한 폐쇄적 사유의 절대주의를 계속해서 고집한다면 모든 절대주의 사상의 비극적 종말처럼 자기 파탄의 운명을 피할 수 없게 될 것이다. 날카롭게 버려진 칼일수록 옳게 사용돼야지 자기 도취에 빠진 검무가 얼마나 위험한 결과를 낳을 수 있는가 하는 것도 결국 선과 악으로 나뉘어져 있는 이 세계의 윤리적인, 상대적인 세계의 질서를 반영하는 것일 테다. 그런 점에서 "매를 지고 스승 앞에 나아가는 심정으로 소설을 출간하며 독자 여러분의 많은 질책과 비판을 바란다"는 <작가의 말> 말미의 발언이 그저 의례적인 발언이 아니라, 진심으로 자기를 비판대 위에 올려놓은 발언이기를 바라며, 그런 점에서 상대적인 세계의 진리관 앞에 그가 겸허히 고개를 숙이기 바라는 것이다. 민주주의란 이에 다름 아니며, 그러나 많은 질책과 비판 속에서 또한 모든 것을 관대히 포용하고자 하는 것이 민주주의의 정신인 것이다. 이런 상대적 정신을 유린하고 자기 고립의 절대 왕국을 찾아 들어간 독재자들은 결국 비극적인 종말을 맞이하게 되어 있다.

　박정희 시대와 그 인간을 돌아보는 것으로 이 글을 끝마치는 것도 좋을 것이다. 최근 새롭게 쓰여지고 있는 박정희 실록(《중앙일보》 연재)의 자료들은 인간 박정희의 모습을 보다 자세히 우리에게 전달해 주고 있다. 그가 남긴 치적과 관련해 긍정할 수 있는 부분이 많은 만큼 어떤 한계 안에서 자기 절제를 이룩할 수 있었으면, 우리 역사의 불행과 스스로의 개인적, 가족적 불행 역시 상당 부분 피할 수 있었지 않았을까, 라는 아쉬움을 그것을 보면서 다시 한 번 갖게 되는 것이다. 작가가 말하는 대로 '모반'의 잘못된 출발을 가지긴 했지만, 많은 문제점이 있는대로 '경부고속도로'의 업적같은 것은 역시 그다운 업적이랄 수 있는 것이다. 강한 추진력이 역시 그다운 면모라고 할 수 있는 셈인데, 그러나 이 추진력의 확신이 그를 점점 후기의 고립

속으로 몰고가지 않았던가 생각해 볼 수 있다. 강한 성격이란 물론 태생적이기도 했을 것이며, 우리가 알고 있는 많은 일화대로 그는 결국 콤플렉스의 인간이기도 했다는 뜻 아닐까. 만약 인간적으로, 보다 문학적으로 그를 그린다고 한다면 우리는 비록 여기의 작가가 경멸하는 이론가이기는 하지만 프로이트의 이론에 의지하여 그의 내면적 본성을 보다 자세히 그려볼 수도 있을 것이다. 형이상학적이기보다는 강인하면서도 내면적 감성의 인간이었으리라는 점도 그의 인간적 면모를 이해하는 데는 유력한 관점이 될 것이다. 이러한 모든 관점이 인간을 이해하는 데 도움이 되는 관점들이며, 한국 현대사의 모순을 한 몸에 담지하고 있는 인물이기에 그 인간에 대한 조명은 더욱 보다 복합적인 관점을 취해야 할 것이다. 필자 개인적인 관점을 한가지 말한다면 그는 모반의 인간이기도 했겠지만, 한편으로 뚜렷하게 제도적 인간이기도 해서 그의 교육적 배경, 그리고 경력의 모두를 샅샅이 밝히지 않으면 자세히 해명될 수 없는 인간이라 할 것이다. 일례로 경부고속도로의 착상은 그가 대통령 재임 시 독일 아우토반의 현장 탐사에서 가꾸게 된 사고라고 하는데, 이처럼 우연적이지만 생애의 모든 과정에서 집중력있게 사물들을 받아들인 천분이 없고서는 그의 위대성의 한 측면은 설명될 수 없으리라고 여겨진다.

　독재자로서 그의 미덕과 관련하여 말할 점이 또 있다. 최근 실록에서 그는 남북간 지도자 경쟁에 매우 유념했다고 나오는데, 적어도 이 점에서 그는 개인 우상화를 획책하지는 않았다고 하는 점이다. 이 점이 독재자로서 그의 명을 단축시킨 한 요인이 되었을지 모르지만, 그렇지만 부질없이 북쪽의 지도자와 경쟁하여 개인 숭배를 조장하는 신화화의 작업을 도모하지는 않았던 것이다. 그가 매우 합리적 인간이었음을 이 점만큼 뚜렷이 드러내주는 증좌는 따로 없는 셈인데, 이것은 그 자신의 성격적 기질의 탓이기도 했으려니와, 적어도 남쪽 체제의 상대적인 비교 우위가 가능케 한 대목이기도 하다. 박정희 시대를 통틀어 그에 대한 전기물 하나 우리는 변변히 갖지 못했었던 것이다. 그리고 지금 우리는 그 일생에 대한 하나의 신화화가 도모되는 작업을 보고 있다. 아마도 북한에서 신화화의 작업이 도모되었다면 그것이 어떻게 이루어졌을까를 유추케 하는 대목이다. 다시 말하지만 단지 박정희 소설을 썼대서가 아니라 그 신화화를 도모하고 있음에서 이인화의 「인간의 길」에 대한 우리의 실망감, 배반감은 배증되는 것이다. 어떤 이유로도, 누구를 위해서도 신화화는 바람직하지 않다. 바로 민주주의를 위해서!

(≪문예중앙≫, 1997 가을)

낭만적 사랑의 환상에 이르기까지

구효서의 『내 목련 한 그루』를 읽기 위해

1. '정신'의 사랑

'몸'에 대한 담론이 맹위를 떨치는 세상이다. 이 속된 몸의 세상에서 성스러운 '정신'의 사랑을 그리는 일이란 무엇일까. 구효서의 신작 『내 목련 한 그루』는 이처럼 일견 시대착오적으로 보이는, 눈에 보이지 않는(?) '정신의 사랑'을 그린 작품으로 이해될 수 있다. 몸이 실체라고 한다면 정신은 다만 허구일 뿐이지 않겠는가. 허구 속에서 허구의 사랑을 그리는 의미란 무엇일까.

해체론적 시야가 아니라도 몸과 정신이 상호 뗄 수 없다는 것을 우리는 알고 있다. 몸없는 정신이 없으며, 정신없는 몸 역시 있을 수 없을 것이다. 사랑 역시 마찬가지겠다. 몸없는 정신의 사랑이 없으며, 정신없는 몸만의 사랑도 무의미하거나 무가치한 것으로 우리는 알고 있다. 몸과 정신은 한몸인 것이다. 그럼에도 한몸이 아니라고 한다면 이 사이에 무엇이 있을까.

여기에 성직자와 유부녀와의 사랑이 있다. 사제라 해서, 또 가정가진 여자라 해서 사랑의 감정을 가지지 말란 법은 없을 것이다. 하지만 감정만으로 허용되는 사랑이란 무엇일까. 이 경우 감정 대신에 우리는 '환상'의 범주를 집어넣을 수 있을 것이다. 환상적 사랑. 이런 사랑이란 무엇일까. 알기 위해서 명명해야 한다면 우리는 여기에 적절한 사랑의 이름부터 지어내어야 할 것이다. 우리는 먼저 '낭만적 사랑'의 이름을 기억해낸다. 소설로 지어내어진 모든 사랑. 근대소설을 이룩한 모든 사랑. '낭만적 사랑'이란 무엇인가.

2. 낭만적 사랑

서구 근대소설을 형성한 동력의 하나로 '낭만적 사랑'을 꼽는 것은 우선 그 문체적 상관성 때문이다. 형태상으로만 말하면 그 사랑은 아마 일반적 의미에서 플라토닉 러브, 즉 정신적 사랑과 흡사할 것이다. 애욕이 성취됐다면, 문학적으로 그 사랑은 이미 끝난 것이다. 더 이상 그릴 필요가 없고, 그릴 수도 없기 때문이다. 사랑의 갈망 상태에서만 문학적 표현은 성립할 수 있다. 언어는 실체가 아니라 실체의 가상이기 때문이다. 오늘날 대중소설, 혹은 하이틴 소설이라 칭해지는 대개 연애 소설의 일반 양상도 이에 준한다. 이 사랑의 갈망에 대한 열정과 사회적 거리의 벽은 비례한다. 요컨대 이루어지기 어려운 사랑일수록 사랑의 갈망에 대한 열정은 증폭되는 것이다. 그러므로 낭만적 사랑이란 사랑의 열정 자체이다. 낭만적 사랑의 문학이 대개 이루어질 수 없는 사랑의 양상으로 나타나는 것은 이 때문이다.

사회적으로만 말하면 따라서 신분의 차등 조건은 말하자면 낭만적 사랑을 이루는 주된 조건이다. 가령 영국 소설의 초기 단계에 해당하는『파멜라』가 그렇고,『춘희』와 같은 경우 역시 마찬가지다. 윤리적, 도덕적 차원에서 사랑이 문제되는 경우라면 이 사회적 제한의 조건은 더욱 심각해진다. 예컨대 약혼한 상태의 여인을 그리는 괴테의 『젊은 베르테르의 슬픔』이거나, 신부와의 사랑을 그리는 나다니엘 호돈의 『주홍글씨』라거나, 또 하다못해 스승의 여제자에의 애욕을 그리는 다야마 가타이(田山花袋)의 『蒲団』의 경우가 그 대표적인 보기일 것이다. 현실적으로 가능할 수 없기에 그 사랑은 비극으로 종결되거나, 또 사랑 자체는 가능하더라도 또 다른 비극을 잉태하기 쉽다. 낭만적 비극인 것이다.

소설사적인 의미의 요체는 그러나 비극이냐의 여부에 있지 않다. 현실적으로 허용될 수 없는, 그리하여 비밀일 수밖에 없는 이 사랑의 묘약이 마침내 근대소설의 내면 고백체를 낳았다는 점에 소설사적인 의미의 요체가 있는 것이다. 미셸 푸코는 고백체를 낳은 사회적 관습의 조건으로 '고해성사'를 들었지만, 이것이 문학적으로 전이해 들어오기는 이 낭만적 사랑의 조건이 크다. 공표될 수 없는 사랑의 조건이기에 내밀한 고백체의 양식으로만 이 사랑은 표현될 수 있었던 것이다. 고백체를 형성한 문체의 사회적 형식으로 일기, 편지 등의 사적 형식이 주로 거론되는 이유가 여기에 있다.

낭만적 사랑을 유포시킨 사상적 유로로는 물론 자유연애의 사상을 빼놓을 수 없을 것이다. 지위, 신분의 고하를 막론하고 누구나 사랑할 수 있고, 또 누구나 사랑의 대상이 될 수 있다면 그것이 자유 연애의 사상이고, 또 그것이 낭만적 사랑의 관념이다. 하지만 자유주의적 이상의 이와 같은 벅찬 기대에도 불구하고 그러나 현실은 계층 간의 벽으로 단절지워져 있다. 결국 이 관념과 현실 사이의 높은 간극이 낭만적 사랑의 감정을 배태시킨 사회적 요인이었다고 할 수 있고, 그 장벽의 현실을 극적으로 강화시켜 나타난 것이 곧 낭만적 사랑의 문학이다. 현실의 벽을 뛰어 넘으려는 사랑의 열정으로 그 낭만적 사랑의 문학은 숭고하지만, 그러나 현실적으로 그것은 비극을 잉태할 수밖에 없었다.

한편 이 사랑의 열정만큼 작가들의 상상력을 자극한 계기도 달리 있을 수 없었다고 하겠다. 소설의 주요 독자층을 이룬 집단이 처음부터 이상적 정열에 사로잡힌 청년들이거나 여성들이었기에 이 사랑의 열정을 그리는 것만큼 독자를 감격시키고 흥분시키는 것도 달리 없었다. 낭만적 사랑이 근대소설을 이룬, 아니 시와 희곡까지를 합하여 근대문화를 형성한 주요 동력의 하나라는 사실은 이에서 말미암는다. 서구 근대시를 형성한 과도기적 형태의 하나로 연가 풍의 '소네트'가 기여한 몫이 어떻다거나, 대중적 평판의 희곡작품들(가령 『피가로의 결혼』)이 나중 어떻게 오페라의 대본으로까지 성립하게 되었는가의 지적들은 다 (적어도 서구 근대 문화사에 있어서) 이 사랑 문학의 위대한 전통을 말하는 것이다. 한국 문학사 안에서 이 사랑 문학의 전통과 공백의 양상은 어떠하였던가.

낭만적이기보다 현실적으로 치열하게 정치적이거나 이념적이지 않으면 안되었던 한국 근대소설의 경우 낭만적 사랑의 양상이 그다지 풍부하게는 드러나지 않는 것으로 봐야 할 것이다. 없다는 것이 아니고 가령 나도향의 소설 같은 데서 이 양상이 전형적으로 드러나지만, 문학사의 주류 자리를 차지할만큼 이 양상이 두드러지지는 못했다는 뜻이다. 오히려 조선 후기의 산물로, 『춘향전』의 양상 같은 것을 우리다운 것이라 할 수 있을지 모르고, 여전한 유교적 관념의 압력 하에서 단지 계몽사상의 핵자로서 자유 연애의 사상을 부르짖을 수 있을 뿐인 우리 근대 문인의 경우에는 화려한 낭만적 사랑을 그리기가 역시 버거운 과제였다. 비록 1920~30년대를 통해서 많은 장편 연애소설들이 지어졌지만, 통속적 흥미에 치우친 대중소설의 방식으로 저 위대한 낭만적 사랑의 숭고한 아름다움을 그려내기는 역부족이었다. 오히려 김유정의 「산골」이나 채만식의 「쑥국새」 같은 단아한 단편 소설들에서 이 사랑의 묘약이 운치있게 그려진 편이라 할 수 있는 것이다.

해방 후가 되어서 사정은 달라졌던가. 그렇게 볼 수 없는 것이 전후를 거쳐 60년대에 이르러서야 겨우 어느 정도의 사회적 여유를 갖게 되었다고 할 수 있는 우리 사회의 형편으로서는 이미 고전적인 낭만적 사랑을 그리기는 시대착오적인 형편이 되어 있었고- 왜? 사회적 현실 자체가 이미 전통적인 사회 계급의 구조를 붕괴시켜 버렸고, 새로운 계급의 구조화는 아직 구체화되기 이전이었기 때문에ㅡ, 70년대 호스테스 소설을 거쳐 80년대 민중문학에 이르러서는 연애문학의 진지한 시도 자체가 쑥스러운 형편이 되어 있었기 때문이다.

90년대의 한국 소설 문학에 연애문학의 진지한 탐구 형태가 등장하는 것은 이 전통의 결여, 혹은 공백 상태와 관련된 사실이라 할 것이다. 하지만 이것만으로 오늘의 문학 상황을 이해하기는 역시 부족한 점이 있다. 역시 커다란 존재론적 전회의 설명틀이 없고서는 이 집요한 연애 문학의 형성 흐름을 설명할 수는 없는 것이다. 장편『낯선 여름』, 아니 거슬러 올라가『추억되는 것의 아름다움 혹은 슬픔』에까지 소급되는 구효서 연애문학의 집요한 탐구욕이 의미하는 것은 무엇인가. 그 존재의 철학, 혹은 사회이론은 무엇인가. 이에 대해서도 역시 설명이 좀 필요할 지 모른다. 사랑만이 유일하게 의미있는 것이라고 부르짖는 이 작가의 존재론적 전회의 사상은 무엇인가.

3. 소비의 철학 – 탈(脫) 생산주의

장편 『낯선 여름』과 작품집 『깡통 따개가 없는 마을』, 거슬러 올라가 『자동차는 날지 않는다』를 기억하는 독자라면 이 작가의 사상적, 존재론적 전회의 맥락을 이해할 수 있다. 이를테면 그것은 소비의 철학이고, 소비의 사상이고, 소비(사회)의 이론이다. 전통적인 생산이론, 곧 생산 패러다임 쪽에 서 있는 사람이라면 이 사상을 이해하지 못할 것이다. 그것은 '탈'(脫)의 생산 이론과 같다. 요컨대 생의 탕진이 생의 목적(성)으로 인식되는 것이지, 그 반대가 아닌 것이다. 쟝 보드리야르를 대표로 하는 이 현대 사상의 조류가 탈산업사회적 조건을 염두에 두고 전개되는 이론임은 이제 한 상식으로 되고 있다. 우리 생의 근본 목적성이 축적과 재생산에 있다는 익숙한, 전통적인 가치관, 사유 관념에 비추어보면 이것은 위험하기 짝이 없는 것으로 비추어지지만, 그런 점에서 현대의 가장 급진적인 사조, 사상으로서 읽혀질 수 있지만, 그러나 한꺼풀 벗겨보면 이 사상의 입각점은 의외로 단순한 데 있다. 요컨대 생산보다 소비의 행위가 훨씬 직접적인 생의 만족 실현을 가져다 준다는 것. 만약 우리 삶의 목적성을 쾌락과 그 충족성의 실현으로 바꿔간다면 기왕의 생산 패러다임 속에서 필요 공급을 위한 노동 과정 같은 것에 지나치게 높은 가치 비중을 부여했던 것은 오히려 비합리적인 것으로 인식될 수도 있다는 것. 생산을 위한 삶이 스스로의 삶을 쉽게 지치게 하고 노예화하며, 결국 이에 필연적으로 수반되는 전쟁의 현실 등으로 볼 때, 타자의 잉여를 빼앗는 것으로 목적성이 추구될 수밖에 없는 생산 패러다임의 논법이라면, 이에 대치하여 나눔을 즐기는 넉넉한 평화의 사상으로서 오히려 인간적 미덕을 발휘할 수 있는 것이 소비의 사상이자, 그 에토스라는 것.

서양 고대 그리스의 디오니소스적 정신이 아니더라도 실상 어디에서나 그 기원의 사상이 발견될 수도 있는 이 사상의 뿌리가 특히 현대에 와서 줄기를 단단히 할 수 있었던 것은 니체, 프로이트 등의 입론의 영향이 컸다고 할 것이다. 가령 프로이트의 경우, 그 사상의 전모가 대개 쾌락원리에 상치된 현실원리의 기능적 측면을 강조했던 것으로 파악되지만, 이를 뒤집으면 실상 쾌락원리 쪽이 더 합리적일 수 있음을 그는 암시했다고 할 수 있다. 이 역설의 논리를 채택한 사람이 바타이유였다고 할 수 있고, 현대적인 소비 이론은 결국 그에 빚진 바 크다. 소비이론의 정수가 바타이유의『에로티즘』같은 데서 오히려 심도있게 전개되었다고 하는 것은 이 사상의 주요 경로를 밝히는 것이다.

오늘 한국 사회, 그리고 이 신세대의 현실을 소비사회적인 면모로 파악할 수 있는가, 없는가의 여부 문제와 상관없이 미적 영역의 선두 주자들이 이 사상 쪽으로 달려가는 것은 그러므로 하등 괴이할 것이 없다고 할 수 있다. 구효서가 바로 그런 경우인데, 90년대 사회의 소비사회적인 변모를 관찰하면서 그가 '사랑'의 테마 쪽으로 달려갔던 것은 그 사상적 전회의 대표 양상으로 지목될 만한 것이다. 이제 '사랑'만이 유일한 의미있는 테마다. 이런 전회의 태도 속에서 그는 장편『낯선 여름』을 썼고, 그리고『깡통 따개가 없는 마을』소재의 단편들을 써냈다. 신작『내 목련 한 그루』를 위해 다시 한 번 그 전사의 성과를 음미해 볼 차례다.

거듭 반복하여 말하지만, 『낯선 여름』은 근래 우리 소설이 거두어들인 최대의 소설적 성취의 하나이다. 영화『돼지가 우물에 빠진 날』의 원작으로 알려진 작품. 영화의 성취가 원작 소설과 무관하지 않다면, 그것이 다루고 있는 사랑의 정념의 적실성은 이미 입증된 것이나 다름없다. 이를테면 한 유부녀와 예술가(소설가)와의 사랑. 불륜이라거나, 임의적인 사랑의 이야기이기 때문에 설득력이 어떻다고 말하는 것은 예술의 사회적 기능에 대한 맹목의 발언이다. 제도, 즉 결혼제도에 대한 불온한 이의 신청이면서 우리 시대 사랑의 가능성, 혹은 그 훼손에 대해서 얘기하고 있는 소설이 이 작품이다. 아니다. 다른 의의는 다 필요없다. 시점 교체의 방식으로 하나의 사랑의 관계가 어떻게 파악되고 어떻게 묘사될 수 있는지, 실험하는 작품이면서, 그 자체로 아름다운 사랑의 이야기이다. 그것이 비극적으로 결말지워질 수밖에 없는 것은 우리 시대 사랑의 여전한 한계 조건을 반영하는 것이겠지만, 어찌됐거나 비련의 사랑이라도 그것은 우리 시대 사랑의 아름다운 가능성을 보여주는 것이다. 그것이면 족하고, 그것으로 족하다. 그리고 그는 남성 화자를 내세운 『남자의 서쪽』을 썼고, 이어서 『내 목련 한 그루』를 썼다. 다시 한 번 그는 여성 화자의 시선을 내세운다. 이것은 페미니즘인가. 모르겠다. 페미니즘이든 아니든 중요한 것은 여기서 다시 한 번 우리 시대 사랑의 존재 방식, 즉 가능태로서의 사랑의 이상성과 제도적 결혼의 함정 문제가 다루어지고 있다는 것일 게다. 정신적 사랑이다. 그리고 낭만적 사랑이다. 이를 통해 작가가 노리고자 한 것은 무엇인가. 이제 신작 『내 목련 한 그루』의 주제를 물어볼 차례다. 이 시대 사랑의 테마에 대한 또 하나의 변주는 무엇을 주제로 삼고 있는가.

4. 환상적 사랑, 혹은 사랑의 환상

먼저 글쓰기가 이 작품의 한 주제라고 하면, 당황할 사람이 있을지도 모른다. 그러나 때로 예술가에게 예술 행위 자체가 주제가 되듯이 작가에겐 글쓰기가 곧 하나의 주제로 되는 수가 있다. 요컨대 하나의 실험이다. 하나의 상황을 구축하고 그 속에 등장인물들을 밀어 넣어 보는 것도 물론 하나의 실험이지만, 그것을 어떻게 써볼 것인가도 이 경우 하나의 실험이 된다. 기법으로서의 문체 실험이 바로 그것이다. 작가는 여성 화자의 시점만을 단일하게 도입하여 전면화하기로 했다. 여성 화자에 의한 내면 고백체를 전면적으로 실험하는 것. 성 바꾸기가 얼마나 위험하고 무모하기조차한 실험인가를 이해한다면 이 실험은 하나의 도발에 비유될 수 있다. 허나, 도발이지만, 매우 부드러운 도발이다. 『남자의 서쪽』에서 그랬듯이, '습니다'체를 빈 부드러운 호소의 내면기. 근대소설에 가장 전형적이며, 안정적인 서사 형식의 '여행기', 즉 여로형 서사 형식을 취하고 있다는 점으로 볼 때, 작가 자신은 이 무모한 도발 사태에 임하는 내면적 위기의 자세를 잘 드러내고 있다. 그러니까 처음부터 묘사적이고자 한 것.

> ㅁ시로 떠나던 날 새벽, 꿈을 꾸었습니다. 꿈 속에서 목련 한 그루를 보았습니다. 거꿀달걀꼴의 단아한 꽃들이 사슴의 다리처럼 앙상한 가지 끝끝마다 하얗게 매달려 있었지요.
>
> ◐『내 목련 한 그루』(현대문학, 1998), 7쪽

단지 묘사적일 뿐만 아니라, 회고적이고 상징적이기조차 한 이 기술, 묘사의 태도에서 우리는 여성의 내면 심리에 도전하는 작가의 실험적 의욕의 글쓰기 자세를 엿볼 수 있다. 그러니까 「내 목련 한 그루」의 이미지가 화자의 어린 시절 고향 마을에서의 (가끔씩만 몸으로 행복을 누릴 수 있었던, 박복했던 한 여인의) 어떤 집 담장안에 핀 목련 꽃 기억과 유관한 것임을 상징적으로 밝히고 있는 것. 이 상징, 즉 목련 —꽃의 이미지가 말하는 것이 무엇인지 밝힘으로써 우리는 이 작품의 내용적 주제에 이를 수 있을 것이다. 결국 이 작품의 서사 전체는

내 마음 속의 목련 한 그루를 찾아 떠난 여행이 된다. '목련'은 곧 '당신'이고, 당신은 곧 목련인 것이다. 꿈속에서의 중첩 환상 경험으로 화자는 이 동일시 현상을 설명한다.

> 제 고향 마을, 양옥이라곤 딱 한 채밖에 없던 빨강양철집 담장 안에 자라던 목련이었던 모양입니다. (……) 그 목련꽃 그늘 아래 당신이 앉아 있었습니다. 앉아 있었던 것이 아니고, 뭐라 해야 할까요, 오버랩 같은 거였달까.
>
> ○ 앞의 책, 7~8쪽

목련이 당신이 되고 당신이 목련이 되는 이 환각의 동일시 현상은 이 작품 전체의 성격을 암시하는 라이트 모티프로서 이해될 수 있다. 이런 형태의 사랑을 두고, 낭만적 환상의 사랑이라 하면 지나칠까. 그러니까 여행 전체가 일종의 환상 여행이고, 그 여행 끝에 얻은 결론은 환각, 환상이야말로 현실보다 참된 실체라는 것이다. 사랑의 여러 형태, 특히 현실적 사랑의 가능태에 대한 두루의 편력 끝에(지난해 『비밀의 문』도 이를테면 현실적인 사랑의 가능태에 대한 집요한 탐색의 일환이었다고 볼 수 있다.) 작가는 마침내 사랑의 최종 형태로서 환상적 사랑의 믿음에 이른 것이다. 정신적 사랑이 환상적 사랑의 다른 이름임은 물론이다. 낭만적 사랑 역시 마찬가지로 된다. 환상으로 추동된 사랑이 곧 그 사랑의 다른 이름이기 때문이다. 이처럼 모든 사랑의 비밀에 '환상'의 방정식이 가로놓여 있음을 알아차렸다는 점, 오늘 구효서 소설이 품고 있는 성숙 가능성의 한 자락이 이에서 살펴질 수 있으리라. (현실 사회 쪽에서 보면 예술 행위 전체가 곧 환상 행동에 불과한 것이 아니던가.)

물론 그렇다 하여 소설 방법론의 핵자로서 리얼리즘까지를 이 작품이 포기하고 있다고 말하기는 어려우리라. 환상 여행이 아닌 현실 여행으로 각인시키기 위해 작품이 무진 애를 쓰고 있는 형국임도 사실이다. 7년만의 외출이라는 저 영화적 상상의 방법까지를 동원하여 작가는 이 여행이 환상이 아니라 실제 상황임을 강변하고자 한다. 하지만 적어도 작품 안에서 현실(성)으로 구축된 모든 언어태는 환각과 환상, 즉 이미지들 앞에서 무력한 형체를 드러낸다. 현실 자체가 파탄되어 있고, 취약하기 때문이다. 마치 편집증 환자로서가 아니면 이 사회 안에서 버팅길 수가 없다는 듯, 아내와 가족의 현실 모두를 짓밟고, 자기 유희에만 탐닉하는 남편의 존재가 그러하며, 영혼의 구제를 업으로 삼고있는 이 작품의 대상화된 주인공 신부의 삶 역시 갇혀있는 듯 취약해 보이기는 마찬가지다. 신부 역시 그 일상의 삶을 어머니와 같이 돌봐주는 사제관 부속의 가정부에 의지하지 않고서는 꼼짝할 수 없는 그런 삶의 양태를 보여주는 것이다. 이처럼 화자─주인공을 둘러싼, 혹은 그녀가 관찰하는 현실적 삶의 정황은 창유리 속에 갇혀 있는 것처럼 취약한 상태의 모습으로 나타난다. 신경쇠약 때문인가. 어쨌든 창유리에 갇힌 한 마리의 작은 물고기의 이미지는 그녀 자신의 존재론적 인식을 투영하고 있는 이 작품의 또 하나의 대표 이미지일 수 있다. 물론 환각이 불러온 환상─이미지이리라. "남쪽으로 난 그 창유리에 언제부턴가 한 마리의 작은 물고기가 날아와 살고 있습니다." 이처럼 작품 속 화자의 두드러진 존재 감각의 특질은 현실과 환각이 구분되지 않는 창유리 사이의 가냘픈 차단 양상으로 나타나고 있다.

현실적 존재 상황, 즉 자기 자신의 삶을 둘러싼 존재의 정황이 전반적으로 그처럼 취약하고 아슬아슬한 위기적 정황으로 인식되고 있음에도 불구하고 이를 타개할 구체적인 실천 의지의 노력을 보여주지 않는다는 점에서 이 작품 화자─주인공의 성격은 드러난다. 그녀에겐 오직 사랑, 정확히 말해서 사랑의 의식, 혹은 그 환각만이 있을 뿐이며, 그것이 그녀의 삶을 위태롭게 지탱하고 있다. 실상 사랑의 실천에 있어서도 현실적 사랑의 무용한 열정을 이미 그녀는 경험해 버린 터다. 사랑의 장애 앞에서 죽기를 각오하고 남편과의 결혼을 실천했던 그 자신의 현실적 사랑의 역사에서 그는 그것을 배웠으며, 그리하여 오랜 연모의 대상으로만 마음 속에 품어 두었던 신부를 찾아 떠나는 (환상)여행에서도 그녀는 그 점을 확인한다. 그녀는 아무 것도 할 수 없었다. 다만 환상을 실체로서 한 번 붙잡고 확인하고 싶었을 따름인데, 그녀가 할 수 있는 일이란 오직 발가벗은 그녀의 몸을 사랑하는 이 앞에서 보여주는 일 뿐이었다. 아마도 몸의 사랑을 원하였던 것이리라. 그러나 애초부터 몸의 사랑이 불가능한 것도 그녀는 알고 있고, 그 사랑의 결과가 어떠하리라는 것도 그녀는 충분히 경험적으로 알고 있다. 빨강 양철집 여인의 운명은 그 점을 말하는 것이다. 비록 충동적이었지만, 당황해 어쩔 줄 모르며 옷입기를 재촉하는 신부를 향해 그녀가 순순히 아무 저항도 하지 않고 체념의 상태로 돌아가는 것은 그녀의 이런 현실적 무의지의 상태를 정확히 대변한다고 보아도 좋으리라. 이처럼 소극적인 무의지의 상태, 단지 현실을 지탱하기 위해서만 품고 있는 사랑의 정념 상태가 그녀에게 환상을 요구하는 것이며, 낭만적 사랑, 혹은 정신의 사랑 여행이 전체적으로 보여주는 것은 전체적으로 이런 상념의 상태다. 실상 정신의 사랑조차도 여행의 끝에서 거두어들이는 것은 현실적으로 왜소하고 초라한 마음의 정념 상태일 뿐인 것이다. 조기 대가리만큼한 사랑을 나누고, 그러나 그조차도 제3자의 시선에 의하여 몰이해당하는 현실 앞에서 그녀는 다시금 절망할 수밖에 없다. 그러나 그 수긍이 또한 사랑이고, 정념이리라. "남쪽으로 향한 당신의 문"을 그녀는 다 닫지 않으면서, 그러나 정신의 사랑조차도 불가능한 이 불모의 현실을 그녀는 환상의 사랑, 혹은 사랑의 환상으로 이겨나가고자 한다. 그것은 마음

속 빨강양철집의 목련을 다시 옮겨 심는 것이다. 수미일관하게 목련
과 당신을 중첩시킴으로써 글을 끝맺는 이 작품의 글쓰기는 그러므
로 그 자체로 하나의 성공적인 환상 여행이다. 문체 실험이자 동시에
낭만적인 환상의 사랑 실험인 이 작품의 주제가 결미에 이르러 그
나름의 목적한 바 성공을 거두었다고 말할 수 있는 것은 그 때문이
다. 현실적으로는 무목적적이지만, 예술, 혹은 사랑의 이념 차원에서
거두어들인 이 작품의 환상 여행은 그 나름의 합목적성을 수행한 글
쓰기 여행이라 할 수 있을 것이기 때문이다. 결국 환상의 승리다.

> 그런 목련을 갖고 싶습니다. 당신이 그리울 때 제 안에서 피는 목
> 련 말입니다. 맘에나마 내 목련 한 그루가 있어야겠지요. 암록의 꽃밭
> 침 때문에 때론 투명하게 우울해지는, 하세월 지우려 해도 지워지지
> 않는 멍자국 같은 것이 함께 흰빛을 이루는, 그런 목련.
>
> ○ 앞의 책, 187쪽

5. 정신의 문학 혹은 책읽기의 사랑

글을 마치면서 글읽기와 관련한 소감을 조금 밝혀도 될까. 독자
입장에서라면 아무래도 글읽기의 수행 감각으로 작품을 판별하기 마
련이고, 그런 점에서 쉽지 않았다는 것. 몸의 문화에 너무 노출되어
버린 우리의 현실 감각 때문이 아닐까. 연속적인 극적 사건들의 부재
도 이 작품의 독서를 힘들게 하는 요인이었을 것. 아마도 남성 작가
로서 여성 화자의 내면 심리를 그리기가 쉽지 않았으리라는 점도 이
해된다. 그러나 환상의 승리, 정신적 사랑의 승리 의미를 일깨우기
위해서라면 이런 책읽기의 힘겨움 쯤은 참아내야 할 고통인지도 모

르리라. 몸의 사상, 몸의 문화만이 부양되는 이런 세상, 낭만적 의지
조차 버겁게 느껴지는 이런 세상, 진지한 담론의 소설 읽기는 이제
그런 적극적 의지의 실천 노력 없이는 거둬지기 어려운 정신 사랑이
되고 있다. 문학은 정신이고 책읽기는 사랑이다.

(『내 목련 한 그루』 해설, 현대문학, 1998)

유쾌한 만담의 문학 사상, 혹은 사소주의(?)의 철학
성석제론

1. 만담 혹은 개그의 문학사상

성석제의 글을 무엇이라 이름할 수 있을까. 읽으면 유쾌해지는 글. 읽고 또 읽어도 다시 유쾌해지는 글. 여기에 의미(意味)란 있어도 좋고 없어도 좋을 것이다. 그러니까 재미있는 글이다. 이런 재미의 글, 여기에 개그(gag), 혹은 해학(諧謔)의 이름이 적당할 수 있는 것 아닐까. 유쾌한 개그의 글, 여기에 또 어떤 설명이 필요할까.

이처럼 성석제의 글을 한 번 유쾌한 어떤 것으로 단정하고 보니, 다른 모든 설명들이 이제 부차적이거나, 쓸데없는 것으로 여겨진다. '유쾌한 것은 유쾌한 것이다'라는 이 자명한 명제에 이르기까지 오래 헤매지 않으면 안 되었지만, 한 번 이 인식에 이르고 보니, 이젠 더 할 말을 잃는다. 이제껏 화면 뒤로 날려보낸 수많은 언어들이 그러니까 이 인식을 위해 필요했고, 과장하자면, 한국 문학사의 수많은 언어들이 결국 이 인식을 위해 필요했다고 여겨진다. 유쾌한 것은 유쾌한 것이다. 더 할 말이 있는가. 위대한 선승이 동어반복을 빌어 말하듯이, 산은 산이요, 물은 물이다, 유쾌한 것은 유쾌한 것이다. 더 할 말이 있는가.

흔히 비평가들이 '의미'에 대해서 말하지만, 그것이 수사학적인 의미 부여 이상의 무엇이 되지 못한다는 것은 누구나 다 아는 사실이다. 사람들은 재미를 요구하고, 소설가는 재미를 줄 뿐인데, 중간에 낀 소위 비평가들이 '의미'에 대해서 말하는 것은 그들의 말하는 방식이 그렇기 때문이다. 요컨대 '그들만의 리그'다. 이 '그들만의 리그'가 아무 의미가 없다는 것은 세상을 명민하게 지각하는 사람이라면 다 안다. 다만 관행과 제도로서 존속할 뿐이다. 따라서 하나의 명징한 인식과 표현에 이르른 순간 글을 멈추고, 저 결벽증의 철학자가 충고했던 것처럼, 말할 수 없는 것에 대해서는 침묵을 지킴이 온당한 태도이지만, 여기서 글을 멈추지 못하는 것은 순전히 관행 때문이다. 어떤 행위든, 그것이 사회적인 것이라면, 그것은 어느 정도의 시간적 길이와 형식을 가져야 한다는 요청, 혹은 관행 속에 묻히게 되거니와, 우리의 글쓰기 역시 마찬가지다. 우리는 이 관행 속에서 움직인다. 그렇지만 어떤 사람은 이 관행의 관습적 유통을 과감히 깨트리고, 새로운 형식으로 나아가는 사람이 있는데, 지금 우리에게 성석제가 바로 그런 사람이다. 세상에 시와, 소설과, 희곡 등만이 문학의 이름으로 유통되어야 하리라는 법은 없다고 보며, 그가 짧은 산문의 어처구니없는 '만담'(漫談)의 형식을 들고 나온 것은 이 때문이었다고 할 수 있다. 그것이 정통적인 문학 형식으로 인정받지 못하고, 자칫 대중을 향한 영합의 형식으로만 인지되었을 때, 이제 신출내기 문인으로서 감당하여야 할 위험 부담이 어떤 것일지 그는 잘 의식하였을 테지만, 그는 용감하고 유쾌하게 자기 글을 걸어갔다. 다행히 문단과 평단에서의 반응도 호의적이어서 어느덧 그는 작단의 신진기예의 한 사람으로 자리매김되고 있다는 인상을 주지만, '엽편소설'을 들고 나온 최성각과 함께 그가 90년대 문학의 한 기수 노릇을 자임하게 되기까지 그가 겪었을 마음 고생도 대개 이해될 수 있다. '콜럼부스의 달걀'이 시사해주는 것처럼 이미 개척해 놓은 길을 따라가기는 쉬워도 처음 그 길을 걷는 자는 언제나 외롭고 신산스러운 것이다. 성공한 자에게 아유하기는 쉬워도 힘있는 자에게 거슬리는 말을 하기 어려운 것과도 그것은 같은 이치일 것이다. 그러니 이제 각광받고 있는 성석제 문학에 대해 나는 무엇을 말할 것인가.

가능한 대로 성석제의 문학적 여정을 돌아보는 것이 가능하지 않을까 한다. 그리고 그다운 글쓰기를 가능케 하는 주체의 기질적 요인, 혹은 사상, 혹은 전략과 관련한 문제들을 점검해 볼 수 있지 않을까 한다. 부담스러운 것은 기발표된 그의 적지 않은 글쓰기에 세례받은만치 우리의 비평적 언술 역시 흥미롭지 않으면 안된다는 일종의 강박관념에 사로잡혀 벌써부터 스스로의 어눌에 화가 나는 심사와 관련되지만, 그러나 아무리 궁구해 봐도 흥미로운 비평적 언술이란 불가능하다는 자괴감에서 나는 출발하지 않을 수 없을 것 같다. 재미나게 쓰지 못할진대, 차라리 붓을 꺾어 버리라!는 주장이 작자의 선언일진대, 재미나게도, 그렇다고 짧게도 쓰지 못하는 비평적 행실이란 얼마나 가여운 것인지! 이 무력감과 자괴감을 보상하기 위해 때로 지나치게 과격한 언사들이 돌발되는 사정도 그러므로 독자들은 이해해야만 할 것이다. 재미나게 하는 방법의 하나로 그가 가르쳐 주는 바 끊임없이 비아냥대는 문체의 구사를 모색해 볼 수는 있겠지만, 어쩐지 그 문학에 대고 똑같은 방법으로 비아냥대고 싶지는 않다. 외견상 뒤틀려있지만, 그 본질은 순정하다는 것을 나는 믿기 때문이며, 또한 오늘의 문학(상황)에 관한 그의 주장을 짐짓 진지하게 받아들이고 싶기 때문이다. 그래서 우리는 역시 예의 그 엄숙하고 진지한 표정의 문체로 말할 수밖에 없는데, 다만 이럴 경우 진지함이란 짐짓 모르는 체하며(혹은 아는 체하며), 모든 사태가 석명한 듯이 말하는, 설득력을 위한 말하기의 한 태도에 불과하다는 것을 받아들여 주었으면 좋겠다. 가장 좋은 것은 진지한 유머이지만, '무해무익(無害無益)하자!'는 작자의 구호를 받아들여서 그래도 덜 무해한 것은 '진지한' 쪽이라는 우리의 판단을 이런 경우 위안으로 삼고 출발해보기로 하자. 작자의 유쾌한 문학 사상은 어디에서부터 시작하였는가.

2. 장르 선택과 기질

우선 하나의 실패가 있었다. 이 실패는 일반 명사로서 시의 실패로 받아들여져야 할 것이다. 그러니까 단지 시인으로서 그의 실패를 말하는 것이 아니다. 개체로서의 그의 시는 분명히 성공했다고 말하기는 어려울 것이다. 하지만 중요한 것은 개체로서 그의 시의 성공 유무가 아니라, 시 전부의 실패, 곧 보통 명사로서의 시의 실패, 혹은 문학으로서의 실패를 그가 보고 있었다는 사실이다. 오늘날에도 시, 문학이 성공할 수 있을까. 그것은 유효한가. 오늘의 성석제 식 글쓰기를 추동시킨 근본적인 물음은 이 질문이었다고 할 수 있으며, 성석제 식 '문(文)'의 사상이 이로부터 이루어졌다.

시인으로서 성석제의 실패는 물론 새삼스러울 게 없는 사실이다. 시인으로서 화려한 데뷔를 이루지도 않았고, 시집이 놀랄만한 반향을 불러일으키지도 않았다. 그것은 언제나 있을 수 있는 일이었다. 다만 그것이 가까운 친구 시인의 (시적) 성공과 대비됨으로써 부각될 수 있었고, 그러나 그는 그것을 개인적인 실패로(만) 받아들이지 않았다. 어쩌면 시를 쓴 당자 시인이 시의 성공을 기대하지 않았고, 또 의욕하지도 않았던 탓인지 모른다. 지금 와서 돌아보더라도 그의 첫 시집 『낯선 길에 묻다』는 너무 평범하고 소박해서 파리한 느낌을 줄 정도이며, 더욱 파리해서 위태로운 느낌조차 주는 시들도 있다. 이 인상적 결과가, 단순히 그의 시재(詩才)가 모자래서, 혹은 주목받을 시운을 타고나지 못해서, 라고 말하기는 어려울 것이다. 재주 탓을 하기에는 요즘 보여주는 그의 문재(文才)가 너무 놀랍고, 또 시운 탓으로만 돌리기에는 그 시들이 너무 고만고만한, 주저앉은 인상을 주기 때문이다. 시재(詩才)와 문재(文才)가 근본적으로 다른 것이기 때문일까. 어쨌든 유난히 짧지도 않고, 그렇다고 유난히 길지도 않은 그 평범한 시행들의 모습을 지금와서 일일이 저작해 볼 이유는 없을 것이다. 다만 나는 그 인상을 기록하고자 할 뿐이다. 가장 짧다는 이유로 나는 시 한편을 골라본다. 이 언어들은 무슨 뜻인가.

> 배는 비바람에 못 뜨고
> 기차는 밤에나 있을 것이라네
> 뜰 앞 나뭇잎 반 죽고 반 살아 한바람에 흔들리네
> ● 『낯선 길에 묻다』(민음사, 1991), 51쪽

「서쪽 가는 길」의 제목을 단 이 시가 난해해서, 무엇을 말하고 있는지 해석 불능이라고 말할 필요는 없을 것이다. 『그곳에는 어처구니가 산다』의 발문에서 그가 회고하는 바, 비의적 취미나 뒤트는 취미가 이 시기의 시적 경향, 자세였다고 하더라도 이와 같은 시를 마냥 어렵게만 받아들일 필요는 없을 것이다. 어디에선가 예정에 없이 유폐된 상황을 시인은 맞았던 듯하고, 그곳에서 문득 허허로이 뜰 앞 나뭇잎들을 바라보는 순간, 반 죽고 반 살아 남아 "한바람에 흔들리"

는 것이 우리네 세상사 아닐까, 라는 인식에 그는 미쳤던 것이 아닐까. 이 시의 제목 언어 중 '서쪽'이 만약 서방정토를 의미하는 것이라면, 죽음에 대한 예감, 혹은 죽음을 향한 사유의 시편의 하나로 이 시는 이해될 수가 있고, 그런만큼 불교적인 사유에 침잠했던 한 시기의 편력의 모습을 우리는 이 시를 통해 읽어낼 수 있다. 이런 의미론적 자장, 이와 같은 의미 구조를 추출해내어 이 시를 읽어내는 것이 지금 우리에게 무슨 뜻인가.

상기할 필요도 없이, 이 시를 위와 같이 읽어내는 것은 지금 우리의 특별한 관심 때문이다. 특별한 관심을 가지지 않는다면, 저와 같은 짧은 시편에 특별한 의의와 주목을 부여하고, 그것이 무슨 뜻인지, 주의해 살펴볼 이유란 없다. 아주 특별한, 예외적인 독자만이 오늘날 모든 시를 주의 깊게 읽어낼 수 있다고 본다면, 저와 같은 이차적 상징, 혹은 비의의 언어로 이룩된 시가 많은 독자를 끌어당기기는 어려울 것이다. 기껏해야 하나의 시집이 저널리즘을 매개로 대중적 화제의 반열에 오르게 됐을 때, 그때 사람들은 시집을 끌어당겨 주의 깊게 읽는 시늉을 한다고 할 수 있는데, 그때 저널리즘이 촉발시키는 대중적 화제의 메커니즘은 무엇인가. 혹은 시로서의 예술적 성패를 가르는 결정적인 최종 심급은 무엇인가. 자기 시의 실패의 한 이유로 '노래'가 못되었던 것을 작자는 암시하고 있지만, 어떤 관심, 어떤 척도의 시야에서든 저와 같은 평범한 노래의 서정시가 대중적 시선을 끌어 모으기는 어려웠을 것이다. 시의 전문 독자라면 더욱이 존재 인식의 새로운 개시를 알리거나, 혹은 예술로서의 '낯설게하기'가 요구하는 최소한도의 이미지의 교묘한 병치, 혹은 새로운 조합의 제시없이, 낯익은 풍경과 일상적 삶의 이미지들을 그대로 뒤섞어 제시해놓은 위와 같은 시편들에 대해서 특별한 관심을 표할 여유는 없었을 것이다. 그렇게 성석제의 첫 번째 시집은 실패했다. 이 실패의 사실이 의미한 바는 무엇인가.

한 권의 시집을 내고 어찌됐든 시인으로 발돋움하고자 했던 사람에게 자기 시의 반향없는 적막의 결실은 좌절감과 무력감을 안겨주었을 것이다. 개인적으로 아무런 상처도 받지 않고 이 사태를 지나칠 수 있었는지도 모르지만, 최소한 시의 양식적 한계에 대해서만큼은 뼈저린 인식을 갖게 되었던 듯하다. 시적 결과를 개인적 실패의 결과로서만 받아들이기에는 그의 자존심과 자긍심이 너무 강했고, 죽은 기형도의 경우를 빼면, 실제로 90년대의 시사에서 유력한 신데렐라 시인으로 떠오른 경우가 거의 없었던 것도 사실이다. 몇몇 아마추어 시인들이 대중적 각광의 암점 속으로 스며들어 갈 수 있었을 뿐이다. 이것은 오늘의 시가 처한 문화 상황의 일반적 정황을 말해주는 것 아닌가. 시의 몰락이라거나, 시의 장례를 운위할 것도 없이, 오늘날 대중적 문화 상황이 거침없이 시의 도살로 나아가고 있음은 틀림없는 사실이다. 이처럼 시의 예정된 운명, 거침없는 몰락에의 운명을 내다보면서 시에 생애를, 존재를 건다는 일이 가능하기나 한 일인가. 전우의 시체를 넘고 넘어 나아가듯이, 결국 시를 딛고 우리는 나아갈 수밖에 없지 않은가. 이처럼 자연스러운 합리적 판단이 언제 어느 시기에 그의 결단을 재촉했는지 분명치 않지만, 장르에 대한 나름의 역사철학적 인식을 형성하고 있었던 것만은 그의 소설 한켠이 슬쩍 보여준다. 시인의 화자를 내세운 단편소설 「비밀스럽고 화려한 쌍곡선의 세계」에서 그는 오늘 시가 처해 있는 상황과 인정 세태에 대한 나름의 판단을 다음과 같이 내놓고 있기 때문이다.

> 세상에는 흐름이란 게 있지. 요즘 흐름에는 시가 끼여들 주파수가 없어. 옛날에는 흐름이 흘러가는 물에 비유가 됐지. 요즘은 파동이야, 동시에 입자고. 흐름이 시인을 물에 빠져 죽게 하지는 않지만 곰팡이 냄새나는 골방에 흐름이 찾아가 주는 것도 아니지. ……세상을 원망하지 않아. 흐름에 대해서도 유감없어. 나는 원래 그렇게 생겨먹었잖아.

세상에 대해서는 무해무익(無害無益)하자는 게 내 신조야. 그렇게 존재
하고 있어. 왜 시를 쓸까. 뒤떨어지는 걸 좋아해서? 그럴지도 몰라. 그
건······

◎ 『아빠 아빠 오, 불쌍한 우리 아빠』(민음사, 1997), 235쪽

개인적 실패를 인정하는 것과 장르의 한계를 인식하는 것 사이에
무슨 차이가 있을 것인가,고 사람들은 물을 지도 모른다. 개인적 한
계를 인정하고 다른 장르로 넘어갈 수도 있을 것이며, 장르적 한계를
인식하면서도 그는 그 장르에 머무를 수도 있을 것이다. 실제로 첫
번째 시집의 참패를 겪고서도 그는 두 번째 시집을 냈으며, 두 번째
시집에서는 풍자적 어조가 조금 강화됐을 뿐, 여전히 같은 톤의 시들
이 개진되고 있다. 이 사이에 차이가 없는가. 중요한 것은 그가 시와
소설 사이에서 소위 '산문'을 시범, 실험하였다는 점이며, 이와 같은
장르적 선택과 실험 사이에서 그만의 독자적인 기질, 개성이 자각적
으로 발견, 발휘되었다는 점이다. 그리고 그 사이에 그의 글쓰기 전
략이 놓여있다는 점이다. '전략'이란 한 개인의 개성적 기질이나, 취
미 판단으로 생성되는 것이라기보다, 객관적 정세에 대한 판단, 즉
대세 감각이나 시대 판별 등의 원대한 판단 의식에서 빚어져 나오는
것이라고 봄이 옳다. 기질과 취향이 따로 있고, 전략적 판단 차원이
따로 있다기보단, 사실은 이 두 가지 주, 객관적 요인이 어울려 하나
의 글쓰기를 이룬다고 봄이 옳을지도 모른다. 어쨌든 시의 경계를 넘
어서면서 어떤 태도의 미학, 즉 비극적 태도의 미학에서 희극적인 태
도의 미학으로 건너간 것도 사실이며, 이러한 태도의 옮김을 우리는
전략적 차원의 변화 사실로 인지할 수 있다. 하지만 어떤 전략, 어떤
태도의 미학에 적응하는가는 우선 주체의 기질적 측면에서 이해되지
않으면 안될 문제인지 모르며, 장르 선택의 차원에서도 그 점은 마찬
가지다. 괴테같은 전천후 문인이 전혀 불가능한 것은 아니래도 장르

선택 역시 기질의 작용으로 이루어지는 것이라고 보면, 시에서 산문
으로의 옮김이 우선 주체의 기질 측면에서 이해되어야 할 일인지 모
른다. 차차 서정시인도 아니고, 그렇다고 장편의 이야기꾼도 아닌 그
만의 재간 영역을 구축하고 있는 게 성석제다운 기질의 측면으로 보
이고, 이에 대한 판별이 작가에 대한 이해에 조금 도움이 될지 모른
다. 기질이란 무엇인가.

3. 기질과 문학적 운명

사전적 설명대로 성격의 기초가 되는 개념을 '기질'이라 받아들인
다면, 비극 시인과 희극적 작가 사이에는 상당한 기질적 차이가 발견
된다고 말할 수 있겠다. 시와 소설 사이는 넘나들 수 없는 철책의 울
타리가 있는 것처럼 장르론은 말하지만, 그런 것은 아니고, 다만 시
인의 기질과 작가의 기질 사이에는 차이가 있다고 말할 수 있다. 우
선 시인, 곧 비극 시인이란 어떤 사람인가. 비극적 하마르티아(hama-
rtia)란 개념이 있지만, 비극의 주인공만이 아니라 그것을 각색하고 쓰
는 시인 역시 강렬한 기질적 결함, 그러니까 성격의 강렬한 요소를
지니지 않으면 안된다고 말할 수 있다. 이처럼 시인으로서 필요한 성
격적 카리스마의 요소를 성석제는 일단 기질적으로 결여하고 있다고
말할 수 있고, 이 점은 그의 시의 반주관주의적, 비주관주의적 성격
으로 드러나거니와, 그와 대비되는 성격으로서의 두드러진 친구 시인
과의 상이점으로도 드러난다고 할 수 있다. 자신의 기질을 객관화시
키고 확인시켜주는 강력한 타자 인물이 그의 성격적 안티 테제로서
그의 옆에 존재했었던 셈인데, 우리 시대의 비극적 요절 시인 기형도

가 바로 그였다고 할 수 있다.

　요절의 사건이 없었더라면, 기형도가 그토록 강력한 비극 시인으로서 우리에게 기억될 수 있었을까. 이러한 질문은 요긴하기도 하고, 동시에 쓸데없는 자명한 물음이기도 할 것이다. 호사벽이 아니라면 죽음이 논단될 필요조차 없는 것이겠지만, 모든 요절 시인의 경우에서와 같이 죽음의 사건과 시의 운명은 떼놓을 수 없는 것이다. 죽음이 인지되었을 때 그 옆의 시에서 바로 요절의 운명이 감지될 때에라만 시는 비극적 순교의 이미지를 간직할 수 있고, 이것은 시인－주체 자신의 존재 이미지, 즉 성격적 요소와 결부되는 것이다. 시적 언술에 목소리, 즉 존재의 울림이 실리게 되는 것은 존재의 마지막 사건과 결부될 때이고, 그 생전의 목소리는 하나의 성격으로서 파악되고 인지되는 것이다. 시가 본래적으로 비극 양식의 내면적 성격을 가질 수밖에 없는 이유가 여기에 있다. 죽음의 사건을 통과하여 마침내 존재의 울림을 발할 수밖에 없는 양식이라면 그 양식은 본래적으로, 그리고 궁극적으로 비극의 양식일 수밖에 없는 것이다. 존재라는 비극의 하이라이트로서 죽음의 사건이 있는 것이고, 따라서 죽음 자체가 비극적 하마르티아의 일부이며, 이 존재적 결함의 사건으로서 마침내 시가 완성되는 것이다. 그 시의 수많은 이미지들 속에서 '입 속의 검은 잎'을 끌어낸 김현의 비평적 감식안은 그런 점에서 옳았으며, 그것을 통해 결정적으로 시적 순교의 이미지가 완성되었음을 우리는 지각할 수 있다. 그가 생전에 기렸던 윤동주처럼, 시에 경건하리만치 진지한 자기 투사의 이미지를 각인시켰던 것이 기형도였고, 이로써 요절 시인으로서의 그의 성격적 운명은 시의 목소리와 일치된 결합을 이룩할 수 있었던 것이다.

　이처럼 순교자의 이미지를 각인시키리만치 엄숙한 존재에의 외경과 시에 대한 순결한 정열의 태도를 자기 것으로 하던 것이 기형도

라면, 이에 대비되는 자기 모멸과 대신 타자 존재에 대한 연민의 태도를 특징으로 하는 것이 성석제적인 태도라고 말할 수 있다. 죽은 시인이 이 작자에 대하여 '냉소주의자'라 칭한 것은 그런 점에서 결정적인 발언이었다고 할 수 있는데, 세계에 대한 태도의 상이를 두고, 주체와 타자 사이의 거리를 이 언어만큼 선명히 드러내는 경우도 달리 찾아보기 어렵다고 해야 할 것이기 때문이다. 요컨대 상대방의 냉소적 태도에서 냉소주의를 읽는 사람을 다시 들여다보는 상대는 상대를 또 얼마나 냉소적으로 바라보았을 것인가.[1] 이처럼 대조적인 기질을 가졌으면서도 문학에 대한 정열을 서로 교류하였을 두 사람의 청년기의 모습은 따라서 우리 문학사의 인상적인 한 순간으로 기억될 수 있을 것이며, 특별히 이 경우 기형도의 자기 몰입적 '유아' (唯我? 幼兒!)적 태도에 대해서 성석제의 냉소적 자기 방기의 태도가 어떠하였으리라는 것은 충분히 짐작될 수가 있다. 기질이란 타고나는 것이며, 그것이 자연스런 유로의 길을 얻지 못했을 때 병이 될 수 있다는 것을 생각하면, 처음부터 서정시인이 되기 어려운 기질적 조건을 성석제는 타고났다고도 할 수 있을지 모르며, 그런 점에서 시에의 입문 자체가 잘못된 선택이었다는 작자의 엄살[2]은 오히려 경청할만

1) 냉소주의의 반대 위치에 만약 엄숙주의나 경건주의, 혹은 권위주의 등을 세울 수 있다면, 젊은 사람의 지나치게 경직된 태도는 때로 비웃음의 대상이 되기 쉬운데, 세상에 대한 맹목적 충실 혹은 자아주의적 고집의 태도가 빚어내는 객관 세계와의 균열, 불일치 속에서 아마도 냉소주의자는 지극히 희화화된 현실의 모습을 발견할 것이기 때문이다. '냉소주의자'라는 낙인을 함부로 발하기도 어렵고, 또 그런 혐의를 받을 수 있는 사람이 그다지 많기도 어렵다는 점을 감안하면, 이 단어의 교차 속에서 두 주체의 (세계에 대한) 태도가 사뭇 명징하게 드러났던 것을 인지할 수 있다.
2) 자전적 언설의 성격을 갖춘 것으로 「스승」이란 글이 이런 맥락에서 주목될 수 있다. 문학에의 입문, 그리고 결정적으로 시쓰기에의 입문이 학창 시절 스승의 권유와 죽은 시인의 유혹 때문이었다고 말하는 이 글에서 작자는 스스로를 주체성 없는 자기 방기의 인간으로 그리고 있다. 냉소주의자의 면모가 어떤 것인가를 따라서 이 글처럼 선명히 부각시키는 경우란 달리 없다고 말할 수 있으며, 시쓰기에 대한 불편함과 그에 대한 내재된 경멸의 의식이 이런 맥락에서도 드러난다고 볼 수 있다.

한 구석을 갖는다고 말할 수 있는 것이다.

그렇다면 그 자신에게 합당한, 부여된 기질을 스스로는 어떻게 인식하고 있을까. 「재미나는 인생1―거짓말에 관하여」라는 글이 있지만, '거짓말쟁이'로서의 자기 인식이야말로 소설가로서 그다운 인식과 기질을 드러내는 것으로 볼 수 있다. 끝까지 시인이고자 했다면 그는 아마 서정시인보다는 풍자시인 쪽이 어울렸을 것이고, 그리하여 김병연(김삿갓), 김수영, 김지하, 황지우 같은 유수한 풍자시인의 반열에 스스로를 올려놓았을 지도 모르는 일이지만, 서정시인이 못되는 바에야 풍자적 객담가가 되는 것이 실로 그의 기질적 운명에 합당한 것이었을 테고, 결과적으로 보자면 그 선택과 판단은 옳았다. 풍자시인이라도 시인이 스스로를 징벌하는 비극적 하마르티아의 요소를 가질 수 없다면 힘이 약한 시인이 될 수밖에 없고, 그런 점에서 거짓말쟁이 음유시인의 자리가 보다 어울리는 자리일 것이라고 말할 수 있는 것이다. 거짓말과 참말의 변증법에 대해서는 따로 정밀하게 논할 기회가 필요하려니와, 스스로를 '거짓말쟁이'로 인식하는 이 가식없고, 억압없는 허구에 대한 의식과 인식이, 소설가―이야기꾼이 되는 데는 필수적인 의식의 장치라는 것은 말할 필요가 없는 사실이다. 거짓말의 허구적 가능성을 전제함으로써 소설가는 술술 자기 언설의 전개에 부담없이 나설 수 있게 되기 때문인데,3) 만약 그렇지 않고 참말만을 말해야 한다

---

3) 이인화의 「인간의 길」을 평하면서 픽션과 논픽션에 대해서 논한 적이 있지만, 비단 소설가의 경우에만이 아니라 모든 언설과 진술이 '거짓말'이라는 전제는 정신분석학적 이해를 위해서도 긴요하다는 점이 라캉의 서술을 통해 밝혀지고 있다. 언어와 실체, 언어와 욕망 사이의 괴리 때문인데, 이 점을 분명히 인식함으로써 의식, 혹은 무의식에 대한 이해의 개방적 통로를 열 수 있다. 그러니까 스스로 '참말'이라고 주장하는 사람이야말로 거짓말을 말하고 있는 셈이며, 역으로 거짓말의 언어를 통해서 우리는 그 욕망의 참된 실체에 이를 수 있는 것이다. J. Lacan, *The four fundamental concepts of psychoanalysis*, trans., Alan sheridan, New York : W. W. Norton & Company, 1977, 11장 참조.

는 시인적 강박 관념 위에 섰다면 지금과 같은 그의 유창한 산문의 전개와 소설의 전개는 있을 수 없었다고 해야 할 것이기 때문이다.

그럼에도 왜 그는 그림, 시에 대한, 노래에 대한 강렬한 향수의 자세를 때때로 피력하는 것일까. 저주받은 시인의 운명에 대한 연민 때문일까. 혹은 자기 밖의 타자에 대한 동경 때문일까. 아니면 단지 못다 이룬 꿈에 대한, 상처받은 자존심에 대한 자기 변호의 욕망—의지 때문일까. 어떤 의미로든 이는 작자의 순정의 한 지표로 여겨질 만하며, 이처럼 문학을 순정성의 근본 지표인 '시'의 개념을 떠나서 인식하지 않는다는 점에서 그의 문학의 곧은 뿌리가 드러난다고도 말할 수 있다. 비록 타고난 비극 시인은 못됐을망정, 유쾌한 만담가, 혹은 현대의 전기수(傳奇叟)를 지향하면서도 늘 소설 속에 끼어들기를 호시탐탐 노리고 있는 '반예술'로서의 사회적 타락의 위협 앞에서는 언제든 자신을 곧추 세울 수 있는, '시성(詩性)'에 대한 경배 앞에 무릎꿇을 수 있는 자세가 그의 문학 의식의 내면 속에 깊이 각인되어 있다고 말할 수 있는 것이다. 『왕을 찾아서』를 위시하여 몇 번 장편소설을 시도해 보기도 했지만, 근본 기질 상 장편 이야기꾼이라기보다는, 시, 소설의 중간 쯤인 '산문'의 영역에서 그다운 문체, 지력, 상상력의 솜씨가 드러난다고 보는 것도 이 점과 관련되어 있다. 산문작가로 나서면서 그가 쓴 다음 발문에서 그의 기질이 위치한 문학상의 어느 지점이 또한 선명히 드러난다고 말할 수 있는 것이다. 요컨대 노래와 춤, 시, 그리고 산문까지가 어우러진, 만유 속의 시, 산문이 함께 결합된 문학을 쓰고 싶다는 게 그의 욕망이라고, 그는 말하고 있다.

> 80년대부터 올해까지 몇 년 동안 나는 시를 써왔다. 내가 시를 알기 시작할 무렵의 시는 서정이나 노래가 아니고 말, 기록, 심지어 암호나 실험, 해체의 대상으로 씌어지고 있었다. 나도 물론 그렇게 썼고 어떻게 하면 남이 알아볼 수 없는 신호를 만들까에 대해 제법 고민도 했다.

왜 내 시는 노래가 못 되는가, 옛 사람의 시를 읽으면서 잠시 생각하기는 했지만 그건 고민거리도 못 되었다. 그런데 94년 여름에는 노래가 아닌, 무슨 말인지 나도 모를 시를 도저히 더 참을 수 없게 되었다. 날이 워낙 더워서 그랬는지도 모른다.

그것 때문에 문(文)을 쓰려고 했다. 내게 들어 있는 문, 산문성을 모조리 뽑아내면 노래만 남지 않겠는가 하는 게 나의 생각이었다. 막상 쓰면서 그 생각이 참 순진하고 어리석었다고 느끼지 않을 수 없었다. 산문에도 노래가 들어 있고 춤이 있고 시가 있고 더구나 산문까지 있는 것이다. 시에도 산문이 있고 소설이 있고 티끌이 있고 만유가 있다. 만유에는 만유가 있다!

⊙ 『그곳에는 어처구니들이 산다』(민음사, 1994), 305쪽

하지만 이로부터 수년도 안되는 사이, 만담과 소설 형식으로 어우러진, 높은 생산성의 산문 문학적 성과에 대하여 지극히 만족한 표정으로 다음과 같이 말하는 그의 모습은 또 어떤 모습인가. 아무리 농담이라도 그득한 자신감의 확보없이는 아마 이런 어처구니없는 흰소리는 내놓지 못하였을 것이다. 이제 시에서 소설, 만담의 영역으로 본격 옮겨가겠다는 묵시적 선언인가.

내가 쓰고 내가 읽고 내가 웃는다는 건 실없는 노릇이다. 그런데 그게 재미있어서 나는 가끔 내가 쓴 걸 읽어본다. 읽다보면 내가 빠진다. 누가 이렇게 훌륭한 소설을 써서 나를 감득하게 하는가. 바로 나다. 그 소설을 어떤 이유로 어떻게 썼는가를 모르는 나다. 내가 쓴 걸 잊어먹고 거참, 웃기는 자식이네, 내가 쓰려고 했던 걸 먼저 써버렸네 하고 이를 갈며 질투할 정도로 기억력이 형편없는 나다.

⊙ 『재미나는 인생』(강, 1997), 187쪽

4. 글쓰기의 전략-작가로서의 생존, 그리고 생활

흰담이든, 농담이든, 객담이든, 어쨌든지 마음놓고 이처럼 희롱을 발할 수 있는 글쓰기의 마음 상태라면 또한 좋은 상태라고 말해야 할 것이다. 심리적으로 억압없는 상태에서 이런 객쩍은, 무해무익한 농담의 언어들은 터져 나올 수 있고, 그것은 해방된 상태에 다름 아닐 것이기 때문이다. 시적 형식을 통해 어딘지 억눌리고 부자연스런 모습으로, 자기 개진도 아니고, 세계 폭로도 아니며, 그리하여 어정쩡하며, 빈곤한, 평범하고도 어눌한 언술상을 보였던 이 작자가 이제 산문의 세계에 이르러 고기가 물을 만난 듯, 물찬 제비의 형용을 연출하게 되는 것은 장르와 기질 사이의 상부라는 관계 논리를 통하지 않고서는 도저히 설명할 수 없는 대목이다. 그가 시에 실패했다는 것이 오히려 다행스럽게 여겨질 지경이며, 자기만의 득의의 영역을 계발, 자기 길을 걷는다는 것이 세상을 위해서도 얼마나 귀하고 소중한 일인지 다시 한 번 깨우쳐 준다. 이로써 스스로 마음의 해방구를 찾을 수 있었을 뿐 아니라, 독자에게도 푸짐한, 폭죽같은 웃음들을 마음껏 선물로 나누어줄 수 있었다. 이 자리에서 그 폭소의 예화들을 일일이 예로 들어 보여줄 순 없지만, 읽어본 사람들끼리만은 그 웃음보따리의 행복한 추억과 교감을 나누어 가질 수 있으리라. 아직은 그 독자 회원의 수가 그리 많이 확대되어 있지는 않은 느낌이어서, 작자의 한 이야기가 말해주는 '비밀결사'의 운용 방식처럼 행복한 책읽기의 추억은 비밀스럽게 공유될 수가 있다. 근엄한 편에 속할 작가 박완서가 성석제의 『재미나는 세상』을 읽고, 마침내 사람많은 지하철 안에서 "비죽비죽 웃기 시작했다"(≪동아일보≫, 1997. 3. 24, 5면)고 고백해버린 것은 그러므로 이 경우 비밀 결사의 내부 정보를 유출한 혐의에 해당한다고 할 것이다. 아마도 유출하고 싶었을 것이다. 누구나 아름다운 기량을 새로 발견할 때는 그 사람이 자신의 동업자이며, 잠정적으로 자신의 경쟁자일 수 있다는 가능성조차 깜박 잊고, 이 불운한 사람을 세상 속에 널리 알리고 싶어지는 법이다. 그의 기량은 그렇다면 어떻게 숙달되었는가. 타고난 기량이라고 말해버리면 사태는 간단한 것이지만, 재주없는 사람들에게 위안으로 삼도록 '대기만성(大器晩成)'이란 말이 있듯이, 모든 것이 후천적인 노력으로 이루어졌다고 말해주길 우리는 원하고, 그렇게 성석제의 문학 또한 노력 끝에 거두어진 것으로 믿고 싶어한다. 이제 전략이라는 각도에서 숙고해 볼 차례다. 모든 것이 의식적으로, 후천적으로 계발되었다는 뜻에서 '전략'이고, '전략'이 형성되는 데는 무엇보다 생활의 요구, 생활의 압력이 존재했었다는 뜻에서 우리는 문학을 생활과의 투쟁으로 본다.

다시 기형도를 중개로 생각해 보기로 하면, 시인으로서의 생존이 불가능한 시대에 시인으로 사는 존재 방식의 하나를 극적으로 보여주고 간 사람이 기형도 아닌가 한다. 누구나 이 사회 속에서 품위있게 살고자 한다면 직장과 생활의 문제에 대해 염두에 두지 않을 수 없는 것이다. 합리적인 의식의 소유자라면 문인이 되기 이전에 먼저 글쓰기와 생존, 생활을 병립시키지 않으면 안된다는 점을 잘 알며, 오늘날 글쓰기의 최대의 강박관념은 그리하여 다름 아닌 이것으로 된다. 현실학 중의 현실학을 배운 이력의 소유자들이라면 더욱이 이에 대한 의식이 무뎠다고 말하기 어렵다. 그리하여 작자가 아마추어 시인이기를 포기하고 전업의 프로 문사(文士)로 나서기를 결심했을 때, 그에게 어떤 윤리적 결단의 요청이 가해져왔을 것인가를 생각하는 것은 그리 어려운 추정의 사항이 아니다. 자본주의 사회에서 시인으로 살기가 어려운 것만큼이나, 작가로 생존하기 역시 어려운 과제임을 감득했다면, 직장에서의 촉망받는 위치를 버리고 황량한 문학에의 길로 나서고자 할 때의 고독과 불안의 위기감이 어떠했을지 충분히 미루어 짐작될 수 있다. 이미 고인이 된 사람의 시인의 길과 미지의 프로 문사(文士)로서의 길4)을 저울질해보면서, 아마 수많은 불면의 밤들을 자기 글쓰기의 미래적 정형을 상상하는 것으로 지새우기도 했을 것이다. 생활을, 삶을, 그리고 이 우주에서의 존재의 운명을 너무도 잘 알고, 그리고 예감하고 상상하는 자들의 불행이 여기에 있는 것이다. 일상의 범속한 삶─현실 속에서 하루하루를 묻혀, 혹은 묻고 지내기에는 그들의 예민한 감수성이 용납지 않으며, 그렇다고 막무가내 예술의 길에 뛰어들기에는 그 험한 생애의 비참이 눈에 선하게 들어온다. 그가 존재의 비참과 우주적 운행의 가차없는 질서에 대해서 얼마나 잘 이해하는 사람인지, 다음 소설의 한 대문이 잘 보여준

---

4) 시의 아마추어리즘과 소설─산문의 프로패셔널리즘이라는 척도에서 기형도와 성석제의 상이한 생존 전략과 태도는 오늘의 문학 상황을 돌아보게 하는 좋은 예시가 될 수 있다고 생각한다. 따로 직장과 직업을 가진 아마추어 시인이 오히려 문학에 경건하게 충직하고, 전업 문인으로서의 문사(文士)는 이와 반대로 고전적인 문학의 자세에 냉소적이라는 이 태도의 역설은 그대로 오늘 현대문학의 상황을 암유하고 있는 바의 상징적 국면이라고 여겨지기 때문이다. 시에 충정을 바친 사람이 기형도라면, 그는 한편으로 직장에, 직업에 충실한 일상적 인간의 면모이기도 했던 것이다. 이 역시 (가족)환경이 규제한 생활의 긴박한 요구 때문이었겠지만, 시에 충실하기 위해서 동시에 그는 직업(신문기자)에도 충실하고자 했다. 말년의 그의 분열증적인 모습은 이 이중적인 정열의 예술적 순정과 삶에의 충실성 요구로부터 비롯된 바가 아니었을까. 시의 아마추어리즘, 혹은 아마추어 시인되기가 그의 미적 생존 전략이었지만, 감당할 수 없는 이 이중고의 존재의 무게가 결국 그를 파탄의 지경으로 몰아갔다고 할 수 있다. 시인으로서의 생존이 불가능함을 잘 아는 시대에 예술과 생활을 동시에 견지하고자 했던 이 불가능한 화해 추구의 존재의 노역이 그로 하여금 십자가를 진 모습으로, 오늘날 시의 운명의 표정을 담은 모습으로 부각되도록 하고 있는 것이다. 이에 비하면 성석제는 이 근원적 부조리의 시적 운명의 비극성을 간파하고, 둘 사이의 간극을 좁힘으로써 화해시키는 프로 문사의 적극적인 길을 선택함으로써 세계관으로서도 보다 낙천적인 희극적 세계관의 추구 쪽으로 나아가고 있다고 할 수 있다. 그의 희극적 세계관은 그러니까 이 세계의 비극성과 그 비극의 깊이를 충분히 이해한 바탕 위에서 추구되는 것이므로 그만큼 경박함의 한계를 넘어설 가능성을 안고 있다고 할 수 있다.

다. 부도를 내고 절망 상태에 이른 한 상공업자가 고층 빌딩 위에 서서 생의 마지막 국면을 스스로 상상하는 장면이다. 이어서 그 결말의 하회를 작자는 다음과 같이 그린다.

> ---집사람은 어떻게 될까.
> 그는 당장 사흘 앞을 생각했다. 그의 아내는 단 한 벌밖에 없는 검은 투피스를 입고 그의 빈소를 지킬 것이다. 은행처럼 동그란 눈 주위는 눈물로 얼룩져 있고 오똑한 콧날은 부어 있을 것이며 칠을 하지 않아도 언제나 발그레하던 입술은 오열로 떨릴 것이다.
> '여보, 왜 그런 끔찍한 일을 하셨어요······'
> 생전처럼 낮은 목소리로 말해올 것인가. 결혼 생활 십 년 동안 참아온 한과 원망을 비명에 섞어 터뜨릴 것인가.
> '아빠, 회사 갔어? 왜 안 와?'
> 아이는 물을 것이다. 아내는 힘껏 아이를 끌어안고 금방 오실 거야, 착하지 하고 말할 것이다. 거기에는 머리가 다 센 아버지가 다리를 벌벌 떨며 지팡이를 쥐고 서 있을 것이고 늙은 어머니는 노래하듯이 그의 이름을 부를 것이다. 그는 눈물을 참았다. 그는 세상 누구보다도 낙천적인 사람이었다.
> ---이게 다 농담이면 좋겠는데.
> 그는 베란다 밖에 한 발을 걸치면서 생각했다. 쥐가 다시 그의 발 밑을 스쳐 지나갔다. 여태 나왔던 곳을 찾아다니고 있는 모양이었다. 그는 자신도 모르게 풀썩 웃었다. 너는 언제 네 구멍을 찾을 거냐. (······)
> 어디선가 아이 하나가 빨간 비옷을 입고 달려간다. 어디선가 세상에 나서 서른일곱 해 지난 육체가 벌레 먹은 밤송이처럼 떨어져 내린다. 아이가 멈추어 서서 "아빠아" 하고 외친다. 그 뒤를 지쳐 보이는 한 여인이 우산을 쓰고 천천히 걸어온다. 비가 가늘어지고 이윽고 그친다. 여인은 우산을 내리고 하늘을 올려다본다.
> 어디선가 하늘 한 귀퉁이가 열리고 그 아래의 세상에 손수건만한 넓이의 햇살을 내려보낸다. 새 한 마리가 깃을 털며 날아오를 차비를 한다. 포르르 난다.
> ◐ 「새가 되었네」(『새가 되었네』, 강, 1996), 136~137쪽

　여기서 알 수 있는 것은 삶의 세목, 즉 일상적 현실을 관찰하는 작가의 시선이 잔인하도록 날카로운 반면, 그 비극의 현실 속에 몰입되려는 작자 자신, 혹은 독자의 시선을 계속적으로 분리, 차단시킴으로써 이야기의 비극성과는 전혀 딴판의 희극적인 미학의 효과를 창출하고 있다는 점이다. 이처럼 생활에 대한 인식과 그 표현으로서의 글쓰기 전략은 분리되어야 하고, 또 분리될 수 있다는 생각을 작자는 갖고 있다. 예술은 생활을 표현하지만, 표현으로서의 예술은 생활의 감각, 의식과 분리되지 않으면 안된다는 생각을 작자는 갖고 있는 것이다. 그가 삶을, 존재를 본래적으로 비극적인 것일 수밖에 없는 것으로 인식하면서도 그 표현의 국면은 심각하지 않게, 가볍고 희극적으로 이루어져야한다는 생각은 이와 같은 분리의 원칙에서 행해지는 전략적 사고의 일환이라고 할 수 있다. 유쾌함을 위한, 유쾌한 문학 사상의 뿌리도 여기서 벗어나온 것이다. 생활의 현실을 잘 아는 만큼 바쁘고 고단한 현실 사회의 인간들에게 필요한 것은 당의정일망정, 비극을 비극대로 제시해주는 것은 올바른 일이 못된다고 그는 생각하는 듯하다. 단편 「이른 봄」처럼 차라리 아무런 설명없이 이 존재의 현실을 제시해주는 편이 낫다고 그는 생각하는 셈이다. 여기에 함정은 없는가. '고수'에게도 허점은 있기 마련이라고 보면, 그의 전략적 사고에서 무엇이 문제인가를 환기해 둘 필요는 있겠다. 전략은 곧 주체일 것이므로 다른 것으로의 대치가 이미 불가능한 상황이라고 하더라도⋯⋯

　예술적 생명력으로서 비극의 호흡은 길고, 희극은 짧다. 아마 아킬레스건을 물듯이, 성석제 식 전략의 아픈 곳을 물어뜯자면, 이와 같은 정식의 제시로 족할지 모른다. 물론 반론이 불가능한 것만은 아닐 테다. 아리스토텔레스 시대의 '시'는 곧 비극으로 받아들여졌지만, '코미디(comedy)'라는 불란서 식 연극 개념은 '희극'으로 받아들여지고 있다. 오래 살아 남은 것은 소포클레스의 비극만이 아니다. 몰리에르의 희극도 상당한 장수의 나이를 기록하고 있다. 20세기의 최고 고전은 무엇일 텐가. 찰리 채플린의 영화가 아니겠는가. 비극만이 고전이고, 영원한 예술이라고 주장하지 마라. 마크 트웨인이나, 노신이나, 보르헤스나, 크누트 함순이나, 다 비극의 작가가 아니고도 위대한 작가로 오래 살아 남았다. 그러니, 비극만이 유일한 예술이라고 주장하지 마라.

성석제라면 아마 이렇게 직설법으로 말하지 않고, 조용히 일어나 또 하나의 풍자적 어편을 써올 테지만, 위의 논설을 막무가내 부정만 하기도 어려우리라고 생각된다. 인류의 문화사라는 보다 폭넓은 경험의 범위에서 생명이 긴 비극의 작품을 더 많이 열거할 수 있는 게 사실일 것이기 때문이다. 이 점을 잘 설명해주는 이론이 다름 아닌 아리스토텔레스의 '카타르시스' 이론이라고 할 수 있다. 감정의 응축 끝에 공포와 연민의 감정으로 터져나오는 것이 비극 감상에 있어서의 '카타르시스' 효과라고 그는 말했고, 이런 이론적 견지에서 보자면, 감정의 응축이라는 구성적 과정없이 순간적인 발산의 형식으로 터져나오는 희극의 효과는 시간적으로, 그리고 보다 먼 시간의 역사의 차원에 있어서 긴 예술적 호흡과 생명력을 가지기 어렵다고 해야 한다. 심각한 것을 부담스러워하는 당대인들에게 당장 받아들여지기는 쉬운 것이 희극이라 해도, 오래 살아 남기의 질긴 생명력을 갖기는 아무래도 비극 쪽이 좀더 유리하다는 점을 부정하기 어려운 것이다. 이와 같은 논단을 성석제 식 전략 평가에 구체적으로 산입시켜 보기로 한다면…?

역설적으로 들릴 수 있지만, 어떤 점에서 성석제는 위대해지고 싶지 않을 뿐이라고 말하는 듯하다. 명민하게도 소설 정신의 핵자가 '아이러니' 혹은 '유머'라는 것을 단숨에 깨닫고,[5] 그것을 촌철살인식으로 실행하여 보여주는 게 그의 산문의 글쓰기라고 할 수 있지만, 이처럼 게임의 규칙을 빨리 간파해내는 것과 그것을 실행해 보여준다는 것 사이에는 조금 다른 차원의 문제가 개입할 것이다. 스스로 '소설 노동자'라고도 칭하고 있듯이, 글로써 위대해지고 치부한다는 생각보다 단지 생활을 꾸릴 수 있었으면 좋겠다는 소박한 생각을 하는 듯하다. 그의 「무위론자」라는 글이 소개하듯, "그라믄 머하노"라고 말버릇하는 사람의 허무주의적 태도에 감염된 듯이도 보이고, 그러면서도 그는 매우 부지런하고 성실하다. 보는 사람이 위태해 보일 정도로 남작(濫作)의 다작주의를 전략처럼 실천하는 태도는 그의 부지런하면서도 성실한, 소시민 작가다운 태도라고 할 수 있는데, 그러면서도 때로 엄청난 사고의 궤적을 보여준다는 것이 신비롭게만 여겨지기도 한다. 어떻게 그것이 가능한가. 전략으로만 모든 것이 이룩되

---

5) 대표적인 소설 이론가로 G. 루카치와 르네 지라르가 '아이러니' 혹은 '유머'로서의 형식 원리를 강조했다. 두 사람의 이해 시각은 비슷하다고 할 수 있는데, 이 개념들이 모두 구성적 개념들로서 제출되고 있기 때문이다. 다만 두 사람의 이론적 지평이 조금 다른 것이 루카치는 소설을 서사시의 적자 형식으로서, 그러니까 운명의 이야기 쯤으로 파악하는 데 반하여, 지라르는 소설을 욕망의 형식으로 파악한다는 점이다. 말하자면 운명의 회귀 곡선 중에 아니러니의 지점이 있고, 욕망이 꺾이는 해탈의 지점에 이를테면 지라르의 '유머' 개념이 놓여 있다고 할 수 있다. 운명(의식)과 욕망에 사로잡힌 자기 중심의 주관적 인간이 객관 세계의 원리, 혹은 존재 허망의 원리를 깨쳐가는 게 소설이라고도 할 수 있으며, 장편소설로서 이것은 비극의 원리에 준한 것이지만, 이 원리가 분산되고 파편화될 때, 즉 단편이나 콩트의 원리로서 취해질 때 글을 쓰는 작자의 직관이나 통찰이 직접적으로 작용함으로써 그 산문 미학은 현저히 회화화된 미학적 양상을 띠게 된다고 할 수 있다. 근대소설이 미학적 원칙으로 배제하는 편집자적 논평, 즉 서술자 개입의 배제 논리가 여기서는 어겨지고 있다고 할 수 있는 것이다. 이는 시의 원리와 소설의 원리의 교호 양상이라고도 할 수 있는 것으로 성석제의 산문에서 이를테면 주관적 서술자로서 '나'의 개입을 빈번하게 발견할 수 있는 것은 이와 연관된 것이라고 할 수 있다. 이를테면 소설과 시의 중간인 단편 산문, 즉 일종의 에세이 형식에서 성석제는 가장 편안함을 느끼는 셈이다. 결국 그의 글쓰기는 시, 소설, 산문의 경계를 넘나들고 건너뛰지만, 시와 (장편)소설의 중간 형태인 짧은 산문(에세이), 혹은 그 인접의 단편소설 양식에서 그의 장기가 발휘된다는 것을 알 수 있다.

었는가. 그렇지 않다고 보면, 우리는 그의 독특한 세계관, 세계를 보는 태도에 대해서 조금은 호기심을 발동시킬 필요가 있을 것 같다. 작고도 큰, 크고도 작은 세계관. 부분과 전체의 사이를 흔히 '나무'와 '숲'으로 비유하지만, 그 세계관의 특징적 일단을 밝히기 위해 여기에서 일단 '사소주의(些小主義)'라는 이름을 불러보려 한다.

5. 트리비얼리즘 혹은 사소주의(?)의 철학

> 내 그대를 생각함은 항상/그대가 앉아 있는 背景에서/해가 지고 바람이 부는 일처럼/사소한 일일 것이나/언젠가 그대가 한없이/괴로움 속을 헤매일 때에/오랫동안 전해오던 그 사소함으로/그대를 불러 보리라.
> ◎ 황동규, 「즐거운 편지」中 일부, 『어떤 개인날』(중앙문화사, 1961), 54쪽

널리 알려진 황동규의 이 시를 보면서, 두 번씩이나 반복되는 '사소한'이란 말에 의문을 품었던 기억이 난다. 해가 지고 바람이 부는 일이 왜 사소한가. 연애 편지를 쓰면서, '내 그대를 생각함'은 사소한 일이라고 말하는 뜻은 무엇인가. 그리고 이어서, "언젠가 그대가 한없이 괴로움 속을 헤매일 때에, '오랫동안 전해오던 그 사소함'으로 그대를 불러 보리라"고 말하는 뜻은 무슨 뜻인가. 전혀 이해할 수 없었다. 아마, 시적 장난이겠거니, 했을 것이다. 그러나 이제 알겠다. 성석제의 글들을 읽어보니, 이제 비로소 '사소함', '사소한'의 정체가 무엇인지 알겠더라는 느낌을 주는 것이다. 사소함이란 곧 귀중함이란 뜻 아닌가. 작고 귀한 것, 그러나 또 흔하디 흔한 것처럼, 예사로운 것. 그러니까 평범한 것. 이 평범 속에 진리가 있고, 그러나 평범의

진리는 너무나 평범해서 눈에 잘 띄지 않는다는 것을 속성으로 가지고 있다. 성석제가 밝히려 하는 것, 개진하려 하는 것들은 이런 평범 속의 진리가 아닌가.

영어 단어에 'trivialism'이란 단어가 있고, 이것을 우리말로 번역하면, '사소주의'가 되어야 할 것 같지만, 그 단어는 그저 '사소한 것'으로 되고 만다. '사소주의'란 말은 본래 없는 것이다. 성석제가 밝히려 하는 것은 이처럼 사소한 착오가 일으키는 엄청난 인식의 문제와 같은 것으로 여겨지며, 그래서 그의 글들은 활기에 차 있다. 사람은 대개 타인들의 맹점을 지적하는 데 즐거움을 느끼고 기쁨을 느낄 터인 것이다. 하나의 생활 실천과 인식의 태도로서 이 사소주의적 태도는 그러나 오랜 훈련과 꼼꼼한 연마에 의하지 않고는 체득되지 않으며, 대개 거창한 것을 신봉하는 대국주의에 물들어 있는 우리네 문화 감각으로는 습득하기 어려운 것이다. 작은 것의 아름다움과 기능성을 취해서, 이어령에 의하면 한없이 '축소 지향'적인 것으로 인식되는 일본 사람들의 태도가 이에 한 견본이 된다고 할 수 있고, 영문학자 피천득이 이 태도를 선양한 적이 있지만, 우리에게 이 문화적 감각과 태도는 여전히 생소한 것이다. 소설로 나타난 문학적 감각의 양상으로만 하자면, 김승옥의 「서울, 1964년 겨울」과 같은 작품에서 소시민적 사소주의의 태도가 어느 정도 상징적으로 드러난 바 있다고 할 수 있지만, 성석제의 것은 그것과도 또 다른 성격을 구비하고 있다. '통속'의 현실을 시시콜콜하게 천착하면서도 그 시시콜콜한 현실을 높다란 위치에서 내려다보는, 신적인 시선, 혹은 우주적 시선을 무시로 여기에 교차시킴으로써 사소한 것이 사소한 것임을 즉각즉각 환기시켜 보여주기 때문이다. 「새가 되었네」의 결말 장면에서 한 인간의 죽음의 순간을 응시하는 가차없는 우주적 운행의 질서에 대한 시야가 인간적 연민의 시시콜콜한 현실과 대비되어 나타나는 모습이 그와 같은 것이라고 할 수 있다. 세계 문학사에서의 좋은 유비의 사례를 꼽자면 『걸리버 여행기』의 시선과 같은 것이라고 할까. 소인국을 내려다보는 거인의 시선, 혹은 거인국에 갇힌 소인의 현실, 그의 소설에 풍자의 톤을 유발시키는 것은 이와 같은 시선과 응시의 상호 교차, 그 변증의 메커니즘에 있다고 할 수 있는 것이다. 가령 그의 가장 짧은 글의 하나로서, 박완서가 인용한 바 있는 「몰두」라는 글을 보자. 여기에서 진드기의 '몰두'와 그것을 세밀히, 미세하게 관찰하고 인식하는 자의 '몰두'는 같은 것이지만, 그 층위, 높이는 전혀 다른 것이다. 이것을 읽고 서늘함을 느끼게 되는 것은 진드기의 이런 맹목적 몰두가, 바로 인간적 현실이고, 그것을 바라보는 자의 또 어떤 시선이 있으리라는 것을 의식하게 되기 때문일 테다.

> 개의 몸에 기생하는 진드기가 있다. 미친 듯이 제 몸을 긁어대는 개를 붙잡아서 털 속을 헤쳐보라. 진드기는 머리를 개의 연한 살에 박고 피를 빨아먹고 산다. 머리와 가슴이 붙어 있는데 어디까지가 배인지 꼬리인지도 분명치 않다. 수컷의 몸길이는 2.5밀리미터, 암컷은 7.5밀리미터쯤으로 핀셋으로 살살 집어내지 않으면 몸이 끊어져버린다.
> 한 번 박은 진드기의 머리는 돌아나올 줄 모른다. 죽어도 안으로 파고들다가 죽는다. 나는 그 광경을 '몰두(沒頭)'라고 부르려 한다.
> ◎ 『재미나는 세상』(강, 1997), 50쪽

이처럼 사소한 것들을 관찰하고 수집하는 자의 태도를 우리는 '몰두'라고 부르지 않을 수 없을 것이다. 이야기를 수집하고 전달하는 현대판 '전기수'로서 그는 과연 몰두 이상의 정열을 보여준다. 지금껏 작가들이 관심조차 두지 않았던 영역, 세계의 이야기들이 그의 조리에 의해 훌륭히 하나의 이야깃감으로 채록되는 것이다. 가령 요리의 세계로 말하더라도 여성 작가들조차 '요리'의 이야기가 하나의 이

야깃거리가 된다는 생각은 미처 하지 못했을 것이다. 하지만 그의 만
담집들을 통하여 수많은 요리의 이야기들을 그는 우리에게 펼쳐 보
여준 바 있으며, 그의 '사소주의'란 다름 아닌 이와 같은 특질을 지
적하는 것으로 받아들여질 수 있다. 한갓 요리의 문학이라니! 하지만
우리의 실생활 속에서 '요리'가 차지하는 비중이 얼마나 큰 지를 다
시 돌이켜 생각한다면 지금껏 '요리'가 문학의 세계에 편입되지 않았
다는 게 이상하게 여겨질 수도 있다. 성석제가 우리의 뒷통수를 때리
며, 맹점을 집어내는 것은 사물과 삶을 바라보는 이와 같은 태도의
연장선상에서라고 할 수 있으며, 이 사소한 것들을 문학의 세계에 끌
어들이기 위해 산문-만담의 양식을 계발한 것은 그러므로 가히 콜
럼버스가 달걀을 세운 공적에 비견될 수 있다. 콜럼버스의 달걀이 한
갓 달걀이 아니라, 신천지의 대륙을 발견한 공적을 이르듯이, 새로운
산문-만담의 양식 계발은 결국 새로운 문학 개념의 발견에 값하는
것이다. 문학의 새로운 영토 발견을 위해 나침반이 된 사상이 요컨대
'유쾌한 것은 유쾌한 것이다'라는 사상이며, 작고 평범한 것들 속에
숨어있는 의미 발견의 사상, 곧 '사소주의'라고 할 수 있다.

　이야기꾼으로서 그의 사소한 실천 전술에 관해 조금 살펴둘 필요
도 있겠다. 이야기꾼이기 이전에 생활 실천이라고 해야겠는데, 잡식,
즉 박학다식의 밑천을 이루는 왕성한 독서열이 그의 이야기 창고의
충실한 보고를 이룬다는 점은 참으로 사소한 지적이려니와(진기한 이
야기들은 대개 여기에서 나오는 것으로 보인다), 생활 속에서 그가 사소한
것들의 수집광, 메모광, 그리고 실천광의 태도를 보인다는 점은 특기
할 만하겠다. 그의 글쓰기가 전체적으로 '재능'이란 말을 빼고서는
설명되기 어려운 것이기도 하지만, 그만한 노력의 뒷받침이 함께 어
우러져서 이루어지는 성격의 것이기도 하다는 점을 사소하나마 다시

한 번 강조해두기 위해서다. 위대함을 향해 진격함도 어려운 것이지만, 사소한 것들을 사소하게 챙기는 것 또한 얼마나 어려운 일인가. 이 사소함의 윤리학과 철학, 그리고 잡학, 그리고 미학 속에 그의 문학이 깃들어있다고 나는 생각한다.

4. 어처구니 없는, 재미나는 세상을 위하여

결국 또 말이 너무 많았다. 그 많은 언어의 잔치를 벌이고도 그러나 아직 말한 것이 별로 없다는 느낌은 웬일일까. 실제로 그의 많은 글들을 언급조차 하지 못했다. 시는 겨우 한 편을 인용하였을 뿐이고, 장편 작품들은 소개조차 하지 못했다. 변명이라면 이미 그가 쓴 글의 재고가 너무 많기 때문이라고 할 수 있을 것이다. 하지만 촌철살인의 어법이 그가 우리에게 가르쳐주는 어법이라면, 어떤 식으로든 나는 그 많은 작품들의 숲을 통과해 나와야 했을 것이다. 다만 나 혼자 즐겼다. 이 무더운 여름 한철, 웃음이 건강에 무엇보다 좋다는 '신바람 건강법'의 권유를 들어가며, 글이, 문학이, 사람을 가장 헐한 값으로 즐겁게, 건강하게 할 수 있다는 것을 실감하였다. 이만하면 우리의 문학도 매체 경쟁력을 가졌다고 할 만하지 않은가.

잡담 제하고 나도 촌철살인 식으로 말하고 싶다. (가능하면 우습게도 말하고 싶다) 유종호가 김승옥을 두고 말한 '감수성의 혁명'이 그 비근한 사례라면, '문학 전략의 혁명'이라고 나는 말하고 싶다. 유쾌한 사소주의의 철학이 그것을 가능케 하였다고 나는 보았다. 선학이 그랬듯 여기에 아무런 유보없이 찬양의 헌사만을 바치고자 하는 것은 아니다. 사소한 쾌락만이 아닌, 비극의 위대한 품격이 여기에 덧붙여지

기를 바란다. 그러나 그것이 나무에 가서 고기를 구하는 격이라면 나
의 말은 전부 취하되어도 좋다. 어쨌든 나는 한 재능을 확인할 뿐이
다. 스스로를 만든 것은 재능이지만, 그것을 키울 책임은 문화 속에
도 풍토 속에도 있지 않을까. 이제는 요절 시인이 아니라, 거대한 공
력의 문장(文章)을, 문호(文豪)를 우리 문화가 가질 때이다. 너무 잦은
출전으로 내상을 입지 않기를 나는 바란다. 재능을 보호할 비밀결사
의 책임이 우리 모두에게, 문화에 부여되어 있다. 돌아가 숨어서 낄
낄거리며 가슴을 치며 읽도록 하자. 쏘가리를 위하여, 어처구니를 위
하여, 재미나는 세상을 위하여.

(≪문학동네≫, 1998 가을)

낭만적 청춘의 악마적 세계 인식
박상우의 『청춘의 동쪽』

1. 이야기꾼의 본질과 두 유형 – 뱃꾼 혹은 농꾼

그 동안은 '소설이란 무엇이냐'를 주로 물어왔지만, 앞으로는 작가란 누구인가를 자꾸 물어야 할 것 같다. 보편성, 규범성을 묻기보다, 개별성을 향한 질문으로 바뀌어져야 할 것 같기 때문이다. 그런 뜻에서, '소설가란 누구인가'를 우선 묻기로 하면, '이야기꾼'이란 대답이 가능할 것 같다. 가장 우리말스런 대답이다. 근대성 여부를 차치하고, '소설'을 그저 이야기라고도 하거니와, 여기에 '꾼'이라는 말이 붙는다면, 조금 새겨질 필요가 없지 않을 듯하다. 이야기꾼이란 무엇인가. 이야기도 '꾼'이 되는가.

사전적으로, '꾼'이란 '전문적으로 하거나 상습적으로 하는 사람', 혹은 '어떤 판에 모이거나, 성질이 있는 사람'을 뜻하는 말로 되어 있다. 그러나 단독으로는 쓰이지 못하고, 접미사의 일종으로만 용례가 제한되어 있다. 장사꾼(농사꾼), 노름꾼(사기꾼), 구경꾼(장꾼), 주정꾼, 하는 식이다. 이런 사전적 새김을 그대로 옮겨 적으면, 이야기를 전문적으로 하거나, 상습적으로 하는 사람이 '이야기꾼'이 되며, 이야기 판에 모이거나, 그런 성질이 있는 사람도 '이야기꾼'이 된다. 영어의 '스토리 텔러'로서는 전혀 감당하지 못할, 직업적, 혹은 그런 류의 천분을 지녀, 이야기 전문가가 되거나, 최소한 그것을 즐길 줄 아는 사람의, 내포적 뉘앙스가 여기에 담겨 있는 셈이다. 동양적 운명관을 여기에 가미하여 말한다면, 서구적 의미의 '전문가'와도 또 다른, 기질적, 혹은 숙명적 업보의 뉘앙스가 여기에 담겨, 자의로는 어쩔 수 없는, '명운의 그렇게 예정되어 있음'의 의식까지가 이 단어로부터 비어져 나온다고 할 수 있다. 어떤 사람을 우리가 '꾼'이라고 말할 때, 즉 "그 사람은 꾼이야!"라고 말할 때, 그 '꾼'으로서의 사람은 단지 기술적으로 우월할 뿐 아니라, 그것을 즐기도록 마련되어 있기 때문에 그러한 사람이라고 말할 수 있고, 그러한 점에서 이야기꾼 역시 하나의 숙명이라고 말할 수 있는 것이다. 전업 문인으로 유독 소설가가 많고, 소설가라면 당연히, 모름지기 전업 작가여야 한다는 우리네 식 발상법이 이러한 존재의 운명관을 바로 함축하는 바라고 할 수 있을지 모른다. 아마추어 시인이나, 아르바이트 비평이란 말은 가능할 수 있어도 아마추어 소설가나, 아르바이트 작가란 불가능한 말인 것이다. 그만큼 어려운 것이 소설가의 길이며, 따라서 전 생애를 걸어, 혹은 전 생의 전생까지가 업보로 작용하여 미치지 않으면 이루어질 수 없는 것이 소설가의 길일지 모른다. '이야기꾼'이라 하는 함축은 이처럼 운명적이어서, 생애의 무게를 걸지 않으면 도저히 감당될 수 없는 꾼의 길 중 하나가 이것이라고 할 수 있다.

우리만 그런 것이 아니다. 이야기꾼의 숙명을 전하는, 세계적으로 널리 알려진 애기 중에 『아라비안 나이트』의 도입 이야기와 그리스 신화의 한 토막인 '필록티티즈' 이야기가 있다. 알려진 것처럼 『아라비안 나이트』의 중심 화자인 '세헤라자데'는 자신의 목숨을 부지하기 위하여 끊임없이 이야기를 전하고 구성하지 않으면 안되는 상황의 여자이며, 이에 반해 '필록티티즈'는 불구가 된 자신의 고생담을 반복 진술함으로써, 스스로에 대한 위안과 함께 자신을 버리고 간 동포들에 대한 야유의 카타르시스 효과를 동시에 충족코자 하는 자이다. 세헤라자데가 왕의 칼 끝 아래 놓인 수많은 여인들, 혹은 자기 자신의 목숨 부지를 위하여, 타인 지향의, 타자 세계의 이야기를 계속적으로 수집, 각색하여 전하지 않으면 안될 팔자의 여인임에 반하여, 독화살을 맞고 그 상처난 자리에서 풍기는 냄새 때문에 버림받아 외톨이로 남게 된 필록티티지의 경우는 더 이상의 체험 수집이 있을 수도 없고, 불가능하며, 그리하여 끊임없이 자기 응시와 내면 탐색의 이야기를 반복, 진술해서 독자를 설복하지 않으면 안될 팔자의 작가가 되는 셈이다. 따라서 본질적으로 내면 정향의, 자기 지향의 이야기꾼 속성을 지닌 자가 이 후자 유형이라 할 수 있고, 이와 같은 천형의 이야기를 현대적으로 각색, 재구성함으로써 앙드레 지드는 한 현대적인 내면 구성의 작품을 선보인 바 있거니와, 이처럼 현대의 작가에게 있어서도 자기 탐색의 운명이라는 고대적 원형의 이야기는 그대로 자기 운명의 표상으로 받아들여질 수 있다는 사실을 암시하고 있다. 한편 그와 대비되는 자리에서의 세헤라자데 이야기 역시 현대의 많은 소설가들에게 오늘날 이처럼 목 조이는 자본주의 현실 속에서 스스로 이야기를 지어내거나 널리 현실 속에서 이야기를 취합, 광고, 전파하지 않으면 명맥을 유지할 수 없다는 사실 때문에 좋은 자기 반조의 운명적 설화가 된다고 할 수 있다. 한 이야기꾼으로서 박상우는 그렇다면 이 중 어떤 운명적 의식, 감각에 사로잡혀서 소설가로서의 자신의 명운 개척에 나서고 있는 편일까.

그런가 하면, 이야기꾼의 원형적 유형, 즉 스토리 텔러의 유형을 제시하고 있는 또 다른 보기로는 발터 벤야민의 이론적 사례가 있다.

그에 의하면 이야기꾼의 유형은 크게 농사꾼 유형과 뱃사람(배꾼) 유형으로 나뉠 수 있다는데, 자기 땅에 앉아서 주어진 경험적 소여들을 잘 갈무리하여 진술하는 사람이 이를테면 농사꾼 유형 이야기꾼이며, 바다 멀리 나가서 진기하게 건져올린 경험적 파편들을 또한 나름대로 윤색하여 전달해주는 사람이 배꾼 유형 이야기꾼이라고 한다. 어느 쪽이나 경험적 소여를 갈무리하여 제시, 전달해주고 있다는 점에서는 틀림이 없으나, 경험적 소여의 친근성, 또는 소원성, 혹은 진기성의 측면에서 두 이야기꾼 유형은 나뉘어지는 셈이다. 어느 쪽이 낫다, 덜하다고는 물론 할 수 없다. 다만 끊임없이 새로운 이야기를 찾아 세계를 방랑해야 하는 자가 후자 유형이라면, 전자는 보다 안주한 자리에서, 익숙하고 친근한 생활 세계의 얘기들을 반복, 수집하여 제시하는 역할에 불과한 것일 수 있지만, 그럼에도 쳇바퀴 돌 듯 반복하여 전개되는 일상적 삶의 영역에서 생활의 지혜와 교훈을 찾고자 하는 독자들에게는 이 농군 유형 정착형 소설가가 오히려 긴 생명력을 유지할 수도 있음을 벤야민은 암시하고 있는 셈이다. 전자가 정착형이라면, 후자는 그러니까 유목형, 편력형에 속한다고 볼 수 있다. 이런 각도에서라면 이 작가의 문학은 또 어느 쪽에 좀더 가까운 편일까.

2. 낭만주의와 악마주의로의 이원적 세계 인식

대답을 보류하고, 소설 안으로 일단 들어가 살피기로 하면, 작가 데뷔 꼭 10년째 되는 해—박상우는 1988년, 《문예중앙》 신인상 공모에 입상하여 등단하였다—에 쓰인 『청춘의 동쪽』에서 특징적인 점은 우선 작품 전체가 귀향형 형식을 이루고 있는 점이라고 하겠다. 고향으로의 여행인 것이다.

하이데거 도식을 빌린다면, 외견상 편력과 귀향의 대비 형식을 이루고 있다고 하겠는데, 아무래도 작품의 무게 중심은 귀향 쪽에 더 기울어져 있는 편이다. 그렇다면 왜 화자는 고향으로 돌아가고자 하는가. 귀향의 동기는 무엇인가. 이러한 질문을 우선 던질 필요가 있겠다. 이 질문이 긴요한 것은 그것이 작품 전체의 의미 구조 발현과 무관할 수 없는 관계에 있다고 여겨지기 때문이다.

고향으로의 여행은 언제나 특별한 계기의 품음을 전제하는 것이다. 때때로 우리는 고향으로의 여행을 꿈꾸지만, 그것이 아무렇게나, 아무 때나 이루어질 수 있는 것이라고 믿지 않는다. 더구나 화자는 그동안 살았던 서울 생활을 모두 접고 고향으로의 탈출, 탈주를 꾀하고 있는 것이다. 이처럼 고향으로의 귀향, 낙향의 사건이 소설 속에서 벌어질 때, 이 행위 동작의 의미 해독만으로 우리는 소설 전체의 의미 행간을 읽어낼 수도 있다. 오늘의 삶, 즉 서울살이의 삶에 대한 전체적 부정의 의미 행위로서 그것이 행해진다는 것을 염두에 두지 않는다면, 작품에 대한 어떤 부분적 의미 해독도 전체적 해석으로서의 타당성을 견지할 수 없게 될 것이기 때문이다. 그러니 서울살이의 반대편에 있는 고향으로의 탈주를 꿈꾼다면, 그 탈주가 무엇을 의미하는 것인지, 서울살이의 어떤 면모에 대한 탈주의 의미로서 그것이 행해지는 것인지 우리는 자주 묻지 않으면 안된다. 다시 하이데거의 진단을 빌린다면, 오늘날 도시에 사는 세인들이란 모두가 고향을 잃어버린 현존, 곧 존재의 근원을 상실한 뿌리뽑혀진 실존으로서의 삶을 살고 있다고 하는 것인데, 이처럼 존재의 망각 속에 길들여진 현존재가 새삼스럽게 자신이 선택했던 서울—소설 내에서는 '서쪽나라'로 표기되어 있다—에서의 삶을 버리고, 고향 '동쪽나라'—강릉 중심

강원도 지역?-로 내려가겠다고 하는 데는 무슨 특별한 이유, 계기가 개재되어 있음이 틀림없다. 서울살이의 무엇이 부정의 계기인가.

모든 귀향-낙향이 그러하겠듯이, 여기서도 서울의 삶을 벗어나야 하겠다고 결심하게 만드는 동기의 부정적 계기는 일단 개인적으로 주체의 심각한 실존 위기, 즉 삶의 의욕 상실이라는 형태로 제시되고 있음을 알 수 있다. 하지만 좀더 정밀히, 자세히 읽어보면, 이 주체의 실존 위기가 서울살이의 전반적 동태에 대한 하나의 판단, 즉 세계 현실에 대한 전체적 상황 판단으로부터 비롯되고 있음을 알 수 있는데, 이런 시야에서 오늘 서울살이의 풍정이 전체적으로 하나의 악마적 소굴의 상황을 이루고 있다는 점은 중요하게 간취되어야 할 사항으로 인지된다. "서울 사람은 눈 감으면 코 베어간다"는 말이 예부터도 있어 왔지만, 개 한 마리 정들여 키우지 못하는 이 비인간적 상황에서 주체의 삶에 대한 환멸은 기어이 폭발의 지경에 이르고야 마는 것이다. "한갓 사소하게 개 한 마리 가지고서?" 하는 마음으로 읽는다면, 이런 마음이야말로 이미 병든, 악마의 유혹에 길들여진 마음임을 작가는 시사하고 있다. 소설 전체가 강한 상징적 어투로 이룩되고 있는 작품인만치, 사소하게 개 한 마리 관련 일화에 그만한 정열의 서술 노고를 기울여 낙향의 계기 해명에 나서고자 하는 작가의 의도가 어떤 독자에게는 엉뚱하고 감상적인 태도로조차 비칠 수 있을 일인지 모르나, 여기에 상징적 의미 해독을 위한 현대적 관점의 하나가 주의깊게 장치, 마련되어 있는 것을 놓쳐서는 안될 것이다. 생명체로서의 개를 억압하고 식용의 도구로서만 인식하는 인간 중심주의적 사고, 혹은 그것으로부터 벗어나지 않으면 안된다는 탈인간주의적 사고가 여기에 장치되어 있음을 몰각해서는 안 되겠다는 뜻인데, 오늘 서울의 악마적 소굴 현실이란 바로 이런 탈인간주의의 시야, 혹은 생태주의, 혹은 생명주의의 사상적 관점, 시야에서 비롯되는 현실 인식임을 여기서 우리가 주의깊게 간취할 필요가 있는 것이다. 이와 같은 관점의 시선 성격이란 그러니까 전대 서울의 삶이 기본적으로 자본주의의 악마적 메커니즘, 혹은 타락의 메커니즘으로 말미암아 비롯되었다고 보았던 앞 세대 작가들, 가령 「무진기행」의 김승옥 같은 작가들의 그것에 비하여 크게 다른 것임을 뜻하며, 그럼에도 불구하고 이 앞세대 작가들이 이룩하여 놓았던 이른바 귀향형 문학의 전통에 이 작품이 얼마나 철저하게 접맥되어 이룩된 작품인가를 이와 같은 상관 면모는 여실히 증거하고 있다. 한국 현대 소설사에 아로새겨져 있는 주류 이야기꾼의 전통과 그 감각에서 한치도 벗어나 있지 않음을 이 소설의 전체적인 구성적 얼개는 보여주고 있는 것이다. 비록 악마적 현실의 근원 본성을 탐구하려는 쪽에, 혹은 현대 정치사의 어두운 체벌의 현실이 남긴 청년기 인물들의 지울 수 없는 내면적 상처에 관해 증언하고자 하는 쪽에 이 작품의 주요한 서술 동기들이 부과되어 있는 양상이긴 하지만, 구조적인 차원에서 무엇보다 우리 현대 소설사가 형성한 위대한 귀향형 문학의 전통에 접맥되고자 하는 의지가 또한 이 작품의 주요한 형식적 동기의 하나로 작용하고 있음을 우리는 알아차릴 수 있다. 그렇다면 귀향형 소설의 소설사적 전통과 관련하여 이 작품이 그것과 어떻게 접맥되고 있는지, 또 그것들과 구체적인 지점에서 어떻게 다른지, 확인해 두기 위해 여기서 「무진기행」의 한 대목을 잠시 상기하고 넘어가는 것도 좋을 것 같다. 1964년에 작가 김승옥은 고향의 상징적 공간으로 '무진'을 설정하고, 다음과 같이 썼었다.

내가 좀 나이가 든 뒤로 무진에 간 것은 몇 차례 되지 않았지만 그 몇 차례 되지 않은 무진행이 그러나 그때마다 내게는 서울에서의 실패로부터 도망해야 할 때거나, 하여튼 무언가 새출발이 필요한 때였었다. 새출발이 필요할 때 무진으로 간다는 그것은 우연이 결코 아니었고, 그렇다고 무진에 가면 내게 새로운 용기라든가 새로운 계획이 솟술 나오기 때문도 아니었었다. 오히려 무진에서의 나는 항상 처박혀 있는 상태였었다.

● 김승옥, 「무진기행」, 『무진기행』(범우사, 1976), 108~109쪽

「무진기행」의 이러한 주인공처럼 박상우 소설의 화자 역시 어느날 갑자기 서쪽나라―서울을 떠나 고향으로 내려가기로 결심한다. 하지만 「무진기행」 주인공의 세대에게 '고향'은 실존의 원초적 공간으로 주어졌었음에 비해, 우리 세대의 인물에게 '고향'은 서울, 즉 '서쪽나라'의 반대 공간으로서 주어지며, 그렇기 때문에 이 세대에게는 우선 '떠남에의 의지'가 작품을 위요하게 된다. 마치 떠남에의 생득적 기질을 가진 자처럼, 문득 떠나기로 한 결심이 '흐무러지지' 않는다면 화자는 떠나가는 것으로 묘사되는 것이다. 고향의 의미 공간 자체가 세대에 따라 어떤 편차의 양상으로 나타나고 있는지 작가의 서술 문체는 암시하고 있다. 우리 세대의 작가는 다음과 같이 쓰고 있다.

　그해 여름이 끝날 무렵, 나는 서쪽나라를 떠나기로 결심했다. 그때 나는 스물 일곱이었고, 영문 과 대학원에 진학해서 첫 번째 학기를 끝낸 뒤였다. 서쪽나라를 떠난다는 건 고향인 동쪽나라로의 귀향을 의미했다. 결정은 어느 날 갑자기 내려졌지만, 한여름의 끔찍스런 불볕 더위 속에서도 나의 결심은 끝내 흐무러지지 않았다.

● 박상우, 『청춘의 동쪽』(해냄, 1999), 13쪽

원초적 공간으로의 귀향이라기보다, 서울로부터의 떠남, 아니 그보다도 더한 떠남에의 생득적 기질을 앞세운 이와 같은 떠남의 성격을 우리는 낭만적 떠남의 성격으로 이해해 볼 수 있을 것이다. 악마적 공간으로서의 서울과의 이별, 그 정신적 이탈이 앞세워진 것이기에 우리 세대, 우리 시대의 귀향은 다분 낭만적 떠남의 성격을 갖는 것이다. 화자의 특유한 기질이 이에 덧붙어 한몫하는 양상일 것임도 물

론 빼놓을 수 없다. 탈세속주의, 혹은 자연주의의 의지가 여기에 작용하고 있다고 볼 것이며, 청년기의 열정이 배태하는 다분한 감상의 소질 역시 이에 덧붙어 떠남의 낭만적 정향성을 강화하고 있는 것이다. 이와 같은 기질과 의지를 바로 작가 자신의 것이라고 본다면, 이와 같은 정향성에 있어서 표나게 낭만적 감수성을 보여주는 것이 이작가의 특질이라고도 할 수 있다. 어느 곳에도 안주할 수 없음, 혹은 안주하지 않으리라는 의지—기질이 이와 같은 생득적 떠남의 낭만적 정향—태도를 낳고 있다고 볼 수 있고, 화자가 스치는 곳마다 남게 되는 무수한 사랑의 흔적, 생채기들 역시 이 태도에서 비롯되는 것이다.

그렇게 이 소설은 요즘 보기 드물게 낭만적 정향의 한 감수성을 구가한다. 이 작품의 대미를 장식하는 존재 표지가 '떠나야 할 시간'의 시좌로 주어지는 것도 작가의 이와 같은 낭만적 정향, 의지와 무관하지 않은 바라고 할 것이다. 소설의 문을 여는 입구와 출구의 장에서 동일하게 '떠나야 할 시간'의 명제가 작품 전체를 지배하고 있는 형국인 셈이다. 그 출항 의지의 나침반, 이정의 좌표가 이끄는 대로, 소설의 서술 문체 역시 갖은 낭만적 이미지 중심으로 새로운 출발에의 의욕을 북돋는 쪽으로 모아지고 있다. 이처럼 악마적 소굴에서의 떠남과 그 떠남 자체를 향한 편력 의지를 강조한다는 점에서 서울로의 귀환을 전제로 한 많은 전 세대의 소설들과 그의 소설은 날카로운 분기의 양상을 보이고 있다.

> 바다에서 등을 돌리자 눈부신 돋을볕이 가득 들어찬 세상, 그때껏 청춘의 묵정밭이라고 여겼던 한칸만 풍경 속으로 낯선 이정표가 떠오르기 시작했다. 빛과 어둠을 양쪽 어깨 위에 얹고, 목적지가 아니라 출발지가 지시된 이정표를 향해 나는 걸음을 재촉하기 시작했다.
> 떠나야 할 시간.
> ◯ 박상우, 앞의 책, 341쪽

　그러나 간과하지 말아야 할 사실은 낭만적 정향이라는 것이 반드시 탈현실적, 현실 초월적 의지만을 뜻하지는 않는다는 점이다. 낭만적 정향, 즉 낭만주의의 본질이 무엇인가의 물음과 관련하여 거듭 논란이 제기되는 것도 이 때문이거니와, 허공을 떠다니는 구름처럼 마냥 초월적 의지의 비상만을 꿈꾸는 태도가 곧 낭만주의의 본질은 아니라는 것이 여러 문학사의 경우에서 입증되는 것이다. 지금 이곳의 세상보다 더 나은 세상을 꿈꾸는 것이 곧 낭만주의적 태도의 본령이라면, 어떤 점에서 현실주의와 가장 밀접한 상관 관계 속에서 움직이는 정향의 태도가 곧 낭만주의라고도 말할 수 있는 것이다. 러시아 혁명 이후 최초의 문예 지표가 '혁명적 낭만주의'로 표방되었던 것을 상기하면, 이 관련성이 금방 이해될 수 있다. 현실을 변혁시키지 않으면 안된다는 혁명의 당위론에 입각하여 현실 초월의 의지와 전망을 내세우는 낭만적 문예 태도야말로 가장 현실(주의)적인 문예 태도로서 인지되었던 셈이다.

　고향 '조안진'의 상징적 공간 속으로 밀어넣어지는 화자의 태도와 그것을 견인하는 작가의 태도 역시 이러한 점에서 낭만주의와 현실주의 사이의 길항 관계의 면모를 잘 보여준다. 요컨대 순수한 초월에의 의지 영역으로 비상시키기 위해 작가는 그의 분신을 바닷가 한적한 항구 도시 안으로 잠입시키지는 않았다는 뜻이다. 물론 애초에 화자는 기존의 모든 대인 관계들을 끊고 조용히 자신의 내면 세계 속으로 침잠하고자 하였다. 하지만 우리의 사회적 삶이라는 것이 늘상 그렇듯 조용한 안주 속으로만 가라앉을 수는 없게 되는 것이다. 그의 의지와 상관없이 그는 한 살인 사건의 장 속으로 끌려든다. 살인사건의 용의자로 지목된 사람들이 모두 그의 어릴 적 죽마고우들이었기 때문이다.

　이 작품의 의도는 그렇다면 살인 사건의 전말을 통해 작가가 보여주려 한 바는 무엇인가의 문제로 집약된다. 이 사건의 의미가 무엇인가는 결국 작품의 최종 국면에서 밝혀지거니와, 한 편의 추리소설적 구조를 갖추면서, 이 추리적 형식을 통해 독자들에게 전달해 보여주고자 하는 작가 의도의 주안점은 앞에서도 강조한 것처럼, 우리 현실의 악마적 풍경과 그 풍경의 내면 현실을 이루는 인간 영혼의 악마적 본성 탐구 쪽을 향해 놓여져 있다고 할 수 있다. 이처럼 추리소설 기법의 형식적 장치들을 동원하면서, 인간 내면의 악마적 본성 탐구 쪽으로 작품의 주 초점을 몰아간다는 점에서 표나게 도스토예프스키 문학의 주제적 반경 안에 들어앉아 있다는 느낌을 전해주는 것이 또한 이 작품이기도 한데, 고독한 섬처럼 간직되어 있는 인간 내면의 우울한 심리의 현실을 박진감있는 묘사 필치로 드러내 보여준 소설 사상 가장 위대한 작가가 심리적 리얼리즘의 대가, 곧 도스토예프스키라는 점에서 그 길을 따르고 있는 작가 박상우 역시 한 리얼리스트의 면모를 가진 작가로서 부각될 수 있는 것이다. 악마적 내면 탐구의 기원으로서 도스토예프스키의 문학적 주제란 무엇인가.

『죄와 벌』, 『까라마조프가의 형제들』 등이 대표적인 작품들로 널리 알려져 있지만, 도스토예프스키다운 시선의 특징적인 면모는 그의 『죽음의 집의 기록』에 잘 나타나 있다. 도스토예프스키가 시베리아 유형지에서 갖은 범죄자들과 함께 지내면서 보고 겪은 것을 기록한 영혼의 보고서가 그것이다. 범죄자들의 내면 세계를 기록, 보고한 것인만치 인간성의 선과 악의 면모가 다른 어떤 글보다 뚜렷한 명암으로 드리워져 있는 글이 이것이고, 이러한 점에서 수기 문학의 한 명편으로 기록되기도 한다. 이 작품의 중요성은 그러나 글 자체의 울림에서라기보다 그것이 끼치고 있는 도스토예프스키 문학 전편에 대한 영향의 흔적에서 찾아지는 것이다. 어두운 범죄자들의 내면 세계를 빛 앞으로 끌어내어 보여준다는 점에서 이후 전개될 도스토예프스키식 영혼 탐구의 서곡이 여기에 담겨있다고 할 수 있고, 무엇보다 민중적 강한 인간의 본성에 대한 탐구가 이 작품을 통해 구체적 탐색의 계기를 얻었다는 점에서 도스토예프스키 문학의 한 발양 지점으로 인식되는 것이다. 범죄에 대한 도스토예프스키의 특별한 관심이 그 후에 씌어진 대부분의 소설 속에서 되풀이되어 나타난다는 사실은 이 유형지 체험이 끼친 문학적 영향의 중요함을 단적으로 입증하고 있거니와, 『우상의 황혼』 속에서 니체는 다음과 같이 말하고 있다.

> 범죄자의 유형, 이것은 불리한 조건 하에서의 강한 인간의 유형, 병에 걸린 강한 인간의 유형이다. (…) 이 문제에 대해서는 도스토예프스키의 증언이 중요한 의미를 갖는다. 이 통찰력 있는 인간은 (…) 그가 그 속에서 오랫동안 살아온 시베리아의 징역수들, 이미 사회로 되돌아올 길을 단절당한 사실상의 중죄인들을 자기가 기대했던 것과는 전혀 다른 어떤 것, 즉 러시아의 대지 어디에나 자라고 있는 가장 훌륭하고 가장 단단하고 가장 쓸모가 많은 재목인 것으로 인식할 수 있었던 것이다.

이러한 시야에서 보면 인간에게 선천적인 악마성이란 있는가의 문제와 그 악마성의 내면 구조는 무엇인가의 문제가 전혀 다른 각도로 나타남을 볼 수 있다. 라스꼴리니코프의 유명한 영웅 관념, 니체의 초인 사상까지 거슬러 올라가 보면, 이러한 악마적 '강한 인간'의 개념과 무관한 것이 아니었음을 알 수 있게 된다. 하지만 이와 같은 악마적 강함의 인간 사상이 약한 여자의 청순함에 비겨졌을 때 또 얼마나 허약한 것으로 드러날 수밖에 없는 것인가. 라스꼴리니코프의 소냐 앞에서의 무릎 꿇음이란 이 약함과 강함의 변증법적 대위 관계를 극적으로 실현해 보여주는 인간 영혼에 대한 위대한 탐구의 대목으로 남게 되겠거니와, 이번 박상우 소설의 내면적 주인공이라 할 '민석'의 경우 그 사상, 관념이 다분히 이런 악마적 초인 지향성을 내포하고 있다는 점에서, 도스토예프스키, 니체의 통찰에 크게 빚지고 있는 양상이라 함을 알 수 있는 것이다. 라스꼴리니코프가 소냐 앞에서 그랬듯, 그 역시 '미나' 앞에서 무릎꿇고 마침내 돌아올 수 없는 먼 길의 자기 부정으로 나아가게 되는 것은 이 악마적 영혼의 현실적 귀로가 어떤 것일지를 정언으로 보여주는 바라고 할 수 있다.

> 지난 몇 달, 나는 살인을 정당화하기 위해 시대의 어둠을 방패 삼았다. 살인이 아니라 응징이라고, 나 자신을 스스로 기만하며 주변 사람들 앞에서 오히려 당당해질 수 있었던 것이다. 애꿎은 친구들도 친구들이었지만, 그 과정에서 정신적인 고통을 가장 심하게 받은 사람은 미나였을 것이다. (…) 나는 나의 살인을 정당화하기 위해 그녀를 집요하게 괴롭혀댈 수밖에 없었다. 하지만 가증스런 나의 변명과 자기 합리화에도 불구하고, 정신적으로 그녀는 단 한 순간도 나에게 무너지지 않았다. 온갖 변명과 자기 합리화로 그녀를 굴복시키려다 결국 내가 굴복하는 형국이 됐지만, 내가 저지른 죄악의 무게를 비로소 내가 자각하게 된 것도 전적으로 그녀의 영향 때문이었다. 내가 공수부대원을 죽인 게 아버지나 시대에 대한 증오 때문이 아니라 나 자신에 대한 증오 때문이라는 것, 그 돌이킬 수 없는 죄악을 그녀가 나에게 일깨우고 또한 자각하게 만든 것이었다. 어둠 속으로 비쳐든 한 줄기 빛처럼 그녀가 나의 마지막 구원자가 되었던 것이다.
>
> 🔵 박상우, 앞의 책, 329~330쪽

소설 속에서의 모든 편지 형식의 글들이 그렇듯이, '민석'의 이 마지막 글에서 작품의 모든 비밀과 윤곽이 드러나고 있다. '민석'과 '나', 그리고 '미나' 사이의 감춰진 삼각 애증 관계가 적나라하게 피로됨으로써 작품을 떠받치고 있는 기둥 화소의 하나가 이 인물들 간 상호의 삼각 심리 관계 속에서 주어졌다는 것도 독자는 비로소 깨달을 수 있다. 인간의 내면 심리 현실이 얼마나 불가해한 것인가를 다시금 깨우쳐주는 대목인 것이다. 이 불가해한 영혼, 미지수의 심리

현실에 대한 탐험, 탐색이 현대 소설가의 주된 임무 중 하나였다고
한다면, 영혼의 악마성과 그 내면의 심리 현실을 탐사하는 데서 이
작가 역시 자신의 득의의 영역 한가지를 개척하고 있음을 이제 우리
는 알 수 있다. 프로이트에 의해 통찰된 것처럼, 인간의 의식 현실이
란 기실 동물적인 본능적 충동-의지에 의해 추동되는 바 크다는 점
에서, 그것을 합리화하는 기제들에 의해 이룩되는 인간 내면의 복합
적 콤플렉스의 현실이라는 것도 그 본질에 있어서는 동물적 수성과
인간의 상상력이 결합하여 배태하는 상호 작용의 산물이랄 수 있다.
이러한 점에서 인간은 다만 자의식적 특질의 권력 의지의 존재라는
것이 니체에 의해 통찰된 바인 것이다. '호근'과 같은 권력적 인물이
이 작품 중심부를 배회하는 모습을 보이는 것은 이 현실의 그와 같
은 불가피한 권력적 면모를 반영하는 바라 할 수 있다.

　이처럼 마성적 본능 충동을 피하지 못하는 인간 내면의 의식적 현
실이 현실의 드라마를 이루는 근본 요인의 하나라 할 수 있고, 더하
여 힘을 추구하는 인간 본성의 의지적 충동과 상품 사회로의 전화
과정에서 발생하는 물신화 경향의 증대로 말미암아 오늘 우리 사회
의 병리적 현실은 더욱 증가되는 경향을 피할 수 없게 된다고 볼 수
있다. 악마적 병리 현실에 대한 소설가의 탐색 관심 증대는 이 현실
경향으로부터 야기된다고 할 수 있는데, 이러한 악마적 내면 현실에
대한 문학적 탐구 선구의 자리에 바로 도스토예프스키가 위치해 있
기 때문에 악마적 현실에 대한 문학적 탐구의 모든 노력들은 예컨대
도스토예프스키 소설이 이룩한 범형의 자리를 피해 나갈 수 없게 된
다고 할 수 있다. 『죄와 벌』, 혹은 『까라마조프가의 형제들』이 이룩
한 문학적 모티프들과 이 소설이 어느 면에서 겹치는 양상을 보이는
것도 다름아닌 이 때문이라 할 수 있다. 이러한 점을 감안하고라도
인간 내부의 악마적 본성 탐구에 드디어 팔을 걷어 부치고 나선 자

세를 보여주고 있다는 점에서 박상우의 이번 소설은 우리 소설사에서 괄목할만한 의의를 지니리라고 말할 수 있다.

　지금 20대라면 나는 무엇을 할 것인가, 라는 질문이 무용하도록 작가 박상우의 『청춘의 동쪽』은 마성적 리얼리즘의 보고적 진실을 담고 있다. 청춘의 찬가이기보다는 청춘의 저주이며, 생에 대한 찬양이라기보다는 생에 대한 환멸의 목소리가 이번 소설의 주조를 이루고 있는 셈이다. 이로부터 더 나아가 현실의 악마성과 그 인간 내면의 마성적 본질에 대한 탐구에까지 작가는 이르러 있다. 하지만 본래 악마적 심성 소유자는 못되는만치, 또 한국 문학에 마성 심리에 대한 묘출 전통이 부재한만치 이 악마적 내면 심리에 대한 탐색은 아직 본격적인 단계에 도달하지 못한 형편이라 볼 수도 있겠다. 순진한 영혼의 편인 작중 초점 화자의 의식과 시선에 작품 전체가 너무 많이 의존돼 있고, 그에 따라 '민석'으로 구현된, 악마적 유형의 인물 성격 창조가 상대적으로 약한 면모를 드러내고 있다고 볼 여지도 많기 때문이다. 살인 행동의 결행이 다분히 즉흥적으로 이루어진 양상이라든지, 파렴치한 성격의 아버지와 그 아들 민석과의 갈등, 그리고 민석의 인식 전회에 주요한 계기의 하나를 이루는 재야 인사−삼촌의 행적 발견 등이 소략하게 처리되어 있는 것이라든지, '미나'와의 관계 등 여러 면에서 행동적 주인공의 내면을 결정하는 여러 요소와 계기들이 미진하게 처리되어 있는 듯한 느낌을 주는 것은 이 소설이 아직 악마적 인간의 내면 탐구 쪽에 본격적인 무게를 싣고 있지는 못한 형편이라는 것을 말해준다. 우리 독자들의 감수성이 아직은 그와 같은 마성적 본성 탐구 쪽에 쉽게 적응하기 어려운 단계에 있다는 점을 고려한 탓도 있었으리라. 그보다도 악마적 내면 탐구 쪽에 무게 중심이 실릴 경우 혹시 초래될 지도 모를 미적 불균형 문제나 양적 제한의 문제가 고려됐을지도 모르며, 이러한 점에서 이 작품을 규정한 문학적 의도의 원천 요소 중 하나로는 작가 나름의, 혹은 이 세대 특유의 현실주의에 의한 미적 인식 관심의 성격이 작용했음을 알 수 있다. 사실주의적 인식, 혹은 현실주의라 칭해졌던 미적 인식 관심의 또 다른 변용의 성격이 이 작품이라 할 수 있는 것이다. 현실주의적 인식 관심의 미적 변용 양상이란 무엇인가.

앞서도 말한 바처럼, 낭만적 편력 의지를 간직한 한편으로 치열한 현실주의적 인식 관심 속에 문학적 지평을 드러내고자 하는 것이 이 작가, 혹은 이 작가가 소속한 세대 일반의 특징적 면모라 할 수 있다. 현실주의 이념의 세례 속에 자기를 형성해온 작가들이 이 세대의 작가들이라 할 수 있는 것이다. '서쪽나라', '동쪽나라'로의 기표화―이는 오늘의 지역화 현실을 암시하는 바라 할 수 있다―에서 알 수 있듯, 그 인식 관심의 오늘의 전체 현실에 대한 투영, 그 또 다른 미적 변용으로서 알레고리적 기법을 가미한 양상이 이와 같은 작품 양상으로 나타났다고 볼 수 있다. 요컨대 한국 현실의 한 축도의 마련이다. 작가 생활 10년을 회고하면서, 오늘의 현실, 전체 삶에 대한 한 보고서를 마련하는 한편, 내일의 우리 삶에 대한 한 전망적 지표, 인식의 한 이정표를 마련해보고자 한 데서 그의 작품 행동은 출발했던 셈이다. 이와 같은 축도 그리기의 미적 의도가 작품을 전체적으로 지배함으로써 강한 풍유적 상징성의 알레고리 형식성이 낳아지게 되었다. 현실적 유비의 상징성이 큰 인물들―예를 들어 80년 광주 사태 이래의 가해자를 상징한다고 볼 수 있는 죽은 공수부대원, 혹은 현실적 권력을 상징하는 인물로서 경찰관 '호근'과 같은 인물이 주요하게 등장하는 사실을 지목할 수 있다―로서 작품 내부의 서사 공간이 채워지면서, '개기일식'과 같은 상징적 어둠의 현실이 서사 형성의 주요 모티프로 작용하는 양상 등은 전체적으로 이 알레고리의 묘출 기법을 암시하는 바라 할 수 있다. 까뮈나 카프카 등의 소설에서 이 알레고리적 형식화의 좋은 예를 볼 수 있거니와, 현대 문예이론을 통해 그 미학적 의의에 대한 인식이 갈수록 증대되는 형편—그 대표적인 논자로는 벤야민, 폴 드만을 꼽을 수 있다—의 이 알레고리적 형식화 가능성에 대해 작가가 새삼스럽게 주의를 모으게 된 이유란 무엇일까.

앞서도 말한 것처럼 하나의 사회역사적 축도를 보여주고자 한 것, 이를 통해 일종의 교육적, 교훈적 의의를 확보코자 한 곳에 이 작품의 주된 의도의 하나가 놓여 있었다고 할 수 있다. 카프카 문학같은 경우에 그 비의적 성격이 두드러졌지만, 본래 알레고리의 형식성이 가지는 의의, 기능성도 교육, 교훈적 측면에서 찾아짐이 일반적이다. 이솝 우화가 대표적이며, 경전에서의 우화들 역시 교육, 교훈적 의의에서 그 기능성이 찾아짐은 물론이다. '민석'의 편지를 통해 이 작품이 교육, 교훈적 의도에서 집필, 제작된 것임을 작가는 노골적으로 밝혀놓고 있기도 하다. 화자에게 쓰여진 편지 형식의 글 중 문장 속의 '나'를 '작가'로 바꾸고, '너'를 '독자'로 바꾼다면, 이처럼 노골적으로 교육, 교훈적 의의를 내세우고 있는 작품도 달리 찾아보기 어렵다. "누구이든 세상의 어둠을 스스로 자각하고 항상 깨어있는 존재로 남아 있기를 간절히 바"란다는 것, 작품 의도에 대한 이토록 분명한 설명이 달리 또 있을 수 있을까.

무엇이 또 남겨졌을까.
어둠의 속 깊은 신음처럼 아주 희미하게 파도 소리가 귓전으로 밀려든다. 내가 마지막 편지를 너에게 쓰기로 작심한 이유, 그것이 내 삶에 남겨진 못다한 아쉬움 때문이었다는 걸 이제는 고백해야 할 시간이 된 것 같다. 어둠에 물들었던 내 청춘이 타인의 삶에 이식될 수 있다면, 그가 누구이든 세상의 어둠을 스스로 자각하고 항상 깨어있는 존재로 남아 있기를 간절히 바라고 싶은 것이다. 물론 내가 경험한 개

인적 어둠을 이렇게 상세하게 진술한다고 해서 시대적 어둠이 역으로
강조되는 건 아니겠지만, 실패한 내 청춘을 밑거름 삼아 더 큰 어둠을
직시할 수 있는 누군가가 이 세상에 남아 있기를 빌고 싶은 것이다.
내가 염두에 둔 타인이 너였으면 좋겠다는 생각, 내가 너의 정신적 두
엄더미가 되고 싶다는 소박한 바람을 저 마지막 어둠 속에다 희망의
씨앗처럼 파종하고 싶구나.

○ 박상우, 앞의 책, 331쪽

'조안진'이라는 소도시를 무대로 벌어진, 한 살인 사건의 전말에
관한 이야기는 이처럼 한 교육적, 교훈적 의도에서 완성되고 있다.
이와 같은 작품 양상은 지금까지 작가가 축적한 체험의 모든 것이
이 작품 한 편에 쓸려 담아졌을 것임을 암시한다. 작가 생활 10년을
결산한다는 의의의 작품 제작 동기와 이로부터 작품 내부에 도입되
기에 이른 '귀향'이라는 형식적 계기의 마련, 작품 내·외부의 이와
같은 조건 마련에서 벌써 이 작품의 한 집성적 문예 작품으로서의
만만찮은 성격은 예비되었던 것이다. 이와 같은 성격의 작품을 두고
흔히 '생애의 작품'이라는 별칭이 가해지기도 하거니와, 아직은 미완
의 도정에 있는 작가이기에 생개 종국의 결산서로서의 의의보다는
앞으로의 문학 활동의 새로운 개시를 알린다는 의의에서 그 문예적
결실이 보다 주목되어야 할 것인 줄로 안다. 작품을 마치면서 '나'의
새로운 출발의 시간이 강조되고 있는 면모 또한 이와 같은 결산의
시간과 새로운 출발의 시간의 동시 입정을 의미하는 것으로 볼 수
있다. 이러한 점에서 사실 다른 누구를 위해서보다도 작가 자신을 위
해서 씌어진 작품이 이 작품인 것으로도 볼 수 있다.
어쨌거나 이제 새로운 출발의 시간이다. 한 세기를 마감하고 새로
운 출발의 연대를 준비해야 한다는 점에서 우리 모두에게 지금은 한
결산의 시간이자, 동시에 한 출발의 시간이어야 하는 것이다. 전체적

으로 정신적 성장 소설의 양태를 갖추면서도, 성장은 종료된 것이 아니라 새로운 출발을 위한 한 과정으로 인식되어야 한다는 작가의 메시지 역시 이러한 점에서 결산과 출발, 귀환과 떠남의 영원회귀적 반복의 사상을 암시하는 바라 할 것이다.

박상우가 좋아하는 러시아의 대작가들처럼, 사실 각박의 시련 속에서만 인간은, 그리고 모든 사물은 내일의 비상을 꿈꿀 수 있을 터이다. 작가 생활 10년 동안의 피로가 이 작품 속에 묻어나오고 있는 것을 우리는 눈치챌 수도 있지만, 이 시련 속에서 대형 폴리포니의 다성적 화음이 울려나올 수 있다는 것도 우리는 믿어 의심치 않는다. 그 대형 작가의 출현을 밀어주고 키워주고 하는 것은 물론 우리 문화 풍토, 모든 독자들의 몫이다. 도스토예프스키를 향해 접근해가는 이 작가의 암중모색에서 우리는 그와 같은 문화계의 변증법, 즉 작가와 독자 사이의 상호 대화라는 문화계 대합창의 변성의 목소리를 느낄 수 있다. 독자와 따로 행보해서도 안 되는 것이 작가의 몫이지만, 독자에 앞서 진격하려는 작가의 뒤를 힘껏 밀어주는 역할은 역시 독자의 몫이다.

엄동설한의 채찍을 만약 운명으로 받아들였다면, 봄눈 녹이는 양지 훈풍 속 다소곳한 꽃들의 자태를 너무 아름답게만 바라보지는 말지어다. 커다란 알바트로스의 새로 날아오르기를 바라며, 작가가 인용하고 있는, 『채근담』의 시 한편을 마지막으로 작가에게 되돌려주고 싶다. 물론 작가는 작중 화자를 내세워 이 경구의 시조차 '무의식적인 오기'의 마음으로 부정하는 견해를 피력한 바 있으며, 그리하여 "길 없는 곳에서 길을 찾는 어리석은 무모함일지라도, 남들이 만들어 놓은 지도를 내 인생의 길잡이로 삼"아 살지는 않겠다고 당찬 결심을 노정한 바 있다. 그렇다면 이와 같은 '오기'와 '도(道)'의 마음으로 우리 또한 앞으로도 살아가야 하지 않겠는가. 청춘의 오기와 아버지의 노회한 지혜가 쨍하고 부딪쳐 발산하는 이 작품의 귀향 보고처럼, '불혹'의 나이를 넘어 우리 또한 그때의 마음으로 돌아가자. 그때 하늘의 도가 나에게 이르지 않겠는가. 개만도 못했던 청춘기의 시련들을 추억하며, 영원히 새출발하는 청춘의 마음으로 살아가자. 넉넉하고 강인한 도의 마음과 함께, 생의 빛과 어둠과 함께.

> 하늘이 나를 몸으로써 괴롭히면
> 나는 내 마음을 편안하게 하여 이를 보충하고
> 하늘이 나를 액으로 만나게 하면
> 나는 나의 도를 높여 이를 통하게 하리라.
>
> ○ 박상우, 앞의 책, 337쪽

(『청춘의 동쪽』 해설, 해냄, 1999)

'불행한 의식'의 사랑, 그리고 현존

차현숙의 『안녕, 사랑이여』

1. 존재의 목동과 <심우도(尋牛圖)>

20세기의 대 철학자는 철학(者)의 임무를 '존재의 목동'이라는 말로 표명하였습니다. 이와 같은 표명은 그 바탕에 '존재 망각'이라고 하는 현대인 일반의 실존적 사태에 대한 인식을 깔고 있다고 합니다. 불교의 사찰 등에서 흔히 볼 수 있는 저 <심우도(尋牛圖)>의 그림 내용과 이 설명법은 비슷한 맥락을 가진 것이 아닌가 생각합니다. 그러니까 우리가 찾고, 찾아야 할 본체의 마음(존재)을 소에 비유한다면, 높고 험한 산 속에서 목동은 소를 잃어버린 처지에 있는 셈입니다. 오늘의 세인(世人)들이 도시의 울창한 숲 속에서 필경은 자신의 존재, 마음을 잃어버린 처지와 같은 것이겠지요. 한번 놓친 소는 이제 심심 산천을 뛰어 다닙니다. 그것을 발견하는 일조차 어렵게 되는 것이지요. 그렇지만 처음부터 차근차근 유심히 찾아다니다 보면, 산 속에서 서너 군데 소의 발자국을 찾아볼 수 있게 되는지도 모릅니다. 그렇지만 또 그 발자국들이 흙 위로만 계속 이어졌다면 모르되, 우거진 수

풀이나 돌, 나무 등의 사이를 이리저리 형체도 없이 지나간 흔적이 되었다면, 그 흔적을 우리는 또 다시 놓쳐버리고, 다시 막막한 상태에 놓이게 될 터입니다. 말 그대로 '십년 공부 나무아미타불' 신세가 되는 것이지요. 하지만 소가 있다는 강한 확신, 강력한 신념을 유지한다면, 언젠가 우리는 또 다시 발자국을 찾고 조금이나마 전진을 이룩할지 모릅니다. 화두를 물고 참선에 몰두하는 길이 바로 이와 같은 것이라고 고승 월하(月下)는 설명하고 있습니다만(월하(月下), 「화두, 도대체 이 놈이 무엇인가」(『흰구름 걷히면 청산인 것을』, 도서출판 창, 1992) 참조), 운무가 가득 낀 듯한 막막한 상태에서 문득 흰구름이 걷히면 청산이요, 또 어딘가에 우리가 찾는 소가 있으리라는 강한 신념을 유지한다면, 우리의 공부도 조금씩은 진척될 수 있다는 것을 선지식의 스님들은 법어의 말씀으로 일러주고 있다 하겠습니다.

공부와 수행 속에서 그렇게 이리저리 헤매다 보면 이제 어디메쯤 멀리 희미하게나마 소의 뒷모습이 나타나는 단계에 이르게 된다고 합니다. 그러니까 흔적만 보던 단계에서 이제 조금씩이나마 실체에 접근하는 단계에 들어선다고 하는 뜻이죠. 그리고 그렇게 또 자꾸 쫓아다니다 보면 아직은 비록 여전히 떨어진 상태라 해도 소 전체의 윤곽을 그려볼 수 있는 단계에 이른다고 하죠. 그렇지만 또 이 단계가 낳을 수 있는 위험에 대해서 선지식들은 끊임없이 경계시키기를 마다하지 않습니다. 실제로도 소는 만약 가만히만 있으면 붙잡기 쉬울 테지만, 이리 뛰고 저리 뛰고 날뛰는 통에 도저히 한 달음에 붙잡을 수는 없게 됩니다. 마음(존재)이라는 것도 항상 머물지 않고 뛰어노는 통에 한 달음에 붙잡기가 어렵다는 뜻이겠지요. '항심이 불심'이라는 말이 그래서 생겨난 것인지 모르지만, 어쨌거나 붙잡았다 하면 또 놓치고, 또 놓치고 하기를 목동은 반복해야 될 운명인지도 모릅니다. 대부분의 수행자들 또한 이 단계에서 지치고 나가떨어지기 쉽다고 하는 것이지요. 그렇지만 이 단계의 어려움을 잘 극복하고 그렇게 또 몇 해를 쫓아다니다 보면 이제 소와 퍽 낯이 익고 가까운 상태가 되어서 무서워하지도 않고 풀을 뜯어주거나 몸을 간지럽힌다 하여도 달아나지 않을 상태가 언젠가는 오지 않겠는가. 그런 기회를 보아 코를 꿰고 달아나지 않게 단단히 붙들어서 길을 들이게 되면 언젠가는 결국 소와 한 몸이 되는 상태도 오지 않겠는가. 그렇게 해서 심우도의 마지막 장면은 소의 등을 타고 피리 불고 내려오는 목동의 모습으로 그려지고 있거니와, 철학자든 종교인이든 그렇게 혼연일치의 물아일체 상태, 득도의 경지에 오르려면 어느 만큼의 공부와 수행이 필요한지를 저 심우도의 그림은 단계적으로 잘 표상하고 있다고 하겠습니다. 글쎄, 문학을 말할 자리에서 웬 뚱딴지같이 소 얘기고, 수행 얘기냐고요? 웬 선문답이냐고요? 글쎄, 조금만 더 생각해 보기로 합시다.

2. 수행의 길, 혹은 깨달음의 길

이제 말한 것처럼, 우리의 실존(마음)을 잘 길들여서 바람직한 존재의 상태로 이끌어야 하는 것이 철학(자)의 임무고, 또 종교적 수행의 길이라면, 문학(자)의 길은 어떻다고 생각해야 할까요? 세속 사회에서의 현존의 문제를 다룬다는 점에서는 아마 철학의 문제의식과 흡사하다 할지 모르고, 문학의 길을 통해서도 마침내는 도연한 깨달음의 세계를 구가할 수 있지 않겠는가 본다면, 어쩌면 종교적 수행의 길과 이 길이 흡사하다고 여길 사람도 있을지 모르겠습니다. 요즘과 같이 문학이 소외받았던 시절은 다시 없었으리라는 점에서 이와 같은 유비의 생각들이 절로 떠오른다고 할 수 있지만, 실상 전통적인 문학 개념 속에서 문이재도(文以載道)라거나 문이관도(文以貫道)의 개념은 더욱 투철하였습니다. '언어'를 '존재의 집'으로 명명했던 철학자 역시 그 후기에는 시(문학)의 해석을 통해서 자신의 철학적 입장이 보다 선명히 드러날 수 있다고 생각했던 것도 잘 알려진 사실입니다. 이런 뜻에서 모든 글쓰는 이들, 즉 '서사(書士)'야말로 어쩌면 가장 투명한 직인(職人)으로서 존재의 목동일 수 있고, 또 그런 점에서 가장 의지할 만한 구도의 도반(道伴)이라고 해도 잘못됨이 없지 않겠는가, 이런 생각을 근래의 저는 해보았던 셈입니다. 그런데, 그런데, 이처럼 산중 속 은둔자의 생각 같은 저의 문학관이 지나치게 나이브한 것 아니냐는 힐난을, 힐문을 우리의 작가는 이제 던지고 있는 것 같군요. 불교 사상과 불교 철학이라면 저보다 백 배는 더 잘 알고, 이해하고 있을 작가가 말입니다. 그리고 모든 것이 작가는 '욕망' 때문이라고 말합니다. 불교 사상보다 훨씬 더 깊고 심원한, 이른바 원조의 사상이라 할 힌두교의 사상을 빌어서 말입니다. 무슨 말인가. 이제 작품 쪽으로 한발 더 다가서 말해보기로 합시다.

말하자면, 오늘의 삶 전체를 '아수라(阿修羅)'의 현실로 보고, 이로부터 궁극적으로, 근본적으로 벗어날 수 없으리라고 말하는 것이 차현숙 씨의 이번 작품 『안녕, 사랑이여!』의 주된 메시지인 듯합니다. 수많은 남녀의 인간들이 '사랑'이라는 고리로 매개되어 저마다 치유하기 어려운 실존의 고뇌들과 싸우는 내면 투쟁의 모습을, 마치 영화의 옴니버스 양식과 핸드 홀더 식 촬영 기법을 동원, 경묘하게 추적해 가는 것이 이 작품의 외형으로 되어 있지만, 서사 기법의 이와 같은 경묘함과 발랄함에도 불구하고, 내부에 장막처럼 드리워진 어둠의 존재 인식, 힌두교적 세계관의 가차없는 조명은 작품의 전체 분위기를 그로테스크한 환각의 흑백 활동사진 같은 영상으로 비춥니다. 고

급스런 호텔의 '완벽한 프랑스 풍'의 레스토랑에 앉아 화려한 휴식의 시간을 꿈꾸던 주동인물 '환'(이 주인공의 이름을 우리는 좀더 주의 깊은 관찰력으로 기억해 둘 필요가 있겠습니다)이 어느 새 '악몽(들)'에 빠져 들어가, 작품의 종장에 이르러서는 끝내, "처음 세상에 태어날 때의 공포처럼 소리내어 울며 밤의 한 가운데를 달리고 또 달리"는 저 느와르 필름의 익숙한 주인공처럼 캄캄한 어둠의 빛 속에서 퇴장의 운명을 감당하고야 마는 것은 작품의 전편을 지배하는 이 힌두교적 세계관의 강렬한 조명, 역광의 힘을 반사시키는 것이라 할 수 있습니다. '욕망'의 '인간'이 (욕망의 굴레를 벗지 않는 한) '세계' 속에서 '환생'의 '운명'을 계속하지 않을 수 없다는 이 무시무시한 주박의 예정론의 사상, 인도 특유의 무변광대한 원환론의 사상은 다음과 같은 정언으로 예시되어 있습니다. 작품 모두의 그 주술같은 언어를 다시 보도록 하겠습니다.

> 인간의 욕망은 바로 그의 운명이다. 왜냐하면 그의 욕망이 바로 그의 의지이기 때문이다. 그리고 그의 의지가 곧 그의 행위이며, 그의 행위가 곧 그가 받게 될 결과이다. 그것이 좋은 것이든 나쁜 것이든.
> 인간은 그가 집착하는 욕망에 따라 행동한다. 죽은 다음에 그는 그가 한 행위들의 미묘한 인상을 마음에 지니고서 세상으로 간다. 그리고 그의 행위들의 수확을 그곳에서 거둔 다음 그는 이 행위의 세계로 다시 돌아온다. 이와 같이 욕망을 가진 자는 환생을 계속할 수밖에 없다.

> ◑ 브리하다라냐카 우파니샤드

불교가 이와 같은 인도 전래의 사상에 뿌리를 대고 있음을 상기할 틈도 없이, 저러한 숙명론의, 무서운 원환론의 윤회 사상은 우리를 떨게 하기에 충분합니다. 결국 모든 것이 욕망 때문이고, 욕망의 쳇바퀴를 벗어나지 못하는 한 우리들 존재의 구원은 가망 없다는 것을 저 원환의 사상은 말하고 있습니다. 그렇다면 또 욕망이란 무엇입니까. 중국 사람들의 사유 양식을 반영하는 한자(漢字)에 있어서 '욕(欲)', 즉 '욕망'이란 '하고자'하는 바, 즉 행위(行爲)의 개념과 맞닿아 있다고 보지 않습니까. 욕망에 따른 행동의 결과, 즉 그 수확의 인과로 다시 이 행위의 세계로 돌아올 수밖에 없다는 인도인의 사상과 그것은 한치도 어긋난 바가 없습니다. 결국 인간은 살아있는 한 이 '욕(欲)'과 업(業), 환생(還生)의 마법 세계로부터 한치도 벗어날 수 없다는 뜻이 되는 셈이지요. 그렇다고 한다면 환생, 곧 윤회의 고리로부터 인간이 벗어날 가능성, 희망 역시 전무하다는 뜻이 되지 않는가. 그렇다면 우리가 취하는 모든 행위, 모든 존재의 노력 역시 무의미하고, 쓸데없다는 뜻이 되지 않겠는가.

불교 사상이 제시하는 수행의 핵심 원리가 '욕망'의 최소화에 있음을 알아차리는 것은 이런 뜻에서 별로 도움이 되지 않을 터입니다. 흔히 '금욕'(禁慾)이라고 말하지만, 그것이 욕망의 절대 무화를 의미하지 못하는 한, 상대적 최소화로서의 욕망의 금지는 결국 또 다른 환생을 낳을 뿐일 터입니다. '색즉시공 공즉시색'의 깨달음을 통해서 일순 욕망의 경계를 넘어서는 어떤 절대적 초탈의 경지를 불교적 수행은 가늠하는 것인지도 모르지만, 수학적 논리의 수리 세계에서 절대 무(無)와 무한 소(小)의 차이는 여전히 넘어설 수 없는 차이로 남을 것입니다. 그렇다면 역시 존재 자체가 욕망의 소비이고, 생산이며, 존재 자체를 넘어서지 않는 한, 원환의 사슬과 같은 윤회의 환생 구조로부터 인간이 놓여날 가능성은 전혀 없다고 보아야 할 것인가.

불교 입장에서 조금만 더 말해보기로 한다면, 불교가 제시하는 탈출로란 이를테면 '부처' 자체의 개념 속에서 찾아지게 된다는 것을 여기서 인식하지 않을 수 없겠습니다. 말하자면 그 이름과 개념의 등차가 어떻든 부처와 그 반열의 열반자들은 곧 이 업의 환생과 윤회의 고리를 끊고 이 행위의 세계를 넘어선 존재들이라고 하는 뜻이 그 해명의 열쇠를 쥐고 있습니다. 그렇다면 다시 모두가 부처가 될 수 있고, 그렇게 부처들이란 이 중음신(中陰身)의 세계를 넘어선 존재들이라고 할 때, 그렇다면 어떻게 해야 부처가 될 수 있는가, 즉 부처가 되는 길의 수행, 혹은 깨달음의 길은 무엇인가의 문제가 제출될 수 있습니다. 그것이 쉽지 않은 길일 것임은 앞에서 말한 바와 같습니다. 우파니샤드의 저 정언을 앞세운다면, 한갓 소를 찾고 그것을 길들이는 따위의 수행이란 거기에 전혀 미칠 바가 못될 것입니다. 인도인, 남방인, 혹은 저 산악 북방인들의 거친 고행의 행각들이 그 점을 의미할 것입니다. 우리 같은 현실주의의 인간들에겐 자기 학대, 존재의 학대로밖에 비치지 않는 바로 그 길이 저 우파니샤드의 정언에 비춘다면 겨우 존재의 파기로서의 구원 행각에 들 수 있을 따름입니다. 그런 절대적 구도의 자세, 구원 행각에 비추어 볼 때, 그렇다면 우리들의 삶, 아 대—한민국 이 나라 백성들의 삶은 어떤 모습, 어떤 지경일 건가요? '세상은 요지경' 하는 노래도 있었던 것 같지만, 바로 '요지경 속'이라고 말하는 것이 작가의 전언 아니겠는가?

3. 불행한 의식, 혹은 그 현존

소설 안쪽으로 더욱 들어가 살피자면, 소설 속 주인공들이 모두 한치의 차이도 없이 아귀들의 삶을 연출하고 있어 우리를 씁쓸케 합니다. 주동인물 '환'이든, 그 부인 '성아'든, 또 그녀의 친구 '현주'든, 또 혹은 '환'과 동업 관계의 프리랜서 여기자 '윤수'든, 또 그녀의 인터뷰 상대인 성공한 '여기자'이든, 환의 친구 '섭'이든, '지석'이든,

'성한'이든, 잠깐 성아를 즐기다가 떠나버리는 화가 '철희'이든, 환의 '형'이든, 그들 형제의 '어머니'이든, 지금−이곳의 나라에서 같은 하늘을 이고 함께 살아가고 있는 이들 작중 인물들은 하나같이 내면에 깊은 상처들을 안고, 생존과의 기나긴 싸움에 허덕거리면서, 또 사랑이라는 슬픈 덫에 치여, 안식과 영일없는 나날의 삶에 떨고 있는 모습으로들 나타나고 있습니다. 왜 작가가 그리고 있는 오늘 우리나라의 현실, 이 세계의 모습은 이처럼 불안과 공포와 절규로 가득 채색된, 마치 표현주의자들의 저 어두운 그림들과 같은, 무채색 삶의 영상으로 나타나고 있을까요.

루카치 식으로 말하면, 또는 마르크스, 홉스 식으로 말하면, 자본주의 체제가 부과하는 영일없는 생존 투쟁의, 무한경쟁의 밀림 현실 때문이라고 하겠지만, 보다 존재론적인 이유에서 이들 존재자들의 불안에는 심층적인 영혼의 그늘이 드리워지고 있다고 여겨집니다. 비록 이 설화의 세계가 'IMF'라는 끔찍했던 경제 환란의 시대를 배경으로 삼고 있기도 하지만, 그보다 더 시원적으로 이들 존재자의 삶을 망가뜨리고 절단하며 붕괴시키는 원인자로 작동하는 힘은 '욕망'이라는 개념 형태로 나타나고 있습니다. 그렇게 나타나도록 시키는 세계관적 원인자가 무엇인지는 이미 앞에서 누차 강조한 셈이지만, 가령 가장 안락할 수 있는 조건을 누리고 있는 '성아'의 삶을 들여다 볼 때 이 점이 뚜렷이 드러납니다. 가정주부로서 남부럽지 않을 생의 여건을 이제 누리게 되었지만, 그녀는 까닭없는 공허감, 나른한 권태감, 혹은 알 수 없는 불안 등에 사로잡혀 거리를 방황하게 됩니다. 친구를 만나 그녀는 불안을 호소하게 되고, 이로부터 그녀의 탈선 모험이 시동을 걸게 됩니다. 결국 그녀는 카페에서 만난 화가 남자의 능숙한 유혹에 넘어가 상상도 못했던 새로운 삶의 영역을 발견하게 되고, 그러나 그런 희열과 행복의 순간도 잠시, 버려진 정부라는 비참한 노예의 상태에 빠트려지고, 그녀는 다시금 지옥을 맛보게 됩니다. 작가의 추적자적 기술, 묘사를 순수대로 따른다면, 그러니까 유혹자의 능숙한 유혹 기술이나, 친구의 무책임한 소개 행위가 그녀의 일탈 행위를 부추겼던 것이 아니라, 내면의 불안, 혹은 갈망, 혹은 공허의 상태가 그녀를 탈선에로 이끈 유혹자의 동인이 되었던 셈입니다. 오늘의 지식인들이 흔히 강조하는 대로 말하면 주체의 여건이 선행되어 마련되고 있었던 셈입니다. 물론 이 막연한 불안이나 권태, 공허감 뒤에는 남편 '환'의 탈선 행각이 먼저 놓여 있었고, 이 사실을 그녀가 알고 행하는지, 아니면 전혀 눈치채지 못하는 채로 자기 연민, 혹은 자기 기만의 상태에 빠지게 되는 것인지, 작품(작가)은 끝까지 모호하게 남겨두길 원하는 것 같지만, 천국의 바람에서 지옥의 바람으로 숨가삐 변화하는 이 탈선 모험의 풍향계가 본질적으로 자기, 즉 자아(아트만)의 촛대 위에 꽂혀있었다는 점을 작가는 강조하고 있고, 이 역시 인도 전래의 사상이 가르치는 바와 크게 다르지 않습니다. 그렇다면 그녀 남편의 일탈 행동은 또 어떤 업보의 인과 관계로 해명되는 것인가.

전체적으로 숨가쁜 직장 현실, 물어뜯지 않으면 물어뜯긴다는 각박한 직장 현실의 조건, 이른바 도처 스트레스의 사회 현실이 그 배경의 원인자처럼 지목되고 있는 셈이지만, 작품 행간의 의미들을 더 자세히 뜯어본다면 '환'의 방종한 파종 행각들은 기실 다른 것이 아니라 생물학적 원인성의 근본적인 성적 욕망, 즉 남성 충동 자체에 원인이 있다는 것으로 서술되어 있는 것을 알 수 있습니다. 단지 '환'만이 아니라 이 작품에 등장하는 모든 남성들이 그러니까 이 생물학적 기제의 성적 욕동, 충동의 방정식에서 전혀 벗어나지 못하는 모습을 보여주는 셈입니다. 더구나 환은 불행한 가족사의 조건으로부터 연유하는 심한 무의식, 혹은 의식적 불안의 조건을 타고난 상태에 있어서, 그의 내면에는 항상 언제 터져나올지 모르는 공격적이고 파괴적인 충동의 그림자까지가 너울거리고 있습니다. 마치 밀림 속의 늑대과 동물들이 그렇듯이 이 동물적 본능의 인간들은 그러니까 개체 보존과 종족 보존이라는 우선적 순위의 생물학적 본능 유지와 함께 호시탐탐 상대의 허점을 노리는 파괴−공격의 능력을 지능적으로 강화해 가게 됩니다. '꾀많은 여우'라는 말이 있는 것처럼 맹목적 본능의 늑대라기보다 여우에 가까운 인간적 속성을 그는 또 지녔다고 할까요. 상승 본능의 욕구를 충족시키기 위해 그는 내면의 불안에 시달리지만, 한편 그 잠재된 공격 본능의 불안 해소를 위해서 그가 택하는 두줄타기의 곡예와 같은 삶은 늘 위선과 위악에 대한 합리화의 정언을 요구합니다. 이렇게 해서, 1장 도입부의 에피그램, 즉 '진실'과 '퇴출' 사이에서 어느 쪽도 택하지 않고 단지 거짓을 택할 뿐이라는, 서구적 '화이트 라이(white lie)'의 사상("모두들 진실을 원한다고 하지만 사실은 그렇지 않아. 인간은 진실을 감당할 힘이 없거든. 도망갈 궁리만 하지. 난 도망가기 싫어. 대신 거짓말을 하지")은 그의 삶을 지탱시켜주는 또 하나의 율법이 되지만, 피할 수 없는 진실의 대면 앞에서 그는 끝내 허물어지는 모습을 면치 못합니다. 그 역시 자기 부인의 탈선 행각을 아는지 모르는지 끝내 미지수의 상태로 남게 되지만, 누적되는 삶의 피로와 더 이상 도망칠 수 없도록 옭죄는 허위의 삶과의 공모 관계는 끝내 그를 정신적 파산 상태의 지경으로까지 몰아가고 마는 것입니다. 아 대한민국의 이 나라에서 숱한 암초의 밀림 현실을 헤치고 살아가는 수많은 악어들, 사회적 자아들의 내면이 일순 붕괴되는 순간, 그 폐허의 잔영이 어떤 것인가를 작가는 다음과 같이 손에 잡힐 듯 실감나게 그려 보여주고 있습니다. 끝내, 진실은 숨길 수 없다, 감출 수 없다,의 정언이 승리를 외치는 대목인 셈이지요. '고독, 그것만이 유일한 친구다'(11장)라고 했을 때의 '고독' 역시 '진실'의 다른 이름임에 불과하다면, 결국 오늘의 모든 허위의 삶은 사회적 삶으로부터 연유하는 바인 것을 입증하는 대목이기도 합니다. 그 사회적 삶의 한 형태를 우리는 '사랑'이라는 이름으로 부를 따름일 터인데, 모든 열정들이 사그라지고 마지막 남은 고독의 진실과 대면한 순간의 주인공 모습을 작가는 이런 초상으로 그려놓고 있습니다.

> 환은 의자에 앉자마자 담배를 꺼내 불을 붙인다. 담배 연기를 한숨처럼 삼키자 또 울음이 터져 나오려 한다. 울 이유들은 아무 것도 없다. 모든 것은 그대로이고, 아니 어느 때보다 환, 자신만 빼놓고 모든 일은 잘 되어나가고 있다. (…)
> 그런데 환은 어린 소년처럼 울고 싶고, 그리고 서럽게 무너지고 싶다.
> 까닭 없이 잠을 못 이루고, 작은 일에도 금방 눈에 눈물이 돌고 무엇보다 괴로운 건 어느 것 하나 즐겁지가 않다.
> 처음에는 이런 감정 상태가 썩 나쁘지 않았다. 아니 오히려 이런 내적 변화가 자신이 오랫 동안 바라던 모습인 듯도 했다. (…)
> 그러다 문득 자신만이 관객인 텅 빈 객석을 앞에 두고 무대에 오르는 듯한 쓸쓸함이 찾아오자 달콤한 침울함은 사라지고 무서운 고독과 권태가 태풍처럼 몰려왔다. 미처 도망칠 사이도 없이.
> 지옥이 있다면 바로 이런 것이라고 환은 생각한다. (……)
> ◐ 『안녕, 사랑이여』(중앙M&B, 2002), 230~231쪽

"다시 옛날의 경박하고, 재치있고, 재미있는 모습으로 돌아가고자" 하나, "옛날과 똑같은 장소로 가서 똑같은 사람을 만나 똑같은 술을 마시고 말을 해도 내부의 이질감은 점점 강도를 더해가"는 이런 상태, 이런 상태를 두고 의사는 '우울증'의 진단과 처방을 내리겠지만, 오늘의 도시인들이 많든 적든 비슷한 환부의 질환을 앓고 있을, 이런 내면적 붕괴, 공황의 상태에 대해 특효약의 비방이 일거에 처방되기는 어려울 것입니다. 사회학적 시각에서는 이 자본주의적 약육강식의 무한경쟁 체재에 원인이 있다고 하겠지만, 앞서도 말한 것처럼 이 질

환과 환부의 심층에는 인간 존재 자체의 어찌할 수 없는 모순의 여
건들이 놓여있는 셈입니다. 말하자면 흔히 말하는 대로의 신성(神性)
과 수성(獸性)의 양립할 수 없는 교착의 면모 때문이겠지요. 만약 초
원을 뛰어다니는 사자이거나, 수소, 혹은 독사와 같은 존재일 뿐이라
면, 자신의 동물적 행동에 대해 군이 회의나 반성을 가질 이유는 없
는 것이겠지요. 자신의 행위를 끊임없이 돌아보고 반성하지 않으면
안된다는, 이 반성적 의식 겸비의 존재자라는 사실이 말하자면 인간
에게 있어 스스로 '불행한 의식'을 낳는다고 할 수 있습니다. 안락의
순간이 권태로 치환되는 순간 상상을 할 줄 아는 동물로서의 인간은
꿈을 꾸게 되어 있고, 그 욕망의 충족은 또 다시 격렬한 부재의 욕망
을 낳는 것이기에 이 신성(神性)에 필적하는 인간 동물은 필연적으로
'불행한 의식'을 겪게끔 되어 있다고도 할 수 있습니다. 인류사에 있
어서 보편적인 이와 같은 '불행한 의식'의 문제가 얼마나 중요한 지
는 니체가 생애에 걸쳐 싸워온 필생의 화두가 다름 아닌 이 문제였
다는 점만으로도 쉽게 설명이 될 수 있거니와, 근대 철학의 한 기초
자인 헤겔 역시 이를 의식 발달의 중요한 단계로 파악, 설정하고 있
음에서 이 문제의 중요성이 또한 확인될 수 있습니다. 금욕주의와 회
의주의를 넘어서 있지만, 아직은 이성적 사유의 고양된 단계에 이르
지 못한 이 '불행한 의식'의 한계적 사유 수준을 다음과 같이 명시하
고 있습니다.

> 그것(불행한 의식)은 이미 순수사유의 단계는 초월했다고 하겠으니,
> 왜냐하면 이와 같은 순수사유는 개별자 일반을 무시해 버리는 추상적
> 인 금욕주의 사상과 또한 오직 자기 동요만을 일으키는 회의주의 사
> 상에 해당되는 것이기 때문이다. 결국 불행한 의식이 이상 두가지 사
> 유형태를 초월함으로써 다시 이 순수사유와 개별성을 한데 모아서 그
> 양자의 통합을 이룬 것은 사실이지만 그러나 이 불행한 의식으로서는

아직도 의식의 개별성과 순수한 사유 자체의 유화(宥和)가 이루어지도
록 하는 바로 그러한 사유의 단계로까지 고양되어 있지는 않다. 오히
려 이 불행한 의식은 중심부에, 즉 추상적 사유가 특수자로서의 의식
의 개별성과 접촉하게 되는 바로 그 중심점에 자리잡고 있다. 말하자
면 이 불행한 의식 자체가 바로 이러한 접촉 작용일 뿐이라는 것이다.

◆ 헤겔, 『정신현상학』 1(임석진 역, 지식산업사, 1989), 290쪽

4. 원환의 업보, 혹은 사랑의 비극에 대하여

차현숙의 이번 소설 속에서 '불행한 의식'은 그리하여 단지 '환'이
라는 주동 인물에 그치지 않고, 이 작품에 등장하는 대부분의 인물들
에 공통적인 파급의 양상으로 나타나고 있음을 알 수 있습니다. 특히
여성 인물들 일반에 나타나는 이 '불행한 의식'의 편린들을 다양하게
채집, 전체적으로 하나의 만화경 같은 파노라마의 심리 해부도를 보
여주고 있다는 점에서 특징적인 이 작품의 면모는 의식적인 여성 독
자들의 주목에 값할 만한 지적인, 분석적인 담론 양상으로 나타나고
있다고 할 수 있습니다. 그 동안 이 작가가 집요하게 추구하고 견지
해 왔던 페미니즘적 문예 의식의 날카로운 면모가 이렇게 해서 얼마
쯤 날이 무뎌진 것 아니냐고 볼 사람도 있겠지만, 리얼리즘 소설이라
는 게 본래 폭넓은 현실 관여적 시야 속에서 우리 삶의 예민한 부위
들을 건드리고 그 속에서 삶의 모순들을 적출, 극복 방안을 제시해
나가는 형태로 그 문화적 내재 가치의 의미를 담보할 수 있는 문학
적 형식의 일환이라고 본다면, 이와 같은 주제 반경의 확대, 묘사 반
경의 확대는 일견 후퇴로 보일 수 있지만, 오히려 폭넓은 조망 시선
의 확보를 위해서 의미있는, 그러니까 이보 전진을 위한 일보 후퇴

쯤으로 받아들여질 수 있는 문학적 사실일 터입니다. 물론 주동 인물 '환'과 그 주변의 몇몇 남성 인물들을 제외하면 이 작품의 주요 인물들은 여전히 다수의 여성 인물들로 채워진 양상이지요. 페미니스트 문학자다운 관점과 그 주제적 관심 시야를 여전히 잃지 않고 있다는 뜻이 되겠는데, 대상적 측면에서의 이와 같은 서사 관심, 관점의 표면적 유지에도 불구하고, 과거 사뭇 도전적이고 이념적 열기조차 띠었던 페미니즘 일방도의 문학적 경사의 태도는 이 작품에 이르러 한결 여성 자신의 의식에 의한 여성주의적 이념의 완충이라는, 비판적 페미니즘, 혹은 자기반성적 페미니즘의 순화된 양상으로 나타나고 있음을 알 수 있는 것입니다. 그것이 단순히 바람 빠진 공마냥 이념적, 혹은 인식적 회의주의로의 복귀만을 의미하지는 않을 터임을 앞에서 강조했지만, 권력의지의 사상이나 제도론의 시각 등이 뒤섞인 채로 오히려 오늘의 한국 사회에서 여성 일반이 처한 상황을 보다 보편적이고 폭넓은 시야에서 조감하고자 한 데서 그러한 문학적 결과가 비롯되었음을 우리는 확인해볼 수 있다 하겠습니다. 선각자연하는 여성 지식인의 일방적 유세에 대해서 초점화자의 '윤수'가 완충자적인 미묘한 태도를 보인다거나, 나아가 반감어린 냉소적 태도를 노골화하여 보여주는 대목 등에서 우리는 요컨대 그와 같은 페미니즘적 열도의 완만한 이완을 볼 수 있거니와, 여성주의적 믿음이 이제 결코 일방적 자기 선언으로서가 아니라 남성 사회 속에서의 경쟁력 신장과 그 사회적 신장을 바탕으로 한 호혜적, 혹은 상생적 보충 이념의 형태로 거듭나지 않으면 안된다는 점을 이제 작가는 절실히 깨닫고 있는 듯합니다. 한국 문단에서 드문 진짜배기 페미니스트 작가의 한 사람으로서 물론 차현숙은 이전에도 남녀 공존의 호혜적 관점을 누구보다 앞서 강조해 온 셈이기도 하지만, 이번 작품에서처럼 여성 자신의 입장에 대한 반성적이고 비판적인 자세가 두드러지게 났던 경우는 이

전 작품에서 찾아보기 어려운 양상이라 하겠습니다. 바로 그런 자기 비판적 관점과 관심의 연장선상에서 여성 일반이 피해의식처럼, 전가의 보도처럼 지니고 다니는 '불행한 의식'에 대해 조목조목 비판의 화살을 날리고 있는 대목은 페미니즘의 의식사에 니체적 관점을 도입한 통렬한 자기 분석의 한 담론 사례로서 여성주의의 확대와 발전이라는 면에서도 크게 기여할 인상적인 대목의 하나로 기록될 만하다 하겠습니다. 성공한 여성 지식인의 베테랑 여기자가 들려주는 여성적 자기분석을 옮겨보면 이렇습니다.

> (사실) 내가 아는 한 여자들은 이상하게 비극을 즐기는 것 같아요. 좀 특이체질이죠. 저도 그런 성향을 많이 갖고 있고요. 그건 아마 유아적인 정서에서 벗어나지 못해서 그런 게 아닌가 해요. 왜 있잖아요. 종종 어린애들이 충격적인 일을 당하거나, 자기 능력으론 문제를 해결할 수 없는 그런 일에 부딪쳤을 때 상상의 세계로 들어가잖아요? 내가 죽으면 엄마, 아빠가 얼마나 가슴 아파할까, 하고 상상으로 복수를 하잖아요. 여자들이 현실에서 싸워 이겨낼 자신이 없을 때 곧장 불행한 정서 상태를 만들어 놓고 그 속에 들어가잖아요. 그리고 자학하고, 세상에 대해 필요 이상으로 공격적으로 되고요. 꼭 여자들만은 아니에요. 왜 남자 들도 약한 사람들은 자기 생의 비극을 늘 상상하고, 실제로 비극을 만들고… 사람들의 관심을 끌죠. (…) 자기가 얼마나 불행한지를 알아달라는 거죠.
>
> ◐ 앞의 책, 102~103쪽

일상적 담화의 형태로 윤색되었지만, 여성 지식인의 이 발언 속에 어느 정도 무게의 진리치가 담겨 있는지 헤아리기 어렵다고 나는 생각합니다. 그만큼 무게있는 진리치의 언설로서 나는 위의 발언을 경청하고자 하는 것입니다. 이 작품이 전체적으로 의미있는 언설의 구조를 이루고있다고 생각하는 것도 작품을 자세히 들춰보면 저와 같은 보석의 경구와 같은 발언들을 보물찾기 마냥 발견할 수 있다고 믿기 때문입니다. 하지만 위 발언은 또 고스란히 이 작품 전체의 의미구조를 반성케 하는, 그런 뜻에서의 비판적 자기 언급적 의미도 지니고 있지 않은가. 여러 번 말한 것처럼 '불행한 의식'의 면모는 이 작품 전체를 특징짓는 세계관적 태도이자 그 의식의 내용이기도 하기 때문입니다. 위의 발언 속에서 수차례 등장하는 어사 그대로 그것은 흔히 '비극'이란 말로 표상되는 의식의 내용이고 세계관적 태도이기도 합니다. '비극'이란 본래 그리스의 위대한 종합연극 명칭에서 파생되어 나온 이름이고 개념이겠습니다만, 일상적으로 통속화된 이 말은 그저 '불행'이란 어사와 등차없는 언어로 쓰여지지 않겠습니까. 말의 전용된 의미에서 그것은 흔히 '멜로 드라마'와도 혼용되어 쓰이는 것을 우리는 볼 수 있습니다. 이 소설 『안녕, 사랑이여』의 경우는 물론 '멜로 드라마'와는 전혀 비슷도 아니한 딴 성격을 띠고 있지만, '불행'과 '비극'과는 지나치게 친숙하여 통속화된 느낌조차 안겨줄 수 있음을 우리로선 경계하지 않을 수 없습니다. 물론 작품 전체로, 구조적으로 강력한 운명극이나, 성격 비극의 양상을 취한다 해도, '사랑'이라는 통속적 주제를 거느리는 한 이 혐의는 피할 수 없는 문학적 사실이 될지도 모릅니다. 그렇다고 또, 그러니 '사랑'이란 주제는 가급적 피해야 할 문학적 주제 아니겠냐고 말하기도 어렵다는 것을 우리는 압니다. 작가란 무슨 주제든 다룰 권리가 있고, 또 그래야만 하겠지요. 다만 '사랑'의 언어가 제목으로 주어질 때는, 독자 역시도 그다운 권리를 행사하여 사랑다운 사랑의 모습이 그려질 것을 내심 기대하게 되지 않을까 하는 뜻에서, 나는 이러한 아쉬움을 여기서 토로해 보는 것입니다.

작품이 이런 형태를 입게 된 배경에는 일찍 말한 것처럼, 인도 전래의 윤회론과 같은 사상이 작품 모두에 신탁의 언어처럼 버티고 있었기 때문이라 생각합니다. 오래 전 쓰여진 서정인의 「원무」처럼 이 작품 『안녕, 사랑이여』의 인물들 역시 좇고 쫓기는 형용으로, 각 장마다 초점화자의 배역을 돌아가며 맡는 형식을 취하고 있지요. 이와 같은 형식 채택의 미학적 성공 여부는 여기서 섣불리 말할 바가 못 된다고 생각합니다. 다만 전체적으로 무질서해 보일 수 있는 이 형식적 파격성이 독자에게 혼란의 불편을 안길 수 있으리라는 점은 여기서 지적할 수 있겠지요. 하지만 인내를 가지고 꼼꼼이 읽어보면, 보석같은 경구의 언어들과 5장의 '싸이키' 설화 재구성의 얘기라든지, 이 작품 전체를 통해서 압권인 11장의 '형제' 이야기 같은, 흥미로운 화소의 많은 작은 이야깃거리들을 독자는 발견해가게 될 것입니다. 작중 인물들의 '불행한 의식'에 너무 침윤되지 않고, 또 집단 우울증과도 같은 상태에 감염되지 않을 충분한 면역력을 기르고 있다면, 이 슬픈 만화경 같은 세상 풍속의 이야기에서 어쩌면 세상을 견딜 새로운 힘을 독자는 얻게 될지도 모릅니다. 이 모두는 아무래도 좋습니다. 다만 필자에게는 여전히 세상을 어떻게 볼 것인가의 문제가 수수께끼로 남습니다. 그리고 이런 세상에서 문학은 또 어찌해야 될지를 생각해보게 됩니다. 글의 머리에서 '존재'니, '도'의 문제를 제기하게 됐던 것도 같은 까닭입니다.

그렇다고 설마 일개 문학자가 '도'와 '존재'의 문제를 일거에 깨치는 얘기를 하리라고 기대하지는 않겠지요. 작가도 참으로 저 우파니샤드의 정언을 믿느냐고 물으면, 차마 그렇다는 대답은 떨어지기 어려울지 모릅니다. 우리가 알 수 있는 세상 저 너머 밖의 이야기이기 때문입니다. 그래서 이 자리에서 내가 할 수 있는 얘기 역시 아무쪼록 소박하게 끝을 맺고 싶습니다. 그것은 머리말 그대로입니다. 세상이 아무리 힘겹고 버겁더라도 이 속에 길이 있다고 믿어야하지 않느냐, 그것을 '도'(道)라고 생각할 수 있지 않느냐 하는 소박한 믿음 말입니다. 저 오체투지의 고행을 흉내내지는 못할망정 우리가 사는 이 땅의 세계에도 존재의 가능성이 있고, 또 우리의 문학 속에도 그런 열린 길이 있지 않겠느냐, 믿고 싶은 소박한 마음입니다. 소설 속 작 중 인물들의 삶을 추적하는 작가 역시 너무 불행한 의식에 사로잡혀 있지 않은가, 의식되었기 때문입니다. 그러지 않기를, 않았기를 바랍 니다. 결국 우리가 꾸는 마지막 꿈은 행복일 테니까요.

(『안녕, 사랑이여』 해설, 중앙M&B, 2002)

몸 · 현실 · 환상
채영주의 부음(訃音)으로부터

1. 문학이라는 병

가인박명(佳人薄命)이라고 했던가. 수많은 문학사적 죽음이 있었으되, 이처럼 애석한 경우를 나는 또 달리 기억하지 못하겠다. 문학 때문에, 문학으로 죽었으되, 누구도 그 죽음의 문학성을 인식하지는 않는 이 비극의 문학성! 그가 허약체질이었던 것은 아마 사실이었을 것이다. 그 허약한 몸으로 그는 끝까지 문학을 붙들고 있었다. 그리고 누구한테도 자신의 죽음을 알리지 말라 했다 한다. 그렇게도 그는 정갈한 사람이었던 것인가. 자신의 죽음마저 번다하게 회자(膾炙)되는 것을 그는 그렇게도 원하지 않았다는 말인가.

누구나 죽을 때 그 본 모습을 보여주는 것이라 한다면, 채영주는 죽음으로 자신의 성벽을 입증하였다. 그가 그렇게도 정갈하고 담백한 사람인 것을 아마 생전의 누구도 알지 못하였으리라. 그 또한 속된 사람이거니,라고만 생각했었다. 순진성에 대한 지나친 경배의 자세가 있어, 이 악마적 양식의 소설 세계에서 과연 저래 성공할 수 있을까,

라고 의심을 품어보기도 했었지만, 그가 그렇게도 천상의 성질(운명)을 타고난 사람인 줄은 예전에 미처 알지 못하였다. 예전에 그렇게 짧은 생을 받고 태어난 사람인 줄을 알았다면, 그의 소설에 그렇게 야박하게만 대하지는 않았을 것을······. 그런 무심이 결국 그를 그런 지경으로까지 몰아간 것은 아닌가. 그럼에도 그는 마지막까지 문자를, 소설을 놓지 않았다 한다. 무엇 때문에 그 박절한 소설에, 문학에 그는 마지막까지 안타깝게 매달려야 했을까. 그렇게도 위험하고 위태롭고 고독하게 수행되어야 하는 것이 문학이라면, 애초 그 몸으로 이 장한 사업에 뛰어든 이유가 무엇이었는지······. 그렇다면 살아있는 우리가 할 일은 무엇인가?

어쩌면 모든 것이 살아있고, 살아감을 위한 집행의 의미일지 모른다. 그레고리 잠자의 가족들은 살기 위해서 다시 소풍을 떠나고, 우리 또한 언젠가는 그를 잊고 떠나야만 할 것이다. 그리고 또 언젠가는 돌아올 수 없는 먼 길을 떠나 우리 역시 그처럼 잊혀져야 할 것이다. 그러니 망각하기 위해서 우리는 기억하고, 기념하고 또 떠나는 것인가? 그렇더라도 뒷날 찾아올 어떤 생소한 독자가 있다면, 그 독자의 길잡이를 위해 우리는 작은 팻말이나마 만들어둘 필요가 있지 않을까. 여기 한 작가가 살다 갔노라고. 소설과 싸우다가 끝내, 전사를 보내왔노라고. 한 줌의 재로 말없이······.

2. 여행 환상, 현기증, 소설가의 길

채영주가 문단에 등장한 것은 1988년 겨울이었다. 그해 초겨울 새벽 두시의 카페(파라다이스?)에서 그가 조용히 사라지던 기억이 환상처럼 떠오른다. 그는 항상 "형이예요?"하고 불렀다. 나도 문학을 모르지만, 함께 공부해 보자고 말했다. 그는 자신이 '정치학과' 출신이라고 소개했다. 왜 하필 정치학과 출신이 소설을 쓴담? 하고 생각했지만, 나는 그것을 묻지 않았다. 그리고 이번에야 나는 임종 직전에 썼다는 글을 통해서 그것을 이해할 수 있었다. 그가 바닷가 출신인 것은 알았지만, 그가 일찍이 삶을 여행이라고 생각했다는 것은 이번에 처음 알았다. 그리고 그 여행 같은 삶을 기록하기 위해 그는 소설가의 업을 선택하였다는 것이다. 그는 말한다.

> 오래전부터 저는 삶이 여행과 같다는 생각을 해왔습니다. 그 시작은 초등학생 시절로 거슬러 올라갑니다. 당시 우리집은 부산의 바닷가에서 멀지 않은 곳에 있었습니다. 집 바로 뒤에는 한달음에 쫓아 올라갈 수 있는 동산이 있었습니다. 그곳에서는 항구가 한눈에 내려다보였습니다. 검은 연기를 내뿜는 크고 작은 선박들이 보였고, 하늘과 구름이 보였고, 아득히 멀어지는 수평선이 보였습니다. (…) 이따금 기적소리에 뱃고동 소리가 뒤섞여 하늘을 울릴라치면 저는 그 소리들과 함께 허공으로 빙글빙글 날아올랐습니다. 유난히 현기증에 약한 체질은 어쩌면 그렇게 만들어진 것인지도 모르겠습니다.
> ◐ 채영주, <작가의 편지>, 「수많은 수평선들을 꿈꾸며」,《문학과사회》, 2002년 봄호), 328쪽

이 회술 속에 물론 '정치학과'에 대한 설명은 없다. 다만 "유난히 현기증에 약한 체질"이 설명되어 있다. 그렇게 "허공으로 빙글빙글 날아"오르는 기분으로 그는 삶의 기차를 타고 서울에 도착했다. 수재들이 모인다는 학부, 그리고 정치학과에 진학했다. 뜻하지 않게 그가 탄 열차는 정치적 혼란의 시대적 격변기를 지나고 있었던 것이다. 그리고 여러 번의 시험 끝에 그는, 자신(의 체질)이 포악한 정치 권력에 맞서 싸우기는 어렵다는 것을 확인하게 됐을지 모른다. 오히려 문학

쪽에서 천분을 찾고, 그 길이 사회를 정화하는 길에 더욱 유효할지 모른다는 생각을 했을지 모른다. (물론 또 다른 길을 모색했다가 실패했을 수도 있다) 하지만 어쩌면 그는 그와 같은 의식적 선택 이전에, 이른바 '여행'으로서의 방황 체험이 먼저 왔을 수도 있다. 결국 방황이 글쓰기를 결정했다고 하는 인식이다. 다음 대목에 그 점이 잘 나타나 있다.

> 변명이 될 수 있을지 모르겠지만, 그 여름 내 나이는 겨우 스물한 살이었다. 나는 알 수 없는 젊음의 열병에 사로잡혀 남도 지방을 여행하고 있었다. 한 도시에서 우유배달로 몇 만원을 움켜쥐면 다른 도시로 옮겨가 새로운 풍물을 구경하였고, 돈이 떨어지면 식당 종업원이나 당구장의 볼보이로 침식을 구하였다. 운이 좋을 때면 음악다방의 견습 디제이 일을 얻어 뮤직박스에 들어앉을 수도 있었다. 그럴 때면 하루 종일 헤드폰을 끼고서 씨씨알이나 다이어 스트레이츠를 듣곤 했다. 이유는 한 가지, 현재의 나를 벗어나고 싶다는 것이었다. 아니 그래야 한다는 것이었다. 이십일 년의 삶을 버텨오는 동안 나는 단 한 차례도 내 두 어깨에 지워진 기대들로부터 자유로워져본 적이 없었다. 나는 마치 동물원의 돌고래처럼 좁은 수영장을 돌며 약속된 재주나 부려대는 삶에 절망하고 있었던 것이다.
> 　⊙ 채영주, 「미끄럼을 타고 온 절망」, 『연인에게 생긴 일』(문학동네, 1997), 7~8쪽

약골의 젊은 수재에겐 그러니까 "두 어깨에 지워진 기대"가 너무 무거웠다는 설명이 된다. 그렇다면 글쓰기는 그 무거운 삶의 짐을 부리기 위한 수레였던 것일까. 어쨌든, "마치 동물원의 돌고래처럼 좁은 수영장을 돌며 약속된 재주나 부려대는 삶에 절망하고 있었던" 청년은 "알 수 없는 젊음의 열병에 사로잡혀" 방황이라는 삶의 여정을 돌고, 그것이 결국 글쓰기에 이르는 주된 체험의 계기를 이루었음을 '작가의 편지'는 말하고 있다.

실제로도 저는 약간의 여행을 다녔습니다. 무작정 학업을 중단하고 길을 떠난 적도 있었습니다. 이 도시 저 도시, 이 마을 저 마을을 기웃거리며 여러 가지 직업도 가져보았습니다. 직업이라는 말은 적당치 않겠군요. 그건 대체로 뜨내기들을 위한 단기간의 일자리에 불과했으니까요. 식당 종업원, 룸살롱의 웨이터, 음악 다방의 견습 디제이, 우유 배달부, 제빵 공장의 시다 등등. (…) 그 같은 떠돌이 행각은 제 믿음을 차츰 더 강화시켜주었습니다. 삶은 여행이라는 믿음을. (…) 그리고 그 숙명의 초입에서 제가 선택할 수 있는 평생 업은 자명해지고 있었습니다. 시간과 공간과 삶의 변화를 기록으로 남기는 자, 바로 소설가였습니다.

ⓞ 채영주, 「수많은 수평선들을 꿈꾸며」, 329쪽

앞의 소설 속 진술과 비슷한 체험 내용임을 알 수 있다. 그렇게 그는 청년기의 떠돌이 행각에서 "삶은 여행이라는 믿음"을 더욱 강화시켰고, 그러한 "숙명의 초입"에서 그가 선택할 수 있었던 평생 업은 "시간과 공간과 삶의 변화"를 '기록'하는 '소설가'였다고 말하고 있다. 말하자면 그는 궤도 이탈을 했던 것이다. 궤도에서 이탈하자 그는 삶이 여행으로 보이기 시작했고, 그 여행의 삶 속에서 수많은 사람들을 만났고, 그 만난 '이탈자'들을 그는 기록할 의무를 느꼈다. 이 점에서 그가 배운 사회과학적 지식, 아니 인문학적 지식은 그의 글쓰기, 소설을 추동하는 힘이 되었다. 궤도에서 이탈한 자들, 그러니까 주변부의 존재들이 사회적 '진보'의 축이고, 그들을 대변하는 역할이 지식인의 임무라고 그는 의식하였기 때문이다. 현기증 나게 빠른 그의 상상력과 이와 같은 사회과학적 인식은 그의 초기 소설의 씨줄 날줄이 되어 그 문학에 대한 초기 애호자들의 비평적 근거를 이루었다. 이 사정을 그의 동세대 비평가 이광호는 다음처럼 요약하고 있다.

채영주 소설의 일탈적 인간형에는 광기를 생산하면서 광기를 금지하는 오늘날의 한국사회의 내적 모순에 대한 작가의 성찰과 관심이

깔려 있으며, 이런 문맥에서 그것은 사회적 알레고리이다. 그의 앞세
대의 작가들이 한국사회의 계급적 모순구조에 소설의 무게 중심을 두
고 있다면, 채영주의 시각은 제도관리사회의 과잉억압과 인간적 정체
성의 위기를 문제삼고 있는 것이다. 그의 소설에 등장하는 일탈자·패
배자·범죄자들은 이러한 제도관리사회의 부적응자들로서 그 사회가
낳은 비극의 주인공들이다. 이들은 자본주의사회 속의 인간적인 것의
신화를 벗겨내는 인물들이다. 그러므로 이들의 존재 자체가 이미 그
닫힌 사회에 대한 비판의 표지라고 할 수 있다.

◎ 채영주, 『연인에게 생긴 일』 표지

　　한국사회 내부 비판에서 소설적 의미를 찾고, 그 비판−실천의 강
도로 문학적 성과의 키를 재는, 저와 같은 비판문학 옹호의 주류 비평
가들에게 채영주는 단번에 한국 지식인 문학 적통 계승의 유력한 후
보자로 떠올랐다. 그렇지만 비평가들의 기대보다 작가의 의욕은 더욱
속도가 빠르게 나아갔다. 등단한 지 만 2년도 채 안된 시점에서 그는
첫 소설집 『가면 지우기』(1990)를 내고, 곧바로 장편소설 『담장과 포도
넝쿨』(1991), 『시간 속의 도적』(1993) 등을 펴내고는, LA로까지 달려가
흑백의 인종갈등 문제를 다룬 문제의 소설 『크레파스』(1993)를 써보냈
다. 이 의욕 과잉이 속도 위반을 부른 것일까. 당시 신세대의 작단 전
체를 향한 징계의 의미인 듯, 그 시범 케이스라는 죄목으로 채영주 소
설을 향한 비판이 언론을 통해 비수처럼 날아들었고, 이 불의의 일격
에 그는 깊은 내상을 입은 듯했다. 어쨌든 이제부터 더욱 국제적인 떠
돌이가 되는 계기의 하나가 이로부터 주어졌다고 할 수 있다.

　　최근에 간행된 채영주의, 기왕의 그의 소설과는 상당히 다른, 『크레
파스』라는 장편소설은 필자로 하여금 (위에 열거한 것과 같은) 부정적
경향이 얼마 남지 않은 진지한 소설가들에게까지 스며들고 있는 게
아닌가 하는 착잡한 생각을 하게끔 만든다. 지금까지는 본격소설만을

써온 채영주가 내놓은 이 소설은, 작가 서문에서 표명한 그의 사적인 의사와는 상관없이 그의 세대들이 걷고 있는 징후를 짙게 보여주고 있다. 다시 말해 "삶의 체적을 부풀리고 싶다는 욕망", 소설 이전의 원초적 에너지에 대한 욕망에도 불구하고 이 소설은 그같은 사적인 욕망을 떠나서 독자들에게 대중영화의 원작처럼 읽힐 우려가 있다. 별다른 사고를 요구하지 않는 단순한 언어, 더 이상 반성적 사고가 필요 없는, 그러면서 영화의 화면처럼 숨가쁘게 바뀌는 장면의 전환, 주인공 유진의 영웅적인 행동과 그에 따른 해피 엔딩 - 이 소설이 지니고 있는 이런 요소들이 바로 그렇게 만들 우려가 있다.

◐ 홍정선, 「상업주의와의 위험한 협상」(《한국일보》, 1993. 11. 10), 15면

혹평까지도 때로는 애정과 관심 속에서 솟아난다고 비평가들은 말한다. 하지만 이 사정을 정치학도 출신의 이 젊은, 여린 심성의 소설가는 선뜻 이해하고 납득하기가 어려웠던 것인지 모른다. 상처받은 영혼은 잠시 서울을 떠나 취재 여행을 하겠다고 출발(이번에는 본토 반환을 앞두고 연일 매스컴을 장식하는 '홍콩 취재'를 명분으로 삼았던가), 아시아의 이곳저곳을 헤매던 끝에 여행지에서 이방의 처녀와 함께 동행, 국제 결혼에까지 골인함으로써 명실상부한 코스모폴리턴 자격을 획득한다. 그리곤 문학에 대한 회의가 더 깊어졌던 것인지, 여행 같은 현실의 인생 재미에 푹 빠졌었던 탓인지(혹은 또 다른 '몸'의 이유가 있었는지) 문학적 휴경의 상태를 꽤 장기화하게 된다.(미처 달구어지기도 전에 채영주의 문명이 빨리 식는 결과가 낳아진 것은 이 기간의 장기화에 이유가 있었던 것이 아닐까.)

동화인 『비밀의 동굴』 한편이 겨우 출간되고, 또 예전부터 써 왔던 '고아원' 연작의 단편들을 『목마들의 언덕』(1995)이라는 제명으로 출간한 후, 장편소설 『웃음』을 출간하는 96년 봄까지 실제로 그는 별다른 문학적 활동상을 보여주지 못했다고 할 수 있다. 그리고 두 번째 창작집 『연인들에게 생긴 일』(1997)을 발간하고, 그는 또 긴 방학의 시기를 다시금 맞게된다. 그리하여 세기말 마지막 해의 여름, 우

리에게 뜻밖에 전해진 소식이 『무위록(無爲錄)』이라는 이름의 소위 '선도(仙道)소설' 출간이었고, 이는 지인들에게 충격을 주었다. 그리고 또다시 긴 칩거에 들어갔다가 올 봄 장편 『무슨 상관이에요』를 알리는 전화를 걸어왔다. 그리고 여름, 나라가 월드컵 열풍으로 뜨거워져만 가는 어느 날 우리 모두는 난데없는 청천벽력, '소설가 채영주 씨 별세'의 기사를 받아들게 된 것이다. 만 40년. '요절'이라 하기에는 지나치게 많은 나이인 것인가. 마지막 문학 혼을 불사르던 그는 문득 천상으로의 여행을 준비하고 홀로 떠나버린 것이다. 일찍이 창작집을 내면서 그가 '궁리'해보곤 한다는 세상이 그런 천상의 세상이었던가. 이 땅에서 작가 노릇하며 살기가 그렇게도 힘들다는 것을 그는 거꾸로 담담하게 농담처럼 말했든 것인가. 무심하고 무심할지어다.

> 언젠가는 이곳과는 아주 다른 세상에서 살았으면 합니다. 아무 일 하지 않아도 배가 고프면 맛있는 음식을 먹을 수 있고 잠이 오면 따뜻한 침대에서 잠잘 수 있는 침대에서 말입니다. 저울질하지 않고도 친구를 사귈 수 있고 사랑이 떠나가도 슬퍼할 필요가 없는 그런 세상에서 말입니다. 그곳에서는 굳이 소설을 쓰지 않아도, 그림엽서 한 장으로 안부를 묻는 것만으로도 충분히 아름다운 삶이 꾸며지겠지요.
>
> 이따금은 방바닥에 배를 깔고 드러누워 그런 세상으로 가는 길을 궁리해보곤 합니다.
>
> ❂ <작가의 말>, 『연인에게 생긴 일』, 341쪽

3. 작가의 위기, 90년대 문학에 부침

이렇게 보면, 채영주의 작가 인생은 『크레파스』를 앞뒤로 크게 나누어질 수 있다. 전기의 짧고 활발했던 축복의 시기에 비하면, 그 후

기는 영욕으로 얼룩졌거나, 크게 불우한 편이었다고 할 수 있을지 모른다. 80년대 학생운동 세대의 경험을 담은 첫 장편『담장과 포도넝쿨』, 그리고 '시간 여행'이라는 방법적 고안의 틀과 현대사 비판을 접목한 두 번째『시간 속의 도적』등이 크게 주목받은 시도는 못 되었을지라도 그래도 데뷔작「노점 사내」이래 쌓아올린 탄탄한 신세대 작가로서의 지반이 젊은 작가의 초상을 밝게 비추어 내던 시절이 그의 전기 시절이라면, 그의 후기 초상은 어딘지 광폭스런 시대, 현실의 압력과 맞서 싸우는 피곤한 내면적 인간의 모습으로 퇴색된 채 여울져 보이는 것이다. '고아원' 소재를 80년대의 역사적 사건, 정황들과 맞물리게 해 존재와 역사의 알레고리라는 유니크한 소설적 성과를 거두었던『목마들의 언덕』은 이미 그 시효 만료의 탓으로—구작이었기 때문에—신선도의 반감 효과를 빚게 되었고, 소비세대의 새로운 감성과 세계관을 정립한다는 야심찬 기획에도 불구하고 장편『웃음』의 발간은 평단이나 독서 시장 양면에서 그다지 주목되는 반향을 이끌어내지는 못했고, 오랜 기간 쓰여져 묶여진 두 번째 창작집『연인에게 생긴 일』역시 젊은 세대의 감각과 의식을 다채롭게 조명, 반영했다는 일부 평단의 호의적인 반응에도 불구하고, 그 다채로움의 이유 때문에 독서계의 반응은 그다지 신통하게 줄을 잇지 못해 작가를 지치게 했다. 결국 상당 기간 문학 현장에서 발을 빼어 잊혀지고 낯선 이름이 되어서는 그 구각의 회복이 어렵다는 것을 그는 절감하게 되었고, 이는 작가를 초조하게 하면서 한편 불안과 공포감을 태동시키는 저변의 이유가 되었다. 자신의 체력적인 한계를 잘 아는 이유로 몰아치기의 작업이 어려운 이 작가에게 한번 한번의 실패는 심한 자존심의 훼손과 자신감의 박탈 요인으로까지 작용하지 않았던가 여겨진다. 자기 존재에 대한 그와 같은 회의, 불안감의 상태를 그는 한 작품 속에서 화가의 인물을 빌려 다음과 같이 표백하고 있다.

(하지만) 그의 얘기를 들으면서 나는 그때까지 나를 괴롭혀왔던 불안의 정체가 무엇인가를 알게 되었습니다. 부끄러운 얘기지만 그건 바로, 아무도 내게 그림 그리기에 대해 간섭하지 않는다는 사실이었습니다. 아무도 내게 그림을 독촉하지 않았고 어떻게 그려야 하는가를 문제삼지 않았다는 사실이었습니다. 그건 다시 말하자면 아무도 내 그림에 관심을 갖지 않는다는 얘기 아니겠습니까.

나는 엄청난 외로움 속으로 빠져들었습니다. 그림은 곧 나의 존재방식이었습니다. 아무도 내 그림에 관심을 갖지 않는다는 것은 곧 아무도 내 존재에 관심을 갖지 않는다는 얘기였어요. 나는 이 시점으로부터 그어지는 연장선 위에 나의 미래가 어떤 모습으로 올려질지 상상할 수 없었습니다. (···) 외로움이라는 게 그렇듯 괴물스러운 공포임을 나는 그때 처음으로 알았습니다.

서울을 떠나오기 전에도 물론 나는 외로움을 꽤나 느끼는 편이었습니다. (···) 서울에는 나를 둘러싸고 억압하고 요구하는 집단과 제도가 있었습니다. 그들은 나의 외로움이 일정량 이상의 체적으로 갖지 못하도록 통제했습니다. 그러나 이제 그 통제가 사라진 진공상태에서 외로움은 터져버릴 듯한 폭발성으로 팽창하고 있었던 것입니다.

◑ 채영주, 「겨울 소묘」, 앞의 책, 242~243쪽

이 대목을 길게 인용하는 것은, 그가 이 작품을 쓰던 90년대 중반기에 어느 만큼의 고독과 불안과 흉물스런 공포감에 시달리고 있었던가를 말해주기 때문이다. 그가 작품들을 통해 그림 그리기에 대해서 자주 말했던 것처럼, 예술·예술가란 숙명적으로 천형이며 외로운 존재이며 그러기에 저주받은 운명임을 그도 모르지는 않았을 것이다. 따라서 그도 이 운명을 감수해야 한다고 생각하고, 또 그렇게 견디어내기도 했을 것이다. 하지만 작업 자체의 외로운 성질은 별도로 하고 그 작업의 성과물까지가 아무런 의미로도 보상받지 못하고, 이해받기는 커녕 백안시조차 당할 수 있다는 것을 상상하는 것은 정말 견디기 힘든 형벌로 다가왔던 것으로 여겨진다. 어디서부터 이런

불운이 시작되었을까. 왜 이런 불운이 싹트게 되었던 것일까.

물론 이 문제의 주된 책임이 작가에게 돌려져야 할 것은 더 물을 필요가 없을 것이다.(작가 자신이 업을 선택하고 수행했으므로) 하지만 이 모두를 전적으로 작가의 책임이라고만 인식하는 것도 바람직하지만은 않다고 여겨진다. 왜 그런가.

돌아보면, 90년대 소설의 호황과 불황의 명암이 작가 채영주 개인에게도 고스란히 전가되었던 것을 새삼 인식할 수 있다. 그러니까 채영주의 저와 같은 문학적 불운과 실패의 상황은 작가 개인만이 아니라, 90년대의 우리 문학이 함께 고민하고 해결해야 했던 문제라고도 할 수 있는 것이다. 세대로 얘기하면 90년대 세대의 작가 대부분이, 크게든 작게든, 저와 비슷한 궤적의 포물선을 그리면서 무대 뒤로 하나씩 둘씩 밀려갔다는 것을 우리는 인식하지 않을 수 없다. 물론 여기에서 몇몇 여성작가들의 경우는 예외로 치지도외될 수 있다. 그러니까 90년대 소설, 문학이 전반적으로 하향 곡선을 긋는 중에 몇몇 예외의 여성작가들은 상대적 호황의 축복을 누렸던 셈이다. 결국 이 명암의 교차 속에서 남성 작가들의 숨가쁜 문학적 패배와 절규가 숨죽이고 있었음을 돌이키지 않을 수 없다. 물론 여기에서 평론의 실패나 그 방기의 책임이 면책되어야 할 이유 또한 없다. 상업주의와의 결탁 가능성을 경계하고 징계하고자 나섰지만, 정작 양산된 젊은 전업 작가들이 어떻게 새로이 문학적 활로를 트고, 우리 소설의 새로운 지평을 열어나갈 것인가에 대해서 진지하게 함께 고민하고 타개의 책을 제시한 비평적 사례는 별로 없었기 때문이다. 참으로 상업적인 대중문학의 점증하는 위협 앞에서 속수무책, 날이 갈수록 그 생계와 존재의 근거를 박탈당하고 잠식당하고 있던 사람들은 다름아닌 바로 작가 자신들이었지만, 그들은 또 상업주의와의 협상과 결탁이라는 혐의로 비평적으로 매도당하는 이중의 곤욕을 치뤄내지 않으면 안 되었다. 이와 같은 곤욕과 파산의 이중고 속에서 결국 오늘의 한국 문단이 (어떤 식으로도) 하나, 둘 작가를 떠나보내는 사태 속에서 소설문학의 전면적 붕괴라는 비극적 아침을 맞고 있는 것이 아닐까. 물론 이 비극의 드라마 전체가 어느 한 개인의 무능, 책임의 문제로 귀속되기에는 거센 문명적 흐름의 손 쓸 수 없는 파괴 작용과 그 문화의 일탈적 흐름에 문제의 근원이 있다고 해야하리라. 어느 한 작가의 무능이나 실패의 문제로 비극적 내인이 축소, 인식될 수 없다는 논란도 이런 뜻에서는 결국 같은 맥락, 시각의 논의가 된다. 결국 누군가는 희생될 수밖에 없었고, 그 문화적 희생자의 선두 대열에 오늘의 전업작가, 한때 촉망받던 소설가가 서 있는 것이다. 단지 한 불우한 작가의 죽음이 아니라, 한국소설 문학의 죽음의 한 참경으로 젊은 작가의 죽음이 받아들여져야 할 필요가 있다고 생각하는 것은 이 때문이다. 물론 그는 그냥 패퇴하지 않았다. 그도 최선을 다해서 항전했고, 한국문학의 영토를 넓히기 위해 그만의 방식과 착상으로 고군분투했다. 다만 사람들이 그 항전의 의지를 몰라주었을 따름이다. 그는 어떻게 싸웠던가. 이제 살펴볼 차례다.

4. 작가의 휴식, 그리고 인정투쟁……

김소진의 죽음 앞에서도 나는, 누구나 최선을 다해서 산다고 했다. 이 점에서 채영주 역시 예외일 수 있었을까. 자신의 체력적 한계를 잘 인식하면서도 그는 '고아원' 소재의 소설을 쓰기 위해 몇 달씩 고아원에서 함께 아이들과 지내기도 했고, 『크레파스』를 쓰기 위해 미국 이곳저곳을 헤매고 다녔다. 한국소설의 영토확장을 위해 아마 그처럼 아시아 곳곳을 탐사하고 다닌 작가도 드물 것이다. 자신이 시도할 수 있는 한에서 그는 최선의 방안들을 찾고 최선의 시도들을 경주한다고 했지만, 결과는 항상 그의 예상을 비켜갔다. 한국문학에도 조만간 여행의 문학이 범람하리라는 기대는 적어도 그의 당대에는 실현되지 못했고, (『연인에게 생긴 일』 속의 「족자카르타의 베착」과 「부디 린」은 뛰어난 여행문학이다.) 새로운 소비세대의 문화적 감수성과 존재관, 세계관을 정립하리라는 그의 야심찬 기획 역시 의도만큼 실현되지 못해 그의 명성을 오히려 갉아먹는 효과를 불러왔고, 체력적 한계와 싸우며 작업한 많은 장편 시도가 대부분 기대에 못 미치는 성과를 가져왔다. 결정적으로 한국 전래의 '선도(仙道)사상'과 그 수행의 전통을 중국적인 역사무예 양식과 결합해보겠다는 그의 경천동지할 계획, 전대미문의 소설적 기획은 문단의 무관심과 냉대라는 높은 벽을 넘지 못하고 결국 시장에서의 완패라는 현실로 나타났다. 아마도 그가 세상을 너무 몰라서 앞질러 나갔거나, 너무 순진해서 세상을 요리할 재간을 타고나지 못한 탓이었는지 모른다. 그래도 눈 밝은 평론가들 몇몇은 그의 소설적 재능에 대한 기대와 애착을 버리지 않아 당대의 한 대표 평론가는 채영주 문학의 윤곽과 특징을 다음처럼 요해, 석명한 바 있다.

　　80년대가 저물어갈 무렵 문단에 모습을 드러낸 후 지금까지 채영주는 빠르지도 느리지도 않게 또 정도 이상의 찬사나 외면을 받지도 않으면서 문제적인 작품을 꾸준히 발표해 왔다.
　　채영주의 문학세계는 진지성과 희극성이란 두 극점을 오가며 벌이는 사색과 모험의 도정으로 이루어져 있다. (……) 그는 기민하면서도 유연하게 변화하는 현실에 대응하는 한편 자신의 문학적 영토를 조심스럽게 확장해 가는 매우 침착한 작가적 행보를 보여주고 있다. 그런 의미에서 그의 소설은 진지하면서도 무겁지 않고 흥미로우면서도 통속적이

지 않은, 우리 시대에 흔치 않은 문학적 성과물로 받아들여진다. 그의
소설은 현실에 대한 심도 있는 분석과 통찰을 담고 있으면서도 전시대
의 순수문학의 자폐성과는 일정한 거리를 유지하는 데 성공함으로써
자기 세대에 짐 지워진 문학사적 소명에 성실하게 응답하고 있다.

남진우, 「채영주 : 진지성과 희극성 사이를 오가는 사색과 모험의 도정」,

공동소설집 『서정시대』(문학동네, 1988) 221쪽

90년대 중·후기의 문학적 성과, 즉 『시간 속의 도적』을 포함하여,
장편 『웃음』과 두 번째 창작집 『연인에게 생긴 일』 중심으로 평설한
감을 주지만, 채영주가 만약 소박하게 기왕의 자기 세계만을 고집했
더라면 그래도 그는 덜 불우하게, 젊은 세대 감수성의 대변이라는 문
학적 지위를 어느 정도 유지하면서 세상과의 타협을 기해나갈 수 있
었을지 모른다. 위 평론가가 그린 문학적 지형도를 빌려 말한다면,
90년대의 소설은 소위 '댄디즘'의 이념에 좌우된 면모를 짙게 드러낸
것으로 지적되며, 이 흐름 속에서 채영주만큼 댄디의 영맨 세대, 배
낭족이자 여피족인 젊은 소비세대의 감각을 유려하게 모자이크해낸
작가도 달리 찾아보기 어려운 것으로 평가될 수 있기 때문이다. 『연
인에게 생긴 일』 소재의 표제작이나, 「미끄럼을 타고 온 절망」, 「도
시의 향기」, 「족자카르타의 베착」, 「부디 린」 등이 모두 그런 작풍의
소산 작품들이라고 하겠거니와, 장편 『웃음』의 다음과 같은 마무리
의 대목은 이 작가의 현대적 댄디의 사상과 그 취향의 면모를 여실
히 드러낸다고 할 수 있다. 보라!

내가 설명하지 않더라도 우리집을 한번 돌아본 사람이라면 누구나
그녀와 내가 여전히 각자의 방을 사용하고 있음을 알 수 있을 것이었
다. 결혼식을 올린 후로도 영인은 철저히 자기 방과 자기 물건들의 독
립성을 고수하고 있었던 것이다. 그걸 잃으면 자기라는 존재가 지워지
기라도 하는 듯. 달라진 점이라면 아마 이따금, 특히 바람이 많이 부

는 밤, 그녀의 침대나 내 침대 중 하나가 빈다는 사실과, 그녀의 방 한 쪽 구석에는 이제 두 개의 감색 배낭이 세워져 있다는 사실 정도였다. 길 떠날 채비를 하는 두 마리의 털강아지들처럼. 꼭지점을 향해.

○ 채영주, 『웃음』(문학과지성사, 1996), 363쪽

마치 신화적 부부의 현대적 재생을 보는 듯, 독립적이면서 동시에 상호적, 공동적 관계일 수 있다는 이 같은 남녀 관계의 설정은 이 작가의 초기 비관적, 냉소적, 비판적 현실 투시의 관점에서 그가 얼마나 낭만적이고, 환상적인, 그리하여 신화적이고, 신비적이기조차 한 관점의 위치로 이동해 갔는가를 웅변으로 시사해주는 대목이라 할 수 있다. 아무리 달려도 "언제나 제자리를 맴돌 뿐이야. 번개는 단단한 쇠파이프에 등이 찔린 회전목마거든……그래서 내 말은……우리도 번개처럼 어디로도 달아날 수 없는 목마라는 거야"라고 말했던 '회전목마(를 위하여)' 연작의 세계 인식에 비겨 이와 같은 낭만적, 환상적 세계 인식은 얼마나 행복한 인생관의 투영 양상인가. 하지만 그와 같은 행복으로의 이동 노력에도 불구하고, 문학의 결과적 성과는 또다시 실망과 불운의 그림자를 드리우는 쪽으로 나타나고 만다. 역시 기대만큼의 반향, 평판이 뒤따라 좇아오지 않았기 때문이다. 자유의 왕국을 꿈꾸는 내면적, 창조적 자아의 이상적 삶, 그리고 고요하고 맑은 순진한 영혼에의 도달이 인생의 마지막 목적이자 지상에서의 삶의 의미라고 그는 자신의 내부 속에서 끊임없이 상기해나갔지만, 현존 예술의 패배, 그리하여 마침내는 존재의 비참에 이를지도 모른다는 의구심과 불안의 강박증에 그는 끊임없이 시달렸다. 궁극적으로 예술 사이의 투쟁 역시 생사를 건 위신투쟁(인정투쟁)의 성질을 지니고 있다는 것을 정치학도 출신의 이 작가는 강박적으로, 생득적으로 의식하고 있었던 셈이다. 작품집 『연인에게 생긴 일』 전체를 통해서 출몰하고 있는 이와 같은 작가의식의 공모, 내부 검열의 분열적

양상에 대해서 비평가 류보선은 다음과 같은 해설의 논평을 가하고 있어 인상적이다.

> 채영주는 자유의 왕국을 꿈꾸는 자이다. 그를 위해 머물고 싶어도 머물 수 없는 악무한적인 이탈을 감행했던 자이다. 그는 이 이탈을 통해 자신의 존재를 증명하고자 했으며, 이탈을 멈추는 순간 자신은 아무 것도 아닌 존재로 전락한다는 공포를 짊어지고 다녔다. 한마디로 그는 자신이 설정한 목적을 위해 생사를 건 싸움을 마다하지 않았던 것이다. 생사를 건 위신투쟁에서 그는 자유를 억압하는 실체(제도와 그 제도에 영혼의 상당 부분을 내준 현대인들)를 깨달았으나, 동시에 각각의 개인이 이탈한다고 해서 자유의 왕국이 가능한 것도 아니며, 또 어떤 존재가 떠돌아다닌다고 해서 자유의 왕국의 신민이 될 수 있는 것도 아니라는 예상치 못한 결론도 얻은 것으로 보인다.
>
> ◐ 류보선, 「주체의 부재와 자유의 고통」, 『연인에게 생긴 일』, 336~337쪽

결국 이 때문이었던 것인가. 몸이 상하는 줄 알면서도 그가 마지막까지 절치부심으로 무리하게 소설에 매달렸던 것, 자신의 생명줄이 얼마 남지 않았음을 알면서도 그 분, 초의 시간을 쪼개고 아껴 소설 쓰기의 외줄타기를 감행했던 것, 그렇게 최후까지 자신의 예술적 존재 그림자가 이 땅에 드리울 크기를 재어가면서, 그러면서도 누구도 괴롭히지 않고 폐끼치고 싶지 않다는 그런 정적의 의지로 마지막 자신의 삶을 갈무리해 갔던 것인가. 아플 때는 아무도 몰래 혼자 조용히 신음하면서, 그렇게 결국 조용히 사라져갔던 것인가. 인정에 대한 욕구와 정적의 삶의 수행이라는 이 배반적 욕구와 갈망. 이 부조리, 부조화의 갈등의 삶을 우리는 어떻게 이해해야 하는 것인가. 삶이 없으면 문학도 없는 것 아니던가. 삶이 없어질 것을 내다보면서 문학은 남을 것을, 소설은 살아있을 것을, 그리하여 그 자신의 존재 흔적으로 영원히 살아남을 것을 그는 기대했던 것인가. 오늘 아무도 소설을

돌아보지 않는 이 시절, 현실 속에서. 소설이 대체 무엇이관데, 소설이 무엇이관데….

5. 내적 망명의 소설쓰기

이제 『무위록(無爲錄)』에 대해서 조금 얘기해도 될까. 먼저 『무위록』은 소설이 아니고, 다른 어떤 것들만이 소설이라고 믿는 태도는 미신에 불과하다는 것을 말해두어야 하겠다. 소설이 세상을 변화시킬 수 있으리라고 믿는 것이 이제 확실히 미신으로 굳어진 것처럼, 우리에게 없는 것이어서, 우리 전통이 아니기 때문에 가치 있는 무엇일 수 없다고 믿는 태도는, 예컨대 맹목적 수구와 보수의 태도에 다름 아님을 말해두고 싶다. 전통은 소중하지만, 전통을 확대하고 수정하려는 노력이 없고서는 전통은 이미 죽은 것이다. 그리하여, 전통은 단지 계승으로써만 이루어지는 것이 아니고, 전통 밖의 것들로 채워짐으로써 이루어지는 것임을 엘리어트는 힘써 암시하지 않았던가. 그것을 창조적 개인의 재능이란 말로 부르지 않았는가. 그러니, 합리적이고 현실적인 것만이 우리의 전통이며, 그 너머의 것들을 배격함이 또 마땅한 태도라고 믿는 생각을 여기서는 뒤집어 보기로 하자. 고려와 조선의 역사, 문화가 얼마나 달랐던가를 생각하면 전통에 대한 우리의 인식 범위가 얼마나 역사적 지식에 의존해 있는가를 알 수 있는 것이다. 그러니 우리 이성 밖의 세계를 판타지로 그렸다고 해서 그것이 가치 판단 밖의 대상으로 물리쳐져야 하는 이유가 없다.

이미 암시한 바처럼, 작가의 시대적 불행, 불우가 지나치게 시대를 앞서간 데도 이유가 있었다고 보면, 현실의 단단한 벽과 껍질을 지나치게 간단하고 쉽게 생각한 것이 작가의 잘못이라면 잘못일 수 있다. 하지만, 누구나 자신의 처지를 약진의 발판으로 삼는 법. 오래 수행의 세계를 맴돈 작가는 '선도(仙道)'의 사상과 전통 무예를 둘러싼 역사담의 이야기를 꾸민다면, 한국 소설영토의 한 미개지를 개척하는 의미가 되지 않을까, 라는 생각이 어느날 갑자기 불쑥 그의 두뇌 속을 쳐들어 온 것은 아닐까. 물론 말 그대로, '어느날 갑자기' 만은 아니었을 것이다. 『영웅문』의 작가 김용의 문학적 실체를 일찍부터의 중국문화, 범세계적인 화교문화와의 깊은 접촉을 통해 실감하고 있었던 것이고, 해외 여행이 애국자를 만드는 것과 마찬가지로 그는 이 단계에서 이미 한 국수주의자의 모습으로 돌아와 있기도 했던 것. 무엇보다 몸이 편치 못한 중에 활도의 이야기를 상상하고 그 세계를 언어로 구체화해 가는 작업이 어쩌면 신명의 기운조차 뻗쳐오르게 함을 그는 거세게 느꼈던 것이 아닐까. 그래서 당초 한 권 쯤 실험적으로 덤볐던 작업이, 두 권으로 커지고, 또 세 권이 되기까지, 용솟음치는 새로운 활력의 시간들을 그는 뜻밖에 경험하게 된 것이 아닐까.

가까이서 지켜본 얘기로는, 결국 이 선도소설의 집필보다 집필 뒤의 상처로 작가는 더 많이 타격을 받고 결과적으로 건강을 크게 해치게 된 것 같다고 전해진다. 아마 그랬지 않았겠는가. 문단의 냉소와 냉대를 전혀 예상치 않은 바도 아니었겠지만, 들려오는 듯한 속삭임과 거의 무반응에 가까웠던 시장의 반응은 그를 또다시 좌절에 빠트리고, 가슴 속에 울화를 쌓는 계기로 작용한 것이 아니었을까. 그러니 세기말과 새 밀레니엄 맞이의 시간들을 그는 더욱 더 자기 유폐의, 칩거의 시간들로 보내고, 이 과정에서 몸을 많이 상하게 된 그는 그래도 갈 수 있는 길, 명예를 회복할 수 있는 단 하나의 길이 소설의 길 이외에 달리 없음을 그는 체념적으로 인식하고 다시 소설에 대한 각오를 다지는, 그런 몇 번의 자기 왕복 와신상담 끝에, 또다시 소설쓰기에 덤벼들었던 것. 이미 회복하기 어려울 정도로 체력이 바닥 났지만, 학생 시절 이후 그의 전 생의 기억과 인식, 그리고 현재적 문제의식을 담아 소설로 펼쳐낸다면 새로운 재평가의 기회를 붙잡을 수도 있지 않을까 하는 기대로 그는 새로운 의욕을 충전할 수도 있었다. 그런 절치부심의 의욕과 철저한 자기 관리, 시간 관리로 매일 일정 시간의 규칙적인 집필 노동을 계속했다고 한다. 결국 그는 소설이라는 환각, 상상의 세계에서만 구원을 받고 위안을 얻을 수 있었던 것인가.

그렇게 올 초 장편 『무슨 상관이에요』를 탈고하고 그 소식을 알려올 때 그 목소리가 밝고 희망차게만 들리더니, 그 환각의 뒤끝 현실 견디기가 그렇게도 힘들었던 것 같다. 그렇게 집필 뒤의 허탈한 시간을 또 쉬겠다고 하지 않고, "이번에는 연재라도 한번 해보아야지"라며 또 새로운 집필 의욕을 불질렀다고 하니, 결국 환상 창조의 작업 속에서만 이 박제된 균열의 현실을 견딜 힘을 얻었던 것 아닐까. 그러니 환상과 현실, 실재와 상상 사이의 부조화, 그 균열의 찢김이 결국 그를 육체적 파산 상태로 몰아가지 않았을까. 아니, 실존을 규정하는 가장 원초적인 조건이 육체라는 점에서 '현기증'나는 이 존재의 세계를 잊고, '허구'의 악마적 현실로부터 벗어나기 위해 그에겐 그렇게 환각의 세계에 대한 집착이 과도하게 필요했던 것은 아닐까. 첫 번째 소설집 해설의 자리에서 김병익이 "그러고 보면, 그의 소설에는 환상 또는 꿈이 빈번한 소설적 장치로 이용되고 있음이 눈에 띈다"고 말하더니, 이번 소설 『무슨 상관이에요』를 해설하는 자리에서 정과리 역시 그대의 소설에 '환각'적 경향이 강하게 노출되고 있음을 지적해서 우리를 놀라게 한다. 뼈아픈 지적이지만, 또 새기지 않을 수 없으니 여기 다시 한번 인용해볼 필요가 있겠다.

이미 데뷔작 「노점 사내」에서부터 채영주는 누구보다도 환각에 매달려왔다. 후에 씌어진 장편들에서, 그리고 우리가 지금 막 페이지를 넘기고 있는 『무슨 상관이에요』를 포함하여, 그의 글쓰기가 사실주의의 외관을 입고 있다고 해서 그 본질적인 특성이 변한 적은 없다. 『시간 속의 도적』은 인생의 낙오자들이자 한갓 뒷골목 부랑아들을 "빨간 난쟁이들"로 변신시켜 황당무계한 활극을 연출케 하였으며, 고아들의 애환을 사실적으로 추적한 『목마들의 언덕』 역시 "도대체 가능하기나 한 일이란 말인가. 한 사람의 삶이 공간 좌표의 이동에 의해 달라진 것이"라는 물음을 서두에서부터 던짐으로써 지극히 사회적인 광경을 인식적 체험의 지평과 통째로 맞물리게 하려는 은밀한 야심을 드러내고 있었던 것이다. 그렇게 보면, 채영주적 인물들의 모든 사회적 삶은 환각적 현실의 한 실천으로서만 의미를 띤다고까지 할 수 있을지 모른다.

◐ 정과리, 「끝없는 귀환─채영주론」(≪문학과사회≫, 2002년 봄호), 334~335쪽

그렇다면, 왜 환각인가? 여기에 대해서 위의 평론가는 작가 자신이 "하지만 더욱 우스운 건 그런 사실을 번연히 알면서도 끊임없이 거기에 매달리지 않으면 안된다는 것입니다. 현실이라는 것은 더욱 가증스러운 허구이기 때문입니다"라고 말한 것을 들어 설명하고 있다. 요컨대, 현실이 더욱 가증스러운 허구라는 것, 그렇기 때문에 환상으로 나아가지 않을 수 없고, 그래서 환상의 세계가 실재의 세계보다도 더욱 참되고 가치있는, 절대의 세계일 수도 있다는 것. "그렇다면", 여기서 평론가는 또 묻고 있다, "환각의 세계는 원래의 세계를 정확히 보상하는가? 다시 말해, 저 '가증스러운 허구'로서의 현실은 환각에서 나타난 절대 현실과 정확히 대칭을 이루는 반대─현실인가?"(정과리, 앞의 글, 336쪽)

이 질문에 나는 대답하지 않겠다. 아니, 못할 것이다. 그 자신은 여기에 뭐라고 답했을지…. 위 질문자 스스로의 대답을 빌리면, 그는 『무슨 상관이에요』에 대한 장대한 분석 끝에, 그것이 "현실과 환각을 '동일화'하려는 거의 불가능해 보이는 실험"이라고 결론짓고 있다.

아마 틀리지 않은 분석이고 규정일 것이다. 분석가는 때로 작가보다
도 더 많이 알지 않던가. 작가가 모르는 무의식을 그들은 분석하지
않던가. 그렇다면 그는, 작가는, 왜 환각에 매달렸던 것인가. 소설에
왜 그렇게 안타깝게 매달렸던 것인가.

6. 현실, 환상 그리고 정적……

작가에게 소설만이 구원이었다고 말하는 것은 너무 상투적이고 추
상적인 대답이 될 것이다. 평론가의 대답처럼 그 역시 현실의 변혁을
꾀하고, 그런 의지로 소설을 택했던 것이지만, 이제 소설은 통째로
환상이고, 환각이 되었다. 원하지 않더라도 시대가, 문화가 사상과 관
념을 조장하고 강요한다. 아무도 영화를 현실이라고 인식하지 않는
것처럼, 사람들은 그렇게 이제 문학을 현실로만 바라보지 않는 것이
다. 작가가 현실을 떠났을 때 환상의 세계만이 전면적으로 펼쳐질 수
있었지만, 현실로 다시 돌아오고자 했을 때 현실과 환상은 착종되고
혼란을 겪지 않을 수 없었다. 『무위록』이 전자의 양상이라면, 『무슨
상관이에요』는 후자의 양상인 것이다. 그렇다면 현실과 환상의 그런
분리, 혹은 착종의 양상을 두고 '무슨 상관이냐'고 묻고 싶었던 것이
작가의 본심, 무의식적 의지가 아니었을까.
'현실'만을 두고 말한다면 이 말이 연원이 어떻든지 간에 우리가
살고있는 이 삶의 총체를 우리는 '현실'이라고 부를 것이다. 그러니
까 이 현실 속에 모든 것이 들어 있고, 작가는 이 현실의 세계와 환
상 사이에서 분열하고 찢기게 되었던 것이라고 말할 수 있다. 평론가
는 채영주의 마지막 소설 『무슨 상관이에요』가 내적 망명의 성격이

아님을 지적했지만, 그렇다면 거꾸로 『무위록』의 경우는 정확히 내
적 망명의 성격임을 짚을 수 있기 때문이다. 그렇지만 그 역시 일시
적인 기간의, 소설을 집필하는 동안의 장대한 망명의 기간이었던 것
이지, 궁극적으로 그가 이 현실을 떠날 수 없다는 것도 그는 분명하
게 의식하고 있었다. 확인이 필요하다면 먼저 이 기간 동안에 그가
어느 만큼의 정열과 패기의 무장으로 문학적 망명을 시도하고 있었
는지 살펴보기로 하자. 선천적인 허약 체질의 주인공 '신엽'이 혼자
조용히 죽음을 맞기 위해 길을 나섰다가 대사로부터 구원받고, 바야
흐로 무공의 전수에 나서기 직전의 모습이다.

　　신엽이 깨어난 후 몇 마디 얘기를 나누면서 자혜는 안도감을 느꼈
　다. 그는 예상 밖으로 총명해 보였다. 뿐만 아니라 곧고 바른 심지를
　갖고 있었다. 자혜는 과연 신엽을 보낸 것이 하늘이 틀림없다고 생각
　하며 경솔히 처신하지 않은 것을 다행스러워했다.
　　그날부터 당장 자혜는 신엽에게 백삼타전(百參打傳)의 비법을 시행
　하기 시작했다.

　　　　　　　　　　　　　　　　　　⊙ 채영주, 『무위록』(북하우스, 1999), 52쪽

　허황하다고 밖에 말하기 어려운 무예소설의 언어와 그 사유의 세계
속에 이처럼 작가는 푹, 깊숙이 빠져들어 있었다. 그런 무협의 용어와
사유의 체계를 동원하여 그는 한민족의 비전 선도 무예가 고려 말기
동아시아의 무예계를 평정해나가는 과정을 그리고자 했고, 이 의도는
어느 정도 형상적으로 관철되었다고 할 수 있다. 이 과정에서 작가의
분신 격인 주인공 '신엽'에게 이상적 자아의 상을 끊임없이 투사하게
되는 작가는 마치 소설 속의 인물에 정말 푹 빠지기라도 한 양 잠겨들
었다가 다시 빠져나오는 모습을 실감나게 그려 보여주기도 한다.

잠시 후 신엽은 한 작은 암자 앞에 도달했다. 무기들이 부딪치는 소리는 그곳에서 들려오고 있었다. 신엽은 커다란 나무 위에 몸을 숨기고 암자 앞의 공터를 살펴보았다. 거기에는 이십여 명의 사람들이 두 패로 나뉘어 대치하고 있었다. 양쪽에서 두 사람씩 네 명이 나서서 결투를 벌이고 있었는데 (…) 미도리를 본 신엽은 얼굴이 붉어지고 가슴이 두근거렸다. 아름다운 검은 머리카락과 흰 옷자락을 너울거리는 그녀는 한 마리 새 같았다.

한동안 그 모습을 지켜보다가 신엽은 깜짝 놀라 깨어났다.

⟳ 채영주, 앞의 책, 356~357쪽

이 소설이 무예소설의 양식치고는 얼마나 많은, 어느 만큼의 세련된 공력을 들인 작품인가에 대해서는 이처럼 더 자세히 설명할 필요가 없을 정도이다. 만약 소설을 마음의 고양효과라는 척도로 잰다면 협객소설의 일종으로서 이 작품은 뛰어난 정서적 감응효과를 발휘하는 소설로 평가될 수도 있다. 작가는 적어도 중국계의 김용 소설을 능가하거나, 거기에 추호의 손색이 없는 수준으로 창작하고자 했을 것이 틀림없다. 그런 점에서 그는 틀림없는 '내적 망명'의 시절과 그 위기를 겪었다. 그리고 그 역시 다시 현실의 세계와 만나 화해하고 그 속에 용해될 수 있는 현실—환상의 사랑 이야기를 꾸며보고자 했다. 마치 "얼굴이 붉어지고 가슴이 두근거리"는 상태에서 "깜짝 놀라 깨어나"듯이, 좀더 현실적이고 의미있는 사랑 이야기로 세대간의 단절을 돌파하고, 역사의 아픈 상처와도 악수하는, 그런 현대사 속의 순애보를 이미 구상하고 그 집필을 준비하는 단계에 있었던 것이다. 그런데 다시 돌아와 보는 현실의 박정함, 혹은 침묵, 혹은 무관심과 냉소 등이 안기는 열패감이라니…….

결국 '내적 망명'이든, '현실과 환각의 동일화'이든 오랜 동안의 침묵 끝에 소설가로 다시 돌아온 그는 현실 속에서 패배한 자이며, 부족한 자로 인정하며 나설 수밖에 없었다.『무슨 상관이에요』속에서도 '소설가'의 화자는 "유명하지도 않"고 "잘 팔리는 글쟁이도 아"닌 것을 반복해서 자조적으로 서술하고 있거니와, 마지막 작가의 편지 속에서도 그는 이 점을 강조하여 표백해 놓았다.

> 어느새 저도 그때 그 선배의 나이가 되어버렸습니다. (···) 그리고는 이런 말을 합니다. 언제쯤이면 저도 형한테 후배 취급을 받을 수 있을까요. 언제쯤이면 그런 글들을 쓸 수 있을까요. 아직도 제 소설은 부족함이 많으니 말입니다. 군더더기도 많고 욕심도 많고 불필요한 힘도 잔뜩 들어가 있고.
>
> ○ 채영주, 「수많은 수평선들을 꿈꾸며」, 332~333쪽

만약 솔직한 자기 인정이, 그것이 패배고, 무능의 자인이라 할지라도, 그 자기 인정이 성숙으로 가는 참된 길목의 하나라고 한다면, 앞의 저러한 모습은 이후 이 작가의 문학적 성숙에 대해서 참으로 많은 것을 기대할 수도 있었으리라는 것을 알려주는 것이 아닐까. '현실'이 무엇이냐고 다시 묻고, 그가 처했던 육체적 조건, 물적 토대, 사회적 인정 투쟁의 환경까지를 포함하여 그 모든 '현실'의 여건을 그가 좀더 버티고 끌어당길 수 있었으면 참으로 좋은 문학을 그는 우리에게 선물하고, 선사하고 갈 수도 있었지 않았을까. 대중문화의 이미지에 지나치게 탐닉했던 모습도 보여줬지만, 물론 그는 이미『목마들의 언덕』이나,『연인들에게 생긴 일』등의 업적으로도 충분히 의미있는 자리를 만들어 내었다. 언젠가 문학적으로 더 관대할 날이 온다면,『무위록』같은 소설의 새로운 경지 개척의 업적으로 더 많이 평가받을 수 있을지도 모르는 것이다. 그렇지만 그런 미래의 현실이 도래하기 전에 지나치게 일찍 달뜬 환상의 길을 걸어간 까닭에 그는 현실적으로 불우한 작가가 되고 말았다. 그가 환상과 (한국 문학의 이

좁은) 현실(감) 사이를 조금만 더 영악하게 비집고 들어가 현실을 훔쳐
낼 수 있는 작가였더라면, 아니 그가 가장 일찍이 쓴 장편 『담장과
포도넝쿨』(1991)의 목차 속에서 두 번씩이나 언급하고 있는 '현기증'
(「현기증에 대하여」, 「현기증」)으로부터 조금만 놓여날 수 있었더라면, 아
니 또 (그의 소설이 끊임없이 고아의 인물들을 내세우고 있는 데서도 알 수 있
듯이) 지나치게 결벽적이고 병적인 자의식에 시달리지 않았더라면, 아
니 애초에 소설가의 작가의 길 같은 것을 선택하지 않았더라면 그는
좀더 현명하고 안락한 길을 걸어갈 수 있었을는지도 모른다. 하지만
이 모든 말들은 결국 그의 운명을 부정하고 쓸모없게 만드는 말이
되리라. 그가 소설가로서 이제 위기의 막다른 길에 처한 소설과 자기
(몸의) 최선을 다해 부딪히고 싸웠던 만큼 우리는 그 사실을 기리고
받들 의무와 책무가 주어져 있지 않은가. 인정하고 싶지 않았던 문학
적 패배가 그의 명을 재촉했을지 모르나 그 패배를 승리로 바꾸어
줄 책임이 이제 우리에게 부여되어 있지 않은가. 다만 소설이, 문학
이 얼마나 위험한 사업인가를 다시 실감할 따름이며, 그 위태로운 전
장에서 그는 최선을 다해서 싸우다 장렬히 산화했다고 나는 전하고
싶다. 아, 몸이여, 환각이여, 현실이여! 편히 쉬라.

(《문학동네》, 2002년 가을)

쉰 목소리의 풍속 탐구 혹은 자아 – 역사 찾기
최일남 『석류』, 김용성 『기억의 가면』

1. 소설과 연륜, 혹은 나이듦의 소설관

소설가도 나이를 먹는다. 세월과 역사를 막아낼 장사는 이 세상에 아무도 없다. 그래서 단지 나이를 먹을 뿐만 아니라, 현역에서 물러나고, 늙고 병들고, 그리하여 마침내 생애를 마쳐야 할 시점까지도 어느 틈에 다가든다. 인간세의 영원한 법칙은 바로 이것일 것이다. 이것이 소설과 무슨 관계가 있을까.

오래 젊음의 장르일 것으로만 소설을 생각하던 시절이 있었다. 필자가 젊은 시절에 특히 그러했을 것이다. 먼저 소설의 영어 명칭인 '노벨(NOVEL)', '노벨라(NOVELLA)'가 '새로운', '진기한'과 무관하지 않은 뜻을 머금고 있다고 생각하고, 이와 같은 각도에서 근대소설만이 진정한 소설, 의미있는 서사 양식이라는 주장이 주류를 이뤄왔다. 소설, 즉 근대소설은 근대문학의 총아일 뿐만 아니라, 근대문화의 총아라는 점이 강조되었다. G. 루카치 식으로 말하면 인류의 자의식인 인류 문화사의 최고 양식이라는 것이다. 그러니 소설이란 장르의 선택에 대해서 망설이거나 머뭇거릴 이유가 전혀 없었다. 소설이 떠오르는 장르고, 그것이 오래 지속될 것이며, 또 이를 통해 인류 문화사에 기여할 길이 확실하다는데……

이러한 전망을 제시한 가장 유력한 논자로서 G. 루카치의 논법을 여기서 상기해 보게 된다. 유명한 『소설의 이론』의 논법이다. 문화사, 양식사에 대한 역사철학적 설명이라는 논법이 여기서 제기된다고 할 수 있는데, (이 논법의 원형은 물론 헤겔과 같은 역사철학자에 의해서 일찍이 제기되었다고 할 수 있다) 그리스의 서정시, 서사시, 비극 양식 등이 이를테면 그리스 문화사의 각 단계에 대응한다고 하는 설명이다. 생물이 발생, 성장, 사멸의 과정을 겪듯이, 문화사 역시 같은 생물학적 과정을 밟는다고 할 때, 서사 양식이 기본적으로 성장의 양식이며(이에 반해 비극은 기본적으로 몰락의 양식일 것이다), 이러한 장르 성격을 고스란히 반영하듯이 그 내적 형식이라는 각도에서 '교양소설(성장소설)'이 근대소설을 본질적으로 대변, 대표한다고 시사했던 것이다. '장르(양식)의 역사철학적 성격'을 묻는 시야에서 행하는 예비적 가설의 논법이라고 했지만, 이러한 설명법으로 근대소설이 떠오르는 양식이 되리라는 암시, 시사는 충분했다고 할 수 있다. 그가 나중 공산주의자로 전신하고, 『소설의 이론』을 쓸 당시 겨우 20대 중반의 청년학자에 불과했다는 사실이 찜찜하게(?) 의식될 수도 있었지만, 어떤 점에서 당시 젊었던 우리에겐 단지 이론적 추인이 필요했던 것인지 모른다. 최일남 씨가 소설 속에서 일깨우는 마셜 맥루한의 이론 같은 것은 당시의 우리에게 전혀 알려진 바 없었다. 7~80년대를 살았던 당시 젊은이들에게 무엇보다 필요했던 것은 정치적 혹한을 이길 각설탕이었던 것인지 모르며, 함께 문화적 파라노이아의 접착제였으면 충분했던 것인지 모른다. 실제로 이후 소설(사)은 민중소설에서 노동소설, 그리고 90년대에 이르도록까지도 새로운 청춘의 구가물이거나, 진보적인

페미니즘 의식의 선양 도구로서 본래적인 문화적 영 파워의 솜씨를
유감없이 과시하였다. 설사 20세기가 끝나고 새로운 21세기가 시작
된다 해도, 새로운 밀레니엄의 디지털 문명이 시작된다 해도 젊음의
소설, 소설의 젊음은 영원히 지속될 줄 알았다. 그랬는데…, 그러던
것이…

2. 풍속 탐구로서의 소설, 혹은 자아 – 역사

갑자기 늙어버린 듯한 소설의 오늘을 인식하게 되는 것이 비단 필
자만의 감상은 아닐 것이다. 소설뿐만이 아니라, 이제 문학이 모두
함께 늙어버린 듯한 그런 시절감이다. 왜 이렇게 갑자기 소설이, 문
학이 시간의 불가역반응 속에 놓여버리게 되었는가.

오늘의 갑작스런 문예 소진 사태에 대해 여기서 장황히 논하고 분
석할 여유는 없을 것이다. '문예 소진'이라고 해서 또 문예 자체의 소
진을 의미하는 것이 아니라, 실상 문학 자체는 그냥 그대로 있는데,
시절이 떠나가 버린 듯한 그런 횅한 느낌일 뿐이어서 문학 자체를 가
지고 우리가 서로 타박하거나 갑론을박할 이유는 없는 것이다. 하지
만 그럼에도 불구하고 어딘가 뒤처진 인간 같은 느낌, 결코 이제 되
돌아올 것 같지 않은 황금시대의 소설에 대해서 우리는 아쉽고, 안타
까워하지 않을 수 없고, 이제 그런 느낌으로 시절이 확 지나가고 갑자
기 늙어버린 듯한 느낌을 지울 수 없는 것이다. 이 돌이킬 수 없는 시
간의 불가역반응을 이제 우리는 어떻게 이해해야 할까. 최일남 씨의
최근 소설집 『석류』와 김용성 씨의 오랜만의 장편 『기억의 가면』은
이런 점에서 지난 시대를 돌이켜보게 하고, 여울져 가는 시간을 음미

토록 하는 귀한 회복제의 영양을 안기는 것 같다. 기울어 가는 석양의 황혼을 바라보는 느낌이라고 할까. 무상감은 언제나 존재를 고양시키듯이, 뜻밖에 노익장을 과시하고 있는 이 드문 노숙의 연륜있는 작가들을 만나다 보니 오히려 젊은 패기의 작가가 안기는 순정의 감각보다 더 지고지순한 문학에 대한 사랑, 열정 같은 것을 느끼게 한다. 두서없지만, 과거 문학의 시절을 돌아보는 데서 주어지는 추회의 감정과 더불어 씨들의 소설 독후감을 조금 요약해 보기로 한다.

1) 최일남의 『석류』- 풍속 또는 미각의 역사

먼저, 최일남 씨에 대한 기억. 씨의 소설을 읽기 전에 먼저 그의 신문 칼럼부터 읽었다고 하면, 우리 세대(광주 세대)라 할 것이다. 저 방약무인의 무인 2기 집권 시절, <최일남 칼럼>을 읽는 것은 하나의 청량제이자 해독제를 마시는 격이었다. 당시 어떤 필봉도 최일남의 붓을 넘지 못했다. 황지우가 시를 통해 말하였듯이, 당시 신문지상에서 발할 수 있었던 최선의 언어를 우리는 씨가 발하고 있다고 믿었다. 그 필봉의 맛깔스런 미각을 우리는 '구수함', '구수한'이라고 했던가.

만약 세상을 바꾸는 것이 혁명이고 정치의 역할이라고 생각했다면, 최일남의 글은 분명 혁명적이지도 정치적이지도 못했음이 사실이었을 것이다. 당대의 많은 젊은이들이 정말 내심으로 혁명을 꿈꾸었었다고 하면, 그 혁명적 젊은이들에게 그의 글이 별반 환영의 대상이 되지 못했을 것도 당연하다. 하지만 문학이란 어쨌든 글의 형태로서 존재하는 것이고, 그 글이 많은 사람(의 마음)을 움직였다고 하면, 그 글이 문학으로서 훌륭했던 것 아닌가 하는 생각을 이제 와서 해보게 된다. 사실은 당시의 문학이 그렇게 생광스러웠던 것도 그것을 금압

하는 체제 때문이었던 것이다. 금압이 성스러운 것을 만들어내는 것처럼, 역설적으로 그처럼 무지몽매했던 금압 체제가 없었다면 문학이 그처럼 위대하고 성스러워질 수 있었을까. 그러니까 외적으로 문학으로 하여금 살얼음판을 걷게 했던 그 문학의 존재 여건이 사실은 문학을 활성케 한 제1의 존재 여건이었고, 그때 그 시절에 최일남은 소설로서가 아니라 신문에 연재한 그의 명칼럼으로서 문학의 풍미를 한껏 발산했다고 할 수 있는 것이다. 그리고 세월이 흘러 그는 작가의 자리로 돌아왔고, 그의 문학적 재출발은 그러나 우리를 실망시키는 바 있었다. 최일남 문학다운 것, 즉 '세태'와 '풍자'라 하더라도 그 정도의 세태 풍자로 문학적 감흥을 일게 하기는 이제 어려워진 듯하다고 그의 젊은 독자들은 때이른 판단을 하게 되었던 것이다. 그리고 또 다시 세월이 흘러 이제 21세기하고도 04년, '돌아온 장고'처럼 그는 우리 앞에 다시 나타났다. 이제 그의 소설에 대해서 우리가 뭐라고 할 수 있을 것인가.

고목에 꽃핀다고 하면 실례되는 표현이 될지 모르지만, 참으로 능수능란의 장인적 기예가 그의 손 끝에서 다시 일고 있음을 우리는 본다. 비평가 김윤식이 말하는 '손이 쓴다'는 명제가 이것을 말함인가. 쉬지 않고 글을 써온 사람만이 누릴 수 있고, 도달할 수 있는 문예의 경지에 이제 씨의 소설적 필치가 마침내 도달해 있는 것 아닌가 하는 느낌을 준다. 그 경지는 물론 말을 부리고 모는 솜씨로서만 주어지는 것은 아닐 터이다. 말하자면 세계관의 텅빔 같은 것, 모든 것을 받아들이고도 그것들을 각기 결따라 옮겨놓을 수 있는 마음의 깊이, 정신의 높이에 의해서 그 수준은 또한 도달될 수 있는 것일 터이다. 이를 두고 공자가 '이순(耳順)'이니, '종심소욕(從心所欲)'이로되 불유구(不踰矩)'라고 말했던 것인가. 가령 다음과 같은 대목.

그때는 그때고 이때는 이때지요. 그때는 어림없던 것이 이제는 좋아 보이는 심사를 어쩝니까. 시대따라 다른 풍습이며 식성이 사람의 마음까지 바꿔놓는 걸.

⏺ 최일남, 「석류」, 『석류』(현대문학, 2004), 140쪽

표제작인 「석류」의 일절인 위 대목이 말하자면 작가의 허랑한 마음 상태를 그대로 대변하는 대목이 아닌가 싶다. 알다시피 빈 곳이 있어야 새로운 것도 받아들일 수 있으니, 위처럼 새로운 것을 마음 가는 대로 받아들일 수 있는 것은 우선 마음의 창고가 허공처럼 비워둘 수 있지 않으면 안되는 것이다. 그리고 작가는 같은 뜻에서 크게 허허로워져 이 작품집의 세계를 매우 윤택하고도 맛깔스런, 한 정찬의 한정식과 같은 것으로 만들어 놓았다. 보라! 다음처럼 그 제목만을 늘어놓아 보더라도 이 세계가 얼마나 윤기나고 풍요로운 정찬의 세계인가를.

명필 한덕봉 물구나무 서는 입 멀리 가버렸네 석류 돈암동 버선 소주의 슬픔 아침에 웃다

⏺ 최일남, <차례>, 앞의 책

확인할 수 있는 것은 제목 하나라도 동형 반복이 없고, 각기 특색 있는 세계를 시사하고 있다는 것이다. 해방 때부터 지금까지 명필의 붓끝으로 살아온 가계의 이야기가 있는가 하면, 손녀로부터 조부모, 그리고 주말부부 사이의 전화 상담에 이르기까지 요즘 세상사의 요지경 풍속도를 고스란히 담은 고소의 이야기가 있고, 또 현역에서 은퇴한 허풍선이 '당수', '총재'들의 객쩍은 한담 세계가 있는가 하면, 근대의 요리 풍속도를 입맛 다시게 들려주는 맛 기행의 소담스런 세계가 있고, 또 이민자의 처연한 향수 정담이 있는가 하면 여성지 편집자들의 이야기 세계가 있고, 또 은퇴한 퇴역 기자들의 망자 추억하

쉰 목소리의 풍속 탐구 혹은 자아-역사 찾기_**425**

기가 있는가 하면, 어느 지방에든 한 사람씩은 있기 마련이었던 음식
점 '욕쟁이' 주모의 무용담 회고도 있다. 어느 이야기든 버릴 것이
없이 쏠쏠한 향내를 풍겨 독자의 입가를 미소짓게 한다는 점에서는
또 불일치가 없고 예외가 없다. 이것이 하나같이 득달한 수준에서 쓰
여졌음에랴. 비록 똑같은 손노동에 의해서 쓰여진 글들이라 하더라도
마음 씀이 달랐다면 삐쭉빼쭉, 길고 짧기가 예사로왔으리라는 점에서
이 작품집의 성과를 무엇보다 나는 '마음의 승리'로 이름붙이고 싶
다. 그것이 죽음 앞에서도 허허로워질 수 있는 마음의 수양 수준을
의미하리라는 점에서 내동 불가의 스님네들에 비겨 우리 문인 동네
에는 왜 이렇게 고덕이 없을까 의심해 왔던 필자에게는 참으로 용기
나고 기쁜 사태가 아닐 수 없다. 까짓 독자야 좀 있으면 어떻고, 없
으면 어떻겠는가. 고승대덕이 신도수로 수양을 따지던가. 우리도 이
처럼 향내나는 고덕의 문학을 갖게 되었다. 그러면 되지 않는가. 그
밖에 또 무엇을…?

2) 김용성의 『기억의 가면』 - 전쟁 기억 속의 자아 역사

김용성 씨의 소설은 상대적으로, 흡사 달관의 경지에 이른 최일남
씨의 소설에 비하면, 아직 훨씬 패기만만한 자세다. 이 작가 역시 작
품의 도처에서 자신의 늙었음을 피로하고, 한탄하고 있지만, 여전히
그가 만만치 않은 의욕과 녹록치 않은 기량을 소유하고 있다는 것을
그는 우선 두둑한 장편으로 과시하고 있다. 그리고 이 작품의 발간은
분명 올해 최고의 소설사적 사건의 하나로 기록될 것이다. 흔히 젊음
의 의욕 과잉이 그렇듯이, 일종의 중편 연작 형태를 취하고 있는 이
장편 소설이 내부에 여러 복잡한 소설적 장치들과 주제적 분산의 양
상을 보이고 있는 작품의 응결 정도가 한계나 약점의 측면으로 지적

된다 하더라도 적어도 불완전한 장편 경쟁의 한국소설의 현실에서 이 작품은 근래 보기 드문 역작으로 우리 앞에 우뚝 서 있다(특히 제1장 「기억, 1945년 6월 5일」은 압권이다). 무엇 때문일까. 이를 두고 '생애의 작품 life's work'이라고 할 수 없을까. 그렇다면 생애의 작품이란 무엇인가. 우선 이에 대해 생각해보는 것으로 장편 『기억의 가면』에 대한 수색 작업에 나서보자.

한 작가가 자신의 생애를 두고 기억의 총체를 집적하려는 작업, 이를 두고 우리는 '생애의 작품'이라 할 수 있을 것이다. 마르셀 프루스트의 『잃어버린 시간을 찾아서』를 그 세계적인 예로 지목하거니와, 한국 소설의 예로서는 지난 연대에 출간되었던 최인훈의 『화두』 같은 것을 그 대표적인 예로 지목할 수 있을 것이다. 이 경우 존재의 압도적인 기억이 소설 자체를 써나가는 기본 동력으로 작용하게 되거니와, 이때 '우화(fable)'를 이루는 존재의 사실, 사건들에 비해, 기억의 추적 작업, 즉 기억화의 작업이 '주제(sujet)'의 측면을 이룬다는 것을 일반적으로 알 수 있다. 프루스트의 유명한 마들레느 이야기가 위와 같은 생애의 작품의 구성 원리가 무엇인가를 잘 시사한다고 할 수 있는데, 『기억의 가면』 속에서 이 도입의 주제적 측면은 주로 '환몽'이라는 형태로 나타나, 현재의 존재를 짓누르는 무의식적 강박의 기억, 즉 몽환의 기억과 같은 형태로 오늘의 존재를 이끄는 주요 서사 동력의 역할을 수행하는 것이다. 초점화자이자 주인공인 이진성이 지속적인 악몽에 시달림으로써 그 병적 무의식을 치료하고자 하는 의지에서 자신의 전 존재를 강박하고 있는 원초적 기억의 현장, 그 역사의 뿌리를 찾아나선다고 하는 것이 이 작품의 서사적 주제 구현의 발단 원리로 제시되고 있는 것이다.

그리하여 첫 번째로 자기 존재의 뿌리를 찾아 나서는 여행이 이 작품의 제1장 「기억, 1945년 6월 5일」을 이루고 있다. 일본 고베를 찾아가 자신의 잃어버린 생모와 사라진 가족들의 뿌리, 흔적을 추적해본다고 하는 것이 이 제1장의 주요 이야기를 이루고 있는 바, "1940년 일본 고베에서 출생. 1945년 6월 귀국하여 서울에서 성장했다"는 작가 자전의 약력 기록과 주인공의 족적이 거의 흡사한 것으로 보아, 아마 작자 자신의 이야기가 거의 가감없이 진술되고 있는 것 아닌가 여겨진다. 깊은 공감을 안기는 이 작품의 밀도 높은 호소력, 울림의 소지는 바로 생 자체의 생생한 사실성으로부터 주어지는 것 아닌가 여겨지는데, 이처럼 작가 자신의 생을 재료로 해서 민족의 경계를 넘나드는 아픈 가족사의 뿌리를 찾아나선다고 하는 문학적 열정, 그 생 자체의 생생한 상처의 기록들이 일순 가슴을 치게 하도록 절절한 공포와 연민의 감정들과 함께 놀라운 환기력의 효과를 발휘하고 있는 것이다. 존 스타인벡의 『분노의 포도』가 그러하듯 개인사와 전체사를 적절히 교직시켜 가면서, 한편 가면의 기억들을 한꺼풀 한꺼풀 벗겨가는 역사 추적의 장에서는 마치 한편의 추리소설을 읽는 듯한 긴박 조성의 묘리조차 배려하여 근래 보기 드문 소설읽기의 밀도 체험을 가능케 함을 알 수 있다. 독서의 이와 같은 흡인력이 요컨대 존재 자체의 기막힌 기구함, 또는 삶 자체의 핍진성으로부터 말미암는 바라는 것은 여기서 또 다시 재론할 것이 없다. 결국 모든 기술적, 형식적 요소들, 껍데기의 요소들을 벗겨내고 소설의 알맹이는 삶 자체의 뿌리, 기억의 강렬함으로부터 주어진다는 것을 우리는 이 작품으로 말미암아 다시 한번 확인할 수 있다. 이를 두고 베르그송은 '순수 지속'이라 했던 것인가. 결국 삶이 기억화되고, 그 기억이 곧 삶이라고 할 때, 무의식이란 한낱 기억의 장막, 그런 뜻에서 기억의 가면에 지나지 않고, 뭉클한 소설적 감동의 원천은 본질적으로 생의 원초적 뿌리로부터 주어진다는 것을 우리는 이러한 작품 사례를 통해 뚜렷이 알 수 있는 것이다.

지면 관계상 여기서 제2장―전락, 1950년 9월 22일, 제3장―죽은 자의 말, 제4장―나팔 소리에 대해서 자세히 다룰 수는 없지만, 2장, 3장에 이르러서는 주인공 이진성을 이룬 존재의 또 한 뿌리로서 삼촌 '이문수'를 찾아 떠나는 여행이 중심 화소를 이루고 있다. 6·25 전쟁기에 인민군에 의용군에 참전함으로써 가족을 떠났던 삼촌, 이 삼촌의 흔적을 찾아 브라질까지 가고 중국 연변을 헤매는 과정에서 (초점)화자는 한국 전쟁이 현대 중국에 미친 영향력이 의외로 막강했던 것을 발견한다. 오늘의 분단 현실, 분단 체제 형성에 한 축을 이룬 좌익의 역사, 뿌리를 추적하는 훌륭한 역사학적 성과를 그리하여 이 작업은 획득하게 되었지만, 그 삼촌의 아들로 지목되는 사촌 이종만을 만나는 과정에서 기본적으로 허구, 즉 소설 내에서 소설을 이루는 격자소설적 방식을 지나치게 많이 도입함으로 말미암아 그때까지 유지되어 오던 서사적 박진과 진실의 감응력이 오히려 후퇴되는 혐이 낳아지게 되지 않았나 생각된다.

작품 전체의 에필로그 격으로 제4장―나팔소리는 이진성의 월남 체험을 다루고 있다. 작가가 작품 전체를 통해서 여러 번 상기시키듯, 헤밍웨이의 영향이 가장 진하게, 직접적으로 작용하여 나타난 곳이 이 부분 아닐까 싶다. 전쟁의 광포함과 함께 휴머니즘이 뒤섞인, 그리하여 삶에 대한 존재론적 탐구나 일탈의 삶을 통한 낭만적 존재의 가능성까지를 함께 엿보는 작가 나름의 의욕적인 전쟁 휴머니즘 문학, 행동주의적 문학의 백미를 당초 작가는 이 부분에서 추구해 보고 싶었을 것이라 짐작되는 것이다. 하지만 베트남 사람들의 시야 속에서 한편 이 전쟁이 함께 이해되지 않으면 안된다는 상호 주체주의적 시각이 제4장의 모두에서부터 이 작품을 깊숙이 지배하게 됨으로 말미암아 한편의 전사 기록이자 동시에 전쟁의 상처를 통해 전쟁을 돌아보는 반전 휴머니즘의 성격으로 작품을 마무리짓는 결과가 되었다고 할 수 있다. 이처럼 이미 역사가 되어 버린 삶의 핵심적 기억 화소들을 좇아서, 혹은 이미 '귀앓이'처럼 고질이 되어 버린 자신의 육체적, 신체적 병질의 치료 행위 목적으로 떠났던 작가의 기억 탐구, 존재 탐구의 여행은 태평양 전쟁, 한국 전쟁, 월남 전쟁 등 20세기 한국인들이 원하든 원치 않았든 관여되지 않을 수 없었던 전쟁의 기억 재추적, 재결집의 작업에 의해 존재 탐구이자 동시에 가족사 탐구, 나아가 인류적인 차원의 역사 탐구라는 의의를 충분히 달성한다. 서로 다른 전쟁들, 그리고 기본적으로 자아와 타자가 서로 뒤섞여 전개될 수밖에 없는 아픈 전쟁의 상처, 무의식적 기억의 자료들을 중심으로 존재를 복원하고, 또 여기에 각 전쟁마다의 전사 기록들을 섞는 등, 방대한 역사 복원의 의의까지를 갖춘 중편 연작 형태의 장편 기획을 취했기에 당초부터 소설 전체가 고르게 전개되기는 어려운 난점을 안고 있었다고 판단되지만, 이 정도의 의욕과 성과만으로도 2004년도 최고, 최대의 소설적 성과물로 기록되기에는 전혀 손색이 없다고 여겨지는 것이다. 흠없는 영혼이 어디 있겠는가. 따지고 보면 흠없는 장편이 어디 있겠는가.

3. 노익장의 패기, 그리고 달관

오랜만에 소설 얘기를 하게 된 끝에 두 노익장의 소설 발출에 대해 경하를 바치게 된 것이 못내 반갑다. 연부역강한 소설가들의 작품 산출이 많아서 이 두 쉰 목소리의 소설들이 혹시 뒤로 밀리게 되는 연말 결산의 결과가 산출된다 하더라도 전혀 아쉬울 것은 없으리라고 생각한다. 반면, 청년과 중견들의 작품 산출이 지지부진하여서 참으로 노익장의 장년 작가들 중심으로 당분간 우리 작단, 작황이 꾸며 진다 해도 우리로선 또 전혀 두려울 것이 없다고 하겠다. 소나기는 피해가라는 말도 있지만, 저 걸쩍지근한 대중, 영상, 디지털 문화의 홍수가 지나간 다음에는 언젠가 다시 문학 복권의 날이 오리라는 것을 다시금 신앙해 보게도 된다. 그 부활과 복권의 날까지 죽지 않고 살아있으며, 연대의 전선을 유지해나갈 수 있으면 족한 것이다. 이 최후방에서 평생을 문학으로 살았던 오늘의 장년 세대가 굳건히 자리를 지키고 있다는 것은 참으로 경하스럽고 기쁜 일이 아닐 수 없다. 다시 한번 박수를 드리며, 얼김에 젊은 세대의 분발 또한 촉구해 본다. 화이팅!

(≪문학판≫, 2004년 겨울)

제 3 부

유희 혹은 사제의 시학

기호 놀이의 시학, 난센스의 시학

고인이 된 미당(未堂); 오 시인의 가혹한, 욕된 정주(定住)의 삶이여!

선(禪), 문학, 그리고 정현종의 시

기호 놀이의 시학, 난센스의 시학
이상 문학 연구 서설

1. 문학사 연구와 언어 게임의 관점

왜 이상 문학은 다시 읽히지 않으면 안 되는가. 수용 미학자 H. R. 야우스의 논설은 이런 점에서 유력한 답변의 근거를 제시해준다고 생각한다. 「도전으로서의 문학사」로 알려져 있는 그의 원 논문 제목은 「문예학의 도전으로서의 문학사」라고 하며, 또 그 모태가 된 교수 취임 강연 시의 제목은 「문학사는 무엇이며, 무슨 목적으로 문학사를 연구하는가」였다고 한다.(H. R. 야우스, 『도전으로서의 문학사』(장영태 역, 문학과지성사, 1983), 11쪽, 주1) 참조)과연, 문학사는 무엇이며, 우리는 무슨 목적으로 문학사를, 이상 문학을 연구하는가.

'문예학의 도전으로서의 문학사'라는 제목을 의미심장하게 거두어 놓고 보면, 문학사란 문예학의 도전 대상이며, 그리하여 문예학적 독법의 혁신, 곧 작품에 대한 이해 지평과 기대 지평의 변이를 낳게 되는 문예 이론의 교체에 의하여 끊임없이 새로운 재편, 재충전이 도모되지 않으면 안될 것이 곧 '문학사'임을 위 제목 어사는 시사하고 있다. 김현·김윤식은 그들의 『한국문학사』에서 위와 흡사한 인식을 '문학사 다시 쓰기' 또는 "문학사는 실체가 아니라 형태이다"(김현·김윤식, 『한국문학사』, 민음사, 1973, 13쪽)라는 명제로 표현했던 셈이거니와, 여기서 우리의 강조점이 '문학사' 쪽보다 '문예학' 쪽으로 조금 옮겨질 필요가 있다고 여겨진다. 문학사의 구성이 단순한 비평적 언술의 모음으로 이루어질 수 있는 것이 아니고, 보다 이론적인 독법의 도움을 받아 이루어져야 할 것을 위 야우스의 논설 제목은 환기시키고 있다고 받아들여지기 때문이다. 이런 뜻에서 하나의 문학 연구가 시도될 때, 벌써 문학사에 대한 개편 움직임은 일어나고 있는 것이라고 봐야 할 것이다. 문학을 바라보고 해석하는, 혹은 수용하는 태도의 변전은 벌써 문학사에 대한 개편 움직임을 내포하고 있는 것이라 할 터이기 때문이다. 오늘 우리의 문학 개념은 무엇인가. 그리하여 오늘 우리는 어떻게 문학사를 바라보고, 형태짓고, 질서지우고 있는가.

　문학사가 하나의 실체가 아니라 끊임없이 재구성되는 유동태의 형태로서 인식된다 하더라도 여기서 '텍스트'의 개념이 무시되거나 간과되어서는 또 안될 것이다. 문학사 연구란 한편 언제나 텍스트와 만나서 교통하고 의미를 교환하는 방식으로 수행되지 않으면 안될 무엇일 것이기 때문이다. 텍스트에 대한 해석의 방향은 열려있는 것이지만, 그렇다고 텍스트를 벗어나서, 텍스트들과 무관하게, 의미 부여의, 혹은 의미 해독의 언술 놀이를 벌일 수는 없다. 이런 뜻에서라면 문학사는 또한 의연히 하나의 실체로서의 텍스트이기도 할 것이다. 그 텍스트들의 조합과 재구성으로서 형태 개념의 문학사가 존재하는 것이지, 언어, 언술적 실체로서의 텍스트 개념을 벗어나면 문학사 연구는 또한 아무 것도 아니다. 텍스트로서의 작품 실체와 만나 피흘리고 결투하는 방식으로 우리의 모든 문학사 연구는 수행되지 않으면 안될 터인 것이다. 그처럼 텍스트와 해독자가 만나 벌이는 고투의 해석 공간이 우리에게는 문학사 연구 공간이라 할 수 있고, 문학사가 살아있는 유기체로서의 모습을 드러내는 것은 실로 이 공간을 통해서이다. 문학사 연구실을 넓은 의미에서 하나의 해석 공동체로 부를 수 있는 이유도 여기에 있을 것이다. 물론 이 해석 공동체의 공간 속에서 연구자 각자의 해석 지평과 텍스트의 지평들은 서로 부딪히며 신음하며 파열음을 낼 수 있다. 하지만 이 파열음이야말로 우리에게는 살아있음의 징후이며, 또한 신호가 아닐 것인가. 살아있음의 모든 불협화음이야말로 한편 공동체를 유지시키고 생성시키는 힘의 원천이며, 발로일 것이다. 하나의 나뭇가지가 흔들려 우주가 흔들린다는 말도 있지만, 텍스트의 작품 해석을 두고 벌이는 온갖 토론의 과정이 우리에게는 살아있음의 표시이며, 그로써 문학사 재구성의 효과가 발해진다는 것을, 그리하여 우리 삶의 의미가 재편된다는 것을 말해볼 수 있을 것이다. 역사 연구의 집적이 곧 하나의 총체상으로서 역사의 모습을 드러낸다고 할 때, 우리에게는 문학사 연구의 역사 자체가 곧 문학사이기도 하다는 것을 이러한 문맥에서 실감의 인식으로 제출해 볼 수도 있을 것이다.

이상 문학 연구는 이런 뜻에서 문학사에 대한 형태 조정의 한 좋은 본보기가 된다고 할 것이다. 한국 현대문학 연구가 전후 세대에 와서 본격화되었다고 본다면, 한국 현대문학 연구의 1세대로부터 끊임없이 논란의 작가로 부상한 사람이 이상이었고,[1] 새로운 해석적

---

1) 이선영, 『한국문학의 사회학』(태학사, 1993, 98~100쪽)이 밝힌 바에 따르면, 한국 근대 문학의 작가 중 가장 많이 연구된 작가가 이광수와 더불어 이상이라고 한다. 이광수에 대한 관심이 상대적으로 퇴조하고 있는 현실에 비추어 보면, 현재 가장 각광받고 있는 문학사적 작가는 단연 이상일 것이라는 점을 추단할 수 있다. 이선영의 조사 시점에서 364편으로 조사되었던 이상 문학 연구 논변의 수가 오늘의 시점에서는 600여 편을 상회할 것으로 추정되고 있기 때문이다. 김주현, 「이상 문학 연구의 방향」(동서문학, 1997 겨울호) 참조. 본고에서 이들 연구 논변들을 모두 다 검토하고 참조하기는 불가능한 일일 것이기 때문에, 기껏해야 연구사 서지에 대한 선택적인 언급이 이루어질 수 있으리라는 점을 미리 밝혀둔다.

지평이 등장할 때마다 이상을 논란하지 않고는 그 정당성을 입증하기 어려웠다. 이상 문학 연구가 단순히 이상 문학 해석의 문제에 그치지 않고, 문학을 어떻게 바라보고 이해할 것이냐의 문예학적 원론 문제, 즉 문예 이론의 문제와 끊임없이 부딪히고 소용돌이치는 양상으로 전개되었던 것도 이러한 사정을 의미하는 것이라고 볼 것이다. 이 과정에서 텍스트 자체의 유동은 물론 별로 없었다. 새로운 자료가 발굴됐다고 해봐야 이상 문학이 몸체를 바꿀 정도로 크나큰 변동이 일어났다고 보기는 어려울 것이다. 바뀐 것은 그러므로 언제나 하나의 해석이었고, 그런 뜻에서 모든 이상 문학 연구란 언제나 하나의 해석 실천이었다고 할 수 있다.

퍼내고 퍼내도 마르지 않는, 이상 문학의 이와 같은 샘물같은 텍스트로서의 특질을 우리는 '열린 텍스트'라고 불러도 좋을 것이다. 끊임없이 새로운 해석을 가능케 하는 이 문학, 열린 텍스트로서의 이 문학의 형질이 무엇인가에 대해서도 그렇다면 우리는 다시 물을 수 있을 것이다. 열린 텍스트로서의 힘의 조건은 무엇인가. 아마도 그것은 궁극적인 해독 불능성이라거나, 혹은 의미 확정 불가능이라고 하는, 해석학의 근본 문제와 연루된 어떤 문제일 것이 틀림없다. 마치, 이 곳에 와서 얼마든지 뛰어 놀아라!, 라고 말하는 것이 이상 문학이라고 한다면, 그 해석 언어의 끝없는 놀이 속에서도 결코 탕진되지 않는 미학적 자질을 가진 것이 이상 문학이라고 할 것이다. 그렇다면 여기에 기호 놀이로서의 이상 문학의 특수한 형질이 놓여있는 것 아닐까. 여기서 섣불리 규칙의 문제를 논하기는 어렵다. 얼마든지 열린 해석을 가능케 하는 것이 그것이듯이, 끝없이 해석해 보아도 탕진되지 않는 것이 그것이듯이, 여기서 섣불리 그 문학의 규칙적 성질이 논해질 수는 없다. 그러니 가장 포괄적인 시선, 포괄적인 시야로부터 우리의 논의는 시작되지 않으면 안 되는 것이다. '기호 놀이'로서의 이상 문학의 특질에 대하여 일찍이 김윤식의 논점 제시가 있었던 것이지만,[2] '기호 놀이'를 응시하는 김윤식의 시선은 협소한 것이었거나, 그 성질의 자세한 규명에까지는 미치지 않았던 것으로 판단된다. 놀이 현상을 이해함에 있어서 규칙의 문제를 어떻게 볼 것이냐의 문제를 간과하거나 소홀히 한 것으로 여겨지기 때문이다. 이와 관련하여 비트겐슈타인은 다음과 같이 말하고 있다.

> 규칙은 놀이에서 교육의 한 보조물일 수 있다. 그것은 학습자에게 전달되며 학습자는 그것의 적용을 연습한다. – 또는 그것은 놀이 자체의 한 도구이다. – 또는 규칙은 교육에서도 놀이 자체에서도 사용되지 않는다. 또한 그것은 어떤 하나의 규칙 목록에 기록되어 있지도 않다. 우리는 다른 사람들이 놀이를 어떻게 하는지를 구경함으로써 놀이를 배운다.
>
> ◐ L. 비트겐슈타인, 『철학적 탐구』(이영철 옮김, 서광사, 1994), 52쪽

게임과 규칙의 관계에 대해서 말하고 있는 비트겐슈타인의 이와 같은 언술은 상당한 혁명성을 내포한 것으로 평가된다. 인간의 문화를 놀이의 관점에서 파악할 수 있다고 주장한 사람은 J. 호이징하였지만, 그러니까 대개 규칙론자의 입장에서 논지를 전개하고 있는 것이 호이징하라면, '언어 게임'의 관점을 상정한 비트겐슈타인은 소쉬르와도 크게 다르게 놀이 규칙의 비규칙성, 혹은 규칙의 사후적 발견 가능성을 강조함으로써 언어 게임에 대한 인식의 폭을 크게 넓혀 놓

---

2) 김윤식, 『이상소설연구』(문학과비평사, 1988) 3장(소설 유형) 참조. 여기에서 김윤식은 이상의 소설 세계를 (A), (B), (C), (D) 유형으로 나누고, (A)와 (C) 유형이 소설적 육체성을 갖춘 쪽임에 비하여, (B)와 (D) 유형이 기호 놀이 계열의 작품이라 하여 준별하고 있다. 그러나 (A)와 (C), (B)와 (D) 유형의 차이가 무엇인지에 대해서는 분명하게 그 지표가 설정되어 있지 못한 상태인 것으로 보인다. 본고는 이 차이를 크게 문제삼지 않으면서 다만 기호 놀이의 시학이 가진 성격이 무엇인지를 대체적으로 밝히고자 한다.

았다고 할 수 있다. 그는 또 다음과 같이 말하고 있다.

> 여기서 언어와 놀이와의 유사성이 우리에게 빛을 던져주지 않는가?
> 좌우간 우리는 사람들이 풀밭 위에서 어떤 하나의 공을 가지고 다음
> 과 같은 방식으로 놀이를 즐기는 것을 아주 잘 상상할 수 있다. 즉 그
> 들은 기존의 다양한 놀이들을 시작하고서는, 여러 놀이들을 끝까지 하
> 지 않고, 그 중간 중간에 공을 무계획적으로 공중에 던지고 서로 장난
> 으로 공을 급히 뒤쫓아 차고 집어던지고 하는 등등을 한다. 그런데 이
> 제 어떤 사람은 이렇게 말한다. 즉 그 전 시간에 걸쳐 그 사람들은 어
> 떤 하나의 공놀이를 하고 있(었)으며, 따라서 공을 던질 때마다 일정한
> 규칙을 따르고 있(었)다고.
> 그리고(그러나) 우리가 놀이를 '해나가면서 규칙을 만들어 나가는'
> 경우도 역시 존재하지 않는가? 그뿐 아니라 우리가 – 놀이를 해나가면
> 서 – 규칙들을 바꾸어 나가는 경우도.

　　　　　　　　　　　　　　　　　　　◐ 앞의 책, 69~70쪽

모든 언어 현상을 '언어 게임'으로 보는, 비트겐슈타인의 독자적인
관점의 특징은 그러니까 단순히 언어 현상을 게임의 양상으로만 본
다는 데 있지 않고, 여기서 '규칙'의 문제를 어떻게 이해할 것이냐의
문제와 관련된다고 할 수 있다. 비트겐슈타인의 관점이 예술 현상을
이해함에 있어서 특별히 유용하다고 생각되는 것은 우리가 알다시피
예술이란 기존의 규칙을 답습하는 데서가 아니라, 기존의 규칙을 무
너뜨리고, 새로운 규칙(형식)을 창안하는 데서 그 가치가 비롯되는 것
으로 여겨지기 때문이다. 새로운 놀이는 기왕의 놀이가 절대적인 규
칙성을 가진 것은 아님을 전제함에 의하여 가능한 것이다. 이런 점에
서 규칙 무너뜨리기를 내발적으로 조장하는 것이 곧 예술이라 할 수
있으며, 새로운 예술 속에서 미적 자질을 찾는 것은 그 예술적 놀이
속에서 사후적으로 어떤 규칙성을 발견하려는 노력에 해당할 수 있

다. 그러니까 규칙이 먼저 있고 예술이 있는 것이 아니라, 놀이를 벌이는 데서 예술가는 기쁨을 찾을 뿐이며, 놀이 속에서 규칙을 찾아내는 것은 해석자, 혹은 비평가의 몫이어야 하는 것이다. 언어 현상과 문법과의 관계 역시 마찬가지일 것이다. 적어도 '기술 문법'은 언어 현상이 먼저 있고, '문법'은 사후적인 것으로 인식한다. 언어의 공동성, 혹은 사회성 때문에 언어 규칙, 곧 문법은 매우 느리게 변화하는 것으로 인식되지만, 여기에 변화가 없다고 말할 수는 없다. 그보다도 훨씬 빠른 변화의 속성을 지닌 것이 예술이라 할 수 있으며, 이런 점에서 예술 현상의 이해에 있어서 규칙성의 문제가 무시되어서도 안 되지만, 그것을 항구적이고 불변의 성격으로 이해한다면 적어도 예술 현상 이해에 있어서는 바람직하지 못한 태도라 할 수 있는 것이다.

기존 규칙에 저항하는 것, 즉 새로운 놀이를 창조해나가는 데 예술의 근본 속성이 있다고 본다면, 언어 예술가, 즉 기호 예술가의 가장 급진적인 태도는 '의미'의 문제와 관련하여 발현한다고 할 수 있다. '의미'를 내장한 것이 기호로서의 '언어'의 특질이라고 한다면, 이 기호로 유희하는 예술가에게 근본적인 문제는 '의미'를 어떻게 조작, 변조할 것이냐의 문제로 주어진다고 할 수 있을 것이기 때문이다. 기호 놀이에 집중하는 예술가에게는 '세계', 혹은 '존재'도 어떤 의미의 체계, 즉 기호의 체계일 뿐이라는 것을 인식할 수 있다. 이 의미의 세계에 가장 급진적으로 저항하는 태도는 그러므로 '무의미'의 태도로 나타날 수 있다. 세계의 의미, 존재의 의미를 거부하는 자가 말의 엄밀한 뜻에서 허무주의자이듯이, 기존의 의미 체계에 저항하는 자는 '무의미'에의 지향 태도로 자기를 드러낼 수 있다. 기성의 의미 체계에 대한 거부와 부정의 태도가 그것이다. '의미' 속에서 '무의미'를 발견하려는 태도도 같은 것일 테다. 일반적으로 '난센스(non-sense)'라고 하는 것이 그것이다. 거꾸로 일상적 '무의미' 속에서 '의미'를 발견하려는 태도도 같은 것이 된다. 예술사상 전자의 태도를 부각시킨 것이 '다다이즘'이라 할 수 있고, 후자의 철학적 태도를 부각시킨 것이 '일상언어학파'의 사상이라 할 수 있다.

결국 이 세계의 의미는 무엇인가, 존재의 의미는 무엇인가, 라고 묻는 것이 무의미에 대한 인식을 내포한 물음의 태도, 형식이라고 할 수 있다. 여기에 의미가 있는가, 라고 묻는 것은 의미없음의 가능성, 즉 무의미의 가능성을 전제한 물음이라고 할 것이기 때문이다. 세계는 보는 자마다 다르다, 라고 한다면 세계의 의미 역시 사람마다에게 다른 것이라고 할 수 있다. 그러나 근본적으로 묻는 사람은 역시 여기에 의미가 있는가, 예술의 의미는 무엇인가, 존재의 의미는 무엇인가, 라고 할 것이다. 그리고 급진적인 사람은 역시 언제나 부정적으로 대답할 것이다. 여기에 의미는 없다. 그렇다면 우리는 무엇으로, 어떻게 살아야 하는가.

해석학의 문제가 근본적인 문제로 닥쳐드는 것도 이러한 문맥 속에 있을 것이다. 이 작품 속에, 텍스트 속에 의미는 있는가. 의미가 있다면 그 의미를 어떻게 확정할 것인가. 한 가지의 현대적 태도를 말한다면, 의미는 있기도 하고, 없기도 하다고 할 것이다. 의미가 있다는 것은 의미없음의 차연으로 성립하고, 무의미 또한 의미있음의 차연으로 성립한다는 것을 그 태도는 주장한다. 모든 의미론은 그리하여 차연의 춤으로만 성립한다. 이상 문학의 의미는 어디에 있는가. 어쩌면 그것은 '의미없음', 즉 '무의미'를 주장한 데서 주어지는 것일지 모른다. 이 '무의미'를 주장하기 위해서 그는 의미 놀이, 즉 온갖 기호 놀이를 벌이지 않으면 안되었다. 혹은 그는 기존 의미 체계의 무화를 주장하면서, 한편 자기 류의 독특한 의미 체계의 구축을 도모하였던 것인지 모른다. 어떤 쪽으로든 그의 인식을 주장하기 위해 그는 기호 놀이를 벌이지 않으면 안되었다. 그리고 매번 놀이를 벌일 때마다 그는 기호라는 '의미'의 벽, 혹은 '무의미'의 벽을 넘지 않으면 안되었다. 기호 자체가 의미이기 때문이다. '무의미'를 말하기 위해서 기호를 쓰지 않을 수 없는 것과 똑같은 이치다. '떠다니는 우편부호'로서의 이와 같은 기호의 성격을 누구보다 잘 이해하고, 그것을 통해 급진적인 의미의 놀이를 벌였다는 데서 우리는 이상 문학의 가치를 평할 수 있을 것인지 모른다. 그의 시학을 '기호 놀이의 시학', '난센스의 시학'이라고 이름 붙일 수 있는 이유가 여기에 있다. 이제부터 그의 텍스트를 향해 조금씩 진격해 보자.

2. 기호 놀이의 시학, 난센스의 시학 - 「오감도」

시로 직접 들어가기 전에 우선 하나의 비평적 담론을 앞세워 보기로 하자. 다음은 전후 세대에 속하는 한 시인-비평가의 언명이다. 이상 문학 연구실의 한 구석진 자리에 놓여있는 것이지만, 우리의 논의와 관련하여 시사적인 논점을 이 언급은 제시해 준다.

> 이 작품의 「13」이라는 수자가 日政下의 「朝鮮13道」를 뜻한다는 해석이 결과적으로는 이 작품의 상황·주제 및 의미와 관련되는 것은 이 때문이다. 적어도 「鳥瞰圖 詩第一號」를 두고 볼 때 李箱의 詩世界란 직접적이든 간접적이든 그것이 생산된 시대 및 사회와 무관한 것이 아니며 이 작품의 경우에 있어서처럼 그것의 처절한 縮圖로서의 의미를 지니게까지 한다. 그리고 그것은 항용 무의미를 가장하지만 결코 무의미한 것이 아니라 적어도 성공한 작품의 경우에는 「鳥瞰圖 詩第一號」에 있어서처럼 가장 고도의 意味를 담고 있는 것이다. 이러한 뜻에서 李箱詩를 현실을 외면한 터무니없는 언어의 장난으로 생각하려는

사람들은 우선 그의 詩의 性質에 대한 자신의 이해 부족을 깨달아야
할 것이다.
　⊙ 김종길, 「無意味의 意味－李箱 詩의 性質」(≪문학사상≫, 1974. 4), 329쪽

　이 글의 제목이 「無意味의 意味」인 데서도 짐작할 수 있듯이, 이상
시가 '무의미'와 '의미' 사이를 오가는 언어의 장난, 기호 놀이의 성
질을 지녔다는 것을 김종길은 정확히 지적하고 있다. 그렇지만 해석
의 방향에 있어서는 조금 과녁이 어긋나 있다는 점을 말해둘 필요가
있다. 이상의 시가 의미의 시임을 밝히기 위해 위 필자는 '13인의 아
해'의 '13'이 조선 13도를 가리키는 것이라고 설명하고 있으나, 이러
한 해석이야말로 난센스의 해석일 수 있다고 여겨지기 때문이다. '언
어의 장난'이라는 관점을 정면으로 부정하고, "항용 무의미를 가장하
지만 결코 무의미한 것이 아니라 (…) 고도의 意味를 담고 있는 것"이
라고 설명하고 있는 대목도 과장이거나, 빗나간 언술의 대목이라고
여겨진다. 아무래도 여기서 「烏瞰圖 詩第一號」의 전문을 확인해 둠이
불가피할 것이다. 보자.

　　十三人의兒孩가道路로疾走하오.
　　(길은막다른 골목이 適當하오.)

　　第一의兒孩가무섭다고그리오.
　　第二의兒孩도무섭다고그리오.
　　第三의兒孩도무섭다고그리오.
　　第四의兒孩도무섭다고그리오.
　　第五의兒孩도무섭다고그리오.
　　第六의兒孩도무섭다고그리오.
　　第七의兒孩도무섭다고그리오.
　　第八의兒孩도무섭다고그리오.

第九의兒孩도무섭다고그리오.
第十의兒孩도무섭다고그리오.

第十一의兒孩가무섭다고그리오.
第十二의兒孩도무섭다고그리오.
第十三의兒孩도무섭다고그리오.
十三人의兒孩는무서운兒孩와무서워하는兒孩와그렇게뿐이모였소.
(다른事情은없는것이차라리나았소)

그中에一人의兒孩가무서운兒孩라도좃소.
그中에二人의兒孩가무서운兒孩라도좃소.
그中에二人의兒孩가무서워하는兒孩라도좃소.
그中에一人의兒孩가무서워하는兒孩라도좃소.

(길은뚫닌골목이라도適當하오.)
十三人의兒孩가道路로疾走하지아니하야도좃소.

　　　　◎ 김승희 편저, 『李箱詩全集○評傳』(문학세계사, 1982), 152쪽

　수많은 시 연구자, 해석자들이 이 시의 해석에 도전하여 구구각색
의 해석을 내놓았다. 이승훈은 '문학사상사'판 전집본 주해 속에서
문제가 되는 '13人'의 해석과 관련, 대개 10가지 정도의 해석이 제출
되어 있음을 밝히고 있는데(이승훈 엮음, 『이상문학전집1』, 문학사상사,
1989, 18쪽, 주해3) 참조), 이 모두가 전적으로 틀렸다고 말하기는 어렵
더라도, 이 모두가 또한 타당한 것이라고 말하기도 어렵다는 것을 우
리는 인식할 수 있을 것이다. 문학 연구가 일종의 해석 놀이에 불과
할 수 있다는 것을 이 지점처럼 웅변으로 보여주는 대목도 없다. 그
렇다면 위와 같은 시를 어떻게 보고 이해함이 타당한 해석일까. 역시
우리가 가장 중시할 것은 텍스트 전체의 구조이며, 한편 기호 자체의
상식적 기호 작용일 것이다. '사적 언어란 없다'는 비트겐슈타인의

명제처럼, 혹은 '텍스트 바깥엔 아무 것도 없다'는 데리다의 금언처럼 우리에게는 기호의 상식적 기호 작용과 텍스트 전체의 구조적 층위에서 사태를 판별할 도리밖에는 없다. 그렇게 볼 때 우선 눈에 띄는 것은 일련의 숫자 배열과 반복되는 언어의 병치 구조이다. 이를 통해서 작자는 무엇을 말하고자 한 것인가.

여기서 섣불리 '十三人'의 기호가 무엇을 뜻하는지 그 의미를 정하여 말하지 않기로 하자. 가장 온당한 해석이라면 그것은 예수 최후의 만찬 이래 서양 사람들이 불길하게 생각하는 바로 그 '13인의 금요일' 중 '13인'을 뜻한다고 볼 것이다. 이에 대해서는 이상과 5년 가까이 한 집에서 생활했다는 친구 문종혁의 증언이 이미 나와 있다.[3] 하지만 이 증언에 의해 '13人'의 기호적 의미가 정확히 파악됐다고 하더라도 이 시의 의미에 대한 우리의 이해가 그다지 깊어졌다고 말하기는 어려울 것이다. 다만 "무섭다고 그리오"라는 언어 표현이 무려 13번이나 반복되고 있는 것으로 보아서, 어떤 무서움, 곧 다른 말로 '공포'에 대해서 말하고자 했다는 점만은 우리가 확인할 수 있다. 그렇다. 작자는 어떤 '공포'에 대해서 말하고자 했다. 이 '공포'에 대해 주석하자면, 공포스러운 존재 현실, 혹은 식민지적 존재의 불안, 혹은 '공포에 가까운 시대불안'(이 표현은 그의 「현대 미술의 요람」이라는 글에 나와 있다. 김윤식 엮음, 『이상문학전집3』(문학사상사, 1993) 262쪽) 등으로 설명될 수 있을 것이다. 그렇다면 사태를 보는 이상의 시선의 각도는 어떤 것이었을까.

이 시인이 어떤 '무서움', 공포의 현실에 대해 말하려 했다는 이상

---

3) 문종혁, 「몇 가지 異議」(≪문학사상≫, 1974. 4) 참조. 여기서 참조가 될만한 대목을 옮겨 보면 다음과 같다. "언젠가 그는 예수가 십자가에 못 박힐 때의 일을 상세히 얘기한 다음, "그러기에 일본 사람들이 四字나 九字를 싫어하듯이 서양사람들은 十三과 金曜日을 싫어하고 그러기에 서양사람들에게는 호텔이나 병원에 十三號실은 없다" 이렇게 들려주었다. 그에게 '13'은 不吉로 통했으며(…)"(349쪽)

으로 무엇인가의 해석적 논평을 내놓으려 할 때 우리는 해석의 위험, 혹은 말장난의 허망한 놀이 가능성 속에 놓이게 된다. 앞서 인용한 논평의 필자처럼, 혹은 서정주처럼 '13인의 아해'가 당시 조선 13도 의 민중 전체를 상징한다고 보는 것은 이런 점에서 매우 위험한 해석의 입장을 드러내고 있다고 판단할 수 있는 것이다. 실상 이상은 예술가로서의 첨예한 보편적 존재 의식을 지향한 자로서 '식민지'라 거나, '민족'이라거나, 혹은 '국가'라거나, 혹은 또 '프롤레타리아'라 거나 하는 등의 언설태들에 대해서 일언 반구 관심을 표명한 바가 없음을 그의 친구는 증언하고 있다.4) 친구의 증언이 아니더라도 민 족적 현실에 대해 별반 관심을 보이지 않았음을 그의 남아 있는 모 든 글들이 증언하고 있는 것이다. 그렇다면 그가 관심가지고 드러내 고자 한 것은 무엇이었을까.

그가 관심가진 것은 오직 예술일 뿐이었고, 그러한 관심 각도에서 그는 현대적 존재의 보편적 정황을 문제삼았다고 우리는 말할 수 있 다. 건축을 배우고 그림을 그리기도 했지만, 문학으로 일단 관심 방 향을 바꾼 뒤에는 문학에만 정열을 쏟아부었음을 우리는 알고 있다. 그가 '오감도' 시편들을 발표하던 당시 이미 '2천편'의 시고를 간직 하고 있었다는 「오감도 작자의 말」의 술회는 이런 점에서 되새겨질 기록의 하나인 것이다. 유고로 발굴된 그의 노트는 이 점의 한 유력 한 방증이다. 이와 같은 편집적, 혹은 광기의 시적 충동을 감안하고

---

4) 문종혁, 앞의 글 참조. 참조할 만한 대목을 그대로 옮기자면 이렇다. "箱은 이 때나 그 후에나 예술 외의 다른 世態事에는 무관심이었다. 당시 社會主義 사상의 영향 으로 프롤레타리아 文人들이 그들의 月刊誌까지 발간하며 갑론을박 논란을 펴고 작품 발표도 했으나 그는 거들떠보지도 않았다. 日本에서 열린 프롤레타리아 미술 전람회의 화집을 보았을 때 「이게 간판이면 간판이었지 美術이며 藝術야?」하고 코 웃음을 쳤다/ 箱에게서는 民族이나 國家를 운운하는 모습도 볼 수 없었다. 다만 人 類라는 명제를 되풀이해 말하였다."(348쪽)

볼 때, 그리고 그가 남긴 모든 시편들을 감안하고 볼 때, 그의 시작이란 가장 넓은 의미에서 '기호 놀이'의 성질을 지녔던 것을 우리는 확인할 수 있다. 여기서 우리가 기호 놀이라고 할 때, 그 기호 놀이는 2천번 이상 행해진 어떤 '기호 놀이'의 양상, 성질을 뜻한다. 지금 남아 있는 「오감도」 시편만을 보더라도 그것은 매번 똑같은 것이 아니다. 한 번의 놀이를 시도할 때마다 그는 매번 다른 놀이를 시도했던 것이다. 이 놀이를 가능하게 했던, 혹은 출발시켰던 시론의 거점은 일단 '다다이즘'이었다고 말할 수 있다. 그것은 매우 파괴적이고, 의미를 거부하는 시학의 성질을 지닌다. 규칙과 의미, 문법을 거부함으로써 무한히 새로운 전위적 기호 놀이를 가능케 했던 것이 이 기호 놀이의 시학이었던 것이다. 이 점을 확인하기 위한다면 지금 번역돼 있는 '다다' 선언문들을 읽어보고, 그 중에서도 특히 다다이즘의 사상이 집약적으로 나타나 있는 '1918년 다다 선언'을 읽어보라고 할 것이다. "최고의 단순성—새로움—이라 할 수 있는 충격을 예술에 부여함으로써 사람은 유희에 대해 인간적이며 진실할 수 있다. 또 권태감을 십자가에 못박기 위해 충동적일 수도 있다"고 말하고, ≪다다는 아무 것도 의미하지 않는다≫는 중간 제목 하에 쓰여진 "(……) 낱말 위에 감수성을 세우는 사람은 없다. 어떤 구성물이든 완벽성을 지향하지만, 그 완벽성은 사람을 권태롭게 한다. (…) 예술 작품은 그 자체로서 아름다움이 되어서는 안 된다"고 말하는 문장, 또 "예술이란 개인적인 일이며, 예술가는 자신을 위해서 예술을 한다", 또 넘어가서 "모두들 외쳐라, 우리가 완성해야 할 파괴적이며 부정적인 대사업이 있다고! 깨끗이 소제하고 청소하여라! 광기, 공격적이며 완벽한 광기의 상태, (…) 목적도 계획도 없이, 또한 기구조차 없는 제어할 수 없는 광기—해체이다. 언어나 완력으로 강한 사람은 살아 남으리라"의 문장들을 살펴보라고 할 것이다(트리스탕 쟈라·앙드레 브르통, 『다다/쉬르레알리즘 선언』(송재영 역, 문학과지성사, 1987), 13쪽에서 23쪽 사이).
이 언어들은 이상의 저 광기와 같은 시적 정열의 기호 산출이 어떻
게 가능했는지를 일단 설명해 준다. 이런 시관으로 그는 질주하듯 시
의 골목을 달려나갈 수 있었던 것이다. 그렇다면 「烏瞰圖 詩第一號」
의 의미를 우리는 어떻게 말해야 할까.

　≪다다는 아무 것도 의미하지 않는다≫는 명제처럼, 「烏瞰圖 詩第
一號」 역시 아무 것도 의미하지 않는다라고 우리는 말할 수 있다. 아
니 이렇게만 말해서는 안될 것이다. 이 무의미를 통해서 그가 무엇을
말하고자 했던가를 우리는 말해야 한다. 그는 무엇인가를 환기시키고
자 했던 것이다. "무지한 대중에겐 이해되지 않는 작가가 될 것이다"
고 말한 자칭 반철학자, 트리스탕 쟈라와 같이, 그리고 결과가 그랬
던 것처럼, 그는 우선 이와 같은 무의미의 시, 아무도 이해하지 못할
시를 발표함으로써 독자들을 향해, 그리고 모든 사람들을 향해 충격
을 주고자 했다. 그 충격 효과는 의미 충격의 언어와 일견 무의미를
가장한 언술태로부터 온다. "十三人의兒孩가道路로疾走하오/(길은막다
른 골목이 適當하오.)//第一의兒孩가무섭다고그리오.(…)第十三의兒孩도무
섭다고그리오" 그리고 이제부터 슬슬 어투가 바뀌어간다. "十三人의
兒孩는무서운兒孩와무서워하는兒孩와그렇게뿐이모였소./(다른事情은없는
것이차라리나았소)"라고 말하고, 이어서 "그中에一人의兒孩가무서운兒孩
라도좃소./그中에二人의兒孩가무서운兒孩라도좃소./그中에二人의兒孩
가무서워하는兒孩라도좃소./그中에一人의兒孩가무서워하는兒孩라도좃
소"라고 다시 말한다. 아마 여기쯤 이르러서 당혹감에 빠지지 않은
사람이 당시 독자 중엔 없었을 것이다. 순전히 하나의 '말장난' 아닌
가. 그리고 마침내 결정적인 언술이 수행된다. "(길은뚫닌골목이라도適當
하오.)/十三人의兒孩가道路로疾走하지아니하야도좃소".

　의미를 지워버리고, 의미의 방향을 폐색시켜버리는 그의 시적 태

도는 '띄어쓰기'의 거부, 혹은 '烏瞰圖'라는 제명, 혹은 '李箱'이라는
이름 속에 이미 고스란히 나타나 있는 것이다. 그리고 의미를 드러내
는 것은 하나의 형상, 혹은 기호 작용 자체이다. 즉 '무의미'로서 무
의미를 말하고, 공포로서 공포를 말했다고 할 수 있다. 이런 점에서
그의 기호는 일차원적인 것이다. 그러나 이 일차원의 기호가 무한한
해석 방향을 열리라는 것을 그는 이미 알아차렸다고 할 수 있다. 뒤
집어 놓음으로써, 즉 전도시켜 놓음으로써 그는 세계의 전도를 말하
려고 했다고 할 수 있으면, 이 깜짝 놀랄만한 전도 속에서 사람들은
왜 뒤집었는가를 물으리라는 것을 예상하고, 예측했다고 할 수 있다.
기호 작용의 상징성을 그가 이해했다는 뜻이다. 그러나 '벌거숭이 임
금님'을 보는 그대로 알아차리고 깔깔거리고 웃을 수 있었던 것은 가
장 순진한 어린 아이였듯이, '벌거숭이'가 또 하나의 옷을 것이라고
믿는 태도는 오히려 사태를 제대로 보지 못하고, 그의 눈속임에 넘어
가는 태도일 수 있다고 말할 수 있다. 여기서 또 하나의 시를 보아두
자. 「烏瞰圖 詩第三號」다.

> 싸홈하는사람은즉싸홈하지아니하든사람이고또싸홈하는사람은싸홈
> 하지아니하는사람이엇기도하니까싸홈하는사람이싸홈하는구경을하고
> 십거든싸홈하지아니하든사람이싸홈하는것을구경하든지싸홈하지아니
> 하는사람이싸홈하는구경을하든지싸홈하지아니하든사람이나싸홈하지
> 아니하는사람이싸홈하지아니하는것을구경하든지하얏으면그만이다
> ◎ 김승희 편저, 『李箱詩全集 ○評傳』(문학세계사, 1982), 153쪽

이 시에 무슨 심각한 '의미'가 잠재되어 있다고 보는 것 역시 그러
므로 미혹이기 쉬울 것이다. 다만 여기서 세계에 대한 어떤 인식의
문제가 개진되고 있다고 보면, '현전'과 '차연'을 통해 이루어지는 인
식과 기호 작용의 문제에 대한 언술자의 미묘한 흥취의 인식이 배어

나오고 있다고 보면 될 것이다. 대저 '싸움하는 사람'은 '싸움하지 아니하던 사람'이기도 하고, 또 그 '싸움하는 사람'은 '싸움하지 않는' 사람과의 차이, 차연 속에서 모습을 드러내고, 또 그렇게 인식될 수 있는 것이겠기에, '싸움하는 사람'과 '싸움하지 않는 사람', 혹은 '싸움하지 않던 사람' 사이의 차이를 인식하고 그것을 희화적으로 묘출한 이 시는 흥미로운 하나의 시적 광경을 제시하는 것이 될 수 있다. 이상은 이 인식적 흥취를 시적 언술 속에 담아 드러내고자 하였다고 볼 수 있는 것이다. 현대적인 인식론의 어떤 선취가 여기서 이루어지고 있다고 볼 여지가 없는 것도 아니지만, 그런 점에서 또 이상이 매우 뛰어난 인식론자였음을 우리는 부각시킬 수도 있지만, 그의 숨겨진 의도를 지나치게 부각하고 확대 해석하게 되면, 말놀이 자체의 유희적 흥미에 이끌렸던 그의 시적 태도를 한편 사상시키는 문제점이 여기서 돌출할 수 있다. 그렇게 본다면 위와 같은 그의 인식적 발견 자체가 기호 놀이에 대한 그의 깊은 인식적 태도에서 빚어져 나왔다고 봄이 우리에게는 훨씬 타당하지 않을까. ≪다다는 아무 것도 의미하지 않는다≫는 명제를 통해서 다다이스트는 무엇인가 의미하고자 했던 것처럼, 기존의 시적 의미 체계를 거부하고 말놀이를 놀이 자체로 보여줌으로써 그는 무엇인가를 의미하고자 했다고 우리는 다시 말할 수 있다. 의미 거부와 부정의 기호 놀이, 즉 무의미의 시학을 통해서 그는 세계에 대한 다른 어떤 해석의 가능성을 제시하고자 했다고 우리는 다시 말할 수 있는 것이다. 「烏瞰圖 詩第四號」에서 일껏 기호 놀이를 하고 나서 「以上 責任醫師 李箱」(김승희 편저, 앞의 책, 154쪽)이라고 주기했다던지, 「烏瞰圖 詩第二號」에서 '아버지의 아버지'로 이어지는 말장난, 즉 인륜적 관계의 무의미에 대한 희화적 언술을 감행하고 나서 끝부분에 슬쩍 "나는웨드되어나와나의아버지와나의아버지의아버지와나의아버지의아버지의아버지노릇을한꺼번에하면서살아야하는것이냐"(김승희 편저, 앞의 책, 153쪽)라면서 사뭇 의미있는 언술의 대목을 집어넣고자 하고 있는 것도 그런 점에서 동일한 그의 시적 태도의 발현 양상이라 할 것이다. 더 적극적으로 말하면 이러한 문맥에서 기호 놀이, 난센스의 시학을 통해 한편 세계에 대한 부정을 행하면서 한편으로는 세계에 대한 근본적 전복의 해석을 도모했다는 것으로 그의 시학은 요약될 수 있는 것이다. 하지만 이러한 파악과 해석에 앞서 그가 순수하게 기호 놀이의 유희를 도모했다는 점을 우리는 빼놓지 말아야 할 것이며, 그런 점에서 그의 문학은 전체적으로 의미와 무의미 사이를 넘나드는 기호 놀이, 의미 놀이의 시학을 경주했다고 말해볼 수 있는 것이다. 그의 이같은 태도와 입장의 면모는 그의 수필 부류의 글들에 대한 검토를 통해서 보다 선명히 그 자태를 드러낼 수 있을 것이다.

3. 예술에 대한 순교자적 의지와 유희적 세계관
-수필 「권태」를 중심으로

우리는 일반적으로 사람이 놀이에 빠짐으로써 의미를 잃어버릴 공산이 크고, 또 의미를 잃어버림으로써 사람은 놀이에 빠질 공산이 크다고 말할 수 있을 것이다. 이상에게 문학은 곧 기호 놀이였으며, 이 기호 놀이에 탐닉함으로써 그는 세상의 여타 의미를 잃어버리게 되었다고 말할 수 있다. 혹은 생활의 다른 의미, 여타의 의미를 잃어버리게 됨으로써 그는 점차 문학 속에 탐닉해 들어갔다고 말할 수 있다. 이처럼 문학과 생활, 놀이로서의 예술과 생활의 관계에 대한 인식을 보여준다는 점에서 그의 수필 부류의 저술들은 주목될 수 있다.

그 중에서도 가장 주목되는 저술은 역시 수필 「권태」이다. 「권태」로 들어가기 전에 예비적 논의를 조금 시도해 보기로 한다.

수필의 양식을 통해서 이상이 의외로 온건하고 진지한 어투의 언술들을 내놓았다는 것은 널리 알려진 사실이며, 이는 우리의 논의를 위해서도 매우 다행한 일이 아닐 수 없다. 이상이 부정적이고 파괴적인 의지의 소유자만은 아니었다는 것을 이는 뜻하는 것이며,5) '문학이란 무엇인가'의 물음을 위해서 이상의 글쓰기가 유력한 역사적 참조 항목으로 부각될 수 있는 근거도 이러한 지점에서 주어지는 것이다. 그가 만약 「오감도」 시편들만을 남겼다고 한다면, 그리고 몇 개의 소설적 언어 편린들만을 남겼다고 한다면, 이상 문학은 지금 어느 문학사의 곳간 속에서 '오들오들 떨고 있을 뿐'일지도 모르는 일이다. 다행히 이상은 순수하게 창작적 기호 놀이의 공간일 수 있는 시, 소설 외에 가면을 쓰지 않고 자신의 육성을 직접적으로 토로한 제3

---

5) 이상 문학을 부정적으로 논한 대표적인, 선구적인 논자는 정명환이라 할 것이다. 이상을 열광적으로 논한 전후 세대의 비평가, 연구자들에 맞서 이상 문학에 대한 부정적 평가의 관점을 정립한 것이 그의 논문 「부정과 생성」(『한국인과 문학사상』, 일조각, 1968)인 셈이다. 그가 바라보는 관점의 요체는 글의 제목으로 드러나고 있는데, 부정만이 있지 생성의 모랄을 결여하고 있기 때문에 건강하지 못하고, 결국 좌절된 문학이라는 것을 그는 강조하고 있는 것이다. 이상 문학에 대한 부정적 평가의 시선을 대변하고 있다는 점에서 중요한 이 글이 그러나 정작 어느 만큼의 설득력을 갖추고 있느냐 하는 것은 다른 문제일 것이다. 그의 많은 글들이 그렇듯이 이상 문학을 부정적으로 바라보는 그의 입지점은 불란서 특유의 윤리적 문학 전통에 구축되어 있는 것인데, 실상 현대문학에 새로운 활력을 불어 넣은 다다이즘, 초현실주의의 문예 운동 역시 대개 불문학을 배경으로 이루어졌다는 사실은 우리가 몰각할 수 없는 사항 중 하나일 것이다. 물론 정명환의 논지를 따라서 이상 문학이 결코 성숙을 이룩하지는 못한 문학이며, 결과적으로 보편적 호소력을 지닌 위대한 모랄의 문학을 산출하지는 못했다는 데 동의할 사람은 많을 것으로 보인다. 그러나 이 역시 문학을 장편 소설 위주로 보는 문학적 평가의 한 유력한 전통 속에서 파생되는 것이지, 그것이 문학 평가의 관점 일반을 대변하는 것이라 보기는 어려우리라는 점에서 본고의 입장은 이상 문학의 특수성을 강조하는 데 좀 더 주안점을 두고자 하는 것이다.

의 글들, 우리가 통칭 '수필' 류라 부르는 여러 글들을 남겨놓고 있
어서 그와 그의 문학을 이해하는 데도 많은 도움을 주고 있는 것이
다. 수필 류의 글들 속에서는 상식적이라 할 만큼 지나치게 범속한
한 인간의 모습을 엿보게도 하지만, 그러기에 한 실존적 인간으로서
의 그의 내면적 고투의 현실을 우리는 보다 잘 이해할 수도 있고, 거
꾸로는 혁명적이라 할 만큼 한국 문학사 속에서 이질적인 그의 문학
의 이론적인, 세계관적인 기반에 대해서 우리는 보다 잘 이해할 수도
있는 것이다. 그렇다면 다시 한 번 우리 논의의 출발점은 어디서 마
련되어야 하는가. 우리가 지금 확인하고 알고 싶은 것은 무엇인가.

　다시 한 번 다다이즘에서 우리 논의의 출발점을 마련하자. 매우
범속한 양식의 처녀작, 장편소설『十二月 十二日』을 제외하면「오감
도」 시편들을 쓰고 발표하던, 1930년대 초반기의 단계에서 그가 다
다이즘의 강력한 세례를 받았던 것은 분명한 듯하다. 다시 한 번 친
구 문종혁의 증언을 신뢰하자면 그림에 심취하던 시기, 그러니까 문
학으로의 방향 전환 이전 시기에 그는 벌써 다다 풍의 화풍에 크게
자극받았던 듯하며,[6] 이 시기에 그는 예술에의 헌신을 결심하고 각
오한 듯하다. 친구가 전하는 그의 예술에 대한 사상, 예술관을 옮겨
보면 이렇다.

　　藝術家란 자기 자신의 새 세계를 개척해내야 한다. 그것이 참된 예
　술가의 의무요 인류에 공헌하는 길이다.

　　참된 예술가는 결코 현재에 安逸하지 않는다. 늘 새 경지를 향해 다
　름질치고 만일 그에게 유끼쓰마리(打開의 길이 막힌 상태)가 왔을 때

---

6) 문종혁, 앞의 글(348쪽) 참조. 관련 대목을 옮겨보면 이렇다. "스물 한 살 1930년
　봄 어느날 箱은 그림 이야기를 하다가 문득「다다이슴은 문학에도 있는 거야」하고
　말하였는데 이해 여름 그는 첫 객혈을 하였다"

에는 고민이 오고 드디어는 자살까지를 초래한다.

예술가가 된다는 것을 황금마차를 타고 구언의 화원길을 달리듯 화려하고 담콤한 것으로만 알아서는 큰 오산이다. 그 길은 비바람 몰아치는 험난한 가시밭길이다.

한 영웅이 탄생되기까지에는 수 십만 수 백만 무명용사들의 죽음이 뒤따라야 함과 같이 한 위대한 예술가가 탄생되기까지에는 보다 많은 무명 예술가들이 그늘에서 사라진다는 사실을 알아야 한다.

◯ 문종혁, 앞의 글, 348쪽

친구를 통해 중계된 언설이라 그 신빙성을 정확히 고증하기는 어렵지만, 이상의 예술에 대한 태도가 어떤 것이었는지는 능히 짐작할 수 있는 자료라 하겠다. 이상의 예술관이 정밀히 검증되기 위해서는 그 자신의 육성의 목소리가 필수적인 것일진대, 현재 우리가 취할 수 있는 자료로는 그가 현대 미술에 대해 언급한 「現代美術의 搖籃」(《매일신보》, 1935. 3. 14~23)이 있을 뿐이다. 그러나 이 역시 우리의 논의를 위해서는 훌륭한 자료가 된다. 그가 비록 다다이즘의 세례를 받아 모더니즘의 예술 의식에 크게 사로잡혔지만, 예술사를 바라보는 그의 안목은 현대 예술의 그것에만 제한되지는 않았다는 것을 보여주기 때문이다. 예술과 인생에 대한 그의 인식, 태도는 "인생은 짧고 예술은 길다. 즉 예술은 인류와 함께 길기가 한이 없는 것이지만, 인생은 그와 반대로 너무 짧은 까닭이겠다"(김윤식 편, 『이상문학전집3』, 262쪽)의 문장으로 보아 알 수 있는 것이지만, 현대 예술의 흐름을 구체적으로 논급하는 문맥에서는 "예술에는 영원성이라는 것이 적용되지 아니하므로"라고 말함으로써 예술의 영역에서도 역시 영원한 것이란 있을 수 없다는 것을 말하고 있다. 이처럼 인생보다는 길고 그러나 영원히 영원한 것으로 존재할 수는 없다고 보는 이와 같은 예술의 속성을 그는 '예술의 영원성 없는 영원성'이라고 표현하고 있거니와

("역사의 필연성－그것은 생성하는 인류만이 가지는 창조적 의지에 전혀 지배될
－에서만 예술의 영원성 없는 영원성은 어렴풋이 관념된다", 김윤식 엮음, 앞의
책, 263쪽.) 그가 집착했던 바의 근원적 문제가 하이데거의 저술 그대
로 '존재와 시간'의 문제였던 것을 알 수 있다. 왜 그는 영원성, 즉
존재의 시간의 문제에 그토록 집착하지 않으면 안되었던 것일까.

존재의 유한성, 즉 죽음 앞에 직면하지 않을 수 없는 존재의 유한
성의 조건을 하이데거는 인간 실존의 보편적 조건으로 파악하거니와,
이상이 특별히 이와 같은 의식에 사로잡혀 있었다고 하는 것은 그가
조숙하고 예민한 감수성의 소유자였다는 점을 감안하고 볼 때 전혀
우연이었다고 할 수 없다. 더구나 그는 일찍이 의사로부터 사형 선고
를 받고, 언제든 처형을 기다리는 심리 상태로 삶을 살았던 것이 아
닌가. 굳이 김윤식의 논급을 빌리지 않더라도(김윤식, 『이상 연구』(문학
사상사, 1987) 2장 참조), '(의주통공사장에서)'에서라고 부기되어 있는 이상
의 「病床以後」라는 글을 보면 그가 첫 각혈 이후 죽음의 의식에 크
게 사로잡혔던 것을 알 수 있기 때문이다. 그 죽음에 대한 강박 관념
이 예술에 대한 그의 의지를 거의 광적인 상태의 것으로 몰아갔으리
라는 것을 짐작할 수 있다. 그가 시를 2천편이나 써 모았다는 것은
이로부터의 일이라고 할 수 있기 때문이다. 훨씬 안정된 표현 형국을
띠고 있지만, 죽음에 대한 의식적 경험이 예술에 대한 의욕, 의지를
낳았다는 것을 그는 「病床以後」에서 다음처럼 표현하고 있다.

> 醫師도 다녀가고 며칠 後, 醫師에게 對한 그의 憤怒도 식고 그의 意
> 識에 明朗한 時間이 次次로 많아졌을 때 어느 時間 그는 벌써 알지 못
> 할 (根據) 希望에 애태우는 人間으로 나타났다. 「내가 일어나기만 하
> 면……」그에게는 '단테'의 ≪神曲≫도 '다뷘치'의 <모나리자>도 아무
> 것도 그의 마음대로 나올 것만 같았다.
>   ◎ 김윤식 엮음, 『이상문학전집3』(문학사상사, 1993), 59쪽

광기와 같은 열도로 뻗쳤던 이상 특유의 시적, 문학적 정열의 성격, 그 에너지 생성의 배경을 위와 같이 이해하고 볼 때, 그가 이 시기부터, 즉 '病床以後'부터 온전히 예술의 창으로 세계를 바라보기에 이르렀으리라는 것은 능히 짐작될 수 있는 일이다. 어차피 저승사자의 손아귀에 그의 목숨이 저당잡혀 있다는 것을 인식하였을 때, 차라리 예술에 몸을 던져 목숨을 건 도박에 나서리라는 것을 그는 결심하였다고 볼 수 있다. 그리고 그와 동시에 그에게는 생활의 문제가 덤벼들었다. 병상의 상태에서는 오로지 생존만이 문제되지만, 몸이 조금씩 회복되어 정상 상태에 접어들게 되면 이제 그를 괴롭히게 되는 것은 생활의 문제다. 예술과 생활, 즉 모든 예술가들이 예외없이 걸려드는 난문의 이 이중고, 즉 거미줄의 '지주' 앞에 그 역시 돼지처럼 꼼짝없이 걸려드는 것이다. 그는 집안의 장자였던 것이다. 총독부 기사 직을 퇴직한—이는 병 때문이었던 것으로 봐야 하지 않을까—뒤, 그가 다방 '제비'를 경영하고, 또 카페 '쓰루'를 인수, 경영하고, 또 다방 '69'를 개업하였다가 포기하고, 또 다방 '무기(麥)' 경영을 계획하였다가 개업하기도 전에 타인에게 양도하였다거나, 하는 등의 사연들은 단순한 제스처였던 것이 아니라, 생활에 대한 그의 강박 관념을 말해주는 것이 아닐까. 그러나 당연히도 이 모든 경영 시도에서 그는 무참히 패배할 수밖에 없었다. 예술가였던만큼 경영이라는 일상적 삶의 영역, 경제 영역에서 그가 능력을 발휘할 순 없었다. 그리고는 친구 具本雄의 부친이 경영하던 '彰文社'에 취직, 편집사원 노릇을 한다. 이쯤되면 그가 한 생활인으로서도 결코 노력하지 않은 자는 아니라는 것을 알 수 있다. 생활 전선에서 그는 늘상 패배할 수밖에 없었지만, 사실상 생활의 문제가 그의 안중을 지배하였던 것은 아니다. 그는 다만 인륜 때문에, 도덕적 관습 때문에, 그 도덕적 관습이 부여하는 책임 윤리의 덕목 때문에, 아니 차라리 한 인간으로서의 도리로서, 그는 장자로서의 역할, 혹은 가장으로서의 역할을 다하고자 했을 뿐이다. 하지만 이 사회적 역할 감당에 있어서 그는 궁극적으로 패배했다. 그리고 그는 자신의 삶이, 목숨의 시효가 얼마 남지 않았다는 것을 직감했다. 예술과 생활에 있어서의 과도한 진력이 역시 그의 몸을 망가뜨렸던 것이다. 그는 최후로 결혼(아내 卞東林)을 하고-이 대목을 의식상으로 한 수수께끼의 대목이라 해야 하지 않을까. 이 당시에는 건강에 어느 정도 자신이 섰던 때문일까-, 그리고 東京 행을 선택하게 되는데, 동경에서 완성한 수필 「권태」가 수필 양식으로는 이상다운 글쓰기의 면모, 그 세계관을 엿보게 하는 일등 자료가 된다. 그의 세계관을 '유희적 세계관'으로 규정짓게 하는 근거도 실상이 수필 글에서 찾아지는 것이다. 이 글을 조금 자세히 검토해 보기로 하자.

'권태'란 무엇인가. 이 용어가 다다이스트들의 애용 용어 중 하나였음은 앞에서도 살핀 바 있거니와, 그것이 놀이의 사상과 직결되어 있는 개념임은 어린 아이라도 생각할 수 있다. 권태 속에서 유희가 찾아지고, 유희는 곧 권태를 깨기 위한 행위이기 때문이다. 인간만이 누릴 수 있는 이 유희 충동을 주목하여 J. 호이징하는 인간을 '호모 루덴스Homo Ludens' 즉 '놀이하는 인간'으로 부르자고 제안했거니와, 이것이 인류 문화의 원천 중 하나임을 그는 주장하였던 것이다.(J. 호이징하, 『호모 루덴스』(김윤수 역, 까치, 1981) 참조) 이상이 호이징하의 그와 같은 견해를 벌써 섭취하고 있었던지는 알 수 없지만-호이징하의 저작 『호모 루덴스』는 1938년에 출현하였다. 그러나 그 이론적 견해 자체는 일찍이 유포되어 있었을 수 있다-, 그와 같은 세계 이해의 관념을 그가 비상히 가다듬고 있었다는 것은 이 글의 글쓰기에 바친 그의 정열로 보아 알 수 있다. 이와 같은 사상의 개진이 비상히 주목되리라는 것을 그가 의식한 때문이었을까. 어쨌든 그는 동경까지 날아가서 이 수필의 완성에 매달린 흔적을 보여준다. 수필 「권태」의 말미에는 <十二月 十九日未明, 東京서>라고 주기되어 있는 바, 그 원형의 기록은 '成川 紀行'으로 알려진 「山村餘情」 등과 함께 35년경에 쓰여진 것으로 보이는 「이 兒孩들에게 장난감을 주라」, 「어리석은 夕飯」, 「暮色」, 「무제(초추)」 등의 글이기 때문이다. 이상은 그러니까 수필 「권태」를 완성하기까지 1년여의 시간을 보냈고, 급기야 동경까지 날아가서 글을 완성했던 것이다. 글의 서두는 이렇게 시작되고 있다.

> 어서 - 차라리 - 어둬 버리기나 했으면 좋겠는데 - 僻村의 여름 - 날
> 은 지리해서 죽겠을 만치 길다.
> 동에 팔봉산, 곡선은 왜 저리도 굴곡이 없이 단조로운고?
> ○ 김윤식 엮음, 앞의 책, 141쪽

그리고 이 글의 절정 부분은 다음과 같이 기술되어 있다. 어린아이들의 똥 누기 놀이 장면을 보고 기술한 대목이다.

> 그들은 도로 나란히 앉는다. 앉아서 소리가 없다. 무엇을 하나. 무
> 슨 種類의 遊戲인지 遊戲는 遊戲인 모양인데 - 이 倦怠의 왜小人間들은
> 또 무슨 奇想天外의 遊戲를 발명했나.
> 五分後에 그들은 비키면서 하나씩 둘씩 일어선다. 제各各 大便을 한
> 무데기씩 누어 놓았다. 아 - 이것도 亦是 그들의 遊戲였다. 束手無策의
> 그들 最後의 創作遊戲였다. 그러나 그中 한 아이가 영 일어나지를 않
> 는다. 그는 大便이 나오지 않는다. 그럼 그는 이번 遊戲의 못난 落伍者
> 임에 틀림없다. 分明히 다른 아이들 눈에 嘲笑의 빛이 보인다. 아 - 造
> 物主여 이들을 爲하여 風景과 玩具를 주소서.
> ○ 김윤식 엮음, 앞의 책, 151쪽

박완서는 이상의 이 글을 두고, 농촌의 어린 아이들은 전혀 권태롭지 않다는 것을 자신의 경험을 빌려 말한 적이 있지만, 중요한 것

은 이상이 세계를 어떻게 보고 이해하고 있었느냐의 점이어야 할 것이다. 이 점에서 이상은 전적으로 세계를 권태의 현실, 그리고 유희의 현실로 파악하였다. '자연', 그리고 '생활'이라는 것을 모를 이유는 없었을 것이지만, 그의 눈에 들어오는 세계의 현실은 '유희'와 그 상관짝으로서의 '권태'의 현실이었던 것이다. 마치 이솝우화에 나오는 '베짱이'와 같이 존재의 의미없는 세계에서 유일한 의미는 '유희', '놀이'의 측면에서만 찾아질 수 있다고 말하고 있다. 그가 이 당시 세계를 어떻게 바라보고 감수하고 있었던지 보다 자세히 살피기 위해 이 글의 마지막 부분을 인용해 보자면 이렇다.

나는 消化를 促進시키느라고 길을 왔다 갔다 한다. 돌칠 적마다 멍석 위에 누운 사람의 數가 늘어간다.

이것이 屍體와 무엇이 다를까? 먹고 잘 줄 아는 屍體 - 나는 이런 失禮로운 생각을 停止해야만 되겠다. 그리고 나도 가서 자야겠다.

房에 돌아와 나는 나를 살펴본다. 모든 것에서 絶緣된 지금의 내 생활 - 自殺의 단서조차를 찾을 길이 없는 지금의 내 生活은 과연 倦怠의 極倦怠 그것이다.

그렇건만 來日이라는 것이 있다. 다시는 날이 새이지 않은 것 같기도 한 밤 저쪽에 또 來日이라는 놈이 한 個 버티고 서 있다. 마치 凶猛한 刑吏처럼 - 나는 그 刑吏를 避할 수 없다. 오늘이 되어 버린 來日 속에서 또 나는 窒息할 만치 심심해례야 되고 기막힐 만치 '답답해 해야' 된다.

그럼 오늘 하루를 나는 어떻게 지냈던가. 이런 것은 생각할 必要가 없으리라. 그냥 자자 - 자다가 不幸히 - 아니 多幸히 또 깨거든 崔서방의 조카와 將棋 또 한판 두지 웅덩이에 가서 송사리를 볼 수도 있고 - 몇 가지 안 남은 記憶을 소처럼 - 反芻하면서 끝없는 懶怠를 즐기는 方法도 있지 않으냐.

불나비가 달려들어 불을 끈다. 불나비는 죽었든지 火傷을 입었으리라. 그러나 불나비라는 놈은 사는 方法을 아는 놈이다. 불을 보면 뛰어

들 줄을 알고 - 平常에 불을 焦燥히 찾아다닐 줄도 아는 情熱의 生物이
니 말이다.

　그러나 여기 어디 불을 찾으려는 情熱이 있으며 뛰어들 불이 있느
냐. 없다. 나에게는 아무것도 없고 아무것도 없는 내 눈에는 아무것도
보이지 않는다.

　暗黑은 暗黑인 以上 이 좁은 房 것이나 宇宙에 꽉찬 것이나 分量上
차이가 없으리다. 나는 이 大小 없는 暗黑 가운데 누워서 숨쉴 것도
어루만질 것도 또 慾心 나는 것도 아무것도 없다. 다만 어디까지 가야
끝이 날지 모르는 來日 그것이 또 窓밖에 登待하고 있는 것을 느끼면
서 오들 오들 떨고 있을 뿐이다.

　十二月 十九日未明, 東京서

　　　　　　　　　　○ 김윤식 엮음, 앞의 책, 152~153쪽

　이상이 가장 정성들여 쓴 글이 이 글, 이 대목이고, 이 대목에 이
상다운 것이 집중되어 있음을 우리는 알아차릴 수 있다. 잠이 든 생
활인의 모습을 보며, "이것이 屍體와 무엇이 다를까? 먹고 잘 줄 아
는 屍體"라고 말하면서도, 금방 또 "나는 이런 失禮로운 생각을 停止
해야만 되겠다"고 교정할 줄 아는 것이 이상다운 윤리의 감각을 드
러낸 것이라 할 수 있고, 여기서 그가 말하는 소위 '19세기식' 윤리
감각과 20세기 예술 감각이 첨예하게 맞부딪히고 있는 것이라 할 수
있다. 그리고 "모든 것에서 絶緣된 지금의 내 生活 - 自殺의 단서조차
를 찾을 길이 없는 지금의 내 生活은 과연 倦怠의 極倦怠 그것이다"
고 말하고, 그렇건만 또 來日이라는 것이 있기에, "오늘이 되어 버린
來日 속에서 또 나는 窒息할 만치 심심해레야 되고 기막힐 만치 '답
답해 해야' 된다"고 말하고 있다. 생활 속에서 모든 의미를 잃어버리
고 거세된 자의 단말마적 외침이 아닐 수 없다. 그리고는 하루의 삶
을 다시 돌이켜보면서, 차라리 불나비와 같이, 불 속으로 뛰어들 줄

아는 정열이라도 간직할 수 있다면 좋겠다고, 방향 잃은, 의미를 잃은 자의 외침을 토로한다. "그러나 여기 어디 불을 찾으려는 情熱이 있으며 뛰어들 불이 있느냐. 없다. 나에게는 아무것도 없고 아무것도 없는 내 눈에는 아무것도 보이지 않는다"의 외침은 그런 점에서 세계의 암흑 앞에 직면한 자의 마지막 외침이라고 해도 좋은 것이다. 유서에 값하는 이와 같은 글을 짓고 난 몇 개월 뒤, 그가 마침내 황천행의 먼 길을 떠났다는 것은 따라서 사태의 자연적인 운행, 곧 필연의 과정이었다고도 할 수 있을 터이며, 이럴 만큼 당시 그의 의식은 삶에 대한 극도의 비관주의, 세계에 대한 뜻을 잃은 자로서의 허무주의, 한편 오로지 영원한 예술품을 남기고야 말겠다는 예술적 순교에의 의지로 가득 찬 것이었다고 말할 수 있다. 이러한 예술가의 시야에서 삶을 향한 일반 의지는 유희적 의지로 파악되었으며, 그 유희적 의지의 상대로서 놓여있는 현실이 '권태'로서 파악되었던 셈이다. 이러한 시야에서 그에게 '예술'이란 유희적 의지를 대표하는 문화적 일반 개념으로 파악되었던 것은 더 말할 나위가 없다.

4. 소설적 기호 놀이로서의 「날개」

필자는 지금껏 이상이 유희적 세계관의 소유자였으며, 그의 시학이 '기호 놀이'의 시학이었음을 밝히기 위해 여기까지 달려왔거니와, 소설 장르에 있어서 이상과 이상 문학의 이와 같은 면모가 입증되지 않는다고 한다면, 불충분한 논의라고 할 것이다. 물론 소설적 글쓰기에 있어서 이상 문학의 저와 같은 '기호 놀이'적 특질이 이미 어느 정도는 밝혀져 있는 상태라 할 수 있다. 서두에서 언급한 것처럼 김윤식의 『이상 소설 연구』(문학과비평사 간)가 그와 같은 시각에서 이상 소설을 연구한 대표적인 연구 성과라 할 수 있는 것이다. 하지만 이와 같은 선행 연구에도 불구하고, 이상 소설, 이상 문학의 성질이 여전히 충분하게 밝혀져 있지는 못한 상태에 있다고 여겨지는 이유는 무엇일까. 이 점을 김윤식의 연구 성과, 연구 관점을 중심으로 생각해 보자.

앞서 밝힌 것처럼 김윤식은 이상 소설을 크게 4부류로 나누고 있지만, (A)형의 『十二月 十二日』과 (C)형의 「날개」를 비교적 소설적 육체성을 갖춘 양상으로 보고, 나머지의 소설 작품들, 즉 「휴업과 사정」 등 비교적 초기에 속하는 작품들의 (B)유형과, 「종생기」를 위시, 후기에 속하는 작품들의 (D)유형은 대개 '기호 놀이' 계열에 속하는 것으로 보아, 이상 소설을 크게 두 부류로 나누어 볼 수 있다는 시각을 노출하고 있다(본고 주4) 참조). 이와 같은 분류적 인식을 우리는 어떻게 받아들여야 할까.

분류의 방법이 단순히 인식적 편의를 위한 방법임을 감안하더라도 이상 소설을 나누어 봄으로써 이상 소설의 본질이 무엇인가에 대한 인식은 오히려 약화될 수 있다는 점을 우리는 우선 염두에 둘 수 있겠다. 요컨대 '기호 놀이'이면 '기호 놀이'이고, 그것이 아니면 아니라고 볼 필요가 있다는 것이다. 『十二月 十二日』이 가장 이른 단계에 쓰여져서 비교적 전통적인 양식을 취하고 있으면서도 미숙한 양상이라고 본다면, 그 나머지의 소설들 중에서 유독 「날개」만을 따로 떼어, 하나의 유형군으로 독립시킬 이유는 없다고 여겨지기 때문이다. 그렇다면 「날개」 역시 일단 넓은 의미에서 '기호 놀이'로서의 성격을 갖춘 작품인 것으로 보고, 이후 그 차별성을 논함이 우리에게는 옳은 태도가 될 것이다. '기호 놀이'로서의 「날개」의 성격이란 무엇인가. 결국 「날개」를 설명함이 우리의 최종 목표가 되지 않으면 안 된다.

모든 언어 활동을 일단 '언어 게임'으로 보자는 비트겐슈타인의 제
안을 받아들인다면, 모든 소설적 글쓰기 역시 '기호 놀이'로서의 성격
을 갖는 것은 당연하다. 이 차원에서 보자면, 시, 소설, 그리고 문학과
철학, 그리고 1차 담론과 2차 담론의 구별까지가 무의미하다고 할 수
있을 정도로 모든 담론들은 일단 '기호 놀이'로서 간주될 수 있는 것
이다. 이처럼 '기호 놀이'로 보는 시각을 일단 갖추고 보면, 그 다음
장르간 구별은 일종의 규칙의 문제가 된다. 말하자면 시적 담론의 규
칙과 소설적 담론의 규칙, 그리고 문학 담론의 규칙과 철학 담론의 규
칙, 혹은 연구 담론의 규칙 등에 대한 인식, 구별의 문제가 '기호 놀
이'의 시각 하에서 이제부터 구체적으로 논의될 수 있는 것이다. 하지
만 비트겐슈타인이 간파했고, 또 이상이 그의 시를 통해 보여준 것처
럼, 담론의 절대적인 규칙, 곧 규범적 규칙이 있는 것이냐 묻는다면
우리는 망설이지 않을 수 없다. 시와 소설이 다른 것이라고 본다면 거
기엔 규칙의 차이가 존재하는 것이라고 말해야 할 것이지만, 과연 시
의 규칙이 무엇이냐고 묻는다면 우리는 망설이지 않을 수 없다. 과연
시적 규칙을 최대한 파괴한 사람이 이상이기 때문이다. 이상 시가 엉
터리라고 보는 사람은 하나의 규칙의 시선으로 이상을 보는 것이지만,
그와 똑같은 시야에서 우리는 이상이 기왕의 규범적 시학을 거부하고,
'기호 놀이'의 가능성을 최대한 신장해 보여주었기 때문에 그가 위대
하다고 말할 수 있다. 어느 평론가(이광호)의 언설을 빌리자면 이상은
'위반의 시학'을 도모했던 것이다. 이와 비슷한 시야에서 우리는 이상
의 소설, 「날개」까지를 보고, 설명할 수 없을까.

우선 부정적으로 말하자면 이상의 소설, 「날개」는 결코 리얼리즘
의 시야로 인식해서는 되지 않는 소설이다. 많은 연구자들이 이상 소
설 앞에서 당혹해 하고 그 설명에 실패하는 것은 그것의 반리얼리즘
적 성격을 인식치 못하기 때문이라고 할 수 있다. 이상이 최재서의

「리얼리즘의 확대와 심화」라는 글에 대해서 다소 이의를 제기했다고 하는 김기림의 전언(김기림, 「고 이상의 추억」, 『김기림전집5』(심설당, 1988) 참조)은 창작자의 의도가 어디에 있었던가를 시사하는 바의 기록이라고 말할 수 있다. 물론 이상은 「날개」 속에서 많은 부분 전통적 소설 양식의 외양을 취했으며, 그것은 일반적인 지칭으로 사소설적 외양과 흡사한 것이었다. 그렇다고 이 작품의 주인공 '나'가 바로 이상 자신을 지시하는 것이라고 볼 수 있는가. 그럴 수 없고, 그래서는 안된다는 것을 우리는 소설학의 첫 시간에 배운다. 소설의 일인칭 화자 '나'와 작자는 전혀 다른 인물들인 것이다.

가장 일반적인 독법의 개념을 빌려 말하면, 폴 드만의 제언과 같이 모든 소설적 언술을 우리는 '알레고리'로 읽어야 한다. 소설 속에 축조된 상황은 현실의 상황과는 전혀 다른 것이다. 물론 「날개」 속에서 이상은 당시의 경성 현실을 염두에 두고 주인공 '나'의 행동 반경을 그리고 있다. '나'는 아내가 영업을 하며 사는 방의 옆방에 거처하며, 갖은 놀이를 하며, 때로 산책을 한다. 전체적으로 무능력자이며, 무일푼의 인간이다. 그리고는 작품의 말미에 이르러 갑자기 "날개야 다시 돋아라"라고 외치는 것이다. 이러한 작품을 어떻게 해석하고 받아들여야 할까. 우선 작품의 말미를 일단 확인해 두자.

> 나는 불현듯이 겨드랑이 가렵다. 아하, 그것은 내 인공의 날개가 돋았던 자국이다. 오늘은 없는 이 날개, 머릿속에서는 희망과 야심의 말 소된 페이지가 딕셔내리 넘어가듯 번뜩였다.
> 나는 걷던 걸음을 멈추고 그리고 어디 한 번 이렇게 외쳐보고 싶었다.
> 날개야 다시 돋아라.
> 날자. 날자. 날자. 한번만 더 날자꾸나.
> 한번만 더 날아 보잤꾸나.
> ◎ 김윤식 엮음, 『이상문학전집2』(문학사상사, 1991), 344쪽

많은 연구자들이 소설의 구조를 말하다가 이 대목에 이르러 '날개'
의 의미가 무엇인지를 묻게 된다. 이것은 시의 의미를 묻는 것과 전
혀 차이가 없는 태도다. 시의 주제를 묻는 것처럼 우리는 소설의 주
제를 묻고, 작가의 의도가 무엇인지를 묻는다. 「날개」의 주제, 「날개」
를 쓴 작가의 의도는 무엇인가.

「날개」를 쓴 작가의 의도에 관련해서는 누구보다 작가가 그 서언,
'에피그램'이라고 하는 전제문 속에서 밝혀놓고 있다. '白紙' 위에
"위트와 파라독스를 바둑布石처럼 늘어놓"는다고 하는 것이 그것이
다. 결국 위트와 파라독스인 것이다. 그리고 "女人과 生活을 設計"한
다고 했다. 그처럼 그는 여인과의 한 생활을 설계해 봤던 것이다. 그
리고는 "그대 自身을 僞造하는 것도 할 만한 일이오. 그대의 作品은
한 번도 본 일이 없는 旣成品에 依하여 차라리 輕便하고 高邁하리다"
라고 말하고 있고, 또 "十九世紀는 될 수 있거든 封鎖하여 버리오. 도
스토예프스키 精神이란 자칫하면 浪費인 것 같소. 위고를 佛蘭西의
빵 한 조각이라고는 누가 그랬는지 至言인 듯 싶소. 그러나 人生 惑
은 그 模型에 있어서 디테일 때문에 속는다거나 해서야 되겠소? 禍를
보지 마오. 부디 그대께 告하는 것이니…"라고 말하고 있다. 분명히
속지 말라고 말하고 있는 것이다. 여기서 속아 넘어가는 것은 무엇이
겠는가.

'人生 惑은 그 模型'에 대해서 말한 것을 곧이 곧대로 받아들이는
것이야말로 속아 넘어가는 것일 테다. 그러니 허구로 받아들이라는
뜻일 테다. 소설이 허구라는 것은 누구나가 다 아는 사실이다. 그러
나 허구인 그것을 우리는 실화로서 받아들인다. 많은 소설가들이 실
화처럼 소설을 쓰고, 또 그 소설의 얘기를 사람들은 실화로서 받아들
인다. 여기서 '리얼리즘'의 개념이 발생하는 것이다. 어떻게 실화처럼
쓰고, 그리하여 소설을 통하여 현실을 환기시키느냐의 문제다. 대부

분의 독자들은 이러한 소설관에 익숙해져 있다. 그러니 실화처럼, 리얼리즘 소설처럼 쓰지 않을 수 없는 것이다. 이상이 실험해 본 것이 그것이다. 과연 「날개」를 사실주의 소설처럼 썼던 것이다. 이로써 「날개」가 사실주의 소설이 되고, 그것이 결국 진실성을 획득함으로써 위대한 소설이 될 수 있었던 것은 아닐까.

소설적 진실성과 사실주의 사이에 아무런 상관 관계도 없다는 것을 카프카 소설은 증언해 준다. 카프카 소설을 일반적으로 '알레고리'라고 말하는 것처럼, 카프카의 소설들은 일반적으로 현실에 대한 어떤 유비로서 성립한다. 가령 「성」이나 「변신」 같은 소설이 대표적이다. 이상이 카프카 소설을 읽었다는 기록은 없지만, 소설이 그와 같이 성립할 수 있다는 가능성을 이상은 의식한 것으로 볼 수 있다. 그러기에 「날개」의 '나'와 같은 인물, 그리고 모든 '여왕봉과 미망인'으로서의 한 여인과의 생활을 창조해냈던 것이다. 이 소설 속에서 가장 상징적인 상징어들이 '돈'과 '장난'이라는 말인 것을 우리는 또한 이 문맥에서 상기할 필요가 있을 것이다. 그리고 '나'가 가장 심각하게 사념하는 것은 '아내'를 과연 믿고 살 수 있느냐의 문제이다. "우리들은 서로 오해하고 있느니라", "우리 부부는 숙명적으로 발이 맞지 않는 절름발이인 것이다"(김윤식 엮음, 앞의 책, 343쪽)의 문장들이 그 점을 드러내고 있다. 그리고는 갑자기 앞서 인용한 구절의 끝마무리로 들어가는 것이다. 「날개」는 과연 어떻게 읽혀지고 해석되어야 할까.

수필 「권태」의 의미 구조처럼, '생활'과 '인륜'에 대한 거부, 혹은 멸시의 태도가 「날개」의 의미론적 주저음, 배경음을 이루고 있음을 우리는 작품 서두의 전제문, 에피그램의 문장과 내용 파악을 통해 확인할 수 있었다. 이 현대적인 자본주의 체제 속에서의 생활의 무의미, 그리고 인륜적 관계의 무의미를 말한다는 점에서 그의 여타 글쓰

기와 「날개」는 그 의미 축조의 방향이 일치한다고 할 수 있는 것이
다. 그렇다면 작품 종반부의 '날개'에 대한 사념은 또 무엇을 의미하
는 것일까. "「剝製가 되어 버린 天才」를 아시오?"라는 이 소설의 첫
문장은 이 점에서 하나의 해석적 단초를 제시하는 바라고 할 것이다.
'박제가 되어 버린 천재' 즉 이상 자신의 존재에 대한 자의식, 즉 의
미를 잃어버리고 지상에 유배되어 박제가 되어 버린 '새'라고 하는
자기 의식이 이와 같은 상상력의 허구 작품을 만들어내었다고 볼 것이
다. '박제가 되어 버린 천재'의 구상화가 곧 이 작품의 '나'인 셈이
다. 박제가 되어 버린 새는 날지 못하고, 그러니 "날개야 다시 돋아
라/날자. 날자. 날자. 한번만 더 날자꾸나./한번만 더 날아 보았꾸나"
라고 외치지만, 그 자체가 이미 '인공의 날개'임을 그는 의식하고 있
었던 것이다. 그에게는 예술로서 날아오르는 것이 곧 날개를 달고 비
상하는 것이었던 것이다. 생활 속에서 끊임없이 '답답하다', '권태롭
다'고 외치던 그가 결혼 후 훌쩍 동경으로 떠나가서도 글쓰기에만 집
착할 뿐, 삶의 안위를 돌보지 않았던 것은 예술가로서의 그의 근본적
인 댄디즘의 태도를 드러낸 것이라 볼 것이다. 그 태도의 시현이 가
장 구체적인 기호의 형식인 소설의 양식으로는 「날개」로 나타났다고
할 수 있다. '아내'와 '돈', '장난' 등의 언어에 대입한 그의 생활 거
부, 생활에 대한 무의미의 태도가 그의 부정적 의미 축조 방향의 하
나였다면, 오로지 예술을 통해서만 자신이 구원될 수 있다는 태도의
발현은 긍정적 의미 축조 방향의 시사였다고 할 수 있다. 그런 점에
서 문학을 상징적 기호 장난, 혹은 메타포, 혹은 알레고리 등으로 파
악한 것은 한편 문학에 대한 그의 태도의 본령을 드러낸 것이다. 그
의 파격적 언설들은 모두 문학에 대한 그의 이 근본적 인식 태도에
서 솟아나올 수 있었고, 더 이상 기호 놀이의 적극적인 탈출구가 보
이지 않았을 때, 그의 소설들은 지나치게 자학적인 자기 폭로의 언어

놀이, 즉 그가 말하는 '비밀'의 놀이 속으로 달려나아가게 되었다고 할 수 있다. 한국 현대문학의 한 신화를 구축하면서도 왜소한 언설의 세계를 끝내 벗어날 수 없었던 것은 본질적으로 세계에 대한 그의 시적 인식 태도를 반영하는 것이라 할 것이다. 다만 시, 문학의 속성이 무엇인가를 꿰뚫어 보고, 끊임없이 새로운 창조를 향해 나아가고자 했다는 점에 그의 위대함이 있다고 말할 수 있는 것이다. 육체적 불건강함 속에서 그의 문학은 소생되어 나왔지만, 한편 그의 문학을 위대하게 만든 것도 육체적인 불건강함이었다고 할 수 있다. 주어진 시간의 명운 앞에서 모든 것을 빨리 깨치고 조급하게 그것을 단도리하지 않으면 안되었던 것이 그의 예술적 운명이었기 때문이다. 그런 점에서 일찍 '박제가 되어버린 천재'로서의 자의식을 지닌 이상에게도 역시 시간은 그의 운명이었다. 이것이 바로, 세계로 향하는 넓은 창을 일찍이 닫아 걸고 기호 놀이의 조급한 유희적 세계관 속에 그가 탐닉하게 된 이유이다.

5. 결론-문학사 연구의 의미

여기까지 말해 본 것은 실상 해석의 놀이로서의 문학 연구의 성질을 드러내보려 한 것인지 모르겠다. 해석은 물론 진실과 진리 개념을 중심으로 이루어져야 하는 것이지만, 그 진리의 확실성을 어떻게 보증하느냐의 문제에 이르면 우리의 답변은 어려워진다. 진리의 보증이 어떤 학문적 전통, 그러니까 토마스 쿤이 말하는 정상과학의 패러다임 내에서거나 푸코가 말하는 특정 시대의 '인식소' 내에서 이루어지는 것이라면, 당대의 정상과학을 넘어서, 한 시대의 '에피스테메'를 넘어서 이루어지는 진실 찾기, 혹은 진리 발견의 움직임에 대해서 우리는 그것을 다시 한 번 게임과 규칙의 개념으로 정리해 말해 볼 수 있다. 즉 모든 해석적 작업 역시 일종의 진리 게임의 방식으로 진행된다는 것이 그것이다. 누구나 가슴 속에 라파엘을 품을 수 있는 것처럼, 사람마다 혹은 시대마다, 혹은 또 집단마다 저마다의 진리의 척도가 다를 수 있는 것이라고 한다면, 가장 근본적인 문제는 역시 비트겐슈타인이 말하는 게임의 규칙, 혹은 원리의 문제가 될 수 있다. 우리가 행하는 문학 연구의 게임의 규칙은 무엇인가.

모든 문학 연구가 일종의 해석적 성격을 머금을 수밖에 없는 것이라 본다면, 여기서 가장 중요한 문제는 역시 '의미'에 관한 문제가 된다. 예컨대, 이상 문학의 의미는 무엇인가, 라고 묻는 질문 방식은 그 점을 시사하고 있다. 이상 문학은 무엇인가라고 묻거나, 우리에게 이상 문학은 무엇인가라고 묻는다 해도 사정은 마찬가지일 것이다. '무엇'이라고 하는 규정사는 곧 의미를 가진 무엇으로서의 기호적 성질로 나타나는 것일 터이기 때문이다. 우리는 이상 문학을 어떻게 규정해도 좋지만, 그것이 뜻있는 무엇으로 되기 위해서는 의미의 맥락을 전제해야 한다. 문학 연구가 가지는 의미 맥락의 한가지를 우리는 '문학사'라 부르는 것일 터이고, 그런 점에서 문학사 연구는 하나의 의미의 맥락인 것이다. 한국 근대 문학사 속에서 이상 문학이 가질 수 있는 맥락의 의미소는 무엇인가.

이 지점에서 필자는 이상 문학이 가질 수 있는 문학사적 의미소의 결정적인 소인 중 하나로 그가 '기호 놀이'로서의 문학의 성질을 가장 예민하게 깨달았다는 점에서 찾아질 수 있다고 말하고 싶다. 본고의 제한된 지면 조건 속에서 증거를 들이댄 것이지만, 그가 문학을 '기호 놀이'로서 인식하고, 거기에 절대적인 규칙은 있을 수 없다는 것까지를 인식했다고 필자는 말하고 싶다. 이는 새로운 창조의 규칙으로서의 예술의 규칙을 그가 정확히 이해했다는 뜻이고, 부르디외처럼 뒤집어 말하면 그가 주어진 규칙을 파괴하고 위반함으로써 새로운 예술의 규칙을 정립했다는 뜻이 된다. 이것은 그가 건축을 배우고, 미술을 익힌 데서 가능했던 바라고 할 수 있지만, 문학이 '기호 놀이'의 일종이라는 것을 간파한 것은 그가 다다이즘을 익히고, 수많은 「오감도」 시편을 제작하는 과정에서 주어졌다고 말할 수 있다. 구극에 있어서 그는 존재의 현실 전체를 '유희'의 각도에서 파악했다고 할 수 있고(수필 「권태」), 마침내 목숨까지를 걸고 행하는 문자 놀이로서 마지막 소설 「종생기」를 쓰고, 결국 생의 종말에 이르렀다고 할 수 있다. 그는 생의 의미를 오로지 '예술' 속에서만 찾고자 하였으며, 이것은 생의 유한한 조건 앞에서 존재의 불멸을 보장하는 길이 오직 그 길뿐이라고 믿었기 때문이다. 그의 믿음처럼 그는 과연 오래 살아남았으며, 이것은 한편으로 그가 자신의 문학 속에 '보물찾기'같은 기호 놀이의 요소, 즉 수수께끼의 '비밀'의 요소들을 허다히 집어넣었기 때문이기도 하다. 제임스 조이스가 그의 문학적 전략의 일환으로 취했던 것처럼, 수많은 '비밀'의 요소들을 문학 속에 저며 넣음으로써 오늘날 그는 가장 많이 연구되는 작가의 한 사람이 되었다. 이 '비밀'의 요소들은 기호의 '의미'가 불확정일 수밖에 없는 것처럼, '의미'와 '무의미'의 경계를 넘나들면서 그의 글 전체 속에 '산종'처럼 흩뿌려진 것이기에 쉽사리 해명, 확정될 수 없는 성질을 갖고 있고, 이 때문에 그의 문학은 끝없이 연구되어도 결코 소진되지 않는 '비밀의 창고' 같은 성질을 지니게 된 것이다. 작품 「날개」가 영원히 허공 속에 퍼덕이는 형체로만 존재할 수밖에 없는 이유도 같은 이치라고 하겠다. 어떤 언어로도 작품 「날개」의 '날개'의 의미를 대치할 수 없는 것이라면, 우리가 할 수 있는 일이란 끝없는 해석의 놀이일 수밖에 없다.

　그렇다면 여기서 최종적으로 문학 연구 자체의 의미는 어디로 귀속하는가의 물음이 제기되고, 문제로 남겠다. 이에 대해서 굳이 답해야 한다면, 우리는 들뢰즈를 빌려 말해볼 수 있지 않을까. '사건'이 곧 '의미'라는 명제가 그것이다. 혹은 또 질서화가 곧 의미화라고 말해 보아도 좋을 것이다. 그러니까 살아있음의 사건화가 곧 의미이고, 또 의미화이지 않을까. 문학사를 살아있게 하는 것이야말로 우리에게는 문학 연구의 의미일 수 있다는 뜻이다. 그것은 동시에 우리 존재의 의미가 아닐 수 없다. 죽은 것으로 만들어가는 무의미화의 현실에 맞서서 그것을 살아있게 하는 것이야말로 참으로 의미화의 길이라면, 문학 연구자들을 끊임없이 살아있게 하는 이상 문학이야말로 바로 우리 의미의 자양분일 수 있다. 의미를 취하는 것은 살아있는 자의 몫이지만, 그 의미를 생성시키는 것은 여전히 죽은 자의 몫일 것이다. 죽은 자를 살아있게 함으로써 의미화시키는 것, 여기에 모든 역사 연구의 몫이 있다.

이상이 쓴 모든 글들을 다시 정밀히 읽어서 그 텍스트들 각기의 규칙이 무엇이고, 그 의미가 무엇인지를 밝혀서 그 모두를 다시 살아있게 만드는 것은 아마도 차후의 기회, 후속 작업으로 남겨놓아야 할 것이다.

(한국근대문학연구 제1호, 2002)

고인이 된 미당(未堂); 오 시인의 가혹한, 욕된 정주(定住)의 삶이여!

1. 시와 윤리, 그리고 정치적 행동

시와 윤리, 시와 정치적 행동 간의 문제가 또 다시 제기되는 듯하다. 응당 그럴 터이다. 한때 '한국시의 정부'로까지 일컬어지던 큰 시인이 이제 입적하였으니, 이 한 많은, 세상 학처럼 휘이 날아갔으니. 이제 언제나 그러하였듯, 뒷공론이 무성할 때다. 차마 생전에 면전에서 하지 못했던 말들, 무수히 늘어놓고 시비를 붙어볼 때다. 고인의 어투를 빌린다면, 하도나 심심한 세상, 이런 흥이라도 없으면 어찌 살거나. 산 자들을 위한 이정표, 이 지상에서의 삶의 경계 표식을 위해서도 장의 행렬은 언제고 필요하고 또 긴급한 법이다. 허나 그가 작은 시인이었더래도 그럴 터인가. 만약 그가 작은 시인이었다면 아예 문제거리가 안되거나, 익명으로 처리되고 말았을 수도 있다. 역시 고인의 이름이 큰 때문이고, 그 이름 뒤에 생애가 그러하기 때문이다. 생애의 공과(功過)를 어떻게 셈할까.

시인의 생애 공과(功過)를 다 갖추갖추 올려놓고 재보기는 어려울 것이다. 그러니 우선은, 가까이서 보아 온 사람이 가장 잘 알 수 있고 평가할 수 있다는 셈도 틀린 산법은 아니다. 이 경우, 일찍이 문하 관계로 엮였었고, 이제 또 다시 하나의 정부가 된 당대 큰 시인의 과거 사문에 대한 논고이기에, 수많은 관전자들이 혀 빼물고 숨 죽여 바라보는 상황이 되었지만, 그러나 누구나 숲과 나무를 동시에 보기는 어렵다. 나무 하나라도 찬찬히 보기는 쉽지 않은 법이다. 나는 나무의 뿌리를 보고자 한다. 그것이 이해를 위해 주어질 수 있는 우선의 첫걸음일 것이므로.

이해는 곧 설명을 위한 것이다. 한 시인이 정치적 과오를 범했고, 그것도 반복해서 범했다면, 여기엔 이유가 있었으리라고 본다. 과오의 이유를 밝힘이 그 생애와 업적에 대한 평가의 모두일 수는 없지만, 기초 자료일 수는 있다고 생각한다. 모든 것은 다 연루돼 있고, 연관돼 있다. 시에 대한 평가의 문제가 여전히 남을 수 있지만, 시를 어떻게 보고 평가할 것이냐의 문제도 이 해명의 과정에서 얼마쯤은 해소될 수 있으리라고 기대해 본다. 그렇다고 구차한 변명 따위로 능사를 삼겠다는 뜻은 아니다. 그 원질과 한계의 지적에 필자 역시 나서고자 한다. 최후의 법정이 바로 이곳이라는 각오로.

2. 떠돌이의 시, 편력의 생애

문제를 살피고 따짐에 있어, 시·시인 분리론과 비분리론의 입장이 있다. 어느 쪽이 옳은가는 섣불리 단정하기 어려울 것이다. 시와 정치, 윤리의 문제도 같은 문제 상황 속에 있는 것으로 볼 수 있다. 정치적 장과 그 속에서의 행동, 실천이 우리 삶의 결정적 국면이라고

보는 사람에게라면 당연히도 시와 정치는 분리될 수 없고 분리되어
서도 안될 것으로 여겨질 것이다. 오히려 시란 우리 삶의 정치적 장
을 위해서 실천되고 봉사해야 할 핏덩어리의 어떤 것으로 인지된다.
그러나 그렇게까지 생각하지는 않는 사람에게라면? 정치가 무엇인가?
우리 삶이 반드시 정치적 장을 위해서만 봉사해야 할 이유는 무엇인
가? 시가 있지 않느냐? 예술이 있지 않느냐? 그리하여, 내면적 삶이
있지 않느냐? 이런 식으로 생각하는 사람에게라면 당연히도 시와 정
치는 분리되어야 할, 분리될 수 있는 어떤 것들로 비칠 것이다. 여기
서 '시'와 '정치', 특히 '정치'의 개념적 영역 지시, 구분 문제를 둘러
싼 치열한 논쟁이 다시 개시될 수 있는 일이겠지만, 시인 자신은 일
찍이 이러한 문제와 관련해 이렇게 말해 놓고 있다.

> 本來 藝術作品이라는게 그것을 지은 사람의 表面의 言語行動이 外延
> 하는바 私生活이라는것과 그렇게까지 積極的인 關係가 있는 것이라곤
> 나는 생각지않는다. 經驗主義의 尺度로서 재일 수 없는 것이 精神의 圖
> 表속엔 얼마든지 있는 까닭이다.
> ◎ 서정주, 「나의 방랑기」(『인문평론』, 1940년 3월호), 66쪽

요컨대, 분리론이다. 이러한 분리론 속에 벌써 정치적 행동주의자,
정치적 윤리 지상주의자들이 말하고 경고하는 정치적 이단, 윤리적
일탈에의 가능성이 놓여있는 것을 부인하기 어렵다. 시인의 20대 중
반, 첫 시집의 출간 직전, 그리고 친일 행위로 나아가기 직전의 시기
에 이미 이런 문장이 쓰여진 것으로 보아 시인의 정치적 과오 가능
성, 파탄 가능성은 일찌감치도 예고되었다고 해도 좋은 것이다. 그렇
다면 이러한 그의 분리론의 태도가 그의 시를 위해서 전체적으로 어
떤 역할을 했다고 볼 것인가? 우선은 그 이전에 그의 시와 경험적 생
애, 외면적 삶은 무관했던가, 유관했던가?

결론부터 미리 말하자면 그의 경험적 생애와 시는 전적으로 무관할 수 없었고, 오히려 그는 어떤 체험들로 말미암아 시의 길로 들어서게 되었다고 말할 수 있다. 다시 말하면 윤리적 일탈, 정치적 이단 가능성으로서의 이러한 그의 정신주의, 내면적 초월 지향의 태도가 실상 미당 자신이었고, 그의 시였다고 할 수 있다. '시인'에의 길로 나아감이 어떤 사회적 상처의 계기로 주어졌고, 이를 통해서 그는 의식적으로, 자각적으로 내면적 삶으로의 길을 선택해 나가게 됐던 것이라고 할 수 있기 때문이다. 누구나 처음부터 시인은 아니고, 시인이 되기 위해 어떤 상처의 계기가 필요한 것이라고 한다면, 이 상처의 계기에 관해 그는 다음과 같은 자전적 서술의 문맥을 통해 밝히고 있다.

> ① 광주학생사건 때 만세를 부르다가 일본 경찰에 끌려가서 웃통을 벗기고 가죽채찍으로 얻어맞고 나와서 속이 달라져, 이듬해엔 네 사람의 대표자 가운데 하나가 되어 한 학교의 학생 전부를 이끌고 소란을 피우다가 감옥 구경까지 한 소년이었던 내게는, 이 할 수 없이 살아야 하던 때의 내 부모가 할 수 없이 내게 걸었던 고등관 8등쯤의 촉망도 무엇도 다 내팽겨쳐 버리고 일찌감치 쫓기는 자의 쫓기는 길을 골라 헤매고 다니던 망국의 한 문학청년이었던 나 같은 사람에게는 (…)
> ◐ 『서정주전집5』(민음사, 1994), 13~14쪽

위 서술의 행간을 밝히자면 이렇다. 굳이 철없던 시절 얘기부터 한다면, 스스로 '常놈의 마을'이라 부른 빈촌에서 태어나 보통학교를 우수한 성적으로 마쳤던 것이 유죄였을까. 예민한 감수성에 남다른 언어 감각을 상찬받고 우쭐해지기 쉬웠을 이 어린 학생은 그 후 '종'이었던 애비의 인연을 따라 중앙고보에 입학하게 되었던 것이지만, 뜻밖의 상황 전개로 학교를 쫓겨나, 고향의 '고창고보'로 전학하게

되지만, 여기서도 다시 자퇴하지 않을 수 없는 상황에 처하여, "내 부모가 할 수 없이 내게 걸었던 고등관 8등쯤의 촉망도 무엇도 다 내팽겨쳐 버리고 일찌감치 쫓기는 자의 쫓기는 길을 골라 헤매고 다"녔다고 설명하고 있다.

위 서술 중에서 주목되는 바는 두 번이나 반복되는 '할 수 없이'라는 표현과, '쫓기는 자의 쫓기는 길'이라는 표현이다. 체념이자, 동시에 피해 의식의 표현인 것이다. '쫓기는 자의 쫓기는 길'이라는 이 피해 의식의 문학 의식이 나중 '떠돌이'의 운명 의식으로 전화되는 것이고, 이는 그의 문학과 생애 전체를 표상하는 에피세트로 자리잡게 된다. '쫓기는 자의 쫓기는 길'로서의 문학 의식이란 그럼 당초 무엇이었을까.

서정주 자신 수없이 되뇌이고 있는 대로, 이 '쫓김'의 문학 의식 형성에 깊이 영향을 주고 세례를 준 문학적 원인 제공자는 보들레르였다고 할 수 있다. 지상에 유배당한 알바트로스이며, 저주받은 운명의 자각적 인식자로서 시인 보들레르가 바로 그이다. '추방', 혹은 '축출'된 자로서의 이러한 시인적 운명 의식이란 '퇴학' 혹은 '자퇴'라는 그의 경험적 사실과 중첩되어 깊이 각인될 수 있었던 것이고, 이는 조만간 윤리적 삶의 세계를 넘어선 미의 사제로서의 시인의 길을 지시하게 됨으로써 보다 적극적인 유미적, 탐미적 시인에의 길로 인도하게 된다. '악의 꽃'이라는 보들레르 시집의 제목이 시사하는 바, 미의 꽃은 악마적인 향기를 내뿜는다고 하는 사상을 그는 부지불식간에, 아니 의식적으로 적극적으로 형성하게 되는 것이다. 열병같이 들끓던 그의 내면의 죄의식이 이런 인식 전환, 전도의 계기로 말미암아 가라앉는 효과를 누리게 된다. "내 부모가 할 수 없이 내게 걸었던 고등관 8등쯤의 촉망"이라고 자주 되뇌이듯이 시인의 길 와중에 주어진 그의 의식(무의식)이란 심층적으로 죄의식의 형질이었다고 할 수 있기 때문이다. 이 윤리적 죄의식은 다른 가치 의식에 의해 대치됨으로써만 극복될 수 있는 것인데, '윤리'의 세계를 넘어선 미적 가치의 세계가 이제 새로운 지평의 진정한 가치 추구의 세계로 나타나게 됨으로써 그의 내면 세계의 진정과 안정이 이루어지게 된다고 할 수 있는 것이다. 현대 사회에서의 미적 가치의 절대화가 결정적으로 이러한 윤리적 세계와의 가치 단절, 혹은 보다 적극적으로 그 대결의 문맥 속에서 공고화된다는 것은 매우 중요한 사항, 항목이라고 할 수 있는데, 그렇다면 우리 문학사 속에서 이 길을 미당이 맨 처음으로 개척하고 걸어갈 수 있었던 것일까. 그럴 순 없다. 역시 전사가 있었던 것이고, 이 시인의 경우엔 이상이 그 직접적인 선배였다고 할 수 있다.

돌이켜 보면, 근대 문학 자체가 기존 질서에 대한 도전이며, 낡은 윤리 의식, 기성의 권위에 대한 도전임은 새삼 말할 나위가 없는 것이지만(아니 언어적 욕동, 인간적 충동 자체가 본래 그러한 것이라고도 말할 수 있다), 30년대 문단에서 이상만큼 이를 극적으로 실천해 보인 문인도 없다. 염상섭도, 김동인도, 프로 문인들도 다 당대 사회 속에서 그러한 역할을 수행했던 것이지만, 일상적 윤리 의식, 체계의 기저를 이루는 '가족 윤리'의 거부와 그 해체로까지 나아간 사람으로는 역시 보들레르와 이상의 오른편에 세울 사람이 없는 것이다. 창녀와 같이 살았던 보들레르가 그 삶의 시범을 보인 경우라면 문학으로, 삶으로, 그 경지를 넘어서면 넘어섰지 부족하지 않게 보여준 사람이 바로 이상이었다고 할 수 있다. 젊은 서정주는 그럼 어쨌던가. 미당은 어디까지 나아갔던가.

불행히도(?) 미당은 이 선배의 경지까지 나아가지는 못한 것으로 보인다. 보들레르를 사숙하고, 이상에게 배우고자 했지만, 그는 아버지를 부정하는 데서 그치고, 사회로부터의 도피 행각에 나섰을 뿐,

궁극적으로는 안식과 안주를 구했던 사람인 것으로 보인다. 때때로 방랑 행각을 했지만, 그것은 집이 불편했기 때문이었지, 궁극적인 출가를 향해 나아가지는 않았던 사람인 것으로 보인다. '종'으로서의 아버지 존재에 대한 인식이, 식민지 상황에 대한 상황 인식으로 확대되고, 그 부정적 인식과 떠남의 되풀이를 통해 '법 밖으로' '윤리 밖으로' 나아가려는 시적 삶의 모험이 반복적으로 행해졌던 것이지만, 의지 박약의 이 시인은 끝내 궁극적인 출가에까지 이르지는 못하고 귀환하게 되는 것으로 판단된다. '아우트·로'의 피와 함께 '에피큐리언'의 피가 함께 흐르고 있다는 자인은 이 사태의 증언이다. 「나의 방랑기」 중에서 그는 다음과 같이 말하고 있다.

> 내 속에는 한 사람의 「아우트·로-」와 한 사람의 「에피규리안」이 誼좋게 살고있다. 對外的인限, 나는 죽는날까지 나의 彝說을 퍼부스며 가야하리라. 그러치만 自己가 自己를 생각하지 않는다면 오늘날 대체 누가 나를 생각해준단 말이냐.
>
> ◑ 『인문평론』, 1940년 3월호, 72쪽

'自己가 自己를 생각하지 않는다면 오늘날 대체 누가 나를 생각해준단 말이냐'는 이 반문은 그러니까 요컨대, 집으로 돌아온 '탕아'가 행하는 발언이 아닐 수 없다. 실제로 그는 이 시점에 결정적으로 집으로 돌아와 방랑의 세월에 종지부를 찍는 사건을 가지게 된다. 결혼하고 가장으로 들어앉게 되는 사건이 그것이다. 이로 보면 뒷 시인이 지적하는 대로 그의 떠돌이 행각, 방랑 행각이란 한낱 객기이거나, 포즈에 지나지 않았다고도 할 수 있다. 전체적으로 볼 때, 그의 젊은 시절 방랑이란 길게 잡아야 채 10년이 되지 않는 세월에 그치는 것이다. 방랑 시절조차도 행려 중이기보다는 어딘가 안주할 거처를 찾는 때가 더 많았던 것도 사실이다. 기본적으로 떠도는 유목민의 모습이라기보다, 가끔 바람쐬기를 즐기는 정착민의 모습에 더 가까웠던 셈이다. 하지만 이 정도의 행각만도 보통 사람에게는 얼마나 벅찬 일이었겠는가. 최재서가 젊은 서정주로 하여금 「나의 방랑기」라는 제목의 글을 연이어서 쓰게 했던 것은 이런 점에서 우연이 아닌 사태였다고 할 수 있다. 고창고보 퇴교 이후의 행적을 그는 다음과 같이 밝히고 있다.

> 나는 되도록이면 滿洲나 아라사로 가고싶었다. 드디어 나는 그해(高敞高普를 쫓겨나든해) 겨울에, 아버지에게는 대단히 소중한돈 三百원을 훔쳐가지고 집을 떠났다. 그러나 滿洲도 아라사로 가지는 않았다. 卑怯하게도 나는 그냥 서울에 주저앉고 마렀으니, 이 卑怯이 오늘 내가 所謂 文學이라는것을 하게된 動機를 지위준것이었다. 그때 내가 한거름만 더 내여디뎠던들 나는 그 소원이었든 六穴砲도 지금쯤은 사서 가지게되었을것이고, 몸도 마음도 지금보단은 훨씬 더 튼튼하게되었으리라.
>
> ◐ 앞의 책, 67쪽

'卑怯하게도' '이 卑怯'이라고 반복해서 말하고 있는 것처럼 그는 스스로 생각해도 좀 비겁한 사람이었던 것인가. 아버지의 돈을 훔쳐서 滿洲로, 아라사로 가고자 했지만, 그가 기껏 머무른 곳은 처음 서울 원남동의 가야금 연주자 집이었다. 그리고 이로부터 소위 '방랑'과 문학 공부의 세월이 시작된다. 돈이 떨어지면 집으로 내려갔다가 절에도 갔다가 무료해지면 돈을 훔쳐서 서울로 다시 달아나고, 삭발을 하고 중이 되었다가 불교강원에 적을 두었다가 환속하여 또 '할수없이' 고향에 내려갔다가 또 다시 서울로 뛰어나와서, 거지행각을 벌였다가, '불교전문학교'에 적을 두었다가, 또 다시 학교를 뛰쳐나오는 행각이 되풀이 된다. '佛專'을 나온 후엔 또, "해인사(海印寺)란 데서 사립학교(私立學校)의 교원(敎員) 노릇을 석달인가하였고, 제주도(濟州道)

에가서 한여름을 지내였다". 뭐 이런 식이다. 어디 한 군데도 머무름이 없는, 소위 '바람', 방랑끼의 이런 유전 인생이란 결국은 돌아갈 데가 집밖에 없는 그런 팔자일 것이다. 머무름이 없다는 것은 그 자체로 떠돌이를 뜻할 수도 있지만, 실상 그가 원한 것은 안주(安住)였다고 말할 수 있다. 예민한 젊은 신경은 사실 누구와도 쉽게 화합하기가 어려웠던 것이다. 경제적 능력을 갖지 못했던 것은 더 말할 나위가 없다. 자의식이 예민하였을 뿐. 불전 재학시의 한 일화는 그 점을 말해준다. 피해망상의 신경증 상태. 여기서 윤리적 인간, 윤리적 자아에 대한 예민한 자의식이 발동되고 있는 모습을 볼 수 있거니와, 그 치료의 방식이 무엇이었던지도 여기서 우리는 알 수 있다. 반에서 회중시계가 분실된 사건이 빚어졌는데, 본인이 억울하게 의심되는 것 같은 상황을 견디지 못해 저지르게 되었다는 에피소드 사건의 전말이다. 보자.

> 佛專在學時에 내게는 致命的인 事件하나가 있었다. (…) 제가 잘못해서 時計를 잃어놓그는 터문이없이 한 班學生들을 疑心하는 權利를 使用하는것이다. 授業中에도 자꾸 뒤를 도라보면서 옆에있는 學生과 짓거리곤 낄낄그리고 하는것이었다. 나는 그것이 웬일인지 나를 疑心하는것같이 생각이 되였다. 나는 덮어놓고 時間이 끝난후에 그를 불러내가지고 「이놈아 왜 나를 의심하느냐」고 소리를 질렀다. 그는 절대로 나를 의심한게 아니라한다. 그러고는 그뿐이었다. 그러나 이 심히 간단한 일은 나에게는 적지 않은 打擊이었다. 그이튼날부터 學校만가면 學生놈들은 나를 보곤 意味있는듯한 우슴을 우서주는것이다. 도적놈은 너라는 그러한 우슴이었다.
>
> ◑ 앞의 책, 71~72쪽

이 신경과민의 윤리적 결벽증, 스스로 '신경쇠약'이라고 부르는 상태에 이어서, 윤리 초월의 자세, 내면적 의식의 상태가 올 수 있다는 것은 앞에서 살핀 바와 같다. 무의식의 고통이 지나치게 되면 슈퍼에고를 뒤집는 사태가 빚어질 수 있는 것이다. 증거가 없지 않다. 시인의 나이 쉰 네 살에 쓰여졌다는, 같은 사건을 회고하는 자서전의 대목 중 덧붙인 일절의 말이 그것이다. 보아두자.

> 그러나 이 글 여기까지 쓰면서 생각해 보니 이 글로써도 나는 아직 한 절도범의 혐의를 아주 벗은 것도 아니겠다. 아니, 인류한테 의심하는 눈이 남아 있는 한 내 혐의도 또 아마 영존해야 할 일이겠지. 그건 그렇지만, 인제 내 나이 쉰네 살이나 되어서 누가 뭐라 의심하든 그걸 견딜 만한 배포쯤은 생겼으니 그것만이 다행이라면 다행한 일이라 하겠다.
>
> ◑『서정주전집5』, 45쪽

이처럼 지나치게 과민한 병적 결벽에의 의식 태도가 어느 순간 '배포'로 자라나게 된다. 이러한 '배포'의 생김이란 그리 보면 나이 쉰 네 살에서야 도달할 수 있는 것이 아니고, 어떤 경험의 순간부터 자라나게 되는 것이라고 말할 수 있다. 죽지 않는다면 고통은 경감되어야 하고, 고통의 경감 노력이 곧 삶이고 무의식 작용인 것이다. 금치산 선고를 받은 보들레르에게 '자기 기만'의 책임을 물었던 사르트르는 이로 보면 보들레르에게가 아니라, 그의 무의식에게 물어야 했던 것이 옳다. 보라. 고통의 경감을 위해 우리의 시인 역시 똑같이 행동하지 않았는가.

> 그 뒤에 나는 오래잔허 이 學校를 나오고마렀다.「잉끼시노프」는 이 灰色의 宗敎學校가 무슨 魔窟과같이 생각되였든 것이다. 이때부터 나의 얼굴엔 늘 벗들이말하는 그「迫害當한 表情」이라는게 생겼는지 모른다.
> 나는 여느새에 보오드레－르의 徒黨이었다.「惡의 假面」의 제창자였다. 술은 내게 없어서 恨이었다. 校帽는 그뒤에도 얼마동안 쓰고다니다 大學옆에 下水口에 내여버렸다.
>
> ◑『인문평론』, 1940년 3월호, 72쪽

'보오드레—르의 도당(徒黨)'으로 가는 길목을 밝히는 이 일화 기록은 그러니까 결벽증이리만큼 윤리적으로 예민했던 자아 의식의 소유자가 어떻게 거꾸로 윤리적 불감, 혹은 탈선, 또는 초월에의 자세로 넘어가느냐의 모습을 담고 있다는 점에서 그 시사성이 적지 않다고 말할 수 있다. 윤리적 세계의 무상, 혹은 근거없음에 대한 인식이라고 할까. 윤리의 세계에 대한 초탈, 혹은 냉소의 자세가 이런 계기들로 강화됨으로써 비로소 저 '박해당한 표정'의 '프랑스와 비용' 혹은 '보들레르'의 예술적 자세, 곧 악마적 미학을 위한 미적 사제의 길이 열리게 된다고 볼 수 있는 것이다. 더구나 당시는 나라를 빼앗긴 국가 망실의 상태였던 것이고, 따라서 국가 부재의 상태란 그 자체로 지주없는 윤리적 공허의 사회 상태를 의미하는 것인데, 이 내면적 공허의 지주없는 상태를 '보오드레—르의 徒黨' 같은 미적 이념으로 넘어서고자 하면서 급기야 '惡의 假面'을 쓴 윤리적 배덕자, 일탈자의 길이 적극적으로 열리게까지 이른다고 할 수 있는 것이다. '보오드레—르'만이 여기서 범례로 주어졌던 것이 아니라, 일찍이 李太白이 존재했었던 것을 생각하면 "술은 내게 없어서 恨이었다"는 시인의 윗 문장은 더욱 자세히 이해될 수 있다. 이 모든 의식의 굴절상들이 결국 서정주 초기시에 고스란히 박혀 있다고 할 수 있고, 그러한 날의 집중적 의식은 역시 시 「자화상」에 나타난다. 아직은 자기 반성적 의식 작용이 크게 꿈틀이던 때의 시인 셈이다. 식민지 시대에 태어난 시인의 역사적 초상과 저주받은 천민 시인으로서의 운명 의식을 이처럼 통합시켜 극적으로 토해 낸, 선혈한 자화의 시가 이말고 또 따로 있을 수 있을까.

애비는 종이었다. 밤이기퍼도 오지않았다.
파뿌리같이 늙은할머니와 대추꽃이 한주 서 있을 뿐이었다.

어매는 달을두고 풋살구가 꼭하나만 먹고 싶다하였으나…흙으로
바람벽한 호롱불밑에
　손톱이 깜한 에미의 아들.
　甲午年이라든가 바다에 나가서는 도라오지 않는다하는 外할아버지
의 숱많은 머리털과
　그 크다란눈이 나는 닮었다한다.
　스믈세햇동안 나를 키운건 八割이 바람이다.
　세상은 가도가도 부끄럽기만하드라
　어떤이는 내눈에서 罪人을 읽고가고
　어떤이는 내입에서 天痴를 읽고가나
　나는 아무것도 뉘우치진 않을란다.

　찰란히 틔워오는 어느 아침에도
　이마우에 언친 詩의 이슬에는
　몇방울의 피가 언제나 서꺼있어
　볓이거나 그늘이거나 혓바닥 느러트린
　병든 숫개만양 헐덕어리며 나는 왔다.

◎ 「자화상」, 『서정주전집』(민음사, 1994), 33~34쪽

　이런 시를 두고 반성이 없는 시라고 말하기는 어렵다. 자기를 비
춰보는 행위가 벌써 반성이고, 언어가 또한 무엇보다 반성적 기제인
터이다. 문제는 그가, 이 시기 시인이 어떤 의식의 지평, 가치의 세계
를 추구하고 있었는지의 문제인데, 이 시의 후반부를 통해 우리가 확
연히 살필 수 있는 것은 '시인됨', 곧 '시인'을 향한 어떤 견결한 의
지의 표현이다. "찰란히 틔워오는 어느 아침에도/이마우에 언친 詩의
이슬에는/몇방울의 피가 언제나 서꺼있어/볓이거나 그늘이거나 혓바
닥 느러트린/병든 숫개만양 헐덕어리며 나는 왔다"는 고백적 묘사
중, '詩의 이슬'과 '몇방울의 피'의 등가적 표현이 그 의지의 견결한
자세를 말해주는 것이다. 동인지 『시인부락』을 거쳐, 이제 그는 드디

어 유미주의적 시인으로서의 자기 선언의 단계에 이른 것이다. 유미
주의적 시인으로서의 자기 선언이란 무엇인가. 이 시의 중심 대목이
그 점을 설명해준다고 할 수 있다. 다시 보자.

> 세상은 가도가도 부끄럽기만하드라
> 어떤이는 내눈에서 罪人을 읽고가고
> 어떤이는 내입에서 天痴를 읽고가나
> 나는 아무것도 뉘우치진 않을란다.

"세상은 가도가도 부끄럽기만하드라" 이것은 윤리적 절망 의식의
표현에 다름아니다. 도저히 부끄럽지 않은 생을 살기는 불가능하다는
절망적 인식의 표현인 것이다. 이 정언적 인식이 옳으냐, 그르냐의
문제가 중요한 것이 아니라, 스물 세해 동안의 그의 경험적 삶의 체
험이 그를 이런 인식 속으로 몰아갔다고 하는 점이 여기서 중요하다
고 할 수 있다. '罪人', 그리고 '天痴'의 자기 의식, 곧 타자에 비친
영상으로서의 자기 의식은 그 숙명적 인식의 다른 표현이라고 할 수
있다. 찬찬히 살피면, 이 대목의 표현이 매우 절묘한 것을 알 수 있
는데, 타인이 그의 죄인(의 숙명)을 읽는 것은 그의 눈에서이고, 천치
(의 숙명)을 읽는 것은 한편 그의 입에서라고 되어 있다. 그의 입에서
뱉어지는 말들이란 곧 그의 시에 다름아닐 것이다. 그리고, "나는 아
무것도 뉘우치진 않을란다"라는 구절이 나온다. 누가 뭐라해도 내 길
을 가겠다는 자세, 의지의 표현이다. 무심중에 윤리 부정의 자세가
이와 같은 구절 속에 담기어 있다고 할 수 있지만, 그것이 윤리적 불
감, 불각의 상태를 직접적으로 의미하는 것이 아닌 것은 그 전행으로
부터 다시 설명될 수 있다. '가도가도 부끄럽기만 한 세상'이란 근본
적으로 윤리 불각의 상태를 의미하는 것은 아닌 것이다. 다만 윤리적
으로 사는 것은 단념하고, 미의 사도로서의 시인의 길에 충실하겠다

는 역설적 의지가 이 대목에는 품겨 있다고 할 수 있다. 왜 그런가. 앞서 살핀 것처럼, '보오드레-르의 徒黨'으로서의 유미적 사제의 길이란 근본적으로 윤리적 삶의 길과 배치될 수밖에 없는 것이라고 체념적으로 인식한 상태에 있었기 때문이다. 그리고 그는 점차 보들레르로부터 멀어져 동양적 고전의 李太白의 길에 가까이 당도하게 된다.

이렇게 억압된 윤리적 기제의 세계로부터 놓여나게 되자 그의 말은 술술 풀리고 시선, 또는 무당의 자기 도취와 같은 상태로 점입가경, 시인의 면모가 이룩되게 된다고 할 수 있다. 전쟁을 겪으면서 한때 신경증과 피해망상이 도져 '실어증'을 겪는 상태에까지도 이르게 되지만, 실어증을 넘어서면서 시인의 혀는 더욱 부드럽게 풀려 유창해지고 유장한 맛을 더하게 된다. '또 하나의 정부'라는 이름은 이런 경지에서 얻게 되었다고 할 수 있는 것이다. 그야말로 시인은 '입속의 혀'를 갖게 되었다. 이렇게 나온 시들이 좋은 시냐, 나쁜 시냐에 대해서는 시마다의 품평이 따로이 가해질 수 있는 일이겠지만, 대체로 그 '입속의 혀'의 소산이 한국 근대시의 한 절정의 국면, 절창의 국면이라 함에 대부분의 시사가들은 지금껏 별로 이의를 제기해 오지 않았다고 할 수 있다. 60년대 이후 참여시의 대두 이래로 그의 현실 도피적 시의 자세가 자주 문제시되고 지적되었지만, 시의 상징적 정부에 대한 문제 제기이고 비판이지, 근본적 부정의 수준은 아니었다고 할 수 있다. 이제는 많이도 낡아보이는 그의 고풍의, 고전적 취향의 시들이 어쨌거나 우리말의 보고(寶庫)를 확장시키고, 세련시켰으며, 더 나아가 우리 전래의 문화와 전통에 대한 감각을 새롭게 일신시켰다는 점에 이의를 달기는 어려웠기 때문이리라고 여겨진다. 이런 시를 좋아할 것이냐, 말 것이냐의 문제와는 별개로, 곧 취향의 문제는 차치하고, 적어도 지리멸렬했던 우리 근대사 속에서 전통적 삶에 대한 자의식을 새롭게 자극하고 부양, 재생시키는 역할을 함으로써 전후 민족어와 민족 문화 계발의 시적 가교 역할 같은 것을 수행했다는 점에 대해 크게 이의를 제기하기는 어려웠던 사정이라고도 할 수 있는 것이다. 이상이 바로 그러했던 것처럼, 윤리적 세계와 현실에 대한 배교의 태도가 그의 정치적 과오, 과실을 낳은 근본 뿌리의 인지이리라고 하는 점에서, 윤리 의식의 주박으로부터 놓여남에 의해 비로소 혀 풀린 무당처럼 약동하게 되는 그의 탐미적 시의 세계란 본질적으로 위험한 것이면서 동시에 다른 것일 수 없었던 사정이 이러한 문맥에서 드러나는 것이다. 현대적 현실 참여 시인의 영매로 우리에게 김수영이 있다면, 그를 위한 반면교사의 존재로 초근대와 탈근대를 향해 돌격했던 이상과 서정주 같은 전험의 시인이 선재했음을 문학사의 변증법으로 보아서도 결코 부인하기 어려운 터이다. 다치우고라도 이처럼 이야깃거리가 많은 시와 시인을 가르치지 않는다면 오늘날 우리는 이 시적 백치의 세대들에게 무엇을 가르칠 것인가. 아무리 커다란 배덕과 패륜의 오점으로 얼룩진 시인의 작품이라 하더라도 훗날의 행위를 잣대 삼아 전일의 작품을 논단하는 것은 경계해야 할 일로 지적할 수 있다. 소급입법 금지라는 법리의 원칙도 있지 않은가. 실로 너무 오래 살고 영향력을 많이 끼친 것이 죄라면, 지나치게 위험한 시적 자세를 익힌 것이 그에겐 원죄였다고 할 수 있다. 그렇지만 그것도 경험 속에서 주어진 것이고, 근대 서구의 시인과 미학이 우리에게 가르쳐 준 시학인 것이다. 참으로 우리가 근대적 분화와 사회적 재통합의 인식적 요망이라는 시야 속에서 사고할 수 있다면, 정치적, 사회적 윤리 교육의 차원과는 다른, 별개의 언어와 문화 교육의 차원에서 시의 가치와 시인의 삶을 구분하여 가르칠 수 있는 여유도 우리는 가져야 할 것이다. 모든 것이 욕망 때문이었다고 한다면, 살기 위한 욕망의 생성, 변이도 할 수 없는, 불가피한 현실적 사태의 조건임을 현자들은 또 가르쳐주고 있지 않은가. 반면

교사라고 자주 말하지만, 저항하면서 닮는다는 말도 우리로선 부인하기 어려운 속설 중의 하나인 셈이다.

3. 정주(定住)의 원리와 일탈된 시

미당의 삶이 우리에게 윤리 교사로서 가합하다는 얘기는 그러므로 결코 아니다. 소위 윤리와 도덕의 기준으로 보아 그의 시와 생이 얼마나 개떡같은 것인가를 들어보지 않은 이 나라 시인, 묵객도 별반 없는 셈인 것이다. 친일 행위를 하고 5공 정권에 야합한 행적을 남겼다는 것 모두 지금껏 공지의 사실이었다. 그러니 시효가 지났다고, 그에게만 너무 가혹하지 않느냐고 말하려는 뜻도 결코 아니다. 그렇지만 시효 존속의 그의 시들이 여전히 남아 있고, 그것이 존중될 필요가 있다 한다면, 흠가지 않은 그의 여타 시들과 정치적 행적은 구분될 필요가 있고, 한편 그의 경험적, 역사적 체험과 시적 태도의 형성은 하나의 뿌리로부터 벋어나왔음을 이해할 필요도 있다는 점을 강조해 두고자 하는 것이다. 다시 말하거니와, 어떤 사람의 시는 정치를 위해, 정치적 장을 위해 헌신하고 실천한다. 이런 시가 잘못되었다고 말할 근거는 전혀 없다. 문학의 기능 속에서 정치적 기능을 뺀다면 남을 것이 별반 없으리라는 점도 우리는 이해한다. 비평은 본래 정치적이고, 당파적일 수밖에 없다는 점을 환기시키고 강조한 사람도 다름아닌 보들레르였다. 그렇지만 그의 그런 행적도 젊은 시절엔 급진파였다가, 후일엔 왕당파가 되는 모습을 보였다. 그 점에서 미당 역시 비슷한 굴절 양상을 보였다고 할 수도 있지 않을까. 광주학생사건의 파문 와중에서 주동자로 몰려 '쫓기는 자'의 신세가 되었다가 그 10년 후 파시스트가 된 모습은 어쨌거나 외형의 그의 행적이다(이 과오의 심화 배경에 최재서와의 친분 관계가 있고, 당시 말깨나 하던 사람들 중에 이 혐의로부터 자유로울 사람이 별로 없다는 것도 우리는 인식할 수 있지만, 이 엄숙한 법정에서 그런 구차한 변명 따위의 이야기는 괄호치는 것이 좋을 것이다. 더 말하자면, 일제 말기, 일제의 상황을 참으로 고결하게 지낸 문인의 경우도 우리는 알고 있다. 요절한 문인들의 경우는 더 말할 것이 없지만, 시인과 비슷한 시기에 유명을 달리한 황순원 선생의 경우는 그 독보적인 예외적 사례의 하나일 것이다. 그렇다면 왜 이런 분의 고결한 윤리적 삶의 행적에 대해서는 굳이 선양하지 않는가. 일제 말기의 상황 안에서라면 김동리도 역시 별로 오점을 남기지 않은 사람으로 거명된다. 그렇다고 이와 같은 문인이 생애 전체를 통해 전혀 '한 점 부끄럼', 하자가 없었던 것이라고까지 할 수 있을까.)

해방이 되어서 상황은 더 복잡해졌다는 것을 우리는 안다. 결국 전쟁으로 치닫는 상황 속에서 또 철없이 반쪽나라 집권자의 전기 집필에 동원됐던 미당은 결국 이 일에 좌절하고 이런저런 직업을 거쳐, 6·25의 와중에 극도의 피해 망상, 추적 망상을 겪어 실어증의 상태에 접어든다는 것은 앞에서도 밝힌 바와 같다. 두보도 피란지를 전전하면서 다병한 몸이 오로지 구할 것은 약뿐이라고 하였거니와, 섬세하고 약한 신경의 소유자가 전후 겨우 안주의 터를 잡게 된 것은 교육의 장 속에서다고 할 수 있다. 수많은 시인을 그는 혹은 추천의 방식을 통해, 혹은 사제관계의 형식을 통해 길러내었다고 얘기되거니와, 대체로 70년대 말까지로 이 시기는 이어진다고 할 수 있다. 아직까지 별 탄핵이 없는 것을 보면 적어도 전후 이래 70년대 말까지의 기간 동안 그가 범한 정치적 과오의 흔적은 나타나지 않고 있는 모양이다.(70년대 초, 한 라디오 방송을 통해 시인이 "나는 문단 정치에는 관여하지 않아요"라는 말을 자랑스러운 듯이 내뱉던 일을 필자는 기억한다)

결국 80년대 초반이 다시 문제의 시기가 되거니와, 이는 강단에서의 퇴임 직후의 시점이 된다. 광주에서의 엄청난 학살의 사건을 시인은 몰랐던 것일까. 그다운 피해의식이 다시 발동했던 것일까. 역정이 일었던 것일까. 이광수처럼 그도 민족을 위해 누군가 희생자가 되어야 한다고 생각했을까. 생존의 불안과 또 다른 욕심의 발동 때문이었을까.

여러 가지로 추정이 가능하고 설명이 될 수 있지만, 추정과 설명이 여기서 중요한 것은 아니겠다. 중요한 것은 부인할 수 없는 중대한 정치적 실책, 과오가 다시금 범해졌다는 것이다. 정치적 천치의 행동과 그것이 다른 것이었다고 할 수 있을까. 수많은 사람이 죽고 감옥에 가는 상황에서 그런 정치적 천치의 행동이란 망동이었다고밖에 설명되지 않는다. 그것으로 주어진 보상은? 아마도 그가 소원했던 것 같은 문예 잡지가 나타났다. 그것 때문이었을까. 남들 짓는 문학의 집을 그도 늙으막에나마 지어보고자 했던 것일까. 결국 욕심 때문이었는가. 그의 말을 빌려, '할 수 없이' 끌려갔던 건가.

이 이상의 언어는 불요하리라고 여겨진다. 한편의 결과는 문하의 문인들조차 그를 떠나가는 결과가 빚어졌다고 하는 것이다. 10년 너머의 세월이 흘러 다시 해빙의 시절이 돌아왔지만, 깊이 패인 그 상처가 쉽게 아물어지기는 어려웠을 것이다. 다만 늙고 병든 시인의 용태가 시시각각으로 전해져 왔다. 평생을 '떠돌이'로 자처한 시인답게 말년에 러시아, 그루지아로 먼 여행을 계획하기도 했다지만, 의지박약의 탕아 기질답게 그는 곧 다시 돌아왔다. 그리고 병약의 세월. 그리고, 임종···

4. 윤리적 세계와 美의 세계

일찍이 '미당(未堂)'이라 지었던 아호의 의지에 충실했더라면, 그리고 '떠돌이'의 운명에 욕심없이 충실했더라면, 자신의 생애를 오점 투성이로 만든 그깟 집, 문학의 집에 연연할 이유는 없었을 것이다. 하지만 역시 시인도 사람이고, 이름의 운명은 또 결국 부모가 지어주는 이름 속에 있는 것이 아닌가. 바람처럼 살고자 했지만, 결국 '정주(定住)'에의 욕망이 그의 생애를 붙잡은 꼴이다. '고등관 8등쯤'의 출세에 대한 집착을 벗어던지고 '미의 사도'로 나선 길이 만남과 헤어짐의 인연을 반복하는 중에 할 수 없이 시인도 세상 속의 작은 거처를 욕망하고 찾게 되었던 것이라고 할 수 있다. 모두에게 그렇듯이 그에게도 인륜지대사의 일대 사건은 생애를 반전시키는 결정적인 사건으로 주어졌던 것 같다. 곧 이어 아버지가 죽고, 그도 할 수 없이 가장의 책임을 떠맡게 된다. 처자식을 주렁주렁 매단 책임 윤리의 한갓 필부의 존재. 그리고…

시인에게는 치사한, 치욕의 소리일 수밖에 없는 이런 우울한 얘기일랑 이제 걷어치우기로 하자. 스스로도 '크다란 눈'의 '손톱이 깜한 에미의 아들'이라고 했다. 권력의 압제에 맞서 통쾌하게 투쟁한 시인으로는 비록 살지 못했더라도, 자기 '관리'쯤 할 줄 아는 시인으로 살았더라면 우리는 마음 놓고 그를 흠모해도 좋았으리라. 그러나 그는 너무 일찍 '보오드레ー르'를 배우고, 이어서 '李白'으로 날아갔다. 그러나 그런 시적 자세가 아니었더라면 또 그런 탐미적 육성의 소리가 나올 수 있었을까. 이제 자라나는 세대는 거의 시를 잊어버리고, '시인 부락'은 여지없이 '부락민'의 처지로 굴러 떨어지고 있다. 그동안 한국시의 흥성은 이런 정치적 천치, 윤리적 죄인의 자기 도취적 확대에의 노력과 어느 만큼이나 관계있는 일일까. 한국 현대시의 실패를 이 시인의 시가 대변한다고 하더라도 그 시의 실패를 넘어서는 책임은 역시 본인에게가 아니라 후인들에게 넘겨진 것일 게다. 그의 시에 대한 부단한 비판과 부정에의 노력은 그런 의지의 표현이었다

고 할 수 있다. 하지만, 그렇다고, 예술이, 시가, 근본적으로 극복되
고, 그리하여 진화될 수 있는 생물인 것인가. 본질적으로 '차이'만이
존재할 수 있는 세계 아닌가. 보들레르가 '모더니즘', 혹은 '댄디즘'
의 개념으로 말했던 것처럼, 혹은 칸트가 '취향'이라고 말했던 것처
럼, 본질적으로 '차이'와 '차별화'로서의 실천만이 존재할 수 있는 세
계가 이 세계 아닌가.

이 엄숙한 문학 법정을 폐정할 말을 찾기가 실로 곤혹스럽다. 난
데없이 종교적 법어를 찾기는 더욱 쑥스럽다. 차라리 문학도 세속의
역사에 속하는 것이라고 말하고, 나도 시원스레 단죄자의 편에 가 서
고 싶은 것이다. 시인을 죽여서 역사가 깨끗해질 수 있다면 나도 그
일에 가담하고 싶다. 다만 누구를 매도하고 질타할 권리, 자격이 없
음을 나는 생각한다. 변호라고 해도 역시 섣부른 짓이 된다. 다만 우
리의 일이기에 못 이긴 듯 조금 밝히고자 했음을 밝혀둔다. 시인의
치부를 밝혔다면 시인들께 용서를 구하고, 이 맹하(孟夏)의 계절에 대
지에 누워 있을 시인에게 마지막으로 명복을 빌고 싶다. 말당이라는
이름으로 회자되었던 그 수많은 욕들을 물리치고도 당신은, 시는, 과
연 생존할 수 있을 것인가. '막걸릿집 여자의 육자백이 가락에' 쉰
목소리로나마. 오 정주(定住)의 가혹한, 욕된 시인의 삶이여!

> 禪雲寺 고랑으로
> 禪雲寺 동백꽃을 보러 갔더니
> 동백꽃은 아직 일러 피지 않았고
> 막걸릿집 여자의 육자백이 가락에
> 작년것만 오히려 남았읍니다.
> 그것도 목이 쉬여 남았읍니다.
>
> ◐ 「禪雲寺 洞口」, 앞의 책, 205쪽

(《문예중앙》, 2001년 여름)

선(禪), 문학, 그리고 정현종의 시

1. 임종의 언어와 묵언의 선, 그리고 수행

올해가 마지막 해가 될 것을 알고 마지막 말을 준비한다면, 당신은 어떤 글을 남기겠는가. 또 어느덧 마지막 달, 마지막 날이 다가와서 최후의 이별을 준비한다면, 당신은 무슨 말, 무슨 행위로서 이에 대처하겠는가.

지난해 고승들의 입적 행렬은 위와 같은 질문이 결코 가상의 질문만은 아닌 것을 우리에게 알게 해 주었다. 불교계에 큰 족적을 남긴 승려들이 돌아갔지만, 그 중에도 평생 수행자 노릇에만 정진했던 어떤 분은 "세상으로부터 받은 은혜 태산 같은데, 티끌만치도 갚지 못하고 떠나는구나"하는 요지의 게송, 별사를 남겼다고 하며, 마지막 열반송을 묻는 휘하의 제자들에게 또 어떤 승은 "그 사람 그렇게 살다가 가더라 캐라"라고 그저 남 얘기하듯, 평범한 어법의 일상 어구를 남겼다고 하고, 또 어린애같이 순진한 마음으로 평생 선방만을 지켰던 어떤 고승은 아무런 말이 하나도 필요 없다는 듯 그저 '좌탈입망(坐脫立亡)'의 자세만을 보여주고 저 세상으로의 여행을 떠났다고 한다. 이중 누가 더 덕이 높고, 수행이 단단했었는가 묻는다면 그야말로 우중의 속중 하치 노릇을 벗어날 수 없게 되겠지만, 그래도 우리는 무엇인가 그 속에서 각자의 차이 같은 것을 눈여겨보지 않겠는가 싶다. 말하자면 단정하게 마지막 (인사)말을 남기겠다는 사람, 그저 털털하게 아무렇게나 떠나겠다는 사람, 혹은 말마디는 필요없고 행동으로 무엇인가를 전하고 떠나겠다는 사람, 이런 사람살이, 삶법의 차이 같은 것이 각 고승들의 마지막 행정(行程) 속에 녹아있는 것은 아닐까. 그렇다면 같은 선법의 전통 속에서 평생을 수행하고도 이처럼 차이의 종지법, 종장 행정이 주어지는 이유란 무엇일까. 이 차이를 굳이 구획짓고자 할 때, 여기에 주어질 수 있는 설명법이란 어떤 것일까.

차이는 결국 동일성 위에서 파생되는 것이지만, 누구에게나 공통적으로 주어지는 이 죽음의 현사실성 앞에서 각자 나름의 죽음의 연출이 다르다는 것은 도의 길이 그만큼 다를 수 있다는 것을 뜻하는 바가 아닐까 생각된다. 이 세상 마지막 길을 떠남에 있어서 결코 한 가지의 길, 하나의 답만을 고집할 이유는 없다 하더라도, 그렇지만 또 결국 마지막 자리에 가서 자신의 길을 정할 수 있는 사람은 자기 외에 달리 있을 수 없지 않은가라는 생각에도 미치게 된다. 평생 수행자의 삶을 살아온 선승들이 일반 속중들과 달리 마지막 가는 길에 있어서의 어떤 위엄, 의연함을 보여주는 것은 전적으로 이 죽음이라는 사태의 자기 결정성으로부터 연유하는 바가 아닐까라고도 이해되는 것이다.

그리고 이로부터 필자의 생각은 다시 '성격이 곧 운명'이라는 드라마적 명제에 부딪혀 돌아오게 된다. 결국 비극의 이야기를 이루어내는 주된 동인이 극 속에서 주인공의 성격으로부터 주어지는 것처럼, 한 사람이 가는 길, 각자가 가는 마지막 길의 모습도 결국은 궁극적으로 그 사람의 성격으로부터 주어지는 바가 아닐까 생각해보게 되는 것이다. 그리고 이 점에 있어서 저 고승들조차도 예외가 아니라는 것을 지난해 선승들의 마지막 행렬은 보여준 것이 아닐까. 이를테면 정갈한 사람은 정갈한 성격대로 마지막 행차의 방식이 주어져서 이 승에서의 마지막 셈을 '은혜'와 '부채'라는 개념으로 정리하고 홀홀이 떠나고자 한 것은 아닐까. 마찬가지로 털털한 사람은 또 털털한 성격 그대로 시원시원 살다가 어느 날 아침 홀연히 이 진애(塵埃)의 세상을 미련없이 털어내버리고자 했던 것은 아닐까. 담백한 사람은 그 맑고 어린애 같이 순진한 마음 그대로 아무 구차함의 설론없이 남들이 하기 어려운 자세를 혼자 끙끙대며 보여주고자 한 것이었으니…… 이처럼 각자의 행보에 일일이 이유를 대고 연유를 대말하려 하는 데서 언어의 구차함이 발견되는 것이지만, 결국 말(언어)을 대하는 태도 한 가지로써도 우리는 그 사람의 성격을 짐작하게 됨을 알 수 있다. 무엇인가를 꼼꼼이 밝히려 하는 지나친 분석의 태도에 다름 아닌 언어의 자승자박, 새끼줄이 놓여있다는 것을 또 이미 왕년의 선학, 대덕들은 밝혔던 셈이지만, 그럼에도 불구하고 또 여기에서 성격, 성정이란 근본적으로 무슨 의미일까라는 질문을 그칠 수 없다면, 이 타고난 것으로서의 성격, 성정과 그 후천적 극복 실천으로서의 '수행' 개념을 다음과 같이 상관지어 볼 수도 있지 않을까. 요컨대 자기(성격)를 결사적으로 고쳐나가고자 하는 성격과 상대적으로 완만하게 자기를 긍정하면서 수행해 나가는 성격이 있다고 한다면 이와 같은 성격적 차이가 수행의 결과에 미치는 효과란 무엇일까. 물음을 이와 같이 정리하고 보면, 하고 많은 성격적 변이 요소 중에 급하고 격한 것, 그리고 느리고 유연한 것을 성격 구성의 핵심 요소로 이해하게 된다는 것을 뜻하게 되거니와, 이 성격적 구성 인자가 수행에 미치는 효과, 그리고 그 수행 효과를 다시 성격적 양태 의미로 환원하게 됐

을 때의 결과 의미는 결론적으로 다음과 같은 환원론법 양상을 띠게
됨을 알 수 있다. 조금만 더 생각해 보자.

주체의 타고난 성격이 가령 느리고 유순한 인자로 이루어진 것이
라면, 이 '느림'의 성질로부터 연유하는, 느긋하고 넉넉한, 혹은 수굿
한 성격의 자기 긍정적 태도가 수행에도 지대한 영향을 미침으로써
성격적으로 별반 변화없는 수행의 최종 단계를 예상할 수 있게 될
것 같고, 거꾸로 만약 주체의 타고난 유전자가 '빠름'과 결부된 것이
었다고 한다면, 이 조급한 성질로부터 연유하는 온갖 조박하고, 인색
하고, 가차없는 멸시의 태도, 나아가 그것으로부터 발전하는 자기 부
정과 환멸, 혐오에 이르기까지 자신에 대한 극복의 태도를 정화시켜
간다 하더라도 궁극적으로 남는 이 격렬한 자기 고침의 태도, 곧 여
전히 타고난 그대로의 급격한 성격은 고스란히 고치지 못한 채 마지
막 길을 준비하게 되는 것 아니냐는 생각을 해볼 수 있는 것이다. 결
과적으로 아무리 격렬한 자기 부정의 태도, 자기 극복의 태도라 할지
라도 이 격렬함의 태도, 성격 자체는 어찌할 수 없는 것 아니냐는 생
각에 우리는 미치게 되고, 그렇다면 결국 수행의 한계 역시 이 지점
에서 멈출 수밖에 없게 되고, 또한 이 한계 지점에 따라 수행자 각자
의 마지막 여행의 태도 또한 결과지어지고, 결정지어질 수밖에 없지
않겠느냐는 생각에 도달할 수 있게 되는 것이다. 이와 같이 아무리
고치려 해도 고쳐지지 않는 자기 한계와 같은 그 근본적인 됨됨이의
성격과 문학의 상관 관계를 두고 문학은 '문체가 곧 그 사람'이라는
명제로 표현해 왔다고 할 수 있거니와, 평생을 고치고자 해도 고쳐지
지 않는 이 성격적 원형성, 유전성의 문제로부터 팔자 타령이라거나
혹은 (동양적) 숙명의 사상 같은 것들이 낳아진 것은 아닌가라고도 생
각해 볼 수 있겠다. 평생 용맹정진의 삶을 살아온 저 선승들의 마지
막 행차에서 우리가 깨우칠 수 있는 바가 그러할진대 도대체가 유전

자 정보의 생물학적 자기 지시에서 한발짝도 벗어나기 어려울 우리 네 속중들의 운명을 여기서 더 말해 무삼하겠는가. 다만 자기(自己)로 서 자기(自己)를 넘어선다는 일의 어려움이 여기서 실감나게 확인된다 고 할 수 있을 터. 할!

2. 소란의 세상, 소설에서 시로

묵은 한해를 돌이켜보며, 혹은 새해를 맞으며, 새삼스레 남은 날들 을 헤아려 보는 일이 저처럼 스님네들 얘기까지를 떠올려보게 했다 고 할 수 있지만, 스님네들 얘기를 떠올릴수록 그것이 점차 오늘 문 학하는 사람들의 처지와 중첩되는 현실이 빚어진다는 것도 오늘날 우리로서 떨쳐버리기 어려운 생각의 하나이다. 물론 이 사태를 미리 좋은 일이라거나 나쁜 일로 받아들일 이유는 전혀 없다고 생각된다. 다만 조선조와 함께 변방으로 변방으로만 몰려 존속해 왔던 한국 불 교계, 그 사찰과 승려들의 처지를 생각하면 할수록 그것이 어찌 오늘 한국 문학의 처지에서 남의 일일 수만 있겠느냐는 생각에 필자는 미 치게 된다고 할 수 있는 것이다. 문학에 대한 더욱 근본적인 자기 고 침의 태도로부터 우리가 재출발하지 않으면 안된다는 생각에 자꾸 사로잡히게 되는 것도 바로 이와 같은 상황의 엄혹함 때문이라고 할 수 있다. 구체적으로 말하여 이제 오늘의 문인들은 저 고행하는 승려 들의 연속적인 수행의 삶과도 방불하게 불립문자(不立文字)와 언어도 단(言語道斷)의 지점에서부터 자신의 문업을 새롭게 시작하지 않으면 안 되리라는 생각에 사로잡히지 않을 수 없으며, 이것은 그저 책과 작품을 팔아 연명해왔던 바 매문(賣文)의 태도와는 근본적으로 단절된,

어떤 절대절명의 선(禪)적 태도와 같은 것으로 헤아려지지 않을 수 없다. 말이 넘쳐서 소란이 배 밖으로 튀어나오게 된 이 세계에서 그저 낄낄거리기 쉬운 희극적인 언사를 나눈다거나 TV드라마와 같은 유사 비극의 언어를 재탕, 삼탕하는 식의 희비극적 언어로는 이 소음과 잡음의 세계에서 도저히 살아나기도 어렵고, 적어도 '멋진 신세계'의 언어와 현실을 찾아 문인에의 고달픈 길을 제 발로 찾아들었다고 할 자존심의 문인들에게 도저히 허락되고 용납되지 않는 모멸의 극장 현실일 것이 분명하다. 그러니 말을 아끼고 함묵함으로써 이제 인디안 보호구역처럼 겨우 남아 있는 문학적 위엄 지대를 보존해 나갈 것인가, 아니면 그마저의 최소 공간마저 파괴하고 영원히 정착촌 없이 사는 유랑민의 처지로 다 함께 나설 것인가의 선택과 결단의 갈림길이 마치 매일매일 걷는 일상 회로처럼이나 이곳 문학동네의 주민들에게 위요, 압박해오는 현실 형편이라고 할 수 있다. 이를 양식 선택의 질문으로 바꿔놓아 본다면, 왜 오늘의 시대에 우리가 소설(양식)이 아니고, 이미 죽어 없어진 줄로만 알았던 시(詩)의 양식에 다시 부활의 음악과 기치를 높이 들리게 하고 위대한 서정시대의 환생을 향하여 다시 진군하는 채비에 나서야 하는가에 대한 역사적, 양식사적 설명의 한 배경, 방편으로 족한 상황적 설명이 된다고 할 수 있다. 여기서 그 동안 시와 소설의 교체 역사를 돌아보고, 오늘의 시와 소설이 도달한 지점을 다시 새겨볼 필요가 있다. 우리는 그 동안 시를 어떻게 박대하고, 또 소설은 어떻게 그 동안의 왕좌 지위를 유지, 보전해왔던가.

여기서 최근 연대만을 잠시 돌아보기로 하면, 이제 다시는 돌아가지 못할, 20세기 소설의 마지막 융성 시대로 1990년대는 우선 기록되지 않을까 싶다. 이 소설의 시대는 무엇보다 여성소설의 시대였던 것이다. 몇몇 여성 작가들이 그 통에 장안의 명사로 부각되었으며, 또 이 와중에 심심치 않은 베스트셀러 소설 현상이 도하 각 신문의 문화면을 타고 각 가정에 배달되었다. 여성성에 대한 탐구가 체계적으로 진행되었으며, 그것은 사회 전체적으로 여권신장운동의 일부가 되어 조직적이고 치밀한 담론 투쟁의 장으로까지 자신을 이끄는 데 그 헌신적이고 선구적인 역할을 마다하지 않았다. 그렇게 소설은 다시 한번 문화적 총아로서의 문화적 위치를 확인하며, 적어도 90년대 전 기간 동안 문학의 갑작스런 추락 사태는 오지 않을 것으로 낙관적인 전망을 확산시켰다. '여성'이라는 새로운 사회 계급과 결합, 결탁된 이 양식의 도저한 문화적 응전력, 도전력은 그렇게 사회 속에 열정적이고 두터운 독자 집단과 마르지 않는 샘물로서의 생산자―작가 집단을 양산해냄으로써 그 사회적 한계 효용의 새삼스런 증대를 확인하고 누릴 수 있었던 것이다.

소설 양식의 그와 같은 눈부신 활약상에 비추어, 1990년대의 시는 상대적으로 별 볼일 없어서 소강과 정체 상태에 빠졌던 양상으로 재단될 수 있을 것이다. 그 소강과 정체의 상태가 장기화됨으로써 20세기말 세기말의 시점에서 어떤 성질 급한 시인―평론가는 '시의 장례'까지도 운위하는 비관을 노출하였던 것이다. 그것은 확실히 그 전 단계의 1980년대 시가 어떤 의미의 또 다른 일종의 질풍노도 시대를 맞아 사회 세력 간 거센 투쟁을 예비하면서 활발히 자기 사명을 수행하였던 시절과 대비되는 사정이었다. 그러니까 1980년대의 시는 우리에게 문학 본래의 사회적 전달 기능과 함께 새로운 사회의 건설을 위한 대체 이념 형성의 장으로서 시의 기동타격대 기능이 무엇인가를 확실히 선보였다. 그에 비할 때 1990년대의 시는 일종의 정적과 같은 상태를 연출했다고도 표현될 수 있었던 것이다. 물론 말의 엄밀한 의미에서 시와 시인이 전적으로 부재하였던 것은 아닌 셈이지만, 참으로 90년대다운 시가 부재하였거나 극히 드물었다는 것으로 이 사태는 설명될 수 있다. 시인 유하의 경우 같은 것을 제외하면 기억나는 90년대 시와 시인이 거의 떠오르지 않는다는 사정으로 이 사태는 설명될 수도 있다. 자주 회자된 유하의 시집이 거꾸로 시의 종말을 암시하는 것으로 해독되었던 것도 또한 이러한 문맥에서 반추해 볼만한 문학사적 사실의 하나다. 이것은 1970년대가 특유의 소설 주도 현상을 이루었다고 해도 상대적으로는 비교할 수 없이 왜소해진 시의 위축 현상이었던 것이다. 전체적으로 감수성의 갱신 시대를 연출하면서 시와 소설의 균형 발전으로 나아갔던 1960년대의 문학, 더 나아가 시와 소설이 사이좋게 어깨동무하면서 식민지와 해방, 그리고 전쟁의 어둡고 음습했던 현실을 건너 나왔던 한국 근대문학의 근 1세기에 걸친 전통에 비겨보아서도 매우 이색적인 사태임에 분명했다. 언로가 극도로 폐쇄된 닫힌 사회의 사회적 정황 속에서 휘발성의 시 양식, 그리고 중, 단편의 고발 문학이 사회적 전달 기능을 발휘했을 뿐이라고 그럴 듯한 설명법이 이러한 맥락 속에서 주어질 법도 하지만, 그렇지만 여성문학의 새로운 의식 체계와 1990년대의 시가 전혀 화해롭게 결부되지 못했다는 사실은 어떤 점에서 여성문학의 문화형이 본질적으로 새로운 감수성의 문화 혁명을 의미하는 것은 아니었음을 시사하는 것인지 모른다. 그런 비교 인식의 시야에서 다시 새로운 사회 건설을 위한 전투적 사회 운동과 그 이념 체계의 확산에 반응했던 80년대 시가 자신을 둘러싼 새로운 문화 코드의 상황에 적절히 반응하면서 사회적 소명의 호명에 응했던 것을 이러한 맥락에서 평가할 수 있을지 모르며, 그렇지만 80년대 전기 시의 그 패기 넘쳤던 융성 시대도 민주화의 진전과 함께, 그리고 또 다른 세계 현실의 개막 속에서 점증하는 구체성의 요구 진전과 함께 조만간 소설 양식에 그 문화적 위광을 넘겨주어야 하는 차례에 이르렀던 사정을 또 우리는 기억하지 않으면 안 된다. 한때 극성하던 노동소설의 성세가 결국 유럽 사회주의의 붕괴, 몰락과 함께 급격히 사회적 퇴조의 운명을 맞이하지 않으면 안되었던 현실도 우리는 이러한 맥락에서 아프게 기억하지 않을 수 없으며, 이렇게 해서 1990년대 문학은 내부적으로 새로운 자기 전환과 혁신의 암중모색에 이르면서 갑작스레 팽창된 소비대중문화의 유혹과 싸우지 않으면 안된다는 이중고의 상황에 직면하게 되었다고 할 수 있다.

이처럼 80년대식 이념 과잉을 지양함과 함께 섬세하고 내밀한 자기 성찰을 도모하면서, 전체적으로 창궐하는 대중소비문화 속에서 자기 정체성 상실(위협)과 싸우지 않으면 안되었던 1990년대 전반기의 문학은 연애문학과 같은 일견 양서, 파충류의 문학 현상을 낳게 되면서 그 서막을 장식하게 되었다고 할 수 있다. 민주화의 형식적 진전은 적어도 외면적으로 열린사회의 무제한적인 조건 담보를 보장함으로써 간접성의 우회적 진술 양식을 통한 문학의 사회적 전달 기능을 현저히 위축시키게 되었고, 이에 따라 '영상(문화)'이라는 이름의 값싼 소비문화가 점차 문화의 중심 부면으로 자신의 영역을 확장시키기에 이르렀다. 내면성에 침잠하면서 여성성의 고유한 영역을 밝히는 여성소설의 범주가 이와 같은 틈바구니를 뚫고 새롭게 자신의 의미 영역을 구축해가기 시작했다고 할 수 있는데, 문화와 문화, 양식과 양식 사이의 이와 같은 영역 싸움이 때로는 은밀하게 또 때로는 드러내놓고 격렬하게 전개된 양상이 1990년대 전 기간에 걸쳐 한국 (대중)문화를 역동적이고도 풍요롭게 수놓았다고도 할 수 있는 것이다. 하지만 이 싸움은 시간이 지나면서 점차 (순수)문학 쪽의 일방적인 패배로 귀결되리라는 전망이 우세해지고 분명해졌다. 결국 새로운 밀레니엄의 시대를 맞이할 때쯤 드러나기 시작한 여성소설의 주제적, 혹은 소재적 소진 현상과 함께 인터넷을 앞세운 멀티 미디어의 복합 디지털 문명과 영상문화의 무차별적인 공격은 문학에게 이제 더 이상 남은 무기와 자산이 없다는 것을 인식, 강요함으로써 문학의 급속한 무장

해제와 독자들의 대규모 투항 사태를 연출하게 되었다. 이렇게 하여, 남성 독자들이 대부분 떠난 뒤에서 거의 유일군을 이루던 신세대의 여성 독자층마저 더 달콤하고 쉬운 대중문화의 양식들로 이월하게 됨에 따라 과거 문학의 자리에는 그야말로 일부 마니아이거나 구세대의 향수 계층만이 쓸쓸하게 잔존하게 되었음을 아프게 인정하지 않을 수 없다. 소비문화란 근본적으로 독자, 향유층 주도의 문화 성격을 의미하는 것이지만, 소비적 대중독자의 기반 위에서 군림하던, '순수'(혹은 '본격')라는 이름의 (대중)문학이 얼마나 초라해질 수 있는가를 최근 년간의 문학 사태는 보여주어 왔다. 비록 일부 호사스런 문학상의 잔치가 여전히 진행되고, '비평'이라는 이름의 말들의 잔치는 여전히 무성하다고 할지 모르지만, 기본적으로 외화내빈(外華內貧)의 이 사태가 어떻게 대부분의 문인들로 하여금 좌절과 시름, 무기력의 질병, 전염병을 공동적으로 앓게 하고 있는지는 알만한 사람은 다 아는 사실이라고 할 수 있다. 오늘날 여성소설의 패퇴가 문학 전체의 패퇴로 받아들여지고, 실제로 그러한 현실을 낳고 있는 것은 이와 같은 역사적 경과, 맥락에 말미암는 바라고 할 수 있는 것이다.

그러니 오늘의 문학이 다시 살고, 살아나기 위해서는 기존 문학관으로부터의 근본적인 전환과 해체가 요구되는 것인지 모른다. 말하자면 그 동안 과도하게 이념 형성적이고, 독자 중심적으로 운용돼 왔던 문학으로부터 근본적으로 벗어나 탈이념과 탈독자의 문학 영역을 구축해나가야 할지 모르며, 그럴 때 문학에 식상하여, 혹은 문학이 두려워 떠나갔던 독자들이 하나씩 하나씩 되돌아옴으로써 언젠가 문학의 권토중래하는 날을 다시 꿈꾸어 볼 수 있을지도 알 수 없기 때문이다. 여기서 '알 수 없다'고 말하는 것은 그것을 '알 수 있다'고 할 때 벌써 기대하는 마음이 생겨나, 과거와 같은 생각으로 금방 회귀하고 말 것을 저어하기 때문이거니와, 달리 말하면 문학의 위엄과 문학적 가치의 진정한 회복이 사태 해결의 급선무로 제시되고 인식되지 않으면 안 된다는 생각 때문인 것이다. 이것은 불교를 살리기 위해 섣불리 대중 포교의 길에 나섰다기보다 불교 본래의 청정수행의 길에 나섬으로써 오히려 나중 대승불교 확립의 기반 마련을 도모할 수 있었던 불교의 예를 생각하게 되기 때문인데, 기실 멀고 긴 시야로부터 바라본다면 언제나 위기란 닥쳐올 수 있고, 또 독자도 떠나갔다 돌아올 수 있지만, 그것이 본래 지닌 바 진면목을 잃어버린다면 차후에 그 진정한 영토의 회복이라는 것도 영영 무망한 일이 될 수 있지 않을까 저어하고 경계하지 않을 수 없는 것이다.

오늘의 문명적 삶, 현대적 삶과 가장 먼 거리에 있다고 할 수 있는 스님네들의 존재 방식을 자꾸 떠올려 보고, 그로부터 위로와 힘을 얻을 수 있는 계기를 찾아보고자 하는 것도 바로 이와 같은 이유 때문이라고 할 수 있는데, 비록 오늘의 주류 문명, 문화의 흐름과 전면적으로 대결하여 살아남지 않으면 안되는, 절체절명의 현실적 여건에 직면해 있는 것이 오늘의 문학 상황이라 하더라도, 그 상황의 어려움이 과연 조선조 개국 이래의 불교의 어려움에 비할 수 있을까 생각해 본다면, 오히려 커다란 힘과 위안을 얻게 되는 것이 당연한 사고 체험이라 할 수 있는 것이다. 지나치게 패배주의적이거나 비관주의적으로만 생각할 필요는 없다는 것이 그 가르침이자 깨우침의 요목이라고 생각할 때, 여기서 대중(大衆) 중심적 사고 방식에 대한 우리의 사고 전환이 어떤 식으로 이루어져야 할지도 저절로 그 해답이 주어지는 형편이라고 할 수 있는 것이다. 예컨대 대중의 독자에 대한 지향성이 소설 양식의 어찌할 수 없는 속성이자 숙명이라 한다면, 본래 저 혼자 존립하고 누구에게 기대더라도 아주 비스듬히 기대 존립할 수 있는 시(詩) 양식이, 무엇보다 오늘의 이 소란하고 잡다한 시대에 시의 언어의 그 청정무구함이, 문학의 진면목 회복을 위해서 크게 기여할 수 있지 않을까라는 기대를 품어봄직 한 것이다. 차라리 함묵함이 좋지 않을까, 함묵할 수 있지 않을까의 저 조사(祖師) 선(禪)적 언어관조차 우리가 배우고 실천할 수 있다면, 오늘의 우리 문학 정화를 위해서는 그보다 더 다행한 일이 없을 것 같다. 만약 그처럼 결연한 조사선들의 태도를 배울 수 있다면, 오늘의 우리 문학이 겪고 있는 이까짓 외로움쯤 타지 않아도 좋겠고, 또 그렇게도 구차한 밥걱정일랑, 의복걱정일랑 생활 걱정 같은 것도 저만큼 던져버리고 어디쯤에서 홀홀히 정말 자유의 존재가 되어 이 세상을 물처럼 바람처럼 휘돌다, 또한 문득 황홀한 문학의 세계를 연출할 수 있게끔 되지 않을까도 싶다.

이 자리에서 정현종 시인의 시가 문득 우리 안전을 사로잡고 나서게 되는 이유도 말하자면 정현종 시가 본래 지닌 선(禪)적 지향성 같은 데 착목한 연유라고 할 수 있거니와, 그래도 우리 시단에서 가장 연륜있게 향기 높은 선승의 문학 태도 같은 것을 시범해 보인 사람이 정현종 시인 아닐까 싶다. 구차하게 문학에 의존해 살 것인가를 끊임없이 회의하면서도 그래도 또 문학의 끈을 놓지 않고, 문학하는 외로움을 잘 견뎌왔으며, 또 자신의 문학에 대한 고집 같은 것을 잘 견지해 온 사례로 정현종 시인만한 경우도 사실 찾기 쉽지 않을 터이다. 개똥밭에 굴러도 이승이 좋다고 했으니, 문학이라는 이 이승 속에 거주하기 위해 그 범례의 사례를 찾는 것은 언제나 필요하고 유의미한 일일지 알 수 없다. 다만 우리로선 근래 우리말을 가장 천금처럼 아껴 지보의 보물로 빚어놓은 문학 예를 찾아보는 것이 필요하고도 유익한 순례 여행일지 모른다. 쓸데없다면 결국 다 쓸데없는 것이다. 그 '쓸데없음'으로, 그러나 너무 허무하지는 않게, 그러나 결국은 자기 성격을 벗어날 수는 없다는 인식으로, 이 순례여행에 나서보기로 하자. 너무 장황하지는 않게!

3. 정현종의 시 – 선적 언어를 향한 전경

일찍이 정현종은 시집 『나는 별아저씨』 속에서 "불쌍하도다//詩를 썼으면/ 그걸 그냥 땅에 묻어두거나/하늘에 묻어둘 일이거늘/부랴부랴 발표라고 하고 있으니/불쌍하도다 나여/숨어도 가난한 옷자락 보이도다"라고 자서하였거니와, 그 이후에도 그는 쉬지 않고 시를 써내고 그 것들을 시집으로 묶어 왔다. 지난해 말 상재한 시집 『견딜 수 없네』(시와시학사, 2003)는 그래서 선시집을 뺀 그의 발표 시집으로 아홉 권 째에 해당하는 권수를 기록하게 되었는데, 여기에서 그는 유난히도 잦아든 목소리로 자연과 시간, 그리고 우리 공동체적 현실의 우울한 삶의 풍경에 관해 노래하고 있다. 벌써 이순의 나이를 넘어 직장에서도 이제 퇴직을 준비할 나이에 어느덧 다가섰으니 시인의 사유가 무릇 '시간'을 중심으로 전개된다는 것은 매우 자연스러운 일이라고 해야할 것이나, 어떻게 하면 이 시간의 경과를 덤덤하고도 자연스럽게 받아들일 수 있겠느냐의 관심 속에서 그의 온 신경과 정신의 에너지는 집중력을 얻고 있는 것으로 보인다. 시집 전체의 화제로 골라진 「견딜 수 없네」 제목의 시편만 하더라도, "갈수록, 일월(日月)이여/내 마음 더 여리어져/가는 8월을 견딜 수 없네/9월도 시월도/견딜 수 없네"라고 고백하는 투의 어조를 취하고 나서, "흘러가는 것들을/(…)/사람의 일들/변화와 아픔들을" 견딜 수 없다고, 무엇보다 "시간을 견딜 수 없네/시간의 모든 흔적들/그림자들"을 견딜 수 없다고 자백함으로써, 시간에 대한 시인의 강박관념이 어느 정도에 이르렀는지 여실히 짐작할 수 있게 해주는 것이다. 이 시인이 이제 정신적으로 수행 높은 선승들의 경지에 거의 육박하는 수준에서 시를 쓰고 있다는 느낌을 주는 것은 전체적으로 이런 시적 모토, 상상력의 경사 양상 때문이라고 하겠는데, 같은 뜻에서 그가 이 시집의 첫 시편 「나의 명함」에서부터 거두절미하고 자연예찬의 태도를 스스럼없이 거침없이 내보이고 있는 것은 그의 존재론적 인식 관심에 말미암은 때문인 것으로 보인다. 자연 중에서도 특히 저녁의 시간, 혹은 석양의 이미지 또는 저녁 어스름의 산 그림자 등에 그가 미칠 듯이 친화감을 느끼고 거기에 자기(명함)와 같은 것으로 동화되려는 마음 태도를 갖는 것은 마침내 그가 일몰의 시간이 다가왔음을 느끼고 거기에 경건히 예비하고자 하는 정신의 태도를 갖기 때문이 아닌가. 참으로 거두절미하여 저녁의 자연 풍경에 스스럼없이 동화되고 그것을 예찬하는 그의 시적 언어를 보라!

> 이 저녁시간에,
> 거두절미하고,
> 괴강(槐江)에 비친 산 그림자도 내
> 명함이 아닌 건 아니지만,
> 저 석양 – 이렇게 가까운 석양! – 은
> 나의 명함이니
> 나는 그러한 것들을 내밀리.
> 허나 이 어스름 때여
> 얼굴들 지워지고
> 모습들 저녁 하늘에 수묵 번지고
> 이것들 저것 속에 솔기 없이 녹아
> 사람 미치게 하는
> 저 어스름 때야말로 항상
> 나의 명함이리!
>
> ◐ 「나의 명함」, 『견딜 수 없네』(시와시학사, 2003), 11쪽

이처럼 선승들에게서 보기 어려운 탐미적 경사의 자세(「내 마음의 폐허」라는 시편 속에서 그는 "다만 미의지(美意志)가 어떤 무너진/신전(神殿)에 위엄이 어리게 했듯이/욕망의 폐허여 애틋한 거기/내 노래는 허공을 받치는 기

둥들을 세워/한줌의 위엄이라도 감돌게 하였으면……"이라고 기원하고 있다)를 보여준다는 점에서 선가의 세계와는 상당히 다른 시세계를 그의 언어들은 보여준다고도 할 수 있지만, 그럼에도 불구하고 이 시인이 매우 정제되고 압축된 언어 속에 열반에 가까운 불교적 인식의 어떤 경지를 보여주고자 할 때, 우리는 그의 시를 또한 한국적 선풍의 어떤 전통과 접맥된 맥락에서 바라볼 여지를 그의 시 자체는 안고 있다고 말할 근거를 얻는 것이다. "사람들 사이에 섬이 있다/그 섬에 가고 싶다"고 노래했던 그의 초기 시 한편을 생각나게 하듯이 "자기를 벗어날 때처럼/사람이 아름다운 때는 없다"고 언명하는 「사람은 언제 아름다운가」 제목의 2행시 예 같은 것을 보게될 때 우리는 그러한 판단과 심증을 갖게 되는데, 가령 스님네들 사이에서 회자되는 선문답의 유례와 흡사하게 제목 자체도 「어떤 문답」이라고 해놓고 그저 3행의 짧은 언설을 나열해 놓고 있을 뿐인 다음 시편의 사례 같은 것도 우리의 그와 같은 판단과 심증이 전혀 잘못된 것은 아니겠구나 하는 확신으로 연결시키기에 별로 부족함이 없는 근거를 제시해 주는 셈이라고 할 수 있는 것이다.

> 오늘 일들은 다 잘 됐는지.
> 또 하루가 지났지.
> 하루가 지나가는 게 제일 좋은 거야.
>
> ◑ 「어떤 문답」, 앞의 책, 121쪽

이처럼 대개 엉뚱한 문맥으로 후려치는 조사들의 유명한 선문답 구조와는 크게 다른 것이라 하더라도 어떻게 하면 언어를 최대한 절제하면서도 어떤 깨달음의 메시지를 명징하게 제시할 수 있을까의 언술 묘리, 묘법에 뛰어나게 집착하는 시적 진술의 양태라는 점에서 그의 시는 저 에즈라 파운드 이래 동양시의 압축적 서경법에서 영향받은 이미지즘의 변주 같기도 하고, 그러나 더 본래적으로는 언어를 가능하면 압축적으로, 경제적으로 절제하여 씀이 좋다는 동양적 언어관의 체화에서 비롯됨이 저와 같은 시적 양상으로 나타났다고 볼 수 있는 근거들을 또한 그의 시편들은 제시하고 있는 것이다. 행은 조금 많은 편이나, 언표 외 속에서 무엇인가를 자세히 헤아리지 않으면 안 된다는 전언으로 이룩된 시 「말하지 않은 슬픔이……」 속에서 우리는 시인이 지닌 그와 같은 동양적 언어관의 한 정체를 발견하고 확인해 볼 수도 있을 터이다.

> 말하지 않은 슬픔이 얼마나 많으냐
> 말하지 않은 분노는 얼마나 많으냐
> 들리지 않는 한숨은 또 얼마나 많으냐
> 그런 걸 자세히 헤아릴 수 있다면
> 지껄이는 모든 말들
> 지껄이는 입들은
> 한결 견딜 만하리.
>
> ◐ 「말하지 않은 슬픔이……」, 앞의 책, 25쪽

우리가 '선(禪)'이라고 할 때의 '선'이란 바로 위의 시에서 말하고 있는 것처럼, 말하지 않고도 알고, 또 듣지 않아도 알 수 있는 곧 이심전심(以心傳心)의 방법과 경지를 말하는 것 아닐까. 무엇인가를 제시하기 위해서 언어가 필요하고, 또 말해주기를 고대하고 간청하기에 할 수 없이 말이 필요한 것이지만, 그렇게 할 수 없이 터뜨려야 하는 말이라면 "산은 산이요, 물은 물이로다"하는 유명한 반복어구 일절로 대선사들이 말씀을 대신했듯이 문학의 언어라고 해서 굳이 말많음으로 성립해야 할 필연의 이유가 있는 것일까라는 회의에 일찍이 이 시인은 잠겨들었던 듯하고, 이 때문에 그의 시 언어들은 한동안 지나치게 무겁고 그래서 부자연스런 느낌마저 주는 시적 양상을 보여주기도 했지만, 이제 달관과 체관의 경지에 들어선 그의 선적 언어의 형용은 흡사 자유자재의 선사가 마음과 풍경을 마음대로 비끌어매어 노닐 듯이 가볍고도 넉넉하게, 여유롭고도 우아하게 언어를 부리는 솜씨로 숙달해있음을 이 시집 속의 거의 대부분의 시들은 보여준다. 역시 짧은 시 한편을 들어서 그를 증거해 보이기로 하되, 시 「마음이 한가해서」가 이 경우 적절한 보기의 한 예가 될 수 있겠다.

> 마음이 한가해서 거의 졸린 상태
>
> 마음이 한가해서 거의 졸린 상태
>
> 아, 거기서 한 천년 살고지고
>
> ◐ 「마음이 한가해서」, 앞의 책, 93쪽

이와 같이 단 3행으로 이루어졌을 뿐의 시이고, 그 중에서도 앞 두 행이 문자 그대로 반복의 양상을 이루고 있는 시에 대해서 그 지나친 안이함과 안가함을 타박하고 나설 독자들도 물론 없지는 않겠다. 그렇게 본다면 이 시인이 과연, 「노래의 자연」이라는 제목, 그리고 거기에 얹어진 '미당 서정주 선생을 추모하며 그의 시를 기리는 노래' 부제의 시 속에서 여실히 드러내고 있는 바, "어떻든 잘 익은 술이나 김치의 맛과도 같이/그다지도 곰삭은 그의 노래의 맛(은)"에 대한 외경의 태도와 윗 시가 보여주는 안가함의 시적 취향은 그야말로 오십보백보 사이라 할만큼 서로 상통하고 어울리는 것이라 할 수 있지 않을까. 그렇지만 그 스스로도 인정할 터이듯이 서정주가 보여준 저 곰삭은 너스레의 경지, 수준을 좇아가려면 우리의 시인은 아직도 한참이나 갈 길이 멀다는 것도 이런 맥락에서 추기해두지 않으면 안 되겠고, 그 경지와 수준은 또 어찌 되었든 이러한 달관, 혹은 체관의 시적 포즈가 아직 살아야할 날이 많은, 그래서 욕망할 것이 너무도 많은 젊은 세대의 독자에게라면 어떻게 비칠 수 있을 것인지 못내 조심스럽게 생각해보지 않을 수 없는 대목이다. 누구나 나이대로 사는 것이 아름다운 법이라 하더라도, 가능하면 젊은 사람들의 공감과 찬탄까지를 자아낼 수 있는 시적 노숙의 경지가 우리에게 더욱 소망스러울 터라 함은 여기서 더 말할 나위가 없다. 이런 뜻에서 저 가을빛 투명함 속에 스스로 붉게 물들이는 홍시감 같기도 하고, 또 때로는 떫은 맛을 감추기 위해 장독대에서 오랜 시간과 함께 묵혀진 우린 감 같기도 하고, 그보다도 더 많은 시간과 공력을 곁들여 이제 곶감이 돼버린 시들까지 여기서 다 일일이 적기하여 보여줄 수는 없지만, 요새 사람들, 요즘 젊은 사람들이 보아서도 손뼉을 칠만한 시 한 편을 곁들임으로써 우리의 시인이 마냥 늙지만은 않은 시인임을 보여줘야겠다. 이 시 속의 풍자 대상이 바로 우리 자신들, 그래서 우리 자신의 자화상 같은 것이 이 시의 면영이라 하더라도 불각하는 바 우리의 어리석음과 모자람을 가볍게, 혹은 날카롭게 꼬집어 줄 때 우리 또한 시원함과 통쾌함을 느끼는 법 아니던가. 그야말로 오늘의 숱한 시들처럼 시시해지고, 시들해지고 있는 우리의 일상이 그래도 이만치나마 위엄있는 시적 어조를 만나 조금의 회복 가능성이라도 얻게 되었다고 한다면 오늘의 불만 많은 젊은 시인과 독자들이라도 엷은 미소와 찬탄 속에 그것을 긍정하게 되지 않을까. 말(언어)을 지극히 아끼면서도 풀어놓을 때는 그것이 마치 시정 사람들 그것들과 전혀 같아서 위화감을 주지 않는 다음 언어의 경지를 보라!

> 무슨 굉장한 일을 하는 듯이 자동차 문을 열고
> 굉장한 일을 한다는 듯이 자동차 문을 닫고
> 굉장한 일을 한다는 듯이 트렁크 문을 열고
> 머리를 처박았다가 꺼내며

무슨 굉장한 일을 하는 듯이 트렁크 문을 닫고
요새 사람들의 중요한 일이 대개
그 비슷한 것일진대
정말이지 사람들이여
무슨 굉장한 일이 좀 있어야겠다.

○「굉장한 일」, 앞의 책, 105쪽

4. 시의 융성을 기대하며

글자를 넣고 빼고 하는 동안에 어느덧 주어진 지면을 또 넘게 되고 말았지만, 내친 김에 서점가 풍경을 조금만 더 얘기해 보기로 하자. 최근 우리 소설의 몰락에 관한 것. 문득 베스트셀러 목록을 돌아보게 되니, 한국 소설의 부진이 정말 상상 외로 심각하다는 것을 실감하지 않을 수 없었다. 스물에 달하는 베스트셀러 목록을 제시하는 중에 근래 발간된 우리 소설의 이름은 거의 찾아볼 수 없고, 외국 소설의 이름들만 눈에 띄는 가운데 간간이 눈에 띄는 한국 소설의 이름이라는 것도 오래 전 발간된 유명 작가의 소설 제목 일색이라는 것. 이러한 현상이 아무리 TV 책 프로그램의 등장 이후 빚어지게 된 왜곡된 현상의 일부라 해도 우리 창작 소설의 이와 같은 전멸 현상은 그 원인이 무엇이든 심하고 심각한 현상으로 인지되지 않을 수 없는 것 아닐까. 만약 카프카 같은 작가가 나와서 우리 소설을 재건한다 하더라도 이처럼 독자의 외면 현상이 지속된다면 문학의 재건은 영영 불가능한 사업이 된다는 것을 명심치 않을 수 없을 것이다. 문제의 심각성이 상상을 절하는 양상이라는 것을 다시 한번 절감치 않을 수 없다.

물론 그렇다고 시가 상대적으로 활발하다거나, 앞으로 활발해질 것이라는 진단, 전망 같은 것도 현재로선 불투명하게 제시될 수밖에 없다는 사정인 것도 분명하다. 소설에 비해서는 그래도 신간의 시집들이 덜 쑥스럽게 진열되는 형편인 것이 헤아려지나, 그렇다고 해서 신간 시집이라거나, 베스트셀러 시집의 동향이 소설 쪽의 그것에 비해 유난히 활발하게 소개되는 형편이 못되고 있다는 것은 장르 불문 전체 베스트셀러 집계 목록을 통해서도 여전히 확인할 수 있는 현상이다. '홀로서기'로 상징되었던 오래 전 베스트셀러 시집 판매 동향이 여전히 서점가의 한 모퉁이를 채우고 있는 것 같고, 몇몇 인기 시인이나 상품성을 노린 앤솔러지 위주의 판매 동향도 여전히 지속되고 있는 듯하다. 그럼에도 시 쪽에서 앞으로의 문학의 가능성이 찾아지고 또 그리될 수밖에 없으리라는 판단이 더욱 굳어져가는 심증을 얻게 되는 이유란 무엇일까.

소설 양식을 근대의 대표적 문화적 총아 쯤으로 인식하는 관점이 그 동안 팽배해왔던 것이지만, 이미 판타지 소설에 그 주도권을 넘긴 지금 아무래도 근대 소설의 양식 자체가 독자 일반에게 너무 무거운 양식으로 인식되고 있는 것이 현실 아닌가 싶다. 이에 비하면 너무나도 가볍고, 가벼울 수 있는 시 양식, 혹은 엽편의 양식 등이 앞으로 주류 양식으로 떠오르게 되리라는 것은 너무나도 당연한 전망으로 대두된다고 할 수 있는데, 현재 진행 중인 독서 현상을 통해서도 이 가능성은 얼마쯤 확인되고 타진될 수 있는 것이라 판단되는 것이다. 대중적 시 읽기 현상 중에서도 잠언 류에 해당하는, 곧 종교시, 종교 문학의 영역에 포함될 수 있는 시의 범주들이 여전히 가능성을 안고 읽히고 있는 양상이라 파악되기 때문이다. 기도의 자세를 앞세워 시를 쓰고 있는 이해인, 류시화의 시인들이거나, 기존 시단의 시인들 중에서도 잠언성이 강한 황동규, 정현종, 이성복 등의 시들이 여전히 애독되고 있는 형편이라는 것도 이러한 맥락에서 살필 수 있는 독서 경향이라 하겠다. 강조한 것처럼 사실은 특정의 어떤 경향, 시인의 사례를 꼽아서가 아니라, 시 양식 자체가 가질 수 있는 고도의 압축적이고 상징적이며 내면적 성향의 언어 지향성이 자연히 잠언적 문학의 성격을 야기하게 된다고 할 때, 굳이 불교적 선(禪)의 전통과 접맥되지 않더라도 우리 시, 우리 문학의 가능성을 보다 응축적이고 투명한 언어의 영역으로 끌어올릴 수 있는 여지는 어느 때, 어느 시대나 주어질 수 있는 것이라 하겠다. 본고에서 정현종 시를 두드러지게 살펴본 것도 바로 이 가능성의 타진 이외에 다른 뜻이 아니거니와, 서정주 이래 그 시적 경지를 탐하고 탐색하고 있는 시인으로 정현종의 지속적 작업은 과연 그 관심에 값하는 작업일시 분명하다. 자기로서 자기를 넘는 일의 어려움을 새삼 말했거니와, 근래처럼 문학이 어려운 시절에 한눈 팔지 않고 외길을 가는 시인들을 만나는 일만으로도 우리에겐 퍽이나 위안이 되고 기쁨이 되는 일인 것인지 모른다. 그 시업의 성취가 평생의 온축 위에서 이루어지는 것임은 말할 나위가 없지만, 또 평생 시를 써도 시의 최종이 그 시의 처음에서 그리 멀찍이 벗어나지 못한다는 것도 우리가 늘상 확인하는 사실이다. 성격이 운명이고 숙명인 것이 또한 여기서 확인될 수 있거니와, 시를 향한 처음 마음 같으면 만난의 어떤 어려움이라도 우리는 극복할 수 있는 것 아닐까. 수구초심(首邱初心)이라 했으니, 할!

(동서문학, 2004년 봄)

저자 약력

한 기(본명 : 한형구)

서울대학교 인문대학 국어국문학과 졸업
문학박사(논문 : 일제 말기 세대의 미의식)
일본 東京大學 비교문학 비교문화 연습실 객원연구원(1992~1993)
국립안성대학교 교수 역임(1993~1997)
현 서울시립대학교 국어국문학과 교수

저서 :『전환기의 사회와 문학』(문학과지성사, 1991)
　　　『합리주의의 문턱에서』(강출판사, 1997)
　　　『한국 근대문학의 탐구』(태학사, 1999)

역락비평신서 3 ▌**구텐베르크 수사들**

지은이　한　기

인　쇄　2005년 9월 10일
발　행　2005년 9월 15일

펴낸곳　도서출판 역락
등　록　1999년 4월 19일 제2-2803호
펴낸이　이대현
편　집　박윤정

주　소　서울 성동구 성수2가 3동 301-80
전　화　3409-2058, 2060
팩　스　3409-2059
홈페이지　http://www.youkrack.com
e-mail　youkrack@hanmail.net

값 23,000원
ISBN 89-5556-379-5-93800

▪ 잘못된 책은 바꿔드립니다.